HEYNE

Das Buch

Es ist eine karge und raue Welt, in der Kerrin Rolufsen, die Tochter eines angesehenen Walfang-Commandeurs, Ende des 17. Jahrhunderts auf Föhr aufwächst: Die Frauen der kleinen Inselgemeinschaft sind es gewohnt, sich die Hälfte des Jahres allein durchzuschlagen, denn ihre Männer müssen zur See fahren. Kerrin fügt sich schon in ihrer Jugend nicht gut in die Gemeinschaft ein. Die dicken Folianten im Studierzimmer des Inselpastors, ihres Oheims, interessieren das wissbegierige Mädchen weitaus mehr als hauswirtschaftliche Belange – und die Frage, wer einst eine gute Partie für sie sein könnte. Die Dorfbewohner fürchten und verehren sie gleichermaßen, denn ihre außergewöhnliche Gabe als Heilerin tritt früh zutage. Durch Handauflegen kann Kerrin so manches Leid kurieren. Ihr großes Wissen um die geheimen Kräfte der Heilpflanzen und ihre Angewohnheit, einsame, nächtliche Spaziergänge am Strand zu unternehmen, tun ein Übriges. Mit einem Mal ist Kerrin als Hexe verrufen und kann sich der für sie bedrohlichen Situation nur durch eine höchst ungewöhnliche Maßnahme entziehen: Sie heuert bei ihrem Vater als »Schiffsmedicus« an. Doch als der Segler im arktischen Eis stecken bleibt, sieht die Mannschaft in Kerrin die Schuldige …

Die bewegende Geschichte einer willensstarken jungen Frau, die sich in einer Welt voll Aberglauben und Vorurteilen ihren Weg erkämpft.

Die Autorin

Karla Weigand wurde 1944 in München geboren. Sie arbeitete zwanzig Jahre lang als Lehrerin, bevor sie sich dem Schreiben zuwandte. Sie lebt mit ihrem Mann in der Nähe von Freiburg.

Lieferbare Titel

Die Kammerzofe – Die Hexengräfin – Die Heilerin des Kaisers – Im Dienste der Königin – Die Hexenadvokatin – Das Erbe der Apothekerin

Karla Weigand
Die Friesenhexe

Roman

WILHELM HEYNE VERLAG
MÜNCHEN

Verlagsgruppe Random House FSC-DEU-0100
Das für dieses Buch verwendete FSC®-zertifizierte Papier
Holmen Book Cream liefert Holmen Paper, Hallstavik, Schweden.

3. Auflage
Vollständige Erstausgabe 06/2012
Copyright © 2012 by Karla Weigand
Copyright © 2012 dieser Ausgabe
by Wilhelm Heyne Verlag, München,
in der Verlagsgruppe Random House
Printed in Germany 2012
Umschlaggestaltung und -illustration: Nele Schütz Design, München
Satz: hanseatenSatz-bremen, Bremen
Druck und Bindung: GGP Media GmbH, Pößneck
ISBN: 978-3-453-47113-9

www.heyne.de

GEWIDMET

allen Föhringerinnen und Föhringern, die – ob bewusst oder unbewusst – mitgeholfen haben, dass dieses Buch entstehen konnte. Es sind zu viele, um sie alle einzeln aufzuzählen, aber ich denke, jede und jeder, die oder der gemeint ist, weiß das auch so.

Der Roman soll ein Stück weit die Geschichte eines Erdenflecks aus der Vergangenheit herausheben, der mir ganz außerordentlich ans Herz gewachsen ist. Seit vielen Jahren genieße ich den Aufenthalt auf der einzigartigen Insel Föhr und den Umgang mit seinen Bewohnern, einem ganz besonderen Völkchen, dessen Wesensart mir – obwohl aus Deutschlands tiefstem Süden stammend – ungemein entgegenkommt.

Mein ganz spezieller Dank gilt Ingrid und Kurt Knudtsen mit Sohn Peter aus Wyk, deren herzliche Gastfreundschaft mein Mann und ich schon seit Jahrzehnten jedes Jahr aufs Neue genießen. Und sobald es dann beim Abschied wieder ganz norddeutsch trocken heißt *»Kiekt mol wedder in!«*, dann ist das auch ehrlich so gemeint.

Klar doch! *»Bi de Pump«* ist immer jemand da, der uns willkommen heißt.

PROLOG

So ihre Haar' und Augen waren rot,
schlug man sie gleich als Hexe tot.
Altes friesisches Sprichwort

DIE ALTEN FRIESEN WAREN seit jeher ein sehr frommes und gottesfürchtiges Volk. Sie vom alten germanischen Glauben zum Christentum zu bekehren, dauerte lange Zeit. Wer letztlich das Christentum auf die friesischen Inseln brachte, ist nicht genau bekannt. Wahrscheinlich verbreitete es sich erst unter der Regierung des Dänenkönigs Knuts des Großen (1016/1018–1035).

Aber lange noch verehrten die Friesen insgeheim die heidnischen Götter. Manche Bräuche aus uralter Zeit haben sich sogar bis in die Gegenwart erhalten. Die Macht der Päpste spielte in Friesland kaum eine Rolle. Selbst der Priesterzölibat wurde auf den Inseln nicht verwirklicht: Die Bevölkerung lehnte unverheiratete Priester kategorisch ab. Erstaunlich rasch vollzog sich einige Jahrhunderte später die Einführung der Reformation: Geradezu über Nacht wurden die Föhringer von bedingt eifrigen Katholiken zu überzeugten Protestanten.

Wer im Verdacht stand, insgeheim immer noch katholisch zu sein – etwa Heiligenbilder anzubeten oder den Papst zu verehren –, hatte es sehr schwer. Selbst Pastoren gerieten ins Visier übereifriger Lutheraner, was zu Verfolgung und Vertreibung mancher Geistlicher führte.

Ebenso unausrottbar wie die häufig geradezu fanatische

Frömmigkeit erwies sich auch der Hang zum Aberglauben. Man war sich sicher, dass in jedem Haus die Unterirdischen, *die Odderbantjes*, das Regiment führten. Fühlten sich diese Geister gestört, rächten sie sich durch vielerlei Schabernack.

Der Glaube an die Macht der Hexen trat allerdings erst im 15. und 16. Jahrhundert auf und lag seitdem wie ein Alpdruck auf der Bevölkerung. Man war der festen Überzeugung, bestimmte Frauen stünden mit dem Teufel und mit bösen Geistern in Verbindung und setzten ihre unheilvollen Kräfte zum Schaden ihrer Mitmenschen ein.

Verursacht durch derart irrationale Ängste ereigneten sich auf der Insel Föhr grausame Hexenverfolgungen; auch auf Sylt und Amrum hatten Frauen unter diesem Wahn zu leiden. Selbst der Protestantismus änderte daran nichts. Alte Überlieferungen berichten, dass Hexen besonders zahlreich in den Föhringer Ortschaften Dunsum, Alkersum und Övenum gelebt haben sollen. Der Gegenmittel gab es unzählige – eines absurder als das andere.

FÖHR IN GANZ ALTER ZEIT

»FLUCH ÜBER EUCH nichtswürdige Mörder und Meineidige! Gott, der Herr, wird euch strafen für dieses Verbrechen an mir, einer Unschuldigen! Zur Hölle mit euch allen, die ihr dieses schändliche Urteil über mich zu verantworten habt!«

Kurz vor ihrem Tod auf dem Scheiterhaufen im August 1498 verfluchte Kaiken Mommsen, die einundzwanzigjährige Tochter des Seemanns Momme Drefsen, ihre Peiniger und alle, die dazu beigetragen hatten, sie diesem barbarischen Schicksal zu unterwerfen.

Kaiken galt in Nieblum als heil- und kräuterkundig. Wann immer einer der Dorfbewohner sich verletzte, einen Ausschlag hatte oder erkältet war, suchte er Kaiken auf, um sich von der hilfsbereiten und geschickten jungen Frau kurieren zu lassen.

Als sich im Jahr zuvor der kleine Nachbarsjunge Johann Detlefsen beim Spielen die Hand an einer scharfkantigen Muschelschale verletzte, lief seine Mutter mit ihrem Sohn zu Kaiken Mommsen, damit die sich der Sache annähme. Kaiken wusch die Wunde sorgfältig aus, gab Ringelblumensalbe darauf und verband anschließend die Hand des Kindes. Der Schnitt war allerdings sehr tief ins Fleisch gegangen und es musste sich, von Kaiken leider unbemerkt, Schmutz in der Verletzung festgesetzt haben. Die Wunde eiterte und der Schmerz begann darin zu toben, so dass der kleine Junge Tag und Nacht weinte und schließlich jämmerlich zu schreien anfing. Als man endlich nach Tagen den Verband löste, war die Hand bereits schwarz geworden.

Bei Goting, im Süden der Insel, lebte damals in Küstennähe ein alter Schäfer, der nebenbei das Geschäft eines Zahnbrechers und Knocheneinrenkers betrieb. Ihn zog nun die besorgte Familie des Kleinen zurate. Um das Leben des Jungen zu retten, blieb dem Alten nur, den abgestorbenen Arm bis zum Ellenbogen abzuschneiden.

Die Eltern gaben Kaiken die Schuld an der Verstümmelung ihres Kindes, wagten jedoch nicht, laut Anklage zu erheben, denn das Mädchen war im Dorf und in der gesamten Umgebung sehr beliebt.

Seit diesem Drama begannen sich allerdings insgeheim Gerüchte über Kaiken Mommsen zu verbreiten, die besagten, mit der jungen Frau »stimme etwas ganz und gar nicht« – die übliche Umschreibung für den lebensgefährlichen Verdacht, eine Person habe Umgang mit »bösen Mächten«. Der Same des Übels war gesät, in aller Stille sollte er keimen, sprießen und gedeihen und letztlich die unschuldige junge Frau ins Verderben reißen.

Im Jahr darauf stand im Dorf Midlum die Roggenernte an. Flirrend waberte die Augusthitze über dem Getreidefeld. Auf Föhr wurde noch nach altem germanischem Brauch Allmendewirtschaft betrieben: Felder, Wiesen und Äcker gehörten nicht einzelnen Bauern, sondern der gesamten Dorfgemeinschaft und wurden auch miteinander bestellt und gepflegt. An den Erntearbeiten beteiligten sich alle, um anschließend den Ertrag gerecht, je nach Größe ihres jeweiligen Hofes, aufzuteilen. Oftmals gehörten die bewirtschafteten Grundstücke mehrerer Gemeinden zusammen. So waren jetzt auf dem Roggenfeld Frauen sowohl aus Midlum wie auch aus Alkersum und Övenum vertreten, darunter auch Kaiken Mommsen.

Körperliche Anstrengung, Staub und feuchtheiße Luft trieben den Erntehelferinnen den Schweiß auf die Stirn. Schon nach kurzer Zeit klebten ihnen die Kleider am Körper.

Eigentlich war es harte Männerarbeit, die hier verrichtet wurde; aber traditionell waren die Insel-Frauen auf sich alleine gestellt: Ehemänner, Brüder, Söhne und die meisten der unter sechzig Jahre alten Väter waren Seeleute und vom zeitigen Frühjahr an, über den ganzen Sommer hinweg, bis in den Spätherbst hinein als Heringsfänger hauptsächlich vor der Insel Helgoland unterwegs.

Die friesischen Frauen waren es gewohnt, sämtliche Tätigkeiten, die in Haus und Hof, auf Acker und Feld anfielen, selbst in Angriff zu nehmen. Dazu kamen traditionell noch der Krabben- und Rochenfang, das »Schollenpricken«, die Entenjagd und nicht zuletzt die Sorge um die Aufzucht und Erziehung der Kinder. Seit Generationen schon war das so; genauer gesagt, seit mit der Salzgewinnung und der Salzsiederei, die im 11. Jahrhundert auf der Insel ihren Anfang genommen hatten, Schluss war. Immerhin hatte dies bewirkt, dass die Friesinnen ungewöhnlich tatkräftige, selbstständige und sehr selbstbewusste Frauen waren.

Verbrachten die Männer auch meist den Winter daheim – außer sie waren auf großer mehrjähriger Handelsfahrt –, bestimmten trotzdem alleine die Frauen, was im häuslichen Umfeld zu geschehen hatte: Wie die Kinder erzogen wurden, was angeschafft werden musste und wen die Sprösslinge einmal heiraten sollten; vor allem aber, wie das Geld, das die Männer mit der Seefahrt verdienten, zu verwenden war.

»Ich will einen Teil der Heuer, die Jan im Herbst nach Hause bringt, für ein Pferd ausgeben«, tat eine der jungen Feldarbeiterinnen kund. »Ich bin es leid, den schweren Karren alleine zu ziehen oder unsere einzige Milchkuh davor zu span-

11

nen. Und auf einem Wagen zu sitzen ist allemal angenehmer, als zu Fuß zu laufen.«

Sie legte eine Pause ein, stützte sich auf ihren Rechen und wischte sich mit einem Tuch über das schweißtriefende Gesicht.

»Ich muss schließlich meinen Rücken ein wenig schonen, um meinen Jan ordentlich nach Strich und Faden zu verwöhnen – wenn er nach so langer Zeit endlich wieder daheim ist. Wenn ihr versteht, was ich damit sagen will!« Sie verdrehte bedeutungsvoll die Augen und kicherte übermütig.

Die anderen Frauen ließen die Sicheln und Rechen ruhen, grinsten verständnisvoll und manch eine stöhnte sehnsüchtig auf. Ja, die Männer! Sie vermissten sie manchmal schrecklich, vor allem in den langen Nächten …

Die Mäherinnen und Garbenbinderinnen machten Anstalten, gleichfalls die Arbeit für einen Augenblick ruhen zu lassen. Marret Ketelsen aus Alkersum, die reichste von allen und daher stillschweigend als Anführerin der Gruppe anerkannt, wusste das jedoch zu verhindern.

»Seht ihr nicht, dass die Schwüle und die schwarzen Wolken über uns ein Gewitter ankündigen? Es ist jetzt keine Zeit, um über dies und das zu klönen. Beeilt euch! Das Getreide muss noch heute ins Trockene! Wenn durch unsere Nachlässigkeit der Roggen verdirbt, werden uns unsere Männer dies bestimmt nicht danken!«

Schweigend gehorchten die Frauen. Marret hatte Recht: Der Himmel wirkte äußerst bedrohlich. Alle verdoppelten noch ihre bisherigen Anstrengungen. Aber schon nach wenigen Minuten prasselten dicke Regentropfen von oben herab und die Schnitterinnen packten Sicheln, Rechen und die Hanfseilspulen zusammen, rafften ihre langen Röcke und beeilten sich, um unter dem weit vorstehenden Dach einer nahe

12

gelegenen großen Scheune Unterschlupf zu finden. Sie würden den Schauer abwarten und gleich danach weiterarbeiten.

Als es zu donnern und zu blitzen begann, flüchteten sich die meisten Frauen ins Innere des Unterstands; bloß ein paar ganz Mutige blieben unter dem Scheunentor stehen, um das Gewitter von sicherer Warte aus zu beobachten.

Nur Kaiken Mommsen war auf dem Feld zurückgeblieben; sie wollte erst noch ihre Getreidegarbe fertigbinden und ordentlich aufstellen. Die Sonne war mittlerweile ganz verschwunden und drohende Schwärze, unterbrochen von giftigem Schwefelgelb, überzog den Himmel, der nach dem Kreuz des Kirchturms von St. Johannis in Nieblum zu greifen schien und nach den Flügeln einer der erst kürzlich aufgestellten Bockmühlen.

»Warum kommt Kaiken denn nicht auch unters schützende Dach?«, fragte eine ältere Frau aus Övenum. »Die Ärmste muss mittlerweile völlig durchnässt sein. Aber wie es scheint, genießt sie das Unwetter regelrecht!«

Erneut war grollender Donner zu vernehmen und gleich darauf fuhren zischend mehrere Blitze dicht neben dem Feld in den Erdboden.

»Wen wundert's?«, ließ sich spöttisch Sabbe Michelsen aus Midlum vernehmen. »Hat sie es doch selbst gemacht!«

»Was willst du damit sagen?«, fuhr Marret Sabbe unwillig an. Sie wusste – wie alle übrigen auch –, dass die beiden jungen Frauen sich einmal wegen eines gut aussehenden Matrosen in die Haare geraten waren. Die anderen der unter dem Vordach zusammengedrängten Frauen spitzten neugierig die Ohren. Das roch jetzt geradezu nach einer bösartigen Auseinandersetzung!

»Seht doch bloß, wie Kaiken ihre Arme zum Himmel reckt – so, als wolle sie zu Thor beten, dass der alte Wettergott ja ein

13

ganz besonders fürchterliches Gewitter über unser Land kommen lassen möge!«, ereiferte sich Sabbe.

»Ich sage dir, hör auf damit, solchen Unfug zu verbreiten!«

Marret Ketelsen war nun ernsthaft zornig. Ihre blauen Augen blitzten und sie warf der Verleumderin wütende Blicke zu.

»Dummes Geschwätz dieser Art hat schon manches arme Weib ins Unglück gestürzt. Wir wissen alle, dass du Kaiken nicht leiden kannst. Aber das gibt dir noch lange nicht das Recht, schlecht über sie zu reden! Merk dir das! Im Übrigen könnte man aus deinem Gerede über den Heidengott Thor durchaus auch heraushören, *du selbst* glaubtest noch an ihn!«

Sabbe Michelsens Mundwinkel zuckten verächtlich, aber sie verstummte und verzog sich zu den anderen ins Innere der Scheune, die groß genug war, den gesamten gemeinschaftlichen Ernteertrag aufzunehmen.

Gleich darauf schien der Himmel zu explodieren: Hagelkörner, manche von der Größe von Hühnereiern, prasselten wie Steine hernieder und verschonten weder die noch stehenden Halme mit den schweren Getreideähren, noch die bereits abgemähten, ordentlich gebundenen und nebeneinander gleich Soldaten aufgereihten Garben.

Auch Kaiken war dem Geschosshagel ausgesetzt. Die Frauen beobachteten, wie sie vergebens versuchte, das große Kopftuch über Haare und Schultern zu ziehen und gleichzeitig ihren langen regenschweren Rock im heftigen Sturm am Hochflattern zu hindern. Ihr fruchtloses Bemühen verursachte indessen nur hektische, seltsam anmutende Verrenkungen.

Erneut stellte Sabbe sich zu den anderen Frauen ans offene Scheunentor.

»Schaut sie euch doch an! Dass sich Kaiken über unser aller Unglück freut – das kann ja jetzt wohl jede von uns sehen!

Würde diese Hexe sonst mitten in dem Gewitter einen Freudentanz aufführen?«

Dieses Mal kam Marret gar nicht mehr zu Wort, obwohl sie den Versuch unternahm, die Frauen zum Beten anzuhalten. Diese, entsetzt über den Schaden, den der Hagelschlag nicht nur im Roggenfeld anrichten würde und angesteckt von einer blind machenden Hysterie, stießen auf einmal ins selbe Horn wie Sabbe. Plötzlich brach ein unglaublicher Lärm in der Scheune los. Jammergeschrei, Flüche und Verwünschungen gegen Kaiken waren zu hören.

»Die *Towersche* tanzt tatsächlich mitten im Unwetter!«, kreischte eine der Älteren. »Fluch über sie!«

»Ihr dummen Weiber seht doch bloß, was ihr sehen wollt und wozu euch Sabbe aufgestachelt hat!«, schrie Marret Ketelsen dagegen an, aber ihre Stimme drang nicht durch.

Als Kaiken endlich zerzaust und bis auf die Haut durchnässt in der Scheune anlangte, konnte Marret lediglich mit Mühe und Not verhindern, dass man die junge Frau gnadenlos verprügelte. Alle umringten sie mit Drohgebärden und schrien gleichzeitig wütend auf sie ein. Die Anwesenden machten allen Ernstes Kaiken für die Katastrophe, die mindestens die halbe Ernte der Insel vernichtete – auch die Gerste stand schließlich noch auf dem Halm – verantwortlich. Der Hagelschlag würde selbst die ohnehin magere Birnenernte vernichten, von den Kohlköpfen und Rüben auf dem Acker und den Haselnüssen und Holunderdolden an den vereinzelt wachsenden Sträuchern ganz zu schweigen.»Das bedeutet den Winter über grausame Hungersnot für uns alle, du Höllenbrut, du elende Hexe! *Du* hast das Unwetter gemacht und uns den Hagel geschickt! Verflucht sollst du sein, verdammter *Troler*!«

Sabbe kreischte hysterisch und riss Kaiken an den langen, blonden, jetzt von der Nässe strähnigen Haaren. Sie und andere packten die junge Frau und fesselten sie – trotz Kaikens heftigster Gegenwehr – mit dem Strick, der eigentlich zum Garbenbinden dienen sollte.

Als sie nicht aufhörte, lauthals ihre Unschuld zu beteuern, wurde Sabbe ganz ausfallend. »Halt endlich dein Maul, sonst stopfen wir es dir mit Stroh und Mist! Ich habe dich schon seit damals in Verdacht, du Drecksstück, als du deinem Nachbarsjungen die Hand hast abfaulen lassen!«

Diesen Vorwurf laut auszusprechen war ungeheuerlich. Aber alle Frauen in der Scheune schienen die bösartige Unterstellung zu billigen. Auf Marrets Stimme der Vernunft hörte schon lange keine mehr.

Man beschloss, Kaiken zu Pfarrer Martin Hornemann nach Nieblum zu schaffen, sobald das Gewitter vorüber wäre. Der Geistliche, der als Pastor an der als »Friesendom« bezeichneten St. Johanniskirche seines Amtes waltete, wüsste sicher, wie mit »so einer« zu verfahren sei.

Bis dahin vegetierte die junge Frau angekettet, bei Wasser und Brot, in einem finsteren, stinkenden Loch unterhalb des Gemeindehauses. In der winzigen Zelle war es ihr kaum möglich, aufrecht zu stehen. Zu ihrer Bewachung beorderte die Gemeinde Nieblum zwei Burschen, die zwar über kräftige Muskeln, aber über wenig Hirn und noch weniger Herz verfügten.

Vom ersten Augenblick an schikanierten diese primitiven Kerle Kaiken auf das Übelste; bald fingen sie auch an, sie schamlos zu bedrängen, indem sie ihr an die Brüste oder unter den Rock fassten. Dazu befleißigten sie sich einer Ausdrucksweise, die den Geistlichen, als er einmal zufällig Zeuge davon wurde, vor Schreck erblassen ließ.

Diese jungen Männer kannte er nur als gute Katholiken, die an keinem einzigen Sonntag die Messe versäumten! Auch zur heiligen Kommunion erschienen sie regelmäßig und sie sangen voller Inbrunst im Kirchenchor mit.

Dass sie jetzt auf einmal so sündhafte Worte gebrauchten, konnte nur die Schuld dieser gottlosen Hexe sein, welche die braven Burschen verdarb. Es wurde Zeit, dem Ganzen ein Ende zu bereiten und die Verhandlung beginnen zu lassen.

Das nächste Mal platzte der Pfarrer im Kerker mitten in eine höchst anstößige Szenerie: Kaiken kniete vor einem der beiden Wächter und befriedigte ihn mit dem Mund. Dass der Kerl ihr dabei ein Messer an die Kehle hielt, übersah Martin Hornemann ...

Vom Pastor dennoch empört zur Rede gestellt, besaß dieser Mensch die Frechheit, ihm weiszumachen, die Hexe habe ihn dazu *gezwungen*. Auf diese Weise versuche sie regelmäßig, ihren Bewachern »die Lebenskraft« auszusaugen und diese damit zu schwächen. Auf die Waffe kam er von selbst zu sprechen, er behauptete allen Ernstes, das Messer habe er zu Hilfe genommen, um das Weibsstück *abzuwehren*. Dabei sah er Martin Hornemann seelenruhig, mit fast treuherzigem Augenaufschlag, ins Gesicht.

Pastor Hornemann, ein etwas naiver Zeitgenosse, legte sich nun persönlich mit Feuereifer ins Zeug: Zusammen mit den zwölf Ratsmännern, die sozusagen die »Regierung« des östlichen, zum Herzogtum Schleswig-Holstein-Gottorf gehörigen Inselteils bildeten (Westerland Föhr gehörte hingegen zum Königreich Dänemark), trug er genügend Beweise gegen die Beschuldigte zusammen. Als Erstes war da das Vorkommnis mit der abgestorbenen Hand des kleinen Johann Detlefsen; diese unselige Geschichte musste erneut aufgerollt werden. Für den Pastor bestand kein Zweifel, dass die Hexe Kaiken es zu verantworten habe, dass der Junge niemals – wie sein Vater und Großvater – ein Seemann werden konnte.

Dann war da noch die äußerst merkwürdige Sache mit dem alten Knut Olufsen, einem Witwer von zweiundachtzig Jahren, für den Kaiken hin und wieder gekocht und gewirtschaftet hatte, nachdem er alleine nicht mehr so gut zurechtkam. Knut war neulich in seiner *Köögen* einfach umgefallen. Als ihm eine Nachbarin zu Hilfe kommen wollte, war er schon tot gewesen – nachdem Kaiken kurz zuvor sein Haus verlassen hatte! Was brauchte es noch mehr an Beweisen für das teuflische Wirken der jungen Frau?

Es gab nun durchaus Menschen mit Herz und Vernunft auf Föhr, darunter Marret Ketelsen, die Knuts hohes Alter zu bedenken gaben.

»Ein Mann mit über achtzig kann doch durchaus vom Schlag getroffen werden. Was ist daran so außergewöhnlich, dass man dahinter Hexerei vermuten muss?«, argumentierten sie. »Eigentlich ist Kaiken doch dafür zu loben, dass sie ohne Lohn für den alten Olufsen gekocht, geputzt und gewaschen hat.«

Dem widersprach Pastor Hornemann sogleich auf das Lebhafteste.

»Der alte Knut war zwar nicht mehr der Jüngste, das will ich gar nicht leugnen. Aber er war noch kerngesund und hätte noch viele Jahre leben können, wenn dem nicht der böse Wille einer einzigen Person entgegengestanden hätte! Ihr wisst, wen ich damit meine!«

Aus Feigheit und einer gewissen verständlichen Sorge um die eigene körperliche Unversehrtheit unterließen letztlich alle Zweifler – auch Marret – ihre Einsprüche. Bekanntlich war es nicht ungefährlich, sich für *Towersche* einzusetzen: Ehe man sichs versah, landete man selbst vor Gericht.

Die Ratsmänner und der Geistliche scheuten sich auch nicht, uralte Geschichten aus Kaikens früher Kindheit auszugraben. Allerlei Belanglosigkeiten wurden wieder aufgewärmt, nur um sie bei der Bevölkerung noch mehr in Misskredit zu bringen.

Hatte die Beschuldigte nicht schon als Fünfjährige ihren Eltern deutlich zu verstehen gegeben, sie wolle nicht jeden Sonntag stundenlang in der Kirche beim Gottesdienst hocken, weil ihr das zu *langweilig* sei? Eine Ungeheuerlichkeit geradezu! Als ob die Verkündigung von Gottes Wort und das Lob des Herrn zur Volksbelustigung dienen sollten! Und hatte Kaiken nachweislich nicht immer wieder die heilige Feier durch Geplapper und dummes Lachen gestört? Hatte sie nicht ständig beim Sprechen der Gebete und beim Singen frommer Lieder respektlose Faxen gemacht und damit andere brave Kinder abgelenkt? Ohne Zweifel war Kaiken schon in jungen Jahren eine Feindin des Glaubens und ein Ärgernis der christlichen Gemeinde gewesen.

Eine halb verrückte Alte gar, der sonst niemand mehr Gehör schenkte, weil man ihren Geist als gestört erkannte, ließ man allerlei Kurioses vorbringen – alles geeignet, den Verdacht gegen Kaiken Mommsen weiter zu erhärten und damit zur Gewissheit werden zu lassen. So wollte sie die junge Frau dabei ertappt haben, als diese »Zaubersteine« in Säckchen einnähte, um sie heimlich unter den Türschwellen missliebiger Leute zu vergraben, denen dadurch Unheil widerfahren sollte.

Ein junger Mann, der viel und gerne dem Alkohol zusprach – jedenfalls häufiger und heftiger, als man es einem Burschen im Allgemeinen zugestand, und den Kaiken deshalb vor einiger Zeit als Bräutigam abgewiesen hatte –, brachte vor den zwölf Ratsmännern, die gleichzeitig als Richter fungierten, Folgendes vor:

»Als ich mich vor einem Jahr geweigert habe, sie zur Frau zu nehmen, hat Kaiken mir damit gedroht, mich mit einer schweren Krankheit zu strafen. Ich aber wollte keine *Towersche* heiraten. Da hat sie mich tatsächlich verhext und ich bin daraufhin schwer krank geworden. Allmählich geht es mir wieder etwas besser.«

Obwohl jedermann auf Föhr Boy Wagens als arbeitsscheuen und ungeschickten Kerl kannte, den kein Commandeur auf seinem Schiff beschäftigen wollte, schenkten ihm die Ratsmänner Glauben – alle zweifellos untadelige Leute, aber keine studierten Juristen.

Wären Kaikens Richter rechtskundig gewesen, hätte das zwar vermutlich nichts am Urteil über sie geändert. Aber zumindest hätte eine vage Chance bestanden, dass man jenes Rechtsmittel, um Geständnisse zu erpressen – die Folter nämlich –, nicht gar so bestialisch angewendet hätte, wie man es tat.

Zuerst renkten die Henkersknechte ihr die Arme aus, brachen ihr dann mehrere Rippen und die meisten Finger, rissen ihr mit Zangen die Nägel an Händen und Füßen aus, brachten ihr Brandwunden unter den Achseln und im Schambereich bei, peitschten sie aus und gossen danach heißes Öl in die Wunden. Kurzum, sie taten alles, um die Gefangene zu dem Geständnis zu bringen, es mit Luzifer auf dem Hexentanzplatz persönlich getrieben zu haben … Ihr liebster Versammlungsort mit anderen *Trolern* war angeblich die Sandgrube zwischen Alkersum und Övenum, wo die schamlosen Orgien mit dem Teufel, der als brünstiger Ziegenbock auftrat, stattzufinden pflegten.

Für die Tatsache, dass das Mädchen sich in ein Tier verwandeln konnte, leisteten einige Insulaner sogar einen heiligen Eid.

»Ich habe sie mit meinen eigenen Augen gesehen, wie sie als schwarze Katze um die Häuser geschlichen ist! Das schwöre ich bei Gott und allen Heiligen!«, behauptete eine missgünstige Witwe. Ein anderer wollte sie gar in der Gestalt eines Hasen erkannt haben.

Keiner der Richter störte sich im Übrigen daran, dass sämtliche Ankläger irgendwie mit dem kleinen Johann verwandt waren.

Die angebliche Hexe war unwahrscheinlich tapfer und widerstand lange der Versuchung, durch ein »Geständnis« ihre Qualen zu verkürzen. Schließlich, als man »der widersetzlichen Kreatur« noch die Hüftknochen aus den Gelenkpfannen riss, war es soweit: Ihr Wille war gebrochen und Kaiken gab alles zu, was man ihr an Unsinnigkeiten und Perversitäten vorwarf.

Als Nächstes erfolgten das unter freiem Himmel stattfindende abschließende Gerichtsverfahren und die feierliche Urteilsverkündung. Dieser Prozess fand nach alter Väter Sitte auf dem Friedhof statt, vor dem Portal der St. Johanniskirche, wo sich gleichzeitig der Thingplatz befand. Es handelte sich dabei um ein Geviert – Seitenlänge dreißig Schritt – , welches seit alter Zeit als öffentliche Gerichtsstätte diente, zu der jeder freie Bürger Zutritt hatte. Das waren praktisch alle, denn Unfreie oder Sklaven kannte man in Friesland nicht.

Der Andrang der Zuschauer war riesig, es kam offenbar die halbe Inselbevölkerung. Der Kirchhof fasste bei Weitem nicht alle, so dass der Großteil der Insulaner draußen auf der Dorfstraße stehen musste.

Die Beschuldigte in einen löcherigen, grauen Fetzen gehüllt, abseits auf einer Steinplatte kniend, mit gefesselten Händen und einem Strick um den Hals, wurde pro forma zu jedem einzelnen Vorwurf noch einmal befragt. Zuvor warnten die Richter Kaiken jedoch eindringlich, die Gerichtsverhandlung mit einem Widerruf zu »stören«. Man gedenke, noch heute »zum Ende« zu gelangen …

Die gebrochene junge Frau dachte jedoch – ihres elenden

21

Zustandes zum Trotz – nicht daran, es ihren Todfeinden allzu leicht zu machen. Jedes Mal, wenn der oberste Richter einen neuen Anklagepunkt verlas und ihre Schuld für »unzweifelhaft erwiesen« erklärte, schüttelte Kaiken ihren kraftlos gesenkten Kopf mit den aufgelösten, verfilzten Haaren und murmelte leise, aber deutlich:

»Alles, was Ihr sagt, Herr Richter, ist erlogen. Kein einziges Wort davon ist wahr. Das schwöre ich, so wahr mir Gott, der Herr, helfe!«

Und jedes Mal beschimpfte sie der erste der zwölf Richter: »Du sollst den Namen Gottes nicht verunehren! So steht es in der Heiligen Schrift, du nichtswürdiges Geschöpf!«

Worauf die Angeklagte wiederum schlagfertig erwiderte: »In der Heiligen Schrift steht auch: ›Du sollst kein falsches Zeugnis geben wider deinen Nächsten!‹ Das hat jedoch keinen Eurer angeblichen Zeugen von der Lüge abgehalten.«

Was den Richter dazu veranlasste, ihr wegen mangelnden Respekts vor dem Gericht jeweils zwei zusätzliche Rutenstreiche aufzuerlegen, auszuführen von einem der Knechte während der anschließenden Fahrt zum Hinrichtungsort.

Wer Kaiken nicht sehr gut kannte, wäre niemals auf den Gedanken gekommen, in dem schmutzigen, abgemagerten, offensichtlich durch schwerste Misshandlungen gefügig gemachten Krüppel die allzeit lebensfrohe, gesunde, junge Frau zu vermuten, als die sie noch vor ein paar Wochen jedermann erschienen war.

Das Gericht legte ungewöhnliche Eile an den Tag. Es hatte den Anschein, als wolle man unbedingt Prozess, Urteil *und* Vollstreckung noch vor der alljährlich im Herbst erfolgenden Heimkehr der ersten Schiffsmannschaften »erledigt« haben. Ein Zeichen dafür, dass man sich seiner Sache doch nicht so ganz sicher war und auf alle Fälle heftige Proteste von einflussreichen Männern – wie etwa den wohlhabenden Kapitänen – scheute und möglichen Einwänden durch die Schaffung von Tatsachen zuvorkommen wollte.

Das abschließende Urteil, das die Richter einstimmig fällten, konnte niemanden überraschen: *Tod durch Verbrennen* lautete der Spruch, den der oberste Richter verkündete, nachdem er den Stab über Kaiken Mommsen gebrochen hatte. Die Strafe war umgehend zu vollziehen.

Vor dem Kirchhof stand der Armesünderkarren schon bereit. Darauf wurde die verurteilte Hexe von den zwei Rohlingen verfrachtet, die der Gefangenen während ihrer Zeit im Kerker schon das Leben zur Hölle gemacht hatten. Noch am Morgen vor dem Prozess hatten beide die schwer verletzte Frau zum letzten Mal brutal vergewaltigt. Eine dürre Mähre zog den Wagen widerwillig zum Richtplatz.

Ein großer Teil der Inselbevölkerung, für die das grässliche Schauspiel eine willkommene Abwechslung im täglichen Einerlei darstellte, marschierte, betend und fromme Lieder singend, hinterher. Endpunkt der makaberen Wanderung – erst über die dürre, mit Heidekraut und Wacholderstauden bewachsene Geest und anschließend durch die mit Gras bewachsene Marsch – bildete eine Senke bei der St.-Laurentii-Kirche im Westen der Insel, nahe Süderende, mit Namen *Hal Mur*.

Dies war eigentlich schon dänisches Herrschaftsgebiet, aber nach altem Brauch wurden hier allgemein die Inselhexen verbrannt. Der Name war altfriesisch und erinnerte an die heidnische Unterwelts- und Totengöttin. »Moor der Hel« hieß die Gegend im Hochdeutschen. Das letzte Wegstück dorthin nannte man bezeichnenderweise *Halstieg*.

Dieser Pfad war sehr eng und mit Steinbrocken übersät und konnte mit Pferd und Wagen nur schwer bewältigt werden, was bedeutete, dass Kaiken absteigen und das letzte Stück ihres irdischen Wegs zu Fuß zurücklegen sollte. Mittlerweile war die Verurteilte, die zusätzlich noch mit der Peitsche traktiert worden war, und der während des gesamten Marsches von den feixenden Begleitern Flüche, Verwünschungen und Zoten zugerufen wurden, so geschwächt, dass eine der Wachen sie kurzerhand mit derben Fäusten packte, sie sich wie einen Hafersack über die Schulter warf und bis zu dem bereits aufgeschichteten Scheiterhaufen schleppte.

Der Henker mit seiner Kopf und Gesicht eng umschließenden Lederhaube, die nur Augen, Mund und Nasenlöcher freiließ, sowie sein Helfer in kurzen, schafledernen Hosen und Wollkittel standen schon bereit. Außerdem Pfarrer Martin Hornemann, der sich dazu berufen fühlte, kurz bevor die Flammen Kaikens Leib zerstörten, wenigstens ihre Seele zu retten.

»Pass bloß auf, wenn du ihr so nahe kommst, dass du ihr dabei ja nicht in die Augen schaust«, warnte den Schergen einer der drei Richter, die man ausgelost und verpflichtet hatte, als Zeugen der grausigen Hinrichtung beizuwohnen; die übrigen neun waren nach Hause gegangen. »Der *Troler* könnte dich sonst noch aus Rache verhexen!«

Der Bursche, froh darüber, die Verurteilte jetzt dem Henker überlassen zu dürfen, grinste insgeheim. Zum Glück wusste der Ratsmann nicht, *wie nahe* er erst heute Morgen der Hexe noch gekommen war …

Sämtliche Gaffer, die der Urteilsvollstreckung regelrecht entgegenfieberten, würden aller Voraussicht nach voll auf ihre Kosten kommen: Die Gnade vorheriger Erdrosselung durch den Henker war Kaiken nämlich vom Gericht ausdrücklich verweigert worden. Hatte die Verstockte sich doch bis zuletzt hartnäckig geweigert, ihre offensichtliche Schuld zuzugeben und Reue über ihren Bund mit dem Satan und all ihre Schandtaten zu zeigen.

Als Einziger schien der Henker ein gewisses Maß an Mitgefühl mit der Verurteilten zu haben: Er hatte dafür gesorgt, dass das Material des Scheiterhaufens – in Ermangelung des seltenen und daher kostbaren Holzes in der Hauptsache aus dürren Ästen und Zweigen von Haselnussstauden, Holundersträuchern und allerlei sonstigem Gestrüpp bestehend – reichlich mit Ballen feuchten Heidekrauts und nassem, klein geschnittenem Reet durchsetzt war. Erfahrungsgemäß förderte das die Rauchentwicklung und ließ die Delinquenten im Qualm schnell ersticken, was ihnen unnötig lange Qualen des Verbrennens bei lebendigem Leibe ersparte.

Einige der Zuschauer, die in unmittelbarer Nähe des lodernden und heftig qualmenden Haufens standen und Kaikens schmerzverzerrtes Antlitz erkennen konnten, erschauderten unwillkürlich. Nicht wenigen verging das Lachen, als durch das Prasseln des Feuers aus dem Mund der Sterbenden ihr Fluch über sie deutlich zu hören war.

Von einer *Towerschen* verflucht zu werden, war eine höchst gefährliche Angelegenheit! Zuletzt, ehe ihr Gesicht endgültig hinter dichten Rauchschwaden verschwand, schien die Unglückliche noch seherische Gaben zu entwickeln:

»In etwa zweihundert Jahren werden eure Nachfahren – genauso Wahnsinnige, wie ihr es seid – erneut darangehen, sich wiederum an einer Unschuldigen, einer Verwandten von mir, zu versündigen! Aber dieses Mal wird es ihnen, trotz aller Anstrengungen, nicht gelingen, ihren grausamen Spaß am elenden Tod einer jungen Frau zu genießen! Denn dann wird es auf Föhr aufrechte Männer und Frauen geben, die beherzt Widerstand leisten und den gemeinen Mördern Einhalt gebieten!«

Einer nach dem anderen machten die Zuschauer jetzt kehrt und verließen stillschweigend die Gegend von *Hal Mur.* Zu-

25

letzt waren nur noch der Henker, sein Gehilfe und einer der Ratsmänner bei den rauchenden Überresten anzutreffen. Auch der Geistliche war ohne Aufsehen verschwunden, nachdem die Delinquentin auf seine seelsorgerischen Dienste ironisch dankend verzichtet hatte.

Die Genugtuung, eine Hexe ihrer gerechten Strafe zugeführt zu haben, sowie das Vergnügen am grausigen Vollzug schienen den Gaffern auf einmal schal geworden zu sein.

Wie vom Gericht vorhergesehen, protestierten etliche der zurückkehrenden Seeleute gegen dieses – ihrer Meinung nach grundlose – Hexereiverfahren und das abschließende Urteil. Allzu viele waren es allerdings nicht – dafür sorgten schon ihre jeweiligen Ehefrauen, die nahezu unisono Kaiken Mommsen als Hexe bezeichneten.

Am meisten erregten sich natürlich Momme Drefsen, der Vater der Unglücklichen, sowie sein Kapitän, Commandeur Brar Michelsen, als sie nach langer Fahrt auf See nach Föhr zurückkehrten und von dem schrecklichen Ereignis Kenntnis erlangten.

»So etwas Unmenschliches dürfte man keinem Geschöpf Gottes zufügen – so Schlimmes es auch getan haben mag«, erklärte Michelsen mutig. »Wäre ich zu dieser Zeit auf Föhr gewesen, hätte ich alles unternommen, um dieses himmelschreiende Unrecht zu verhindern.«

Das verkündete Brar Michelsen auch öffentlich, ohne sich um die besorgten Stimmen von Freunden zu kümmern, die ihn davor warnten, »sich allzu weit aus dem Fenster hinauszulehnen«: Immerhin mache er sich dadurch die zwölf Ratsmänner und vor allem alle drei Inselpastoren zum Feind. Hatten die geistlichen Herren doch einstimmig den Urteilsspruch der Richter begrüßt.

TEIL I

EINS
Föhr, Anfang September 1687

SEIT ÜBER ZWEI TAGEN und Nächten lag die junge Frau nun schon in den Wehen, aber mit der Geburt wollte es einfach nicht vorangehen. Die siebenundzwanzigjährige Terke Rolufsen, geborene Brarens, Ehefrau eines der reichsten Föhringer Walfänger-Commandeure, Roluf Asmussen, war bereits Mutter von zwei gesunden Kindern.

Moicken Harmsen, mit fünfzig Jahren eine erfahrene Hebamme, die schon vielen Insulanern geholfen hatte, das Licht der Welt zu erblicken, rechnete bei der vor Gesundheit strotzenden Terke nicht im Geringsten mit Komplikationen. Die junge Frau freute sich geradezu närrisch auf ihr drittes Kind, von dem sie hoffte, es würde wiederum ein Knabe.

Noch bei Wehenbeginn hatte Moicken die werdende Mutter untersucht, hatte nach ihren Herzschlägen gelauscht und überprüft, ob der Säugling die richtige Lage im Leib der Gebärenden eingenommen habe, und dabei keinerlei Abweichungen von der Norm festgestellt. Auch die Herztöne des Kindes waren kräftig.

Kaum ließ sich Terke jedoch im Gebärstuhl nieder, ging in einem einzigen riesigen Schwall das gesamte Fruchtwasser ab. Somit würde es eine »trockene Geburt« werden – der absolute Alptraum jeder Wehmutter.

Im Verlauf der Zeit nahmen die Kräfte der jungen Frau dramatisch ab. Hatte sie in den Nachtstunden noch den Anweisungen Moickens willig Folge geleistet und war zwischen den einzelnen Wehen im Zimmer auf und ab spaziert, erwies sie sich jetzt als zu schwach dazu. Die Hebamme war mit ihrer Weisheit so ziemlich am Ende.

Alles, wirklich alles hatte sie versucht: Wehenstärkende Mittel, wie etwa Salbeiöl und Petersilienwurzelextrakt – beides sollte angeblich die Kontraktionen der Gebärmutter fördern –, verschiedene Tees zur Kräftigung des Herzens, zum Beispiel Weißdorn, sowie ein ständiger Wechsel der Positionen: Nichts hatte gefruchtet – egal, ob Terke auf dem Gebärstuhl mit dem halbrund ausgeschnittenen Sitz Platz nahm, fest die Arme aufstützte und die Beine gegen das Fußbrett stemmte, ob sie mit gespreizten Oberschenkeln auf einer Decke auf dem Boden kniete oder, wie im Augenblick, vom Schmerz überwältigt und wie erschlagen auf dem Wandschrankbett lag.

Auch die Helferinnen der Hebamme, ältere Frauen aus dem Dorf Nieblum und jüngere Freundinnen Terkes aus den umliegenden Ortschaften, alle selbst mehrfache Mütter, waren verzagt. Keine glaubte mehr so recht daran, dass diese Niederkunft jemals zu einem guten Abschluss käme. Aber niemand sprach laut aus, was alle dachten.

»Du schaffst das, Terke«, behauptete die Wehmutter und die anderen Frauen pflichteten ihr lebhaft bei.

»Aber natürlich!«, erklärte Terkes beste Freundin, Signe Pedersen, eine siebenundzwanzigjährige Dänin, die einen Föhringischen Kapitän geheiratet hatte, mit erzwungener Zuversicht. »Bei Anke Brodersen hat es auch drei Tage gedauert und dennoch wurde sie von einem gesunden Mädchen entbunden. Bei dir ist es ähnlich, du musst nur sehr tapfer sein!«

Die Frauen zwangen sich dazu, heitere Gelassenheit auszustrahlen und sogar zu lächeln, obwohl mehr als einer eher nach Weinen zumute war. Die Hebamme überlegte bereits im Stillen, ob sie zum stärksten ihr bekannten Mittel greifen sollte, dem Bilsenkraut. Allerdings hatte sie sich bis jetzt stets davor gescheut es anzuwenden, denn dieses Kraut war ein tödliches Gift, sobald man sich nur im Geringsten in der Dosis irrte.

Nach längerem innerem Ringen beschloss Moicken schließlich schweren Herzens, seine Verwendung zu unterlassen. Wenn es der Wille des Herrn war, dass diese junge Frau sterben sollte, dann würde es eben in Gottes Namen so geschehen.

Als Terkes Schreie, die mittlerweile an die einer Gefolterten erinnerten, ihren vorläufigen Höhepunkt erreichten, konnte eine der Geburtshelferinnen nicht mehr an sich halten. Sie wandte sich an die wie versteinert dastehende Hebamme:

»Ich hab's geahnt, dass es so kommt, Moicken! Die Vorzeichen waren eindeutig; ich wollte sie nur nicht wahrhaben, weil unser Pastor doch immer behauptet, dass alles Unfug ist, was die Alten uns überliefert haben. Jetzt haben wir den Beweis, dass es doch stimmt!«

»Was meinst du damit, Birte?«, erkundigte sich Moicken Harmsen alarmiert. Birte Martensens dummes Geschwätz war etwas, das sie jetzt am allerwenigsten gebrauchen konnten.

Alle Anwesenden scharten sich um Birte. »Jetzt sag schon! Was meinst du mit ›Vorzeichen‹?«

Birte, der ungeteilten Aufmerksamkeit aller Anwesenden gewiss, tat recht geheimnisvoll. Sie senkte ihre Stimme zu einem Flüstern, so dass die Frauen wegen der anhaltenden Schreie der Kreißenden sie anfangs kaum verstanden. Dann allerdings deutete sich Unglaubliches an.

Als sie geendet hatte, fuhr Moicken wie eine Furie auf Birte Martensen los.

»Du bist ja wohl völlig närrisch geworden! Du willst uns tatsächlich weismachen, eines Nachts ein Gespenst gesehen zu haben, das Unheil verkündet? Selten so einen Unsinn gehört!

Das ist nichts anderes als finsterstes Heidentum. Lass bloß niemand anderen diesen Blödsinn hören. Da hört sich doch alles auf!«

Die Wehmutter war entsetzt und wütend zugleich.

Das hatte ihr gerade noch gefehlt! Behauptete Birte Martensen doch allen Ernstes, vor einigen Nächten, als sie bei Ebbe den Strandabschnitt zwischen Wyk und Goting nach Muscheln und Krabben absuchte, im Mondenschein der *Witten Fru*, der »Weißen Frau«, begegnet zu sein, einer Geisterfrau, die angeblich seit Jahrhunderten großes Unglück – meist den Tod einer Gebärenden – ankündigte.

»Ich weiß, was ich gesehen habe!«, wehrte sich Birte gegen Moickens Vorwürfe. »Was glaubt ihr wohl, wie ich erschrocken bin, als urplötzlich die *Witte Fru* an mir vorüberschwebte: Sogar den Eimer, in dem ich die Muscheln einsammeln wollte, ließ ich vor Entsetzen fallen, solche Angst hatte ich, als ich sah, *wer* da am Meeresufer entlangwandelte! Die Gespensterfrau war jung und wunderschön. Ihr langes, spinnwebfeines, durchscheinendes Gewand umfloss ihre schlanke Gestalt und ihre bloßen Füße schienen den Sand nicht zu berühren. Im Licht des vollen Mondes konnte ich ihre edlen Gesichtszüge und die todtraurigen Augen deutlich sehen!«

»Jetzt hör aber sofort auf mit deinen Märchen!«, befahl Moicken streng. Aber vergebens, Birte war nicht mehr zu bremsen.

»Ich habe die Ärmste nicht nur gesehen, sondern auch gehört«, spielte sie einen weiteren Trumpf aus.

»Was hast du gehört?«

»Was hat die Weiße Frau denn gesagt?«

»Nun sag schon, was hat die Geisterfrau verkündet?«

Sämtliche Geburtshelferinnen scharten sich um Birte Martensen. Es schien, als hätten sie die sich noch immer in entsetzlichen Qualen windende Terke völlig vergessen, so, als glaubten sie, man könne ihr sowieso nicht mehr helfen.

»Sie hat den Namen ihres Kindes gerufen«, flüsterte Birte. »Es klang geheimnisvoll und es ist mir richtig ans Herz gegangen, so wehmütig und todtraurig klang ihre Stimme dabei. Ich habe die Rufe deutlich gehört: Eleonora, meine Tochter, mein liebes Kind, wo bist du? Es war anrührend und schaurig zugleich.«

»Das war ohne jeden Zweifel die *Witte Fru*!«, riefen mehrere Helferinnen gleichzeitig durcheinander.

»Sie sucht nach ihrer im Meer ertrunkenen kleinen Tochter – und das bedeutet Unglück für eine andere Frau, die Mutter werden soll.«

»Die Meeresgöttin Ran hat ihre Tochter geraubt und die Weiße Frau sucht seit Jahrhunderten vergebens nach ihr.«

»Die Geisterfrau erscheint seit Urzeiten, wenn auf der Insel eine werdende Mutter sterben muss.«

Jetzt war das Furchtbare laut ausgesprochen und stand ebenso unheilverkündend wie scheinbar unabwendbar im Raum.

Plötzlich wurde es totenstill in der Schlafkammer.

Erst jetzt fiel den Frauen auf, dass die Schreie der werdenden Mutter aufgehört hatten.

Wohl ein Dutzend Mal hatte »Mutter Harmsen«, wie die Hebamme allgemein auf der Insel genannt wurde, mit kundiger, mit Butter eingefetteter Hand im geweiteten Geburtskanal nachgeforscht, ob die Lage des Kindes endlich die »richtige« war, ob es sich womöglich zwischenzeitlich gedreht habe. In diesem Augenblick tat sie es erneut. Dann schüttelte sie den Kopf.

»Das Kind ist einfach zu groß; es steckt im Becken fest wie in einer Schraubzwinge«, murmelte Moicken verzweifelt, zog

33

ihre Hand zurück und wischte sie gedankenlos an dem Tuch ab, das ihr eigentlich zum Abtrocknen des Gesichts diente. Der Schweiß rann ihr mittlerweile in Strömen übers Gesicht, denn es war brütend heiß im Zimmer. Die Fenster mussten ja, wegen der umherfliegenden bösen Geister, die es auf Mutter und Kind abgesehen hatten, dicht verschlossen bleiben ...

Die Hebamme resignierte und verzichtete darauf, Birte erneut zu widersprechen. Terke war in kalten Schweiß gebadet, ihr Atem ging nur mühsam und ihr Herzschlag hatte sich beängstigend verlangsamt.

»Um Jesu Christi willen! Bringt mich endlich um! Bitte, erschlagt mich doch! Ich halte diese Qualen nicht mehr länger aus!«

Die Anwesenden erschraken zu Tode.

Nach langer Zeit stieß Terke wieder verständliche Worte aus, aber die Bedeutung dessen, was sie verlangte, war einfach unglaublich! Es sollten ihre letzten Worte sein. Von nun an vernahmen die verstörte Wehmutter und die helfenden Frauen nur noch ihr grauenhaftes Stöhnen und Jammern. Und gerade dieses jämmerliche Wimmern ging allen noch sehr viel mehr zu Herzen, als die lautesten Schreie es vermocht hatten.

Von einem ungewohnten Geräusch aufgeschreckt, wandte sich Moicken, deren Nerven zum Zerreißen gespannt waren, nach dessen Ursache um.

Sie entdeckte die sechsjährige Kerrin Rolufs, die Tochter der werdenden Mutter, die mitten in der *Komer* stand, dem Raum mit den drei großen Schrankbetten. Eines davon belegte im Augenblick Terke – die Beine obszön weit gespreizt –, deren grotesk angeschwollener Bauch die entsetzten kindlichen Blicke magisch anzog: Vom Nabel abwärts war die Mutter nackt.

»Was hast *du* hier zu suchen? Du hast hier überhaupt nichts verloren! Verschwinde auf der Stelle! Geh spielen, aber pack dich augenblicklich und lass dich hier ja nicht mehr sehen!«

Äußerst barsch klangen Mutter Harmsens Worte, ihre Stimme war zudem ungewohnt schrill und überschlug sich beinahe. Die kleine Kerrin erschrak noch mehr. Was ging hier vor? Warum war die sonst durch nichts aus der Ruhe zu bringende Wehmutter so nervös, ja richtiggehend böse? Und was war mit Mama? Weshalb lag sie vor aller Augen derart schamlos da?

Moicken stapfte energisch auf das kleine Mädchen zu, das keine Anstalten machte, das Gebärzimmer, diesen geheimnisvollen Schauplatz höchst rätselhafter Ereignisse, zu verlassen. Unsanft packte sie das Kind an der Schulter und drehte es grob um sich selbst, um es zur Tür hinauszuschieben.

In diesem Augenblick kam Moicken in den Sinn, dass Kerrin Rolufs aller Wahrscheinlichkeit nach in Kürze keine Mutter mehr haben würde … Die Hebamme hielt inne; sie schluckte schwer und ihre ungehaltene Stimme wurde auf einmal weich.

»Geh nur ruhig, mein Schätzchen! Die Geburt dauert noch. Sobald dein neues Geschwisterchen da ist, werde ich dich und deinen Bruder Harre rufen. Versprochen!«

Sanft schob sie das jetzt nur noch leicht widerstrebende kleine Mädchen durch die Tür. Sicherheitshalber versperrte sie diese dann, indem sie den Riegel von innen vorlegte.

»Kleine Kinder als Zuschauer bei einer Niederkunft: Das fehlte mir gerade noch«, murmelte sie dabei. Außer Frauen, die bereits geboren hatten, duldete sie niemanden um sich, wenn es galt, neuem Leben auf die Welt zu helfen – auch keine Ehemänner.

Als sie vor fast dreißig Jahren auf Föhr als Hebamme begann, war das Erste, was sie sich ausbedungen hatte: kein Mann als Zaungast bei einer Entbindung.

35

»Die Kerle stören bloß, sie stehen im Weg und schnacken dummes Zeug. Es reicht, wenn sie das Geschehen vom Nebenzimmer aus mitbekommen.«

Grimmig lächelnd hatte sie hinzugefügt: »Das finde ich übrigens sogar äußerst heilsam für die Herren: Das Wehgeschrei beweist ihnen lebhaft, was sie ihren Weibern nächtens antun.«

Bei Männern, die völlig die Fassung verloren, konnte es allerdings vorkommen, dass Moicken sie vorübergehend gleich ganz ihres eigenen Hauses verwies und in den Dorfkrug schickte, bis die Geburt vorüber war.

Unwillig schob sie diese Gedanken als wenig hilfreich von sich. Hier und heute handelte es sich um keine normale Entbindung, sondern offensichtlich um eine Tragödie.

Um nicht gänzlich untätig zu erscheinen, forderte Mutter Harmsen eine Nachbarin auf, ihr dabei zu helfen, die erschöpfte Terke erneut in den Gebärstuhl zu setzen.

Unwillkürlich machte sie sich bereits Gedanken darüber, wie Roluf Asmussen, angesehener Commandeur eines holländischen Walfangschiffes, dieses Unglück aufnehmen würde, sobald er im späten Herbst von der Fahrt nach Grönland zurückkehrte.

Im Geiste ging sie noch einmal jeden Handgriff, jeden Ratschlag, jede Arznei, die sie der Kreißenden verabreicht hatte, durch. Nein, alles war gut und richtig gewesen. Das könnten im Notfall auch die anwesenden Frauen bestätigen. Sie war sich durchaus keiner Schuld bewusst. Aber wer konnte schon vorhersagen, wie der unglückliche Ehemann, der Terke über alle Maßen liebte, reagieren würde? Womöglich lastete er ihr, der erfahrenen Wehmutter, grobes Versagen an, das zum Tod seiner Liebsten geführt habe?

Die Hebamme gab sich keinerlei Illusionen hin, was mit ihr geschähe, sollte man sie vor Gericht schleppen: Geburtshelferinnen waren beim Volk zwar sehr angesehen – solange alles gut lief. Kam es jedoch zu Schwierigkeiten oder gar zum Tod von Mutter und Kind, dann war im Nu die Nähe zu den verabscheuten Hexen hergestellt. Das war dieser Tage noch so wie vor zweihundert Jahren.

Um der Ärmsten die schlimme Pein, die noch auf sie wartete, wenn schon nicht zu ersparen so doch zu erleichtern, beschloss Mutter Harmsen, Terke einen Betäubungstrank, vermischt mit etwas Mohnsaft, zu verabreichen. Ihr andauerndes Wimmern zerrte inzwischen an den Nerven aller Anwesenden.

Die Hebamme warf einen Blick auf die Weiber, die ratlos im Raum umherstanden. Am liebsten hätte sie alle nach Hause geschickt. Aber das war unmöglich. Als Zeuginnen der Geburt hatten sie auch ein Recht, unmittelbar bei der Entbindung dabei zu sein. Auch wenn es, wie in diesem Fall, anscheinend gar keine geben sollte …

Signe Pedersen, Terkes liebste Freundin, legte wohl zum hundertsten Mal einen Stapel mit sauberen Leinentüchern sorgfältig Kante auf Kante zusammen. Anschließend warf sie ihn sofort wieder durcheinander. Moicken war sich sicher, dass Signe überhaupt nicht wusste, was sie tat.

Eine andere Helferin arrangierte – ebenso sinnlos – fortwährend die Arzneifläschchen der Hebamme; immer wieder rückte sie diese auf der Kommode hin und her, vor und zurück, ordnete sie wechselweise nach ihrer Größe, nach Farbe und Höhe ihres Inhalts.

Die Wehmutter erschrak, als sie sich plötzlich am Ellbogen gefasst fühlte. Signe hatte endlich aufgehört, die Wäsche zusammenzulegen, und war dicht an sie herangetreten. Ganz nahe brachte sie ihren Mund an Moickens Ohr und flüsterte ihr zu: »Glaubst du nicht, dass es endlich an der Zeit wäre,

Frau Hal anzurufen? Ich denke, nur sie kann jetzt noch helfen!«

Mutter Harmsen erschrak zutiefst. Geschwind blickte sie sich um. Zum Glück schien keine der anderen Frauen Signe gehört zu haben. Dieser fatale Ratschlag kam nun in der Tat zur Unzeit! Dachte Signe wirklich, sie ließe sich darauf ein, die heidnische Totengöttin Hel um Hilfe zu bitten? Sie würde den Teufel tun und eine germanische Heidengöttin bemühen – für eine Gebärende, die überdies mit einem der drei Inselpastoren eng verwandt war!

Unwirsch wehrte sie Signe ab. »Schweig mir von diesen Dingen!«, beschied sie die junge Dänin, der nicht wenige – und wohl nicht zu Unrecht – insgeheim nachsagten, sie hielte es immer noch mit den alten Göttern.

Auf einmal kam Mutter Harmsen der Gedanke, den Oheim der jungen Mutter, den allseits beliebten und verehrten Pastor von Sankt Johannis in *Naiblem*, wie man den Ort Nieblum damals nannte, holen zu lassen.

Lorenz Brarens war nicht nur ein sogar auf dem Festland sehr bekannter evangelischer Theologe, sondern ein vielseitiger Gelehrter, der so mancherlei wusste, wovon sich ein gewöhnlicher Mensch keinen Begriff machte und der überdies mit bedeutenden wissenschaftlichen Koryphäen der Zeit in regem brieflichem Kontakt stand. Vielleicht vermochte er ihr einen Rat zu erteilen?

Als sie diese Hoffnung laut aussprach, griffen die übrigen, genauso ratlosen Frauen sie begierig auf. Sogleich rannte die Jüngste von ihnen aus dem Haus des Commandeurs und hinüber ins nahe liegende Pfarrhaus.

Falls sich Moicken Harmsen in dieser delikaten Angelegenheit tatsächlich Hilfe von dem Geistlichen erwartet hatte, sah sie sich gleich darauf bitter enttäuscht. Von Gynäkologie und Geburten verstand der gelehrte und kluge Mann rein gar nichts.

Der Vierundvierzigjährige, Ehemann und Vater von vier Kindern, war entsetzt, sobald er seiner Nichte ansichtig wurde.

»Ich bin sicher, sie erkennt mich gar nicht mehr.«

Der vor Schreck erblasste Pastor klang tief bedrückt, die Stimme versagte ihm fast. Er ermannte sich jedoch und sprach einen Segen über Terke, ihr Ungeborenes und über alle anwesenden Frauen. Anschließend verließ er beinahe überstürzt das Zimmer.

Eine Magd führte ihn in den *Pesel*, den schönsten Raum eines jeden friesischen Hauses. Es handelte sich dabei um die Wohnstube, die im Unterschied zu der jeden Tag benützten *Dörnsk* nur von besonders geehrten Gästen und zu feierlichen Gelegenheiten betreten wurde.

Der Geistliche ließ sich seufzend in dem großen, ledernen Armsessel nieder, in dem im Winter sein angeheirateter Neffe, der Commandeur Roluf Asmussen, Platz zu nehmen pflegte. Asmussen war nur um vier Jahre jünger als der Pfarrer. Vor zehn Jahren – mit dreißig – hatte er Brarens damals siebzehnjährige Nichte Terke zur Frau genommen.

Für beide war diese Ehe – trotz des nicht unbeträchtlichen Altersunterschieds – ein wahrer Glücksfall: Sie liebten sich innig und der Herrgott segnete sie im Jahr nach der Hochzeit mit dem jetzt neun Jahre alten Harre und drei Jahre später mit der Geburt ihrer Tochter Kerrin.

Des Pastors Gedanken schweiften ein wenig ab in die Vergangenheit, als Roluf, ein gut aussehender, gebildeter und höflicher, aber recht schüchterner Mann, seiner jungen Verwandten beinahe verschämt den Hof gemacht hatte. Ein Lächeln stahl sich auf Lorenz Brarens' Lippen, als er sich daran erinnerte, wie er und seine Frau Göntje dem zaghaften Werben des Seeoffiziers, der damals sein erstes Kommando als Kapitän erhielt, regelrecht »nachgeholfen« hatten, um das Ganze ein wenig zu beschleunigen …

Die Tränen schossen dem Geistlichen in die Augen, als ihm wieder in den Sinn kam, wie Roluf vor Glück gestrahlt hatte, als Terke ihn an einem der letzten Tage des Monats Februar, kurz vor seiner Abreise nach Holland, von ihrer dritten Schwangerschaft in Kenntnis setzte.

»Wenn du im Spätherbst von großer Fahrt zurückkehrst, mein Liebster, wird seit etwa zwei Monaten ein neuer Sprössling in der Wiege liegen«, hatte sie ihm lächelnd versprochen.

Pastor Brarens, der in jungen Jahren einige Zeit in Frankreich verbracht hatte und deshalb von den meisten seiner Gemeindemitglieder mit »*Monsieur*« angesprochen wurde – was bei ihnen allerdings nach »Musjöh« klang –, zweifelte nicht daran, dass er in Kürze einen äußerst traurigen Eintrag im Kirchenbuch von St. Johannis vorzunehmen habe:

»Terke Rolufsen, geborene Brarens, zur Gemeinde Sankt Johannis in Nieblum auf Föhr gehörig, verheiratet mit dem Commandeur Roluf Asmussen, Mutter von Harre und Kerrin Rolufsen, ist heute, während der Geburt ihres dritten Kindes, in der Gnade des Herrn verschieden. Gott, der Herr, sei ihrer armen Seele gnädig! Nieblum, am … September, anno 1687.«

Nur das genaue Datum musste er noch abwarten; aber eigentlich zweifelte er längst schon nicht mehr daran, dass Terke noch am heutigen Tag ins ewige Leben einginge.

Als Geistlicher und Sterbebegleiter hatte er schon viele Menschen erlebt, die ihren letzten Atemzug taten, er kannte die Anzeichen, wenn der Tod hinter einem Menschen stand – und bei Terke hatte er ihn ganz deutlich gespürt.

»Es käme dabei einem Wunder gleich, wenn das Kind, dem sie eigentlich das Leben schenken sollte, das Drama überstünde«, dachte er und seufzte wiederum. Mit großer Wahrscheinlichkeit war auch der Säugling dem Tod geweiht. Er beschloss, nicht nur Terke und ihren Mann Roluf, sondern auch Harre und Kerrin – die beiden Waisenkinder, die seine Nichte zurückließe – sowie das unschuldige Kleine in seine Gebete einzuschließen.

Es war immer besonders traurig, wenn ein junger Mensch verstarb; eine junge Mutter zumal, die von ihren Kindern noch dringend gebraucht wurde.

»Herr, warum lässt du so etwas Grausames geschehen?«, entfuhr es ihm unwillkürlich laut. Dann dämpfte er seine Stimme zu einem Flüstern; es wäre nicht gut, sollte jemand im Haus ihn hören.

»Herr im Himmel, bist du wirklich ein gütiger Gott, ein Vater, der seine Kinder auf Erden wahrhaft liebt? Herr, warum machst du es mir so unendlich schwer, dich zu verstehen?«

Wie oft hatte ihm ein frommes Gemeindemitglied diese Frage schon gestellt! Auch er wusste bis heute keine Antwort darauf – jedenfalls keine, die ihn befriedigen konnte.

ZWEI
Zu gleicher Zeit vor Grönland auf See

ROLUF ASMUSSEN, Commandeur des unter holländischer Flagge segelnden Walfängers *Adriana*, beschloss, nach Stunden ununterbrochener Anwesenheit auf der Brücke endlich seine Kajüte aufzusuchen. Jetzt konnte er es sich leisten, ein wenig zu verschnaufen. Wozu hatte er seine Offiziere?

Alles lief wie am Schnürchen, jeder Handgriff saß, da jeder der Männer wusste, was er zu tun hatte. Die Mannschaft bestand ausschließlich aus Seeleuten der Insel Föhr – das hatte Asmussen sich schon vor Jahren bei der Reederei ausbedungen.

Nur zu bereitwillig war man darauf eingegangen: Föhringer galten nun einmal als die besten Walfänger – und die unter seinem Kommando Dienenden ganz besonders. Wale waren eine äußerst begehrte Beute: Lieferte ihr Speck doch den nötigen Tran, der zum Heizen verwendet wurde und durch den fast sämtliche Lampen Europas ihren hellen Schein verbreiteten. Beinahe jeden Tag, den Gott werden ließ, dankte Commandeur Asmussen dem Herrn für die Möglichkeit des Walfangs.

Seit Menschengedenken boten sich den Friesen in der Hauptsache zwei Erwerbsmöglichkeiten. Die eine war der Heringsfang vor der Insel Helgoland, die andere war das seit dem 11. Jahrhundert übliche Sieden von Salz, wobei das Meersalz aus der Asche von Seetorf ausgekocht wurde. Aus einer Tonne Torf waren immerhin fünfundzwanzig Kilogramm Salz zu gewinnen.

Im 16. Jahrhundert war es mit dem Heringsfang plötzlich vorbei; keiner wusste, weshalb die Schwärme ausblieben. Auch die Salzsiederei gelangte an ein jähes Ende. Die »Große Flut« von 1634 zerstörte zudem einen Großteil des Landes, was den Untergang beträchtlicher Gebiete mit fruchtbarem Marschboden bedeutete. Getreideanbau und Viehzucht wurden stark eingeschränkt.

In dieser Notlage kam der Zufall den Friesen zu Hilfe. Während der Entdeckungsreisen zu Anfang des 17. Jahrhunderts – einer von Rolufs Vorfahren war daran beteiligt – sichteten die Seefahrer in den Gewässern um Grönland und Spitzbergen riesige Wal- und Robbenbestände. Das ließ aufhorchen, war der Waltran doch als Brennstoff heiß begehrt.

Die großen Reedereien der Holländer holten sich anfangs vor allem die im Walfang erfahrenen Basken auf ihre Schiffe.

42

Von ihnen lernten die Holländer, wie man die Wale fangen, töten und »ausschlachten« konnte. Als Ludwig XIV. von Frankreich allerdings seinen baskischen Untertanen verbot, unter holländischer Flagge Wale zu erlegen, sprangen flugs die gelehrigen Friesen ein. Sie füllten die durch die fehlenden Basken entstandenen Lücken und es gelang ihnen, in kurzer Zeit führende Positionen im Walfang zu erlangen, indem sie Harpuniere, Speckschneider und sogar Commandeure wurden.

Die ursprünglichen Fanggebiete lagen bei Spitzbergen, was man anfangs irrtümlich für einen Teil von Grönland hielt. Daher nannte man seit jeher den Walfang »Grönlandfahrt« – selbst als man den geografischen Irrtum längst korrigiert hatte.

Roluf Asmussen schmunzelte unwillkürlich, wie immer, wenn er die noch sehr kurze Geschichte des friesischen Walfangs Revue passieren ließ.

In der diesjährigen Sommersaison hatten er und seine Mannschaft großes Glück gehabt: Zahlreiche Wale hatten die Männer bisher erbeutet und die *Adriana* war mit allen ihren sechs Schaluppen, den Fangbooten, heil geblieben. Auch sonst hatte es weder durch Krankheiten noch durch andere Misslichkeiten Ausfälle bei der Mannschaft gegeben.

Das war durchaus keine Selbstverständlichkeit.

Als sie im Frühsommer das Grönlandeis erreichten, fanden sie zu ihrer Bestürzung ein verlassenes Schiffswrack vor, im Eis feststeckend – von den Seeleuten entdeckten sie jedoch keine Spur.

Später hörten sie von anderen Walfängern, dass dieses Schiff am Pfingsttag leckgeschlagen war, nachdem es mit seinem Bug einen Eisberg scharf gerammt hatte. Vorsichtig war Asmussen mit der *Adriana* hingesegelt; jedoch nicht zu nahe, um nicht womöglich selbst im Eis eingeklemmt zu werden. Eine zerquetschte Schaluppe konnten die Männer noch bergen. Es war offensichtlich die des Commandeurs, am Bug war noch ein Name zu erkennen: Peter Steenhagen. Er war Hamburger Kapitän und ein Freund Roluf Asmussens.

Der machte sich natürlich große Sorgen um ihn. Aber bald erfuhren sie von anderen Commandeuren, die sich gleichfalls in dieser walreichen Gegend aufhielten, Steenhagen und seine Leute habe man heil und gesund auf anderen Schiffen aufgenommen.

Im Augenblick waren seine Männer damit beschäftigt, einen weiteren, heute am frühen Morgen erlegten, riesigen Wal, den man längsseits dicht an die *Adriana* herangezogen hatte, mit starken Winden anzuheben, um ihn vor Haifraß zu schützen. Die Biester hatten es sich längst zur Gewohnheit gemacht, erlegte Wale als ihnen zustehende Beute zu betrachten.

Die Männer ließen sich auf dem Rücken des Tieres nieder, um ihm die Haut abzuziehen. Die dicke Speckschicht schnitten sie mit besonderen Messern herunter – eine Tätigkeit, die man »*Flensen*« nannte.

Die Speckstreifen und -brocken wurden aufs Mutterschiff gehievt, wo bereits andere warteten – unter ihnen der *Küper* und der *Schiemann* –, um das Fett zu zerkleinern und in Fässern zu verstauen. Während dem ersteren die Aufsicht über den guten Zustand der hölzernen Specktonnen oblag, war letzterer für das ordnungsgemäße Verstauen der vollen Fässer im Laderaum des Schiffsbauchs verantwortlich. Verrutschte die schwere Ladung aufgrund starken Seegangs, konnte das den Untergang eines Walfängers bedeuten.

Die wertvolle Fracht wurde nach Beendigung der Fangsaison vom großen Segler zum Heimathafen in die Tran-Brennerei gebracht. Es gab immer weniger Walfangschiffe, auf denen der Tran noch von der Mannschaft selbst an Ort und Stelle in

Spitzbergen oder Grönland gekocht wurde. Auch Asmussen vertrat die Ansicht, seine Männer hätten Wichtigeres zu tun – nämlich möglichst viele Wale zu erlegen und ihr Fett herbeizuschaffen – als sich als »Tran-Köche« zu verzetteln.

Je nach Menge der Ausbeute eines »Grönlandsommers« belief sich der Lohn der höher chargierten Seeleute. Dazu zählten der Commandeur, der Steuermann, der Speckschneider, dessen Gehilfe, der Bootsmann, der jeweilige Harpunier auf einer Schaluppe, der Schiffszimmermann, der Oberküper und der Schiemann. Die übrigen niederen Mannschaftsränge erhielten als Sold einen festen Monatslohn und dazu eine recht bescheidene Beteiligung am jeweiligen Fang.

Roluf Asmussen notierte sich im Geiste, dass er später nicht vergessen durfte, den jüngsten Schiffsjungen unter anderem auch darüber zu belehren. Es sollte den Jungen dazu animieren, fleißig zu sein, um es später möglichst vom einfachen Matrosen zum Offizier zu bringen.

Offiziere und Commandeur erhielten zu Beginn der Fahrt ein Handgeld, sonst aber keinen festen Lohn. Aber Asmussen war mehr als zufrieden: Sein vom Fangergebnis abhängiges Einkommen dürfte in diesem Jahr eine anständige Summe ausmachen, denn im Laderaum stapelten sich bereits etliche Fässer Tran und pro Fass stand ihm und den übrigen ein prozentualer Anteil zu. Er grinste vergnügt: Seine Familie wuchs in diesen Tagen um ein neues Mitglied und er konnte das Geld gut gebrauchen.

Der Commandeur überlegte bereits, wie er den diesjährigen überschüssigen Verdienst anlegen könnte, damit er ihm den größtmöglichen Gewinn einbrächte. Er tendierte dazu, sich bei seiner Reederei in Amsterdam oder der seines Freundes Steenhagen in Hamburg zu beteiligen. Darüber wollte er sich demnächst mit seiner Ehefrau Terke beraten.

Einen großen Teil seines Lohns erhielt natürlich Terke, sie bestritt schließlich das ganze Jahr über den Lebensunterhalt der Familie. Aber Bargeld wurde zum Leben auf der Insel Föhr eigentlich so gut wie nie benötigt. Alles, was die Insulaner im Allgemeinen brauchten, lieferte die bescheidene Landwirtschaft, die von den Frauen betrieben wurde. Auch die Steuerlast war niedrig.

Das alles war dem Commandeur selbstverständlich bekannt; aber er war großzügig und fragte Terke niemals danach, wofür sie sein Geld ausgab, ob und wie sie es beiseitelegte. Es herrschte ohnehin Einigkeit darüber, dass der Hauptteil einmal den Kindern gehören sollte.

Einen anderen Teil legte seine Frau vermutlich in seltenen, wundervoll illustrierten Büchern an, für die sie ein ausgesprochenes Faible zu haben schien. Eine Vorliebe, die sie mit ihrem gelehrten Onkel, dem Pastor, teilte. Als Roluf an sein junges, hübsches Weib dachte, verging er beinahe vor Sehnsucht nach ihr, die wohl in Kürze zum dritten Mal ihre »schwere Stunde« erleiden müsste. Er bedauerte sie zwar von Herzen, aber er machte sich keine Sorgen, wusste er sie doch bei Moicken Harmsen in den allerbesten Händen.

Darüber hinaus hatte Göntje, des Pastors Frau, versprochen, ihr nach der Entbindung hilfreich zur Seite zu stehen, indem sie ihr die Versorgung der älteren Kinder, Harre und Kerrin, abnahm.

Auch nach diesen beiden sehnte er sich; er sah sie viel zu selten. Aber das betraf ihn nicht allein, das war schließlich bei allen Seefahrern so: Das Familienleben fand so gut wie ohne die Väter statt, Aufzucht und Erziehung des Nachwuchses oblag allein den Frauen.

Der Gedanke an seine Kinder ließ in Roluf Asmussen die Idee aufkeimen, sich wieder einmal persönlich um den Schiffsjungen Pave Petersen zu kümmern, und zwar jetzt sofort. Hatte er doch dessen Mutter in die Hand versprochen, ein besonderes Auge auf den Kleinen zu haben – immerhin zählte der »Moses«, wie man den Jüngsten auf einem Schiff nannte, erst ganze sechs Jahre.

Im Allgemeinen weigerte sich der Commandeur, so junge Kerlchen auf große Fahrt mitzunehmen. Das Ganze war viel zu anstrengend für kleine Kinder: Schwere Arbeit, ruppige Kameraden, zu wenig Schlaf, allerhand Möglichkeiten sich zu verletzen und dazu Krankheiten, die ein älteres Kind zwar ohne Weiteres wegsteckte, die die Jüngsten allerdings reihenweise zu Todesopfern werden ließen.

»Ich möchte nicht in die schreckliche Lage kommen, einer Mutter statt ihres Kindes einen kleinen Sarg überbringen zu müssen«, sagte er all jenen Commandeuren, die das anders handhabten. In aller Regel kamen ihm keine jüngeren Knaben als mindestens Elfjährige aufs Schiff.

Bei Pave allerdings hatte er eine Ausnahme gemacht: Die blanke Not war es, die den Jungen dazu zwang, eine Anstellung, die immerhin mit zwei holländischen Gulden pro Monat entlohnt wurde, anzunehmen. Im Jahr zuvor war sein Vater tödlich verunglückt, als er versuchte, die Leine einer im Speck eines Wals festsitzenden Harpune einzuziehen. Das mächtige Tier hatte die betreffende Schaluppe mit seiner Fluke zerschlagen und ihn ins eisige Meer stürzen lassen. Sturm und starker Wellengang hatten Peter Clements Rettung verhindert.

Der Mann hinterließ fünf unmündige Kinder und seine Witwe wusste nicht, wie sie alle ernähren sollte. Da hatte der kleine Pave beschlossen, als Schiffsjunge anzuheuern, um die Mutter finanziell zu unterstützen. Roluf mochte den aufgeweckten und eifrigen Knaben sehr; erinnerte er ihn doch ir-

47

gendwie an seine Tochter Kerrin … Wenn er ehrlich war, empfand er die ständigen Trennungen von seinen Kindern als sehr belastend: Die schönsten Jahre ihrer Kindheit und ihres Heranwachsens würde er nur bruchstückhaft miterleben und auf ihre Erziehung hatte er so gut wie keinen Einfluss. Nicht, dass er seiner Frau etwa misstraut hätte, aber irgendwie beneidete er sie, dass sie sowohl mit Harre wie auch mit Kerrin jeden Tag Umgang hatte, Freud und Leid mit ihnen teilen konnte und gewiss um ein Vielfaches stärker in ihren kindlichen Herzen verankert war als er.

Mit dem dritten Kind, dass Terke erwartete, würde es genauso sein: Auch dieses würde den Vater eher als einen – wenn auch freudig erwarteten – Gast erleben, aber nicht als ein ständig anwesendes Familienmitglied, das sich um seine Lieben sorgte, sie beschützte und verteidigte, sobald es nottat.

Die anderen Seefahrer trugen offenbar etwas leichter als er an der dauernden Trennung von Frau und Kindern – die Kinder schienen mitunter erst ab einem gewissen Alter als zusätzliche Arbeitskräfte interessant zu werden. Mit seinem ausgeprägten Vaterinstinkt, den er an Bord auf den kleinen Pave übertrug, war Roluf in gewisser Weise eine Ausnahme.

Rasch räumte er Kompass, Zirkel und Lineal sowie die Lohnlisten sämtlicher Besatzungsmitglieder und die vorläufige Schätzung der diesjährigen Tran-Ausbeute auf seinem Arbeitstisch beiseite. Anschließend betätigte er die Schelle, deren schriller Klingelton weithin über die *Adriana* gellte.

Sie war für Pave, den jüngsten »Seemann«, bestimmt. Den Kleinen hatte man dahingehend instruiert, dass er, sobald die Schelle ertönte, laut *»Remann«* rufen müsse. »Remann« war der Ruf auf allen Schiffen unter holländischer Flagge.

Er signalisierte, dass der Junge den Schellenton, genannt »das Jungerufen«, gehört habe und umgehend erscheinen

48

werde, um die Befehle seines Vorgesetzten entgegenzunehmen.

Asmussen unterdrückte ein Grinsen, als er die krähende Kinderstimme des Sechsjährigen schon von Weitem hörte: »Remann!«, »Remann!«

»Unterkajütswächter Pave Petersen meldet sich gehorsamst zur Stelle, Herr Commandeur! Einen guten Tag wünsche ich!«, schrie der Kleine, vor Aufregung ganz rot im Gesicht, eine Hand an der Matrosenmütze, die andere an der Hosennaht angelegt.

»Danke, Unterkajütswächter Petersen! Steh Er bequem«, lautete darauf die korrekte Antwort Asmussens.

Ihm ging regelrecht das Herz auf, als er dem strahlenden Blick aus den vertrauensvollen blauen Kinderaugen begegnete. Der Junge schien in seinem obersten Vorgesetzten eine Art höheres Wesen zu erblicken.

»Am besten, du holst dir den Stuhl da aus dem Winkel herbei und setzt dich mir gegenüber, Pave. Ich habe mit dir zu reden.«

Jetzt begann sozusagen der private Teil der Unterredung und daher duzte Asmussen den Kleinen. Eilfertig holte der Schiffsjunge das Verlangte, während der Commandeur sich in seinem Sessel hinter dem mächtigen Schreibtisch niederließ. Pave musste sich gewaltig anstrengen, aber er schaffte es schließlich, das sperrige Sitzmöbel vor Asmussens Tisch zu rücken.

»So geht das aber nicht«, lachte gleich darauf der Commandeur.

Der Knabe verschwand regelrecht in dem Stuhl; er vermochte kaum über den Rand des Schreibtischs zu spähen, während seine spindeldürren Beine in der Luft baumelten.

»Sei so gut, klettere auf den Tisch und setz dich mir im

49

Schneidersitz gegenüber, damit wir sozusagen auf Augenhöhe sind.«

Am liebsten hätte er den Kleinen, für den er sich in ganz besonderer Weise verantwortlich fühlte, auf seine Knie genommen; aber das war undenkbar. Pave war zwar ein Kind, aber darüber hinaus ein Mitarbeiter, ein Untergebener – und er sein Vorgesetzter.

Pave ließ sich das nicht zweimal sagen. Wenn er Arfst Lorenzen davon erzählte – dem ältesten Sohn von Pastor Lorenz Brarens, der mit seinen vierzehn Jahren ebenfalls zum ersten Mal zur See fuhr –, würde er Augen machen und vor Neid erblassen! Immerhin war Arfst aufgrund seines Alters schon Oberkajütswächter und durfte sich »*Hofmeester*« nennen ...

»Kennst du die Geschichte von Jonas und dem Walfisch, Pave?«, fragte Roluf unvermittelt den Schiffsjungen, der ihm, wie niemand an Bord entging, besonders am Herzen lag.

Der Knabe erschrak, schluckte und wurde blass. Davon hatte er noch nie etwas gehört! Sicher hielt ihn der Commandeur jetzt für einen ganz dummen Kerl. Betreten schüttelte der kleine Junge den Kopf und blickte bedauernd in die Augen des großen Mannes, an dessen Wohlwollen ihm so viel gelegen war. Dann fiel ihm offenbar ein, dass sein verehrter Vorgesetzter eine Antwort erwartete.

»Tut mir leid, Herr Commandeur, darüber weiß ich gar nichts!«, flüsterte Pave beschämt und senkte seinen hochroten Kopf.

»Das hätte mich auch sehr gewundert, Moses!«, kam umgehend die Entwarnung. »Du bist erst sechs und keiner verlangt, dass du das ganze Alte Testament auswendig kennen musst! Es ist allerdings eine sehr schöne und spannende Geschichte und ich habe mir gedacht, dass ich sie dir erzählen sollte. Sie passt außerdem gut zu uns und unserem Schiff.«

So kam es, dass Pave Petersen von Commandeur Asmussen seine erste Lektion in biblischer Geschichte erhielt. Der gebannt lauschende Schiffsjunge erfuhr das wundersame Erlebnis eines alttestamentarischen Propheten namens Jonas, das dieser mit einem riesigen Wal hatte, der ihn verschlang, um ihn nach drei Tagen unversehrt wieder auszuspucken.

Eine tolle Geschichte, die Pave nie vergessen würde!

Danach fragte ihn sein Vorgesetzter, was er denn einmal werden wollte.

»Ich will, wenn ich groß bin, auch Kapitän eines Walfängers werden, Herr Commandeur«, verkündete stolz der Dreikäsehoch.

»So? Das ist schön, min Jung! Aber dazu muss einer nicht nur Salzwasser in den Adern haben, sondern auch eine ganze Menge lernen.«

»Oh! Das will ich! Das werde ich«, erklärte der Sechsjährige fest. Der Commandeur glaubte ihm aufs Wort. Er hatte sich bereits bei älteren Seeleuten erkundigt, wie der Kleine sich auf dem Schmackschiff bei der unangenehmen Überfahrt von Föhr zum Ausgangshafen in Amsterdam angestellt habe.

Erfahrungsgemäß waren diese Reisen stets ausgesprochen widerwärtig. Die Seeleute schliefen wie die Heringe dicht gedrängt unter Deck. Viele rauchten, andere waren seekrank und mussten sich übergeben. Die Angst vor dem Eindringen von Feuchtigkeit und Kälte in den Nächten machten es zwingend notwendig – trotz der nahezu unerträglichen Ausdünstungen der vielen Männer –, die Luken und sonstigen Luftlöcher dicht verschlossen zu halten. Daran konnte Asmussen sich noch gut aus seiner eigenen Zeit als Schiffsjunge und einfacher Seemann erinnern.

Aber Pave Petersen war sehr tapfer gewesen. Nur ein einziges Mal, ganz zu Anfang, hatte der Kleine sich in seinen Stiefel übergeben müssen, nachdem das Schmackschiff bei steifer Brise gefährlich zu schaukeln begann.

So berichtete es ihm jedenfalls ein älterer Matrose, den er insgeheim gebeten hatte, wenigstens in der ersten Zeit ein Auge auf den »Moses« zu haben.

»Was weißt du eigentlich über Walfische, min Jung?«

Auch diese Frage stellte ihm der Commandeur ganz unvermittelt. Falls er jedoch geglaubt hatte, Pave damit auf dem falschen Fuß zu erwischen, sah er sich angenehm enttäuscht. Der Kleine kannte sich aus.

»Es sind eigentlich gar keine Fische, sondern Säugetiere«, legte er los. »Wir schießen hauptsächlich zwei Arten: Das eine ist der Grönlandwal und der andere, der kleinere, heißt Nordkaper. Beide gehören zu den Bartenwalen. Zum Atemholen müssen sie regelmäßig auftauchen und außerdem schwimmen sie ziemlich langsam, was uns das Fangen leichter macht.«

Pave legte eine kleine Pause ein. Der aufmunternde Blick des Commandeurs veranlasste ihn aber, munter fortzufahren.

»Beide Walarten haben eine sehr dicke Fettschicht unter der Haut. Diese Speckschicht ist etwa eine halbe Elle stark, kann aber auch bis zu eineinhalb Fuß messen. Das viele Fett lässt die toten Wale oben auf dem Wasser treiben. Ein Grönlandwal kann nahezu fünf Ruthen lang werden und das Gewicht von einhundertzwanzig Tonnen oder zweihundert Ochsen erreichen. Seine Zunge allein kann bis zu vier Tonnen wiegen. Hm! Was weiß ich noch?«

Der Schiffsjunge legte den Zeigefinger an seine kleine Stupsnase und überlegte.

»Ach ja! Meistens liefert ein einziger Wal, wenn man seinen Speck ausgekocht hat, ein Ahm und einen Anker Tran.«

»Sehr gut! Da hast du gut aufgepasst, Pave, als Bootsmann

Wögen Gonnesen euch Schiffsjungen unterrichtet hat. Ob Arfst Lorenzen das wohl auch alles weiß?«

»Ich glaube schon! Arfst ist sehr klug, Herr Commandeur. Der wird bestimmt auch einmal Commandeur eines Walfängers!«

Asmussen gefiel es gut, dass der Kleine seinen älteren Kameraden lobte und sich nicht alleine hervortat.

»Weißt du vielleicht auch, was man von den Walfischen sonst noch verwenden kann, außer ihrem Speck?«, fragte er den Jungen zum Abschluss.

»Ja, Herr Commandeur! Bootsmann Wögen Gonnesen hat uns erzählt, dass man aus ihren bis zu 120 Zoll langen Barten Spazierstöcke macht, aber auch Schachteln und Korsettstangen oder Reifen für die Röcke von feinen Damen. Jeder Grönlandwal hat bis zu sechshundert Barten in seinem Riesenmaul, durch die er das Wasser und seine Nahrung filtert, ehe er sie verschluckt.«

Da musste der Commandeur schmunzeln.

»So ist es, min Jung. Auch Kämme, Peitschenstiele und Angelruten, sogar Sprungfedern für Kutschen fertigt man daraus«, ergänzte er. »Für heute ist es genug! Er kann jetzt gehen, Unterkajütswächter Pave Petersen. Bleibe Er weiter brav und fleißig, damit mir keine Klagen kommen.«

Pave kletterte vom Tisch und stand erneut stramm, während er die oberste Autorität des Schiffes grüßte. Ehe er zur Kajütentür hinausschlüpfte, hielt Asmussen ihn noch einmal zurück:

»Peter Clements, Sein Vater, den ich als verlässlichen Seemann alle Zeit sehr geschätzt habe, wäre stolz auf Ihn.«

DREI
Am Nachmittag und in der folgenden Nacht
in Nieblum auf Föhr

MOICKEN HARMSEN WOLLTE sichergehen und schickte Kerrin lieber aus dem Haus. Sie konnte es nicht verantworten, dem kleinen Mädchen den Schock zuzumuten, mitzuerleben, wie seine Mutter starb. Von Harre wusste niemand, wo er abgeblieben war.

Kerrin schlug den Weg zum Strand ein. Unterwegs begegnete sie einer ihrer wenigen, etwa gleichaltrigen Freundinnen – sie war mehr oder weniger Einzelgängerin und besaß nicht viele. Die Kinder beschlossen, hübsch gefärbte Kieselsteine und Schneckenhäuser zu sammeln.

»Vielleicht finden wir auch Glückssteine«, freute sich Sabbe Torstensen, Tochter eines Kapitäns, der seit einiger Zeit nicht mehr auf Walfang, sondern auf »Große Fahrt« in die Karibik und nach Ostindien ging.

Ihr Vater war bereits über zwei Jahre von zu Hause fort und Sabbes Mutter Heike litt an starken Stimmungsschwankungen, was das Leben für das kleine Mädchen sehr erschwerte. So ermunterte Terke Kerrin dazu, die Freundin zu sich einzuladen, so oft es möglich war, damit das Kind wenigstens hin und wieder ein paar heitere Stunden verleben konnte.

»Ich weiß eine Stelle am Ufer, wo es ganz viele davon gibt«, verkündete Kerrin. »Lass uns rennen, wer als erste am Strand ist!«

Beide Kinder liefen um die Wette und jedes vergaß für eine kleine Weile den eigenen Kummer. Mitten drin mussten sie verschnaufen, weil Sabbe Seitenstechen bekam.

»Was wünschst du dir denn, Kerrin? Ein Schwesterchen oder ein Brüderchen?«, keuchte Sabbe.

Kerrin war keineswegs erstaunt über diese Frage. Es war auf der Insel selbstverständlich, dass alle Dorfbewohner und die der umliegenden Höfe über eine bevorstehende Entbindung genau informiert waren.

Kerrin wusste erst nicht recht, was sie antworten sollte.

»Eigentlich ist es mir egal. Mama möchte lieber noch einen kleinen Jungen haben, aber Papa hat gesagt, dass er auch gerne noch eine Tochter hätte. Aber das Schlimme ist …«

Kerrin stockte und brach urplötzlich in Tränen aus. Sabbe erschrak.

»Was hast du denn? Was ist mit deiner Mutter? So sag schon, was los ist!«, drängte sie. Kerrin blickte mit tränenblinden Augen in Sabbes ehrlich bekümmertes Gesicht.

»Das Kleine will nicht auf die Welt kommen! Meine Mama quält sich schon seit Tagen und die Hebamme weiß sich nicht zu helfen. Mutter Harmsen und die anderen Frauen, die ihr beistehen, glauben, dass ich noch zu jung bin und nicht verstehe, wie gefährlich das Ganze ist – aber ich weiß es genau! Meine arme Mama tut mir so leid!«

Kerrin weinte jetzt hemmungslos.

Da umarmte Sabbe sie und hielt die unglückliche Freundin wortlos ganz fest an sich gedrückt. So standen die beiden eine geraume Weile.

»Danke, du darfst mich jetzt wieder loslassen«, schluchzte Kerrin nach einiger Zeit und wischte sich energisch die Tränen mit einem Zipfel ihrer nicht mehr sehr sauberen Schürze ab.

»Genug geheult! Jetzt wollen wir machen, Sabbe, dass wir zum Strand kommen zum Glückssteine-Sammeln. Wenn ich einen finde, nehme ich ihn mit nach Hause und lege ihn meiner Mama unters Kopfkissen. Dann klappt es bestimmt mit der Geburt.«

»Ja, das mach nur! Ich will dir beim Suchen helfen, Kerrin!«

Die Kinder wussten, dass die meisten Erwachsenen auf Föhr so ein Ding, das man auch »Gewitterstein« nannte, in einer Tasche bei sich trugen, um Unheil abzuwehren und stattdessen das Glück zu erlangen. Ein uralter Aberglaube, denn man schrieb dem Heidengott Thor diese »Steine« zu, die in Wahrheit nur fossilierte Seeigel waren.

Vater Roluf hatte Harre und Kerrin erzählt, dass die älteste Form friesischer Gewandknöpfe diesen angeblichen Glückssteinen nachgebildet war. Das darauf befindliche Kreuz konnte man als christliches Symbol deuten – aber genauso gut auch als Zeichen für den Streithammer des Gottes Thor … Wer solche Knöpfe trug, war in jedem Fall gegen jeglichen Hexenzauber geschützt.

Weshalb sollte so ein Ding, so ein angeblicher Glücksstein, also nicht gut sein für eine glückliche Niederkunft?

Mittlerweile war es finster geworden und Kerrin war längst wieder daheim. Da sie das Entbindungszimmer nicht betreten durfte, hatte sie einer Helferin, die auf den Flur hinaustrat, um frisches Wasser zu holen, den schönen, grünlichbraun gesprenkelten Stein, den sie am Meeresufer gefunden hatte, in die Hand gedrückt.

»Sei so gut, Frigge, und leg ihn Mama unters Kissen oder steck ihn in das Täschchen ihres Nachtgewands«, bat das Kind die Frau. Diese nickte verständnisvoll und streichelte Kerrin über die Wange. Den Gefallen wollte sie der Kleinen gerne tun.

Große Unruhe, Stimmengewirr und Gepolter drangen auf einmal von draußen bis in die Gebärstube herein. Die Wehmutter und die helfenden Frauen fuhren unwillig hoch. Als sie in dem Getöse einzelne Wörter verstehen konnten, leuchteten unwillkürlich ihre Augen auf.

»Ach herrje, so zeitig kamen die Vögel noch nie!«, jubelte

eine von ihnen. Leute aus dem Dorf hatten vor dem Haus auf der Straße etwas gerufen und an die Haustür gehämmert, um die Aufmerksamkeit der Bewohner zu erregen.

»Dafür haben wir jetzt aber gar keine Zeit!«, wehrte eine der Geburtshelferinnen ab.

Eine jüngere widersprach sofort: »Hier können wir im Augenblick doch nichts ausrichten; aber am Strand braucht man uns!«

Andere drucksten verlegen herum, ehe sie sich der Vorrednerin anschlossen: »Für dich mag es ja nicht so wichtig sein, Mette! Aber wir können es uns einfach nicht leisten, darauf zu verzichten. Es ist verdammt lange her, dass unsere Familien Fleisch gegessen haben.«

Anke Drefsen brachte es auf den Punkt: »Wenn Mutter Harmsen nichts dagegen hat, sollten wir uns schleunigst auf den Weg ins Watt machen, ehe uns das meiste entgeht.«

Moicken nickte verständnisvoll. »Geht ruhig, ich komme schon allein zurecht. Aber tut mir einen Gefallen: Nehmt Kerrin und Harre mit – sofern ihr den Jungen findet. Das Mädchen dagegen streicht dauernd durch den Flur; es wartet nur darauf, zu seiner Mutter zu gelangen. Aber das kann und werde ich nicht dulden, solange Terke immer noch in den Wehen liegt.«

Mutter Harmsen strich sich die grauen Haarsträhnen, die sich unter ihrer Haube hervorstahlen, aus dem Gesicht. »Das Kind könnte einen Schock fürs Leben kriegen, wenn es miterlebt, wie qualvoll das Ganze ist«, murmelte sie. »Mich wundert es sowieso, warum Frauen das immer noch mitmachen«, fügte sie leise hinzu.

Aber das hörte schon keine mehr. Wie der Blitz waren sie zur Tür hinaus. Auch Mette Sieversen ergriff die Gelegenheit, sich den übrigen anzuschließen.

Sie war es auch, die Kerrin beim Kragen packte und das sich sträubende Mädchen mit sich zog.

»Stell dich nicht so an, Kleine! Du bist jetzt alt genug, um mitzuhelfen, dass wir in nächster Zeit Fleisch zu essen haben. Komm, wir holen uns Lampen aus eurer Scheune, einen Knüppel und einen Sack!«

Während sich Kerrin und Mette die notwendigen Gerätschaften zusammenklaubten, redete die ältere Frau ständig weiter.

»Los, beeil dich, damit wir nicht zu spät kommen! Wo ist übrigens dein Bruder? Nie ist der Nichtsnutz zur Stelle, wenn man ihn braucht«, knurrte sie unwillig, während sie dem Kind einen kleineren Sack zuwarf.

Diese Äußerung rief umgehend Kerrins Protest hervor. »Harre ist kein Nichtsnutz! Er ist ein *Künstler*!«

»So? Na dann!« Mette Sieversen lachte spöttisch. »Dann musst du eben jetzt für ihn mitarbeiten. Wie ich den Knaben kenne, wird er zu *Anbraas* nicht Nein sagen.«

»Ich glaube, ich kann das nicht, Mette«, versuchte Kerrin sich im letzten Augenblick herauszuwinden. Da hatte sie aber bei der Nachbarin keine Chance.

»Los jetzt! Ich werde dir schon zeigen, wie es geht!«

Sie packte das kleine Mädchen am Ärmel.

»Wir haben Glück! Es ist nicht kalt heute Nacht und stockdunkel ist es auch nicht, der Mond ist immer noch zu gut drei Vierteln voll.«

Als die beiden das Haus des Commandeurs verließen und auf die Dorfstraße hinaustraten, begegneten sie den anderen Nachbarinnen mit ihren Kindern; einige wenige Männer liefen auch mit und alle waren ähnlich wie Mette und Kerrin ausstaffiert: Jeder trug einen Sack und einen Knüppel bei sich, dazu hatten sich alle Blendlaternen vor die Brust gehängt.

Das waren Behälter mit einer Kerze im Inneren, die in einem Holzkasten untergebracht war, der nach drei Seiten hin offen war. Manche besaßen sogar mit Waltran gefüllte Lampen. Im Augenblick war keiner dieser Leuchtkörper entzündet, es wäre dumm gewesen, die Beute vorzeitig aufzuscheuchen. Aus dem gleichen Grund unterhielten sich alle – wenn überhaupt – nur flüsternd.

»Siehst du, es sind sogar noch jüngere Kinder dabei, als du es bist«, murmelte Mette und warf der Kleinen an ihrer Seite einen schiefen Blick zu. Allesamt schlugen sie ein scharfes Tempo in Richtung Meeresufer an.

Der hell leuchtende Mond am nahezu wolkenlosen Nachthimmel erlaubte ein zügiges Vorwärtsstreben zur Küste. Dort legten im Herbst die Zugvögel aus Sibirien – wo sie den Sommer über ihre Brut aufgezogen hatten – auf der Durchreise in ihre Winterquartiere in Südengland, Frankreich und den Niederlanden eine längere Pause ein.

Mehr als hunderttausend Vögel erschienen jedes Jahr zweimal: Im Frühjahr kehrten sie auf dem Rückflug nach Sibirien erneut nach Föhr zurück. Saftiges Seegras bildete dabei jedes Mal ihre Hauptnahrung.

Kerrin entdeckte Muhme Göntje mit ihren Kindern Catrina und Matz. Kaum betraten die »Jäger« das Watt – Kerrin schätzte ihre Anzahl auf gut vier bis fünf Dutzend – entzündeten alle auf einen scharfen Zuruf Göntjes hin ihre Lampen. Der grelle Lichtschein blendete die verschiedenen Enten, Graugänse, Rallen, Reiher und Brachvögel, so dass sie starr vor Überraschung wie gelähmt auf dem Sandboden hocken blieben.

»Schau her«, flüsterte Mette ihr zu und Kerrin starrte wie gebannt auf die Frau, die ihr Fangnetz mit Schwung über eine Wildente stülpte, einen Vorgang, den die Leute »*Ütjfögelt*«

nannten. Der Vogel, ein Enterich, ließ keinerlei Anzeichen von Gegenwehr erkennen.

»Und jetzt?«, wollte Kerrin wissen.

»Jetzt heißt es schnell und geschickt zupacken«, murmelte die ältere Frau und ließ flink ihre Hand unter den Rand des Keschers gleiten, um die gefangene Ente am Kragen zu packen. Sie hob das Tier hoch und drehte ihm im Nu den Hals um. Ein schwaches, aber deutliches Knacken war zu hören, als die Halswirbel des Vogels brachen. Dem Erpel blieb gar keine Zeit mehr, um groß zu protestieren. Nur ein schwaches Aufflattern versuchte er, aber Mette erstickte jeden Ansatz von Widerstand bereits im Keim.

»Siehst du, Kerrin, so macht man das! Eine Ente haben wir schon«, sagte sie leise und steckte ihren Fang zufrieden in den Sack. Sie ging weiter und traf alsbald auf die nächste Beute, während Kerrin wie versteinert im feuchten Sand des Wattenmeers stehen blieb.

Das war ja grauenvoll! Und vor allem heimtückisch: Das arme Tier hatte nicht die geringste Möglichkeit gehabt, zu entfliehen.

Sie sah sich um. Rings um sie her fand das Morden statt! Sie beobachtete Muhme Göntje, die das Glück gehabt hatte, mit ihrem Netz gleich zwei Vögel auf einmal einzufangen. Wie aber würde sie diese nun töten, ohne dass ihr die Hälfte der Beute entkam?

Göntje besaß genügend Erfahrung und ohne sich lange zu besinnen, hieb sie mit ihrem Knüppel auf die Köpfe der Tiere ein. Kerrin hörte die dumpfen Schläge und das Bersten der Hirnschalen. Ihre Tante hob den Kescher an und holte die Wildenten heraus, um sie in den Sack zu stopfen. Als Kerrin sah, wie die weißliche Gehirnmasse der erschlagenen Enten in den Sand tropfte, verspürte sie Übelkeit in sich aufsteigen.

Niemals brachte sie so etwas Grausames fertig! Natürlich aß auch sie gerne gebratene Wildenten – aber wenn dieses Festtagsmahl nur auf eine solche Art und Weise zu erlangen war, würde sie in Zukunft eben darauf verzichten. Es musste doch auch eine andere, weniger brutale Möglichkeit geben, die Tiere umzubringen …

»Was ist los mit dir, Kerrin? Du stehst da und träumst. Wenn du dich nicht beeilst, wirst du überhaupt nichts fangen«, hörte sie dicht an ihrem Ohr die Rüge ihrer Tante. »Schau mal, was Matz schon alles gefangen hat!«

Kerrin wollte das gar nicht sehen und so lief sie weiter in dem schweren Sand. Sie näherte sich Ole Harksen, einem ehemaligen Matrosen, der allein lebte. Vielleicht verstand er es besser als die Frauen, wie man die Vögel töten konnte.

Gleich darauf wusste sie, wie Ole es handhabte. Kaum hatte sie gesehen, wie der Alte den gefiederten Gästen jeweils mit der bloßen Faust den Schnabel ins Gehirn drückte, reichte es ihr. Verstört ließ sie Sack und Stock fallen und übergab sich in den Sand. Es würgte sie immer weiter, obwohl am Ende bloß noch Galle hochkam.

Sie lief ein Stück zum Ufer zurück, wobei sie erneut auf Göntje traf, deren scharfem Blick nicht entging, wie es um das Mädchen stand.

»Lass es gut sein, Kerrin«, sagte sie nur und dieses Mal lag Mitleid in ihrer Stimme. »Es ist besser, du gehst nach Hause und kümmerst dich um Tatt, die ich daheimgelassen habe. Man weiß ja nie, was das Mädchen anstellt in seinem Unverstand.«

Diesem Befehl gehorchte Kerrin nur zu gerne. Nur weg von diesem Ort der Vogelschlächterei! Sie löschte ihre Blendlaterne, der Mondschein war hell genug. Zudem kannte sie den Weg und hätte auch in vollkommener Finsternis nach Hause oder zum Pfarrhof zurückgefunden.

Tatt Lorenzen war geistig zurückgeblieben, und die wenigsten Kinder wollten mit ihr zu tun haben, aber Kerrin verstand sich ganz gut mit der um zwei Jahre älteren Base. Sie würde sich zu ihr ins Bett legen und ihr Lieder vorsingen, bis beide einschliefen.

VIER
September 1687, im königlichen Schlossgarten zu Stockholm

»SEHT DOCH NUR, Madame, wie entzückend unsere kleine Prinzessin heute wieder aussieht! So anmutig und elfengleich schwebt sie dahin, dass es eine wahre Wonne ist.«

Königin Ulrika Eleonora, aus Dänemark stammend und mit Karl XI. von Schweden verheiratet, erging sich wie täglich – sofern das Wetter es irgendwie erlaubte – mit ihren Damen im Stockholmer Schlossgarten.

Sie lächelte zwar über die überschwängliche Äußerung ihrer ersten Hofdame – Gräfin Alma von Roedingsfeld neigte stets zu sentimentalen Übertreibungen –, aber natürlich hörte die Königin, wie jede Mutter, sehr gerne ein Loblied auf ihre Kinder.

»Und wie lieb sie sich ihres kleinen Bruders annimmt und mit ihm spielt! Geradezu herzerquickend«, fügte die Gräfin hinzu. Die anderen Damen beeilten sich, bedingungslos zuzustimmen.

In der Tat, es war ein hübsches Bild, das sich den Augen der Spaziergängerinnen am Rande des Gartens, wo dieser in den Schlosspark überging, bot. Die königlichen Kinder, die sechsjährige Hedwig Sophie und ihr um ein Jahr jüngerer Bruder, Kronprinz Karl, spielten unter den Augen ihrer Gouvernante, Frau von Liebenzell, Fangen unter den alten Ulmenbäumen.

»Die jungen Herrschaften sollen es nur nicht zu wild treiben«, äußerte besorgt ein jüngeres Edelfräulein aus der Schar der vornehmen Begleiterinnen, als sie beobachteten, wie die lichtbraunen Locken und das rosafarbene Spitzenröckchen der kleinen Prinzessin flogen, und wie der stämmige Kronprinz mit Hurragebrüll hinter seiner Schwester herstampfte. Er war ausstaffiert wie ein Offizier und Edelmann mit weißseidenen Kniehosen, einem ebensolchen Hemd mit Spitzenjabot und -manschetten, sowie einer bestickten, mit rotem Moiré gefütterten, blauen Jacke mit goldenen Achselstücken.

»Ach, die gute Liebenzell wird schon wissen, was sie den Kindern erlauben kann.«

Die Königin klang unbesorgt.

Ulrika Eleonora war in ihrer eigenen Kindheit bereits sehr früh Gegenstand politischer Spekulationen und nützlich erscheinender Heiratspläne geworden. Ständig gab es kriegerische Auseinandersetzungen zwischen Dänemark und Schweden. So hatte man die Kinder aus beiden königlichen Familien miteinander verheiratet, um weitere Querelen zu unterbinden.

Obwohl ihre Ehe mit König Karl also keine Liebesheirat, sondern eine von den Eltern und Hofbeamten arrangierte Verbindung war – die übliche Art der Eheschließung beim Hochadel –, war sie dennoch äußerst glücklich. Auch wenn es immer wieder zu Auseinandersetzungen zwischen beiden Ländern kam, liebten sich Karl XI. und seine Frau sehr. Beide waren zudem vernarrt in ihre Kinder.

»Oh mein Gott!«, rief plötzlich die erste Hofdame und auch die anderen stöhnten unwillkürlich auf.

»Welch ein Unglück!«, übertrieb das Edelfräulein, das bereits vorher gewarnt hatte.

Auch die Königin schien für einen Augenblick betroffen. Aber gleich darauf nahm sie sich zusammen, kleine Kinder stürzten schließlich andauernd.

»Ach, es wird schon nicht so schlimm sein! Karl ist nur hin-
gefallen«, meinte sie leichthin, um ihre Damen zu beruhigen.
Gleich den anderen beobachtete sie aber genau, wie Frau
von Liebenzell ihren Reifrock anhob und zu ihrem Schützling
eilte.

Die kleine Hedwig Sophie war allerdings schneller als die
ein wenig behäbige und überdies durch ihre Kleidung behinderte Gouvernante. Sowie die Kleine den Aufschrei des Bruders hörte, blieb sie stehen, drehte sich um und lief zu Karl,
der mittlerweile lauthals plärrte.

Sie hob den um einen halben Kopf kleineren Jungen auf,
schloss ihn fest in ihre dünnen Ärmchen, drückte ihn wie eine
ihrer Puppen an ihre Brust und wiegte ihn hin und her.

»Wie eine kleine Mutter«, säuselte die Gräfin von Roedingsfeld ergriffen. »Unsere Elfenprinzessin wird eine wunderschöne junge Dame werden; zusammen mit ihrer Intelligenz
und ihrem mütterlichen Wesen wird sie eine der begehrtesten
Partien des europäischen Hochadels sein. Sie, Madame, sollten möglichst bald überlegen, welcher Prinz aus königlichem
Geblüt als Gemahl für unseren Sonnenschein infrage käme.«

Das brachte die Königin nun wirklich zum Lachen.

»Aha! Wieder einmal Ihr Lieblingsthema, Gräfin! Denken
Sie bitte daran, dass meine Tochter gerade mal sechs Jahre alt
ist. Ich halte nichts davon, schon kleine Kinder zu verloben.
Nicht immer erweisen sich so frühzeitig geschlossene Ehever-
träge wie zwischen meinem Gatten und mir als haltbar. Wer
weiß schon, was die Zukunft bringt?«

Natürlich wusste Ulrika Eleonora darüber Bescheid, dass sofort nach der Geburt Hedwig Sophies am Hof mit Spekulationen begonnen worden war, wie man mit der Prinzessin eine für
Schweden nützliche Koalition schmieden könnte. Sollte noch
einmal ein Versuch mit Dänemark gewagt werden? Dagegen

sprach, dass den Dauerzwist beider Länder auch die Heirat ihrer Eltern nicht zu beenden vermocht hatte.

Der König selbst hatte kurzzeitig die Idee ins Spiel gebracht, die Fühler nach Russland auszustrecken. Da gab es den 1672 geborenen Zarewitsch Peter, für den seine Halbschwester Sofja im Augenblick noch die Regentschaft ausübte, nachdem erst Zar Alexei Michailowitsch und danach sein älterer Sohn Fjodor Alexeijewitsch gestorben waren. Es gab zwar noch einen älteren Halbbruder Peters, Iwan V., aber der spielte in der Thronfolge keine Rolle – litt er doch an körperlichen und geistigen Defiziten.

Hedwig Sophie war neun Jahre jünger als Peter Alexeijewitsch, das würde hervorragend passen, und es gab schlimmere Schicksale, als Zarin des riesigen Russland zu sein.

Aber die Königin wehrte alle diesbezüglichen Überlegungen ab. Moskau lag fast am anderen Ende der Welt und wie man hörte, sollte es in diesem Land noch sehr barbarisch zugehen ...

Insgeheim favorisierte Ulrika Eleonora eine ganz andere Verbindung: Wenn schon nicht direkt Dänemark, wäre es vielleicht eine gute Alternative, Anschluss an ein Herzogtum zu suchen, das mit Dänemark zwar eng verbunden war, aber dennoch energisch seine eigenen Interessen vertrat. Sie hatte da ein Ländchen im Auge, nicht allzu weit von Schweden entfernt und durchaus daran interessiert, sich mit einem Reich wie Schweden zu verbünden, um den Machtansprüchen Dänemarks leichter Paroli bieten zu können: Das Herzogtum Schleswig-Holstein-Gottorf war es, das ihr vorschwebte.

Aber noch war alles Zukunftsmusik und die Königin liebte es gar nicht, wenn Außenstehende sich wegen ihrer Kinder den Kopf zerbrachen.

»Ich bin erst kürzlich in einem längeren Gespräch mit meinem Gemahl, dem König, übereingekommen, alle Pläne, die eine eventuelle Heirat Hedwig Sophies betreffen, auf Eis zu legen. Die Prinzessin soll erst einmal ihre Kindheit genießen. Diese unbeschwerten Jahre gehen leider viel zu schnell vorüber und der Ernst des Lebens kommt noch früh genug.«

Die oberste Hofdame, Gräfin von Roedingsfeld, hatte verstanden und behielt notgedrungen ihre Ansichten zu dem Thema, die sie nur allzu gerne losgeworden wäre, für sich. Wenn die königlichen Herrschaften sich darauf geeinigt hatten, vorerst nichts zu unternehmen – was allerdings nur bedeutete, dass König Karl endlich dem Drängen seiner Frau nachgegeben hatte –, dann sollte es ihr auch recht sein.

Die Damen beobachteten schweigend die Szene unter den Ulmen. Der kleinen Prinzessin war es tatsächlich gelungen, ihren Bruder, der nicht verletzt schien, sich aber offenbar sehr erschreckt hatte, zu beruhigen. Als die Gouvernante den Versuch unternahm, den Prinzen ihrerseits in den Arm zu nehmen, wehrte Hedwig Sophie ab.

Sie streichelte und küsste ihren Bruder mit lautem Schmatzen auf die Nase, was ihn zum Kichern brachte. Dann kitzelte sie ihn unter dem Kinn und das ließ den Fünfjährigen vor Vergnügen regelrecht kreischen. Dass er beim Versuch, seine Schwester zu fangen, über eine Baumwurzel gestolpert und ziemlich heftig auf den Erdboden geknallt war, schien plötzlich vergessen. Wer das Geschehen verfolgt hatte, zweifelte nicht daran, dass ihm die Knie ziemlich wehtun mussten.

»Kommt her zu mir, meine Kinder!«, rief die Königin in diesem Augenblick und erntete dafür von Frau von Liebenzell einen überaus ängstlichen Blick. Sicher würde man sie als Kinderfrau verantwortlich machen für das Missgeschick, das dem Thronfolger widerfahren war …

Beide Kinder ließen sich das nicht zweimal sagen. Sowohl

Hedwig Sophie wie auch ihr Bruder Karl verehrten diese attraktive Dame, von der viele sagten, sie sei die schönste Frau am Hof von Stockholm und ähnle einer Göttin. Dass diese in duftige, pastellfarbene Seidengewänder gehüllte Fee ihre eigene Mutter war, machte das Ganze noch um vieles wunderbarer.

»Langsam, ihr Lieben«, rief ihnen die Königin warnend entgegen, auf dass der Kleine nicht noch einmal hinfiele.

Mit strahlenden Augen standen die zwei gleich darauf vor Ulrika Eleonora; der Kronprinz verbeugte sich vor ihr, wie es sich für einen Edelmann gehörte, und Hedwig Sophie knickste voller Anmut – eine Szene, die von den Hofdamen erneut mit Entzückensäußerungen quittiert wurde.

Verlegen war auch Gabriele von Liebenzell herbeigeeilt. Die Gouvernante wusste immer noch nicht, was sie zu ihrer Verteidigung anführen konnte, falls die Königin ihr Vorhaltungen machen sollte.

Die dachte jedoch gar nicht daran.

»Ich bin sehr stolz auf dich, mein Sohn«, wandte sie sich an Karl. Der verbeugte sich noch einmal vor ihr und küsste ihr die Hand. »Ich wünsche Ihnen einen wunderschönen Tag, Madame«, sagte er dabei laut.

Die Königin dankte ihm, ehe sie zum Wesentlichen kam. »Deine Knie schmerzen gewiss recht ordentlich, aber du weinst nicht einmal. Du bist schon ein richtiger kleiner Mann und wirst eines Tages ein Held sein«, lobte die Königin.

»Männer weinen nicht«, bestätigte der Prinz voller Stolz. Dass er kurz vorher, ehe seine Schwester ihn getröstet hatte, noch laut gebrüllt hatte, überging er dabei geflissentlich. »Und ein Mann mag es auch nicht, wenn ein Mädchen ihn abküsst oder kitzelt und alberne Sachen zu ihm sagt. So etwas ist nur für Weiber«, fügte er ernsthaft hinzu, streifte dabei seine

67

Schwester mit einem kritischen Seitenblick und verzog seinen kleinen Kindermund.

Das entlockte der Königin ein glockenhelles Lachen. »Natürlich! Wie Recht du hast, mein Sohn. Ich werde dich in zehn, zwölf Jahren daran erinnern, falls du es bis dahin vergessen haben solltest!«

Darüber nun wollten sich die Hofdamen vor Lachen ausschütten.

Die Königin, die mit Bedacht ihre beiden Sprösslinge gleich stark mit Zuneigung bedachte – kein Tag verging, ohne dass sie sie in ihren Räumen aufsuchte, mit ihnen spielte und ihre Lernfortschritte überprüfte –, wandte sich nun ihrer Tochter zu.

»Es hat mir sehr gut gefallen, Hedwig Sophie, dass du deinem Bruder zu Hilfe geeilt bist und ihn getröstet hast. Das zeigt mir, dass du Karl lieb hast und ihn beschützen willst – ein Zeichen für dein gutes Herz.«

Die kleine Prinzessin wurde rot vor Freude über das Lob der heiß geliebten Mutter. Karl, der seine Schwester zwar ebenfalls sehr gern hatte, mochte das aber dennoch nicht unkommentiert stehenlassen.

»Sie hat mir geholfen aufzustehen! Das stimmt, Madame. Aber zu trösten brauchte Hedwig Sophie mich nicht. Ein zukünftiger König braucht keinen Trost!«, fügte er altklug hinzu.

Eine Bemerkung, die der Königin nicht so sehr gefiel. Sie würde ein ernstes Wort mit Frau von Liebenzell sprechen müssen, von alleine kam der Junge doch nicht auf so absurde Gedanken. Ob ein König des Trostes bedurfte, lag allein in Gottes Hand. Sie, als Gemahlin eines Königs, wusste nur zu gut, wie sehr ein Herrscher zur rechten Zeit auf Trost angewiesen war.

»Nun, meine Lieblinge«, überging sie diplomatisch die Worte des Prinzen, gab ihm einen leichten, aber dennoch männlich-burschikosen Klaps auf die Schulter, da er Zärtlichkeiten in der Öffentlichkeit offenbar nicht schätzte, und beugte sich zu Hedwig Sophie hinunter, um ihr über die Wange zu streicheln und ihr einen Kuss auf die Stirn zu geben.

Gleich darauf verabschiedete sie die Gouvernante mit einem Wink ihrer behandschuhten Hand und einem durchaus freundlichen Blick, was die Liebenzell insgeheim aufatmen ließ – hatte sie doch im Ernstfall mit ihrer Entlassung, zumindest aber mit einer scharfen Rüge gerechnet. In Zukunft würde sie ihren Schützlingen wilde Fang-Spiele untersagen.

FÜNF
Am folgenden Tag auf der Insel Föhr

»WARUM RENNEN WIR EIGENTLICH SO?«, erkundigte sich Sissel, mit dreizehn Jahren die jüngste aus einer der Mädchengruppen, die Göntje damit beauftragt hatte, durchs Dorf Nieblum zu ziehen, um die Trauerbotschaft zu verkünden. Entfernter liegende Dörfer nahmen sich erwachsene Frauen vor.

In den frühen Morgenstunden war Terke Rolufsen gestorben, nachdem sie zuletzt noch – unter diesen Umständen auch für die Wehmutter ganz überraschend – einen kleinen Sohn lebend zur Welt gebracht hatte. Pastor Lorenz Brarens hatte es noch in letzter Minute geschafft, den kleinen Ocke zu taufen. Gleich darauf war auch das Kind verschieden.

Göntje, die Frau des Geistlichen, und von allen seinen Gemeindemitgliedern respektvoll »die Pastorin« genannt, übernahm umgehend das Regiment. Sie verteilte die nötigen Arbeiten und so konnten Mutter Harmsen und die übrigen Frauen gleich darangehen, die Verstorbene herzurichten. Man wusch und kämmte sie und zog ihr die feinen Sonntagskleider an. Zuletzt bettete ihr Mutter Harmsen noch den winzigen Ocke Rolufsen in den Arm.

Göntje war es auch, die die Mädchen aussuchte, um im Dorf die traurige Nachricht zu verbreiten. Ihre Wahl war auf Sissel und deren engste Freundinnen Inge, Birte und Gondel gefallen, alles Töchter aus angesehenen Seefahrerfamilien. Die Mädchen hatten sich aufs Feinste herausgeputzt, um die Vornehmheit und Wichtigkeit der Verstorbenen zu unterstreichen.

Außenstehenden mochte die beinahe südländisch anmutende Farbenpracht der Feiertagstracht – gemessen an dem traurigen Anlass – seltsam erscheinen, aber die Einheimischen wussten angesichts der großen weißen Tücher, die jede um Kopf und Schultern geschlungen hatte, sofort Bescheid.

»Du hast Recht«, stimmte die um ein Jahr ältere Birte zu und schaute fragend auf zu Gondel, die mit fünfzehn die Älteste der Gruppe war und von den anderen stillschweigend als Anführerin akzeptiert wurde.

Gondel blieb stehen.

»Von mir aus können wir auch langsamer gehen. Inge war es, die das rasche Tempo vorgegeben hat. Ich glaube, sie möchte unser Anhängsel loswerden.« Bedeutungsvoll die Augen verdrehend wandte sie sich um und die anderen taten es ihr nach.

So sahen auch Sissel und Birte, wer ihnen die ganze Zeit über wie ein Schatten folgte.

»He«, rief Sissel unwillig, »was hast ausgerechnet *du* bei uns zu suchen? Das gehört sich nun schon gar nicht, dass du als Betroffene mit zu den Leuten gehst. Du bist schließlich eine Leidtragende, Kerrin. Geh nach Hause und bete lieber!«

»Ja, tu das. Außerdem: Wie schaust du denn schon wieder aus? Schämen muss man sich für dich!« Birte rümpfte die Nase.

In der Tat, mit dem heruntergerissenen Rocksaum, dem schmutzigen Hemd mit eingerissenem Kragen, ihren zerrauften Haaren – anscheinend schon vor Tagen zu Zöpfen geflochten und seitdem nicht mehr mit einem Kamm in Berührung gekommen – und ihren ungewaschenen nackten Füßen, deren Zehen die Sechsjährige verlegen im Matsch des Weges vergrub, sah Kerrin eher wie ein Kind der Ärmsten aus und nicht wie die Tochter einer der wohlhabendsten Commandeursfamilien.

»Wenigstens das dreckige Gesicht hättest du dir waschen können, ehe du uns wie ein Hündchen hinterherläufst!«, rügte Sissel das kleine Mädchen, das aus purer Verlegenheit den Daumen in den Mund steckte.

Ein wenig hochtrabend legte Inge nach: »Wir haben eine wichtige Aufgabe zu erfüllen und da können wir keine kleinen Schmutzfinken gebrauchen. Marsch, verschwinde endlich!«

Tränenspuren waren deutlich auf den noch kindlich runden Wangen zu sehen. Als Kerrin am frühen Morgen vom Pfarrhof, wo sie mit Tatt das Bett geteilt hatte, heimgekehrt war, musste man ihr mitteilen, was in der Nacht geschehen war. Die geröteten Augen der Kleinen und die bebenden Lippen bezeugten ihr ganzes Elend. Zumindest Gondel schien davon berührt zu sein.

»Ach, lasst die Ärmste doch einfach mitkommen«, meinte sie begütigend. »Vergesst nicht, Kerrin hat immerhin gerade ihre Mutter verloren. Aber«, wandte sie sich gleich darauf an die Kleine, »versprich uns, dass du brav hinter uns stehen bleibst und kein Wort sagst.«

Da Gondel sehr bestimmt klang, wagte keines der anderen jungen Mädchen zu widersprechen.

»Aber ich warne dich«, konnte sich Inge doch nicht einer weiteren Zurechtweisung enthalten, »wenn du dich vordrängen solltest, dann …« Den Rest des Satzes ließ sie unausgesprochen. Kerrin, dankbar, dass die großen Mädchen sie nicht wie einen lästigen Köter verjagten, nickte lebhaft.

Der nächste Anlaufpunkt war das Haus von Girre Volckerts und seiner Frau Antje – wie es aussah, gleichzeitig der letzte auf der Liste der Mädchen.

Daheim hatte Kerrin es nicht mehr ausgehalten. Die Hektik, das Weinen der Frauen, das Jammern von Muhme Göntje, das feierliche Gehabe von Oheim Lorenz, als er mit allen Anwesenden Gebete für die Mutter und den kleinen Bruder sprach, das haltlose Geflenne von Harre, ihrem großen Bruder, der sie doch eigentlich hätte trösten sollen …

Auf einmal waren alle mit überaus wichtigen Dingen beschäftigt, nur sie stand verloren herum und war jedem bloß im Weg. So recht vermochte Kerrin zunächst nicht zu begreifen, was geschehen war – instinktiv weigerte sich ihr Verstand, den Tod in seiner letzten Konsequenz anzunehmen: Dass ihre Mutter nie wieder mit ihr sprechen, lachen, sie nie wieder in den Arm nehmen würde. Zwar hatte Kerrin schon tote Tiere gesehen, aber dies war etwas völlig anderes.

Völlig fremd war ihr die blasse und wie schlafend daliegende Terke mit einem Mal vorgekommen, aufgebahrt in ihren schönsten Feiertagskleidern. Sogar die neuen schwarzen Schnürschuhe mit den hohen Hacken hatte Göntje ihr übergestreift.

Zuletzt hatten sie der Mutter noch Ocke auf die Brust gelegt, nachdem die Muhme den Kleinen, den Kerrin als Verursacher des ganzen Dramas zutiefst verabscheute, in das alte, weißbestickte Taufkleidchen gehüllt hatte, das schon ihr längst verstorbener Großvater, der alte Kapitän Asmus, und nach ihm ihr Vater Roluf, dann Harre und zuletzt sie selbst getragen hatten.

Jetzt würde es Klein-Ocke mit ins Grab nehmen, hatte Tante Göntje versucht, ihr begreiflich zu machen. Dafür hasste sie den runzeligen Kleinen, den ihre Mutter so fest im Arm hielt, als wolle sie ihn nie mehr hergeben, nur noch mehr. Dann kam Kerrin ins Grübeln.

Wieso eigentlich ins Grab? Aber das konnten sie doch mit Terke, ihrer schönen Mutter, nicht machen! Mama war nur so erschöpft, weil sie den widerlichen Zwerg zur Welt hatte bringen müssen und jetzt der Ruhe bedurfte. Aber bald wäre sie wieder wie immer: Fröhlich und lebhaft und immer zu einem Scherz aufgelegt. Kerrin legte im Stillen einen heiligen Schwur ab, ihre Mutter nie mehr zu ärgern. Von nun an würde sie sich stets reinlich halten, sogar die dummen Fingernägel würde sie regelmäßig säubern. Am besten war, sie ganz kurz zu halten, dann war die Möglichkeit, dass die Ränder schwarz wurden, geringer. Und auf ihre Kleidung wollte sie in Zukunft ganz besonders achten. Nie mehr sollte Terke seufzen müssen: »Kaum ziehe ich der Kleinen frische Sachen an, schafft sie es schon, ein Loch oder einen Riss darin zu haben oder einen Schmutzfleck darauf! Und gar ihre Schuhe: Die pflegt meine schlampige Tochter regelmäßig irgendwo stehen zu lassen und dann zu vergessen. Es ist wirklich schlimm mit ihr.«

Ja, selbst auf ihre Frisur wollte sie in Zukunft aufpassen. Bis jetzt war es so, dass sie gleich nach dem Kämmen schon wieder wie ein kleiner *Odderbantje* aussah, mit wirrem, zersaustem Haarschopf.

»Nie, nie mehr soll meine Mama Grund haben, über mich traurig oder ärgerlich zu sein«, nahm Kerrin sich vor. Dann würde bestimmt wieder alles in Ordnung kommen, oder?

Gleich darauf wurde sie von einer der Nachbarinnen ange-
schnauzt, die sie ganz in Gedanken angestoßen hatte: »Hast du
keine Augen im Kopf, Kind? Für dich gibt es hier nichts zu
tun. Such deinen Bruder und dann geht beide in die Kirche
zum Beten.«

Harre hatte sich wohlweislich beizeiten verzogen. Seine
kleine Schwester war sicher, er hockte in irgendeinem Winkel
unterm Dach und heulte sich die Augen aus dem Kopf – Harre
war kein sehr mutiger Junge, meistens lief er davon, wenn es
Schwierigkeiten gab, ganz anders als Kerrin.

Auf einmal war es ihr um vieles besser erschienen, den großen Mädchen nachzulaufen.

Inzwischen war das Grüppchen der jungen Leichenbitterinnen
am Haus des Girre Volckerts und seiner Frau angelangt. Antje
schien sie bereits erwartet zu haben. In einem Dorf verbreiteten sich Nachrichten – gute wie schlechte – in Windeseile. Sie
schaute bereits durch die geöffnete obere Luke der zweigeteil-
ten Haustüre. Diese *Klönschnack-Door* erlaubte jederzeit eine
Unterhaltung mit draußen Vorübergehenden – ohne sie ins
Haus hereinbitten zu müssen. Girres Frau war daher keineswegs überrascht, als Gondel ihr Sprüchlein aufsagte:

»*We skel jam grööte faan Monsieur Lorenz an sin Madam:
Terke Rolufsen as duad.*« (»Wir sollen euch grüßen von Herrn
Lorenz und seiner Frau: Terke Rolufsen ist tot«.)

Worauf Antje schlicht erwiderte: »*Toonk, gröötens weler.*«
(»Danke, wir grüßen zurück.«)

Mehr brauchte nicht gesagt zu werden. Antje Volckerts und
ihr Mann Girre, der mittlerweile auch an die Lukentür getreten war, hatten verstanden: Die Benachrichtigung durch die
sonntäglich gekleideten jungen Mädchen beinhaltete gleichzeitig die Einladung ins Haus der Verstorbenen, um von ihrer

Leiche gebührend Abschied zu nehmen. Zum Dank reichte Girre der Sprecherin Gondel acht *Skalengs*, das waren acht holländische Schillinge, für ihre Mühe.

Der Beutel, den Sissel als jüngste von ihnen in Verwahrung hatte, war inzwischen ordentlich gefüllt. Die Leichenbitterinnen würden im Anschluss an ihren Dorfrundgang die eingenommene Summe redlich durch vier teilen und jede könnte das Geld daheim in ihrer Aussteuertruhe verwahren.

»Das waren die Letzten, die wir benachrichtigen mussten«, freute sich Sissel, die kaum noch gehen konnte. Normalerweise lief sie wie alle anderen Kinder und die meisten jungen Frauen barfuß – außer im Winter. Zur Feiertagstracht schickte sich das allerdings nicht; so taten ihr nun die Füße durch das unbequeme Schuhwerk gehörig weh.

Übermütig lachend streifte Sissel die verhassten Schuhe ab und nahm außerdem das steife weiße Trauerkopftuch ab. Es war schließlich erst September und noch sehr warm. Ihre Freundinnen, die nicht weniger unter der Wärme und den vornehmen Schuhen litten, taten es ihr nach. Alle schwitzten ordentlich.

Neidische Blicke trafen Kerrin: Ohne Kopftuch, mit einem viel kürzeren Rock aus leichter Wolle und ohne Unterkleid sowie bloßen Füßen und nackten Beinen, hatte sie trotz der durchaus noch sommerlichen Temperaturen keine Probleme.

Der Weg führte die Mädchen ins Pfarrhaus zurück. Dort hatte man die herausgeputzte Tote inzwischen auf einem Tisch im Pesel aufgebahrt. Im Haus des Commandeurs lebte ja derzeit keine erwachsene Person, die sich um die Trauerfeierlichkeiten hätte kümmern können.

Die Mädchen hofften, im Pastorat auch Lorenz Brarens anzutreffen: War er doch erfahrungsgemäß großzügiger mit der Entlohnung der jugendlichen Leichenbitterinnen als seine

Frau Göntje. Für »die Pastorin« war dergleichen eine Ehre –
und als solche selbstverständlich.

Der Geistliche, der sich gerade in sein Arbeits- und Studierzimmer zurückgezogen hatte, trug schwer an seinen Gedanken. Vom Schreibtisch aus konnte er durch eines der kleinen
Sprossenfenster den Blick hinüberschweifen lassen zu seiner
Pfarrkirche St. Johannis, die wahrscheinlich schon vor über
fünfhundert Jahren erbaut worden war. Sie galt als größte
Landkirche im Herzogtum Schleswig-Holstein und bot Raum
für etwa eintausend Gottesdienstbesucher.

Zuweilen war sie vollbesetzt, vor allem, wenn er am Ende
des Winters die letzte kirchliche Feier vor der Abreise der Seefahrer abhielt – oder wenn es sich um die Beerdigung einer bekannten Persönlichkeit, wie etwa Terke Rolufsen, handelte.

Pastor Brarens seufzte schwer. Er hatte noch keine Idee, wie
er es seiner Ehefrau beibringen sollte, dass *sie beide* nun in Zukunft für die Halbwaisen Harre und Kerrin verantwortlich waren. Göntje war zwar eine tugendhafte Christin, die sich viel
auf ihr gutes Herz zugutehielt – und das mit Recht. Aber Lorenz wusste auch, dass sie seit einiger Zeit kränkelte und bereits jetzt mit all ihren Aufgaben überfordert schien, die sie als
Hausfrau, Ehefrau und vierfache Mutter hatte – und die sie
sich selbst darüber hinaus noch freiwillig auflud.

So hatte »die Pastorin« es sich nicht nehmen lassen, ihm den
Großteil des Konfirmandenunterrichts abzunehmen, und der
Gesangsunterricht für die Erwachsenen, mit denen sie jede
Woche die Kirchenlieder einübte, oblag ihr gleichfalls seit
Langem; genau genommen seit der Lehrer des Dorfes wegen
einer Lungenkrankheit ausgefallen war, was nun schon fast ein
ganzes Jahr zurücklag.

Hinrich Matthiessen hatte bis zu seiner Erkrankung die Kinder Nieblums und der umliegenden Dörfer im Schreiben, Lesen, den vier Grundrechenarten sowie im Singen unterrichtet, Fächer, die jetzt größtenteils der Pastor übernommen hatte. Hin und wieder half im Winter auch der eine oder andere Kapitän oder Bootsmann bei der Unterweisung der Kleinen aus – obwohl die altgedienten Fahrensleute im Allgemeinen lieber den jungen Männern Seefahrtskunde beibrachten, damit diese später einmal bessere Positionen auf den Walfangschiffen einnehmen konnten.

Lorenz Brarens legte jedoch großen Wert darauf, dass die Inselkinder – auch die Mädchen – wenigstens einen gewissen Grundstock an Bildung mitbekamen. »Was unterscheidet den Menschen letztlich vom Tier?«, pflegte er jene provokant zu fragen, die jeglichen Unterricht für den Nachwuchs von Matrosen oder Halligbauern als überflüssigen »*Schietkrom*« abtaten. Und er gab auch gleich selbst die Antwort: »Zum Ersten der Glaube an Gott, unseren Herrn, und zum Zweiten das Wissen über die Welt, in die der Herrgott uns gesetzt hat, und über ihre Gesetzmäßigkeiten, denen wir alle unterliegen. Und dazu bedarf es nun mal gewisser Kulturtechniken wie Lesen und Schreiben. Und das Rechnen ist für einen künftigen Seemann oder eine tüchtige Hausfrau gewiss auch nicht verkehrt«, pflegte er hinzuzufügen. Damit gelang es ihm im Allgemeinen, die Gegner jeglicher Wissensvermittlung an »unbedeutendes Volk« mundtot zu machen.

Erneut kehrten die Gedanken des Geistlichen zu seiner Frau und all ihren Aufgaben zurück: Wer außer ihm und Göntje übernahm denn die Besuche bei den Alten und Kranken, die selbst nicht mehr am Gottesdienst teilnehmen konnten? Und die monatlichen Sammlungen der dringend benötigten Essens- und Sachspenden für die Armen der Gemeinde oblagen auch seiner Frau.

»Kein Wunder, dass meine liebe Göntje am Abend oft völlig erschöpft ist«, dachte er mitleidig. In letzter Zeit war es hin und wieder vorgekommen, dass sie es nicht mehr bis in ihr gemeinsames Wandschrankbett geschafft hatte, sondern bereits am Tisch vor dem Abendbrot eingeschlafen war.

Viel Kraft kosteten sie auch ihre vier Kinder. Da war Arfst, mit vierzehn Jahren der älteste Sohn, ein anständiger Junge, der einem nichts als Freude machte – obwohl er keine Neigung zum Theologiestudium und zum Amt des Pastors zeigte. Sein Wunsch war es immer gewesen, Seemann zu werden. Nun war er so gut wie aus dem Haus: Im Frühjahr hatte er nämlich als Schiffsjunge auf der *Adriana* angeheuert und würde sich unter Oheim Rolufs Aufsicht zu bewähren haben.

Catrina, die älteste Tochter, war zehn. Auch sie war recht aufgeweckt und ausgesprochen liebenswürdig. Die Miene des Geistlichen umwölkte sich dennoch ein wenig, wenn er an sie dachte. Das Mädchen bedurfte einer strengen Führung, Catrina neigte zu Leichtsinn und Faulheit; ab und an log sie auch, um sich herauszureden oder um besser als andere Kinder dazustehen. Aus Bequemlichkeit versäumte sie häufig ihre Pflichten und unterließ es, ihrer Mutter im Haushalt zur Hand zu gehen. Auf Ermahnungen pflegte sie zerknirscht zu reagieren – vergaß jedoch bei nächster Gelegenheit wiederum die Aufgaben, die man ihr zugeteilt hatte. So drückte sie sich beispielsweise mit Vorliebe davor, sich um ihre nächstjüngere Schwester zu kümmern.

Dabei handelte es sich um die achtjährige Tatt. Der Gedanke an dieses Sorgenkind stimmte den Geistlichen noch trübsinniger, als er es sowieso schon war. Tatt würde immer auf die Hilfe anderer Menschen angewiesen sein, da der liebe Gott ihr zwar ein liebenswürdiges Wesen und ein allzeit frohes Gemüt geschenkt hatte, es am Verstand aber umso mehr hatte fehlen lassen. Man konnte es drehen wie man wollte: Die Kleine war schwachsinnig und stand höchstens auf dem geistigen Niveau einer Vierjährigen.

Soweit Brarens es beurteilen konnte, würde das wohl auch in Zukunft so bleiben. Ein erschreckender Gedanke, wenn Tatt einmal erwachsen sein würde, mit dem Körper, den Wünschen und Gefühlen einer Frau und dem Gehirn eines Kleinkindes ...

Rasch verdrängte er diese deprimierende Aussicht und widmete seine Überlegungen dem letzten Kind, das Göntje ihm geschenkt hatte: seinem kleinen Sonnenschein, dem sechsjährigen Matthias, von allen nur »Matz« genannt. Auf ihn richtete der Pastor seine gesamten Hoffnungen – obwohl der Kleine bereits jetzt lautstark verkündete, ebenfalls zur See fahren zu wollen wie sein großer Bruder Arfst.

»Ich will einmal so berühmt werden wie der ›Glückliche Matthias‹«, pflegte er obendrein zu verkünden. Bei diesem Seemann handelte es sich um den geradezu legendären, jetzt im Ruhestand auf Föhr lebenden Walfänger, Matthias »Matz« Petersen, geboren 1632 in Oldsum, der in seinem Berufsleben nicht weniger als 373 Wale zur Strecke brachte – etwa das Doppelte oder gar Dreifache anderer Commandeure – und zu großem Vermögen und beträchtlichem Ansehen gelangt war, so dass er seinen Beinamen redlich verdiente. Wer immer ihm begegnete, grüßte ihn ehrfürchtig und zog den Hut vor ihm und die Frauen knicksten.

»Wenn es so sein sollte, dass auch mein zweiter Sohn kein Interesse am Beruf des Pastors hat, macht es auch nichts«, beschied Monsieur Lorenz alle, die ihn danach fragten. »Wer sagt denn, dass die Söhne von Geistlichen ebenfalls Theologen werden müssen?«

Allerdings war Lorenz Brarens so ehrlich, sich selbst insgeheim einzugestehen, dass er genau dies sehr gerne gesehen hätte. Nun ja, bei Matz konnte sich noch vieles ändern …

Jetzt musste er vor allem Göntje die Zumutung irgendwie plausibel machen, sich zur Sorge um die eigenen Kinder noch diejenige für zwei weitere aufzubürden. Natürlich liebte sie die kleinen Verwandten genauso wie er, aber ob sie willens war, sich der verantwortungsvollen Aufgabe zu stellen? Andererseits: Wer sollte sich sonst der beiden annehmen, solange Roluf zur See fuhr? Er war immerhin erst vierzig und wäre wohl kaum willens, sich jetzt schon zur Ruhe zu setzen.

Der Pastor, ein großer, starker, trotz seiner vierundvierzig Jahre noch immer sehr attraktiver Mann mit durchdringenden blauen Augen, die einem bis auf den Grund der Seele zu blicken vermochten, einer kühnen Habichtsnase und einem Mund, der Sensibilität verriet, stand aus seinem Sessel auf und begann in seinem Studierzimmer mit den vielen hundert Büchern in den Wandregalen unruhig hin und her zu laufen.

Viele wunderten sich seinerzeit, was er wohl an der eher unscheinbaren Göntje so anziehend fand. Freilich hätte er hübschere und lebhaftere Mädchen haben können, die genauso viel an Mitgift einbrachten, aber seine Wahl war eben auf sie gefallen – und Lorenz bereute es niemals. Gewiss, ihren brennenden Ehrgeiz hatte er zu zügeln verstanden: Hatte sie sich für ihren begabten und hochgebildeten Gatten doch wesentlich mehr gewünscht als die Position eines Pfarrers auf einer Insel am Ende der Welt. Sie hätte es begrüßt, wenn er aufs Festland gegangen und eine der ihm angebotenen Stellen angetreten hätte, wie etwa als Professor an einer bedeutenden Universität. Selbst in Holland und Dänemark hatte man um ihn geworben.

Aber Lorenz Brarens wollte als Seelenhirte bei seiner Gemeinde bleiben. Sogar ein verlockendes Angebot seines Landesherrn, des Herzogs von Schleswig-Holstein, hatte er abgelehnt. Seine Durchlaucht wünschte ihn als Berater am Hof in Gottorf, aber zu Göntjes maßloser Enttäuschung verzichtete er auch auf diese Möglichkeit, die Karriereleiter emporzuklettern.

Was Göntje an Schönheit fehlte, das besaß sie an Frömmigkeit, Gehorsam gegenüber ihrem Gatten und »gesundem Hausverstand«; sie kannte sich in den Fertigkeiten einer guten Hausfrau und Vermögensverwalterin aus, war ungeheuer fleißig und ihm unbedingt treu ergeben.

Brarens stellte sich ans Fenster, welches ihm nach Norden hinaus einen Blick auf die weite grüne Marsch gewährte, die den zahlreichen Schafherden als Weidefläche diente, um die die Föhringer von den Bewohnern Sylts und Amrums oft beneidet wurden. Auf den Nachbarinseln überwogen die Sanddünen und die mit Heide bewachsene unfruchtbare Geest.

Er öffnete das Fenster und atmete tief durch. Dann beschloss er, zum Herrn um Erleuchtung zu beten, wie er das, was er als seine Christen- und Verwandtenpflicht ansah, seiner Frau schmackhaft machen konnte.

SECHS
Am Tag darauf

DER PESEL IM PASTORAT war voll von Besuchern der gesamten Insel, selbst aus Wyk (was »Bucht« bedeutete), der kleinen Ansiedlung bei Boldixum, gegenüber von Dagebüll, das auf dem Festland lag, waren sie gekommen. Verwandte hatte die Commandeursfamilie dort allerdings keine und auch nicht sehr viele Bekannte: Die meisten Wyker waren nämlich Zugewanderte.

Nach der verheerenden Sturmflut, genannt »*De groote Mandränke von 1634*«, die auf Föhr zum Glück eher geringe Schäden verursacht hatte, suchten die Bewohner der zerstörten Halligen eine neue Heimat und siedelten sich – schutzsuchend vor kommenden Fluten – in den höher gelegenen Geestgebieten Föhrs an, nahe dem Ort Boldixum.

Obwohl die Insel in zwei *Harden*, also Verwaltungsbezirke, geteilt war, in eine westliche, dänische, und eine östliche, schleswig-holsteinische, und die Grenze mitten durch Nieblum verlief, hinderte das keinen Insulaner daran, diese Grenze zu überschreiten.

Im Pastorat herrschte ein ständiges Kommen und Gehen. Jeder wollte noch einmal einen Blick auf Commandeur Asmussens tote Ehefrau werfen, um ihr so die letzte Ehre zu erweisen. Göntje und mehrere Frauen aus Nieblum, die sich der Pastorin als Helferinnen angeboten hatten, schlängelten sich durch die Gästeschar, um weitläufigen Angehörigen, Nachbarn und Bekannten nach altem Brauch Kuchen und Wein, aber auch *Skeelks* anzubieten – ein fatales Gemisch aus Sirup und Branntwein, das es in sich hatte.

Göntje hatte dabei ein scharfes Auge auf jeden, damit sich alles in schicklichem Rahmen bewegte. Bei solchen »Abschiedstreffen« konnte es nämlich zuweilen ungebührlich laut und lustig zugehen – vor allem, wenn der Tote bereits ein höheres Alter erreicht hatte.

Das war ja nun bei Terke Rolufsen keineswegs der Fall und Göntje setzte alles daran, dass die Feier nicht über die Maßen fröhlich wurde. Noch zwei weitere Tage würde sich das wiederholen, bis endlich alle Trauergäste, die Abschied nehmen wollten, dies auch getan hatten.

Göntje wusste schon jetzt kaum mehr, wo ihr der Kopf stand. Terkes Tod und seine Folgen warfen bereits jetzt Schatten über ihr Leben, von denen sie ahnte, dass sie so schnell nicht mehr weichen würden. Vor allem die wilde Kerrin und der in sich gekehrte, merkwürdige Harre bereiteten ihr Sorgen. Am Abend des Tages, an dem Terke verstorben war, hatte man lange und zunächst erfolglos nach Harre gesucht, der plötzlich spurlos verschwunden war! Alles Rufen nützte nichts. Jeder der Anwesenden wurde gebeten, sich an der Suche nach dem Jungen zu beteiligen. Er würde sich doch um Jesu Christi willen aus lauter Kummer nichts angetan haben? Ein älterer Nachbarsjunge fand ihn schließlich in einer ehemaligen Torfabbaukuhle, in der Harre sich in seinem Schmerz verkrochen hatte.

Am späteren Abend hatte Göntje beiden Halbwaisenkindern, die immer noch bei der Toten saßen und sich weigerten, schlafen zu gehen, zu erklären versucht, dass es ihre Mutter da, wo sie jetzt weilte – im Himmel nämlich –, viel besser habe als auf Erden.

Harre hatte sie nur fassungslos angesehen.

»Muhme Göntje«, sagte schließlich der Junge, der normalerweise wenig zu reden pflegte, »das ist der größte Unsinn, den ich je gehört habe! Mama wollte ganz gewiss bei uns bleiben, bei Papa und mir und Kerrin. Und auf Ocke hat sie sich auch unbändig gefreut. So jemand ist doch nicht glücklicher, wenn er auf einmal stirbt und alle, die er lieb hat, verlassen muss. Der Himmel mag ja schön sein für alte Leute, die auf Erden an nichts mehr eine rechte Freude haben, aber doch nicht für so junge Frauen, wie unsere Mutter eine war.«

Die Pastorin war sprachlos. Ehe sie auf das Ungeheuerliche reagieren konnte, das dieser merkwürdige blonde Junge mit dem seelenvollen Blick seiner hellblauen Augen und den Farbklecksen, die stets Finger und Kleidung zierten, so ruhig ausgesprochen hatte, fügte er noch etwas hinzu, eine Frage, die es ebenfalls in sich hatte.

Kerrin sah ihren Bruder dafür mit stiller Bewunderung an. Hatte sie ihn bisher insgeheim für eine weinerliche Heulsuse gehalten, stieg Harre nun ganz gewaltig in ihrer Achtung.

»Was ist mit meinem Bruder Ocke, Muhme Göntje?«, wollte Harre wissen. »Wozu hat ihn der Herr überhaupt ins Leben gerufen, wenn er ihm dieses Leben nach einigen Minuten bereits wieder genommen hat? Warum hat er die kleine unschuldige Seele nicht gleich im Himmel gelassen? *Ich* kann darin keinen Sinn erkennen, nur Grausamkeit.«

Göntje war nahe daran, in Tränen auszubrechen. Bodenlos war, was der Knabe sich da erlaubte! Es wurde Zeit, dass ihr Mann sich dieses gefährlichen Jungen annahm, ehe er noch seine Schwester oder andere Kinder mit seinen ketzerischen Gedanken vergiftete. Sie riss sich zusammen und holte tief Luft.

»Wie kannst du es wagen, an der Weisheit, der Güte und der Gerechtigkeit des Herrn zu zweifeln, ja, mehr noch, mit Gott zu *hadern*?«, fragte sie aufgebracht. »Du, ein kleiner, unbedeutender, dummer Junge, der im Leben noch nichts geleistet hat, erlaubt sich, Gottes Wort und dessen Auslegung durch gelehrte und fromme Theologen in Zweifel zu ziehen? Was heißt das denn schon, dass *du* darin keinen Sinn siehst? Weißt du nicht, wie unbedeutend du bist? Das werde ich dem Pastor sagen!«

Damit verließ die Tante empört den Raum und ließ die Geschwister mit der aufgebahrten Toten allein.

Später kam die alte Magd Eycke und nahm die Halbwaisen mit sich in ihre *Komer* und in ihr eigenes Wandschrankbett, wo sie, kaum hatte die Magd sie zugedeckt, erschöpft einschliefen. Als junge Frau musste Eycke nicht weniger als vier eigene Kinder und ihren Mann begraben – sie wusste, was seelischer Schmerz war, und empfand Mitleid mit den beiden.

Erst als der Pastor ihr versprach, mit dem Jungen »ein ernstes Wort« zu sprechen – im Beisein Kerrins wohlgemerkt –, war Göntje bereit, wenigstens bis zur Rückkehr des Commandeurs die schwere Aufgabe zu übernehmen, Kerrin und Harre in ihrer Familie aufzunehmen. Danach würde man weitersehen … Zu anderen Zugeständnissen war sie vorerst nicht zu bewegen.

Nach dem gemeinsamen Morgenmahl, das aus einer Schale Haferbrei, mit ein wenig zerlassener Butter übergossen, und einem Glas warmer Schafsmilch bestand, rief Monsieur Lorenz das Mädchen und ihren Bruder zu sich in sein Studierzimmer.

Er war nicht nur ein gelehrter Mann, sondern auch ein sehr kluger, der die Intelligenz von Kindern bereits erkannte, wenn sie erst wenige Lebensjahre zählten – und er empfand Respekt davor. Um vor Harre, der offensichtlich bereits ein kleiner Philosoph zu sein schien, nicht als hoffnungsloser Ignorant oder gar als Lügner dazustehen, tat er das einzig Richtige, indem er ehrlich zugab, dass er selbst in diesem Fall Gott, den Herrn, nicht verstehen konnte.

»Ihr dürft mir glauben, Kinder, ich habe die ganze Nacht vor Terkes Tod mit Gott, unserem Schöpfer, gesprochen, weil ich mich genauso wenig wie ihr damit zufriedengeben wollte, dass ein so hoffnungsvolles Leben einfach ausgelöscht würde. Ich habe das Schreckliche geahnt und mit der gesamten Kraft meines Herzens um das Leben eurer Mutter gebetet – leider vergebens. Gott wollte es anders. Ich gestehe euch, dass ich es jetzt noch nicht begreife, warum es so kommen musste – und ich leugne nicht, dass ich Schwierigkeiten habe, Terkes Tod als den Willen eines gütigen Gottes, den wir alle ›Vater‹ nennen dürfen, anzuerkennen. Und das, obwohl ich so lange schon Pastor bin!«

Er deutete mit der Hand auf die zahlreichen Buchrücken in den einfachen Holzregalen – meist aus angeschwemmten und anschließend an der Luft getrockneten Treibhölzern gefertigt.

»In keinem dieser Werke – und ich habe jedes einzelne genau studiert – habe ich bisher eine einzige Stelle gefunden, die mir eine Antwort auf das ›Warum?‹ gegeben hätte – zumindest keine, die mich wirklich im Innersten zufriedenstellt. Ich verspreche euch, Kinder, sollte das jemals anders sein, werde ich euch teilhaben lassen an meiner Erkenntnis und damit hoffentlich den großen Schmerz in euren Herzen etwas mindern können.«

Der Geistliche rechnete im Stillen damit, dass der Junge nun eine Debatte mit ihm beginnen würde, eine ermüdende und fruchtlose Diskussion, vor der ihm offen gestanden graute. Harre überraschte ihn jedoch aufs Neue.

Der noch nicht Zehnjährige ging auf ihn zu, ergriff die Hand seines Verwandten und küsste sie ehrerbietig.

»Ich danke Euch, Oheim Pastor! Das ist mehr, als ich mir erwartet habe. Auch meine Schwester will Euch danken, Monsieur.«

Er verneigte sich vor »Monsieur Lorenz«, der auf der ganzen Insel als Respektsperson geachtet wurde, packte Kerrin am Arm, drehte sich um und ging mit der Kleinen, die vor Überraschung kein Wort herausgebracht hatte, aus dem Zimmer.

»Oh Herr, gib, dass ich meiner Aufgabe gewachsen sein werde«, betete stumm der Pfarrer. »Vor allem segne meine Göntje mit Verständnis für diesen ganz besonderen Jungen.«

Er seufzte. Es war wohl am besten, er würde jetzt darangehen, die Predigt für Terkes Totenfeier zu entwerfen.

SIEBEN
Früher Morgen, am Tag vor Terkes Beerdigung

DEM KLEINEN MÄDCHEN kam erst allmählich so richtig zu
Bewusstsein, worauf alle Geschäftigkeit, alle Vorbereitungen
letzten Endes hinausliefen: Man wollte Terke, samt ihrem neu-
geborenen Sohn Ocke, zu Grabe tragen!

Verstört lugte Kerrin aus einem Fenster der Köögen, das
den Ausblick in Richtung Kirchhof gewährte. Seit Kurzem
war einer der Armen, der mit Gelegenheitsarbeiten sein kar-
ges Brot verdiente, mit Hacke und Schaufel zugange. Da es zu
dieser Jahreszeit um halb fünf Uhr morgens noch dunkel war,
hatte der Mann eine Laterne mitgebracht, die er neben sich
auf den Erdboden stellte, um die rechteckige Grube unweit
des Eingangsportals von Sankt Johannis korrekt auszuheben.

So früh am Morgen war es noch still im Haus. Nur Eycke,
die Magd, rumorte am Herd; noch waren keine Besucher eingetroffen. Auf Zehenspitzen schlich sich das Kind in den Pesel,
um Terke, die noch immer zu schlafen schien und deren Antlitz der flackernde Schein einer Kerze in ein geheimnisvolles
Spiel aus Licht und Schatten tauchte, in ihrem Sonntagsstaat
zu bewundern.

Göntje hatte Harre und Kerrin am Abend zuvor darauf vorbereitet und sie gleichzeitig wissen lassen, dass Terkes Begräb-
nisstelle später auch als Familiengrab des Commandeurs Roluf
Asmussen dienen sollte.

»Auch euer Vater wird dereinst darin ruhen, an der Seite
seiner geliebten Ehefrau, die ihm nur ins Paradies vor-
ausgegangen ist, zusammen mit ihrem jüngsten Sohn. Wir,
der Pastor und ich, tragen Sorge dafür, dass der Steinmetz
den Grabstein aus Sandstein besonders kunstfertig und reich

verzieren wird. Terke war eine vermögende Frau aus angesehener Familie und das soll auch durch ein gefälliges Grabdenkmal, das jedermann bewundern wird, zum Ausdruck kommen.«

Sooft Kerrin sich Göntjes Worte durch den Kopf gehen ließ, konnte sie sich des Eindrucks nicht erwehren, die Pastorin habe damit andeuten wollen, Terke mache mit Ocke lediglich einen *hübschen Spaziergang,* auf den ihr Papa bald und gerne nachfolgen werde – ganz so, als handele es sich um einen vergnügten Familienausflug. Durch einen möglichst prächtigen Grabstein, um den alle sie beneiden würden, werde überdies alles zum Guten gewendet …

In ihrem Herzen wusste das Mädchen, wie falsch das war. Doch die Gedanken entglitten ihr jedes Mal, wenn sie sie in Worte fassen wollte, und Kerrin konnte daher auch nicht mit Harre darüber sprechen. Aber nach einem raschen Blick, den sie mit ihrem Bruder tauschte, war sie sicher, dass er ähnlich empfand.

Am liebsten hätte sie sich vor Zorn auf den Boden geworfen und ihre ganze Wut und Verzweiflung laut herausgeschrien. Das durfte doch alles nicht wahr sein! Nein, Kerrin weigerte sich, diesen ganzen Unsinn mitzumachen. So schnell sie konnte, lief sie in den Pesel hinüber, wo ihre schöne Mama immer noch auf dem Tisch aufgebahrt lag.

Schon bald würde man sie in den Sarg legen und vier Träger würden ihn durch diese spezielle Tür hinaustragen, die nur zu solchen Gelegenheiten benutzt wurde, weil sie als einzige vom Pesel nach draußen führte. Die normalen Eingangstüren der Friesenhäuser – auch die des Pfarrhauses – waren nämlich für den Transport von Särgen zu schmal …

Der Pastor und Göntje wollten sich noch vor dem Morgen-mahl mit dem Küster, den Sargträgern und einigen Frauen der Gemeinde in der Vorhalle der Kirche treffen, um die letzten Anordnungen betreffs des Begräbnisses und der sich daran an-schließenden Totenfeier zu besprechen.

Auch der stark abgemagerte Lehrer Hinrich Matthiessen, der zwar jämmerlich hustete, aber dennoch behauptete, es ginge ihm viel besser, gesellte sich zu der kleinen Gruppe vor dem Altar. Er wünschte unbedingt, den Sängerchor zu dirigie-ren – etwas, das Göntje anfangs gar nicht recht war. Immer-hin hatte *sie* die Mitglieder des Gemeindechors monatelang gedrillt.

Pastor Brarens hingegen, der auf den ersten Blick er-kannte, dass Matthiessen aller Voraussicht nach der Nächste sein würde, den man zu Grabe trug, wollte dem kranken al-ten Mann diese letzte Freude gönnen. Er gab Göntje ein Zei-chen und bat sie stumm, ihm zu folgen. Er ging mit ihr ein paar Schritte zur Seite – angeblich, um ihr neu entstandene Schim-melflecken an der Westseite der Kirche zu zeigen. Die feuchte salzhaltige Meeresluft forderte alljährlich ihren Tribut.

»Du hast genug damit zu tun, Frau, auf Rolufs arme Kin-der aufzupassen«, erinnerte er Göntje an ihre Pflichten, gab es doch bei Totenfeiern in der Kirche und auf dem Friedhof vie-lerlei an altem Brauchtum zu beachten.

»Am besten wird es sein, mit Harre und Kerrin das richtige Verhalten vorher einzuüben, damit du sicher sein kannst, dass morgen alles klappt.«

Das konnte Göntje nicht leugnen, da gab es in der Tat so ei-niges, worauf zu achten war, und die Frau des Geistlichen ließ sich schließlich überzeugen, dass es besser war, dem Lehrer das Dirigieren des Kirchenchors zu überlassen.

Da es keinen Leichenwagen gab – auch die beiden anderen

Pfarrgemeinden, St. Nicolai und St. Laurentii, besaßen keinen –, trugen nach altem Brauch die Nachbarn abwechselnd den Sarg auf ihren Schultern zum Kirchhof. In aller Regel rissen sich besonders die Alten und Schwachen darum, den Toten diese Ehre zu erweisen. Es bedurfte daher immer großen Fingerspitzengefühls, die »Richtigen« auszuwählen, von denen man wenigstens annehmen konnte, dass sie unterwegs unter der Last nicht zusammenbrachen.

Im Trauerzug selbst musste von alters her eine bestimmte Ordnung eingehalten werden: Voran schritten der Pastor und der Küster. Letzterer war in diesem Falle der Lehrer Hinrich Matthiessen, der einen langen Stab mit einem silbernen Kreuz an seiner Spitze tragen sollte. Ihnen folgten acht Knaben, die auf dem Weg zum Kirchhof mehrere Trauerlieder sangen. Danach kamen die Träger mit dem Sarg. Denen wiederum schlossen sich die nächsten Angehörigen an. Das waren in Terkes Fall ihre minderjährigen Kinder Harre und Kerrin.

Göntje beschloss, von der üblichen Ordnung ein wenig abzuweichen, und die entfernteren Verwandten, nämlich zwei uralte, aber noch rüstige Muhmen des Commandeurs, zusammen mit den Kindern marschieren zu lassen. So war gewährleistet, dass Terkes Sprösslinge nicht aus der Reihe tanzten.

Danach kämen Göntje selbst und ihre drei auf der Insel anwesenden Kinder. Sie hoffte, dass Tatt in ihrem Unverstand keine Schwierigkeiten machte, bei ihr musste man jederzeit mit unliebsamen Überraschungen rechnen. Es wäre nicht das erste Mal, dass das Mädchen durch unmotiviertes Gelächter eine Trauerfeier störte.

Mehr Verwandte gab es nicht, außer dem Pastor – aber der ging ja vorneweg – und Roluf Asmussen, der sich allerdings noch auf See befand. Zuletzt würden sich dann alle übrigen Trauergäste dem Leichenzug anschließen.

Vor dem offenen Grab sollten der Küster und die acht Knaben gemeinsam singen: »Begrabt den Leib in seiner Gruft, bis ihn des Richters Stimme ruft.« Dieses Lied mochte die Kirchengemeinde am liebsten.

Danach erfolgte das Herablassen des Sarges. Während dazu bestimmte Arbeiter das Grab mit Erde zuschaufelten, betete und sang der Chor und anschließend mussten sich alle in die Kirche begeben.

»Dann müsst ihr zwei euch auf der reservierten *Suregbeenk* niederlassen«, hatte die Pastorin am Vorabend Kerrin und ihrem Bruder eingeschärft. »Das ist eine Trauerbank, nur für euch als Hauptleidtragende. Auch eure zwei alten Muhmen Kerstin und Inge werden dort neben euch Platz nehmen. Und jetzt pass auf, Kerrin«, wandte sich die Tante speziell an das Mädchen. »Es ist Brauch, dass weibliche Trauernde während der gesamten Feier ihren Kopf mit der Stirn auf der Rückenlehne der vor ihnen stehenden Bank aufstützen. Das gilt weiterhin ein ganzes Jahr lang, und zwar bei jedem Gottesdienst! Hast du das verstanden, mein Kind?«

»Meine Schwester ist nicht blöd, Muhme Göntje«, gab Harre an Kerrins Stelle trocken zur Antwort. Göntje zuckte zusammen, als habe man ihr einen Schlag versetzt. Unwillkürlich wanderte ihr Blick zu Tatt, die neben ihr stand, dümmlich grinste und herumzappelte.

Kerrin empfand seine ruppige Bemerkung in Anbetracht von Tatts Anwesenheit als besonders unhöflich. Sie wunderte sich immer öfter über ihren Bruder: In kürzester Zeit schien Harre völlig verwandelt. Aus dem stillen, wohlerzogenen, immer liebenswürdigen und leicht zu erschreckenden Knaben, der sich am liebsten unsichtbar machte, um in Ruhe malen zu können, war gleichsam über Nacht ein kleiner Rebell geworden.

91

Kerrin, die kaum zu hoffen wagte, dass sich im Augenblick niemand im Pesel aufhielt, wurde mutiger. Ganz nah schlich sie sich an die Mutter heran. Es kam ihr so vor, als sei deren Gesicht ein wenig schmaler geworden, die Schläfen schienen ihr leicht eingesunken, auch der Mund erschien strenger. Doch die Konturen verschwammen Kerrin im fahlen Licht der Morgendämmerung vor den Augen.

Die Fenster standen zwar offen – angeblich, damit Terkes und Ockes Seelen in den Himmel fliegen konnten –, aber um diese Zeit drang kein Sonnenschein in die Stube. Das würde sich auch den ganzen Tag über nicht ändern. Es herrschte trübes Herbstwetter. Vermutlich würde es sogar bald regnen. Die sechs Kerzen – drei auf jeder Seite von Terkes Gesicht – verbreiteten einen milden, aber nicht sehr klaren Schein.

Das Mädchen war daher nicht sicher, ob es stimmte, dass die Lippen der Mutter, die Kerrin nur als prall und rot kannte, auf einmal schmal und blutleer wirkten und die Haut ihres frischen Gesichts gelblichgrau. Überdies glaubte sie, einen unangenehmen, widerlich süßlichen Geruch wahrzunehmen, der von der Mutter und von Ocke auszugehen schien.

»Beinahe wie neulich der Aasgestank in den Dünen«, dachte Kerrin erschrocken; die feinen blonden Härchen an ihren Armen und in ihrem Nacken sträubten sich. Im Frühjahr hatte sie beim Spielen mit anderen Kindern im Dünengras bei Goting die Überreste zweier verendeter Möwen gefunden. Sie schämte sich schrecklich über den sich aufdrängenden Vergleich.

»Es wird Zeit, Mama, dass du wieder aufwachst«, sagte das kleine Mädchen laut und bestimmt und berührte auffordernd die Rechte der Toten, die auf ihrem Leib ruhte, während die Linke das kleine Bündel auf ihrem Herzen festhielt. Mit einem leisen Aufschrei zog sie gleich darauf ihre Hand zurück: Terkes Finger fühlten sich an wie Eiszapfen im tiefsten Winter.

»Du frierst ja, arme Mama!«, rief Kerrin aus. »Kein Wunder! Niemand hat daran gedacht, dich zuzudecken. Ich werde dir gleich etwas bringen, womit du dich wärmen kannst. Auch Tee werde ich dir aufbrühen. Es ist doch keine Art, dich zwar durch die vielen Besuche beim Schlafen zu stören, aber nicht dafür zu sorgen, dass du etwas gegen Hunger, Durst und Kälte bekommst. Aber du musst jetzt endlich die Augen aufmachen, Mama! Du müsstest dich doch jetzt ausgeruht haben von der Plage, diesen hässlichen, fremden Jungen da auf die Welt zu bringen.«

Kerrin konnte sich noch immer nicht dazu durchringen, in dem verschrumpelten Säugling ihren jüngsten Bruder anzuerkennen. Immerhin hatte Göntje erreicht, dass sie Ocke nicht mehr als einen *Odderbaanki* bezeichnete oder ihn einen abscheulichen Zwerg nannte.

Terke jedoch rührte sich nicht. Starr und stumm lag sie da und ihre wunderschönen blauen Augen blieben geschlossen.

»Mama«, insistierte Kerrin – ihre Stimme klang bereits leicht panisch –, »du *musst* jetzt aufwachen! Die Sargträger holen dich sonst morgen um diese Zeit ab. Du kannst dir nicht vorstellen, was der Pastor und Göntje und alle anderen Leute mit dir vorhaben!«

Kerrin blickte sich rasch um, aber sie war immer noch allein im Zimmer. Ganz nah brachte sie ihren Mund ans Ohr der Mutter. Erneut roch sie die beginnende Verwesung und es würgte sie unwillkürlich. Gut, dass sie noch nicht gefrühstückt hatte …

Beschämt zog sie sich ein Stück weit zurück.

»Diese Verrückten lassen bereits auf dem Kirchhof eine Grube für dich ausschaufeln, Mutter! Dahinein wollen sie dich morgen legen und dich mit Erde zudecken, damit dich keiner mehr sehen kann. Und, wie du weißt, ist Papa nicht da, der es ihnen verbieten würde. Harre ist noch zu jung. Auf Knaben seines Alters hört niemand – und auf mich schon gar nicht.«

Das kleine Mädchen wartete eine Weile, aber es geschah absolut nichts.

Da schoss Kerrin plötzlich ein Gedanke durch den Kopf. Natürlich, das war die Lösung! Befreit atmete das Mädchen auf. »Da hätte ich auch schon längst draufkommen können«, dachte sie und lachte jetzt sogar ein bisschen. In dem ganzen Durcheinander hatte sie es doch bisher tatsächlich versäumt zu beten.

Kerrin kniete nieder auf dem mit Bienenwachs glänzend polierten Dielenboden – alle anderen Zimmer waren mit Steinplatten oder roten Tonziegeln ausgelegt. Das Kruzifix an der Wand neben dem Ofen fest im Blick, begann sie laut alle Gebete herzusagen, die Terke sie jemals gelehrt hatte.

Es waren eine ganze Menge – nicht nur das Vaterunser und ein paar Psalmen; Kerrin staunte selbst, wie viele Gebete sie kannte, die sie im Laufe der Jahre allein durch bloßes Mithören bei den Andachten auswendig gelernt hatte.

Aber so sehr sie sich auf das Gesprochene auch konzentrierte, wie fest sie ihre Hände ineinander legte und wie innig sie auch beten mochte – Terke hielt unvermindert die Augen geschlossen. Die Kerzen zu beiden Seiten ihres Gesichts waren nahezu niedergebrannt.

»Man muss für frische, angenehm riechende Blumen sorgen«, dachte Kerrin empört, als leichte Schwaden des Leichengeruchs bis zu ihr auf den Fußboden herunterwehten. Diese üble Ausdünstung schien ihr ein Sakrileg zu sein – sie passte so gar nicht zu ihrer reinlichen Mutter, die sich und ihre Kleidung stets peinlich sauber gehalten hatte.

Für Kerrin – wie für die meisten erwachsenen Gläubigen auch – waren Gebete jeglicher Art wie Zauberformeln, die man, je nachdem, was man damit erreichen wollte, nur gläubig genug und voll Inbrunst aufsagen musste. Dieses absolute Gottvertrauen wurde dann in aller Regel belohnt, indem der Wunsch des Bittstellers in Erfüllung ging. Tat er das nicht, lag es selbstverständlich nicht an Gott dem Herrn, sondern an der mangelnden sittlichen Lauterkeit desjenigen, der sich bittend an seinen Schöpfer gewandt hatte.

Tränen stiegen Kerrin in die Augen. Bevor der Kummer über ihr Unvermögen allzu groß werden konnte, fiel ihr doch noch ein weiteres Gebet ein, das sie in der Vergangenheit des Öfteren gehört hatte. Immer wenn sie die Mutter und die Knechte und Mägde dabei erlebt hatte, tobten draußen schaurige Unwetter über der Insel.

Die kreatürliche Angst, die sie dabei aus den Stimmen der Erwachsenen herausgehört hatte, war zusammen mit dem Text in ihr Gedächtnis wie eingebrannt. Sie schauderte erneut. Ob ein »*Beed bi en Sturemflud*«, das bei schwerem Unwetter helfen sollte, auch im Falle der Mutter von Nutzen wäre, wusste sie nicht – aber schaden konnte es sicher nicht.

Gefasst richtete sie erneut ihren Blick auf den Herrn am Kreuz und begann laut zu deklamieren: »*Hergood, almächtigh Halper! Uun swaar Winj- an Wedhersnuad kem wi arem swak Mensken tu Di an baden Di mä Hunhen an Harten: Ferleet üs ei!*« (»Herrgott, allmächtiger Helfer! In schwerer Wind- und Wetternot kommen wir armen schwachen Menschen zu Dir und bitten Dich mit erhobenen Händen und Herzen: Verlass uns nicht!«)

Das Kind stand schnell auf, um der Mutter ins Gesicht zu spähen. Terke jedoch lag unverändert, steif ausgestreckt auf dem Rücken, mit geschlossenen Augen und ihren jüngsten Sohn schützend im Arm haltend.

»Ich muss das Gebet erst zu Ende sprechen«, dachte Kerrin und ließ sich erneut auf die Knie nieder.

»Bliiw bi üs an spreegh Din Meechtwurd, dat Locht an Sia weler rauelk wurd, dat jü Nuad förbigungt, sanher üs tu ferderwin! Leew Hergood, halep üs! Amen.« (»Bleib bei uns und sprich Dein Machtwort, dass Himmel und Meer wieder ruhig werden werden, dass diese Not vorübergeht, bewahre uns vor dem Verderben! Lieber Herrgott, hilf uns! Amen.«)

Den letzten Satz schrie das kleine Mädchen regelrecht.

Nach einer Weile erhob sich Kerrin mit schmerzenden Knien. Gefasst trat sie zum Tisch mit der aufgebahrten Leiche der jungen Frau. Lange starrte sie dieses Mal ins Antlitz der Toten. Der flackernde Schein der Kerzen, deren Flammen das letzte Wachs gierig aufsogen, erweckte den trügerischen Eindruck, als bewegten sich die Gesichtszüge der Mutter, als flatterten ihre Augenlider.

Aber die Hoffnung des Kindes war längst erloschen; in diesen Minuten schien sich etwas in Kerrins Innerstem verändert zu haben. Es war ein geheimer Vorgang, der sie weit über ihre Jahre hinaus reifen ließ. Ihre Augen brannten, als ihr das Vergebliche ihrer naiv frommen Bemühungen bewusst wurde: Endlich vermochte sie die Tatsache zu akzeptieren, dass Terke nie mehr bei ihrer Familie sein, dass sie die Stimme der Mutter nie mehr hören würde.

»Leb wohl, Mama! Ich hoffe, du bist jetzt glücklich im Himmel und hast keine Schmerzen mehr. Vielleicht schaust du hin und wieder zu mir herunter und beobachtest, was ich tue. Ich verspreche dir, dass ich mich bemühen werde, dir keine Schande zu machen, liebste Mutter!«

Gleich darauf brach der Damm. Überwältigt von hilflosem Schmerz und erfasst von einer Woge aus Trauer und Verlustängsten, stürzten ihr wahre Tränenbäche aus den Augen. Laut und haltlos begann sie zu schluchzen, indem sie sich über die Brust der Verstorbenen warf und – sich weder am Geruch des Todes noch an der starren Eiseskälte störend – sich der puren Verzweiflung überließ.

Sie hörte nicht, dass sich die Tür zum Pesel öffnete und Muhme Göntje hereinkam. Die Pastorin erfasste auf einen Blick, was hier vor sich ging, und dankte im Stillen dem Herrn dafür: Endlich begriff Kerrin, dass die Mutter für immer gegangen war. Sie ließ ihr Zeit, um ihre wilde Art der Trauer auszuleben.

Nach längerer Zeit, als sich das Weinen abschwächte, das sich zuletzt bis zum Kreischen steigerte, um schließlich ganz zu versiegen, trat sie auf Kerrin zu, zog sie sanft von Terkes Brust herunter und schloss das kleine Mädchen in ihre Arme.

Als Göntje keinen Widerstand spürte, erfüllte sie zaghaft ein vages Glücksgefühl. Eine Weile wiegte sie Kerrin hin und her und summte ihr dabei leise ein altes friesisches Kinderlied vor. Vielleicht mochte es ihr doch gelingen, einen Weg ins Herz des kleinen Wildfangs zu finden.

Der Junge war allerdings vollkommen verstummt. Bis zur Beerdigung seiner Mutter gelang es niemandem, ihm auch nur ein Wort zu entlocken.

ACHT
Frühjahr 1690, im königlichen Schloss zu Stockholm

»MADAME, VERZEIHEN SIE BITTE, aber mir scheint, Sie sind nicht ganz bei der Sache.«

Gräfin Alma von Roedingsfeld nahm einen weißen Turm vom Feld und gesellte den Spielstein zu einer Reihe anderer neben dem Schachbrett. Leicht tadelnd blickte sie der Königin ins Gesicht.

97

Ulrika Eleonoras Gedanken schienen in der Tat woanders zu weilen. Fast zuckte sie zusammen und winkte dann ab.

»Sie haben Recht, Gräfin; ich bin heute eine ganz schlechte Spielerin. Irgendwie fehlt es mir an der nötigen Konzentration. Ich gebe mich geschlagen. Hören wir auf für heute.«

»Darf ich Sie fragen, Madame, womit sich Ihr Geist so intensiv beschäftigt, dass es mir, einer eher mäßigen Schachspielerin, gelingen konnte, Ihnen schon wieder ›Schach‹ zu bieten?«

»Ich musste nur daran denken, dass – wie man hört – der blutjunge russische Zar Peter, der im vorigen Jahr mit gerade einmal siebzehn Jahren geheiratet hat und nun Alleinherrscher über sein Land ist, angeblich enorme Schwierigkeiten mit seiner Gemahlin Jewdokija Fjodorowna Lopuchina haben soll.«

»Schwierigkeiten, Madame? Man munkelt, die Ehe sei bereits komplett *gescheitert*«, platzte die erste Hofdame der Königin heraus.

»Ach? Wirklich?« Ulrika Eleonora horchte auf. »Mir hat man wiederum berichtet, die junge Zarin sei schwanger.«

»Das mag ja durchaus zutreffen, Madame. Aber trotzdem haben die beiden einander nichts mehr zu sagen.«

Alma von Roedingsfeld schien hocherfreut, wieder einmal mehr zu wissen als ihre Herrin. Die Gräfin war in der Regel über sämtliche Ereignisse, die sich in den europäischen Herrscherhäusern zutrugen, bestens informiert. Vertraulich neigte die Hofdame sich zur Königin.

»Wie Sie vielleicht wissen, Madame, ist mein Bruder Christian gut befreundet mit dem russischen Grafen Alexej Woronin. Letzterer weilt seit einiger Zeit in unserem Stammschloss und erhält jeden Tag durch einen besonderen Kurier Nachrichten aus dem Moskauer Kreml.« Die Gräfin senkte ihre Stimme unwillkürlich zu einem Flüstern. »Was ich Ihnen nun anvertraue, Madame, ist sehr privat und äußerst heikel – nun ja, man könnte sogar sagen: pikant!«

Jetzt funkelten die Augen der Königin voller Neugierde. Es ging doch nichts über Gerüchte, noch dazu, wenn sie überdies einen wahren Kern enthielten.

»So sprechen Sie doch endlich, liebste Alma«, drängte Ulrika Eleonora. »Saftiger Hofklatsch ist doch unser täglich Salz in der Suppe!«

»Ich denke, Madame, es steckt sogar mehr dahinter als bloßes Gerede. Denken Sie sich nur, die hübsche Frau Zar Peters ist …« Das letzte Wort hauchte sie nur noch.

»Nein! ›Frigide‹ behaupten Sie, Gräfin?« Die Königin dachte gar nicht daran, ihre Stimme zu dämpfen. »Das dürfte allerdings beim Zaren, der, wie man sich erzählt, schon sehr frühreif war und wie der Teufel hinter den Weiberröcken her ist, nicht allzu gut ankommen!«

Das Gesicht der Königin überzog sich mit hektischer Röte. Die Gattinnenwahl des damaligen Zarewitsch war im übrigen Europa mit teilweise gemischten Gefühlen aufgenommen worden. Immerhin harrten an Europas Höfen eine Reihe von Prinzessinnen aus, die man gerne an die Wolga verheiratet hätte – ging doch das Gerücht, der künftige Zar gedenke, das hinterwäldlerische Land mit frischem Wind zu durchlüften und das dort herrschende Barbarentum dank westeuropäischer Kultur auszumerzen.

Als man von seiner Heirat mit dieser Jewdokija Fjodorowna, die kein Mensch kannte, hörte, hatte es mancherorts lange Gesichter gegeben. Und jetzt das!

»Alexej Woronin ist der beste Freund von Zar Peters Erstem Kammerdiener Nicolai Stepanowitsch Buljatov – meine Neuigkeiten stammen demnach aus erster Hand. Dieser Nicolai kennt alle Schlafzimmergeheimnisse seines Herrn. Aber das

Drama um die junge Zarin ist ohnehin *das* Gesprächsthema am Hof.«

»So lassen Sie sich doch nicht alles aus der Nase ziehen, was Sie wissen, liebe Gräfin Alma!«

Die Königin von Schweden schien ungeduldig. Endlich einmal andere Neuigkeiten als die langweiligen Zerwürfnisse mit Dänemark!

Die unerfahrene Ehefrau des Zaren hatte anscheinend nichts darüber gehört, was die nächtlichen Pflichten einer Gattin ausmachte. Aus dem kaiserlichen Schlafgemach drangen nämlich in der Hochzeitsnacht weibliche Hilfeschreie bis auf den Korridor.

»Und? Was sagte Peter Alexejewitsch?«, drängte Ulrika Eleonora.

»Der schien verblüfft über ihr Verhalten. War er doch anderes von seinen bisherigen Geliebten gewohnt. Jewdokija schien auch entsetzt darüber, dass ihr jugendlicher Ehemann überhaupt über Erfahrungen mit dem anderen Geschlecht verfügte ... Insgesamt, wie ich finde, ein unverzeihliches Versagen der Brautmutter! Dann aber schien sich die junge Frau mit ihrem Schicksal abzufinden. Fürst Buljatow hörte zwar keine Lustschreie Jewdokijas, aber auch keine Hilferufe mehr – zumindest in dieser Nacht.«

Erneut legte die Roedingsfeld eine Kunstpause ein.

»Wie ich Sie kenne, war dies noch nicht alles«, bohrte die Königin erwartungsvoll nach.

»Allerdings, Madame! In der zweiten Nacht kam es schließlich zum Eklat! Die Zarin hatte sich, Kopfschmerzen vorschützend, vorzeitig vom Bankett, das man am Tag nach der Hochzeit im Kreml vor allem mit viel Champagner und Wodka feierte, zurückgezogen.

Peter, verliebt bis über beide Ohren, gedachte in dieser

Nacht alles richtig zu machen. Der Zar hat sich angeblich sogar von seinem Ersten Kammerherrn in dieser Sache beraten lassen. Wie Nicolai Stepanowitsch deutlich hören konnte, fruchteten jedoch auch die Appelle Peters nichts, als er sie darauf hinwies, dass es ihre heilige Pflicht als Ehefrau sei, ihm den Beischlaf zu gestatten. Er würde sonst Seine Heiligkeit, Konstantin Alexejewitsch Bulganin, den Metropoliten von Moskau, zu Hilfe holen, um ihr ihre Ehepflichten ins Gedächtnis zu rufen, drohte er am Ende gar. Jewdokija schrie lediglich hysterisch, dass weder der Metropolit noch irgendein anderer Heiliger – ja, nicht einmal Christus selbst – sie dazu bewegen könnten, so *Schändliches* noch einmal über sich ergehen zu lassen. Dass sie derart Schmutziges und Sündhaftes noch einmal erdulde, könne niemand von ihr verlangen. Nach einer Weile resignierte der Zar offenbar und stiefelte davon, um in einem anderen Raum zu nächtigen – allerdings nicht, ohne vorher seinem Kammerherrn den Auftrag zu erteilen, ihm für den Rest der Nacht eine *willige, vernünftige und vor allem normale* junge Frau zu besorgen ...«

»Mein Gott! Das ist ja furchtbar!«, murmelte die Königin. »Und was ist mit der angeblichen Schwangerschaft der Zarin? Hat sich vielleicht das junge Paar doch noch versöhnt?«

»Oh nein, ganz im Gegenteil! Die Zarin würdigt auch tagsüber ihren Gemahl keines Blickes oder gar Wortes. Sämtliche Versuche von Peters Halbschwester Sofja und anderer Verwandter blieben ergebnislos und selbst die ernsthaften Vorhaltungen der Geistlichkeit bewirkten nichts: Jewdokija verabscheut zutiefst die ›tierische Veranlagung‹ ihres Gatten.

Selbst ihre Schwangerschaft, die von der einmaligen Begegnung mit Peter in der Hochzeitsnacht herrührt, konnte und kann sie nicht umstimmen. Sie will mit ihm nichts mehr zu tun haben. Sie bat den Zaren, ihr die Abreise aus dem Kreml zu gestatten, und Peter hat sofort zugestimmt. ›Soll sie hingehen, wo der Pfeffer wächst‹, soll er gesagt haben und sich seither temperamentvoll in gewohnter Manier einer neuen Mätresse widmen.«

Die Königin von Schweden blieb eine ganze Weile stumm, ohne auf die erwartungsvollen Blicke ihrer Hofdame zu reagieren, die nach ihrem Vortrag atemlos nach dem Wasserglas gegriffen hatte und nun enttäuscht die ausdruckslose Ulrika Eleonora beobachtete. Mit ihrer sensationellen Geschichte hatte sie wahrlich geglaubt, ein bisschen mehr Interesse zu erregen.

Ulrika Eleonora dachte allerdings schon weiter. Peter würde die Niederkunft seiner prüden Gemahlin abwarten. Überlebte sie diese, würde er handeln. Dass der Zar sich bereits entschieden hatte, daran bestand für sie kein Zweifel. Da eine Scheidung nicht infrage kam, würde er die Ehefrau wider Willen mehr oder weniger mit Gewalt dazu bewegen, sich in ein Kloster zurückzuziehen, um als Nonne alt und grau zu werden. Das war die einzige Möglichkeit, um eine missliebige Gattin loszuwerden; dass Peters Zuneigung zu Jewdokija mittlerweile völlig erloschen war, davon konnte man getrost ausgehen.

Das bedeutete aber, dass der Zar bald wieder frei wäre für eine neue eheliche Verbindung … Ihren Mann, König Karl, würde es freuen, das zu hören. Er hatte doch früher schon Bemerkungen fallenlassen, die sich mit der Zukunft Hedwig Sophies befassten.

Ulrika Eleonora selbst war auch nicht mehr ganz so strikt gegen eine mögliche Verbindung ihrer Tochter mit dem Moskowiterreich. Seit Peter die Zarenkrone auf dem Haupte trug, schien sich in dem Riesenreich tatsächlich einiges zum Besseren zu wenden.

Hedwig Sophie war mit ihren neuneinhalb Jahren allerdings noch ein Kind. Alles kam nun darauf an, wie lange Peter diese

Ehe, die keine war, aufrechtzuerhalten gedachte. Im Augenblick genügte ihm offenbar die Gegenwart wechselnder Gespielinnen und sollte Jewdokija ihm einen Sohn schenken, läge ihm der Gedanke an eine neue Heirat vielleicht sehr fern. Anders mochte es aussehen, wenn das Kind eine Tochter würde – obwohl in Russland durchaus auch Frauen den Thron besteigen konnten. Ein völlig anderes Bild ergäbe sich jedoch im Falle einer Totgeburt ...

»Interessant, wirklich hochinteressant, Gräfin«, murmelte die Königin nach einiger Zeit.

»Falls Sie wieder Neues aus Moskau erfahren, liebste Alma, lassen Sie es mich unbedingt wissen.«

Frühere Zaren heirateten nur Russinnen; aber wenn Peter so weltoffen war, könnte er doch durchaus eine Ausnahme von der alten Regel machen ...

Hedwig Sophie ahnte von alldem freilich nichts und pflückte gerade die ersten Blumen im langsam erblühenden Schlossgarten. Auch wenn sie selten herumtobte wie ihr ungestümer kleiner Bruder, so hielt sie sich doch bei Sonnenschein lieber draußen auf als in den ehrwürdigen Hallen und Sälen des Schlosses, wo ihr stets eine der Hofdamen wie ein Schatten folgte und immer irgendein Schleifchen oder Riemchen zurechtzupfte oder ihr die Haare glatt strich. Der grasgrüne Fleck, der inzwischen auf dem blütenweißen Saum ihres Kleides prangte, würde der Gouvernante die Tränen in die Augen treiben – eine Vorstellung, die Hedwig Sophie wiederum zu einem fröhlichen Lachen reizte, während sie sorglos ihr Körbchen packte und zum Lauf des kleinen Baches hüpfte, dessen Ufer von einem lila Blütenteppich bedeckt waren.

NEUN

Spätherbst 1690, auf der Insel Föhr

EINIGE HERBST- UND Frühjahrsstürme waren inzwischen vorübergezogen und manches hatte sich verändert, aber das meiste war beim Alten geblieben – zumindest auf der Insel.

Genüsslich an seiner Pfeife ziehend, beobachtete Roluf Asmussen mit einem leisen Lächeln seine Tochter Kerrin. Ihr zehnter Geburtstag lag nicht mehr allzu fern und äußerlich wurde sie Terke immer ähnlicher; in ihrem Wesen war sie jedoch völlig anders geartet, er wurde manchmal nicht recht schlau aus ihr.

Beim Gedanken an seine vor drei Jahren im Kindbett verstorbene Frau verdüsterte sich seine Miene. Er würde ihren Tod niemals verwinden. Aufgrund seiner Erziehung, die »echten« Männern keinerlei Gefühle erlaubte, war er unfähig, seine Trauer mit den Kindern zu teilen, ja nicht einmal zu sprechen vermochte er über Terke: Befürchtete er doch, bereits bei der Nennung ihres Namens in Tränen auszubrechen. Seine besondere Empfindsamkeit war ihm umso peinlicher, da er wohl wusste, dass die meisten Männer spätestens nach einigen Jahren über den Verlust ihrer Frauen hinwegkamen und sich – nicht zuletzt der Kinder und des Haushalts wegen – nach einer Nachfolgerin umsahen. Für Sentimentalität ließ der raue Alltag den meisten kaum Zeit.

Harre und Kerrin glaubten sicher, er habe ihre Mutter längst vergessen. Ständig empfand er deswegen ein schlechtes Gewissen – wusste jedoch nicht, was er dagegen tun sollte. Schon der alljährliche Besuch an Terkes Grab zu Weihnachten bedeutete eine einzige Qual für ihn. Da stand er dann, flankiert von Kerrin und Harre, vor dem schön gemeißelten Grabstein über dem mit Gras bewachsenen Erdhügel und starrte mit steinerner Miene zu Boden. Seine Kinder pflegten stets das Lied anzustimmen: »*Hergood, hemelsk Feedher, Dü man Aankersgrünj, huar kön ik wel beedher Hualh an Halep finj?*« (»Herrgott, himmlischer Vater, du mein Ankersgrund, wo könnte ich wohl besser Heil und Hilfe finden?«)

Und er stand hilflos daneben und wartete, bis sie endlich zum Ende kamen: »*Hergood, hemelsk Feedher, beest min Skap sin Meest!*« (»Herrgott, Himmelsvater, du bist der Mast meines Schiffes!«)

Nach einem kurzen, stummen Gebet für Terkes und Ockes Seelenheil wandte er sich dann jedes Mal ab und ging schnell davon. Wobei er sich nie darum kümmerte, ob die Kinder ihm folgten oder noch auf dem Friedhof verweilten. Hatte er doch genug damit zu tun, sich das Weinen zu verbeißen.

Erneut wurde Commandeur Asmussen klar, wie wenig er über seine eigenen Kinder wusste, kein Wunder, er sah sie viel zu selten. Aber darüber durfte er sich nicht beklagen: Dieses Los teilte er schließlich mit allen Seeleuten, die Väter waren. Das Wenige, das ihm zu Ohren kam, erfuhr er von Göntje. Von der Pastorin wusste er beispielsweise, dass sich die Kleine oft »anders« als die übrigen Mädchen ihres Alters verhielt, ja, dass sie ihrer Umgebung gelegentlich Rätsel aufgab.

»Mit gewissen seltsamen Wesenseigenheiten haben alle zu kämpfen, die bereit sind, für Kerrin die Verantwortung zu übernehmen«, teilte ihm Göntje mit.

Am leichtesten damit tat sich augenscheinlich noch der Pastor, worüber der Commandeur von Herzen froh war. »Monsieur« Lorenz war auch der Einzige, der das Kind immer wieder in Schutz nahm, wenn seine Frau Göntje sich bei ihm beschwerte über »den Trotz, die Widerborstigkeit und den Hochmut«, die Kerrin gelegentlich an den Tag legte. Als Roluf das erste Mal von diesen Schwierigkeiten hörte, unter denen die

Pastorin bei Kerrins Erziehung zu leiden hatte, erschrak er zutiefst und erbat sich Aufklärung von Göntje.

Die rechtschaffene Frau, die Roluf nach jeder Seereise noch ein wenig magerer und müder erschien, ließ sich das nicht zweimal sagen und begann gleich mit dem, das ihr am meisten auf der Seele lag: »Ich kann deine Tochter nicht davon abhalten, sich immer wieder zu gewissen alten Weibern zu schleichen, die insgeheim als Hexen verschrien sind, und den albernen Geschichten zu lauschen, die diese Frauen unters ohnehin abergläubische Volk streuen. Meist geht es dabei um die alten Götter aus heidnischer Germanenzeit. Dass die Erinnerung an diese Popanze nicht endlich stirbt, ist solchen Weibsbildern zu verdanken, die mit Vorliebe Kinderherzen vergiften. Sowohl Lorenz als auch ich haben Kerrin zwar streng den Umgang mit diesen unvernünftigen Frauenzimmern verboten, aber sie gehorcht nicht, sondern setzt sich immer wieder eigensinnig darüber hinweg. Selbst Strafen halfen bisher nicht. Sie läuft nicht nur zu den alten Weibern, sondern hält sich entgegen meiner Anordnung auch oft bei Signe Pedersen auf, der Dänin, der ebenfalls Hinwendung zum Heidentum nachgesagt wird. Aber das Schlimmste ist, dass deine Tochter *andere Kinder* ansteckt! Sie versammeln sich gern um sie und sie erzählt ihnen dann regelmäßig diese alten Lügengeschichten von *Odderbantjes, Puken, Wechselbälgern, Muunbälkchen oder Roggfladders*, lauter alberne Spukgestalten! Für sie sind diese Geschichten keine alten Märchen, sondern die reine Wahrheit!«, ereiferte sich die Pastorin. »Ich habe mit eigenen Ohren gehört, wie Kerrin den Nachbarskindern weismachte, alles, was sie ihnen berichte, entspräche der Wirklichkeit, weil sie die Zwerge alle selbst schon des Öfteren gesehen habe!«

»Ja nun, Base Göntje! Dass es *Odderbantjes* und *Roggfladders* tatsächlich gibt, habe ich in meiner Kindheit und Jugend auch gehört«, versuchte der Commandeur seine Verwandte zu bremsen. »So schlimm kann ich das nun nicht finden. Kinder lieben eben unheimliche Geschichten. Und die Erwachsenen offenbar auch, was die Zusammenkünfte im Winter zur Genüge beweisen, wenn alle in der warmen Stube beieinander sitzen, Teepunsch trinken und klönen.«

»Leider ist das tatsächlich so, Roluf«, lamentierte Göntje sofort. »Es wird viel zu viel Alkohol auf der Insel getrunken! Kein Wunder, dass dann die abstrusesten Erzählungen bei den vernebelten Gehirnen solchen Anklang finden! Du solltest einmal hören, welchen Unsinn man von den völlig harmlosen und in Scharen vorkommenden Kröten behauptet!«

Der Commandeur winkte ab. »Glaub mir, Göntje, das ist mir vom Schiff mehr als vertraut! Es gibt keinen Menschen, der abergläubischer wäre als ein Seemann. So kenne ich beispielsweise nicht einen, der *nicht* an den *Klabautermann* glaubt. Die Matrosen halten sogar an dem Wahn fest, wonach ein Huhn an Bord den Kobold daran hindern soll, auf dem Schiff Unfug zu treiben. Aber, ehrlich gesagt: Als so schrecklich empfinde ich das nicht. Es ist mir lieber, sie erzählen sich Spukgeschichten, als dass sie fluchen oder unanständige Witze zum Besten geben. Das dulde ich keinesfalls an Bord.«

Göntje, die merkte, dass sie mit ihren Beschwerden über seine Tochter Kerrin bei Roluf nicht weiterkam, ließ davon ab, sich zu beklagen. Im Großen und Ganzen war das Mädchen ja lieb und fleißig, gab selten Widerworte und stellte sich bei allen Arbeiten, die man ihr übertrug, äußerst geschickt an.

»Was ich deiner Tochter hoch anrechne, ist ihre unendliche Geduld mit unserer armen Tatt«, ließ sie sich sogar zu einem – bei ihr selten vorkommenden – Lob hinreißen. »Auch Lorenz sagt immer, wir wüssten nicht, wen wir sonst beauftragen sollten, sich mit unserem Sorgenkind zu beschäftigen, da es mir selbst häufig an Zeit mangelt. Das macht Kerrin wirklich sehr gut.«

Diese Anerkennung aus Göntjes kritischem Mund freute Commandeur Asmussen sehr – zumal er auch nur wenig Löbliches über seinen Sohn Harre zu hören bekam. Der Zwölfjährige redete kaum, ließ sich nur zum Essen blicken und verschwand gleich darauf wieder – war demnach für Arbeitsaufträge nicht greifbar – und keiner wusste, wo er sich eigentlich die ganze Zeit über aufhielt. Tauchte er gelegentlich wieder auf, präsentierte er meistens eines seiner neuesten »Werke«, für gewöhnlich ein mit Ölfarben auf Leinwand gemaltes Bild.

Seine Motive fand er auf der Insel: Szenen mit Wattvögeln, ziehende Wildgänse am hohen Föhrer Himmel, weidende Schafe, eine Kuh oder ein Pferd auf den Marschen oder einfach hohe Wellen mit Schaumkronen und darüber ein schwefelgelber Himmel, garniert mit schwarzen Unwetterwolken.

»Alles Zeug, das niemanden interessiert und das später garantiert kein Mensch kaufen wird, um es sich in die Gute Stube zu hängen!«, bemerkte die Pastorin abfällig, wann immer die Rede darauf kam.

All dies ging dem Commandeur durch den Kopf, während er an seiner Pfeife zog und seiner Tochter zusah, die eine Kröte in ihrem Schoß hielt und ein stummes Zwiegespräch mit dem Tier zu führen schien.Der Anblick der Kröte rief ihm eine Besonderheit Föhrs in Erinnerung: Man kannte so gut wie keine erhöhten Türschwellen, was es den zahlreich vorkommenden Kröten erleichterte, ins Innere der Häuser zu schlüpfen. Manchmal war Asmussen selbst überrascht, wie viele Kröten sich in die Ecken und Winkel der Häuser verirrten – zumal er auf hoher See monatelang keines der Tiere zu Gesicht bekam.

Auf seinem letzten Bild hatte Harre die Szene festgehalten, wie jemand mit dem Besen eine Kröte energisch durch die Tür hinausbeförderte. Es waren dabei nur die Kröte, die Borsten des Reisigbesens mit einem Stück vom Stiel und eine Hand zu sehen; die Person selbst, die den ungebetenen Gast so rüde vertrieb, blieb unsichtbar – lediglich ein Stück Stoff, der sich am rauen Holz des Türstocks verfangen hatte, bewies, dass es sich um eine Frau handelte.

Sowohl der Pastor als auch Harres Vater waren gerade von diesem Bild hellauf begeistert. Roluf wollte es sich sogar rahmen, mit aufs Schiff nehmen und in seiner Commandeurskajüte aufhängen – als ständige Erinnerung an Föhr: Die Insel und die zahlreichen Kröten gehörten untrennbar zusammen.

Die mit Wacholdergestrüpp und rosafarbenem Heidekraut bedeckten Hünengräber – aus uralter Zeit stammend – beherbergten eine Unmenge dieser Kriechtiere, die sich oft weit in die quer über die Insel verstreuten Grabhügel hineingruben.

»Du magst Tiere wohl sehr gern?«, fragte Roluf seine Tochter.

»Oh ja, Papa! Ich mag Kröten und Frösche. Aber auch alle Vögel, die Möwen, die Sichelschnäbler, die Austernfischer und die Wattläufer. Besonders die Wildenten, denen man so grausam nachstellt!«

Diesen Seitenhieb auf das zweimal im Jahr stattfindende *Ütjfögelt*, wie man den grässlichen *Aanenfang mä'n slachneet* (Entenfang mit Schlagnetz) nannte, konnte sich Kerrin nicht verkneifen. Sie weigerte sich standhaft, jemals wieder daran teilzunehmen.

Ihr Vater, der ihren diesbezüglichen Widerwillen kannte, ging heute jedoch nicht darauf ein. Hatte er doch früher Stunden damit verbracht, ihr zu erklären, dass die Leute auf das Fleisch der Wildvögel angewiesen waren und nur so viele Enten umbrachten, wie sie auch verzehren konnten. Außerdem würde man sie sehr schnell und nahezu schmerzfrei töten. Eine Behauptung, der Kerrin regelmäßig heftig widersprach.

»Aber die Hasen, die Schafe, die Kühe und die Pferde mag ich auch«, fuhr Kerrin nach einer Weile, als ihr Vater stumm blieb, fort.

»Harold, deinen Hengst, habe ich sogar richtig liebgewonnen; ich besuche ihn jeden Tag. Eigentlich liebe ich alle Tiere, Vater.«

Roluf Asmussen besaß einen Rappen, den er, solange er auf See weilte, im Stall des Pastors unterstellte. Der Geistliche fütterte, pflegte und benutzte das Tier auch, wenn er in weiter entfernten Dörfern seinen seelsorgerischen Pflichten nachkam. Das Pferd musste schließlich bewegt werden und der Commandeur konnte Harold leider nur im Spätherbst und Winter reiten – was er sehr bedauerte. Roluf war nämlich, für einen Seemann eher ungewöhnlich, ein geradezu leidenschaftlicher Reiter.

In der übrigen Zeit durfte der Hengst nur von Monsieur Lorenz geritten werden: Einen anderen Mann duldete er nicht auf seinem Rücken. Bei weiblichen Wesen machte er eine einzige Ausnahme: Kerrin. Sie trug er sogar ausgesprochen gerne.

Es war ein ganz eigener Anblick, wenn das kleine Mädchen im Herrensattel auf dem edlen Pferd, in dessen Adern Araberblut floss, nur so dahinflog über den Geestrücken der Insel. Manch einer der Insulaner machte sich dann so seine Gedanken, sooft er Kerrin mit langem, wehendem, blondem Haar auf dem tiefschwarzen Hengst vorübergaloppieren sah:

Wuchs hier womöglich eine kämpferische Walküre heran oder gar eine Diana, die nächtens eine wilde Jägerhorde anzuführen pflegte?

Solche Fragen stellte man allerdings keineswegs laut – niemand wollte es sich schließlich mit Pastor Brarens verderben, der sein Pflegekind ja offenbar nach Lust und Laune gewähren ließ. Und ihren Vater, Commandeur Asmussen, der nach jeder Walfangsaison noch vermögender auf die Insel zurückkehrte, machte man sich besser auch nicht zum Feind.

»Aber am allerliebsten sind mir doch die Kröten, Papa«, hörte Roluf seine Tochter mitten in seine Gedanken hinein sagen.

Das brachte ihn erneut in die Gegenwart zurück. Seine Pfeife war mittlerweile ausgegangen, wie er missvergnügt feststellte. Er legte sie im großen Aschenbecher auf dem Tischchen zu seiner Rechten ab, um sich erneut Kerrin zu widmen. Er hatte so wenig von seiner Tochter, dass es ihm in der Tat ein Herzensanliegen war, ihr in den wenigen Wochen seiner Anwesenheit seine ungeteilte Aufmerksamkeit zu schenken.

»Ach ja? Das wundert mich aber, Kind. Kleine Hasen oder Lämmchen sind doch viel niedlicher. Als ich in deinem Alter war, habe ich Hundewelpen über alles geliebt. Aber Kröten? Ich weiß nicht recht. Was fasziniert dich denn so an ihnen?«

Der Commandeur beugte sich vor, um dem Mädchen, das sachte der hässlichen Kröte mit der warzigen braungelben Haut zärtlich über Kopf und Rücken fuhr, seinerseits über die Wange zu streicheln.

»Ich weiß, dass das keiner versteht, Papa.« Kerrin lachte unbekümmert.

»Aber das kommt davon, dass kaum jemand weiß, *wer* diese Tiere wirklich sind.«

»So? Du machst mich ja richtig neugierig, meine Liebe. Wer sind denn die Kröten in Wirklichkeit?«

Unwillkürlich sah sich Kerrin im Pesel ihres Elternhauses um, das sie und Harre nur in ihres Vaters Anwesenheit bewohnten; das Pfarrhaus war ihr mittlerweile sogar um einiges vertrauter. Obwohl sich außer ihr und dem Commandeur niemand im Raum aufhielt, dämpfte sie unwillkürlich die Stimme.

»Es sind *Odderbaankis*, Papa. Ja, das stimmt«, bekräftigte Kerrin ihre Aussage, als sie den ungläubigen Gesichtsausdruck des Vaters sah. »Jeder Odderbaanki kann sich in eine Kröte verwandeln, wenn er will. So können sie leichter in die Häuser und Scheunen schlüpfen. Und darum ist es ein großes Unrecht, wenn jemand den Kröten ein Leid zufügt oder sie gar totschlägt! Das kleine Volk nimmt außerdem bittere Rache an jedem, der ihnen Übles will. Ich liebe die Odderbaankis – und darum liebe ich auch die Kröten. Ganz einfach, oder?«

Kerrins sanfte himmelblaue Augen, die zeitweise auch grün wie das Meer zu schimmern vermochten, aber stahlgrau funkelten, sobald sie wütend war, strahlten ihren Vater offen an.

»Oh ja, gewiss. Ganz einfach, mein Liebes«, murmelte der erfahrene Seemann verblüfft. »Aber du glaubst doch nicht, mein Schatz, dass es Odderbaankis, Puken oder dergleichen Spukgestalten tatsächlich gibt, nicht wahr? Was sagt denn dein Oheim, der Pastor, dazu? Er wäre entsetzt, stelle ich mir vor!«

Die Sorge in seiner Stimme war unüberhörbar. »Wir Friesen sind alle gute Christen«, fügte er noch bekräftigend hinzu. »Und wie ich hoffe, auch du, mein Kind!«

Wenn Göntje Kerrin hören könnte, wäre sie außer sich. Die Pastorin beschwerte sich so schon oft genug über seine Tochter …

»Oheim Lorenz hat Harre, mir und den anderen Kindern erzählt, dass die Odderbaankis von jeher auf unserer schönen Insel beheimatet waren. Auch als wir Friesen das Heidentum ablegten und zu Christen wurden, wohnten diese kleinen Leute weiter unter uns, hauptsächlich in den Höhlen bei Goting oder in Erdlöchern bei Dunsum, die sie sich selber gruben. Am längsten hausten sie angeblich in den Hügeln von Hedehusum – so berichtete es uns der Pastor. Aber als sich bei uns die Reformation Martin Luthers durchsetzte, war das den Zwergen nicht mehr geheuer – sagt Oheim Lorenz. In Scharen machten sie sich auf nach Westen und Norden, rannten blindlings über den Deich und stürzten sich kopfüber in die Nordsee. Seitdem gibt es auf Föhr keine Odderbaankis mehr – behauptet unser Pastor. Und gute Lutheraner halten doch für wahr, was der Pfarrer ihnen sagt! Ist es nicht so, Papa?«

Kerrins Augen funkelten belustigt. Was sie selbst indes glaubte, war ihr deutlich anzusehen. Sie senkte den Blick auf ihren Schoß, wo immer noch die Kröte saß und glotzte. Vorsichtig liebkoste sie das Tierchen und flüsterte ihm zu: »Natürlich bist *du* nur eine Kröte, Luisa – oder?«

Dem Commandeur wurde es ganz anders. Sogar einen Namen hatte seine Tochter dem unansehnlichen Geschöpf gegeben! Plötzlich fröstelte es ihn ein wenig und eine nie gekannte Abneigung gegen die warzigen Tiere ergriff für einen Augenblick von ihm Besitz. Er blinzelte kurz, sah dann wieder zu dem friedlichen Stillleben zu seinen Füßen hinunter und konnte nichts weiter darin sehen als ein kleines, überaus fantasievolles Mädchen, das mit einer Kröte spielte.

Nach einer Stunde musste er die Unterhaltung mit Kerrin, die sich zuletzt nur noch um banale Alltagsdinge drehte, wegen einer Unterbrechung durch mehrere Seeleute, die ihn wegen ihrer nächsten Heuer dringend zu sprechen wünschten, beenden.

Da erst kam ihm vage zu Bewusstsein, dass seine Tochter es geschickt vermieden hatte, auf seine Bemerkung, dass alle Föhringer gute Christen seien, einzugehen. Wie hatte sie sich stattdessen schlau ausgedrückt? »Gute Lutheraner glauben, was der Pastor ihnen predigt« – und dabei hatte ihr der Schalk aus den Augen geblitzt.

Das Mädchen war erst neun Jahre alt. Allmählich beschlich den Commandeur eine leise Ahnung dessen, womit Göntje und der Pastor es tagtäglich zu tun hatten, solange er auf hoher See war. Er fragte sich, welche Antworten Kerrin wohl in sechs oder sieben Jahren geben würde ...

Kerrin war glücklich, dass ihr geliebter Vater sich so viel Zeit für sie genommen hatte. Noch längere Zeit nach Terkes Tod war sie böse auf ihn gewesen, hielt sie ihn doch in der Tat für kalt und lieblos. Dass seine scheinbare Gefühllosigkeit nur mit seiner Unfähigkeit zusammenhing, anderen Menschen, selbst sehr nahestehenden, seine innersten Gefühle zu offenbaren, darüber hatte sie ausgerechnet Muhme Göntje aufgeklärt.

Der Pastorin war es zu verdanken, dass das Mädchen Roluf Asmussen nicht mehr bitter Unrecht tat, sondern ihn nur umso lieber hatte, seit sie wusste, wie sehr er seiner Frau zugetan gewesen war.

Jetzt allerdings war sie froh darüber, dass ihr Vater aufbrechen musste, ehe das Gespräch auf die *Witte Fru* kommen konnte. Einige Leute behaupteten, dieses Gespenst aus längst vergangenen Tagen sei ihnen in letzter Zeit am Strand erschienen.

Aber das war nicht das Schlimmste! Die *Witte Fru* war schließlich ein gängiges Motiv des friesischen Aberglaubens. Neu an den Gerüchten hingegen war, dass manche erklärten, sie hätten die Tochter des Commandeurs Asmussen gesehen, wie diese sich nächtens mit der geheimnisvollen Geisterfrau getroffen habe ...

Sollte ihr Vater Kerrin je danach fragen, wüsste sie nicht, was sie ihm antworten sollte. Sie liebte ihn und wollte ihn keinesfalls belügen; aber ihm die Wahrheit zu sagen, wagte sie auch nicht. Nicht etwa, weil Kerrin sich schämte, sondern weil sie selbst nicht wusste, ob es nur ein Traum oder doch Wirklichkeit gewesen war, was ihr neulich widerfuhr.

Sie war der Meinung, sie habe die Begegnung mit der »Weißen Frau« nur *geträumt* – wobei sie allerdings das Gefühl gehabt hatte, die Geisterfrau nur allzu gut zu kennen. *Terke* war es nämlich, die ihr im Traum erschienen war!

Die Mutter hatte mit tränenüberströmtem Antlitz verzweifelt nach ihrem Sohn Ocke gerufen. Als Kerrin die schöne Frau im strahlend weißen, wallenden Gewand damit trösten wollte, sie besäße doch immerhin sie, ihre Tochter Kerrin, dazu einen weiteren Sohn namens Harre, hatte die elfenhafte, nahezu durchsichtige Erscheinung sie im geheimnisvoll grünlich schimmernden Mondlicht nur wehmütig angelächelt.

Dann war Terke wortlos über den feuchten Sand und die sich sanft kräuselnden Wellen davongeschwebt, hinaus in die Weite des Meeres, wo das Kind sie nach einer Weile nicht mehr sehen konnte.

Deutlich erkannte das Mädchen im Mondenschein schwache Fußspuren im Ufersand; kurz danach schienen Wind und Wellen die Spuren allerdings fortgewischt zu haben.

Als Kerrin am Morgen in ihrem Bett erwachte, fühlte sie sich merkwürdig erschöpft. Ihre Füße waren zudem eiskalt, und als sie aufstand, bemerkte sie zu ihrem Schrecken, dass der Saum ihres Nachthemdes durchnässt war – so als sei sie tatsächlich im Watt herumspaziert! Womöglich gehörte sie zu jenen Menschen, über die die Dorfbewohner halb hinter vorgehaltener Hand berichteten, da sie niemandem recht geheuer waren: Jene Menschen, die im Schlaf ihre Kammer verließen und wie in Trance durch die Gegend liefen, dabei aber nichts sahen, nichts hörten und auch nicht ansprechbar waren, also Schlafwandler.

Ob sie nun tatsächlich einen nächtlichen Ausflug unternommen hatte oder nicht: Kerrin war überzeugt, dass es klüger war, niemandem davon zu erzählen – auch nicht dem verehrten Vater. Sie spürte instinktiv, dass er sich Sorgen um sie machen würde.

Die auf der Insel umgehenden Gerüchte, die sie im Gespräch mit der »Weißen Frau« gesehen haben wollten, würde er zwar in der Öffentlichkeit als Hirngespinste abergläubischer Zeitgenossen abtun; aber in seinem Herzen litte er womöglich an der nagenden Furcht, im Kopf seiner Tochter könne etwas nicht stimmen. Davor wollte Kerrin den Vater bewahren.

TEIL II

ZEHN
Tempora mutantur, et homines in illis!

DAS KONNTE KERRIN schon längst aus dem Lateinischen übersetzen. Man schrieb inzwischen das Jahr 1694, Kerrin war dreizehn Jahre alt, verfügte über ein gutes Sprachgefühl, lernte rasch – und vor allem gerne. Der Pastor hatte noch keinen Schüler unterrichtet, bei dem ihm die Unterweisung so viel Vergnügen bereitete wie bei seinem Mündel. Noch viel weniger eine *Schülerin!*

Obwohl drei Jahre jünger als Harre, der durchaus intelligent war, wusste Kerrin inzwischen genauso viel, wenn nicht sogar mehr als ihr Bruder.

»*Die Zeiten ändern sich – und die Menschen sich mit ih-nen!*‹ Gewiss ein kluger Spruch der alten Römer – aber trifft er auch heute noch auf uns zu, Oheim? Ich habe manchmal das Gefühl, als bliebe alles beim Alten; zumindest auf unserer Insel.« Nachdenklich rutschte Kerrin in dem ausladenden Sessel, in dem sie es sich bequem gemacht hatte, ein Stück zurück und zog die Beine hoch. Eindringlich musterte sie dabei den Pastor, dem es manchmal fast ein wenig unheimlich war, in einer Dreizehnjährigen eine ebenbürtige Gesprächspartnerin vor sich zu haben.

»Aber Kind! Ich möchte behaupten, dass sich allerhand gewandelt hat in den letzten paar Jahren! Denke nur an …«

»Ich weiß, was Sie sagen wollen, Oheim«, unterbrach ihn das Mädchen temperamentvoll. Aus Respekt hatte sie sich seit einiger Zeit angewöhnt, ihren Ziehvater zu siezen.

»Manche sind geboren worden, andere aus unserem Kirchspiel sind inzwischen verstorben: alte Menschen, deren Zeit abgelaufen war, junge Frauen im Kindbett, Kinder an allerlei Krankheiten, die man noch nicht heilen kann und etliche Männer, die das Meer verschlungen hat. Auch Leute, die durchaus noch nicht alt waren, sind tot, wie etwa Girre Volckerts und seine Frau Antje. Sie, Monsieur, pflegen den Gläubigen zu predigen, das sei der Wille des Herrn. Wie auch immer, wir können nichts daran ändern – jedenfalls nicht, so lange wir nicht besser über Krankheiten Bescheid wissen. Ich möchte vieles lernen und ich bin Ihnen sehr dankbar dafür, dass Sie mir die Gelegenheit geben, mich dank Ihrer gelehrten Bücher weiterzubilden. Die Kenntnisse der lateinischen und der altgriechischen Sprache werden mir helfen, mich in *ars medicinae* einzuarbeiten. Ich will später kranken Menschen helfen, so gut ich es vermag und vielleicht in höherem Maße, als es zurzeit noch möglich ist, vor allem bei wirklich lebensbedrohlichen Krankheiten, die wir heute noch nicht behandeln können. Im Augenblick muss ich mich hauptsächlich mit der Kräuterkunde zufriedengeben, in der mich Muhme Göntje unterrichtet – soweit sie dazu imstande ist.«

Die kritische Einschränkung war nicht zu überhören, aber der Pastor ließ sich nicht darauf ein. Es war ihm nicht unbekannt, dass das Verhältnis zwischen seiner Frau und seiner Großnichte zuweilen angespannt war …

»Mir kam zu Ohren, dass dich auch andere Frauen in der Kunst des Heilens unterweisen, Kerrin. Es soll sich dabei allerdings um Personen handeln, mit denen dir der Umgang verboten wurde. Stimmt das, mein Kind?«

Der Pastor klang sehr ernst, als er diesen heiklen Punkt berührte. Göntje lag ihm ständig damit in den Ohren. So wollte er die Gelegenheit nutzen und Kerrin direkt dazu befragen.

»Das muss auf einem Irrtum beruhen, Monsieur Lorenz.«

Kerrin, hellhörig geworden, klang mit einem Mal förmlich. Mit wahrer Unschuldsmiene blickte sie dabei ihrem Vormund in die Augen.

»Es sind allesamt erfahrene Kräuterfrauen in Alkersum und Midlum, die so freundlich sind, mich dummes Geschöpf in ihre Geheimnisse einzuweihen. Alles geschieht zum Nutzen von Erkrankten und kann daher nicht unrecht sein. Diese Frauen sind im Besitz uralten Wissens und haben die Güte, mich daran teilhaben zu lassen. Man müsste sie dafür belohnen! Und was geschieht stattdessen? Man schmäht sie, man verleumdet sie und bezeichnet sie hinter ihrem Rücken gar als Hexen. Unglaublich ist das!«

Dass Kerrins Vorwürfe niemand anderem als Göntje galten, begriff Lorenz Brarens natürlich sofort; er beschloss, es geflissentlich zu übergehen.

»Es entspricht demnach *nicht* der Wahrheit, dass diese Heilerinnen, deren Lob du so begeistert singst, versuchen, dich vom rechten Glauben abzubringen? Oder zumindest bestrebt sind, dich für die uralten germanischen Götzen oder den längst überwundenen Katholizismus, samt seinem heidnischen Hokuspokus, zu begeistern?«, hakte er eindringlich nach.

Kerrin lachte unbekümmert.

»Aber Oheim! Ich bitte Sie! Dafür haben wir gar keine Zeit, es gibt immer so viel zu besprechen und zu erklären, wenn ich mich hin und wieder mal bei diesen Frauen sehen lasse. Die wenigen Stunden sind viel zu schade, um sie mit müßigem Geschwätz über alte Märchen zu vergeuden!«

Der Pastor blickte ein wenig ungläubig drein: Sie redeten tatsächlich nur über Kräutertees und die üblichen paar Heilpflanzen, die auf der kargen Insel wuchsen? Das sollte wirklich alles sein? Kerrin, die ihren Onkel genau kannte und ihn nicht belügen wollte, gab sich einen Ruck.

»Nun, es verhält sich so, Oheim, dass *auch ich* den Frauen etwas beizubringen versuche. Obgleich ich auch gestehen muss, dass mir bis jetzt leider noch kein Erfolg beschieden war.«

»Worum handelt es sich denn dabei, meine Liebe?« Lorenz Brarens wirkte fast amüsiert und blickte das Mädchen mit einem leisen, gütigen Lächeln an.

»Ich versuche ihnen zu zeigen, wie man durch das bloße Auflegen der Hände manche Leiden zum Verschwinden bringen kann«, erklärte Kerrin eifrig. »Die weisen Frauen behaupten allerdings, dass man diese Gabe nicht erlernen kann. Man besitzt sie entweder – oder eben nicht.«

Der Geistliche richtete sich unwillkürlich in seinem Stuhl auf und fixierte Kerrin kurz und fast streng: Die angebliche Gabe, mittels Handauflegen Krankheiten zu heilen, erstaunte ihn nun doch. Im Augenblick musste er sich mit der bloßen Behauptung zufriedengeben. Aber er würde auf diesen Punkt mit Sicherheit noch einmal zurückkommen – interessierte er selbst sich doch sehr für alles, was mit Medizin und Heilkunde zu tun hatte. Mit einigen berühmten Ärzten auf dem Festland korrespondierte er seit Langem.

Wenn es sich darum handelte, einen Knochenbruch zu schienen oder ein ausgerenktes Gelenk wieder in die von der Natur dafür vorgesehene Position zu bringen, galt er auf der Insel immerhin als Koryphäe. Dutzende hatte er schon vom Hexenschuss befreit und wer morgens mit schiefem Hals aufstand, schleppte sich ins Nieblumer Pastorat, um sich von ihm helfen zu lassen.

Im Augenblick mangelte es ihm an der nötigen Zeit, um sich mit Kerrin weiter über diese merkwürdige Fähigkeit zu unterhalten, sollte er doch einen seit Langem an einer schweren Krankheit Darniederliegenden aufsuchen. Der alte Lars Frederikson – draußen in der Marsch bei Ackerum – lag angeblich im Sterben. Seine Angehörigen behaupteten das allerdings schon seit über einem Jahr. Der Pastor seufzte. Er würde Harold satteln und dann sofort losreiten.

»Sag Göntje, sie braucht mit dem Mittagessen nicht auf mich zu warten, Kerrin. Ich werde vermutlich erst zum Abendbrot zurückkehren«, kündigte der Geistliche an. »Ich hoffe, dass ich dann die Zeit finde, mich länger mit dir über deine Fähigkeit des Handauflegens zu unterhalten.«

Erst auf dem Weg zu Frederikson, als er das Gespräch mit seiner Nichte Revue passieren ließ, fiel Lorenz Brarens auf, dass sie in ihrer üblichen Art überhaupt nicht auf das eingegangen war, was er eigentlich bezweckt hatte. Wie ein Aal lavierte sie sich stets an sämtlichen Fallen vorbei, die man ihr zu stellen versuchte. Für ihr Alter war sie nicht nur klug, sondern auch höchst raffiniert und strategisch. Was sie nicht preisgeben wollte, das behielt sie geschickt für sich.

Beinahe war der Geistliche versucht, sie dafür zu bewundern. Dennoch nahm er sich vor, sie baldmöglichst über die Kunst des Handauflegens genauer zu befragen. So großartig er die damit zu erzielenden Erfolge auch finden mochte – es bestand immerhin die Gefahr, dass das Mädchen sich auf dünnem Eis bewegte: Nur allzu gerne wurden Menschen mit dieser speziellen Gabe beschuldigt, ihr Talent vom Teufel erhalten zu haben. Und wenn Kerrins Behauptung der Wahrheit entsprach, war es umso wichtiger, dass sie es für sich behielt.

ELF
Alltag auf der Insel Föhr

KERRIN WISCHTE SICH mit einem Zipfel ihres Kopftuchs den Schweiß von der Stirn. Mit anderen jungen Mädchen und Frauen des Dorfes war sie beim Heumachen. Der Bauernvogt hatte das Datum der fälligen Ernte festgelegt und ihren Beginn angeordnet, wie es seinem Amt entsprach. Die Kräftigeren unter ihnen hatten das Gras bereits gestern gemäht; jetzt musste es mit Rechen gewendet werden, um an der Luft zu trocknen, ehe man es als Heu, das man auf einen *Fooderwaanj* lud, in den Scheunen lagern konnte.

Dieser von einem Muli gezogene Leiterwagen war eine neue Errungenschaft: Früher mussten die Frauen das Heu, in großen Leinentüchern zu riesigen Ballen verschnürt, mühselig auf Kopf und Rücken bis in die Scheuer schleppen.

An Gras fürs Vieh herrschte zum Glück kein Mangel. Das Marschland, durch natürliche Wasserläufe oder Priele und künstlich angelegte Gräben unterteilt, wurde als Weide und für die Mahd genutzt.

Das Geestland dagegen war »*Daielklun*«, also »Täglichland«, und wurde entsprechend der Anteilsquoten der Dorfbewohner im Wechsel mit Gerste und Roggen bestellt.

Göntje Brarens, die Pastorin, hielt mitten im Heuwenden kurz inne und stützte sich auf ihren Rechen. Ihre Hand wies auf das neben der Wiese liegende »*Wongelun*«, das »Wechselland«, worauf man wegen seiner Dürftigkeit nur alle fünfzehn bis zwanzig Jahre Roggen einsäte. Danach nutzte man es als Viehweide oder ließ es brachliegen. Letzteres führte dazu, dass die Heide es wieder in ihren Besitz nahm.

»Nächstes Jahr ist es wieder soweit und wir können auch auf diesem Teil erneut Roggen anbauen.«

Die Frauen in ihrer Nähe nickten. Sabbe Torstensen, Kerrins Freundin seit Kindertagen, besah sich zweifelnd das mit Wacholdergestrüpp und Heidekraut bewachsene Gelände und lachte.

»Ist hier denn jemals schon irgendetwas angesät und geerntet worden, Frau Pastorin?«

»Aber ja, Sabbe! Genau vor neunzehn Jahren haben wir dort das letzte Mal Getreide geschnitten.«

»Na dann!«

Sabbe, Kerrin und einige andere junge Mädchen lachten jetzt laut. »Das war lange vor unserer Zeit! Da waren wir ja noch gar nicht geboren!«, kicherten sie.

Göntje und ein paar der älteren Frauen seufzten und die Pastorin meinte: »Die Zeit vergeht viel zu schnell und wir werden alt. Aber jetzt wollen wir uns beeilen! Ich denke, ein Gewitter zieht von Westen heran.«

Energisch packte sie den Stiel ihres Rechens und wendete mit Schwung die letzten grünbraunen Schwaden. Am anderen Ende des Weidegrunds begannen die Erntehelferinnen bereits, das Trockenfutter mit Heugabeln zu großen Haufen aufzuschichten, um es anschließend schneller auf den Wagen aufladen zu können.

Falls das Heu verdarb, bedeutete dies ein großes Unglück für die Dorfgemeinschaft. Es war schon schlimm genug, dass jährlich für mehrere tausend Taler Vieh und Getreide vom Festland importiert werden mussten. Denn die karge Insel gab letztlich zu wenig her, um die gesamte Bevölkerung zu ernähren.

Rinder waren eine Seltenheit und Schweine wurden auf der Insel nur in geringer Zahl von den Wohlhabenderen gehalten. Womit hätte man die Borstentiere denn auch füttern sollen? Nahrungsmittelreste gab es so gut wie keine und auf Föhr wuchsen auch keine Eichenwälder, in die man sie zum Fressen der Eicheln hätte schicken können.

Selbst Hühner hielt man nur in Ausnahmefällen. Das Federvieh hätte nur die Getreidekörner aufgepickt, die die Bewohner selbst brauchten, um Mehl daraus zu gewinnen. Wer Eier essen wollte, ging an die Küste und beraubte Möwen und andere Seevögel. Neuerdings legte man auch künstliche Bruthöhlen an, wobei man Holzkästen in Erdwälle eingrub.

In diese Erdgänge krochen die farbenprächtigen Brandgänse gerne hinein, um drinnen ihre zehn bis zwölf Eier abzulegen. Durch eine Öffnung an der Rückseite holten die »Fallenstellerinnen« dann mit langstieligen Löffeln die Eier heraus – allerdings nur jeweils die Hälfte des Geleges.

Allen Mühen der Frauen zum Trotz blieb der Ertrag von Weide- und Getreideanbauflächen gering – und dennoch unverzichtbar.

Eine Weile arbeiteten die Frauen in der Sonnenglut schweigend weiter. Es waren nur die vereinzelten, durchdringenden Schreie der ewig hungrigen Möwen zu hören sowie das aufdringliche Summen von Fliegen und Mücken. Das bevorstehende Unwetter schien die Insekten schier närrisch zu machen. Immer wieder mussten die Feldarbeiterinnen nach den Biestern schlagen, die sich auf ihren schweißnassen Gesichtern und Händen niederzulassen suchten. Das war lästig und behinderte sie bei ihrer Tätigkeit, die sich, je dunkler und bedrohlicher die aufziehenden Wolken wurden, umso hektischer gestaltete. Das Heu war fast trocken und sollte nach dem Willen der Pastorin auf den bereitstehenden *Fooderwaanj* aufgeladen und in die nächstgelegene Gemeinschaftsscheuer verbracht werden. Das war auf jeden Fall besser, als es dem Gewitterregen auszusetzen.

Mitten in der allgemeinen Geschäftigkeit vernahmen die

Frauen plötzlich einen lauten Schmerzensschrei, der sie jäh zusammenfahren ließ. Die Pastorin und alle anderen schauten auf und wandten sich um, was die Ursache sei.

Frigge Petersen, eine Bäuerin von etwa vierzig Jahren, hatte den Wehlaut ausgestoßen. Ganz schief, vornübergebeugt und mit schmerzverzerrtem Gesicht stand sie da; die Heugabel war ihrer Hand entglitten.

»Ich kann mich nicht mehr aufrichten«, jammerte sie.

Blitzschnell stand Kerrin an ihrer Seite. »Du hast einen sogenannten Hexenschuss, Frigge«, konstatierte das junge Mädchen ruhig. »Wenn du es mir erlaubst, werde ich dich davon befreien.«

»Mach, was du willst, bloß hilf mir! Es tut so verteufelt weh. Ich kann mich überhaupt nicht mehr rühren!«

Um die beiden bildete sich im Nu ein Kreis von neugierigen Zuschauerinnen. Wie, um alles in der Welt, wollte das dreizehnjährige Ding der Betroffenen denn helfen? Ja, wenn der Pastor, Monsieur Lorenz, dagewesen wäre! Aber was wollte Kerrin schon ausrichten?

Die Frauen wurden alsbald Zeuginnen, wie das Mädchen das Problem souverän meisterte. Sie stellte sich hinter Frigge, die in einer verkrampft gebückten Stellung unbeweglich dastand und vor Anstrengung und Schmerz Ströme von Schweiß vergoss. Beherzt fasste sie mit beiden Händen Frigge um die mageren Hüften, ruckte kräftig an ihrem Becken – und versetzte der Ärmsten mit dem rechten Knie gleichzeitig einen ziemlich heftigen Stoß ins Kreuz.

Frigge heulte gewaltig auf und fuhr kerzengerade in die Höhe. Die Frauen stießen Laute des Mitleids und der Empörung aus. Was fiel dem Mädchen ein? Wie konnte Kerrin der ohnehin gepeinigten Frigge noch zusätzliche Schmerzen zufügen?

»Na, immerhin kann Frigge jetzt wieder grade stehen«, kommentierte Göntje gelassen. Und, bei Gott, es stimmte wirklich!

Da entspannten sich auch die anderen Frauen ein wenig. Kerrin stellte sich vor ihre »Patientin« und fragte: »Na? Wie ist es jetzt? Kannst du dich wieder rühren, Frigge?«

Vorsichtig drehte und streckte sich die Frau. Gleich darauf umarmte sie ihre Retterin spontan.

»Ich kann's kaum glauben, *min Deern*! Ich spür' kein Weh mehr und bewegen kann ich mich wie zuvor. Du hast ein Wunder vollbracht, Kleine!«

»Das war kein Wunder«, widersprach Kerrin sofort.

»Dann handelt es sich um Zauberei!«, behauptete eine ältere Bäuerin, Birte Martensen. Man sah ihr an, dass sie sich am liebsten bekreuzigt hätte. Im letzten Augenblick, nach einem höchst ärgerlichen Blick von Göntje, ließ sie es jedoch bleiben. Das hätte ja geradezu überdeutlich nach verpöntem Katholizismus gerochen …

»Jetzt fehlt bloß noch, dass du meiner Pflegetochter *Hexerei* unterstellst«, fauchte die Pastorin und warf der Sprecherin einen weiteren unwilligen Blick zu. Kerrin lachte bloß.

»Auch mit Hexenwerk hat das nichts zu tun! Monsieur Lorenz, mein Oheim, hat mir das beigebracht. Das kann jeder lernen.«

Die meisten schauten indes skeptisch drein.

Frigge jedoch war überglücklich. »Egal, woher deine Fähigkeiten kommen, Kind! Ich bin dir jedenfalls sehr zu Dank verpflichtet!«

In diesem Augenblick krachte es in unmittelbarer Nähe, so dass alle Frauen erschrocken zusammenfuhren. Ein gewaltiger Gewitterschauer, wie er sich mit dem nicht mehr fernen Donner anzukündigen schien, konnte das für den Winter dringend benötigte Viehfutter restlos verderben. Diese Tatsache ließ alle wieder in die raue Wirklichkeit zurückfinden.

»Wär' nicht das erste Mal, dass das Heu draußen in der Marsch verfault«, murmelte Birte Martensen, seinerzeit auch Helferin bei Terkes unglücklicher Niederkunft. Sie war eines der Weiber, die damals von der *Witten Fru* gefaselt hatten. Auch jetzt schien sie gewillt, mit einer kleinen Überraschung aufzuwarten.

»Wenn wir es geschafft haben, unser Heu trocken unters Dach zu bekommen, werde ich euch eine Geschichte erzählen, die allen die Haare zu Berge stehen lassen wird«, kündigte sie an, Kerrin dabei mit bedeutungsvollem Blick streifend. »Ihr werdet es nicht glauben, was ich weiß!«

»Birte, Birte, das klingt ja wieder mal nach einer ganz besonderen Gruselgeschichte! Hast du etwa wieder die *Witte Fru* am Strand entlangschweben sehen?«

Die Pastorin, die Unheil schon von Weitem witterte, klang höchst abwehrend. »Albernem Heidengeschwätz« konnte sie nun einmal nichts abgewinnen – und wenn sich dieses noch dazu gegen ihr Mündel Kerrin richtete, erst recht nicht.

Die Umstehenden lachten, obwohl sie vor Müdigkeit kaum noch die Arme mit den Rechen und Heugabeln zu heben vermochten. Die feuchte, schwüle Luft erschwerte das Atmen und machte auch den jüngeren Frauen schwer zu schaffen.

Mit vereinten Kräften gelang es ihnen schließlich tatsächlich: Kaum verschwand der von einem braven Maultier gezogene Heuwagen unter dem mit Reet gedeckten Scheunendach, fielen die ersten dicken Tropfen. Die Frauen seufzten erleichtert auf und scharten sich erwartungsvoll um Birte.

»Los, erzähl schon!«, klang es von allen Seiten, während Göntjes ärgerliche Miene einfach ignoriert wurde. Das Heu abladen konnten sie auch später noch, im Augenblick waren sie ohnehin

129

zu erschöpft. Eine kleine Ruhepause, versüßt durch eines von Birtes Schauermärchen, war jetzt genau das Richtige.

Alle setzten sich im Kreis auf den Boden und Birte Martensen wollte gerade beginnen, als sie durch erneutes lautes Donnerkrachen hindurch deutlich Hufgetrappel hörten. Offenbar näherte sich ein Reiter ihrem Unterschlupf. Es war der Bauernvogt, Wögen Feddersen, der nach dem Rechten sehen wollte und dabei vom Gewitter überrascht worden war.

»Sehr gut, ihr Frauen, dass ihr das Heu noch trocken in die Scheuer gebracht habt!«

Wögen war kleinlich und nicht sehr beliebt, weil er sich nur höchst selten zu einem Lob hinreißen ließ. Meistens nörgelte er herum oder fand etwas zu bemängeln; die Bäuerinnen hofften, dass im nächsten Jahr ein anderer Mann zum Vogt ernannt würde.

Auch jetzt war es so, als bedaure er bereits die anerkennenden Worte. Rasch wandte er sich an Göntje, als die für die heurige Heumahd Verantwortliche, und setzte dabei seine übliche kritische und griesgrämige Miene auf.

»Das heißt jetzt aber nicht, Weiber, dass ihr euch faul auf euren Allerwertesten setzen könnt und ausruhen! Erst kommt, bitteschön, die Arbeit. Der *Fooderwaanj* ist ja noch nicht abgeladen! Nicht mal das Maultier ist ausgespannt!«

Anklagend musterte er die Pastorin, ehe er seine unwilligen Blicke über die Schar der auf der Erde kauernden Frauen schweifen ließ. Kerrin argwöhnte, Wögen habe bereits zu dieser frühen Tageszeit – es war noch nicht Mittag – getrunken. Dafür sprachen seine geröteten Augen sowie seine schleppende Sprechweise.

»Pause machen könnt ihr später, wenn alles erledigt ist!«, fügte er verärgert hinzu, als keine der Bäuerinnen Anstalten machte, sich zu erheben und seinem Befehl Folge zu leisten.

Göntje befand sich in einem Zwiespalt. Einerseits ging ihr das anmaßende Gehabe des Bauernvogts gewaltig gegen den Strich. Er untergrub damit ihre eigene Autorität, die sie bei den Frauen genoss. Andererseits war dies die beste Art und Weise, Birte davon abzuhalten, dummes Zeug zu schwafeln. Der Blick, mit dem sie Kerrin vorhin bedacht hatte, hatte der besorgten Pastorin nämlich überhaupt nicht gefallen.

Dass mit dem Mädchen irgendetwas »anders« war, wusste sie selbst seit Längerem – aber das ging nur sie und den Pastor etwas an. Sie würde nicht dulden, dass durch haarsträubende Geschichten über Gespenster und Geisterfrauen ein weiterer Schatten auf ihre Ziehtochter fiele.

Kerrins für eine Dreizehnjährige ungewöhnlich umfangreiches Wissen, ihre sogar für Friesen auffallend zurückhaltende und für gewöhnlich schweigsame Art sowie ihre regelmäßigen furiosen Ritte auf dem Hengst Harold – mit fliegenden Haaren und im Herrensattel – gaben den Leuten bereits genug Anlass, um sich den Mund über sie zu zerreißen. Ihr souveränes Auftreten vorhin, als sie Frigge Petersen von ihren Rückenproblemen erlöst hatte, war zwar von der Betroffenen dankbar angenommen worden; aber die Pastorin war überzeugt, die Fähigkeiten des jungen Mädchens würden für Gesprächsstoff sorgen, wobei ihre Ziehtochter nicht unbedingt gut wegkäme.

Göntje war auch noch anderes zu Ohren gekommen … Sie würde in nächster Zeit einiges mit Kerrin zu besprechen haben.

Als sie die erwartungsvoll auf sich gerichteten Blicke der Dorfbewohnerinnen gewahrte, wusste sie plötzlich den Ausweg. Einen, der weder den Vogt unnötig brüskierte, noch ihr selbst einen Gesichtsverlust einbrachte – und dennoch allen Helferinnen eine Verschnaufpause gönnte.

»Wir wollen erst beten, Wögen Feddersen, wenn du gestattest! Dem Herrgott wollen wir danken, dass er uns geholfen hat, die Fracht trocken einzufahren, Vogt. Danach werden wir das Muli ausspannen, den Heuwagen entleeren und nach dem Gewitter, das hoffentlich bald ein Ende hat und auf der Insel keinen Schaden anrichtet, wollen wir nach Hause und uns die verdiente Ruhe gönnen.«

Damit musste der Bauernvogt sich wohl oder übel zufriedengeben. Das Beten konnte er den Frauenzimmern schlecht verbieten – vor allem, wenn das Eheweib des Pfarrers anwesend war …

Die Bäuerinnen knieten bereits auf dem Scheunenboden. Zähneknirschend nahm Wögen seine speckige Mütze ab und ließ sich ebenfalls ächzend auf die Knie nieder.

ZWÖLF

Rettung vor der Sturmflut

ALS DER HERBST KAM, fegten zunehmend raue und kalte Stürme über die Insel. Mitte September hingegen schien es kurzzeitig, als wolle der Sommer noch einmal zurückkehren. Bereits am Morgen war es unnatürlich warm, auch der Wind von See her brachte keine Abkühlung, im Gegenteil! Er schien die Empfindung von feuchtwarmer Kleidung auf der Haut noch zu verstärken. Er fühlte sich an, als käme er direkt aus der Wüste. Die Pastorin klagte über Kopfschmerzen, Eycke und etliche jüngere Mägde litten unter Schwindel und alle übrigen klagten ebenfalls über ein diffuses Unwohlsein.

Nur Kerrin war voller Energie, so als sei sie imstande, Bäume auszureißen – wenn es denn deren auf der Insel genügend gegeben hätte.

Als nach dem Mittagsmahl, es gab wie so häufig Fischein-
topf, die Hausarbeit erledigt war, legte Göntje sich nieder – etwas, das bei ihr tagsüber so gut wie niemals vorkam. »Nur als
ich meine vier Kinder zur Welt gebracht habe, habe ich mich
am hellen Tag ins Bett gelegt«, pflegte sie allen »Faulenzerin-
nen« kundzutun, die sich ein kurzes Schläfchen am Nachmittag gönnten – eine Verhaltensweise, die sie höchstens Greisen
zugestand.

Kerrin beschloss, in Richtung Strand spazieren zu gehen.
Keiner der beiden Hunde begleitete sie – ein grober Fehler,
wie sich später herausstellen sollte. In einer Senke, die im vergangenen Sommer zu einem ihrer Lieblingsplätze geworden
war, da sie windgeschützt war und doch freie Sicht aufs Meer
erlaubte, ließ sie sich nieder, um den ewig kreischenden Möwen zuzusehen, deren Flugkünste sie seit jeher bewunderte.

Die unangenehm schwülwarme Luft ermüdete sie bald und
ehe sie sichs versah, fiel sie in tiefen Schlaf. Nur so konnte es
geschehen, dass Kerrin die dramatische Veränderung der
Wetterlage nicht mitbekam. Der zuvor bereits kräftige Wind
frischte zu einer ausgesprochen steifen Brise auf, ehe er sich
zum Sturm, ja sogar zu einem tobenden Orkan, entwickelte. Als
Kerrin endlich aufwachte, lief bereits salziges Meerwasser, das
der Sturm ins Landesinnere trieb, in ihre Sandkuhle. Erschrocken sprang Kerrin aus dem Loch empor, das in Kürze vollliefe.

Dann öffnete zu allem Unglück auch noch der inzwischen
pechschwarz verfärbte Himmel innerhalb weniger Augenblicke seine Schleusen. Eine wahre Sintflut stürzte hernieder.
Aber nicht minder gefährlich waren die Wassermassen, die un-
ablässig von der See hereindrückten. Mit atemberaubender
Schnelligkeit begannen sie, das Land zu überspülen. Die Finsternis am hellen Tage irritierte Kerrin. Es musste etwa gegen
zwei Uhr am Nachmittag sein und sie vermochte kaum noch

die Hand vor Augen zu erkennen. Sie fühlte, wie die Panik in ihr aufstieg, weil sie plötzlich nicht mehr wusste, welche Richtung sie einschlagen sollte. An der Küste unter diesen Umständen eine tödliche Gefahr!

Das vom Wind aufgepeitschte Wasser türmte sich einer Wand gleich von allen Seiten herauf, als wolle es sie verschlingen. Voll Angst begann Kerrin zu schreien, aber ihre Hilferufe verhallten freilich ungehört. Der Orkan tobte viel zu stark, als dass ihre Stimme ihn zu durchdringen vermocht hätte.

»Alle außer mir, die ich dummerweise eingeschlafen bin, werden sich rechtzeitig in ihren Häusern verschanzt haben, die Türen und Fenster dicht geschlossen, um gut geschützt die Sturmflut abzuwarten«, schoss es ihr durch den Kopf.

Selbst das kostbare Vieh und die wertvollen Pferde hatte man bestimmt von der Weide geholt und im Stall eingesperrt. Nur sie hatte in ihrer gemütlichen Sandkuhle den richtigen Zeitpunkt verpasst, sich in Sicherheit zu bringen! Bis auf die Haut durchnässt schlug Kerrin blindlings irgendeine Richtung ein. Nach wenigen Schritten stieß sie allerdings auf einen Priel, der bereits so voll Wasser gelaufen und so tief war, dass sie befürchtete, darin unterzugehen. Zudem hatte sie in der undurchdringlichen Finsternis vollkommen die Orientierung verloren, wie sie mit Entsetzen bemerkte. Ihrer Meinung nach hätte es an dieser Stelle überhaupt keinen Priel geben dürfen.

Aus dem nachtschwarzen Himmel begannen grelle Blitze zur Erde niederzufahren; der jeweils unmittelbar nachfolgende Donnerschlag ließ sie erschrocken zusammenfahren.

In der Dunkelheit erkannte sie kein Haus, kein Gehöft, keine Scheune, die sie zu ihrem Schutz hätte aufsuchen können. Wie von Sinnen lief das Mädchen umher und versank schließlich bis zu den Knien im eiskalten Wasser. Ihre Angst war unbeschreiblich!

»Mutter«, schluchzte sie, »bitte, bitte, sag mir, was ich tun soll!«

Da sie nicht sah, wohin sie trat, stolperte sie andauernd und fiel immer wieder zu Boden, wobei der Sturm es ihr nahezu unmöglich machte, sich wieder aufzurichten. Erschöpft wie sie war, wäre sie am liebsten in der klebrigen Nässe liegen geblieben, zumal der Sand unter ihr noch die Wärme des Tages gespeichert zu haben schien.

Flüchtig ging ihr die Erinnerung an das *Beed bi en Sturemflud* durch den Sinn, das man üblicherweise auf den Inseln sprach, wenn draußen der Orkan tobte und die aufgewühlte See brüllte. Aber gerade dieses Gebet war für Kerrin seit früher Kindheit mit dem Andenken an ihre tote Mutter belastet, als sie es vergeblich an den Herrn gerichtet hatte …

Als sie erneut ausglitt, schrie Kerrin vor Verzweiflung laut auf: »Mama, so hilf mir doch!«

Ehe sie wiederum in den zähen Schlamm fiel, spürte sie plötzlich eine kräftige Männerhand, die sie an den Hüften fasste und vor dem Sturz bewahrte. Der Mann rief ihr etwas ins Ohr, aber der tosende Sturm riss ihm die Worte von den Lippen und verhinderte, dass sie hören konnte, was er meinte. Sie fühlte sich von starken Händen hochgehoben, kurz an eine breite Brust gedrückt und auf sehnigen Armen davongetragen. Ihre Erleichterung war unbeschreiblich! Als wäre heller Tag und der Weg trocken wie immer, schritt der Unbekannte zielstrebig dahin. Kerrins grauenvolle Angst, in dem Unwetter umzukommen, war wie weggeblasen, war sie doch der festen Überzeugung, Terke habe die Not ihres Kindes gesehen und ihr diesen Retter gesandt. Sie hatte keine Ahnung, wohin der Mann sie schleppte, aber sie vertraute ihm völlig. Alles war schließlich besser, als im Wattenmeer unterzugehen. Um ja nicht abzurutschen, klammerte sich Kerrin an ihrem Schutzengel fest. Sie bemerkte, dass er seine Schritte unbeirrt aufwärts lenkte und eine kleine Anhöhe erklomm. Dann war ihr, als öffne der Mann ein Tor, und gleichzeitig fühlte sie, dass von oben kein Wasser mehr auf sie herniederprasselte. Sie schienen unter einem Dach und somit in Sicherheit zu sein. Gleich darauf spürte sie, wie der Unbekannte sie sanft auf einem trockenen Strohballen ablegte. Sie waren vermutlich in einer Allmendescheuer.

Kerrin erwartete, dass auch er sich nun eine Pause gönnen werde – zumindest solange das Unwetter tobte. Auch in der Scheune war es stockfinster und Kerrin sprach in die Richtung, in der sie den Mann vermutete: »Ich bin Kerrin Rolufsen. Wie heißt du? Wie kann ich dir danken, dass du mir das Leben gerettet hast? Ohne dich wäre ich wahrscheinlich ins Meer gerannt oder in einem vollgelaufenen Priel ersoffen!« Sie atmete schwer. Allein der Gedanke an das Unheil, dem sie entronnen war, ließ sie nachträglich noch einmal erschauern.

»Du brauchst mir nicht zu danken!«

Seine tiefe Stimme klang, als habe er sich schon ein Stück weit von ihr entfernt. Er würde sich doch nicht wieder in den Orkan hinauswagen? Es wäre blanker Wahnsinn, noch einmal das Schicksal herauszufordern und sich bei einer Sturmflut im Freien aufzuhalten.

»Wie lautet dein Name?«, schrie Kerrin, die befürchtete, er könne sich tatsächlich entfernen, ohne ihr zu offenbaren, *wer* sie gerettet habe. In diesem Augenblick fuhr ein furchtbarer Windstoß durch die Scheune. Offenbar hatte der barmherzige Samariter das Tor geöffnet, um hinauszuschlüpfen ins unbeschreibliche Inferno.

»Bitte, sag mir, wer du bist!«, versuchte Kerrin es noch einmal. Ehe das Scheunentor mit einem gewaltigen Krachen zufiel, glaubte sie zu verstehen: »Oluf Ketelsen, oder auch ›der Selbstmörder‹, wie man mich genannt hat!«

Dann war er endgültig verschwunden.

Unwillkürlich lief es Kerrin kalt über den Rücken – und dies rührte nicht nur von ihren nassen Kleidern her. Ihr kam in den Sinn, wie gut der Fremde sich im Dunkeln zu orientieren vermochte – und dass sie ihn noch nie auf der Insel, wo gewöhnlich jeder jeden kannte, gesehen hatte. Und noch eine andere Beobachtung brachte sie plötzlich ins Grübeln: Während Kerrin wahrnahm, dass sie selbst nach Angst und Schweiß und Meerwasser roch, hatte ihr Retter keinerlei Geruch verströmt, dessen war sie sich ganz sicher. Ehe sie aber weiter über die merkwürdige Begegnung nachdenken konnte, überkam sie die Erschöpfung und sie deckte sich notdürftig mit ein wenig Stroh zu und war auch schon eingeschlafen, sobald sie die Augen geschlossen hatte.

Diesen und beinahe den ganzen nächsten Tag dauerte die Sturmflut an, die auf Föhr jedoch verhältnismäßig wenig Schaden anrichtete. Auf Amrum und den Halligen kamen die Menschen nicht so glimpflich davon, die Verluste an Vieh und die Schäden an den Gebäuden waren beträchtlich.

Natürlich wurde Kerrin im Pfarrhof von allen Seiten bestürmt, nachdem sie dort nach Abflauen des ärgsten Unwetters wohlbehalten eintraf. Besonders Göntje war überglücklich – hatte sie ihre Pflegetochter doch schon verloren geglaubt.

»Wie sollen wir Roluf das Verschwinden Kerrins erklären, sobald er aus Grönland zurückkehrt?«, hatte sie ihren Mann gefragt und dabei bitterlich geweint.

Nachdem das Mädchen arglos von ihrer sonderbaren Rettung berichtet hatte, redeten alle wild durcheinander. Dass dieser Oluf sich als Selbstmörder bezeichnet hatte, ließ Kerrin unerwähnt. Ebenso, wie sie die Tatsache unterschlug, dass der geheimnisvolle Retter just in dem Augenblick erschienen war, nachdem sie ihre verstorbene Mutter um Hilfe angefleht hatte …

Die Insulaner waren sich darin einig, dass Kerrin sich verhört haben müsse. Einen *Oluf Ketelsen* gab es auf ganz Föhr nicht. Kerrins Beschreibung des Mannes war zudem äußerst vage. Hatte sie ihn doch nicht einen Augenblick lang gesehen – nur seine zupackenden Hände, die sehnigen Arme, seine breite Brust und die muskelbepackten Schultern hatte sie gefühlt und seine angenehm tiefe Stimme gehört. Sie schätzte sein Alter auf etwa dreißig Jahre.

»Du hast bestimmt seinen Namen falsch verstanden!«, meinten ihre Zuhörer – und dabei blieb es. Nur Monsieur Lorenz sann eine Weile schweigend vor sich hin. In einem unbeobachteten Augenblick gab er Kerrin ein Zeichen, ihm in sein Studierzimmer zu folgen.

»Setz dich, mein Kind. Ich möchte dir etwas zeigen.«

Kerrin fiel auf, wie ernst und nachdenklich ihr Oheim wirkte und sie verwunderte sich darüber. Der Pastor griff sich einen der dicken Bände aus seinem Bücherschrank. Es handelte sich um eine von einem seiner Vorgänger angelegte Kirchen- und Dorfchronik. Sie erkannte die in Gold eingeprägte Jahreszahl 1625 auf dem Einband.

Der Pfarrer schlug sie auf und blätterte darin. In Kürze hatte er gefunden, wonach er suchte.

»Hier, lies selbst, mein Kind!«, forderte er Kerrin auf.

Sie trat an seine Seite und beugte sich über den dicken Band, in dem Folgendes festgehalten war:

»Am heutigen Tage, dem 17. Hornung im Jahre des HERRN 1625, hat Gott, der Herr, Matje Ketelsen, geborene Marcussen aus Oevenum, sowie ihren an eben diesem Tage zur Welt gekommenen Sohn Ocke Olufsen, zu sich in Seine himmlische Herrlichkeit berufen. Sie war die vielgeliebte Gattin des Seemanns Oluf Ketelsen, Sohn des Ketel Petersen aus Nieblum. Es war ihr nur vergönnt, 19 Jahre, 3 Monate und 5 Tage auf Erden zu verweilen. Ihr Sohn Ocke lebte nur 3 Stunden.«

Unterschrieben war der bestürzende Eintrag von einem gewissen Malte Brarens, Pastor von Sankt Johannis in Nieblum.

»Einer meiner Vorfahren«, sagte Monsieur Lorenz leise.

»Oheim, was bedeutet das um Himmels willen?« Kerrins Stimme versagte beinahe.

»Lies weiter, meine Tochter!«

Mit fahrigen Buchstaben und in etwas kleinerer Schrift, deren Tinte nahezu verblasst war, stand unter dem vorigen Text der Nachsatz: »Seit dem 5. April 1625 ist Oluf Ketelsen nicht mehr auf Föhr gesehen worden; niemand hat von ihm seither gehört. Seines Alters zählte er 31 Jahre, 9 Monate und 12 Tage. Der Herr sei seiner Seele gnädig!«

Da Kerrin keinen Ton herausbrachte, ergriff ihr Onkel schließlich das Wort.

»Oluf Ketelsen ist damals spurlos von Föhr verschwunden. Kurz zuvor war seine Frau Matje bei der Geburt ihres ersten Kindes gestorben; ein paar Stunden später ging auch der kleine Junge ins Ewige Leben ein. Man hat beide zusammen begraben. Du erkennst sicher die Parallele zur Tragödie deiner eigenen Mutter und deines jüngsten Bruders«, fuhr der Pastor fort. »Ich kann dir das betreffende Grab zeigen; der Stein ist allerdings so verwittert, dass man die Worte darauf kaum noch entziffern kann.«

Kerrin deutete auf die Chronik, wobei ihr Finger zitterte. »Auf welche Weise mag Oluf verschwunden sein?« Sie war sichtlich verstört.

»Ketelsen, der sein Weib über alles geliebt hatte, war über ihren Tod untröstlich. Man erzählte sich damals Folgendes über ihn: Nachdem der Steinmetz den Grabstein gesetzt hatte, ging der trauernde Witwer hinaus ins Wattenmeer und wartete auf die auflaufende Flut, um sich zu ertränken. Das sich bei anschließender Ebbe zurückziehende Meer hat seinen Leichnam vermutlich mit hinausgenommen in die unendlichen Weiten der See. In der Tat hat man ihn nie mehr gesehen – weder tot noch lebendig. Olufs ehemaliges Nieblumer Wohnhaus hat die große Springflut des Jahres 1634 restlos zerstört – übrigens als einziges Gebäude in Nieblum, dem dieses Schicksal widerfuhr.«

Lange sann Kerrin über das, was sie gerade vernommen hatte, nach. Längst hatte der Geistliche die Gemeindechronik wieder in den Schrank gestellt. Schließlich blickte sie auf und sah ihrem Ziehvater in die Augen.

»Wenn ich es richtig verstanden habe, Oheim, verdanke ich demnach einem *Gespenst*, einem sogenannten Wiedergänger, meine Rettung. Das ist unglaublich!« Kerrin verschwieg dabei die Ahnung, die sie bereits in der Scheune überkommen hatte. »Haben Sie etwa eine vernünftige Erklärung dafür, Monsieur Lorenz?«

Der Pfarrer lehnte sich in seinem alten Sessel, dessen Lederpolster längst brüchig geworden war, zurück und schlug die langen Beine übereinander, ehe er sich seiner Großnichte zuwandte.

»Eine Erklärung habe ich schon – wenn sie auch keineswegs vernünftig klingt. Ich glaube, indem Oluf Ketelsen dich aus der Gefahr dieser Sturmflut, die unser Föhr sehr selten mit solcher Heftigkeit überfällt, gerettet hat, hat er sich von seiner Schuld befreit, die er durch seine Selbsttötung einst auf sich geladen hatte. Er ist durch seine Tat erlöst und muss nicht mehr als das, was wir ›Wiedergänger‹ nennen, zwischen der irdischen und der himmlischen Welt wandern. Ich bin sicher, er hat nach langen Jahren seinen Frieden gefunden und niemand wird je wieder etwas von ihm hören oder sehen. Gott hat ihm gewiss vergeben. Der Herr schenke ihm die ewige Ruhe.«

»Amen!«, kam es prompt von Kerrin. Mit größter Inbrunst sprach sie das Wort aus – verdankte sie dieser unglücklichen (und jetzt hoffentlich erlösten) Seele doch immerhin ihr junges Leben.

Ehe der Pastor Kerrin entließ, sah er sie eindringlich an und meinte dann abschließend:

»Was ich dir jetzt gesagt habe, ist nur meine ganz *persönliche* Meinung, mein Kind. *Vernünftig* allerdings wäre es zu sagen, dass du dich tatsächlich verhört hast und der Mann dir einen ganz anderen Namen genannt hat.«

Ein wenig besorgt musterte er seine Ziehtochter, die eifrig nickte. Was oder wer auch immer sie da draußen gerettet haben mochte: Kerrin schien tatsächlich Verbindungen zu geheimen Kräften zu haben, die den meisten Menschen für immer verborgen blieben, so viel stand fest. Der Pastor war sich nicht sicher, ob ihr das immer nur zum Vorteil gereichen würde …

DREIZEHN
Im Pastorat auf Föhr

OBWOHL SICH DER MONAT September inzwischen bereits seinem Ende zuneigte, war es immer noch brütend heiß. Kerrin und ihr Bruder Harre saßen eines späten Nachmittags untätig im Studierzimmer ihres Onkels und warteten auf den Pastor. Es kam nur selten vor, dass er sich zum Unterricht verspätete – dafür nahm er ihn viel zu ernst.

Um keine Langeweile aufkommen zu lassen, stand das Mädchen auf und griff sich ein kleines Buch aus einem der überfüllten Regale. Sie blätterte es aufmerksam durch, während Harre sich die Wartezeit damit vertrieb, den exotischen Vogel, den Monsieur Lorenz von Commandeur Asmussen zum Geschenk erhalten hatte, auf ein Blatt Papier zu skizzieren.

Es war ein Papagei und Roluf hatte das seltene, aus den Tropen stammende Tier von einem Seemann in Amsterdam erworben. Der war von einer Reise nach Südamerika in seinen Heimathafen zurückgekehrt und war froh, den Vogel für gutes Geld loszuwerden.

Jetzt hockte der bunt gefiederte Exot auf einer Schaukel außerhalb seines Käfigs, in den er nur nachts zum Schlafen zurückschlüpfte. Einer seiner Krallenfüße war mit einer dünnen Metallkette an der Schaukel befestigt, damit er bei geöffnetem Fenster nicht das Weite suchte. Eine solche Flucht hätte nämlich mit Sicherheit seinen alsbaldigen Tod bedeutet: Die Möwen würden sich in Scharen auf den rotgrünen Fremdling stürzen.

Aufmerksam beäugte Lora die jungen Menschen, dabei leise, seltsam glucksende Laute ausstoßend – ein Zeichen von Wohlbehagen, wie sie inzwischen wussten. Wenn dem Papageienweibchen etwas nicht passte, konnte es jedoch kreischen, dass es einem durch Mark und Bein ging. Kerrin verbrachte jede freie Minute mit dem Vogel, dessen kluge Augen es ihr angetan hatten. Im Augenblick allerdings galt ihre Aufmerksamkeit dem Text des Büchleins.

Auf einmal lachte sie laut auf.

»Hör zu, Harre, was hier steht!«

»Was ist denn so amüsant daran, dass du dich förmlich kringelst vor Lachen?«

Harres Stimme klang eher uninteressiert. Er hatte genug damit zu tun, die langen Schwanzfedern und Flügel des Papageis auf seiner Skizze so hinzubekommen, dass sie dem lebenden Vorbild entsprachen.

»Es handelt sich um einen gewissen Petrus Sax, der im Jahr 1637 folgenden Bericht über ›*die Insul Föehr und sein Friesen*‹ geschrieben hat. Hör zu, ich zitiere: ›Die Einwohnere dieser Insul sein Friesen, und zwar ein noch rechtes lebendiges Exempel … an Statur, Rechten, Sitten, Kleidung und Hantierung und halte ich dafür‹ – und jetzt, Harre, halte dich fest – ›dass unter allen, annoch vorhandenen Friesen kein gröber, unhöflicher und ungehöbelter Volck sey, als eben diese Leute.‹ Ein starkes Stück, findest du nicht? Aber zum Totlachen!«

Kerrin kicherte erneut und auch ihr Bruder lachte jetzt amüsiert auf.

»Na, dieser Peter Sack oder wie er heißt ist ein ausgesprochen frecher Kerl – aber so ganz Unrecht hat er nicht, wenn du mich fragst! Es gibt gewiss liebenswürdigere Leute als uns Friesen, die wir für gewöhnlich kaum das Maul aufkriegen – außer zum Rum-Saufen. Wobei ich bei Letzterem, ganz nebenbei gesagt, unsere liebe Muhme Göntje zitiere!«

Harre grinste dabei übers ganze Gesicht.

Im gleichen Augenblick trat der Pastor ins Zimmer und erkundigte sich nach dem Grund der plötzlichen Heiterkeit. Als Kerrin auch ihm die Stelle aus der Broschüre vorlas, war er gleichfalls belustigt.

»Man muss in der Lage sein, auch über die eigenen Schwächen Selbstironie zu bekunden und herzlich lachen zu können«, zog er das Fazit, nachdem sich alle drei wieder beruhigt hatten.

Für den heutigen Tag hatte Lorenz Brarens sich vorgenommen, die Kenntnisse der Geschwister in protestantischer Religionslehre zu überprüfen.

Kerrins Konfirmation stand an – sie wurde demnächst vierzehn – und für Harre war sie längst überfällig. Als er vor einigen Jahren das Alter der Religionsmündigkeit erreicht hatte und konfirmiert werden sollte, wusste er zwar alle Prüfungsfragen zu beantworten. Zu seines Oheims Überraschung bat er jedoch darum, das Fest seiner Einreihung in den Kreis der protestantischen Christengemeinde »solange auszusetzen, bis ich selbst darum bitte, aufgenommen zu werden«.

Harre fühlte sich angeblich noch »nicht würdig«, dieser Ehre teilhaftig zu werden. In Wahrheit plagten den Jungen massive Glaubenszweifel. Er hatte Verschiedenes über den noch nicht lange zurückliegenden Dreißigjährigen Krieg gelesen und diskutierte mit dem Pastor nächtelang über diesen als Religionskrieg begonnenen Streit und die unfassbaren Gräuel, die sich in seinem Gefolge »im Namen Gottes und des Glaubens« ereignet hatten.

Der Junge kam dabei zu dem Ergebnis, der Glaube an einen Gott, der in seinem Namen so unvorstellbar Furchtbares zuließ, sei nicht erstrebenswert. Terkes Tod im Kindbett und der Verlust des kleinen Ocke, der, kaum hatte er das Licht der Welt erblickt, die Augen auch schon wieder schloss, taten ein Übriges, den sensiblen Jungen an der Güte oder auch nur der Vernunft des himmlischen Herrschers zweifeln zu lassen.

Trotz Göntjes Bitten und aller Vorhaltungen seines Vaters Roluf blieb Harre bei seiner Entscheidung, die, als sie auf Föhr bekannt wurde, viel Staub aufwirbelte. Es fehlte damals nicht viel und Roluf hätte sich gezwungen gesehen, seinen Sohn von der Insel wegzubringen. Nur dem Einfluss seines geistlichen Onkels hatte der Junge es schließlich zu verdanken, dass in der Kirchengemeinde wieder Ruhe einkehrte und Harre nicht mehr belästigt wurde.

Drei Jahre später schienen Harres Zweifel an Gott und Religion so weit in den Hintergrund getreten zu sein, dass er von sich aus auf seinen Oheim zuging und ihn bat, ihn zusammen mit seiner Schwester zur Konfirmation zuzulassen.

Pastor Brarens dankte im Stillen dem Herrn, der, wie es schien, seinen rebellischen jungen Verwandten zur Umkehr bewogen hatte. Göntje war selig und hielt sich und ihrem erzieherischen Einfluss Harres »Einsicht« zugute. Nur Kerrin wunderte sich insgeheim.

Woher kam der plötzliche Meinungsumschwung? War ihr Bruder lediglich bestrebt, die Zweifel der Insulaner an seinem Charakter verblassen zu lassen? Störte ihn auf einmal sein Ruf als Außenseiter? Von Zeit zu Zeit beschlich sie auch ein ganz konkreter Verdacht, woher sein plötzlicher Gesinnungswandel rührte – ein Verdacht, der ihr mehr als eine schlaflose Nacht bereitete …

Harre schien sich selbst daran nicht zu stören, dass sämtliche Teilnehmer am Konfirmandenunterricht drei Jahre jünger waren als er und ihn als »Alten« hin und wieder gehörig auf die Schippe nahmen. Spötteleien ertrug er gutmütig grinsend – Hauptsache, man ließ ihn im Übrigen zufrieden.

Die heutige Examination der beiden durch Pastor Brarens verlief mehr als zufriedenstellend, so dass der Geistliche sich noch einem anderen Thema, das ihm am Herzen lag, widmen konnte, dem künstlerischen Talent des jungen Mannes nämlich.

Der Pastor stand auf und holte hinter dem Bücherschrank ein Bild hervor, das Harre neulich gemalt und seinem Oheim zum Geschenk gemacht hatte.

»Es ist einfach grandios, Junge!«, begeisterte er sich, nachdem er es minutenlang beinahe andächtig betrachtet hatte. »Das ist bisher dein bestes Werk«, stellte er fest.

»Wie du das Wesen dieser Tiere eingefangen hast, ist wirklich bemerkenswert. Man spürt die Unschuld der arglosen Kreaturen, die nicht ahnen, dass sich ihnen einer ihrer ärgsten Feinde nähert, nämlich ein Mensch. So, als wüssten diese

145

Geschöpfe, dass du ihnen nichts Böses willst, sondern nur bestrebt bist, sie in all ihrer Schönheit so darzustellen, wie unser Herrgott sie einst geschaffen hat.«

Harre wurde rot, lächelte aber geschmeichelt. Er freute sich sichtlich über das Lob eines Mannes, den er, ähnlich wie seinen Vater, immens hoch einschätzte. Ehe er darauf antworten konnte, fiel ihm Kerrin ins Wort.

»Ich durfte dabei sein, Oheim Lorenz, als Harre die Seehunde gemalt hat«, platzte sie voll Stolz heraus. »Es war ein Erlebnis, das ich nie vergessen werde!«

»Na, dann erzähl mal, Kerrin!«, forderte der Geistliche sie auf. Es bereitete ihm stets großes Vergnügen, dem aufgeweckten jungen Mädchen zuzuhören. Sie ließ sich nicht lange bitten.

»Es begann damit, dass Harre mich eines Tages, kurz nach dem Frühmahl, fragte, ob ich mit ihm auf seinem kleinen Boot zu den Seehundbänken hinausfahren wolle. Natürlich wollte ich! Komisch war nur, dass er, kaum saßen wir im Boot, begann, sich ein nach Tran stinkendes Seehundsfell überzustreifen. Und obwohl ich protestierte, zog er ein zweites aus seiner Kiste und auch ich musste mich verkleiden. Plötzlich bekam ich Angst, dass er sich als Robbenjäger betätigen wollte und ich beschimpfte ihn ordentlich. Diese niedlichen Tierchen mit ihren runden Kinderköpfen samt den großen, keine Gefahr argwöhnenden Augen auf heimtückische Weise zu ermorden, das habe ich immer als großes Unrecht betrachtet. Sie kommen mir so *menschlich* vor und ich könnte es nie über mich bringen, ihr Fleisch zu essen!«

Kerrin schien zu spüren, dass sie etwas zu besserwisserisch klang. Um den Eindruck zu verwischen, fügte sie leise hinzu: »Obwohl ich verstehe, dass man den ausgekochten Tran aus ihrem Speck braucht, um am Abend Licht zu haben in den Häusern. Harre aber schwor mir«, fuhr sie fort, »dass er dergleichen keineswegs im Sinn habe. *Malen* wollte er die Seehundsfamilie und sonst gar nichts. Als wir die betreffende Sandbank erreichten – wobei Harre zuletzt nur noch ganz leise die Ruder ins Wasser eintauchen ließ, um keine großen Wellen zu erzeugen, und wir kein Wort mehr wechselten –, ließ er sich lautlos ins Wasser gleiten, während ich im Boot sitzen blieb. Ich beobachtete aus etwa sechs Ruthen Entfernung, wie er sich behutsam durch das seichte, etwa eineinhalb Ellen tiefe Wasser der Sandbank näherte. Auf ihr, die schätzungsweise zwei Handspannen hoch aus dem Wasser ragte, lagerte eine kleine Herde von insgesamt sieben verschieden großen Tieren. Offenbar genossen sie die wärmenden Sonnenstrahlen. Langsam schob Harre sich aufs Trockene und pirschte sich, auf dem Bauch liegend, in der Manier geübter Robbenschläger, Zoll für Zoll an sie heran. Das dauerte eine kleine Ewigkeit, denn es musste absolut lautlos geschehen. Die einst so vertrauensseligen, jetzt aber scheu gewordenen Tiere lassen sich nämlich bei jeder ungeschickten oder abrupten Bewegung sofort ins Wasser gleiten und tauchen unter. Aber Harre besaß unendliche Geduld. Es gelang ihm, einige ganz großartige Abbildungen der Robben zustandezubringen, nachdem er sich ihnen genähert hatte.«

»Den Skizzenblock aus meiner Seehundsfelltasche herauszuholen und aufzuklappen, ohne dabei mit dem Papier zu rascheln, war dabei die größte Schwierigkeit.« Harre grinste etwas verlegen.

Der Pastor betonte daraufhin noch einmal das Talent des jungen Mannes und die Notwendigkeit, es unbedingt zu fördern. Sein Vater, der Commandeur, schien indes, was Harres Begabung anlangte, nicht ganz so enthusiastisch. Vermutlich hoffte er immer noch, seinen Sohn für den Beruf des Seemanns erwärmen zu können.

»Bisher bist du nur ein erstaunlich begabter Autodidakt«, stellte Monsieur Lorenz fest. »Willst du aber eines Tages zu den wirklich Großen der Malerei gehören, mein Junge, dann musst du weg von der Insel. In Kiel, in Hamburg, in Amsterdam, Kopenhagen oder Brügge gibt es Schulen, in denen man dir alles beibringen kann, was du wissen musst. Ich komme selbstverständlich für deine Ausbildung auf. Ich ließe auch über einen Aufenthalt in Paris oder Spanien mit mir reden«, schlug der Oheim vor, als er Harres Zögern bemerkte.

Das klang ja alles äußerst verlockend! Kerrin erkannte sofort die einmalige Gelegenheit, die sich ihrem Bruder bot, bedauerte allerdings die Aussicht, ihn in Kürze zu verlieren. Harre wirkte jedoch merkwürdig verschlossen und versprach lediglich, ernsthaft darüber nachzudenken.

Deutlich spürte Kerrin die Enttäuschung des Onkels, dass sein Ziehsohn sich nicht dazu durchringen konnte, den großzügigen Vorschlag umgehend aufzugreifen.

Wie sollte der Pastor den jungen Burschen auch verstehen? Kerrin allein wusste, *warum* der Bruder zögerte – und sie war deshalb nicht wenig wütend auf ihn. Harre war drauf und dran, sich seine Zukunft zu verbauen und sich eine Menge Ärger einzuhandeln, da er mit dem Feuer spielte.

Der Pastor, ein in jeder Hinsicht kluger Mann, mochte zwar nichts von Harres wahren Beweggründen ahnen, bedrängte ihn aber auch nicht weiter, sondern bat ihn nur, sich sein Angebot in Ruhe durch den Kopf gehen zu lassen.

Wie immer war er an diesem Nachmittag beeindruckt davon, wie außergewöhnlich seine Ziehkinder waren, jedes auf seine Weise. Dennoch bedrückte ihn auch die Frage, ob die beiden, die ihrer Zeit ein Stück weit voraus schienen, wohl auch den rechten Platz im Leben fänden. An ihm sollte es dabei nicht liegen, er würde ihnen helfen, wo er nur konnte –

wenn sie ihn nur ließen. Nachdenklich blickte der Pastor in die von schweren Wolken verhangene Abenddämmerung hinaus.

VIERZEHN
Im Schloss zu Stockholm, Frühherbst 1694

KÖNIGIN ULRIKA ELEONORA und ihre erste Hofdame, Alma von Roedingsfeld, waren dabei, sich den verregneten Nachmittag im Salon im Kreise der übrigen Gesellschafterinnen mit Handarbeiten zu vertreiben. Im Grunde hasste die Königin das ewige Sticken und Häkeln, aber irgendwie schien das jedermann von der Gemahlin eines Königs zu erwarten.

Diese Abneigung hatte Madame Ulrika Eleonora allem Anschein nach auch an ihre bildhübsche, dreizehnjährige Tochter Hedwig Sophie vererbt. Das lebhafte Mädchen, das sich für mancherlei interessierte, wusste sich beizeiten den Zumutungen ihrer Gouvernante, Gabriele von Liebenzell, zu entziehen, die immer wieder versuchte, ihr die »Nadelarbeiten« schmackhaft zu machen.

Die Prinzessin zog es vor, mit ihrem geliebten Bruder Karl über weite Strecken zu reiten, sich mit ihm und seinen Spielkameraden in ritterliche Scheingefechte mit relativ ungefährlichen Waffen aus Holz einzulassen und sich mit den jungen Kerlen im Wettlauf und im Weitsprung zu messen. Neuerdings war das Bogenschießen ihre liebste Beschäftigung, worin sie dem Kronprinzen – zu dessen nicht geringem Ärger – bei Weitem an Treffsicherheit überlegen war.

Die Königin erwog bereits ernsthaft, die Geschwister räumlich voneinander zu trennen, um die Tochter an »weiblicheres« Benehmen zu gewöhnen. Es gab noch einen weiteren Grund, weshalb die Mutter sie ein wenig aus der Nähe ihres Bruders und vor allem seiner Freunde zu entfernen wünschte: Hedwig Sophie hatte sich anscheinend in einen von ihnen, den ältesten, verliebt! Sie verkündete bereits allen Ernstes, ihn werde sie später heiraten. Zu allem Überfluss handelte es sich bei diesem Jüngling um einen Adelsspross aus einem eher unbedeutenden Haus ...

Bisher hatte allerdings ihr Gemahl, König Karl XI., Einspruch gegen die Trennung der Geschwister erhoben. Seiner Majestät schienen die Eskapaden der Prinzessin zu gefallen.

Wieder einmal waren an diesem Tag die Verhältnisse in Russland das bevorzugte Thema der Damen. Zu Anfang des Jahres hatte Zar Peter einen herben Schlag erlitten: Am 4. Februar 1694 war überraschend seine Mutter Natalja im Alter von zweiundvierzig Jahren nach einer nur zwei Tage andauernden Erkrankung verstorben.

Wie nicht anders zu erwarten, war es Frau von Roedingsfeld, die dank ihrer guten Beziehungen zu Moskau Näheres dazu beitragen konnte:

»Zar Peter feierte gerade mit Freunden, als man ihm die Botschaft übermittelte, seine geliebte Mutter läge im Sterben. Sofort eilte er an ihr Bett, um ihren letzten Segen zu empfangen. In diesem Augenblick kam Patriarch Adrian herein, ein äußerst konservativer Kirchenmann, den Peter nicht sehr schätzt. Der Patriarch beging den Fehler, Peter eines respektlosen und beleidigenden Verhaltens zu bezichtigen, da dieser, nach seiner Gewohnheit, in westlicher Kleidung erschienen war. Das versetzte den Zaren in maßlose Wut. Er schrie den hohen Geistlichen an, ob ein Patriarch als Haupt der Kirche nichts Wichtigeres im Kopf habe als Kleiderfragen. Um nicht völlig die Beherrschung zu verlieren und Adrian womöglich zu ohrfeigen, verließ der Zar überstürzt das Sterbezimmer. Kurz darauf erreichte ihn die Nachricht vom Tod der Zarin Natalja, eine Botschaft, die ihn für Wochen in regelrechte Melancholie versetzte.«

Alle Damen konnten verstehen, dass es einem Drama glich, eine so junge Mutter zu verlieren.

»Vielleicht öffnet Peter sich ja jetzt eher seiner Gemahlin Jewdokija Lopuchina«, meinte eine jüngere Hofdame.

Seit die junge Zarin einen gesunden Thronfolger zur Welt gebracht hatte, war ihr Verhältnis zu Peter ein klein wenig entspannter. Um seine tiefgläubige Mutter nicht zu verletzen, verzichtete er darauf, sie in ein Kloster zu verbannen. Jewdokija ihrerseits beschwerte sich nicht darüber, von ihm ständig betrogen zu werden; sie verkroch sich meistens im streng abgeschirmten *terem*, einer Zimmerflucht unter dem Dach des Kreml, die man, was die Abgeschiedenheit betraf, durchaus mit einem moslemischen *haram* gleichsetzen konnte.

»Nein«, widersprach die erste Hofdame sofort, »meine Quellen aus dem Kreml berichten mir, dass Zar Peter die große Liebe, die er stets für seine Mutter empfand, nun auf seine jüngere Schwester, die ebenfalls Natalja heißt, überträgt. Sie ist ein aufgewecktes, fröhliches Mädchen und unterstützt ihren Bruder, wo es nur geht. Jewdokija spielt dagegen nach wie vor keine Rolle im Leben des Zaren. Vielleicht entschließt er sich gar, nach dem Tod der alten Zarin seine Frau, die der Tradition zutiefst verhaftet bleibt und auch sonst nicht zu Peter passt, zu verstoßen. Wie man hört, umgibt der Zar sich mit Vorliebe mit Architekten, Technikern und Wissenschaftlern aus dem Westen. Er übernimmt zum Teil die westliche Lebensweise. Man kann sagen, er bemüht sich, das Mittelalter, dem sein Land immer noch verhaftet ist, abzustreifen, das Tor zum Okzident aufzureißen und ein aufgeklärter Mensch und Herrscher zu werden.«

»Kurzum: Ein Mann, der durchaus das Interesse europäischer Königshäuser wecken und auch als Schwiegersohn interessant werden könnte!«

Der letzte Satz war der Königin herausgerutscht, was ihre Hofdamen einigermaßen verblüffte. Hatte Ulrika Eleonora es doch bisher verstanden, alle Spekulationen, die darauf abzielten, ihre Tochter Hedwig Sophie zu verkuppeln, abzuwehren.

Alma von Roedingsfeld, die zusammen mit der Königin an einer prächtigen Decke stickte, hatte überdies erfahren, dass Peter Alexejewitsch sich derzeit mit dem Schiffsbau beschäftigte. Im Frühjahr war er mit dreihundert Begleitern auf zweiundzwanzig Flussschiffen nach Archangelsk gesegelt. Angeblich konnte er es gar nicht erwarten, ans Meer zu gelangen.

»Er ist vom Meer und von Schiffen wie besessen. Erst vor einigen Tagen, am 3. September, ist der Zar nach Moskau zurückgekehrt. Wie man sagt, möchte er Russland unbedingt in eine Seemacht verwandeln.«

»Solange er seine Hände nicht nach unserer Ostsee ausstreckt, kann uns das nicht beunruhigen«, meinte die Königin leichthin und ihre Damen lachten.

»Mein Bruder Christian ließ mich wissen, der Zar plane, bald eine ganz besondere Gesandtschaft, bestehend aus den besten Männern Russlands, nach Westeuropa zu schicken, um die westliche Lebensart kennenzulernen.«

Alma von Roedingsfeld sonnte sich geradezu in der Aufmerksamkeit, welche die Königin ihr zuteil werden ließ.

»Das spräche ja auch dafür, dass Zar Peter seine Gesandten womöglich dazu anhält, zugleich nach einer neuen Gemahlin für ihn Ausschau zu halten.« Die Stimme Ulrika Eleonoras klang sinnend.

»Was allerdings ein absolutes *Novum* darstellen würde! Russische Herrscher haben bisher niemals Frauen genommen, die keine Russinnen waren«, wusste eine andere Hofdame, aber die Königin überhörte diesen Einwand – der ihr übrigens nicht unbekannt war. Alles konnte sich schließlich ändern, lebte man doch in einer Zeit der großen Umbrüche …

FÜNFZEHN
Aberglaube auf Föhr

Einige Zeit später verbreiteten sich höchst befremdliche Gerüchte auf der Insel. Einem Elternpaar aus Övenum war angeblich sein kleiner Sohn von *Odderbaankis* gestohlen und an seiner Stelle ein *Zwergenkind* von völlig gleichem Aussehen ins Bett gelegt worden.

Pastor Brarens schüttelte den Kopf über so viel Unverstand, als er davon Kenntnis erhielt, aber seine Frau war schlichtweg entsetzt über diesen Rückfall ins finsterste Heidentum. Gar nicht mehr beruhigen ließ sie sich und sofort fing sie an, nach den Verursachern dieser »sündigen Verirrung« zu fahnden. Schon bald meinte sie, die Schuldigen ausfindig gemacht zu haben, gewisse »Hexenweiber« des Ortes Övenum.

»Diese verwerflichen Weiber mit ihren gottlosen Reden sind schuld daran, dass schlichte Gemüter den heidnischen Unsinn glauben und unter ihresgleichen verbreiten. Es wird Zeit, Lorenz, dass du dich darum kümmerst, ehe noch Schlimmeres geschieht«, versuchte sie ihren Mann zu »rücksichtsloser Aufklärung des skandalösen Sachverhalts« zu drängen. Aber der Geistliche, der bloß alberne *Spökenkiekerei* dahinter vermutete, war nicht willens, dem »Altweibergewäsch« zu einem höheren Stellenwert zu verhelfen, als ihm letztlich zukam.

»Soweit ich weiß, hat die Familie inzwischen ihr eigenes

Kind wiederbekommen. Also, was soll's? Ist doch alles in bester Ordnung. Jetzt müssen sie bloß den angeblichen Wechselbalg noch loswerden«, meinte er seelenruhig und klopfte die Asche von seiner Pfeife. »Ich behaupte: Je weniger wir darüber debattieren, umso eher beruhigen sich die Leute wieder und das Gerede von Zwergen und ähnlichem Gelichter hört von selbst wieder auf.«

Doch in diesem Punkt sollte er sich irren, die Geschichte war noch nicht zu Ende.

Kerrin brachte an einem der folgenden Tage Neuigkeiten mit, deren Quelle der Pastor lieber nicht zu genau erkundete.

»Mareike und Thede Samsen sind sich überhaupt nicht mehr sicher, welcher der beiden Jungen ihr richtiger Sohn ist, denn beide sehen sich so ähnlich, dass sogar die eigene Mutter sie nicht auseinanderzuhalten vermag.«

»Ein unhaltbarer Zustand«, fand Göntje und nötigte dieses Mal ihren Mann, sofort nach Övenum zu reiten und nach dem Rechten zu sehen. Selbst der Geistliche sah jetzt ein, dass er die Augen nicht länger verschließen durfte – wollte er nicht riskieren, dass große Teile seiner Gemeinde ins Heidentum zurückfielen.

Mit Spannung erwarteten Harre und Kerrin die Rückkehr ihres Onkels. Als er nach gar nicht allzu langer Zeit die Stube wieder betrat, war er ausgesprochen guter Laune.

»Als ich hinkam, war freilich nur *ein* kleiner Junge im Haus. Auf meine Frage, wie sie es denn geschafft habe, den Zwergensohn zu unterscheiden und in der Marsch auszusetzen, damit die *Odderbaankis* ihn fänden, sagte mir Mareike, der pure Zufall sei ihr zu Hilfe gekommen.«

»So? Da bin ich aber gespannt«, spöttelte Göntje.

»Ganz einfach! Als Mareike in Anwesenheit beider Knaben ihre Tenne ausfegte, tat sie Folgendes: Anstatt wie üblich die Spreu zur Nordtür auszufegen, fegte sie sie dieses Mal zur Südtür hinaus. In diesem Augenblick fing angeblich eines der Kinder zu lachen an und Mareike fragte: ›Worüber lachst du, mein Sohn?‹ Da antwortete der Junge: ›So fegst du gerade richtig! So bekommt mein Vater auch etwas von eurem Korn!‹ Nun wusste Mareike, welches Kind der Wechselbalg war, denn – wie sie sagte – nur der Sohn eines *Odderbaanki* konnte wissen, dass man die Tenne nur *mit* der Sonne fegen darf, weil sonst die Unterirdischen einen Teil des gelagerten Getreides beanspruchen. Mareike hat das Zwergenkind genommen und vor die Haustür gesetzt, von wo es alsbald verschwunden ist. Aber all das war bereits geschehen, ehe ich angeritten kam«, verkündete der Pastor mit einem leisen Schmunzeln.

»Du willst aber jetzt wohl nicht behaupten, Lorenz, dass du den Leuten diese verrückte Geschichte abnimmst, oder?«

Göntje klang in höchstem Maße aufgebracht, sie konnte die Gelassenheit ihres Mannes in dieser Angelegenheit überhaupt nicht verstehen.

»Nein, Frau, beruhige dich bitte!« Der Pastor nahm sie in den Arm, etwas, das er sehr selten in Anwesenheit anderer tat.

»Ich bin mir zwar, trotz meiner ernsten Vorhaltungen, sicher, dass beide Eltern nach wie vor den Blödsinn für wahr halten, den sie sich einbilden! *Ich* denke ja, sie haben zu viel Rum in sich hineingeschüttet und deshalb halluziniert. Natürlich befahl ich ihnen mit aller gebotenen Strenge, nie mehr ein einziges Wort darüber zu verlieren und vor allem auch in Zukunft niemals wieder eine ähnliche Geschichte in Umlauf zu bringen – sonst müssten sie es bitter bereuen. Ich höchstpersönlich würde mich dann dafür starkmachen, sie aus unserer Kirchengemeinde auszuschließen. Dadurch ist es mir gelungen, sie dauerhaft einzuschüchtern, glaube ich.«

Der Pastorin sah man an, dass sie keineswegs zufrieden war

155

mit dem Ausgang der Geschichte; Harre zuckte unbekümmert mit den Schultern und Kerrin verhielt sich ganz still. Wozu sollte sie ihren Oheim beunruhigen?

Sie wusste aber, dass Mareike und Thede Samsen nicht die Einzigen waren, die von Wechselbälgern berichteten. In letzter Zeit sollte es nicht nur in Övenum, sondern auch in Alkersum, in Midlum, in Witsum und Borgsum vorgekommen sein, dass Zwerge Kinder vertauschten ... Sogar von einem probaten Gegenmittel war die Rede. Sie würde es sich auf alle Fälle gut merken: Wolle man ein Kind davor schützen, vertauscht zu werden, müsse man in das Bettchen des Kleinen eine Schere legen, und zwar mit geöffneten Klingen, so dass sie ein Kreuz bildeten. Eine Bibel oder ein Gesangbuch tat es angeblich auch.

Göntje, durch die ganze Angelegenheit innerlich in Aufruhr versetzt, ergriff wieder einmal die Gelegenheit, ein ernstes Wort mit Kerrin zu sprechen. Als der Pastor sich in sein Arbeitszimmer zurückzog, Harre wie üblich schweigend das Haus verließ und ihre Pflegetochter ebenfalls durch die Tür schlüpfen wollte, hielt ein lauter Anruf der Pastorin sie zurück.

»Ich habe mit dir zu reden, mein Kind!«, kündigte sie an.

Kerrin seufzte innerlich. Bislang war es ihr meistens gelungen, der Tante aus dem Weg zu gehen. Aber dieses Mal musste sie sich wohl oder übel ihren Fragen stellen.

»Worum geht es, Muhme Göntje?«, erkundigte sie sich vorsichtig.

»Nimm Platz, mein Kind.«

Die Pastorin wies auf einen Hocker und Kerrin ließ sich nieder. Offenbar sollte die Unterredung länger andauern ...

»Du solltest dich mit deinen ›Heilungen‹, wie die Leute es nennen, zurückhalten, finde ich! Manche reden gar von ›Wunderheilungen‹. Das ist unsinnig und für dich gefährlich!«

Kerrin hielt sofort dagegen: »Ich tue den Menschen doch nur einen Gefallen! Außerdem macht Monsieur Lorenz das Gleiche – und da regen Sie sich nicht auf!«

Aus Respekt hatte sie sich angewöhnt, auch die Tante zu siezen.

»Da besteht aber ein gewaltiger Unterschied, mein liebes Kind. Mein Mann ist ein Gelehrter und ein Geistlicher dazu! Er ist ein Mann Gottes und ihm steht es gewissermaßen zu, nicht nur die Seelen seiner Schäflein, sondern auch ihre Körper zu heilen, wenn es nottut. Bei einer weiblichen Person denken alle sofort an Zauberkünste und Hexerei!«

»Und das soll wohl bis in alle Ewigkeit so bleiben, ja?«, ereiferte sich Kerrin. »Wie soll sich jemals auf unserer Insel etwas zum Besseren wenden, wenn selbst intelligente Menschen wie Sie diesen Blödsinn auch noch unterstützen? Die Welt dreht sich weiter, Muhme! Sollen wir Inselfriesen und -friesinnen denn für alle Zeiten so rückständig bleiben? Kein Wunder, dass viele vom Festland uns nicht ganz für voll nehmen.

Personen wie unsere drei Inselpastoren, die studiert haben, Honoratioren wie die Ratsmänner, die Vögte und die Commandeure, die in der Welt herumkommen, sie alle müssten diejenigen sein, die das Tor zur Welt endlich aufstoßen und uns helfen, den Anschluss nicht zu verpassen!«

Richtiggehend in Rage redete sich das junge Mädchen. Göntje kam aus dem Staunen nicht mehr heraus. So hatte sie sich das Gespräch mit Kerrin nicht vorgestellt. Ehe sie zu Wort kommen konnte, fuhr diese bereits fort: »Gerade Frauen, die intelligenter und gebildeter sind als der Durchschnitt ihrer Geschlechtsgenossinnen, sollten vorangehen mit gutem Beispiel! Und was machen Sie? Sie versuchen mich zurückzuhalten, sobald ich die Fähigkeiten bei Kranken zur Anwendung bringe, die mir offenbar der Herr verliehen hat! Und was ist dagegen einzuwenden, wenn ich ihnen darüber hinaus auch mit dem Wissen helfe, das ich mir aus all den gelehrten Büchern angeeignet habe, die mir mein Oheim zur Verfügung stellt?«

Göntje fühlte sich der Debatte mit ihrem Mündel nicht gewachsen. Sie erkannte, dass sie es in den vergangenen Jahren offenbar versäumt hatte, sich mit der Gedankenwelt des außergewöhnlichen Mädchens näher zu befassen. Ihr blieb nichts anderes übrig, als für den Augenblick klein beizugeben, lag doch auch eine Wildheit in Kerrins Blick, die ihr fast ein wenig Angst machte.

»Gut! Wenn du es so sehen willst und der Pastor nichts dagegen hat, will ich künftig darüber schweigen. Aber etwas anderes liegt mir noch mehr auf der Seele, mein Kind. Ja, es bedrückt mich regelrecht und hat mich schon manche Nacht um den Schlaf gebracht.«

Kerrin erschrak zutiefst. Wie viel wusste Muhme Göntje über Harre und sein Geheimnis? War ihr etwa bekannt, dass sie ihren Bruder in dieser Angelegenheit heimlich unterstützte – wenn auch nicht aktiv, so doch immerhin durch die Tatsache, dass sie informiert war und ihn deckte? Ängstlich richtete die Dreizehnjährige ihren Blick auf die ältere Frau.

Schnell wurde jedoch klar, dass es sich um etwas völlig anderes handelte, was der Tante so großen Kummer bereitete. Die Pastorin hatte vor einiger Zeit die bestürzende Entdeckung gemacht, dass Kerrin in jedem Monat eine, manchmal sogar zwei Nächte hintereinander außer Haus verbrachte.

»Anfangs konnte ich es gar nicht glauben, als Eycke mich darauf hinwies. Aber ich habe mich persönlich davon überzeugt, dass du hin und wieder nachts das Haus verlässt.«

Seit Kerrin kurz nach ihrem dreizehnten Geburtstag ihre erste Regelblutung gehabt hatte, durfte sie das Schrankbett nicht mehr mit ihrem Bruder Harre teilen, sondern schlief entweder bei Catrina und Tatt – oder sie kroch zu der alten Magd Eycke unter das Federbett, wobei sie letzteres bevorzugte. Auf erstauntes Befragen pflegte sie Folgendes zu antworten:

»Ich mag Eycke sehr gern. Sie ist mir treu ergeben und außerdem ist sie eine der wenigen Mägde, die sich noch an meine Mutter Terke erinnert und mir viel von ihr erzählt. Jetzt ist Eycke alt und während des Schlafs setzt gelegentlich ihr Atem aus; sie *vergisst* sozusagen, dass sie Luft holen muss. Das Fehlen ihrer rasselnden Schnaufer lässt mich regelmäßig aufwachen. Ich halte ihr dann die Nase zu, sie schnappt erschrocken nach Luft – und atmet weiter.«

Ausgerechnet Eycke sollte sie jetzt »verraten« haben? Kerrin vermutete indes, dass es nicht aus Illoyalität, sondern nur aus Sorge um sie geschehen war.

»Erkläre mir bitte, was dich einmal im Monat aus dem Haus treibt, meine Liebe, wohin du gehst und warum du das machst!«, insistierte Göntje.

»Ich will Sie auf keinen Fall belügen, Muhme. Darf ich ganz offen sprechen? Ich weiß es selbst nicht so recht, was mich in die Dunkelheit treibt. Ich vermute, dass es mit meiner monatlichen Reinigung in Zusammenhang steht. Ich träume nämlich regelmäßig in der Nacht, in der sie einsetzt, von einem Feuer. Alles steht auf einmal in Flammen: Die *Komer*, der Pesel, die Dörnsk, die Koögen, einfach alles! Das ganze Haus brennt und alles ist heiß und blutrot. Im Traum weiß ich, dass alle anderen schon geflohen sind, nur ich bin als Einzige zurückgeblieben. Ich weiß, ich muss mich beeilen, um aus dem brennenden Gebäude zu gelangen. Aber ständig ist da etwas, was mich daran hindert, ebenfalls zu fliehen. Ich empfinde große Angst. Dann finde ich mich endlich draußen wieder und sehe, dass bereits hohe Glutfackeln zum Himmel emporlodern. Es ist heiß wie in der Hölle. Niemand ist bei mir. Ich bin mir sicher, dass alle zum Strand gelaufen sind, um sich ins Wasser zu retten. Selbst die Tiere aus dem Stall sind weg. Und ich laufe und laufe, um nicht doch noch dem Brand zum Opfer zu fallen.«

Kerrin hielt inne, während ihre Tante fasziniert in die meergrünen Augen ihrer Ziehtochter starrte.

»Das Nächste, woran ich mich erinnere, ist, dass ich mich am Meeresufer wiederfinde – und wiederum vollkommen allein. Ich sehe keinen Menschen! Ich mache mir jetzt Sorgen; nicht um mich, sondern um euch alle. Hat euch das Feuer im Schlaf überrascht und ihr seid bereits zu Asche verbrannt? Im Schein des Vollmonds stolpere ich am Ufer entlang und rufe eure Namen. Aber ich erhalte keine Antwort. Ich laufe weiter in Richtung Goting Kliff, doch keine lebende Seele begegnet mir. Nur meine eigene Stimme, der Gesang des Windes und das ewige Rauschen des Meeres klingen mir in den Ohren. Dazu fühle ich unsagbaren Schmerz in meinem Herzen, denn ich weiß, dass ich allein und verlassen bin – für alle Zeit. Dann weiß ich nichts mehr. In aller Regel wache ich danach entweder irgendwo am Ufer liegend auf oder, wenn es kälter ist, in irgendeiner Höhle, in der ich mich zusammenkauere. Ich kann Ihnen Gegenstände zeigen, Muhme Göntje, die ich in diesen Gruben und unterirdischen Höhlen gefunden habe – Dinge aus uralter Zeit.«

»Was machst du dann, Kerrin?« Göntje empfand unwillkürlich großes Mitleid mit ihrer plötzlich sehr verletzlich wirkenden Ziehtochter und legte ihr einen Arm um die Schultern.

»Erst bin ich verwirrt, dann stehe ich auf und sehe zu, dass ich möglichst schnell nach Hause gelange, lege mich pro forma ins Bett, um kurz darauf erneut aufzustehen und so zu tun, als wäre nichts geschehen, Muhme.«

»Du Ärmste! Was musst du jedes Mal durchmachen, du armes Kind!« Die Pastorin wusste nicht, was sie von der ganzen

Sache halten sollte. Normal schien es ihr auf jeden Fall nicht und es war mit Sicherheit auch nichts, von dem die abergläubische Inselbevölkerung erfahren durfte.

»Die ersten Male graute mir regelrecht vor dem Heimkommen, war ich doch der Meinung, der Pfarrhof sei abgebrannt!«, fuhr Kerrin fort, die inzwischen sichtlich erleichtert schien, sich alles von der Seele reden zu können. »Wie erleichtert war ich dann jedes Mal, wenn ich feststellte, dass alles nur ein böser Traum war!«

Worüber sie allerdings kein Wort verlor, war der Umstand, dass sie jedes Mal am Strand eine dramatische Begegnung mit der »Weißen Frau« hatte, die ihr in der Gestalt Terkes erschien. Kerrin hatte dabei keine Angst vor der Erscheinung, die eine tiefe Traurigkeit verströmte und von einer vollendeten, ätherischen Schönheit war, die Terke im Leben nie besessen hatte – mochte sie auch die Anlage dazu in sich getragen haben. Furcht und Zweifel kamen dann immer erst später, wenn sie fröstelnd wieder im Bett lag. Auch trieb sie die Frage um, was der Geist ihrer verstorbenen Mutter denn von ihr wollen könnte. Denn obgleich sie sich sicher war, dass die Geisterfrau zu ihr gesprochen hatte, konnte sie sich danach nicht mehr an die Worte erinnern – so als vermöchten die Worte der Toten keine bleibende Spur im Gedächtnis der Lebenden zu hinterlassen. Doch Kerrins Eindruck, den sie mit nichts begründen konnte, war, dass Terke sie vor irgendetwas warnen wollte.

Nichts von alledem konnte sie jedoch mit Göntje teilen, die sich über ihre Träume und ihr Schlafwandeln ohnehin schon genug aufzuregen schien.

Und tatsächlich nahm die besorgte Göntje sich vor, mit ihrem Mann über dieses Phänomen zu sprechen. Irgendwie musste es doch möglich sein, dem armen Kind zu helfen!

SECHZEHN
Ein Blick in die Vergangenheit

»ERKLÄREN SIE MIR BITTE, Oheim Lorenz: Wie kommt es, dass wir zwar das Friesische nicht als bloße Mundart betrachten, sondern als eigenständige Sprache, die zur Familie der westgermanischen Sprachen gerechnet wird – und uns dennoch weder auf Grabsteinen noch in Urkunden oder sonstigen amtlichen Schreiben des Friesischen bedienen?«

Kerrin nutzte jede Gelegenheit, dem Pastor Fragen zu Sachverhalten zu stellen, auf die sie entweder in Büchern stieß oder die sie aus einem anderen Grund bewegten. So auch an diesem Nachmittag wieder, als sie nach der Erledigung aller Pflichten im Studierzimmer beisammen saßen.

Der Geistliche war über ihren Wissensdurst sehr erfreut – bewies er ihm doch, wie aufgeweckt und intelligent das junge Mädchen war. Offenbar machte Kerrin eifrigen Gebrauch von seiner Bibliothek, die er ihr und Harre – genau wie seinen eigenen Kindern – uneingeschränkt zur Verfügung stellte.

Wie es schien, war Kerrin allerdings die Einzige, die beinahe jeden Tag zu einem der zahlreichen Folianten griff. Von Tatt konnte er kein Interesse erwarten, aber dass die eigentlich intelligente Catrina in kindlicher Oberflächlichkeit verharrte, enttäuschte ihn doch einigermaßen. Wenn Arfst zu Hause war, überraschte er seinen Ältesten hin und wieder dabei, wie er eines der Bücher zurate zog. Das beglückte ihn jedes Mal; genauso war es, wenn Matz, sein Jüngster, sich stundenlang vor den großen Globus stellte, den er sich kürzlich aus Kiel hatte schicken lassen.

Hin und wieder traf er auch Harre an, wie er eines der Nachschlagewerke benützte, vor allem über Maler und Kunstwerke der verschiedensten Epochen. Darüber, ob er die Insel zum Studium der Malerei verlassen wollte, hatte er indes noch kein Wort geäußert. Monsieur Lorenz würde ihn auch nicht dazu drängen. Das musste sein Großneffe schon allein entscheiden.

Kerrin war der beste Beweis dafür, dass es sich lohnte, »auch« Mädchen zu unterrichten und an der Bildung teilhaben zu lassen, die man Knaben fraglos angedeihen ließ, sofern sie sich dazu nur im Geringsten eigneten. Monsieur Lorenz vertrat stets die Ansicht, dass Mädchen von Natur aus keineswegs weniger gescheit als Jungen waren – auch wenn er damit häufig auf erbitterten Widerstand stieß bei allen, die glaubten, für das weibliche Geschlecht genüge eine Ausbildung, die sich auf den rein häuslichen Bereich beschränkte.

Auch bei seiner eigenen Frau hatte es einiges an Aufklärung bedurft, ehe sie bereit war, Kerrin zusammen mit Harre und anderen Knaben unterrichten zu lassen.

Gute Hausfrauen und Mütter sollten die Mädchen dereinst sein – das sei ihre alleinige *gottgewollte* Aufgabe; zu mehr seien sie aufgrund ihrer geringeren Gehirnmasse nicht berufen – soweit die gängige Meinung.

»Das ist eine historische Entwicklung, mein Kind«, ging der Geistliche bereitwillig auf die Frage seiner Nichte ein. »Es gibt, was die Sprache anlangt, bei uns eine Dreiteilung: *Gesprochen* wird das Inselfriesische; *Schriftliches* hingegen wird in der *hochdeutschen Kirchensprache*, die wir Martin Luther verdanken, sowie in der *dänischen Amtssprache* festgehalten. Eigentlich gibt es sogar vier Sprachen auf Föhr«, fügte Monsieur Lorenz hinzu, nachdem er kurz an seiner Pfeife gezogen hatte. »Nach der großen Sturmflut von 1634 kam es zu einer starken Zuwanderung nicht nur von den Halligen, sondern auch vom Festland her – besonders im Hafenort Wyk und in einigen Dörfern Osterlandföhrs. Diese Menschen brachten das sogenannte *Plattdeutsche* mit. Aber dabei handelt es sich nur um eine Mundart und um keine eigene Sprache.«

»Was hat es überhaupt mit der Teilung unserer Insel auf sich, Oheim? Wie kommt es, dass der Westteil Föhrs zum dänischen Königreich gehört und der Ostteil zum Herzogtum Schleswig?«

»Dazu muss ich ein klein wenig ausholen, meine Liebe«, begann der Pastor vorsichtig und musterte seine Nichte, die jedoch noch keinerlei Anzeichen von Ermüdung zeigte und ihm auffordernd zunickte. »Bis ins 15. Jahrhundert hinein dauerten die ständigen Auseinandersetzungen zwischen den dänischen Königen und dem holsteinischen Adel um das Herzogtum Schleswig an, zu dem damals schon die nordfriesischen Inseln Amrum, Föhr und Sylt gerechnet wurden. Diese Inseln samt den Halligen nannte man *Uthlande*, also »Außenland«, im Gegensatz zum friesischen Festland. Alle Uthlandfriesen waren von alters her direkt dem dänischen König abgabepflichtig. Die Uthlande waren in dreizehn *Harden* oder Bezirke eingeteilt. Sieben von ihnen wählten Vertreter aus ihrer Mitte und diese kamen im Jahr 1426 in der Föhrer Nicolaikirche bei Boldixum zusammen, um ihr altes friesisches Recht in der sogenannten *Siebenhardenbeliebung* aufzuzeichnen. Dieses uralte Recht hatte man bis dahin nämlich nur mündlich überliefert.«

»Und die Grenze verläuft genau durch Nieblum, obwohl das für uns Bewohner eigentlich gar keine besondere Bedeutung hat?«

Kerrin amüsierte das ein wenig. Der Oheim bestätigte, dass die Grenzziehung mitten durch die Insel die Föhringer wenig störe: »Zumal der Unterschied wirklich nicht groß ist: Immerhin ist der Herzog von Schleswig-Holstein ein Untertan Dänemarks, früher hätte man gesagt, ein Lehnsmann.«

»Demnach sind also auch wir irgendwie immer noch dem

Dänenkönig tributpflichtig«, überlegte Kerrin still. »Wenn auch über den Umweg des Herzogtums.«

»In der Tat spielt es für uns Insulaner keine große Rolle, wem wir letztendlich unsere Steuern und Abgaben abzuliefern haben«, bestätigte Lorenz Brarens, als hätte er ihren Gedankengang gehört. »Das Geld einzutreiben obliegt den *Gangfersmännern*, darin hat sich seit alten Zeiten nichts geändert.«

Kerrin dankte ihm für die Unterweisung; nicht zum ersten Mal fiel ihr dabei auf, wie gut der Pastor, trotz seiner Jahre und der ergrauten Haare, noch aussah – gleichgültig, ob im Gewand eines einfachen Inselbauern oder im schwarzen Talar des Geistlichen mit Beffchen oder, an Feiertagen, mit der wagenradgroßen, gefältelten, weißen Halskrause.

Weniger gut gefiel es ihr allerdings, wenn er anlässlich »hoher« Besuche vom Herzogshof in Gottorf gezwungen war, sich die voluminöse weiße Lockenperücke aufs Haupt zu stülpen. Das kam ihr vor wie eine lächerliche Verkleidung und machte ihr den Oheim fremd.

Da Monsieur Lorenz jede Ausschweifung mied und stets mäßig lebte, war er schlank geblieben. Zusammen mit seiner imponierenden Körpergröße und einer aufrechten Haltung verlieh ihm dies einen Großteil seiner Autorität. Dazu kamen seine Frömmigkeit, seine Menschenliebe, sein enormes Wissen – nicht nur auf theologischem Gebiet – sowie etwas, das man allgemein als »gesunden Menschenverstand« bezeichnete. Alles Eifernde, das man so häufig bei Geistlichen finden konnte, suchte man bei ihm vergebens.

Im Gegensatz zu Kerrins Vater Roluf, den sie als den schönsten Mann der Insel empfand, trug der Pastor keinen Bart, sondern erschien stets glatt rasiert. Damit unterschied er sich zwar von der übrigen männlichen Bevölkerung, wirkte dadurch jedoch erheblich jünger als seine Altersgenossen. Göntje – zehn

165

Jahre später als ihr Mann geboren – schien dagegen um mindestens fünf Jahre älter zu sein als er.

Auf Föhr war es kein Geheimnis, dass der enorme sonntägliche Zulauf in seiner Kirche auch und gerade seitens der weiblichen Gemeindemitglieder nicht zuletzt seinem guten Aussehen zuzurechnen war, verbunden mit seiner sympathischen Wesensart und vor allem der Art und Weise, wie er zu predigen pflegte. Sehr selten nur geschah es, dass Kirchenbesucher während der üblichen stundenlangen Rede ihres Pastors einschliefen – wie es in den beiden anderen Gotteshäusern der Insel angeblich hin und wieder vorkommen sollte. »Unser Pfarrer hat Humor. Bei ihm gibt es auch immer etwas zu lachen«, pflegten die Leute zu sagen. An besonderen Feiertagen, wie etwa an Weihnachten oder am Peterstag, drängten sich für gewöhnlich bis zu tausend Menschen in den »Friesendom« Sankt Johannis.

»Ich sehe, man hat Ihnen wieder mehrere Bücherpakete vom Festland zukommen lassen, Oheim Lorenz«, bemerkte Kerrin und deutete auf eine große Bücherkiste mit dem Vermerk »persönlich«, die ein Knecht mit dem Wagen von der Postverteilstelle in Wyk abgeholt und hierhergebracht hatte.

Die Herren, mit denen ihr Oheim zu korrespondieren und sich auszutauschen pflegte, schickten in regelmäßigen Zeitabständen Briefe, Bücher, Broschüren, Journale und andere Druckerzeugnisse; manche davon waren sogar bebildert. Es handelte sich durchweg um Publikationen wissenschaftlich-gelehrten oder philosophischen Inhalts.

Ihr Onkel revanchierte sich seinerseits mit wissenschaftlichen Abhandlungen, die seinem Geist, seinem Fleiß und seiner Feder entsprungen waren.

»Ja, meine Liebe. Leider bin ich noch nicht dazu gekommen, den Inhalt auszupacken, obwohl ich vor Neugierde regelrecht brenne.«

»Umso mehr ist es Ihnen hoch anzurechnen, dass Sie sich die Zeit nehmen, um mit mir zu plaudern.«

»Du weißt, wie gern ich das tue, mein Kind«, wehrte der Geistliche das Lob ab. Aber Kerrin fühlte deutlich, wie sehr es ihn freute, dass sie sein Bemühen um ihre Person anerkannte.

»Darf ich fragen, Monsieur Lorenz, welcher Ihrer gelehrten Freunde Sie mit der neuerlichen Sendung beglückt hat?«

»Das darfst du natürlich, meine liebe Kerrin! Es handelt sich um keinen Geringeren als um den Universalgelehrten, Philosophen und Mathematiker Gottfried Wilhelm Leibniz.«

»Von diesem Herrn haben Sie mir schon berichtet, Oheim. Er lebt in Hannover, nicht wahr? Als Bibliothekar und Rat von Herzog Johann Friedrich von Braunschweig-Lüneburg.«

»Ganz recht! Er wurde mittlerweile von seinem Herrn und Gebieter sogar zum Hofgeschichtsschreiber ernannt. Sein Herzenswunsch ist die Gründung einer ›Societät der Wissenschaften‹. Ich wünsche ihm ehrlichen Herzens, dass es ihm gelingen möge, dies zustandezubringen. Er ist ein zutiefst religiöser Mensch, bemüht, die rein mechanistische Naturerklärung des Franzosen Descartes mit unserem religiösen Glauben zu versöhnen. An die Stelle der toten Atome setzt Leibniz individuelle, beseelte, sogenannte *Monaden*. Deren Lebensgrund wiederum wird gebildet durch die unendliche Urmonade der Welt, nämlich durch Gott.« Der Pastor hielt kurz inne. »Ich weiß, Kerrin, das klingt jetzt alles sehr akademisch und kompliziert. Kurz und vereinfacht gesagt sind für Leibniz alle Vorgänge in der Welt durch einen von Gott von vornherein angelegten Gleichklang aufeinander abgestimmt.«

»Eine wunderbare Vorstellung, Oheim, sich alles, was um uns herum geschieht, in den Begriffen von Musik und Harmonie erklären zu können.«

Zu seiner Überraschung bewies ihm diese mit großem Ernst

vorgebrachte Äußerung Kerrins, dass das Mädchen das Gesagte tatsächlich verstanden hatte – was auf der Insel nicht oft vorkam, wenn der Pastor zu einer seiner Erklärungen ansetzte.

Er strahlte und fügte hinzu: »Ich schätze mich glücklich, diesen großen Mann, der nebenbei Rechtsgelehrter, Physiker und Techniker ist, zu meinen engsten Freunden zählen zu dürfen. Jede Zeile dieses Genies bereichert meinen Geist und meine Seele.«

»Ich wäre sehr glücklich, Oheim, wenn Sie mir später einmal erlauben würden, eine Schrift dieses großen Denkers in der Hand halten zu dürfen«, bat Kerrin. »Ich bezweifle zwar, dass ich auch nur einen Bruchteil dessen verstehe, was Leibniz gesagt hat, aber allein der Gedanke, einen Blick …«

»Ich weiß, was du sagen willst, mein Kind! Der überragende Denker beschäftigt sich im Übrigen auch mit ganz normalen Dingen, die geeignet sind, unser Leben im Alltag zu bereichern. So hat er zum Beispiel im Jahr 1675 die erste Rechenmaschine mit Staffelwalzen konstruiert. Ich kann dir sogar eine Zeichnung von seiner Erfindung zeigen, Kerrin! Warte, ich will sie dir heraussuchen!«

Der Geistliche und sein Mündel verbrachten noch mehrere Stunden damit, über diesen Universalgelehrten und seine Ansichten zu plaudern, deren wichtigste jene war, dass die bestehende Welt die vollkommenste unter allen möglichen Welten sei – eine Meinung, welche Gottfried Wilhelm Leibniz als Rechtfertigung für die Existenz Gottes diente.

Hochgestimmt wie selten ging Kerrin an diesem Abend zu Bett. Lange noch dachte sie an diesen wunderbaren, mit ihrem Oheim verbrachten Nachmittag.

SIEBZEHN
Auf der Hallig Hooge

HIN UND WIEDER besuchte Kerrin auf der Hallig Hooge eine entfernte Verwandte ihrer verstorbenen Mutter. Als sie noch jünger war, musste sie immer abwarten, ob Anke Drefsen oder Mette Sieversen ihrerseits die Hallig aufsuchten. Jetzt war Kerrin alt genug, um allein mit einem Bootsführer nach Hooge aufzubrechen.

Muhme Ingke und ihr Mann Drefs Brodersen, der sein Brot als Harpunier unter Commandeur Roluf Asmussen verdiente, lebten mit ihren drei Kindern auf einer *Warft*, wie man einen künstlich aufgeschütteten Hügel nannte, in einem bescheidenen Häuschen, das noch von Ingkes Eltern stammte.

»Oh, welch seltener und angenehmer Besuch!«

Die Tante freute sich sichtlich, als sie Kerrin den schmalen Weg zu ihrer Haustür heraufkommen sah. »Schön, dass du dich wieder einmal bei uns blicken lässt, Kerrin!«

»Ja, mich freut's auch jedes Mal, wenn ich die Gelegenheit habe, nach Hooge zu fahren, Muhme Ingke. Boh Thedesen war so freundlich, mich mitzunehmen.«

Kerrin schlüpfte vor Betreten des Hausflurs aus ihren klobigen Holzschuhen, um ja keinen Schmutz ins Innere zu tragen. Friesische Hausfrauen, ungewöhnlich penibel auf Reinlichkeit bedacht, erwarteten das als Selbstverständlichkeit.

»Puh, ganz schön warm ist es, obwohl wir keineswegs mehr Sommer haben!«

Sie zog sich erst die Schaffelljacke aus, ehe sie ihre Verwandte zur Begrüßung umarmte und auf beide Wangen küsste. Die Ältere erwiderte die Zärtlichkeit – was keineswegs üblich war. Im Allgemeinen hielten die Friesen nicht allzu viel von der Zurschaustellung von Gefühlen.

»Ja, bald ist es soweit, dass unsere Männer heimkehren. Ich denke manchmal, Drefs wäre schon jahrelang fort, obwohl seit dem Sankt Peterstag, an dem er Abschied genommen hat, erst sieben Monate vergangen sind.«

Die Tante klang wehmütig. Sie und Drefs lebten seit fünfzehn Jahren sehr harmonisch miteinander.

Beide steuerten die Köögen an, in der es brütend heiß war und intensiv nach Teig roch.

»Habe ich es mir doch gedacht, Muhme Ingke, dass du mit Backen beschäftigt bist, als ich den Mehlstaub auf deiner Nase und an deinen Händen gesehen habe.«

Kerrin lächelte, als die Ältere sich mit gespieltem Erschrecken mit dem Schürzenzipfel übers Gesicht fuhr. Der Backofen spie gewaltige Hitze aus, die sich nicht nur in der Küche verteilte, sondern auch gleich den danebenliegenden Schlafraum mitheizte. Auf dem *Grasterbrett* wartete etwa ein Dutzend länglich geformter Brote darauf, in die mit Backsteinen ausgekleidete Ofenmulde geschoben zu werden.

»Soll ich …?«, fragte Kerrin eifrig und griff kurzerhand nach dem Backbrett.

»Halt, meine Liebe! Da fehlt noch etwas!«

Ingke, eine irdene Schüssel in der Hand, in der sich, dem würzigen Geruch nach zu urteilen, Schafsmilch befand, zog aus einer Schublade einen feinen Dachshaarpinsel hervor. Drefs hatte ihn ihr vor Jahren aus Holland mitgebracht, seitdem hütete sie ihn wie ihren Augapfel. Flink tauchte sie ihn in die Milch und bestrich damit die Brotlaibe.

Das sollte ihnen in der Glut eine schöne und vor allem gleichmäßig braune Farbe verleihen. Außerdem diente die Milch dazu, die Kruste knuspriger werden zu lassen.

»So, jetzt kannst du sie übernehmen!«

Die Tante beobachtete, wie Kerrin das Grasterbrett in die Öffnung unterhalb des Herdes schieben wollte.

»Augenblick noch!«

Erneut hielt sie Kerrin zurück. »Nicht so schnell! Erst musst du die Laibe noch so auf dem Brett verschieben, dass sie sich nicht gegenseitig berühren. Sonst kleben sie zusammen und die Endstücke sind nicht richtig durchgebacken. Schau her!«

Geschwind platzierte die Tante die Laibe, deren jeder etwa zwei Pfund wog, schräg auf die bemehlte Unterlage.

»So passen auch alle mit Leichtigkeit drauf«, stellte Kerrin fest. »Jetzt habe ich wieder etwas gelernt. Göntje lässt mich nie beim Brotbacken dabei sein. Sie sagt, das sei allein Sache der Hausfrau – wobei ich ihr gar nicht widersprechen will.«

»Schön und gut. Aber wie soll ein junges Ding wie du es lernen, wenn sie dich nicht einmal zuschauen lässt? Hätte ich gewusst, dass du heute kommst, hätte ich gewartet mit dem Ansetzen, Mischen und Kneten des Teigs. Ich finde, jede Frau sollte sich aufs Brotbacken verstehen – genau wie aufs Bierbrauen aus Gerste. Was ich hier vorbereitet habe, ist das gewöhnliche Brot für den Alltag. Deswegen habe ich nur das dunkle Roggenmehl genommen. Nur an ganz besonderen Feiertagen mische ich etwas vom weißen Weizenmehl darunter, das ich in Wyk oder auf dem Festland auf dem Markt für viel Geld besorgen muss.«

Kerrin wusste, dass die Halligbewohner im Allgemeinen nicht so vermögend waren, um sich an normalen Tagen an Weizenbrot satt zu essen. Selbst Göntje, obwohl zu den Honoratioren Föhrs gehörend, verwendete aus Sparsamkeit meistens nur Mehl aus dem billigeren Roggen.

Das Leben auf den Halligen war, besonders für die Frauen, sehr schwer und noch mühseliger als auf den Inseln. Der Alltag war noch viel urtümlicher, man könnte auch sagen: primitiver. Auf Föhr hatte zumindest fast jedes Dorf seine eigene Getreidemühle. Von Pastor Brarens wusste Kerrin, dass es sie schon seit dem 15. Jahrhundert gab. Die Halligbewohner aber benützten immer noch entweder Handmühlen, sogenannte *Quernen*, oder sie schafften ihr Getreide zum Mahlen nach Amrum oder Föhr. Hin und wieder benützte auch Göntje noch eine *Querne*, aber nur für geringe Mengen.

Die Mühlen in den Dörfern hießen »Bockmühlen«, weil das schlichte, aus Brettern verfertigte, kleine Mühlenhaus mit seinen vier Flügeln auf einem kräftigen Pfahl drehbar »aufgebockt« war. Der Müller richtete die Mühle jeweils passend aus, indem er einfach die ganze Konstruktion »in den Wind drehte«. In Holland sollte es sogar schon Mühlen geben, die um vieles größer und damit leistungsfähiger waren und die fest auf dem Erdboden standen.

»Man riecht es, sobald die Laibe fertig sind«, kündigte Ingke an. »Der Duft von frisch gebackenem Brot zieht dann durchs ganze Haus. Wenn du magst, kannst du mir jetzt beim Wurzelnputzen fürs Mittagessen helfen.«

»Natürlich helfe ich dir mit den Rüben, wenn du möchtest, aber eigentlich hatte ich mir etwas anderes vorgenommen!«

Verschmitzt lächelte Kerrin die Tante an.

»Eine etwas schwerere Arbeit, die ich dir jedoch gern abnehmen möchte, Ingke. Du hast genug anderes zu tun.«

Das hörte Ingke, die genau wusste, was ihre junge Verwandte damit meinte, ausnehmend gerne.

»Wenn du mir wieder mal das leidige *Dittenstechen* abnehmen willst, sage ich nicht nein, Kerrin!«

Es handelte sich dabei um eine nicht unbedingt beliebte Arbeit, die nur auf den Halligen üblich war und mit der es seine ganz eigene Bewandtnis hatte. Da es so gut wie überhaupt kein verwertbares Brennholz auf den Halligen gab, war man auf die kluge Idee verfallen, getrockneten Viehdung als Brennmaterial zu nutzen.

Gleich bei ihrer Ankunft hatte Kerrin bemerkt, dass die Vorarbeit bereits geleistet war: Die Dunggrube – bis oben hin mit Schafsmist gefüllt – hatten Ingke und zwei ihrer Kinder schon ausgeschaufelt, den Inhalt auf eine Schubkarre geladen und am Abhang der Warft ausgekippt. Traditionell war es Aufgabe der Halligkinder, den ausgeworfenen Dungbrei mit bloßen Füßen zu einer platten Schicht zu treten. Das sorgfältige Glätten der stinkenden Masse besorgte man dann mit dem *Dittenstamper*. Das war ein einfaches Brett, mit Lumpen bespannt und in der Mitte mit einem Stiel versehen.

Normalerweise zog sich diese Tätigkeit zwei, drei Tage lang hin. Wie Kerrin gesehen hatte, lagerte am Warftabhang bereits eine große, geglättete Dungfläche; nur ein schmaler Steig, der zum Hauseingang führte, war frei gelassen.

Der seit Tagen wehende, trockene Wind schien jede Feuchtigkeit aus dem Dung gezogen zu haben. Die graubraune Oberfläche zeigte Sprünge, war demnach genügend ausgetrocknet und erlaubte somit den nächsten Arbeitsgang.

»Ich hol mir aus der Scheune den *Dittenpricker*«, kündigte Kerrin an. »Du kannst dich in Ruhe deinen Wurzeln widmen.«

Den Rest des Tages würde sie damit zu tun haben, den getrockneten Dung mit dem Pricker in rechteckige Soden zu zerstechen und zu wenden, damit auch der Unterseite das Wasser entzogen wurde. Nach zwei Tagen – Kerrin gedachte ihren Verbleib auf Hooge auf etwa drei oder vier Tage auszudehnen – konnte sie die Soden, jetzt *Ditten* genannt, in einer Doppelreihe aufeinanderstapeln. So verblieben sie dann bis zum ersten Regen, der sich erfahrungsgemäß zum Glück lange vorher ankündigte – die Weite des Landes und des Horizonts machte es den Menschen leichter, Wetterumschwünge vorherzusehen.

173

Dann kam es darauf an, die Ditten schnell hinter dem Heu auf dem Dachboden zu lagern, genau vor der Öffnung eines Schachts, der über dem Herd in der Küche angebracht und mittels einer Luke verschlossen war. Durch Öffnen dieser Luke purzelten die Ditten herunter. Eine höchst sinnreiche Erfindung, die der Hausfrau das tägliche Klettern auf den Dachboden und das mühselige Herunterschaffen des Brennmaterials ersparte.

Dass sie Muskelschmerzen von der ungewohnten Arbeit davontrüge, machte Kerrin nichts aus. Sie tat der Tante einen großen Gefallen, indem sie ihr einen Teil der schweren Arbeit abnahm, konnte sich an der frischen Luft aufhalten – und nebenbei noch ihren ganz eigenen Gedanken nachhängen.

Sie holte sich den Dittenpricker und ein längeres Brett, worauf sie während der Arbeit stehen konnte, um im Mist nicht einzusinken. Während sie die anstrengende, aber gleichförmige Tätigkeit aufnahm, richteten sich ihre Gedanken wie von selbst auf ihren Bruder Harre, der ihr schon länger Sorgen bereitete.

An einem Nachmittag Anfang Mai dieses Jahres war es ungewöhnlich heiß gewesen. Kerrin hatte Göntjes strengem Blick entfliehen wollen und zudem den häuslichen Pflichten – es war der große Waschtag im Haus des Pastors und seit den frühen Morgenstunden scheuchte Göntje die Mägde in alle Stuben und Winkel und ließ sie jeden Stofffetzen hervorziehen, um ihn den im Hof aufgestellten, randvoll mit Lauge gefüllten Zubern zuzuführen. Erleichtert aufatmend schlenderte Kerrin gerade durch das dichte, hohe Gras auf den einst vom Meer angespülten und vom Wind aufgewehten kleinen Sandwällen beim Goting Kliff – ausgedehnte Dünen wie auf anderen Inseln Nordfrieslands gab es auf Föhr nicht. Sie nahm sich vor, einheimische oder zugewanderte seltene Vögel beim Brüten zu beobachten.

Geschickt verstand es Kerrin, sich so leise zu bewegen, dass sie die Vögel nicht aufschreckte, sondern sie in aller Ruhe und mit großem Vergnügen beobachten konnte.

Als sie sich dem vor einigen Tagen zufällig entdeckten Nest einer Wachtel, die zu den Brutvögeln auf der Insel zählte, näherte, wurde sie von seltsamen Lauten irritiert. War die brütende Vogelmutter womöglich verletzt? Es gab auf Föhr allerdings kaum natürliche Feinde dieser Vogelart. Weder existierten hier Fuchs noch Dachs, Marder oder Iltis, kaum einmal ließ sich ein Raubvogel blicken.

Behutsam und bemüht, ja nicht den Fuß auf knisternden Strandhafer zu setzen, pirschte sich Kerrin näher an das befremdliche Geräusch heran – und traute ihren Augen nicht.

»Gütiger Himmel! Harre! Was machst du denn hier, um alles in der Welt?«

Entsetzt blickte sie auf ihren nackten Bruder, der auf der gleichfalls nahezu entblößten Thur Jepsen lag, die ihn – der sich heftig zwischen ihren gespreizten Schenkeln auf und ab bewegte – durch ihr Lustgestöhn noch zusätzlich anzufeuern schien.

Beide starrten zu ihr hoch. Vor Schreck hielt das ungleiche Paar inne und wenn die Situation nicht gar so peinlich gewesen wäre, hätte Kerrin wahrscheinlich über ihre dümmlichen Gesichter lachen müssen. So aber blieben ihr erst einmal alle weiteren Äußerungen im Halse stecken. Und zum Lachen war das Ganze überhaupt nicht. Sie ahnte zwar schon lange, dass Harre sich mit einer Frau eingelassen hatte – immerhin hatte er Andeutungen in dieser Richtung gemacht –, aber das Paar jetzt sozusagen *in flagranti* zu überraschen, überstieg für den Augenblick ihr Fassungsvermögen. Ein junger Kerl trieb es am helllichten Tag mit einer *verheirateten* Frau, die überdies leicht seine Mutter sein konnte. Kerrin wollte sich die Konsequenzen gar nicht ausmalen, eine Entdeckung dieses Verhältnisses durch die Dorfgemeinschaft käme einer Katastrophe gleich. Das Arrangement zwischen friesischen Ehepartnern war auf absolutem Vertrauen aufgebaut, weilte doch der Ehemann in vielen Fällen mehr als die Hälfte des Jahres in der Ferne.

Falls eine Ehefrau es brach, zerstörte sie die Basis des Zusammenlebens. In Zukunft war kein Miteinander mehr möglich. Niemand vergab einer Ehebrecherin, sie verfiel der totalen Ächtung und wurde weder von ihrer Familie noch von der Kirchengemeinde jemals wieder aufgenommen. Der Mann besaß das Recht, sie zu verstoßen und ihr den Kontakt zu ihren Kindern zu untersagen. Ein Großteil dieser beim Ehebruch ertappten Frauen nahm sich das Leben; andere verließen ihre Heimat und tauchten in den seltensten Fällen jemals wieder auf – manche von ihnen nur als Leiche. Wobei in aller Regel kein Richter oder Pastor nachforschte, ob sie vielleicht männlicher Rachsucht zum Opfer gefallen waren …

Die von Kerrin überraschten Sünder waren höchst beschämt, kleideten sich schnell an und hörten sich danach mit gesenktem Kopf die Vorhaltungen von Harres verstörter Schwester an:

»Was hättet ihr denn gemacht, wenn nicht *ich* es gewesen wäre, die beinahe über euch gestolpert ist? Wisst ihr überhaupt, was euch hätte blühen können, ihr Narren?«

Ja, das wussten sie natürlich. Aber wo die Leidenschaft so lichterloh brannte, da ging die Vernunft ganz offensichtlich verloren. Im Verlauf des Gesprächs mit den beiden merkte Kerrin auch, dass weder Thur noch Harre die einzig richtige Lehre daraus ziehen wollten: nämlich ihr Verhältnis sofort zu beenden. Das Einzige, wozu Harre sich durchringen konnte, war das vage Versprechen, »in Zukunft vorsichtiger zu sein«. Was immer der verliebte Idiot darunter verstehen mochte ...

Seitdem verging kein einziger Tag, an dem Kerrin nicht Angst hatte, eine bitterböse Überraschung zu erleben. Der Gedanke an die Katastrophe, der beide ganz bewusst entgegentrieben, ließ sie trotz Sonnenscheins und schwerer körperlicher Arbeit frösteln. Sie verwünschte ihren damaligen Einfall, zwischen den spärlich bewachsenen Sandwällen die Brutvögel beobachten zu wollen. Warum nur musste sie das sündige Paar entdecken?

Obwohl sie für die Verirrung ihres Bruders und seiner ältlichen Gespielin nichts konnte, fühlte sie sich aus irgendeinem völlig irrationalen Grund beinahe schuldig – allein durch die Tatsache, dass sie Zeugin ihres Treibens geworden war. Aber konnte irgendjemand ernsthaft erwarten, dass sie ihren eigenen Bruder verriet? Doch wohl kaum. Mit diesem letzten Argument beruhigte sie dann immer wieder ihr schlechtes Gewissen.

Noch etwas ganz anderes hatte diese Konfrontation allerdings bewirkt – und das beunruhigte das junge Mädchen am meisten. Obwohl sie durch belauschte Erzählungen jüngerer und älterer Frauen über »die Liebe« zwischen Mann und Weib Bescheid wusste, war das unmittelbare Erleben doch etwas ganz anderes. Sie bekam – vor allem nachts – das Bild des sich begattenden Paares nicht mehr aus dem Kopf! Beunruhigende, seltsame, niemals zuvor erlebte Gefühle waren es, die ihr die Ruhe raubten. Kerrin ahnte mehr als dass sie es tatsächlich wusste, dass dies das sogenannte »Begehren« war, vor dem Göntje sie seit ihrer ersten Regelblutung gelegentlich warnte, indem sie ihr die Folgen eines unbedachten Nachgebens dieses Verlangens in den schaurigsten Farben ausmalte. Von *verlorener Achtung* sprach

177

sie, die ein junger Mann gegenüber einer eroberten Geliebten empfinde, die er auch ohne Eheversprechen »haben« konnte. Von unehelichen Kindern war die Rede und von der »Schande«, die das betreffende junge Mädchen in Form kollektiver Ächtung durch die Gemeinde zu spüren bekäme.

Auch in Nieblum gab es ein paar solch unglücklicher Frauen, die auf die Versprechen verantwortungsloser Kerle hereingefallen waren und schließlich mit einem »Bastard« dastanden. Kerrin überkam jedes Mal eine Mischung aus Mitleid und Scham, wenn sie eine dieser Frauen, die fürs Leben gezeichnet waren, durchs Dorf huschen sah, immer auf der Hut und darauf bedacht, nur ja keinen Ärger zu erregen.

Das junge Mädchen seufzte schwer, während sie die in Sonne und Wind hart gewordenen Ditten mit dem Pricker in Reih und Glied nebeneinander aufstapelte. Sogar hier, auf Hooge, wo es scheinbar nur Wind und Wellen und Vogelgezwitscher gab, wurde sie von der Furcht verfolgt, irgendwann ihren Bruder an den Pranger gestellt zu sehen: Thur Jepsen war schließlich keine Witwe und Harre war ein ganz gemeiner Ehebrecher. Sie würde noch einmal ein ernstes Wort mit ihm reden müssen. Mit seinem Verhalten könnte er die ganze Familie in Verruf bringen.

ACHTZEHN

Mitte Oktober 1694; in Thur Jepsens Haus

»NEIN, MEIN SCHATZ, das geht auf gar keinen Fall! Was denkst du dir nur?«

Abwehrend, aber dennoch sehr geschmeichelt, wehrte Thur Jepsen Harres Einfall ab.

»Was würden die Leute denken, wenn sie bemerken würden, dass wir etwas miteinander zu tun haben? Wir müssen sie ja nicht mit der Nase darauf stoßen, dass wir uns näherstehen, als es der Pfarrer und die Kirche erlauben, nicht wahr?«

Beide, die um fast zwanzig Jahre ältere Frau von Volckert Jepsen – einem Seemann, der seit Jahren als Harpunier auf Roluf Asmussens Schiff anheuerte –, und der sechzehnjährige Harre Rolufsen lagen nackt im Wandschrankbett der Eheleute. Sie hatten sich gerade das zweite Mal geliebt und Thur war ein wenig müde. Harre hingegen verspürte offensichtlich bereits wieder Lust auf ein weiteres Mal.

Thur, der das nicht entging, kicherte und griff nach ihm.

»Du bist ja ein ganz Schlimmer, ein richtiger Nimmersatt«, meinte sie mit strafendem Blick, war insgeheim jedoch entzückt. Dieser junge Mann war doch etwas anderes als ihr allzu biederer Gatte, der am nächsten Tag mit den anderen Seeleuten aus Grönland zurückerwartet wurde.

Bei Volckert fand der Beischlaf nur im Dunkeln statt und war eine eher lästige Angelegenheit, die möglichst schnell erledigt wurde, ohne jegliches Raffinement und natürlich bar jeden Vor- und Nachspiels. Am Anfang ihrer Ehe hatte Thur versucht, das zu ändern, war dabei bei Volckert jedoch nicht gut angekommen, wie sie Harre amüsiert erzählte.

»›Anständige Frauen haben keine Lustgefühle‹, belehrte er mich. ›Und du bist doch eine anständige Frau und keine Hure, oder?‹, hat er wissen wollen und mich ganz streng angeschaut. Da habe ich es für alle Zeiten aufgegeben, diesen Teil unseres Ehelebens wenigstens ein kleines bisschen lustvoller zu machen.«

Thurs schlechtes Gewissen hielt sich demzufolge in Grenzen und als Harre vorgeschlagen hatte, sich dieses Mal, gewissermaßen »zum Abschied für längere Zeit«, in ihrem Haus zu

179

lieben, war sie sofort darauf eingegangen. Ihre halb erwachsenen Kinder waren für viele Stunden beschäftigt, indem sie ihnen Aufgaben zuwies, die am anderen Ende der Insel zu erledigen waren.

»Dass du mich malen willst, mein Schatz, ehrt mich zwar ungeheuer und macht mich auch sehr stolz – aber, glaub mir, das können wir uns wirklich nicht erlauben!«, knüpfte Thur wieder an das zuvor begonnene Gesprächsthema an.

Harre, der bisher nur Tiere, Pflanzen, Wolken, Friesenhäuser und Mühlen auf Leinwand und Papier gebannt hatte, wollte damit beginnen, Menschen abzubilden – ein ungleich schwierigeres Unterfangen. Überdies stellte er sich selbst die Aufgabe, dem Betrachter die jeweilige seelische Befindlichkeit der dargestellten Person zu vermitteln. An geduldigem Anschauungsmaterial mangelte es ihm allerdings bislang noch, hatten doch alle auf der Insel tagsüber Besseres zu tun, als ihm Modell zu sitzen.

»Vielleicht hast du Recht, Liebste. Ich sollte wohl besser mit meiner Schwester oder mit Muhme Göntje beginnen. Leider werde ich von beiden keine Aktbilder malen können, wie ich es mir von dir erwartet habe.« Er grinste übermütig. »Ich bin sicher, irgendwann wird es mir doch noch gelingen, dich dazu zu bewegen, mir Modell zu stehen, so wie der Herr dich schuf! Das Gemälde braucht ja keiner außer uns beiden zu sehen. Du bist so schön, meine Geliebte!«

Der erregte Jüngling begann, ihren nackten Körper mit den schweren, aber noch erstaunlich festen Brüsten zu streicheln, um erneut die Glut zu entfachen, die ihn bereits wieder verzehrte. Seine geschickten Finger wanderten zu ihrem Schoß, spreizten ihre Schamlippen und drangen schließlich ein – etwas, das Volckert ebenfalls für in höchstem Maße verwerflich hielt, diente dies doch einzig allein dazu, die sündige Wollust der Frau zu erregen – wie er einmal im Religionsunterricht gehört zu haben behauptete. Eine Weile reizte Harre seine Liebespartnerin, dann wechselte er in dem für ihn unbequemen, weil viel zu kurzen Bett die Position. Zum Schlafen mochten die friesischen Bettstellen zwar taugen – wenn auch nur mehr oder weniger im Sitzen –, aber zum Liebesspiel waren sie für seinen Geschmack einfach ungeeignet. Längst bereute er seinen Vorschlag, sich dieses Mal in Thurs Haus zu verabreden; die bisher genutzten Höhlen, Gräben, Scheunen und sonstigen Schlupfwinkel der Insel erschienen ihm jetzt tausendmal komfortabler.

Harre legte sich so, dass sein Gesicht dicht über ihrem Schoß zu liegen kam und er zum Liebesspiel seine Zunge benützen konnte. Das hatte überdies den Vorteil, dass sein aufgerichtetes Glied beinahe wie von selbst in Thurs Mund glitt … Als Harre diese Variation zum ersten Mal vorgeschlagen hatte, erschrak die beinahe Vierzigjährige. Gewiss war das eine große Sünde und ob sie dazu bereit war, wusste sie anfangs nicht. Aber dem jungen Mann war es nicht schwergefallen, sie davon zu überzeugen, welche Lustgefühle gerade diese Art der Zärtlichkeit zu erzeugen vermochte. Seitdem gehörte dies zu ihrem üblichen Liebesritual.

Thur verkniff sich jedes Mal das Lachen, wenn sie sich dabei ihren prüden Ehemann vorstellte, der bei den seltenen intimen Begegnungen nur bestrebt war, möglichst schnell seinen Samen in ihr zu verströmen. Anschließend pflegte er ihr einen Klaps auf die Schulter zu geben, ihr eine gute Nachtruhe zu wünschen, sich umzudrehen und zu schnarchen.

Mittlerweile war Thur geradezu überzeugt davon, dass es ihr gutes Recht sei, ihren langweiligen Ehemann zu betrügen. Fremde Leute würden das allerdings ganz anders beurteilen – vom Pastor gar nicht zu reden –, dessen war sie sich durchaus bewusst. Das bedeutete demnach, größte Vorsicht walten zu lassen.

Kurz vor dem erneuten Höhepunkt war es Harre, als höre er das Geräusch von Schritten ganz dicht beim Haus. Ohne zu überlegen zog er sich aus Thurs Schoß zurück, verzichtete auf seine eigene Befriedigung und sprang blitzschnell aus dem Bett.

»Da kommt einer!«, flüsterte er schwer atmend. Auch Thur schien jetzt etwas wahrzunehmen, das sich verdammt nach schweren Schritten in Holzpantinen anhörte. Ob Mann oder Frau, war nicht zu erkennen.

»Ein Mann wäre besser«, dachte Thur unwillkürlich. »Weiber sind raffinierter und viel misstrauischer. Man kann sie nicht so leicht hinters Licht führen wie die eher einfach gestrickten Männer.«

Flink wie der Wind verließ sie das zerwühlte Schrankbett und war schon dabei, in ihren Rock zu schlüpfen. Jetzt noch die Bluse überstreifen und das Band am Hals fest zuziehen, damit ihr üppiger Busen nicht zu sehen war! Ihre zerstörte Frisur in Ordnung zu bringen, dazu reichte die Zeit allerdings nicht mehr.

Harre, der immer noch Hosen, Wams und Wollhemd in der Faust hielt, wusste nicht, wo er sich verstecken konnte. Jetzt verfluchte er seine Idee, die Türen des Wandbetts ausgehängt zu haben – um mehr Spielraum für erotische Variationen zu haben. Wie leicht wäre es nun gewesen, sich hinter den Schranktüren der Bettstatt zu verbergen!

Einfach die Tür zuzumachen und im Zimmer auszuharren, bis der ungebetene Gast verschwunden war, war viel zu riskant: Womöglich wollte der Besucher oder die Besucherin sich etwas Essbares ausborgen – und folgte der Hausfrau ganz selbstverständlich in die Komer, wo normalerweise die Vorräte aufbewahrt wurden.

Der Weg in die Scheune, deren Zugang im Flur gegenüber der Schlafkammer lag, war ihm auch verwehrt. Er hörte, wie eine krächzende Altmännerstimme vom Eingang her nach der Hausfrau rief. Wütend stellte der junge Bursche sich die Frage, warum in Dreiteufelsnamen Thur den Riegel an der Haustür nicht vorgeschoben hatte.

Dann fiel ihm ein, dass das einen noch viel schlechteren Eindruck gemacht hätte und erst recht den Verdacht auf ungehöriges Tun lenkte – falls es jemand mitbekam. Es war auf Föhr absolut unüblich, Haustüren zu versperren – nicht einmal bei Nacht. Es gab keine Diebe und Einbrecher auf der Insel – *genauso wenig wie Ehebrecher*! Beinahe hätte Harre bitter aufgelacht.

Nicht einmal aus dem Fenster wagte er zu klettern – es wies nämlich genau in Richtung eines Nachbarhauses. Das war zwar so weit entfernt, dass man das Gesicht einer Person nicht zu erkennen vermochte – aber um nicht zu sehen, dass da ein Mann Thurs Haus auf ungewöhnlichem Wege verließ, dazu hätte man schon blind sein müssen!

Thur stieß ihn mit dem Ellbogen an und deutete stumm auf einen Vorratsschrank, der im Zimmer in der Ecke neben der Tür stand. Herr im Himmel! Da hinein sollte er sich verkriechen? Es blieb ihm allerdings keine Zeit für längeres Zögern.

So quetschte sich Harre augenblicklich in den Verschlag, der, aus gestrandeten Schiffsplanken gefertigt, als Aufbewahrungsort für Brot, Eier und andere verderbliche Lebensmittel diente.

Am liebsten hätte er laut geflucht, als er im letzten Augenblick die Tür des Vorratsschrankes von innen zuzog. Stehen konnte er in dem Ding, in dem es fast betäubend nach Räucherspeck und Mäusekot roch, auf keinen Fall. Da waren ihm die Ablagebretter über seinem Kopf im Weg. Aber darin zu sitzen war genauso wenig möglich – dazu war das verflixte Möbel nicht tief genug. Nicht einmal knien ließ sich darin! Der ohnehin beengte Raum wurde durch ein Paar Männerstiefel noch zusätzlich verkleinert. So hatte er in merkwürdig verrenkter, beinahe zusammengefalteter Position in diesem Käfig auszuharren. Es war abzusehen, dass in Kürze seine Beine einschliefen und der Rücken zu schmerzen begänne. Seine Sachen konnte er auch nicht anziehen; nicht einmal in die Hose vermochte er zu schlüpfen, wollte er nicht riskieren, die Aufmerksamkeit des ungebetenen Besuchers auf sich zu lenken.

»Was willst du, Ole?«, vernahm er deutlich Thurs Stimme, die die Kammertür nicht geschlossen hatte und den Nachbarn, den alten Ole Harksen, offenbar geistesgegenwärtig in die Köögen dirigierte.

»Mach es kurz, Ole. Mir geht's heute nicht gut! Also, sag schnell, womit ich dir helfen kann.«

Ihre kurz angebundene Art schien den Alten jedoch nicht zu irritieren. Umständlich ließ sich der ehemalige Matrose, Witwer seit über zehn Jahren und an die siebzig, auf einem Hocker nieder. Harre hörte das Knarzen.

»Oh je!«, begann Ole. »Das tut mir aber leid, dass du dich nicht wohlfühlst, *min Deern*. Aber wenn ich dich so betrachte, muss ich tatsächlich leider auch feststellen, dass du gar nicht gut ausschaust! Ganz so, als hättest du gerade schwer geschuftet! Deine Haare sind durcheinander, als hättest du noch im Bett gelegen. Nein, so etwas! Du Ärmste! Nicht einmal Essen steht auf dem Herd«, säuselte er scheinheilig.

»Nachdem ich den Kindern das Frühmahl aufgetischt habe, habe ich mich so krank gefühlt, dass ich mich tatsächlich wieder niedergelegt habe«, erwiderte Thur kalt. »Ich hoffe, du hast nichts dagegen, Ole. Also, was ist los? Brauchst du Hilfe beim Kochen oder im Stall mit deinen Schafen?«

Der Alte tat erneut, als überhöre er die Klage bezüglich ihres Befindens. Stattdessen unterzog er sie einer gründlichen – und, wie Thur fand, höchst unverschämten – Musterung. Harre in seinem dunklen, stinkenden Gefängnis, der nicht mehr wusste, wie lange er die Tortur noch aushielte, war nahe daran, herauszuspringen und dem boshaften alten Teufel an die Gurgel zu springen. Dass Ole etwas im Schilde führte, war an seiner Stimme zu erkennen, dafür musste Harre gar nichts sehen.

»Hm, hm«, machte Ole Harksen. »Und ich hätte geschworen, dass du Besuch hast! Glaubte ich doch ganz sicher, Stimmen gehört zu haben – deine und eine andere! Um genau zu sein, eine männliche Stimme!«

Thur stimmte daraufhin ein künstliches Lachen an. Harre erkannte mit Entsetzen, dass sie kurz vor einem hysterischen Anfall stand und befürchtete bereits das Schlimmste. Dann beruhigte sich seine Geliebte zum Glück ein wenig, ihr Gelächter erstarb genauso schnell, wie es eingesetzt hatte.

»Da hast du dich aber schön getäuscht, mein Lieber! Wer sollte schon zu mir kommen? Oder siehst du hier jemanden, Ole? Außer uns zweien?«

Thur schien ihre alte Sicherheit wiedergewonnen zu haben und Harre atmete auf. Hoffentlich wurde sie das alte Stinktier bald los, sonst lief er Gefahr, dass sein Rückgrat auseinanderbrach.

»Ach so? Geirrt habe ich mich? Nein, so was! Wahrscheinlich werde ich wirklich alt. Hm.«

Er verstummte und eine Weile war es still in der Küche.

»Ole! Was willst du?«

Thurs Stimme klang jetzt ernsthaft wütend.

»Was ich will? Freilich, ich wollte doch etwas! Aber was will ich denn? Ja, was wollte ich eigentlich? Ich glaube, ich hab's

185

vergessen, liebe Frau Nachbarin. Nimm es mir nicht krumm, ich bin nicht mehr der Jüngste und …«

»Schön«, hörte Harre, wie Thur den Redefluss des ehemaligen Matrosen rigoros unterbrach, »dann sei so lieb und geh wieder in dein Haus hinüber. Ich habe solche Kopfschmerzen, dass ich mich schnellstens wieder hinlegen muss. Gott befohlen, Ole!«

Es dauerte dann tatsächlich nicht mehr lange – obwohl es dem jungen Kerl wie eine Ewigkeit erscheinen mochte –, bis der neugierige Besucher draußen war.

»Das war verdammt knapp«, stellte Harre fest, nachdem er aus dem Verschlag gekrochen war und sich in der Kammer daranmachte, in seine Hose zu schlüpfen. Thur war vollkommen durcheinander.

»Er hat uns gehört! Der Alte weiß von dir! Mein Gott, was sollen wir nur machen? Er wird es Volckert sagen, sobald er wieder daheim ist. Alle werden es erfahren und …«

Vollkommen unbeherrscht begann sie nach der soeben ausgestandenen Nervenanspannung laut zu heulen. Es kostete Harre einige Mühe, sie zu beruhigen.

»Gar nichts wird er ausplaudern, der alte Stinker! Er hat bloß versucht, dir auf den Zahn zu fühlen! Zum Glück bist du nicht darauf hereingefallen. Schau, Liebste«, versuchte er ihr die Angst zu nehmen, »er braucht dich und deine Hilfe doch andauernd. Da wird er doch nicht so blöde sein und es sich mit dir ohne Not verscherzen! Selbst wenn er etwas wüsste, glaub mir, wäre er gewiss der Letzte, der nicht dichthalten würde!«

Am Ende war Thur auch davon überzeugt. Harre war nicht nur ein toller Liebhaber, sondern auch sonst ein sehr kluger Kerl. Wieder einmal beglückwünschte sie sich dazu, ihn am letzten Osterfest ermuntert zu haben, als sie sein Interesse an ihr bemerkte. Soweit es an ihr lag, würde sie alles tun, um ihn sich möglichst lange als Geliebten zu erhalten.

Ganz so zuversichtlich, wie Harre sich gerade gegeben hatte, war er allerdings nicht. Auch ihm gab das eben Vorgefallene sehr zu denken. Während er Thurs üppige Brüste knetete und ihre Brustwarzen streichelte, so dass sie sich erneut aufrichteten, wanderten seine Gedanken unwillkürlich zum Monat Mai zurück, als Kerrin ihn und Thur beim Liebesspiel überrascht hatte.

Er wusste genau, auf welch dünnem Eis er und seine Geliebte sich bewegten. Kerrin hatte damals verlangt, dass er mit Thur Jepsen Schluss machte, aber das schaffte er auf keinen Fall. Er hatte sich bereits zu sehr daran gewöhnt, sich »wie ein Mann« aufführen zu können.

Die Wonnen, welche Thur ihm so bereitwillig spendete, waren mit nichts zu vergleichen – nicht mit den scheuen Zärtlichkeiten, die er bisher mit einigen schüchternen Inselmädchen getauscht hatte und schon gar nicht mit den »einsamen Liebesfreuden«, mit denen sich junge Kerle im Allgemeinen befriedigten und die als »Sünde« geächtet wurden. Überdies sollte deren Ausübung angeblich allerhand körperliche Schäden nach sich ziehen …

Nein, er würde den Rat seiner Schwester nicht befolgen und Thur verlassen. Sie mussten eben vorsichtig sein. Nachdem sie die eben ausgestandene Gefahr so bravourös gemeistert hatten, glaubte der junge Bursche sich erst einmal sicher. Was einmal gelang, würde auch in Zukunft gelingen. Thur bestärkte ihn in dieser Meinung und gleich darauf machten beide da weiter, wo sie vor Oles Auftritt aufgehört hatten.

NEUNZEHN
Das »Biikenbrennen« auf Föhr, 21. Februar 1695

»Los, los, Leute! Nur nicht nachlassen! Wir brauchen noch viel mehr brennbares Zeug!«

Göntje forderte eine Schar größerer Kinder und Heranwachsender auf, alles, was irgendwie zum Verfeuern taugte, herbeizuschaffen. Galt es doch, nach altem Brauch Holz, Stroh, Reisig und allerlei Geäst zu sammeln, zu einem großen Haufen auf einer kleinen Anhöhe in Küstennähe aufzustapeln, am Abend des 21. Februar anzuzünden und anschließend rund um das »Biikefeuer« zu tanzen und zu singen.

Damit feierte man üblicherweise den Abschied vom Winter – und gleichzeitig von allen am nächsten Tag, dem Petritag, abreisenden Seeleuten.

Es gab festtägliches Essen aus gewaltigen Kochkesseln und am Spieß über offenem Feuer gebratenes Lamm und natürlich allerhand zu trinken. Je weiter der Abend voranschritt und in die tiefe Nacht überging, desto heftiger wurde der Abschiedsschmerz und umso inniger fielen die geflüsterten Liebes- und Treueschwüre zwischen den Paaren aus – bei den ehelich verbundenen ebenso wie bei den »nur« versprochenen.

Viele Paare fanden sich auch erst hier zusammen. Man versprach sich, das Frühjahr und den Sommer über treu aufeinander zu warten und im kommenden Spätherbst zu heiraten.

Für die Inselfrauen brach mit dem morgigen Tag erneut die lange Zeit der Männerlosigkeit an, der Abstinenz von Lust und Leidenschaft. Nicht jede wurde gut damit fertig, obwohl die schweren körperlichen Arbeiten und die Last der alleinigen Verantwortung für Haus und Hof meist für eine völlige Erschöpfung am Abend sorgten …

Kerrin erinnerte sich daran, dass erst neulich der Oheim bei seiner Predigt auf dieses Thema zu sprechen gekommen war. Er hatte dabei ausdrücklich die Frauen für ihre vorbildliche Treue gelobt. Kerrin hatte schwer an sich halten müssen, um sich nicht unwillkürlich nach Thur Jepsen umzuschauen.

»Untreue kommt bei unseren Inselfriesinnen nicht vor«, hatte der Pastor betont. »Jeder Seemann, der nach langer Fahrt nach Hause kommt, kann sicher sein, dass der Nachwuchs in seinem Haus auch tatsächlich sein eigener ist! Eine Tatsache, die auf dem Festland und in anderen Gegenden Deutschlands leider nicht so selbstverständlich ist. Auf unsere Frauen aber ist Verlass! Das wird jedem Mann eine Beruhigung sein, der draußen auf rauer See sein Leben riskiert, um den Unterhalt für die Seinen zu verdienen. Kehrt der Föhringer Seemann auf die Insel zurück, darf er der Liebe und unbedingten Treue seiner Liebsten gewiss sein.«

Der Pastor hatte hauptsächlich von der Warte der Männer aus gesprochen. Kerrin aber fand, dass diese Tatsache auch für die Frauen von erheblichem Belang war: Wenn keine ihren Mann mit einem der wenigen auf der Insel Verbliebenen betrog, so brauchte auch keines der Weiber auf eine Nebenbuhlerin eifersüchtig zu sein – ein Tatbestand, der wesentlich dazu beitrug, das Leben in der engen, alltäglichen Inselgemeinschaft überhaupt erträglich zu gestalten. Man war auf Gedeih und Verderb aufeinander angewiesen: Die Frauen waren gezwungen zusammenzuhalten, miteinander die Feldarbeiten, die Schafhaltung, das Muschelsammeln und den Krabben- und Entenfang zu meistern – um nur die allgemeinen Tätigkeiten zu nennen. Dazu kamen regelmäßig die immer wieder durch den Sturm notwendigen Ausbesserungsarbeiten an den Häusern oder an den Deichanlagen, die meist nicht warten konnten, bis die Männer wieder zu Hause waren.

Sie würde demnächst mit Oheim Lorenz über ihre Zukunft

sprechen müssen, nahm Kerrin sich vor, während sie sich einen gewaltigen Ballen Heidekrautgestrüpp von Eycke, der alten Magd, auf die Schultern wuchten ließ. Sie war sich nämlich nicht sicher, ob sie sich diese Art von Frauenleben auf der Insel eigentlich wünschte ... Willig und ohne Widerspruch tat sie zwar fast immer, wozu Göntje sie anhielt; sie beschwerte sich nie, keine Arbeit war ihr je zu schwer oder unangenehm. Dazu war sie flink und geschickt – aber sie hegte große Zweifel, ob sie ihr ganzes weiteres Leben als Inselbäuerin auf Föhr verbringen wollte.

Kerrins geheimer Wunschtraum war es nach wie vor, als Heilerin oder *Medica* Krankheiten zu kurieren und den Menschen zu helfen, gesund zu bleiben und ohne größere Gebrechen ein hohes Alter zu erreichen. Vielleicht wusste ja Monsieur Lorenz einen Weg, wie sie diesen Wunsch verwirklichen konnte.

Gedankenverloren schleppte sie ihr Bündel die kleine Anhöhe hinauf, wo der Haufen schon eine recht ansehnliche Höhe erreicht hatte. Es war Ehrensache, dass *ihre* Sankt-Johannisgemeinde das größte und gewaltigste Biikefeuer der gesamten Insel haben würde. Seit sie denken konnte, war das so – und auch heuer sollte nicht davon abgewichen werden.

Kerrin entdeckte den gleichaltrigen Pave Petersen, der gleichfalls morgen mit der Mannschaft ihres Vaters in See stechen würde. Soweit sie wusste, war Roluf mit dem Jungen mehr als zufrieden. Im fahlen Mondlicht erkannte sie auch Arfst, den ältesten Sohn ihres Oheims, und seinen Bruder Matz, der dieses Jahr zum ersten Mal an Bord ging, was Göntje schier das Herz brach. Die Pastorin hatte insgeheim gehofft, ihren jüngsten Spross, der mittlerweile auch schon vierzehn Jahre zählte, doch noch für den Beruf seines Vaters begeistern zu können.

Beide Burschen schleppten sich mit riesigen Packen Reisig ab; nur Harre konnte sie wie üblich nirgendwo entdecken. Er war inzwischen siebzehn und ging mehr oder weniger seiner eigenen Wege. Kerrin konnte sich denken, dass ihm gerade heute nicht so sehr nach Feiern zumute war. Der dumme, immer noch in Thur vernarrte Kerl mochte sich immerhin damit trösten, dass er dafür in den nächsten Monaten freie Bahn haben würde …

Immer wieder in den letzten Monaten hatte Kerrin ihren Bruder gewarnt: »Treib die Sache nicht zu weit mit Thur Jepsen! Irgendwann werdet ihr erwischt und dann weißt du, was euch beiden blüht!«

Harre grinste seine Schwester dann jedes Mal nur an und winkte großspurig ab.

»Keine Sorge, Schwesterchen! Volckert Jepsen, ihr Mann, ist nicht gerade der Hellste! Ich glaube, der Einfaltspinsel würde nicht einmal etwas merken, wenn ich mich zu ihnen ins Bett dazulegen würde.«

Das behauptete er mit der ganzen Arroganz eines unreifen Jünglings, reckte den Hals, um noch größer zu wirken, als er es sowieso schon war, und strich sich dabei selbstgefällig über den Brustkorb, der einem kräftigen Zwanzigjährigen zu gehören schien. Obwohl Harre sich meist vor körperlicher Arbeit drückte, war er ungewöhnlich athletisch gebaut. Sein Vater Roluf bemerkte des Öfteren:

»Groß gewachsen sind alle Männer in unserer Familie, aber ich weiß nicht, woher mein Junge diesen Körperbau hat; vom Staffeleitragen und Pinselschwingen kann er gewiss nicht solche Muskeln bekommen!«

Wegen Oles Geschwätzigkeit machte Harre sich längst keine Sorgen mehr. Der Alte hatte den ganzen Herbst und Winter über geschwiegen. Welchen Grund sollte er plötzlich haben, jetzt etwas verlauten zu lassen? Hätte er Volckert »die Augen öffnen« wollen, wäre dazu genügend Zeit gewesen.

Kerrin zitterte hingegen jedes Mal, wenn sie ahnte, dass das sündige Paar sich wieder heimlich traf. Selbst Volckerts Anwesenheit konnte sie nicht von der liebgewonnenen Gewohnheit abbringen, mochten sie sich während der Schifffahrtspause auch seltener sehen als in den Sommermonaten. Meist verabredeten sich beide in den Höhlen und Gräben, die es in großer Zahl auf der Insel gab, oder in Ruinen, die angeblich noch aus Wikingerzeiten stammen sollten; manchmal fiel ihre Wahl aber auch bloß auf irgendwelche Senken in der Marsch, in denen sie hofften, vor neugierigen Blicken geschützt zu sein – schließlich gingen die Inselbewohner für gewöhnlich ja nicht zu ihrem Vergnügen spazieren und bewegten sich lediglich im engeren Umkreis ihrer Häuser.

Falls es regnete, musste eines der zahlreichen Heulager herhalten, in denen auf der Insel das gemähte Gras der Allmendewiesen eingelagert wurde. Im Winter waren die Treffen schwieriger zu arrangieren. Kerrin hatte gehofft, dass die Glut der Leidenschaft dadurch im wahrsten Sinne abkühlen werde. Aber wo ein Wille ist, ist bekanntlich auch ein Weg – und besonders Verliebte waren zu allen Zeiten sehr erfinderisch.

Nur zu deutlich stand ihr noch ihr letzter Versuch vor Augen, ihn zur Rede zu stellen.

»Natürlich ist es nicht aus, warum auch!« Harre hatte unbändig gelacht. »Auf Motivsuche für meine Bilder fand ich auf einem meiner Streifzüge eine Höhle, die wie geschaffen ist für Thur und mich! Es führen sogar steinerne Stufen hinunter – ich schätze ungefähr zehn Fuß tief – und unten befindet sich eine gemauerte Kammer mit Steinplattenboden. Der Raum war gewiss in grauer Vorzeit die Grabkammer eines bedeutenden Mannes, vielleicht sogar eines Wikingerfürsten; die sollen doch eine Zeit lang hier gesiedelt haben. Ich musste jedenfalls erst einen Haufen zerbrochener Gefäße und Knochen aus der Kammer räumen, sie mit Stroh auslegen und Decken sowie eine Waltranlampe herbeischaffen, um das Ganze wohnlich zu gestalten. Thur jedenfalls ist begeistert!«

Kerrin hatte geschluckt. Es blieb ihr nur, hilflos den Kopf zu schütteln. Die verdammte Geschichte mit den beiden ging also weiter! Irgendwann würde man sie ertappen – und dann gnade ihnen Gott.

Erneut sah das Mädchen sich um, aber Harre blieb verschwunden. Sie war beinah sicher, dass der vernagelte Wirrkopf damit beschäftigt war, die »Liebeslaube« noch wohnlicher herzurichten.

Morgen in aller Frühe reisten die Seeleute mit den *Schmackschiffen* ab nach Amsterdam, Hamburg oder auch Kopenhagen, um dort die großen Segler zu besteigen, die sie nach Grönland zum Walfang brachten, oder eines der riesigen Handelsschiffe, die oft jahrelang die Ozeane befuhren. Dann war die Bahn für Thur und Harre bis zum Spätherbst wieder vollends frei.

»Weißt du, wo dein Bruder sich aufhält?«

Kerrin, die ihr Bündel gerade auf dem Holzhaufen ablegte und ordentlich verteilte, wandte sich nach der nicht sonderlich freundlich klingenden Sprecherin um und sah sich Sissel Andresen gegenüber.

Auf Föhr war es nun gerade kein Geheimnis, dass die über Zwanzigjährige immer noch keinen Verlobten oder Ehemann gefunden hatte. An Sissels fehlender Attraktivität oder einer zu geringen Mitgift konnte es indes nicht liegen – ihre Eltern waren vermögend, zudem war sie deren einziges Kind. Aber Sissel galt als äußerst wählerisch; die auf der Insel lebenden jungen Männer waren ihr insgesamt zu derb und ungebildet und die Älteren, die ihren Ansprüchen genügt hätten, waren entweder bereits vergeben oder – wie beispielsweise im Falle Roluf Asmussens – schon zu alt für sie.

Neuerdings sah sich Sissel, eine propere junge Frau mit angenehmen Gesichtszügen, aber einer etwas zu üppigen Figur, unter den ganz Jungen um.

»Kein Wunder, dass ihr Harre ins Auge sticht«, dachte Kerrin unwillkürlich. Ihr Bruder sah aus wie dreiundzwanzig, was seine Gesichtszüge betraf, war gebaut wie ein Dreißigjähriger nach jahrelanger, den Körper formender Arbeit, und wenn er den Mund auftat, konnte er mit allerhand Wissen aufwarten, das sonst keiner parat hatte. Denn er malte nicht nur wie ein Besessener, sondern war neuerdings ein geradezu fanatischer Bücherwurm geworden.

Kerrin verkniff sich ein Lächeln und sah dabei die junge Frau mit dem unschuldigsten Blick der Welt an.

»Ich habe nicht die geringste Ahnung, wo Harre sein könnte«, behauptete sie. »Aber du weißt ja, Sissel, wie schüchtern er ist! Und da er noch keine Liebste hat, braucht er auch nicht ums Biikefeuer zu tanzen. Tanzen mag er sowieso nicht! Ich schätze, er ist irgendwo beim Malen«, fügte sie mit gewollt naivem Augenaufschlag hinzu.

»Das glaubst du doch wohl selbst nicht!«

Kerrin war überrascht, wie aggressiv Sissel auftrat. Mit leicht schräg gelegtem Kopf musterte sie im schwachen Schein der Glut vorsichtig die finstere Miene der jungen Frau.

»Von wegen schüchtern! Der junge Mann geht ganz schön ran, kann *ich* dir nur sagen. An Erfahrung fehlt es ihm auch nicht! Immerhin hat er mir versprochen, er wolle diese Nacht vor dem Petrifesttag, wenn alle Seeleute sich von der Insel verabschieden, *mit mir* beim Biiken verbringen. Und jetzt sehe ich ihn nirgends!«

Sissel schien sehr verärgert, was Kerrin durchaus nachvollziehen konnte. Dieser verflixte Harre! Es war durchaus keine Art, einer jungen Frau ein *Rendezvous* zu versprechen (Kerrin war stolz darauf, diesen Begriff aus dem Französischen zu kennen), und sich gleichzeitig mit einer anderen im Heu zu wälzen …

»Ich muss weitermachen, damit unser Biikehaufen der höchste von allen auf der Insel wird«, wehrte sie die beleidigte Sissel ab, der sie bei allem Verständnis jedoch auch nicht helfen konnte. »Aber wenn ich ihn irgendwo sehe, richte ich Harre aus, dass du hier bist.«

Damit ließ sie die junge Frau stehen. Hörbar verstimmt rief diese ihr nach:

»Dann sag ihm auch gleich, Kerrin, dass ich nicht daran denke, ewig auf ihn zu warten! Wenn er nicht bald auftaucht, suche ich mir einen anderen Tänzer für heute Abend.«

»Wie wär's denn mit uns beiden?«, vernahm Kerrin in diesem Augenblick Boy Carstens' Stimme. »Du gefällst mir schon lange, Sissel! *Ich* würde mich jedenfalls glücklich schätzen, wenn du den heutigen Abend mit *mir* verbringen wolltest, ehe ich morgen in See steche.«

Boy war trotz seiner erst einundzwanzig Jahre ein erfahrener Seemann und bereits Harpunier auf dem Schiff ihres Vaters Roluf.

Er würde gut zu Sissel passen, schoss es Kerrin durch den Kopf. Besser jedenfalls als ihr leichtsinniger Bruder, der mit ihr bestimmt nichts Rechtes im Sinn hatte, solange er sich von Thur Jepsen nicht lösen konnte.

Als Kerrin die kleine Anhöhe erneut mit einem Bündel von Zweigen, Ästen und Gestrüpp erklomm, konnte sie weder Sissel noch Boy Carstens entdecken. Nach Harre hielt sie gar nicht erst Ausschau. Dafür wurde sie mitten unter den vielen Anwesenden eines anderen Paares ansichtig: Thur mit ihrem

195

Ehemann Volckert Jepsen, den sie mit besonders schmachtenden Blicken bedachte. Als er eine Anekdote zum Besten gab, hing Thur förmlich an seinen Lippen und brach in ein lautes, gekünsteltes Gelächter aus.

Unwillkürlich empfand Kerrin Mitleid mit dem Matrosen. Der Gute hatte tatsächlich keine Ahnung! Eigentlich hätte Kerrin es Thur gegönnt, wenn ihr Betrug offenbar würde – wäre da nicht ihr Bruder …

ZWANZIG
Das Feuer brennt

DIE NACHT WAR STERNENKLAR – ein gutes Omen für den morgigen Abfahrtstag. Ein paar Männer entzündeten endlich den Holzstoß und die Flammen loderten in den dunklen Himmel. Es herrschte nahezu Windstille. Das Knacken der Holzscheite und das Knistern dürrer Äste und Zweige erfüllten den Platz rings um das Biikefeuer. Ergriffen standen die Menschen um die feurige Lohe und atmeten mit Behagen den würzigen Duft versengten Heidekrauts und verglühenden Wacholders ein.

Vom Festland grüßten ebenfalls mehrere gelbrote Feuergarben herüber. Auch die Bewohner der umliegenden Halligen hatten dem uralten Brauch gemäß ihre Biiken entzündet. Auf Amrum und Sylt geschah das Gleiche – aber das konnte man von dieser Seite Föhrs aus nicht sehen.

Die Stimmung war höchst feierlich. Mitten hinein in das andächtige Staunen erhob sich die sonore Stimme Pastor Brarens': »Großer Gott, wir loben dich!«

Begeistert fiel die Gemeinde ein.

»Onkel Lorenz ist klug«, überlegte Kerrin nicht zum ersten

Mal, während sie selbst laut in den Gesang mit einstimmte. Der Oheim ließ es sich nicht nehmen, beim Biikenbrennen dabei zu sein. Andere Pastoren wetterten Jahr für Jahr gegen den »heidnischen« Brauch und boykottierten ihn – ohne jedes Ergebnis. Monsieur Lorenz hingegen nahm teil und widersprach jedes Mal lebhaft der These, dass das Entzünden der Feuer vor Beginn der Fastenzeit ursprünglich mit der Verehrung Wotans zusammenhing. Immer schon sei es vielmehr christliches Brauchtum gewesen, behauptete er.

Von den alten Kräuterweibern in Alkersum wusste Kerrin, dass es sich nicht ganz so verhielt. Sie hatten dem Mädchen verraten, was man früher beim Tanz ums Biikefeuer gesungen hatte:

»*A jova tute nei,*
a wia woka nei!«

Das war Altfriesisch, vermischt mit verstümmelten, lateinischen Brocken, und bedeutete so viel wie: »Jupiter, hilf und beschütze uns!«

Auch diese Worte wurden skandiert: »*Vikke tare! Vikke tare!*« Sie bedeuteten so viel wie »Wotan, zehre!«, entsprachen also einem Gebet an den Gott, er möge das Opfer annehmen.

Pastor Brarens aber blieb dabei, dass der Petri-Tag mit seinen nächtlichen Feuern in seiner ursprünglichen Form gefeiert würde: Als ein fröhliches Fest zu Ehren des Petrus, der bekanntlich ein Fischer war und nun den Föhringer Seeleuten, die am folgenden Tag aufbrechen würden, seinen Segen schenken und sie vor den Gefahren der Hohen See bewahren würde.

Dass die meisten der Friesen die alljährlichen Feuer durchaus mit dem vorchristlichen Ritual des Winteraustreibens und mit gewissen Fruchtbarkeitsriten assoziierten, darüber sah der Pastor geflissentlich hinweg.

Immerhin bot die Anwesenheit des geachteten Geistlichen

die Gewähr dafür, dass die Feier nicht ausartete, dass keiner dem Alkohol zu sehr zusprach und sich in der Öffentlichkeit schamlos benahm. Wer sich unbedingt betrinken wollte, musste das zu Hause tun.

Nachdem das Kirchenlied verstummt war, hielt Brarens eine kurze Ansprache, ehe er allen ein fröhliches Fest wünschte. Die Leute strömten zu den Ständen mit heißem Punsch und kühlem Bier und zu den Kesseln, in denen leckerer Fleisch-Gemüse-Eintopf auf sie wartete, sowie zu den auf Spießen gerösteten Enten und Jungschafen.

Kerrin schlenderte allein durch die Menge; sie war noch nicht ganz vierzehn, war erst kürzlich konfirmiert worden und galt daher fast noch als Kind, obwohl manche Mädchen in diesem Alter schon verheiratet wurden. Einen Verehrer und damit einen Begleiter für den heutigen Abend besaß sie keinen. Dass die meisten ihrer Altersgenossinnen Hand in Hand mit einem Gefährten über den Festplatz schlenderten, störte sie nicht im Geringsten. Obwohl sehr reif für ihr Alter, hatte sie an jungen Männern kaum Interesse. Die allerwenigsten gefielen ihr auch nur ein kleines bisschen, die meisten kamen ihr kindisch und vollkommen nichtssagend vor. Das machte es ihr leichter, das gelegentlich sehnsuchtsvolle Ziehen in Brust und Lenden zu ignorieren …

Ihre wenigen guten Freundinnen mochten das ja anders sehen: Kerrin jedenfalls empfand ihr törichtes Gekicher und Getuschel, sobald so ein pickeliger Jüngling auftauchte, als höchst albern. Von Harre wusste sie, was die jungen Kerle *eigentlich* von den Mädchen erwarteten – und dazu war sie noch keinesfalls bereit. Ja, das ganze Thema »Heirat« war etwas, das sie so weit wie möglich von sich schob. Wenn sie wählen dürfte, würde sie für ihr Leben gerne »eine Gelehrte« sein. Aber das war etwas, worüber sie mit keinem Menschen sprach – auch nicht mit Harre. Sie war sicher, er hätte dafür kein Verständnis – außerdem war er mit ganz anderen Dingen beschäftigt.

Trotz wärmender Kleidung und der Hitze, die der brennende Holzstoß im weiten Umkreis verbreitete, wurde Kerrin allmählich kühl und sie beschloss, sich einen Becher Punsch zu besorgen. Göntje betrieb mit zwei anderen Frauen den Stand mit dem begehrten Getränk.

»He, du Schöne? So allein? Lass *mich* heute dein Tänzer ums Feuer sein!«, hörte sie dicht an ihrem Ohr eine heiser krächzende Stimme. Gleich darauf fühlte sie sich von einer harten Männerhand besitzergreifend um die Taille gefasst. Unwillig riss Kerrin sich von Ole Harksen los.

Hatte der Alte den Verstand verloren?

»Was ist los? Bin ich dir etwa nicht gut genug? Ich will mit dir ums Biikenfeuer tanzen, Kerrin. Ich bin mein Leben lang ein sehr guter Tänzer gewesen, musst du wissen. Und ich weiß heute noch, wie es geht! Das Tanzen, meine ich.«

Sein Lachen tönte ihr unangenehm im Ohr.

»Ich tanze nicht«, gab sie unwillig zurück und entfernte sich einige Schritte von dem alten Matrosen, der bereits ordentlich getrunken zu haben schien. Hastig drängte sie sich weiter durch die Menge in Richtung von Göntjes Punschstand.

Aber so leicht wurde sie Ole nicht los.

»Lauf nicht weg, Kleine! Nützt dir ja doch nichts! Wenn du ein bisschen nett zu mir bist, spendiere ich dir auch ein Glas Rumpunsch – oder auch zwei!«

Er kicherte und Kerrin lief es kalt den Rücken hinunter. Das Glitzern in seinen wässrigen Augen gefiel ihr überhaupt nicht.

»Danke! Ich will nichts trinken«, versuchte sie den aufdringlichen Verehrer abzufertigen. »Außerdem muss ich zu meinem Oheim, dem Pastor. Also sei so nett und lass meinen Arm los!«

Das schien zu wirken. Als Kerrin sich nach einer Weile vorsichtig umschaute, konnte sie den Alten nirgendwo mehr entdecken. Sie atmete auf. Was war nur in Harksen gefahren? Zugleich war ihr klar, dass sie ihn – um Harres willen – nicht allzu sehr vor den Kopf stoßen sollte. Als der Bruder ihr vom überraschenden Auftauchen des Alten in Thurs Haus erzählt hatte, war sie sicher, dass Ole gemerkt hatte, was los war. Immerhin hatte er dichtgehalten und die verdammenswerte Affäre nicht publik gemacht … Aber dass er sie einfach anfasste – ohne von ihr im Geringsten dazu ermuntert zu werden –, das ging entschieden zu weit. Schließlich schob sie es auf zu reichlichen Punschgenuss und vergaß den kleinen Zwischenfall.

Sissel Andresen und Boy Carstens kamen ihr, Arm in Arm, entgegen, beinahe wäre sie in das Pärchen hineingerannt. Im Vorübergehen warf Sissel ihr einen trotzig-triumphierenden Blick zu, als wollte sie sagen: »Schau her, ich bin auf deinen Bruder gar nicht angewiesen!«

Kerrin gönnte ihr die Genugtuung. Auf Harre war derzeit leider wirklich kein Verlass. Sissel mochte ja ein wenig eingebildet sein, aber als Freundin ihres Bruders und künftige Schwägerin hätte sie sich die stolze junge Frau durchaus vorstellen können. Immerhin besaß Sissel Verstand und stammte aus guter Familie. Ob Boy Carstens der Richtige für sie war? Kerrin zuckte mit den Achseln. Zum Glück ging sie die Sache nichts an.

EINUNDZWANZIG
Eine böse Überraschung

GLEICH DARAUF STAND SIE VOR Göntjes Punschfass. Die Tante und ihre zwei Helferinnen hatten alle Hände voll zu tun, um all die Durstigen zufriedenzustellen.

»Na, Pastorin, hast du auch ordentlich Rum in den Punsch geschüttet – oder bloß Wasser?«, erkundigte sich ein Spaßvogel unter dem Gelächter der Umstehenden. Heute verstand sogar Göntje einen Scherz. Sie lachte dem Matrosen freundlich ins Gesicht, während sie ihm einen dampfenden Becher reichte.

»Trink erst einmal, Hauke! Und dann sag mir anschließend, ob du dich beschweren musst! Ich glaube, es ist genug Alkohol drin!«

»Wenn nicht, gieße ich gleich noch einen zweiten hinterher«, gab der junge Kerl gutgelaunt zurück.

»Aber pass auf, dass du dir nicht die *Schnuut* verbrennst!«, scherzte die Pastorin.

»Verdammich, ist das Zeug heiß!«, maulte Hauke Dircksen tatsächlich gleich darauf. Er zog eine Grimasse, die seinen Kameraden wiederum Anlass für allerlei witzige Bemerkungen bot.

Kerrin wusste natürlich, dass Göntje den Alkohol, den sie in das Gebräu kippte, in der Tat recht sparsam bemaß. Eigentlich auch verständlich, wenn man in Betracht zog, was sich ein Jahr zuvor auf der Nachbarinsel Sylt ereignet hatte! Aufgeheizt durch den Genuss von *Swetskilk*, einem teuflischen Gemisch aus Branntwein, Bier und Met, waren die nicht gerade heißblütigen Friesen gehörig aneinandergeraten. Die anschließende Rauferei bezahlte Niss Bohn, der Rantumer Strandvogt, mit seinem Leben.

Während Kerrin amüsiert dem Gespräch lauschte und darauf wartete, von Göntje bedient zu werden, wunderte sie sich, dass sie Tatt nirgends sah. Es war zwar abgesprochen worden, dass ihre Schwester Catrina sich ihrer annehmen solle, sobald es ihr bei der Mutter und den beiden Nachbarinnen am Stand zu langweilig wurde. Kerrin hegte allerdings berechtigte Zweifel, ob Catrina sich dessen überhaupt noch erinnerte. Sie glaubte sie vorhin mit einem ganz bestimmten jungen Burschen gesehen zu haben, für den sie schon lange heimlich schwärmte und von dem die Pastorentochter hoffte, er würde sich nach diesem Abend als ihr Bräutigam betrachten. Kaum vorstellbar, dass sie Lust dazu verspürte, sich um Tatt zu kümmern.

Der Durst war Kerrin mittlerweile vergangen. Den Punsch konnte sie auch später noch versuchen. Sie würde sich stattdessen rasch nach Tatt umsehen, beschloss sie. Die geistig zurückgebliebene Tatt war jetzt schon sechzehn, körperlich voll entwickelt und ungemein an Männern interessiert. Es galt, das Mädchen zu seinem eigenen Schutz im Auge zu behalten.

Im Gehen warf Kerrin einen Blick zurück auf den hell lodernden Holzstoß. Nur die mutigsten der Liebespaare wagten jetzt schon den Sprung über die Feuerzungen, der besonders viel Glück bringen sollte. Die etwas Älteren und Vernünftigeren warteten lieber noch ein wenig, ehe sie sich getrauten, zu zweit über den Holzstoß zu setzen. Kerrin bahnte sich ihren Weg und hielt fortwährend Ausschau nach Tatt, aber gleichzeitig auch nach Monsieur Lorenz. In seiner Obhut gedachte sie das Mädchen zu lassen, um selbst noch eine Weile auf dem Festplatz herumstromern zu können.

Als Kerrin ein menschliches Bedürfnis verspürte, entfernte sie sich von den übrigen Festbesuchern und verschwand ein Stück in Richtung der sehr dicht beieinander stehenden Fliederbeerbüsche. Plötzlich blieb sie wie angewurzelt stehen. Das durfte doch nicht wahr sein! Keine neun Ellen von ihr entfernt, halb verborgen durch das Geäst, entdeckte sie die Gesuchte.

Und Tatt war beileibe nicht allein! Wie Kerrins scharfe Ohren ihr verrieten, hatte ausgerechnet Ole Harksen sich ihrer angenommen. Der aufdringliche Alte glaubte wohl, mit dem geistesschwachen jungen Mädchen leichtes Spiel zu haben. Als

Kerrin sich näher heranpirschte, hörte sie das schrille Gelächter Tatts, das sie für gewöhnlich ausstieß, wenn jemand sie kitzelte.

»Du bist ja ein ganz Schlimmer, Ole«, quiekte sie. Aber es klang, als genieße sie Oles Treiben ungemein. Wütend brach Kerrin aus dem Gebüsch hervor. Was sie da zu sehen bekam, erzürnte sie erst recht.

Ole Harksen hatte seine rechte Hand in Tatts offener Bluse vergraben. Während er mit der Linken unter ihren langen Rock fasste, hob er mit der anderen Hand grinsend eine ihrer üppigen nackten Brüste aus dem klaffenden Ausschnitt und machte Anstalten, die harte Warze in seinen faltigen Mund zu nehmen.

Gleichzeitig machte Kerrin entsetzt die Entdeckung, dass Tatt ihre Finger in Oles Hosenbund geschoben hatte.

»Hör sofort damit auf, du Schwein!«, rief Kerrin und riss den alten Matrosen an der Schulter zurück. Ole Harksen fuhr erschrocken zusammen, Tatt grinste blöde.

»Kerrin, Liebe«, jubelte sie. »Schau, was Ole Schönes mit mir macht!«

»Du bist doch wirklich der letzte Abschaum!«, stieß Kerrin erbost hervor. »Jedermann weiß, wie es um Tatt Lorenzen bestellt ist – und du machst dir das schamlos zunutze! Pfui Teufel! Das werde ich dem Pastor sagen!«

»Ja, das mach nur!«

Ole fing sich überraschend schnell. Tatt ließ er zwar umgehend los, sogar ihre Hand fischte er geistesgegenwärtig aus seinem offen stehenden Hosenschlitz, aber von seinem Schrecken war nichts mehr zu spüren – genauso wenig wie auch nur ein Anflug von Reue.

»Du wirst schon sehen, was man mit so einem Verbrecher, der sich an Kindern vergeht, machen wird, Ole. Denn Tatt *ist* noch ein Kind, obwohl sie wie eine Frau aussieht!«, fauchte Kerrin den Alten erbost an.

Der grinste nur verächtlich und irgendwie hämisch.

»Dann wirst *du* allerdings auch sehen, was man mit *deinem Bruder* anstellt, der bestimmt kein Kind mehr ist und der seit Monaten die verheiratete Thur Jepsen fickt!«

Ole Harksen lachte scheppernd. Gar nicht mehr aufhören konnte er, als er Kerrins betretene Miene sah. So derbe Ausdrücke war sie nicht gewöhnt.

»Nicht wahr, das ist doch eine großartige Neuigkeit, die ich da auf Lager habe! Sobald du das Maul aufmachst, Schätzchen, und große Töne spuckst über Tatt und mich, wirst du erleben, wie eine riesige Bombe platzt, mein hübscher, kleiner Unschuldsengel!«

Er lachte jetzt schallend und Tatt, die gar nicht verstand, worum es sich handelte, lachte laut mit.

»Das würdest du Schweinekerl wirklich tun?«, schnaubte Kerrin. »Ja, das traue ich dir zu. Das passt zu einem, wie du es bist!«

Sie überlegte blitzschnell. Um Harres willen musste sie jetzt vorsichtig sein und lieber klein beigeben. Es war also wirklich so: Der alte Harksen hatte seinerzeit Thur und ihren jugendlichen Liebhaber tatsächlich überrascht, er war Thur nicht auf den Leim gegangen.

»Also gut, Ole Harksen«, entgegnete Kerrin nach einer Weile widerstrebend. »Wir sind sozusagen quitt, nicht wahr? Du behältst für dich, was du *meinst*, in Thurs Haus gesehen zu haben, und ich halte meinen Mund, was den Missbrauch Tatts angeht. Einverstanden?«

Ole wieherte jetzt regelrecht vor heiserem Gelächter und das geistig behinderte Mädchen stimmte wiederum mit ein.

»*Was ich meine, gesehen zu haben!* Haha! Ich habe die zwei

ertappt beim Vögeln, da kannst du Gift drauf nehmen, Schätz-chen.«

Dabei schob er Tatt, die sich erneut an seinen immer noch offen stehenden Beinkleidern zu schaffen machte, beiseite, als sei ihm ihr Tun auf einmal lästig.

»Du siehst ja selbst, dass die Kleine was von mir will!« Er grinste dreckig. »Richtig wild ist sie auf meinen Piephahn! Da kann ich doch nun wirklich nichts für! Ich habe ihr nur verspro-chen, ihr die Sternbilder, die man heute Nacht sehen kann, zu erklären. Aber sie wollte wohl etwas ganz anderes von mir!«

Am liebsten hätte ihm Kerrin eine Ohrfeige verpasst oder wenigstens vor ihm ausgespuckt. Aber das wagte sie nicht. Sie überwand ihren Ekel und hielt ihm die Hand hin.

»Also, was ist, Ole? Verbleiben wir so, wie ich es gesagt habe? Dann schlag ein.«

Der Alte näherte seine Hand der ihren, zog sie jedoch im letzten Augenblick zurück.

»Ich muss mir das noch einmal gründlich überlegen.« Wie-der grinste er hämisch. »Ein Versprechen in die Hand ist mir nämlich heilig! Das muss gut überdacht sein, Schätzchen. Dazu brauche ich mindestens ein paar Tage. Ich sage, wir tref-fen uns in einer Woche wieder. Und zwar genau hier an dieser Stelle und nach Einbruch der Dunkelheit.

Sonst – falls dich jemand mit mir sieht – könntest du wo-möglich noch ins Gerede kommen, nicht wahr?« Wieder er-klang sein schmutziges Lachen. »Und du solltest dir am bes-ten vornehmen, an diesem Abend ganz *besonders nett* zu mir zu sein – wenn du verstehst, was ich damit sagen will! Es wäre besser für deinen Bruder.«

Dieses Mal drang sein meckerndes Gelächter fast schmerz-haft an Kerrins Ohr. Vor Entsetzen lief es ihr eiskalt den Rü-cken hinunter und eine plötzliche Übelkeit überkam sie. Doch sie zwang sich, einen kühlen Kopf zu behalten. Sie musste ihn für den Augenblick loswerden und sich in Ruhe mit Harre besprechen.

»Von mir aus«, ging sie pro forma auf seinen Wunsch ein, obwohl ihr vor dem Alten graute.

»Das ist sehr vernünftig von dir, *miin Deern*! Ich bin sicher, wir werden uns gut verstehen – du bist doch, wie man allenthalben hört, ein kluges Mädchen. Und kluge Mädchen wissen, was gut für sie ist. Und gut für mich!«

Der Alte leckte sich genüsslich die Lippen.

Kerrin verstand zwar nicht ganz genau, was er damit andeuten wollte, sie spürte aber, dass es etwas sehr Schmutziges sein musste. Nichts wie weg von hier!

»Du kommst jetzt auf der Stelle mit mir, mein Schatz«, verlangte Kerrin so ruhig, wie es ihr möglich war, und griff nach Tatts Arm. Sie empfand plötzlich auch gegen das Mädchen einen großen Widerwillen. Was dachte sich dieses schamlose Geschöpf nur? Am liebsten hätte sie das Mädchen gepackt und kräftig durchgeschüttelt, zumal Tatt sich weiter unwillig zeigte und partout nicht von ihrem »neuen Freund, der ihr die Sterne erklären wollte«, zu lassen bereit war.

»Keine Widerrede, Tatt!«, fuhr Kerrin sie schließlich an. »Du gehst jetzt sofort mit mir mit! Und richte gefälligst dein Gewand wieder ordentlich her! Deine Mutter verlangt nach dir.«

Das war zwar gelogen, denn Göntje wähnte ihre Tochter in der Obhut ihrer älteren Schwester Catrina; aber diese Lüge war in Anbetracht der besonderen Umstände gewiss angebracht. Tatt fügte sich auch sofort. Anstandslos knöpfte sie ihre Bluse über ihrem Busen zu und streifte den Rock nach unten. Vor der Pastorin zeigte sie – wie all ihre Geschwister – stets großen Respekt. Bei aller Gutmütigkeit und Liebe zu ihrem Nachwuchs: Göntje litt unter schwachen Nerven und großer

206

Ungeduld. Nicht selten rutschte ihr die Hand aus, hin und wieder griff sie sogar zur Haselrute.

Ehe Kerrin mit der jungen Frau davonging, drehte sie sich noch einmal zu dem alten Sünder um. Der ließ gerade in aller Seelenruhe in ihrer unmittelbaren Nähe Wasser.

»Denk in Zukunft dran, Ole! Die Sterne, die du angeblich so gut zu kennen behauptest, sind nicht im Ausschnitt oder unter dem Rock einer geistig Zurückgebliebenen zu finden – und in deinem Hosenladen schon gar nicht!«

Diese giftige Bemerkung hatte sie sich einfach nicht verkneifen können. Es war ihr gar nicht wohl bei dem Gedanken, sich demnächst wieder mit dem Schweinekerl auseinandersetzen zu müssen. Sie hoffte inständig, Harre wüsste einen Ausweg aus der verfahrenen Geschichte. Dieses Mal konnte ihr Bruder nicht mehr so tun, als wäre alles bestens.

ZWEIUNDZWANZIG
Ein Problem scheint sich von selbst zu lösen

ALS KERRIN SICH – mit der immerzu plappernden Tatt im Schlepptau – dem fast heruntergebrannten Biikenfeuer näherte, entdeckte sie zu ihrer großen Erleichterung inmitten von anderen Inselhonoratioren Pastor Brarens. Seine beiden Amtsbrüder der Inselkirchen Sankt Nicolai und Sankt Laurentii standen bei ihm und alle drei Herren diskutierten lebhaft mit verschiedenen Ratsmännern und Inselvögten, auch solchen aus Westerland-Föhr, dem dänischen Teil der Insel.

Sie musste ihren Oheim leider stören, um ihm seine Tochter anzuvertrauen. Kerrin selbst wollte auf dem Festplatz noch einmal nach Harre suchen. Möglicherweise hatte sie ihn nur übersehen. Beherzt drängte sie sich in den Kreis der plaudernden Herren – es befanden sich sogar einige dänische Gangfersmänner unter ihnen – und zog Tatt dabei energisch hinter sich her. Keinen Augenblick ließ sie das Mädchen los, aus Angst, sie könne ihr wieder entwischen.

»Monsieur Lorenz«, verkündete sie laut. »Ihre Tochter hat Sie schon lange gesucht! Ich lasse Tatt nun bei Ihnen, Herr Pastor.«

Damit schlüpfte sie geschwind davon, um von ihrem Oheim nicht zu guter Letzt noch aufgehalten zu werden. Kerrin hatte jetzt Wichtigeres zu erledigen, die Begegnung mit Ole Harksen lag ihr schwer im Magen.

Harre konnte sie in dieser Nacht allerdings nicht finden. Dafür stieß sie erneut auf ein Pärchen, auf das sie auch diesmal hätte verzichten können: Auf Thur und Volckert Jepsen. Die Geliebte ihres Bruders übertrieb es gewaltig, indem sie sich wie ein verliebtes junges Ding gebärdete. Sie himmelte ihren Ehemann geradezu an, hängte sich an seinen Arm und drückte sich an seinen mageren, sehnigen Körper. Diese Zurschaustellung ehelicher Zuneigung fiel auch anderen Festteilnehmern auf. Bei den eher spröden Insulanern war es durchaus nicht üblich, sich in Gegenwart anderer Leute »gehen zu lassen«. Volckert wirkte auch eher, als sei ihm das Gebaren seiner Frau peinlich.

»Kannst du nicht warten, Thur, bis du mit deinem Mann zu Hause bist?«, fragte eine ältere Friesin vorwurfsvoll und schüttelte missbilligend den Kopf mit der bunten Festtagshaube.

»Was für eine falsche Schlange!«, dachte Kerrin angewidert. In der Öffentlichkeit spielte Thur die liebende Ehefrau – und wartete bloß darauf, dass ihr Mann endlich an Bord ginge, um sich Harre erneut an den Hals werfen zu können.

»Du hast Recht«, wandte der gehörnte Ehemann sich an die

Sprecherin von vorhin. Er entzog sich seiner Frau und lachte verlegen. »Es ist schon spät, wir wollen jetzt nach Hause gehen. Morgen früh, am *Piadersdai* (Peterstag), heißt es für uns schließlich Abschied nehmen für lange Zeit.« Mit diesen Worten brachen die Jepsens auf.

Kerrin beobachtete die letzten Paare, die über die Glut des heruntergebrannten Biikehaufens sprangen. Dann beschloss sie schweren Herzens, ihr Bett im Pfarrhof aufzusuchen; dorthin war sie erneut nach der Abreise ihres Vaters, der als Commandeur die Insel schon vor einer Woche verlassen hatte, übergesiedelt. Neuerdings teilte sie das Lager wieder mit Tatt – was ihr, auch unter normalen Umständen, überhaupt nicht behagte.

Es war schon vorgekommen, dass das Mädchen um Mitternacht aufstand und Feuer im Ofen entzündete – etwas, das zu den alleinigen Aufgaben der Hausfrau gehörte und ihr strengstens verboten war. Tatt aber hatte ihre Freude am Zündeln entdeckt …

Kerrin hatte dafür zu sorgen, dass ihre Verwandte beim Schlafen immer an der Wand lag. So bemerkte sie es, falls diese während der Nacht aufstand und über sie hinwegkletterte. Es fehlte noch, dass wegen Tatts Unverstand das Pfarrhaus in Flammen aufginge!

Auch am nächsten Tag war Harre nirgends zu finden. Sicher trieb er sich wieder irgendwo auf der Insel herum. Kerrin hoffte auf seine rechtzeitige Rückkehr, um ihn wegen der leidigen Sache mit Ole befragen zu können. Andere Leute wie Göntje oder den Pastor wagte sie nicht ins Vertrauen zu ziehen: Wie hätte sie Harres Rolle in diesem schmutzigen Spiel erklären sollen?

Es war klar, was der Alte bezweckte: Er wollte Kerrin mit

seinem verhängnisvollen Wissen erpressen. Nun war das junge Mädchen zwar zu allem Möglichen bereit, wenn es ihrem Bruder dienlich sein konnte – aber Ole Harksen irgendwelche »Freiheiten« zu gestatten, gehörte definitiv nicht dazu!

»Lieber sterbe ich, als dass ich dem Ekel erlaube, seine schmutzigen Hände nach mir auszustrecken«, murmelte sie erbittert vor sich hin, während sie den Kohl für die Suppe klein schnitt. Seit aller Herrgottsfrühe werkelte sie bereits in der Köögen mit Töpfen und Pfannen herum. Im *Eldag*, wie man die Feuerstelle der alten Friesenhäuser nannte, hatte sie bereits das Feuer entzündet. Den Topf mit dem Gemüse und etwas Wasser stellte Kerrin auf den Rost, ehe sie daranging, durch eine spezielle Öffnung im offenen Schornstein den gusseisernen Beilegerofen in der Dörnsk anzufeuern; Küchenherd und Beilegerofen stellten die einzigen Wärmequellen im Haus dar.

Einerseits wollte Kerrin Göntje einen Teil der Hausarbeit abnehmen, andererseits half ihr die gleichförmige Beschäftigung beim Nachdenken. Im Bett hatte sie es neben der schwitzenden und mit offenem Mund leise schnarchenden Tatt einfach nicht mehr ausgehalten.

Der Morgenbrei für die Familie – die immer mehr schrumpfte – stand schon bereit.

Von den vier Kindern des Pastors waren nur noch Catrina und Tatt daheim, nachdem nun auch Matz zum ersten Male angeheuert hatte; Harre fehlte wie so oft und wurde bei den Mahlzeiten meist schon gar nicht mehr fest eingeplant. Heute nahm Kerrin ihm seine Abwesenheit besonders übel. Sie vergaß dabei ganz, dass ihr Bruder ja nicht wissen konnte, was am gestrigen Abend beim Biikenfest vorgefallen war.

Wütend versetzte Kerrin einem Schemel, der ihr im Weg stand, einen Tritt, so dass das gute Stück auf dem blank gescheuerten Boden in Richtung Tür davonschlitterte.

»He, meine Gute! Hast du etwa schlechte Laune? Komm lieber mit zum Strand! Wir können den abfahrenden Seeleuten nachwinken.«

Mit diesen Worten tauchte Harre wie aus dem Nichts auf und stand plötzlich mitten in der Küche.

Kerrin warf ihm einen abschätzigen Blick zu. Wo mochte er sich die Nacht über herumgetrieben haben?

»Das Winken überlasse ich gerne dir, Bruderherz! Bei dir macht es ja noch einigermaßen Sinn, wenn du dich davon überzeugst, dass dein Nebenbuhler auch ganz gewiss weg ist!«

»Anscheinend bist du heute Morgen wirklich mit dem falschen Fuß zuerst aufgestanden! Was ist denn los, Kerrin? Warum lässt du deinen Ärger an mir aus? Ich habe dir doch nichts getan!« Sofort wirkte Harre verletzt und ein Schatten fiel über sein zuvor so offenes und freundliches Gesicht.

Seine Ahnungslosigkeit machte Kerrin nur noch wütender.

»Setz dich! Ich habe mit dir ein ernstes Problem zu besprechen. Wir müssen dabei aber ganz leise sein. Kein Mensch darf davon etwas mitbekommen, sonst bist du erledigt, Harre. Du und Thur Jepsen!«

Harre, der eigentlich vorgehabt hatte, sofort wieder zum Strand aufzubrechen, ließ sich erschrocken auf dem Schemel nieder, den er inzwischen wieder aufgestellt hatte. Kaum aber wollte Kerrin beginnen, kamen nacheinander die übrigen Hausgenossen in die Küche geschlurft, die meisten noch ein wenig verschlafen – die vergangene Nacht war doch ziemlich kurz gewesen.

Wie es schien, wollten dieses Mal alle den auf Schmackschiffen abreisenden Seeleuten das Geleit geben. Dass der Brei schon fertig war, sorgte für angenehme Überraschung. So brauchte niemand mit leerem Magen nach Wyk hinüber aufzubrechen; von dort aus würde wie üblich die erste Etappe der diesjährigen Seereise losgehen.

Harre war überaus nervös, das fiel allen Mitbewohnern auf. Selbst Pastor Brarens machte diesbezüglich eine gutmütige Bemerkung. Ob er zu lange getanzt habe, wollte er wissen. Muhme Göntje war allerdings Harres Abwesenheit beim Biikenbrennen aufgefallen. Dass ausgerechnet er nicht an ihrem Rumpunsch-Stand aufgetaucht war, gab ihr zu denken. Wo mochte der junge Kerl sich bloß aufgehalten haben? Dass er sich auf einmal in Askese üben wollte, daran glaubte sie nicht so recht. Vielleicht hatte er aber nur wieder ein ganz besonderes Motiv für seine Malerei entdeckt … Göntje ließ es dabei bewenden, kostete sie doch Kerrins Erziehung schon genug Energie und vermochte sie auch nach all den Jahren keinen rechten Zugang zu dem verschlossenen Jungen zu finden.

Harres Nervosität war aber gar nichts gegen Kerrins Unruhe, obwohl sie sich soweit beherrschte, dass niemand misstrauisch wurde. Endlich machten sich alle auf den Weg; nur Kerrin gab vor, noch rasch die Küche in Ordnung bringen zu wollen, die Schalen und den Topf auszuwaschen, die Stube zu fegen und das Feuer im Herd mit Asche zu bedecken, um keinen Brand zu riskieren, wenn jedermann das Haus verließ.

Überraschend für die Übrigen bot Harre sich an, ihr dabei zu helfen, indem er nach dem Reisigbesen griff. Beide Geschwister konnten es kaum erwarten, bis alle zur Tür hinaus waren.

Was der junge Bursche allerdings zu hören bekam, übertraf selbst seine schlimmsten Albträume.

»Jesus!«, ächzte er und wurde leichenblass, »das ist mein Ende, Kerrin!«

Er ließ den Besen fallen und schlug die Hände vors Gesicht. Nach einer Weile schaute er auf und in seinen blauen Augen lag ein gefährliches Funkeln.

»Es ist dir doch klar, dass du dich auf gar keinen Fall mit diesem Schwein treffen darfst, Schwester! Es kommt nicht infrage, dass du dich für mich Idioten aufopferst!«

»Schön gesagt, Bruderherz«, gab das Mädchen schnippisch zur Antwort. »Dann weißt du vermutlich auch schon, was wir tun müssen, um das Unglück abzuwenden? Aber was wollen wir gegen Ole und seine Erpressung unternehmen? Wie können wir ihn zwingen, dass er weiter den Mund über dich und Jepsens Weib hält – und dass er mich in Ruhe lässt?«

»Mach dir keine Sorgen, Kerrin! Überlass das nur mir! Da finde ich schon einen Weg! Sei gewiss: Ole wird keine seiner Drohungen wahr machen. Das ist bei Gott ein Versprechen!«

Harre hob die Hand zum Schwur. Seine Miene war finster und so entschlossen wie selten. Kerrin wehrte ängstlich ab.

»Ich glaube dir auch so, Harre! Du musst nicht schwören. Lass uns jetzt den anderen hinterherlaufen, damit du Volckert Jepsen ein Lebewohl zuwinken kannst – das ist es doch, was du willst, nicht wahr?«

Sie lachte erleichtert auf. Trotz ihrer Bedenken, die sie wegen Ole Harksen immer noch plagten, war sie jetzt guter Dinge und durchaus wieder zu einem Scherz aufgelegt. Ihr Vertrauen in den Bruder war groß. Insgeheim war sie auch erleichtert, dass er so beherzt und kämpferisch wirkte, hatte sie doch in einem kleinen Winkel ihrer Seele halb gefürchtet, er würde sie zu dem Treffen mit Ole schicken und sie müsse sich selbst helfen. Entschieden drängte sie nun jeden Zweifel zurück.

»Harre weiß schon, was er tun muss«, dachte sie zufrieden, als sie hinter sich die Tür zuschlug und ihm folgte.

DREIUNDZWANZIG

Auf Föhr überschlagen sich die Ereignisse

NACHDEM DER GROSSTEIL DER männlichen Bevölkerung abgefahren war, legte sich wie üblich eine überwältigende Stille über die Insel. Die ersten Tage hatte es ganz den Anschein, als wäre auf Föhr nahezu alles Leben erstorben. Die Hektik, verursacht durch die Abfahrt der Seeleute, verebbte schlagartig und die Frauen waren traurig und in sich gekehrt.

Pastor Brarens, bestrebt, alle wichtigen, die Föhringer Bevölkerung betreffenden Vorkommnisse schriftlich festzuhalten, notierte in sein Tagebuch:

»Es ist fast nicht zu beschreiben, wie traurig es anmutet, wenn alle Mannspersonen unsere Insel verlassen haben. Nach ihrer Abfahrt wird alles ganz still; man sieht niemanden auf die Felder gehen. Es scheint beinahe, als ob die Einwohner gänzlich ausgestorben seien ...«

In der Tat konzentrierte sich das gesellige Leben auf Föhr auf die Wintermonate, wenn die Männer daheim waren. Die Seeleute erzählten auf *Hualewjonken*, Zusammenkünften im Halbdunkel des späten Nachmittags, ihren staunenden Zuhörern von den überstandenen Abenteuern auf Hoher See. Dass sie dabei oft gehörig übertrieben, gehörte dazu und störte keinen. Kerrin und ihr Bruder verstanden es, sich mäuschenstill zu ihnen zu gesellen und ihnen gespannt zuzuhören. Das sogenannte »Spinnen von Seemannsgarn« war eine Kunst, die gelernt sein wollte. In anderen Stuben kamen Scharen von Knaben und jungen Männern zusammen, um sich umsonst oder gegen ein geringes Entgelt von erfahrenen Steuermännern und Kapitänen in der Theorie der Seefahrt unterrichten zu lassen. Gerade diesen »Seemannsschulen« war zum großen Teil der Erfolg der inselfriesischen Seefahrer zu verdanken.

Natürlich hatte die junge Männerwelt auch andere wichtige Dinge zu erledigen: Jeder musste schließlich zusehen, wie er sich in der knapp bemessenen Zeit eine Braut erobern konnte. Vor allem nachts waren die Burschen in den Dörfern unterwegs, um Brautschau zu halten. Da keiner »die Katze im Sack« kaufen wollte – auch die jungen Frauen nicht –, kam es fraglos zu gewissen Intimitäten, worüber die drei Inselpastoren allerdings großzügig hinwegsahen.

»Hauptsache, die jungen Leute finden sich anschließend zum Bund der Ehe zusammen«, lautete Pastor Brarens Meinung dazu.

Wer sich aber »nur umschaute« und partout nicht zu einem Entschluss gelangte, der musste damit rechnen, in einer Sonntagspredigt des Geistlichen vor versammelter Gemeinde blamiert zu werden. Falls es sich einer gar einfallen ließ, ein Mädchen zu schwängern, um es anschließend sitzen zu lassen, so galten seine Tage auf der Insel als gezählt. Ein solches Verhalten wurde von der Gemeinschaft geächtet.

Inmitten der allgemeinen trüben Stimmung fiel es Kerrin schwer aufs Gemüt, dass Harre seit einigen Tagen unauffindbar war. Sie hätte gerne mit ihm noch einmal über Ole Harksen gesprochen und darüber, was er nun mit dem unverschämten Alten ausgehandelt habe.

Auch Thur Jepsen ließ sich nicht mehr blicken – aber mit ihr wollte Kerrin ohnehin nichts zu tun haben, hielt sie die ältere Frau doch insgeheim für schuldig an dem ganzen Dilemma: War sie es nicht, die den jungen Mann als ihren Liebhaber behalten wollte – koste es, was es wolle? Hätte das unverfrorene Weib nur ein klein wenig Einsicht gezeigt, wäre vielleicht auch Harre bereit gewesen, Vernunft walten zu lassen. Kerrin konnte und wollte einfach nicht begreifen, auf welch unheilvolle Weise ihr Bruder Thur bereits verfallen war …

Einen Tag, bevor Kerrin sich eigentlich mit Ole treffen sollte, ließ Monsieur Lorenz beim Nachtmahl ganz nebenbei die Bemerkung fallen, sein Ziehsohn Harre habe nun doch seinen Vorschlag angenommen, auf dem Festland in einer angesehenen Malerwerkstätte in die Lehre zu gehen. Noch im Morgengrauen sei er nach Amsterdam aufgebrochen.

»Er lässt alle sehr herzlich grüßen, ganz besonders dich, Kerrin«, verkündete der Pastor. »Er wollte sich und dir einen tränenreichen Abschied ersparen. Irgendwann im Herbst wird er zu einem kurzen Besuch kommen.«

Kerrin fiel vor Schreck beinahe der Löffel aus der Hand. Sie wurde leichenblass und die Luft zum Atmen schien ihr in den Lungen plötzlich knapp zu werden.

»So ist das also! Von wegen *tränenreicher Abschied!* Der Feigling hat sich heimlich verdrückt und überlässt es mir, mich mit diesem Ekel auseinanderzusetzen! So sieht also Harres Hilfe für mich aus!«

Ehe sie es verhindern konnte, schossen Kerrin die Tränen in die Augen – Tränen der Wut, Enttäuschung und Angst. Die Pastorin deutete sie allerdings falsch.

»Du hast keinen Grund, so traurig zu sein, Kerrin! Du solltest dich darüber freuen, dass dein Bruder endlich vernünftig wird und an seine Zukunft denkt.«

Über dieses Missverständnis lachte das Mädchen bitter auf. Eine Reaktion, die der Geistliche und seine Frau nur mit verständnislosem Kopfschütteln quittierten, war ihnen, vor allem Göntje, das Herumvagabundieren des halbstarken Harre doch schon länger ein Dorn im Auge. Die Pastorengattin war sich auch sicher, dass der einzige Grund dafür, dass Harre – ein völlig gesunder junger Erwachsener, der keine Anstalten

machte, zur See zu fahren und auch sonst keiner Arbeit nach-
ging – noch nicht Gegenstand des öffentlichen Geredes geworden war, dem Umstand seiner Herkunft geschuldet war:
Gegen den Sohn des angesehenen Commandeurs Asmussen
wagte niemand etwas Schlechtes zu sagen.

Am liebsten hätte Kerrin vor Zorn sämtliche Schüsseln vom
Tisch gefegt; stattdessen wischte sie sich energisch die Tränen
ab und begann schweigend, zusammen mit Catrina den Ess-
tisch abzuräumen.

In dieser Nacht vermochte Kerrin keinen Schlaf zu finden.
Ständig sah sie das gemeine Gesicht Oles vor sich, hörte immer wieder seine schmutzigen Anspielungen und hatte seine
Hände vor Augen, die Tatt unzüchtig befingert hatten und
morgen Abend mit ihr womöglich noch Schlimmeres anstellen
würden … An das Versprechen Harres, er werde schon alles in
Ordnung bringen, glaubte sie keinen Augenblick mehr.

Es war bereits weit nach Mitternacht, als großes Gepolter
an der Eingangstür zum Pfarrhaus sämtliche Bewohner alar-
mierte. Geschrei von der Dorfstraße her klärte alle über die
Ursache des Tumults auf:

»Feuer! Feuer!«

Der Ausbruch eines Brandes bedeutete auch immer eine
große Gefahr für die Gesamtheit der Gebäude im Dorf – obwohl die Obrigkeit einen Mindestabstand von drei Ruthen zwischen den einzelnen Nachbarhäusern angeordnet hatte.

»Bei Ole Harksen brennt das Haus!«, hörte Kerrin eine
Nachbarin kreischen. »Die Flammen lodern bereits aus dem
Dach«, gellte eine andere Stimme.

Kerrin wusste, genau wie die Übrigen, was zu tun war: Alle
Dorfbewohner zogen sich blitzschnell notdürftig an und bildeten geschwind eine Kette, um zu versuchen, den Brand mit Ei-
mern voll Wasser aus dem kleinen Teich zu löschen.

Ohne nachzudenken schloss Kerrin, die ohnehin noch hell-wach war, sich den Übrigen an. Ole mochte zwar ein Schwein sein, aber ihn in so einem Falle im Stich zu lassen, war unmög-lich. Dann jedoch kam alles ganz anders, denn jegliche Hilfe schien mit einem Mal vergebens.

»Das Haus ist nicht mehr zu retten«, hörte Kerrin Pastor Bra-rens mit Verzweiflung in der Stimme rufen, wobei er im Knis-tern der Flammen und im Knacken des Gebälks nur schwer zu verstehen war. Ganz selbstverständlich hatte ihr Onkel die Orga-nisation des gesamten Löscheinsatzes übernommen.

»Das Feuer wurde offenbar zu spät entdeckt! Wo um alles in der Welt ist übrigens der Hausherr?«

»Ja, wo ist denn eigentlich Ole Harksen?«, schallte es durch den dicken Qualm und den zischenden, stinkenden Rauch, der sich durch den Inhalt der Eimer entwickelte, den man schwungvoll auf die schwelenden Teile des Häuschens schwap-pen ließ.

»Herr im Himmel! Ole wird sich doch nicht mehr im Innern seines Hauses aufhalten?«, erklang ängstlich Göntjes Stimme durch das allgemeine Durcheinander.

»Harksen ist doch nicht taub! Den Krach muss er einfach ge-hört haben«, widersprach heftig eine Nachbarin. Im rötlichen Feuerschein erkannte Kerrin die Sprecherin als Thur Jepsen, die eifrig mithalf, Harksens schlichte Wohnstatt vor dem völli-gen Ruin zu bewahren – was im Übrigen ganz in ihrem Inter-esse war, um ihr eigenes Heim, das knapp danebenstand, zu beschützen.

»Vorsicht! Um Gottes willen! Alle weg vom Gebäude!«, dröhnte die Predigerstimme des Pastors auf einmal durch den dichten Rauch. Die Helfer vernahmen seinen Warnschrei rechtzeitig und brachten sich durch einen Sprung in Sicher-heit.

Im nächsten Augenblick stürzte ein Teil des glimmenden Dachstuhls ein. Verkohlte und noch glühende Reetbündel flogen in einem wahren Funkenregen auf den steinernen Hausumgang nieder; manche Stücke kamen erst in beträchtlicher Entfernung vom Brandherd auf der Erde zu liegen – ja, ein paar davon landeten noch auf dem Dorfweg jenseits von Oles Friesenwall, wie man das aus Feldsteinen und Erde errichtete, gut kniehohe Mäuerchen nannte, das jedes Grundstück einzäunte.

Ein wahrer Ascheregen ergoss sich über die Helfer, die sich nicht schnell genug aus der Gefahrenzone brachten. Lorenz Brarens und Dirk Matthießen, der wegen eines Unfalls nicht mehr zur See fahren konnte, schlugen mit Äxten die Haustür ein und drangen trotz drohender Einsturzgefahr ins Innere vor, um Ausschau nach Ole zu halten und um wenigstens noch ein paar seiner Schafe vor dem Verbrennen zu bewahren.

Ohne dass sie etwas dagegen zu tun vermochte, begann Kerrin wie Espenlaub zu zittern. War das etwa die Hilfe, die der Herr ihr angedeihen ließ? Musste der gewissenlose Schurke Ole sterben, um sie und Harre zu retten?

»Lieber Herrgott, nein!«, dachte das Mädchen unglücklich. »Nicht um diesen Preis!«

Ehe das geschah, wollte sie sich lieber mit dem schändlichen Kerl auseinandersetzen – was immer das für sie auch bedeuten mochte. So ganz genau konnte sie sich das alles sowieso nicht vorstellen. Was wusste sie mit knapp vierzehn denn schon von Männern und ihren triebhaften Gelüsten?

Die Gedanken wirbelten immer noch wild in ihrem Kopf durcheinander, als der Entsetzensschrei ihres Ziehvaters zu hören war:

»Jisus! Ole Harksen as duad!«

In der Aufregung redete der Pastor friesisch, was er sonst

nur im trauten Kreis der Familie tat – und auch da eher selten. Als er Sekunden später mit dem Helfer wieder aus der schwelenden Ruine trat, waren sein Gesicht, seine Hände, Hemd, Wams und Hose mit Rußflecken übersät.

Das anschließende Chaos war unbeschreiblich. Alle schrien wild durcheinander! Wie war das nur möglich? Hatte der Alte vor dem Schlafengehen vergessen, die Feuerstelle für die Nacht mit Asche zu bedecken? Hatte er so viel getrunken, dass er nichts mehr von der Gefahr bemerkt hatte? Der widerliche Brandgeruch musste doch sogar einen im Tiefschlaf Versunkenen aufwecken! War Ole im Schlaf am Rauch erstickt?

Für den Augenblick vermochte niemand eine Antwort auf all die Fragen zu geben.

Monsieur Lorenz und Matthießen trugen die halb verkohlte Leiche ins Freie. Zuvor hatte Pastor Brarens Oles nächste Nachbarin, Thur Jepsen, um eine Decke oder ein Betttuch gebeten, um den Toten zu verhüllen. Niemandem sollte der grässliche Anblick zugemutet werden …

Kerrin hielt sich während der gesamten Aktion in unmittelbarer Nähe ihres Onkels auf, ohne eigentlich den Grund dafür zu wissen. Etwas in ihrem Inneren drängte sie, wenigstens einen einzigen Blick auf Ole Harksen zu werfen – so, als könne sie es immer noch nicht glauben, dass ihr und Harres Feind nicht mehr am Leben war.

Helferinnen aus Nieblum waren inzwischen dabei, mit Stangen und Heugabeln Reste des glimmenden Reetdaches herunterzureißen. So war ausgeschlossen, dass der Wind gefährlich glimmende Teile auf die Helfer hinunter oder hinüber aufs Dach von Jepsens Haus wehte. Bei Bränden bestand stets die Gefahr, dass ein einzelner Herd sich zu einer allgemeinen Feuersbrunst auswuchs, die den halben oder gar ganzen Ort zerstörte.

Alle unnützen Gaffer, die nur aus Sensationsgier herumstanden, hatte der Pastor bereits mit ziemlich barschen Worten verscheucht und zu sinnvoller Arbeit angehalten. Als er und Dirk Matthießen das Opfer behutsam auf die Steinplatten legten und das Laken für einen Augenblick verrutschte, gelang es Kerrin, einen Blick auf Oles Schädel zu erhaschen.

Ehe sie aufschreien konnte, warf ihr der Geistliche einen warnenden Blick zu.

»Sei still, um Christi willen«, raunte er ihr zu und bedeckte blitzschnell den Kopf des Alten. Um die Schroffheit in seiner Stimme nachträglich abzumildern, räusperte er sich umständlich, als wolle er zu einer Erklärung ansetzen.

Dirk schien ebenfalls entdeckt zu haben, was Kerrin so erschreckt hatte; aber offenbar interpretierte der schlichte Mann den Sachverhalt vollkommen anders.

»Jä, nu! Sieht nich besonders gut aus, näch, *miin Deern*?«, meinte er bedächtig, wobei er ein Stück Kautabak gemächlich von der rechten Backentasche in die linke schob.

Das war so ziemlich die stärkste Untertreibung, die man sich vorstellen konnte.

»Wie es ausschaut, ist Ole Harksen das obere Brett von seinem Wandbett auf den Kopf gefallen. Und das hat ihm mit der Kante wohl ein Loch hineingehauen«, mutmaßte Dirk in seiner gemächlichen Sprechweise.

Er machte Anstalten, das Laken zu lupfen, um seine Vermutung auf ihren Wahrheitsgehalt hin zu überprüfen. Der Pastor fiel ihm sofort in den Arm.

»Lass man gut sein, Dirk! Der Ärmste soll doch seine Würde bewahren dürfen und nicht von allen anderen begafft werden«, erklärte er bestimmt. Matthießen seufzte, nickte und ließ wiederum den Kautabak in seinem Mund wandern.

»Wie ein Ochse, der wiederkäut«, schoss es Kerrin durch

221

den Kopf. Sie warf ihrem Oheim einen Blick zu. Keinen Augenblick schenkte sie Dirks Version Glauben, die Oles schwere Kopfverletzung direkt über dem linken Ohr einem fallenden Brett zuschrieb – auch wenn der Pastor dieser Version nicht widersprochen hatte.

Im Feuerschein des mittlerweile wie Zunder brennenden hölzernen Türstocks hatte sie weißliche Gehirnmasse aus dem tiefen Spalt austreten sehen, den allem Anschein nach der Hieb mit einer Axt verursacht haben musste.

Ein rascher Seitenblick zu ihrem Onkel gab ihr beinahe die Gewissheit, dass auch er Bescheid wusste: Ole Harksen war einem Mordanschlag zum Opfer gefallen!

Als der Pastor neben dem teilweise verkohlten Leichnam des Erschlagenen niederkniete, um für seine Seele ein Gebet zu sprechen, machte Dirk sich daran, endlich die fortwährend aufgeregt blökenden Schafe zu befreien. Stall und Scheune schienen im Gegensatz zum Wohntrakt noch nicht von den Flammen erfasst zu sein.

Kerrin überkam auf einmal ein heftiger Schwindel. Um am Ende nicht ohnmächtig umzusinken, ließ sie sich schnell auf einem umgestülpten Fass nieder, das nahe beim Eingang des Häuschens stand.

Das erwies sich allerdings als ein Fehler, denn der Zuber war unheimlich heiß. Sie spürte die Hitze durch ihren dicken Wollrock hindurch und sprang gleich wieder auf.

»Ich muss in Ruhe nachdenken«, ermahnte sie sich, ehe sie sich erneut in die Kette einreihte, die man gebildet hatte. Jetzt allerdings nicht mehr, um ein Menschenleben oder das Haus zu retten, sondern um das mögliche Übergreifen des Brandes aufs Nachbargebäude gänzlich auszuschließen.

VIERUNDZWANZIG
Ein schrecklicher Verdacht

WER DIESE UNTAT begangen haben konnte, diese Frage stellten sich – unabhängig voneinander – lediglich der Pastor und Kerrin.

Für alle Übrigen war der Fall klar: Ole hatte wieder mal zu tief ins Glas geschaut – immerhin hatte man in der kleinen Köögen mehrere leere Schnapsflaschen gefunden – und war dann eingeschlafen, ohne sich um das Feuer im Herd zu kümmern. Das war außer Kontrolle geraten und Ole war an einer Rauchvergiftung gestorben, ehe das Feuer auf sein Häuschen übergriff und ihm schließlich zu allem Überfluss noch einen herabstürzenden Balken auf den Kopf fallen ließ.

Man bedauerte ihn eine angemessene Weile lang, weniger, weil Harksen so beliebt gewesen wäre, sondern weil die Art seines Todes allen so bizarr erschien. Brände mit teilweise enormen Sachschäden ereigneten sich leider häufig, aber es waren dabei so gut wie niemals Tote zu beklagen. Was auch nicht weiter verwunderlich war: Bereitete es doch keine Schwierigkeiten, die ebenerdigen Gebäude zu verlassen und ins Freie zu gelangen.

Ole schien ausgesprochenes Pech gehabt zu haben.

Der Pastor allerdings glaubte keinen einzigen Augenblick an einen Unfall, da er keinen Gegenstand im Haus gefunden hatte, der imstande gewesen wäre, diese tödliche Schädelverletzung herbeizuführen. Weder das Bett noch die Zimmerdecke waren in dem Maße beschädigt, dass ein herabstürzendes Holzteil den Riss in Oles Schläfenbein hätte verursachen können.

Wie es aussah, war vielmehr ein Hieb mit einem Beil oder einer Eisenstange die Ursache für Harksens Tod. Jemand musste mit großer Wucht und vor allem Wut zugeschlagen haben. Das Feuer war anscheinend hinterher gelegt worden, um verräterische Spuren zu beseitigen.

An dieser Theorie zweifelte der Geistliche keinen Augenblick und stellte sich die Frage, wer aus der Dorfgemeinschaft wohl einen Grund für die brutale Mordtat hätte. Der alte Matrose besaß keine Reichtümer, die zu stehlen sich lohnen würde. Sein einzig nennenswerter Besitz war ein gutes Dutzend Schafe – und die Tiere waren alle noch vollzählig vorhanden. Soweit Brarens wusste, hatte Ole auch keine Feinde, zumindest keine, die ihn heimtückisch umbringen würden. Flüchtig ging ihm sein Ziehsohn Harre Rolufsen durch den Sinn. Weshalb war der Junge urplötzlich so erpicht darauf gewesen, die Insel zu verlassen? Was hatte ihn so überraschend zur Einsicht gebracht, dass eine Lehre bei einem angesehenen Künstler für ihn von Vorteil sei? Rasch ließ er den Gedanken jedoch als vollkommen abwegig wieder fallen, sah er doch keinerlei Berührungspunkte zwischen dem alten Seemann und seinem Neffen; Harre besaß absolut kein Motiv für eine solche Tat und zugetraut hätte der Pastor sie ihm auch nicht – obwohl er andererseits durch seine langjährigen, vielseitigen Studien auf dem Gebiet der Literatur, Historie und Philosophie davon überzeugt war, dass jeder Mensch im Prinzip zu allem fähig war, erreichte nur seine Bedrängnis ein entsprechendes Ausmaß. Doch wo sollte bei Harre schon eine derartige Verzweiflung herrühren?

Ein stichhaltiges Motiv erkannte er allerdings bei niemandem – ein Grund dafür, dass er in seinen Überlegungen keinen Schritt weiterkam. »Gottes Mühlen mahlen langsam«, dachte er schließlich, »aber bekanntlich auch sicher. Irgendwann wird sich schon einer verraten und seiner gerechten Strafe nicht entgehen.«

Kerrins Gedankengänge verliefen ein wenig anders: Mit Grausen dachte sie sofort an Harre und hatte auch gleich einen möglichen Tathergang vor Augen: Ihr Bruder hatte Ole wutentbrannt aufgesucht, es war zum Streit gekommen; dieser eskalierte zu Tätlichkeiten und Harre hatte im Jähzorn zugeschlagen. Das würde auch seine überraschende Abreise von der Insel erklären. Allerdings blieben mehrere Fragen dabei unbeantwortet: Was und vor allem *wo* war die Tatwaffe? Hatte Harre sie bereits mitgebracht – was für einen vorsätzlichen Mord spräche? Wenn er sie jedoch im Haus gefunden hatte, wo befand sie sich dann jetzt? Hätte ihr Onkel sie nicht finden müssen? Möglicherweise hatte Harre sie in irgendeinem Wasserloch oder Priel entsorgt.

Gesetzt den Fall, Harre hatte Ole frühmorgens vor seiner Abfahrt erschlagen, wer aber hatte dann in Oles Haus den Brand entfacht? Als das Feuer ausbrach, hielt sich ihr Bruder ja nachweislich nicht mehr auf Föhr auf. Der Oheim selbst hatte Harre nach Wyk kutschiert und ihn bis zum Boot zur Überfahrt nach Dagebüll begleitet. Wenn man ausschloss, dass er heimlich zurückgekommen war, musste es also noch einen anderen Täter geben. Auf Föhr anzulanden, ohne von irgendjemandem beobachtet zu werden, war nahezu unmöglich.

Innerlich sträubte sich in Kerrin jedoch alles dagegen, ihren Bruder einer solchen Tat für fähig zu halten. Und so klammerte sie sich an den letzten Strohhalm der Wahrscheinlichkeit und Logik: War es nicht viel plausibler, dass ein und dieselbe Person Harksen erschlagen und Feuer gelegt hatte? Wer aber hasste den Alten so sehr, dass er ihn erst niederschlug und anschließend den Flammen überließ?

Kerrin schlug sich mit der flachen Hand vor die Stirn. Natürlich, es konnte sich nur um Thur Jepsen handeln! Vielleicht hatte der Alte ebenfalls versucht, sie zu erpressen?

Dann jedoch überlegte Kerrin weiter: War die Frau wirklich imstande, Ole mit einer Axt totzuschlagen? Die besonders brutale Art und Weise, mit der man ihn ums Leben gebracht hatte, sprach eigentlich dagegen. Frauen griffen eher zu Gift oder anderen kräfteschonenderen Mitteln, wenn sie jemanden um die Ecke bringen wollten, oder? Das hatte Kerrin zumindest die alten »Hexen« in Alkersum sagen hören …

Aber wer, in Dreiteufelsnamen, hatte dann den ehemaligen Matrosen ermordet, wenn es weder Thur noch Harre waren? Kerrin zerbrach sich den Kopf, aber es wollte ihr niemand einfallen. Wie es schien, hatte Harksen sich vielleicht noch ganz andere Feinde gemacht, die ihn loswerden wollten. Wenn sie sich freilich die Szene ins Gedächtnis rief, wie er Tatt belästigt hatte, war es durchaus glaubhaft, dass er sich auch an anderen jungen Mädchen oder vielleicht sogar an Kindern vergangen hatte. Möglicherweise hatte ein Verwandter davon Wind bekommen und sich grausam an Ole gerächt.

Wieder einmal vermisste Kerrin schmerzlich ihre Mutter. Sie überlegte, wie anders ihr eigenes und Harres Leben womöglich verlaufen wäre, falls Terke noch lebte. Natürlich gaben der Pastor und Muhme Göntje ihr Bestes, aber eine so liebevolle Mutter, wie Roluf Asmussens Frau eine gewesen war, zu ersetzen, war unmöglich.

Je älter Kerrin wurde, umso mehr litt sie unter der Unmöglichkeit, mit ihrer Mutter über so vieles zu sprechen, was sie bedrückte, was sie nicht verstand, was ihr Probleme bereitete und worüber man nur mit jemandem reden konnte, der einem am allernächsten stand.

Als kleines Mädchen hatte sie sich ohne Weiteres mit der Versicherung anderer Leute zufriedengegeben, die ihr immer wieder vor Augen hielten, dass sie und ihr Bruder sich glücklich schätzen durften, so großartige Zieheltern wie den geschätzten Pastor und seine Frau zu haben. Es gab auf der Insel schließlich nicht wenige Waisenkinder, um die keine Verwandten sich kümmern konnten und die auf Kosten der Gemeinde zu Fremden verbracht wurden, die sich nicht übermäßig um sie sorgten und sie einfach als zusätzliche Arbeitskräfte betrachteten.

Ohne dass sie es verhindern konnte, liefen Kerrin nun mit einem Mal Tränen über die Wangen. Es war schon ziemlich lange her, dass sie geweint hatte. Tatsächlich war sie fast ein wenig beschämt über diesen unerwarteten Gefühlsausbruch. Sie war vierzehn, also schon ein großes Mädchen. Und große Mädchen weinten bekanntlich nicht. Das behaupteten zumindest die Pastorin und die anderen Frauen. »Friesinnen sind stark«, hieß es immer, »stark an Leib und Seele. Das müssen sie auch, um nützliche Gefährtinnen ihrer Männer zu sein.«

Gegen diesen Kodex zu verstoßen, erlaubte sich Kerrin nur höchst selten. Auch jetzt rief sie sich gleich wieder zur Ordnung und trocknete ihr Gesicht mit dem Schürzenzipfel ab.

Was ihr blieb, war immerhin die Gewissheit, dass es fürs Erste niemanden mehr gab, der Harre und Thur gefährlich werden konnte – und auch ihr selbst und Tatt nicht!

Als sie sich das deutlich machte, vermochte Kerrin befreit aufzuatmen. Wer immer Ole getötet hatte, hatte ihr und den Insulanern einen großen Gefallen erwiesen.

FÜNFUNDZWANZIG
Sommer 1695

MIT DEN WOCHEN KEHRTEN allmählich wieder Normalität und Ruhe auf der Insel ein. Die Last der täglichen Pflichten sorgte von selbst dafür, dass der Brand und der Tod von Ole Harksen rasch in Vergessenheit gerieten – zumindest zunächst: Die kargen Felder waren zu bestellen und das wenige Vieh zu versorgen, Fische mussten gefangen, Muscheln und Möweneier gesammelt, die Wiesen gemäht und die Wildenten – die wie immer auf dem Weg in ihre Sommerquartiere auf der Insel Halt machten – getötet werden.

Schwere Stürme waren wie üblich im Frühjahr über das Land gefegt und hatten Schäden am Deich im Norden der Insel angerichtet. Diese mussten sofort ausgebessert werden, um Schlimmeres zu verhüten. Ebenso verhielt es sich mit den Schäden an den mit Reetbündeln gedeckten Dächern, die von den Frauen und den wenigen anwesenden Männern umgehend behoben wurden.

Um den Frauen die schwere Arbeit ein wenig zu erleichtern, hatte man es sich seit einigen Jahren angewöhnt, Arbeitskräfte aus Dänemark zu holen. Es handelte sich um Jüten, fleißige, wortkarge Burschen, auf deren Dienste man bald nicht mehr verzichten konnte und wollte. Wer einen solchen Knecht aus Jütland besaß, pries sich glücklich – auch wenn andere, die ohne diese Hilfe auskommen mussten, die Nase über »die Fremden« rümpften, deren Sprache sie schlecht verstanden und deren Gewohnheiten sich in mancherlei Weise von denen der Insulaner unterschieden.

Einige versuchten zwar, die importierten Arbeitskräfte schlechtzumachen, indem sie die zumeist recht jungen Männer beschuldigten, Faulpelze und Säufer zu sein, denen es lediglich darum ginge, den föhringischen Frauen und Mädchen nachzustellen. Aber die Friesinnen – selbstbewusst und durchsetzungskräftig – scherten sich keinen Deut um diesen Protest. Sie waren hochzufrieden mit der Arbeitsleistung der »ausländischen« Knechte und kamen mit den arbeitswilligen Kerlen bestens zurecht.

Über den Vorwurf, »die Dänen würden zu viel saufen«, konnten sie nur mit den Schultern zucken. »Das tun unsere

Männer auch zur rechten Zeit«, meinten sie und lachten dabei vielsagend.

Die meisten der jütländischen Landarbeiter kehrten nach einigen Jahren wieder nach Hause zurück; manche von ihnen aber blieben. Selbstverständlich kam es auch vor, dass Ehen zwischen Jüten und Friesinnen geschlossen wurden.

»Daran werden sich künftig alle Föhringer gewöhnen müssen.« Pastor Brarens begrüßte es als einer der wenigen, wenn wieder einmal in seiner Kirche die Einsegnung eines »gemischten Paares« anstand.

Nachdem alle Aufregung sich längst gelegt zu haben schien, kamen ohne jede Vorwarnung im Laufe des Sommers allerlei seltsame Gerüchte in Umlauf. Keiner wusste, wer sie in die Welt gesetzt hatte, und niemand hinterfragte, wer ein Interesse daran haben konnte, Unfrieden auf der Insel zu stiften.

Entsprach es denn nicht der Wahrheit, hörte man es plötzlich munkeln, dass Kerrin Rolufsen sich in der Nacht vor dem Peterstag mit Ole weit abseits des Festplatzes *in einem Gebüsch* getroffen habe? Vorher hatte das Paar doch den Stand mit dem Rumpunsch angesteuert – wobei Ole seine Hand besitzergreifend um Kerrins Hüfte gelegt hatte. Jawohl, da gab es gleich mehrere, die das bestätigen konnten!

Einige wollten Kerrin nach einer Weile vollkommen »aufgelöst« erneut beim Feuer gesehen haben. Alles sprach dafür, dass da etwas vorgefallen sein musste!

Hatte jemand die beiden beim heimlichen Stelldichein überrascht? Womöglich Harre Rolufsen, der ganz kurz danach so überstürzt von Föhr verschwunden war – angeblich, um auf dem Festland die Malerei zu erlernen! Gemalt hatte der junge Mann doch immer schon … Warum jetzt die plötzliche Flucht von der Insel?

Hatte Harre am Ende etwas mit dem Unglück zu tun, das Ole Harksen getroffen hatte? Die Gerüchte brodelten wild, den Begriff »Mord« allerdings benützte zu dieser Zeit noch niemand. Harre war immer schon ein sehr reservierter Einzelgänger gewesen, der sich um seine Altersgenossen keinen Deut scherte – ein Wesenszug, der in der kleinen Inselgemeinschaft nicht unbedingt gut ankam. Was konnte man ihm zutrauen? War es möglich, dass der Junge, um die Ehre seiner Schwester zu retten, auch zu Mitteln griff, die Gott und die Gesetze des Landes unter schwerste Strafe stellten?

Das Geflüster wurde zum Getuschel, das sich verselbstständigte. Den leisen Fragen folgten Antworten und aus diesen wiederum schälten sich allmählich massive Beschuldigungen heraus.

Unüberhörbare Anklagen waren es zuletzt, deren ungehemmter Verbreitung der Pastor nicht mehr tatenlos zusehen konnte:

»*Vox populi, vox Dei!* Diese Stimme des Volkes, die angeblich die Stimme Gottes sein soll, können wir nicht länger ignorieren!«, verkündete er entschlossen und berief den »kleinen Familienrat« ein. Dazu gehörten seine Frau Göntje, seine Tochter Catrina, sein Mündel Kerrin, die den ganzen Aufstand schließlich indirekt verursacht hatte – sowie Harre, der ganz überraschend für eine Woche auf Besuch zu Hause war: Das Heimweh habe ihn nach Föhr getrieben, behauptete er. Nicht einmal Göntje wusste jedoch, dass Monsieur Lorenz seinen Ziehsohn mittels eines Briefes aus der Fremde herbeordert hatte.

Kerrin, die ebenso wenig wie die anderen von Harres Besuch gewusst hatte, brannte darauf, ihn endlich allein zu sprechen. Den ganzen ersten Tag jedoch entzog er sich ihr äußerst geschickt und schaffte es, nie allein mit ihr im Raum zu sein.

Keine Frage, dass Harre während des »Familienrates« sämtliche Anschuldigungen gegen sich als vollkommen aus der Luft gegriffen, als haltlos und böswillig verdammte. Kerrin begann damit, die Tatsachen geradezurücken, indem sie sich darüber beklagte, dass Ole sie ungefragt um die Taille gefasst und eng an sich gepresst hatte, und sie sich derlei Freiheiten energisch verbeten habe.

»Er hat erst Reißaus genommen, als ich behauptete, ich sei mit Ihnen, Oheim, verabredet.«

Von den Übrigen unbemerkt, schlich sich Tatt heimlich in die Runde, die sich in der dämmrigen Dörnsk zusammengefunden hatte. Offenbar hatte sich die Familie versammelt, um etwas Wichtiges miteinander zu teilen. Das geistig behinderte junge Mädchen fühlte sich ausgeschlossen und kauerte sich in eine Ecke, um zu lauschen. Auf einmal lachte sie schrill auf, wodurch man erst auf sie aufmerksam wurde.

»Was ist los, Tatt, mein Kind?«, richtete ihr Vater freundlich das Wort an sie, ehe Göntje sie barsch aus der Stube verscheuchen konnte. »Brauchst du etwas?«

Der Pastor wusste, dass seine Frau zunehmend weniger Geduld für diese Tochter aufbrachte, die ihr von Tag zu Tag mehr Kummer bereitete. Nach Göntjes Aussage war Tatt »wie wild hinter den Männern her«. Der Vater allerdings vermutete, dass seine Frau wieder einmal gewaltig übertrieb. Für ihn war sein Sorgenkind Tatt immer noch sein kleines Mädchen …

»Kerrin liebt Ole und Ole liebt auch Kerrin! Aber mich mochte er noch viel lieber! Das weiß ich genau«, behauptete sie und lachte triumphierend.

Woher sie das denn wisse, wollte der verblüffte Geistliche erfahren. Wichtigtuerisch berichtete Tatt, woran sie sich noch erinnerte: »Ich bin selbst dabei gewesen, als die beiden heimlich im Gebüsch ein Treffen ausmachten! Nach einer Woche wollten sie sich an derselben Stelle zur gleichen Zeit zusammenfinden.«

»Wie bitte?«

Kerrin sah die Augen der übrigen Familienmitglieder ungläubig fragend auf sich gerichtet. Beinahe versagte ihr die Stimme und sie musterte die übers ganze Gesicht grinsende Tatt finster.

»Wie kommst du bloß auf so einen ausgemachten Blödsinn, Tatt?«, mischte Harre sich nun ein.

»Weil ich es genau gehört habe«, trumpfte Tatt erneut auf. »Ole hat meine Brüste gestreichelt und mich unter dem Rock am Bauch gekitzelt. Da habe ich furchtbar lachen müssen und das hat Kerrin ärgerlich gemacht, weil sie eifersüchtig war! Sie wollte, dass Ole *ihren* Busen streichelt und *ihr* zwischen die Beine fasst! Sie wollte auch nicht dulden, dass ich meine Hand in Oles Hose gesteckt und mit seinem Ding gespielt habe. Das war erst noch klein und ganz weich und ist dann riesengroß und hart geworden! Das hat mir gefallen und Ole mochte es auch gern!«

Tatt gluckste förmlich vor Vergnügen.

»Hart wie einen Besenstiel habe ich es gemacht«, bekräftigte sie dann und verschluckte sich beinahe vor Kichern. Die Erinnerung daran regte sie sichtlich auf, ihr Gesicht und ihr Hals röteten sich und sie begann unruhig auf ihrem Hocker herumzurutschen.

Während ihre Eltern sie fassungslos anstarrten, wurde Kerrin unsagbar wütend. Harre, der die Geschichte ja bereits kannte, setzte nur eine undurchdringliche Miene auf.

»Das kommt alles davon, dass ich den Mund gehalten habe, weil ich Tatt nicht anschwärzen wollte!«, platzte Kerrin heraus. »Ich habe sie gesucht und schließlich mit dem Schwein Ole Harksen bei den Fliederbeerbüschen hinter dem Festplatz

232

gefunden. Der alte Kerl hat Tatt unzüchtig berührt, wobei er sie animiert hat, ihn ebenfalls anzufassen. Er hatte ihr weisgemacht, ihr in dieser Nacht die *Sternbilder* erklären zu wollen. Ich habe ihn zur Rede gestellt und ihm deutlich meine Meinung gesagt. Als er noch frech werden wollte, habe ich ihm gedroht, alles Ihnen zu sagen, Oheim.«

»Wie hat Harksen darauf reagiert, Kerrin?« Das Gesicht des Geistlichen hatte sich verdunkelt. Es war ganz offensichtlich, wie erzürnt er über das Gehörte war.

»Er hat seine dreckigen Pfoten von ihr genommen und …«

»Ole hatte keine dreckigen Pfoten, merk dir das!«, kreischte Tatt wütend und versuchte mit ihren Fingernägeln Kerrin wie eine wütende Katze durchs Gesicht zu fahren.

»Schweig!«, brüllte der Pastor mit wahrer Stentorstimme und schlug seiner Tochter kräftig auf die nach Kerrin ausgestreckten Hände. »Jetzt wissen wir wenigstens, *wem* wir die schrecklichen Gerüchte zu verdanken haben, die seit einiger Zeit Kerrin belasten!«

Die Stimme des Geistlichen überschlug sich beinahe vor Wut. So hatten ihn die Seinen noch nie erlebt. Göntje und Kerrin zuckten zusammen, Catrina grinste verstohlen, Tatt begann zu heulen und Harre riss erstaunt die Augen auf. Sogar die kleinen Scheiben in den Fensterrahmen hatten geklirrt.

»Geh in die Kammer und warte, bis ich dich rufe, Tatt«, verlangte Brarens gleich darauf – zwar mit deutlich gedämpfter Stimme, aber nichtsdestoweniger energisch und keinen Widerspruch duldend.

Die Gemaßregelte ließ sich das nicht zweimal sagen. Die ungewohnt barsche Art ihres Vaters flößte Tatt sichtlich Angst ein.

»Fahre nun fort, meine Liebe!«, verlangte der Oheim und Kerrin schilderte, wie Ole ihr das Versprechen eines weiteren

Treffens abgerungen hatte – wobei sie natürlich verschwieg, womit er sie erpresst hatte. Der Pastor, der sich inzwischen wieder ganz in der Gewalt hatte, musterte sie schweigend und Kerrin hoffte inständig, die offensichtliche Lücke in der Geschichte möge ihm nicht weiter auffallen. »Zu einem Treffen kam es dann ja nicht mehr«, beendete sie hastig ihre Erzählung, »denn einen Tag vorher ereignete sich der Brand und ...«

»Welcher Brand?«, fiel Harre seiner Schwester ins Wort.

»Ole Harksens Haus ist niedergebrannt, in der Nacht, nachdem du die Insel verlassen hattest. Ole ist dabei umgekommen«, setzte der Pastor seinen Ziehsohn kurz ins Bild.

»Meine Güte! Kaum kehre ich Föhr mal den Rücken, ereignen sich hier die tollsten Geschichten! Bin ich daheim, passiert nie etwas!« Harre klang beinahe, als handele es sich bei dem Drama um ein spannendes Abenteuer – wofür er sich sofort eine saftige Rüge des Pastors einhandelte, der den Ernst des Ganzen betonte.

»Es ist keineswegs witzig, mein Junge, wenn man ganz offen deiner Schwester den Vorwurf macht, mit diesem alten Matrosen ein ungehöriges Verhältnis eingegangen zu sein und dir so ganz nebenbei den Mord an Ole zur Last legt, weil du angeblich den guten Ruf deiner Schwester retten wolltest!«

Das allerdings warf den jungen Künstler sichtlich aus der Bahn.

»Um Himmels willen! Sind die Leute denn verrückt geworden? Ich hatte in meinem ganzen Leben nichts mit Ole Harksen zu tun!«

Bei dieser unverfrorenen Lüge zuckte Kerrin unwillkürlich zusammen.

»Meine Schwester hatte mit dem unsauberen Kerl gewiss keine wie immer geartete Beziehung«, bekräftigte der junge Mann noch einmal – »und ich infolgedessen sicher keinen

Grund, ihm den roten Hahn aufs Dach zu setzen, geschweige denn, ihn verschmoren zu lassen!«

»Ganz so war es nicht, jemand hat Ole zuerst den Schädel gespalten, ehe er Feuer legte.«

Der Pastor sprach jetzt ganz ruhig. Es war das erste Mal, dass er ein Wort über das Verbrechen verlor, das immer noch den allermeisten als Unglücksfall galt.

Kerrin, die sich die ganze Zeit über gefragt hatte, warum der Oheim sein Wissen mit niemandem teilte, glaubte, er sei in seiner besonnenen Art bestrebt, Angst und Unruhe auf Föhr zu verhindern. Wer konnte vorhersehen, wie Frauen – von denen die meisten monatelang ohne männlichen Schutz in ihren Häusern lebten – auf die Tatsache reagieren würden, dass ein gemeiner Totschläger und Brandstifter ihre schöne Insel unsicher machte?

Jetzt allerdings war das Unfassbare ausgesprochen.

Sofort fiel Göntje über ihren Ehemann her. Sie wollte wissen, wie lange er das bereits wusste und warum er nicht wenigstens ihr, seiner Frau, davon erzählt habe und was er nun zu tun gedenke.

Die ersten beiden Fragen waren schnell beantwortet, Kerrin lag mit ihrer Vermutung richtig: Ihr Ziehvater wollte in der Tat keine irrationalen Ängste schüren – auch nicht im eigenen Haus.

Beim dritten Punkt aber musste der Pastor passen. Was konnte er denn schon unternehmen? An den Täter öffentlich appellieren? Der würde ihn für verrückt halten und sich nun erst recht bemühen, ja nicht unliebsam aufzufallen – sofern er sich überhaupt noch auf Föhr befand.

»Meiner Meinung nach werden wir das Verbrechen – wenn überhaupt – nur durch puren Zufall aufklären können«, erklärte Lorenz Brarens seelenruhig.

Eine Weile diskutierte der Familienrat noch über diese Untat; anschließend aber wandte man sich dem nächsten Problemfall zu: Tatt und ihren intellektuellen Defiziten.

Es blieb wohl nichts anderes übrig, als die junge Frau mehr oder weniger immer im Auge zu behalten, wollte man nicht riskieren, dass ein gewissenloser Mann ihren Zustand ausnützte und sie womöglich schwängerte.

Kerrin sagte sofort jegliche weitere Hilfe zu.

»Aber eine Bitte habe ich an dich, Catrina!« Kerrin wandte sich energisch an das Mädchen. »Tatt ist *deine* Schwester und du solltest dich gefälligst *auch* um sie kümmern. Ich mache gerne, wozu ich imstande bin – aber es gefällt mir nicht, wenn andere sich dauernd drücken und alles *nur* mir überlassen. Nicht wahr, Catrina?«

Die Sechzehnjährige tat nur ein kleines bisschen verlegen, gab dann aber bereitwillig zu, bisher wenig Lust verspürt zu haben, das Kindermädchen für Tatt zu spielen. Doch sie gelobte feierlich Besserung. Da Catrina meist viel versprach und üblicherweise wenig davon einhielt, nahm Kerrin sich insgeheim vor, sie beizeiten an ihre Pflicht zu erinnern.

»Und ich werde nächsten Sonntag von der Kanzel herab die ehrenrührigen Gerüchte, die über Kerrin und Harre mittlerweile ganz offen verbreitet werden, zunichtemachen«, kündigte der Geistliche energisch an.

Wie er das denn anstellen würde, wollte Göntje ängstlich wissen. Der Pastorin wäre es sichtlich am liebsten gewesen, man hätte alles unter den Teppich gekehrt, indem man kein Wort mehr darüber verlor. Das Gerede der Leute würde schon irgendwann von selbst verstummen … Doch davon wollte der Pastor nichts wissen.

»Indem ich die Wahrheit über Ole Harksen und unsere arme Tatt sage«, erklärte er bestimmt, »werde ich den Menschen klarmachen, was für ein Mensch Ole war. Ich möchte fast wetten, dass er auch anderen Mädchen gegenüber lästig geworden ist. Vielleicht zeigt es sich dann ja, ob es nicht noch andere auf der Insel gibt, die Grund genug gehabt hätten, ihn sich vom Hals zu schaffen.«

Als Göntje zu lautem Protest ansetzte, verbat er ihr ungewohnt streng jegliche Kritik an seinem Vorhaben.

»Diese ehrliche Klarstellung bin ich unseren Pflegekindern schuldig. Es kann nicht sein, dass die beiden unter der moralischen Verworfenheit Ole Harksens zu leiden haben – genauso wenig wie unter der geistigen Schwäche unserer Tochter, die unwillentlich dieses ganze Unheil erst angestiftet hat.«

Dass Ole einem Mordanschlag zum Opfer gefallen war, würde er hingegen nicht offenbaren – auch wenn manche das vielleicht bereits argwöhnten. Alle Anwesenden mussten ihm versprechen, gleichfalls Stillschweigen darüber zu bewahren. Schweren Herzens fand sich schließlich auch Göntje dazu bereit.

Kerrins Angst, dass dem Oheim auffallen würde, dass es in ihrer Variante der Erzählung eigentlich keinen Grund gab, warum der alte Ole sie erpressen konnte, erwies sich glücklicherweise als unbegründet. Auch Harre wirkte sehr erleichtert, dass er nicht gezwungen war, die »Vorgeschichte« zu enthüllen.

Wie erwartet fanden die Gerüchte und Verleumdungen ein Ende, nachdem der beliebte und allseits geachtete Pastor seine Sonntagspredigt gehalten hatte. Die Gemeindemitglieder waren beschämt und befleißigten sich gegenüber Kerrin und ihrem Bruder plötzlich ganz besonderer Freundlichkeit, als wollten sie ihr Unrecht wiedergutmachen. Aber bei Kerrin hinterließ das, was sie insgeheim den Insulanern als Heimtücke anlastete, seine Spuren. Sie fühlte sich nicht mehr recht wohl in deren Gesellschaft. Allerdings vermied sie es, sich ihre Skepsis anmerken zu lassen.

Die Menschen, die sie zwischenzeitlich regelrecht gemieden hatten, kamen nun erneut zu ihr und ließen sich von ihr wegen allerlei kleineren und auch größeren Beschwerden behandeln. Noch nie musste sie so vielen die Hände auflegen, um sie von quälenden Kopf- und Gliederschmerzen zu befreien. Und die Schar derer, die sie aufsuchten, um sich von ihr tief in die Augen schauen zu lassen, um verborgene Krankheiten aufzuspüren, wuchs beinah täglich. Es hatte sich mittlerweile gezeigt, dass Kerrin tatsächlich in der Lage war, Leiden zu diagnostizieren, indem sie den Leuten einfach nur in die Augen sah. Mit den Jahren hatte sie sich an diese seltsame Gabe gewöhnt und wusste sie auch gezielt einzusetzen – obwohl sie ihr manchmal noch immer nicht ganz geheuer war und es ihr instinktiv in manchen Fällen geraten schien, lieber nicht die Wahrheit zu sagen, vor allem bei älteren Menschen, deren Lebenskraft sie zerrinnen sah und die bereits von den Vorboten eines schweren Leidens gezeichnet waren.

Wem sie half, sang ihr Lob in den höchsten Tönen – andere mokierten sich insgeheim über diese »unchristliche Scharlatanerie«.

Nach wie vor beteiligte sie sich an der Schafschur, den fälligen Feldarbeiten und an der Heumahd. Sie machte mit beim Netzflicken und half bei den notwendigen Ausbesserungsarbeiten am Deich, indem sie schwere Steine herbeischleppte.

Als der Sommer fortschritt, zog sie beinahe jeden dritten Tag mit den Nachbarinnen – ausgerüstet mit einem Eimer und der *Gliep*, einem kescherähnlichen Fanggerät – hinaus aufs Watt, um Krabben zu fangen. Die Frauen wateten dabei stundenlang, aus falsch verstandenem Schamgefühl bis zum Bauch in voller Kleidung, durch die Priele, deren Wasser auch im Sommer kalt war. Dass sich viele dabei Unterleibs- oder Blasenbeschwerden zuzogen, weswegen sie dann wiederum Kerrin als Heilerin aufsuchten, blieb nicht aus. Als diese einmal zaghaft anregte, man könne doch wenigstens die langen Röcke am Ufer ablegen, ehe man ins Wasser ging, »da wir Weiber doch ganz unter uns sind«, kam ihr Vorschlag indes übel an. Auch die jüngeren Frauen empörten sich über diese angebliche »Schamlosigkeit«. Kerrin, erschrocken über die heftige Ablehnung, die ihrem, wie sie fand, vernünftigen Rat entgegenschlug, berührte dieses Thema nie wieder.

Fische – neben Butt und Schollen war man vor allem hinter den großen Rochen her – erlegte man mit dem *Schollenpricker*, einem langen Stock mit einer eisernen Spitze, mit der die Fische aufgespießt wurden; manche Pricker ähnelten einer achtzinkigen Gabel.

Vor dieser Arbeit drückte sich Kerrin, wenn es irgendwie möglich war: Die Fische, von denen oft ein halbes Dutzend auf einmal durchbohrt am Pricker zappelten, taten ihr nämlich leid.

»Wir haben diese Saison schon so viele Schollen und Rochen geprickt«, freute sich Göntje eines strahlend schönen Nachmittags, der bereits den Geruch des baldigen Herbstes in sich trug, »dass wir gar nicht alle sofort verzehren können. Den Rest werden wir teils räuchern, teils für den Winter trocknen.«

»Das übernehme ich«, bot Kerrin sich sofort an. Die bereits toten Fische zu bearbeiten, fiel ihr nicht schwer. Auf Föhr war es im Spätsommer und den ganzen Herbst hindurch ein gewohntes Bild, dass hinter jedem Haus die Wäscheleinen voll mit Schollen hingen, die man an der Luft trocknete, um sie haltbar zu machen. Und über der gesamten Insel lag wochenlang der schwere, würzige Geruch von gesalzenem Räucherfisch.

Zum Verzehr musste man die Fische dann nur noch auf der heißen Herdplatte anwärmen. Manche Hausfrauen, wie etwa die Pastorin, weichten sie auch in ein wenig Wasser ein, zerkleinerten sie und bereiteten aus dem Fischfleisch sowie klein geschnittenem Kraut und »Wurzeln«, wie man die Rüben nannte, eine herzhafte Fischpfanne.

Beim nach der täglichen Arbeit üblichen *Apsatten*, den Zusammenkünften der Frauen am Feierabend, fehlte Kerrin neuerdings. Während die Anwesenden Wolle kratzten oder verspannen, wurde üblicherweise über Abwesende hergezogen, dabei auch viel dummes Zeug geredet und hin und wieder auch allerhand Unwahres verbreitet. Kerrin selbst vermochte ein Lied davon zu singen …

Sie wollte sich daran nicht mehr beteiligen, ja, es war ihr unerträglich. Regelmäßig ließ sie sich jetzt entschuldigen, meist unaufschiebbare Aufträge der Pastorin als Ausrede vorschützend. Stillschweigend ließ man es ihr durchgehen, aber zu ihrer Beliebtheit trug es nicht bei, dass sie sich von den übrigen Frauen absonderte.

Harre Rolufsen war längst wieder fort.

Ungern hatte Kerrin den Bruder ziehen lassen, aber sie sah ein, dass es zu seinem Besten war. Malerei war eine ernsthafte Beschäftigung und als bloßer Dilettant würde er in seinem späteren Leben niemals eigene Befriedigung und noch weniger die Anerkennung potenzieller Käufer finden. Sie fand es verständlich, dass Harre wenig Lust zeigte, seine Kunstwerke nur auf dem Dachboden des elterlichen Hauses zu stapeln. Weniger Verständis hatte Kerrin dafür, dass Harre ihr partout nichts mehr über das Ende von Ole Harksen und den Brand hatte verraten wollen. Jeden ihrer Versuche, auf jene Nacht und seine plötzliche Abreise zu sprechen zu kommen, hatte er im Keim erstickt und sich zudem so unwissend und auch desinteressiert gezeigt, dass Kerrin am Ende fast davon überzeugt war, dass Harre wirklich nichts mit der ganzen Sache zu tun hatte – was sie selbst ja ohnehin auch glauben wollte.

Als der Sommer sich seinem Ende zuneigte, begann ein ganz spezieller Gedanke in Kerrin heranzureifen und schickte sich an, immer konkretere Formen anzunehmen. Anfangs noch sehr unsicher, schwieg sie jedoch vorerst über ihre Pläne – auch gegenüber ihrem Ziehvater.

SECHSUNDZWANZIG
Europa blickt nach Russland

MOCHTE MAN AUF DEN INSELN auch abgeschieden von der übrigen »großen« Welt leben, in gebildeten Kreisen, wie etwa in den Familien der Pastoren, der Ratsmänner oder der reichen Commandeure und Walfangkapitäne, verfolgte man die Zeitläufte indes sehr genau und wusste ziemlich gut Bescheid über die wichtigsten Ereignisse.

Rechtzeitig zu erfahren, wo es etwa zu kriegerischen Verwicklungen kam, war für jede Seefahrer- und Handelsnation überlebensnotwendig. Nicht zu wissen, welche Länder sich gerade bekriegten und welche sich gegenseitig unterstützten, konnte in der Seefahrt ein tödliches Risiko darstellen.

Dass England und Frankreich die »Neue Welt« längst unter sich aufgeteilt hatten und Spanien und die Niederlande in anderen Teilen der Erde ihre Interessen blutig durchzusetzen gewillt waren, ließ auch die Bewohner des unbedeutenden kleinen Eilands Föhr nicht gleichgültig.

Nach turbulenten Zeiten in England war mittlerweile wieder Ruhe unter der Herrschaft eines Monarchen eingekehrt.

Was Frankreich betraf, so bewunderte man den »Sonnenkönig«, Ludwig XIV., in ganz Europa ungemein; französisches *savoir vivre* galt als Nonplusultra der Vornehmheit. Französische Sprache, französische Architektur, französische Mode und auch französische Philosophie standen in gehobenen Kreisen hoch im Kurs. Den Repräsentanten all dieser Vorzüge bewunderte man nicht nur, man hasste und fürchtete ihn zugleich. König Ludwig scheute bekanntlich keine kriegerische Auseinandersetzung – auch wenn er als Kriegsherr durchaus nicht immer das Glück für sich gepachtet hatte.

Dass Schweden und Dänemark sich seit Langem feindlich gesinnt waren und immer wieder durch kriegerische Verwicklungen die Seefahrtswege nach Grönland unsicher machten, damit hatten besonders die Friesen ihre leidvollen Erfahrungen gemacht.

Am wenigsten kümmerten sich die föhringischen Honoratioren um den deutschen, in Wien residierenden Kaiser, der sich seinerseits ebenfalls kaum um den Norden seines Reiches scherte.

Umso mehr wandte sich das Interesse der Menschen neuerdings einem Land weit im Osten zu: Russland. Kapitäne, die von Handelsfahrten aus der Ostsee zurückkehrten, berichteten allerlei Wissenswertes über dieses riesige Land und seinen Zaren, wobei sie sich einer höchst interessierten Zuhörerschaft sicher sein konnten.

So sorgte am schwedischen Königshof mal wieder ein Gerücht für Aufsehen, das wissen wollte, der Zar litte an einer lästigen Krankheit: War er sehr angespannt, zuckte sein Gesicht bisweilen unkontrolliert. Die Dauer des Anfalls betrug oft nur zwei Sekunden, konnte sich aber zu minutenlangen Krampfzuständen ausweiten, die auch seine Halsmuskulatur erfassten, seinen linken Arm hochschnellen und ihn die Augen verdrehen ließen. Gewöhnlich schlief der Zar nach einer derartigen Attacke ein oder verlor das Bewusstsein.

Die Ursache für diese Anfälle war unbekannt. Manche führten hinter vorgehaltener Hand seine Erkrankung auf den exzessiven Alkoholgenuss zurück, dem er im Kreise seiner Freunde frönte. Ein anderes an europäischen Höfen verbreitetes Gerücht wollte wissen, die Krämpfe seien die Folge einer Vergiftung.

Frau von Roedingsfeld, die Erste Hofdame der schwedischen Königin, allerdings führte eine weitaus plausiblere Erklärung an.

»Madame«, dozierte sie im Kreise der Hofdamen, wobei sie sich direkt an Königin Ulrika Eleonora wandte, »auch länger anhaltendes hohes Fieber vermag dieses Nervenleiden hervorzurufen. Im vorletzten Winter litt der Zar nachweislich an so hohem Fieber, dass man bereits um sein Leben bangte. Er erholte sich wieder, doch seitdem scheint er an den Krämpfen zu leiden. Man kennt keine Behandlungsmethode, die Peter heilen könnte. Aber abgesehen davon erfreut der Zar sich bester Gesundheit.«

»Gespräche mit englischen und holländischen Kapitänen sollen Peter beflügelt haben, weitere Reisen zu unternehmen«, griff die Königin ein Thema auf, das geeignet schien, nordeuropäische Interessen zu berühren.

»In Europa spricht man neuerdings davon, der Zar plane eine Expedition nach Persien und in den Fernen Osten. Wissen Sie etwas darüber, liebste Alma?«, erkundigte sich Ulrika Eleonora.

243

»Oh, ja, Majestät! Kaufleute aus England und Holland haben ihm den Handel zwischen Europa und Persien und zwischen Europa und Indien in glühenden Farben geschildert und ihn auf die Idee gebracht, diese Handelsbeziehungen über die großen Flüsse auch nach Russland auszudehnen«, beeilte sich Gräfin Alma von Roedingsfeld eifrig zu erläutern.

»Mein Bruder deutete mir in seinem letzten Brief an, der Zar wolle im kommenden Sommer fünf große Schiffe und zwei Galeeren bauen, um mit ihnen nach Astrachan zu fahren, wo er Verträge mit Persien unterzeichnen wolle. Außerdem hat Peter die Idee, weitere Galeeren zu bauen, um mit ihnen in die Ostsee zu stechen.«

Das war allerdings eine Neuigkeit, die es in sich hatte! Die Königin würde umgehend ihren Gemahl davon in Kenntnis setzen. Immerhin betrachtete das Land Schweden, als beherrschende Militärmacht in Nordeuropa, die Ostsee als seine ureigenste Domäne!

Sollten die Russen etwa beabsichtigen, mit ihnen in Konkurrenz zu treten? Dann müsste man ihnen beizeiten die Flügel stutzen. Noch besser wäre allerdings die Umsetzung eines anderen Projektes, das man mittlerweile zwar ad acta gelegt, aber noch keineswegs ganz vergessen hatte: Die Verheiratung Hedwig Sophies mit dem Zaren. Das würde zum einen einen Krieg vermeiden und zum anderen könnte man sich mit dem russischen Schwiegersohn friedlich das Hoheitsgebiet der Ostsee teilen.

Was zu diesem Zeitpunkt niemand im Westen wusste, war, dass Zar Peter tatsächlich davon träumte, sich eine Flotte zu bauen. Russlands bisher einziger Meereshafen Archangelsk war sechs Monate im Jahr zugefroren. So blieb ihm vorerst nur ein einziger weiterer Zugang zur See: Im Süden, über das Schwarze Meer. An den Mündungen von Don und Dnjepr blo-

244

ckierten aber regelmäßig die Türken den russischen Zugang zu diesem Gewässer – ein unhaltbarer Zustand für den Herrscher des Riesenreiches.

»Die nötigen Baumaterialien für die Galeeren will der Zar nicht in Tausenden von Wagen über Land, sondern dieses Mal angeblich auf Transportschiffen auf den Flüssen befördern lassen«, fuhr die gut informierte Hofdame fort.

»Da hat der junge Zar sich aber eine Menge vorgenommen.« Die schwedische Königin lächelte und schüttelte den Kopf. »Auf alle Fälle scheint es mir angebracht, ein Auge auf ihn und auf sein bisher so rückständiges Land zu haben. Dieser dynamische Herrscher in Moskau scheint für allerhand Überraschungen gut zu sein! Seien Sie so lieb, werte Gräfin Alma, und bitten Sie Ihren Bruder, Ihnen alles – wirklich *alles!* – über diesen jungen Mann auf dem Zarenthron zu berichten, damit Sie mir umgehend Bescheid über alle Veränderungen und Neuigkeiten geben können«, ersuchte die Königin ihre liebste Gesellschaftsdame.

»Vor allem bin ich interessiert an Dingen, die das ganz private Umfeld des Zaren betreffen«, fügte Ulrika Eleonora noch leise und allein für Frau von Roedingsfeld hörbar hinzu. »Womöglich schiebt er seine langweilige Gemahlin Jewdokija doch noch in ein Kloster ab.«

Die Gräfin verstand sofort: Man schmiedete wieder einmal Heiratspläne für die hübsche Prinzessin Hedwig Sophie – ein heikles Unterfangen, denn die junge Dame war zwar erst vierzehn Jahre alt, besaß aber durchaus ihren eigenen Kopf, was die Wahl eines eventuellen Ehegemahls anlangte. Ohne ihr Einverständnis würde der König es schwer haben, das willensstarke junge Mädchen auf dem Altar der hohen Politik zu opfern.

Hedwig Sophies Herz gehörte bereits einem jungen Adli-

245

gen, dem zehn Jahre älteren Friedrich, einem entfernten Verwandten, der allerdings in der Zukunft nicht über ein Riesenreich herrschen würde – nicht einmal auf einem Königsthron dürfte er Platz nehmen. Nach dem Tod seines Vaters würde er lediglich die Herzogswürde erben: Sein Reich, über das er einst mit seiner Gemahlin herrschen würde, war das Herzogtum Schleswig-Holstein, verbündet mit Schweden, aber seit Jahren im ewigen Dauerstreit mit Dänemark.

Hedwig Sophie vermutete, dass sie es nicht leicht haben würde, ihre Eltern von Friedrich von Schleswig-Holstein-Gottorf als geeignetem Schwiegersohn zu überzeugen.

Der Erwählte selbst, trotz des beträchtlichen Altersunterschieds von fast elf Jahren ein guter Freund Karls, des künftigen Schwedenkönigs, ahnte indes nicht im Entferntesten, welch starke Zuneigung ihm die blutjunge Prinzessin entgegenbrachte.

Und selbst wenn, wäre es ihm vermutlich ziemlich gleichgültig gewesen. Frauen dienten ihm lediglich zum Amüsement – tieferer Gefühle war der Edelmann zeitlebens nicht fähig. Als Ehefrau würde er sie jedoch auf alle Fälle nehmen – immerhin war sie eine schwedische Königstochter. Eine bessere Partie konnte er kaum jemals machen.

Im Augenblick betrachtete er sie noch als Kind, das ihm eher lästig fiel, wenn sie sich dauernd an die Seite ihres Bruders Karl drängte – hatte er zusammen mit dem Kronprinzen von Schweden doch ganz andere Vergnügungen im Sinn als kindische Such- und Fangspiele im Schlosspark …

TEIL III

SIEBENUNDZWANZIG.

Spätsommer 1695 auf der Insel Föhr;
Kerrin am Wendepunkt

AN EINEM DRÜCKEND HEISSEN und erstaunlich windstillen Augusttag fanden sich etliche Frauen in den Wattprielen zusammen, um wieder einmal die großen Rochen zu pricken. Kerrin schleppte die vollen Zuber ans Ufer und lud sie auf einen Wagen, um den erbeuteten Fisch anschließend zu den einzelnen Höfen zu fahren und zu verteilen. Der Schweiß lief ihr bereits über die Stirn und sehnsuchtsvoll blickte sie immer wieder zum tiefblauen Himmel hinauf, ob nicht wenigstens ein paar Wolken in Sicht kämen.

Als sie der gut zehn Jahre älteren Mette Steffensen die Wanne hinhielt, damit diese die aufgespießten Fische vom Pricker abstreifen und in das Gefäß fallen lassen konnte, reichte Mette ihr stattdessen einen noch unbenutzten Pricker und rief so laut, dass alle es hören konnten: »Wie schön für dich, dass du es geschafft hast, dich wieder mal vor einer Arbeit zu drücken, die dir nicht in den Kram passt! Du hältst dich wohl für etwas Besseres, ja? Wir, die wir das Essen für unsere Familien mühsam herbeischaffen müssen, sind in deinen Augen ja verabscheuungswürdige Tiermörder! Vor dem Fischpricken ekelst du dich doch genauso wie vor dem Entenwringeln! Man könnte fast meinen, du wärst eine Prinzessin! In Wahrheit bist du aber was ganz anderes!«

Die übrigen Frauen horchten auf und ließen sofort ihre Arbeit ruhen.

Kerrin erstarrte für einen Augenblick. Gingen die Unterstellungen etwa schon wieder los? Sie mahnte sich innerlich zur Ruhe, musterte Mette kühl und fragte so emotionslos, wie es ihr möglich war – obwohl ihr das Herz bis zum Halse schlug: »Na, Mette Steffensen, *was* bin ich denn deiner Meinung nach?«

Kerrin stellte den Zuber ab und stemmte herausfordernd beide Arme in die Seiten.

»Ich sag es frei heraus – magst du auch unseres Pastors Lieblingskind sein: In meinen Augen bist du eine Towersche!«

Mettes Augen funkelten boshaft und Kerrin musste an sich halten, um nicht den Zuber anzuheben und ihr über den Kopf zu stülpen. Sie wurde leichenblass.

»Hast du jetzt völlig den Verstand verloren, Mette?«

Verärgert bemerkte sie, dass ihre Stimme zitterte. Da drängte sich Frigge Petersen zwischen die beiden Kontrahentinnen. Sie war diejenige, die Kerrin vor einiger Zeit von ihrem Rückenschmerz befreit hatte.

»Halt bloß deinen Mund, du missgünstiges Stück!«, fuhr sie Mette grob an. »Kerrin als Tochter eines der reichsten Männer von Föhr hätte es doch gar nicht nötig, mit uns einfachen Weibern ins Watt zu gehen! Commandeur Asmussen hat genug Mägde und jütische Knechte, die die Familie Asmussen bei derlei Arbeiten unterstützen – und unser Pfarrer ebenso! Was Kerrin Rolufsen tut, macht sie freiwillig. Da hat sie es weiß Gott nicht verdient, sich von dir dumm anreden und beleidigen zu lassen!«

Sämtliche Frauen nickten und murmelten ihre Zustimmung.

»Ich weiß, was ich weiß!«, versuchte Mette fast trotzig sich zu behaupten.

Aber Frigge war noch nicht mit ihr fertig.

»Gar nichts weißt du, du dumme Trine!«, schrie sie wütend und ihre Augen wurden schmal. »Vielleicht willst du auch nur von dir selbst ablenken, Mette? Neulich, beim Apsatten in meiner Dörnsk, kamen Dinge zur Sprache, die dich in keinem besonders guten Licht erscheinen lassen! Und in der Kirche hast du dich auch schon eine ganze Weile nicht mehr blicken lassen! Also sei lieber still, tu deine Arbeit und lass andere anständige Weiber in Ruhe. Sonst bekommst du ernsthaft Ärger mit mir!«

»Recht so, Frigge!«, pflichteten ihr die anderen bei. »Jawohl, das musste mal gesagt werden!«, »Immer diese ewigen Sticheleien!«, »Könnt ihr denn nicht endlich Frieden halten?«, »Wir sind doch eine Gemeinschaft, in der alle Friesinnen in Eintracht zusammenstehen müssen!«

Die Stimmen der Frauen gingen wild durcheinander, ehe alle sich beruhigten und wieder der Arbeit zuwandten. Der Streit schien allerdings neu aufzuflammen, als Mette Anstalten machte, den Rochen – auf den Frigge bereits ihren nackten Fuß gestellt hatte, um ihn am Entkommen zu hindern – mit ihrem Pricker aufzuspießen. Frigge schrie panisch auf und zog reflexartig ihr Bein zurück.

»Du Miststück!«, kreischte sie dabei. »Du wolltest mir in den Fuß stechen! Bist du noch ganz bei Sinnen?«

Mette leugnete vehement jede Absicht. »Ich hab' nicht gesehen, dass du schon auf dem Fisch draufgestanden hast«, behauptete sie wenig glaubwürdig. An dieser Stelle stand das Wasser nur wenige Handspannen hoch und man konnte wie durch Fensterglas bis auf den sandigen Meeresgrund sehen.

Frigge tobte und drohte Mette Prügel an. Die Frauen hatten allerhand Mühe, die beiden zu trennen. Aber kurz darauf schon widmete sich jede wieder dem Rochenfang. Wenn die Flut kam, mussten sie fertig sein.

Kerrin gab sich nach diesem unerfreulichen Vorfall nach außen hin kühl und »vernünftig«. So erwartete man es von einer wohlerzogenen Friesin, aber in ihrem Innersten brodelte es heftig.

»Habe ich es nötig, mich von jedem dahergelaufenen Fischweib beleidigen zu lassen? Was habe ich dieser Mette denn getan?«, überlegte sie wütend. Was ihr im Nachhinein auch zu denken gab, war eine Beobachtung, die ihr fast noch weniger gefiel: Thur Jepsen hatte die ganze Zeit neben Mette gestanden und keinerlei Versuch unternommen zu intervenieren. Auch als Frigge sie verteidigte, hatte Thur nur die Lippen zusammengekniffen und geschwiegen, wobei sie Kerrin zu allem Überfluss noch einen boshaften Blick zuwarf.

Ausgerechnet Thur Jepsen, der es von allen am wenigsten gut zu Gesicht stand, Kerrin in den Rücken zu fallen! Unwillkürlich kam Kerrin wieder in den Sinn, was ihr Vater einmal zu ihr gesagt hatte: »Merk dir, Kind, wenn jemand in deiner Schuld steht oder du etwas über jemanden weißt, was ihm schaden könnte, dann wundere dich nicht, wenn diese Person dich hasst – selbst wenn du keinerlei Dank einforderst, beziehungsweise dein Wissen für dich behältst!«

Ja, so musste es auch bei Thur sein. »Sie hat ein schlechtes Gewissen mir gegenüber«, dachte Kerrin, »weil ich über ihr Verhältnis zu Harre Bescheid weiß. Das nimmt sie mir übel. Selbst getraut sie sich zwar nicht, mich offen anzugreifen, aber die Seitenhiebe von anderen unterstützt sie heimlich von ganzem Herzen.«

Der unliebsame Vorfall im Watt bestärkte Kerrin in ihren Zukunftsplänen. Ihre Entscheidung war gefallen, sie wusste nun definitiv, was sie ihrem Vater im Spätherbst vorschlagen würde. Vorerst aber war sie darauf bedacht, dass niemand auch nur eine Ahnung von dem bekäme, was sie innerlich umtrieb – auch der hellsichtige Pastor nicht.

Den ganzen Sommer über suchten die Dörfler Kerrin auf, um sich von kleineren oder größeren Krankheiten heilen zu lassen. Ihr Ruf war mittlerweile, was die Heilkräuterkunde betraf, fast ebenso gut wie der der weisen Frauen aus Alkersum und Övenum.

Wer unter einer Verstauchung, einer Prellung oder einem verrenkten Hals litt, der ging umgehend zu dem jungen Mädchen und ließ sich von ihr die Hände auflegen. Auch bei Magenschmerzen und sogar bei Herzrasen und Atemnot halfen Kerrins heilende Hände.

Erst neulich hatte sie einen kleinen Jungen vor dem sicheren Erstickungstod bewahrt, indem sie ihm eine Hand auf die Stirn und die andere auf seine Brust legte, so lange, bis das Kind erneut von selbst atmete …

Die Zeugen dieses Vorfalls waren geteilter Meinung über Kerrins Fähigkeiten. Während die einen sie förmlich in den Himmel hoben, behaupteten die anderen, so etwas schaffe nur, wer mit bösen Geistern im Bunde sei. Wozu Kerrin imstande war, das vermochte jedenfalls keine der anderen Heilerinnen – was diese auch neidlos anerkannten. Überdies erkannte sie durch einen Blick in die Iris ihrer Patienten deren Krankheiten und die Prognose, von der sie dann die entsprechenden Gegenmittel abhängig machte.

Lediglich beim Einrenken von ausgekugelten Oberschenkel- und Oberarmknochen suchten die Leute den Pastor auf; nur ein Mann war imstande, die dafür nötige Kraft aufzubringen.

Der ärgerliche Streit mit Mette Steffensen war beinahe schon wieder vergessen – bis Kerrin eines Nachmittags beim Pflücken von Hagebutten an einigen wild wachsenden Heckenrosensträuchern auf einmal hart angerempelt und dazu von einer weiblichen Stimme wütend angefaucht wurde:

»Das ist alles deine Schuld, verfluchter Troler! Du hast meine Tochter verzaubert und ihr das Übel an den Hals gehext. Aus Rache, weil sie dir neulich beim Schollenfang die Meinung gesagt hat!«

Das alte Weib, in dem Kerrin Mettes Mutter erkannte, packte sie mit erstaunlich kräftigen Fingern am Arm und schüttelte sie derb. Kerrin hatte Mühe, sich von Heike Wirksen loszureißen.

»Herrgott im Himmel! Hört dieser Irrsinn denn niemals auf? Was soll ich deiner Tochter denn zuleide getan haben? Alle wissen doch, dass *sie* es war, die *mich* beleidigt hat.«

Kerrins erzürnte Miene wurde erst milder, als sie die dünne kleine Alte näher musterte, deren zerschlissenes Kleid Zeugnis ablegte von der schlechten wirtschaftlichen Situation, in der die Familie sich befand. Aber für Mitleid war jetzt nicht die Zeit.

»Ich habe Mette seit unserem Streit überhaupt nicht mehr gesehen – und gedacht habe ich auch nicht mehr an sie. So wichtig ist sie mir nämlich nicht, dass ich an sie auch nur einen einzigen Gedanken verschwenden müsste!«

Diese Bemerkung war zwar nicht sehr freundlich, aber wie sagte Göntje des Öfteren?

»Auf einen groben Klotz gehört ein grober Keil!«

»Pah! Da beschwert sich gerade die Richtige«, höhnte Sabbe Torstensen, die mit Kerrin und Junger Elen Frederiksen die herben roten Früchte erntete, um daraus Marmelade zu kochen, und sofort hinzugetreten war, als sie bemerkte, dass die Freundin offenbar in Schwierigkeiten steckte.

»Womöglich warst du es selbst, Heike, die Mette die Pest – oder was auch immer – an den Hals gewünscht hat. So wie ihr euch dauernd in den Haaren liegt!«

»Was hat Mette denn?«, erkundigte sich spöttisch Junger Elen, ein auffallend hübsches Mädchen mit kastanienbraunem Haar. »Ist ihr vielleicht über Nacht ein Ziegenbart gewachsen?« Sie kicherte.

Sabbe griff den spaßigen Gedanken sofort auf: »Womöglich hat Mette auch Hörner bekommen oder einen Schweinerüssel!«, platzte sie heraus und alle drei Mädchen brachen unwillkürlich in helles Gelächter aus.

Dann aber entdeckten sie, dass die Augen der alten Frau in Tränen schwammen. Demnach musste es etwas Ernsteres sein. Sie hörten auf mit ihrem Gekicher und musterten Heike schweigend.

»So sag uns, was mit deiner Tochter los ist – oder willst du uns nur von der Arbeit abhalten, Heike?« Kerrin klang nach wie vor kurz angebunden, es bestand für sie kein Grund zu besonderer Liebenswürdigkeit.

Die Alte schnäuzte sich umständlich in ihre Schürze – was bei all den Schmutzflecken, mit denen diese schon übersät war, nicht weiter auffiel; sie stellte sich dicht vor Kerrin und blickte anklagend zu ihr hoch.

»Nachdem Mette den Ärger mit dir hatte und nach Hause kam, war ihr ganz schlecht. Sogar niederlegen musste sie sich. Sie hat gefroren und gezittert und der Kopf und alle anderen Knochen taten ihr weh. Seitdem ist sie nicht mehr aufgestanden – bis heute Morgen! Da hat sie es versucht. Ganz wackelig ist sie am Herd gestanden und hat gemeint, dass sie wieder gesund werden will, *obwohl du sie verhext hast!* Den Triumph, sie besiegt zu haben, wollte sie dir nicht gönnen! Kaum hatte sie das letzte Wort ausgesprochen, verdrehte sie die Augen und fiel mitten in der Köögen bewusstlos zu Boden. Mittlerweile ist sie wieder bei sich, aber immer noch sehr schwach. Zwei Nachbarinnen und ich mussten sie ins Bett tragen. Da liegt meine Mette nun! Ihr Mund hängt ganz schief nach einer Seite und sie sagt kein Wort mehr. Kein einziges Glied kann sie rühren. Das nenne ich *Hexenwerk*! Und du wirst dafür bezahlen, Kerrin Rolufsen!«

»Das klingt mir ganz nach einem Schlaganfall«, gab Kerrin erschrocken zur Antwort. »Der kann manchmal auch bei noch jungen Leuten auftreten.«

Sie versuchte, etwas Abstand zwischen sich und die alte Heike Wirksen zu bringen. Der säuerliche Geruch, den die Frau absonderte, brachte sie beinah zum Würgen. Keine Frage, die Alte war in höchstem Maße unreinlich – eine große Seltenheit auf der Insel, wo alle Frauen schon aus gesundheitlichen Gründen sehr auf Sauberkeit bedacht waren. Überdies glaubte Kerrin, Alkohol zu riechen …

Heike ließ sich allerdings nicht abschütteln. Erneut drängte sie sich eng an Kerrin heran. »Tritt einen Schritt zurück«, verlangte Kerrin, »mir wird sonst schlecht bei den Düften, die du verströmst.«

Die beiden anderen jungen Mädchen hielten sich die Nasen zu. »Wirklich, Heike, sei nicht böse! Aber du stinkst zum Gotterbarmen!«, bemängelte Sabbe sehr direkt.

»Hah! Das ist der Geruch der Armut, den ihr, verzogene Gören, die ihr allesamt seid, nicht ertragen könnt! Schämen solltet ihr euch, mich alte Frau so zu beleidigen!«

»Entschuldige! Arm magst du ja meinetwegen sein, Heike!«, setzte sich Kerrin zur Wehr, der es allmählich reichte. »Aber wie du siehst, gibt es hier überall reichlich Wasser, um sich zu waschen. Und es kostet nicht mal was! Vielleicht versuchst du es einmal damit, ehe du so dummes Zeug behauptest, wie zum Beispiel, ich hätte deiner Tochter den Schlaganfall angehext. Dazu bedarf es nämlich keiner Magie! Meist reicht zu vieles und zu fettes Essen – was ich bei Mette allerdings ausschließe. Ich vermute eher jahrelangen übertriebenen Alkoholgenuss!«

256

»Wenn du nicht aufpasst«, bemerkte Junger Elen, »dann bist du die Nächste, die umkippt, Heike! Bei deiner Fahne ist das durchaus zu befürchten.«

Die Abfuhr, die die drei jungen Mädchen Mettes Mutter danach erteilten, indem sie ihr einfach den Rücken zuwandten und weiter die reifen Früchte von den dornigen Sträuchern abpflückten, erboste die Alte über alle Maßen. Sie begann, die Mädchen aufs Unflätigste zu beschimpfen. Dabei zeterte sie so laut, dass die Nachbarn herbeiliefen, um nachzusehen, was denn los sei. Als Heike Wirksen allerdings begann, auch gegen den Pastor und die Kirche ganz allgemein zu wüten, wurden die Leute zornig.

»Das lass man sein, alte Vettel!«, grollte Moicken Harmsen, die auf ganz Föhr beliebte Hebamme, die eben eine Geburt glücklich zu Ende gebracht hatte. »Das ist nun mal der Lauf der Welt: Leute werden geboren, Leute sterben, manche bleiben bis ins hohe Alter gesund, andere erkranken frühzeitig. Das ist Gottes Wille. Dafür kannst du niemanden verantwortlich machen! Den Pfarrer am allerwenigsten. Und dass du so gemein gegen unsere Kirchengemeinde von Sankt Johannis wetterst, nehme ich dir persönlich übel, Heike! Wie oft sind die Pastorin oder ich bei dir gewesen, um zu schauen, ob du etwas brauchst. Du bist eine ganz unverschämte, alte Krott! Pfui Teufel!«

Das saß. Die übrigen Zuschauer äußerten einhellige Zustimmung und Heike Wirksen tat das Klügste, was sie machen konnte: Sie verdrückte sich geschwind – und vor allem schweigend.

Natürlich sorgte dieser Eklat für allerhand Diskussionsstoff. Nach einer Weile gesellte sich auch Göntje zu dem kleinen Volksauflauf hinter dem Friedhof, wo die Heckenrosen wuchsen, hinzu. Sie ließ sich von Kerrin und ihren Freundinnen den Vorfall haarklein schildern.

»Weshalb ist Heike denn nicht zu meinem Mann oder zu dir, Kerrin, gegangen, um um Hilfe zu bitten, als ihre Tochter krank wurde? Meinetwegen hätte sie auch zu den Kräuterfrauen in Övenum oder Midlum gehen können. Aber was macht das dumme alte Weib stattdessen? Lässt ihre Tochter einfach liegen!«

Göntje schüttelte den Kopf über so viel Unverstand und alle pflichteten der Pastorin bei. Es lag doch auf der Hand, dass es sich am Anfang nur um eine Erkältung durch das lange Stehen im kühlen Meerwasser gehandelt hatte. Dem wäre leicht mit einem Kräutertee Abhilfe zu schaffen gewesen. So aber war alles noch schlimmer geworden.

So unangenehm dieser Vorfall für Kerrin auch war, so bewies er doch, dass die Menschen auf Föhr im Großen und Ganzen auf ihrer Seite standen. Das war ein gutes Gefühl. Dennoch würde sie bei ihrem Entschluss bleiben. Das nächste Mal konnte es schon vollkommen anders verlaufen: Womöglich gab es dann genügend Föhringer, die ihren Feinden Glauben schenkten. Und wie sollte sie sich dann verteidigen?

Kaum noch abzuwarten vermochte sie die wenigen Wochen bis zur Ankunft der Grönlandfahrer, mit denen auch ihr Vater zurückkehren würde. Ohne dessen Einwilligung konnte sie ihren Plan nämlich nicht verwirklichen.

In der Zwischenzeit schien es ihr geraten, in keiner Weise die allgemeine Aufmerksamkeit zu erregen. Die letzten Ereignisse hatten ihr gezeigt, wie schutzlos und verletzlich sie sein konnte. Und ihr war auch nicht entgangen, dass es mittlerweile einige gab, die ihre Gaben als Heilerin längst nicht mehr als gottgegebenes Wunder hinzunehmen bereit waren, sondern sie stattdessen misstrauisch beäugten.

ACHTUNDZWANZIG
Vater und Tochter lernen sich besser kennen

ENDLICH KAM DER TAG, an dem Kerrin ihren geliebten Vater, Commandeur Asmussen, wieder in die Arme schließen konnte. Mit dem Maultiergespann und in Begleitung von Knecht Simon holte sie ihn und sein Gepäck, hauptsächlich aus einer mächtigen hölzernen Seekiste bestehend, in Wyk ab.

Während der vergangenen Sommermonate schien ihr der Vater überraschend gealtert zu sein. Er war mittlerweile achtundvierzig und bisher hatte man ihn um einiges jünger geschätzt. Nun sah man ihm die Jahre auf einmal an. Trotzdem war er in ihren Augen nach wie vor ein blendend aussehender Mann: Hochgewachsen und aufrecht, immer noch sehr schlank, mit vollem, silbrig schimmerndem Haar und einem kleinen Oberlippen- und einem kurz gestutzten Kinnbart, durch den sich zahlreiche graue Strähnen zogen. Seine strahlend blauen Augen blickten so scharf wie eh und je, aber darum herum erkannte Kerrin die Spuren des Alters. Auch von den Nasenflügeln zum Mund hin und auf der hohen Stirn waren tiefe Kerben zu sehen, die ihr im letzten Winter noch nicht so stark eingegraben erschienen.

»Wie war die Grönlandfahrt, Vater?«, erkundigte sich Kerrin und blickte dem Kapitän besorgt ins Gesicht. »Sie wirken ein wenig müde. Hatten Sie Ärger auf See?«

Es erschien ihr an der Zeit, die kindliche Anredeweise aufzugeben. Nur bei Fischern, Handwerkern und Bauern pflegten die erwachsenen Kinder ihre Eltern noch zu duzen. Roluf Asmussen ließ durch nichts erkennen, ob ihm ihre neue Art des respektvollen Umgangs mit ihm gefiel oder nicht. Er tat, als bemerke er die Veränderung gar nicht, behandelte seine Tochter aber im Weiteren erstmals nicht mehr als Kind, sondern als erwachsene Frau, mit der er sich wie mit seinesgleichen unterhalten konnte.

»Nicht mehr Ärger als üblich, meine Liebe. Nein, nein! Es war alles in Ordnung. Der Fang war ausgezeichnet. Die Inhaber der Reederei waren begeistert. Sie haben dieses Jahr sogar besonders hohe Prämien gezahlt – auch den einfachen Matrosen, was mich besonders im Hinblick auf Pave Petersen und seine verwitwete Mutter freut. Jetzt wünsche ich mir nur, endlich zu Hause anzukommen. Was macht Harre? Ist er auch schon zurück auf der Insel?«

Als ihm Kerrin mitteilen musste, dass ihr Bruder erst fürs bevorstehende Weihnachtsfest sein Kommen angekündigt hatte, wirkte der Commandeur einen Augenblick lang verstimmt. Gleich darauf aber strahlte er seine Tochter an.

»Es ist ein wunderbares Geschenk, von einer so hübschen und, wie man mir allenthalben sagt, auch klugen und fleißigen Tochter nach langer Fahrt willkommen geheißen zu werden!«

Der Commandeur legte ihr den Arm um die Schultern. »Und mächtig gewachsen bist du auch, *min Deern*! Lass uns jetzt rasch nach Nieblum fahren!«

Die Fahrt nach Wyk hatte Kerrin allein bewältigt und dabei die Hilfe des Knechts, der neben ihr saß, abgelehnt. Ein doppeltes Maultiergespann zu lenken, war für das Mädchen eine Kleinigkeit. Dafür durfte sich jetzt Simon – auch er eine tüchtige Hilfskraft aus Jütland – mit den Gepäckstücken seines Herrn herumplagen. Als alles wohlverstaut und festgezurrt war, begann die gemächliche »Reise« nach Nieblum.

Roluf nahm wie selbstverständlich die Zügel des Gespanns in die Hand, nachdem er auf dem Bock der Kutsche Platz genommen hatte. Simon kauerte während der Fahrt auf der Ladefläche des Wagens.

»Meine Gegenwart, die Ihnen offenbar so viel Freude berei-

tet, liebster Vater, könnten Sie in Zukunft sogar täglich genießen. Und ich meine nicht nur in den Monaten, die Sie jetzt zu
Hause auf der Insel verbringen werden«, entschied sich Kerrin
spontan für den Sprung ins eiskalte Wasser. Länger konnte sie
nicht mehr für sich behalten, was sie bereits die ganzen letzten
Wochen auf dem Herzen hatte.

Fragend wandte der Commandeur sich seiner neben ihm
sitzenden Tochter zu.

»Wie darf ich das verstehen, mein Kind?«

Kerrin holte tief Luft. Jetzt oder nie! In dieser Stunde war
sie allein mit ihrem Vater. Niemand würde sie stören, er konnte
ihr in Ruhe zuhören und sich dann entscheiden. Es lag jetzt allein an ihr, die richtigen Worte zu finden und nichts zu verderben.

»Nehmen Sie mich im kommenden Frühjahr mit auf See,
Vater! Ich bitte Sie ganz herzlich darum! Zur See zu fahren ist
mein größter Wunsch! Natürlich nicht als Matrose, aber ich
könnte mich auf Ihrem Schiff als *Chirurgus* nützlich machen.«

Um ihm ja keine Gelegenheit zum Protest zu lassen, holte
Kerrin kurz Atem und fuhr dann gleich fort:

»Inzwischen bin ich auf der Insel so etwas wie eine medizinische Autorität geworden; fragen Sie nur Muhme Göntje
oder Oheim Lorenz, Vater! Man nennt mich Heilerin, weil ich
mich gut mit den Kräutern auskenne, weil ich einen Blick für
die Leiden der Menschen besitze, über Wundversorgung Bescheid weiß und durch Handauflegen manches Übel zum Verschwinden zu bringen vermag: Schmerzen in den Gelenken
etwa oder die Schwellung bei Prellungen und Verstauchungen.
Sogar kleinere Schnittwunden habe ich schon genäht!«

»Das sind ja großartige Neuigkeiten, meine Liebe«, sagte
Asmussen nach einem Augenblick des Schweigens nachdenklich. »Wie es das Unglück will, hat mein langjähriger Schiffsarzt,

261

Bertil Martensen, kurz nach unserer Ankunft in Grönland einen tragischen Unfall erlitten. Er hat den Sturz zwar überlebt, seine Beweglichkeit ist jedoch stark eingeschränkt. Das ist auch der Grund dafür, weshalb mein Gemüt etwas verdüstert ist. Ich möchte ihn gerne als Mitglied der Mannschaft behalten, aber er nützt uns kaum noch etwas. Und das kann ich gegenüber meinen Leuten nicht verantworten. Bertil ist so etwas wie mein Freund, musst du wissen«, fuhr der Commandeur bedächtig fort. »Achtundzwanzig Jahre ist er mit mir zur See gefahren. Er war bereits dabei, als ich mein erstes Kommando über einen Walfänger übernahm. So etwas verbindet! Auf Martensen konnte ich mich immer blind verlassen. Und dieses Mal kehrt er als Krüppel zu seiner bedauernswerten Familie zurück.«

Roluf Asmussens Stimme klang niedergeschlagen.

»Mein Gott, das tut mir schrecklich leid, Vater! Das muss ja furchtbar gewesen sein. Und die armen Seeleute, die ärztlicher Hilfe bedurften: Was haben Sie mit ihnen gemacht?«

»Ich selbst habe sie, so gut ich es vermochte, behandelt. Ein altes medizinisches Lehrbuch aus Bertils Besitz hat mir dabei unschätzbare Dienste geleistet und Bertil selbst hat mir vom Krankenbett aus seine Anweisungen erteilt. Außerdem war der Herr so gnädig und hat nicht zugelassen, dass die Mannschaft dieses Mal an besonders schweren Erkrankungen litt. Die Unfälle hielten sich zum Glück auch in Grenzen und waren allesamt leichterer Natur. Aber ohne einen gesunden, einsatzfähigen *Chirurgus* an Bord würde ich keine Grönlandfahrt mehr unternehmen. Mit der Reederei ist bereits abgesprochen, dass ich mir selbst einen geeigneten Arzt aussuchen kann.« Asmussen kniff die Augen zusammen und warf seiner Tochter einen langen, prüfenden Blick zu.

Die hielt den Atem an und wagte kaum zu fragen: »Könnten Sie dann nicht vielleicht … mich mitnehmen, Vater?«

»Ich ziehe es durchaus sehr ernsthaft in Erwägung, meine Liebe«, erwiderte der Commandeur und wich gleichzeitig durch ein geschicktes Lenkmanöver einer versprengten Schafherde aus, die den ohnehin schmalen Fahrweg noch mehr verengte. Er lächelte seine Tochter an.

»Weißt du«, vertraute er ihr an, »du wärest beileibe nicht die erste junge Frau, die ein Seemann an Bord mitnimmt! Freilich sind es in aller Regel die Ehefrauen der Kapitäne und die Routen sind dann im Allgemeinen viel länger – bis nach Ostindien etwa oder in die Karibik. Auf einem Walfänger vor Grönland oder Spitzbergen wärest du tatsächlich ein *Novum*, Kerrin. Aber das will nichts heißen! Ich hätte dich sehr gerne auf Dauer in meiner Nähe. Das Wichtigste ist allerdings deine Eignung für diese verantwortungsvolle Tätigkeit. Ich habe jetzt genügend Zeit, mich davon mit eigenen Augen zu überzeugen. Du bist zwar noch sehr jung, aber meine Autorität als Commandeur und Vater würde diesen Mangel wohl ausgleichen. Ich denke also schon, dass die Männer dir erlauben würden, sie zu behandeln. Ehe ich dir allerdings fest zusage, will ich mich bei kompetenten Menschen über dich, deinen Charakter und deine medizinischen Kenntnisse erkundigen. Der Pastor und seine Frau Göntje werden mir dabei eine große Hilfe sein.«

Kerrin vermochte ihr Glück kaum zu fassen! Sie hatte mit schier unüberwindbaren Widerständen und Einwänden gerechnet – und nun hatte es den Anschein, als wäre ihr Vater beinahe froh, sie mit an Bord zu haben. Einen kleinen Wermutstropfen gab es allerdings: Sie zweifelte nicht daran, dass Göntje und Lorenz Brarens auch ihren lädierten Ruf als angebliche *Towersche* vorbringen würden. Manche wollten sie in Vollmondnächten gar als *Witte Fru* am Strand gesehen haben. Andere behaupteten, ihre auffälligen Heilkünste könnten unmöglich von einem braven Christenmädchen stammen, da müsste »Anderes« dahinterstecken, wovon ein frommer Protestant am besten nichts wisse …

Siedend heiß fiel ihr der kleine Volksauflauf ein, den sie neulich ganz unbeabsichtigt verursacht hatte, als sie einem alten Seemann, der seit Jahren an fürchterlicher Migräne litt, geholfen hatte.

»Seit Jahren trinkst du meinen Weidenrindensud – aber der Schmerz kommt immer wieder, Ocke«, hatte Kerrin spontan zu ihm gesagt, als der Alte – gestützt auf eine seiner Töchter – zu ihr gehumpelt war, um sich erneut Medizin zu holen. »Wenn du mir vertraust, könnte ich versuchen, dir auf andere Weise zu helfen!«

Dieses Angebot hörten auch etliche andere, die zu ihr ins Pastorat gekommen waren, um sich behandeln zu lassen.

Dem ehemaligen Matrosen war alles recht, wenn es ihn nur von seinen Schmerzen befreite. Aber seine Tochter Meike war sehr skeptisch, als Kerrin erklärte, ihren Vater möglicherweise für immer von seinem Leiden erlösen zu können.

»Nur, indem du ihm die Hände auflegst?«, wollte die ältliche Frau wissen. »Das kann ich nie und nimmer glauben!« Widerstrebend und nur, weil Ocke sich ihre Einmischung energisch verbat, gab Meike ihre Einwilligung dazu.

Kerrin wies den geplagten alten Mann an, sich auf einem Stuhl niederzusetzen, bat ihn, die Augen zu schließen, trat hinter ihn und ersuchte alle Anwesenden, still zu sein, solange sie mit Ocke beschäftigt sei. Die linke Hand legte sie dann ganz leicht auf seinen Kopf und die Rechte über seine rechte Schläfe, genau dort, wo der Schmerz für gewöhnlich saß. Dabei sah es nur so aus, als berühre sie ihn; in Wahrheit blieb zwischen seinem Kopf und ihren Händen ein winziger Zwischenraum.

Um sich ganz auf ihren Patienten zu konzentrieren, schloss Kerrin die Augen, während die anderen wie gebannt ihr Tun beobachteten. Eigentlich tat sie aber nichts anderes, als lediglich ihre Hände über Ockes Kopf zu halten. Nach einer Weile – es mochten etwa sieben Minuten vergangen sein und Meikes Miene zeigte bereits blanken Hohn – öffnete Kerrin ihre Augen und sagte leise zu dem alten Mann: »Dein Schmerz müsste jetzt vergangen sein, Ocke, denn ich habe gefühlt, wie er in meine Hände übergegangen ist. Schau her, ich kann meine Finger kaum bewegen, so sehr tun sie mir im Augenblick weh. Aber das wird bald vergehen. Wichtig ist nur, dass ich dir geholfen habe.«

Der alte Seemann, der nun ebenfalls die Augen aufmachte, schien wie aus tiefem Schlaf zu erwachen. Gleich darauf sprang er auf wie ein Jüngling, umarmte Kerrin und rief überglücklich: »Du hast ein Wunder vollbracht, Kerrin Rolufsen! Mein Kopfschmerz ist wie weggeblasen!«

Das war nun schon sechs Wochen her und Ocke hatte bisher keinen schmerzhaften Anfall mehr gehabt. Eigentlich ein großartiger Erfolg – wären da nicht die bösen Gerüchte über sie gewesen. Ausgerechnet Meike verbreitete über sie auf der Insel: »Da muss ihr der Teufel persönlich geholfen haben! Mit rechten Dingen ging das nicht zu!«

Wie würde Roluf Asmussen darauf reagieren? Womöglich fürchtete er um die Ruhe auf seinem Schiff und nahm Abstand davon, eine als Hexe verschriene junge Frau mitzunehmen. Es gab bekanntlich niemanden, der abergläubischer war als Matrosen …

Bald jedoch siegte Kerrins jugendlicher Optimismus: Ihr Vater hatte schließlich Vertrauen in sie und nahm das dumme Geschwätz manch rückständiger Insulaner bestimmt nicht ernst.

265

Er besaß zudem genügend Durchsetzungsvermögen, um seiner Mannschaft glaubhaft zu versichern, dass nichts von dem Gerede der Wahrheit entsprach.

»Und wenn ich erst einmal die schwerste Hürde nehme und einige Seeleute gesund mache, werden alle glücklich sein, mich mit an Bord zu haben«, hoffte Kerrin inständig.

»Zu Hause haben ich und ein paar Freundinnen sowie Eycke und einige Mägde alles wunderschön hergerichtet, die Stuben gut gelüftet und blitzblank geputzt, damit Sie zufrieden sind, Vater«, wandte sie sich mit vor Aufregung roten Wangen eifrig an den Commandeur.

Das wurde immer so gehandhabt, denn Asmussen pflegte den Winter über natürlich in seinem eigenen Haus zu verbringen.

»Heute Abend gibt Muhme Göntje im Pfarrhaus eine große Feier anlässlich Ihrer gesunden Heimkehr – und der ihrer eigenen Söhne Arfst und Matz natürlich!«, ergänzte Kerrin.

Den Rest der Fahrt über plauderten sie angeregt darüber, wie Brarens Jüngster, Matthias, genannt »Matz«, sich als Schiffsjunge angestellt hatte. Der Commandeur war voll des Lobes über den Jungen.

»Dieser Knabe scheint in der Tat seinem großen Vorbild, dem ›Glücklichen Matthias‹, nacheifern zu wollen.«

Gleich darauf wurde der Commandeur wieder ernst: »Wobei man allerdings die Frage stellen darf, ob Matz Petersen zu Recht ›glücklich‹ genannt werden kann. Immerhin verlor er eines seiner Schiffe an französische Piraten. Er musste es für 8000 Taler wieder freikaufen. Aber das Schlimmste war, dass er bei dem vorangegangenen Gefecht zwei seiner Söhne verlor! Und als wäre das noch nicht des Elends genug, ist ein weiterer Sohn in Gefangenschaft umgekommen. ›Glücklicher Matthias‹ nennen ihn die Föhringer nur, weil er 373 Wale fing und sich dadurch ein Vermögen erwarb. Aber Geld allein ist nicht alles.«

Kerrin glaubte auch, dass Petersen, der vierundsechzig Jahre zählte und mittlerweile seinen Ruhestand genoss, lieber auf einen großen Teil seines Reichtums verzichtet und dafür seine drei toten Söhne lebendig und gesund um sich gehabt hätte. Der arme »reiche« Mann, vor dem sogar ihr Vater seinen Hut in Ehrfurcht zog, sooft er ihm begegnete, tat ihr plötzlich von Herzen leid.

Obwohl Matz Petersen zweifelsfrei zu den Honoratioren der Insel zählte, wusste sie eigentlich nicht sehr viel über ihn. Die männliche Jugend vor allem vergötterte ihn geradezu; sein Wort besaß immer noch Gewicht, obwohl er seit Jahren schon ziemlich zurückgezogen in seinem schönen Haus lebte.

Vor Kurzem hatte er sich auf dem Kirchhof von Sankt Laurentii, im Westen Föhrs, ein wunderschönes Grabmal aus Sandstein aus dem Weserbergland anfertigen lassen, dessen Inschrift, die nur noch auf sein genaues Sterbedatum »wartete«, in Latein gehalten war. Dies tat sonst niemand auf der Insel …

Matz Petersen und sein Bruder Jon hatten zudem vor Jahren dem im dänischen Teil der Insel Föhr gelegenen Gotteshaus zwei prachtvolle Deckenleuchter gestiftet. Eine gewiss Gott wohlgefällige Tat, die umgehend in den beiden anderen Kirchengemeinden Nachahmer fand. So hatte es sich beispielsweise auch Roluf Asmussen nicht nehmen lassen, Sankt Johannis anlässlich Harres und Kerrins Geburt jeweils einen großen, massiv silbernen Kerzenleuchter zu stiften.

NEUNUNDZWANZIG

Roluf und Kerrin schließen für 1696 einen Vertrag

KERRIN NAHM SICH VOR, ihren Vater zu keiner Entscheidung zu drängen. Aber in ihrem Innersten war sie unruhig und wurde plötzlich von Zweifeln erfasst: War ihr Wunsch, die Insel zu verlassen, auch klug? Würde sie nicht vor Heimweh nach Föhr vergehen? Konnte es denn woanders schöner sein als auf diesem Eiland?

Selbst Seefahrer, die die traumhafte Südsee und die nicht weniger herrlichen karibischen Inseln bereist hatten, vertraten die Meinung, dass ihre Heimatinsel unvergleichlich sei.

Die meisten, denen sie neuerdings auf ihren Ausritten begegnete, waren so freundlich zu ihr wie schon seit Langem nicht mehr – trotz Meikes dummem Geschwätz. Wozu dann flüchten? In Wahrheit war es nämlich eine Flucht, da machte sie sich nichts vor. Sie ertrug die immer wieder aufflammenden Bösartigkeiten ihrer Mitmenschen nicht mehr. Zurzeit allerdings begrüßte man sie schon von Weitem und lobte ihre Künste als Heilerin in den höchsten Tönen. Dann besann sich Kerrin jedoch noch rechtzeitig darauf, dass dies wohl allein der Tatsache geschuldet sein mochte, dass sie sich in Begleitung des angesehenen Commandeurs Asmussen zeigte: Ihr Vater pflegte auf seinem schwarzen Hengst Harold durch die Dörfer zu reiten und sie auf einer kleineren und zierlichen Stute mit rotbraunem Fell, schwarzer Mähne und schwarzem Schweif neben ihm her.

Das Pferd – Kerrin nannte es »Salome« – hatte Roluf ihr als Geschenk mitgebracht, worüber sich seine Tochter wie närrisch freute.

»Ein schöneres Geschenk hätten Sie mir überhaupt nicht machen können, Papa!«, jubelte das Mädchen, tanzte in der

Dörnsk herum und fiel ihrem Vater um den Hals. Am Tag nach seiner Ankunft war das Tier eingetroffen, samt einem jütländischen Pferdeknecht, den der Commandeur in Amsterdam angeheuert hatte. Jon Gaudesson würde für ein Jahr auf der Insel bleiben und die drei Pferde betreuen – dann würde man weitersehen. Das dritte, ein kräftiger wunderschöner Apfelschimmel nämlich, war vom Commandeur als Überraschung für Harre gedacht.

»Ein junger Mann ohne Reittier ist nur ein halber Mensch«, behauptete Asmussen und erntete damit bei den meisten Insulanern Kopfschütteln.

»Diese großen Viecher fressen den Leuten bloß den Hafer weg und Milch geben sie auch keine. Für Ritte über Land oder um einen Karren zu ziehen, reicht ein genügsames Maultier oder noch besser ein Esel«, lautete die gängige Meinung. Nein, die meisten hatten an Pferden keinen Bedarf.

Kerrin beschlichen insgeheim Zweifel, ob ihr Bruder sich über das Geschenk seines Vaters auch wirklich freuen würde. Soweit sie wusste, hatte er nicht allzu viel für diese edlen Tiere übrig. Lediglich als Motiv für seine Malerei schätzte er sie sehr. Ihr elegantes, kraftvolles Äußeres sprach seinen ausgeprägten Sinn für Ästhetik an; aber sich mit ihnen näher zu beschäftigen, dazu hatte er sich bisher nicht durchzuringen vermocht.

Seine Schwester vermutete allerdings, er habe lediglich Angst vor den großen Geschöpfen. Sie würde ihm diese Furcht nehmen und ihn mit Freuden das Reiten lehren, sofern er es ihr erlaubte, beschloss sie insgeheim.

Commandeur Asmussen sorgte dieses Mal aber noch für eine weitere Überraschung.

Am zweiten Tag nach seiner Rückkehr – einem Sonntag, an dem der Pastor den Dankgottesdienst für alle gesund heimgekehrten Föhringer Seeleute hielt – machten während des anschließenden Mittagsmahls das Räderrollen eines gewaltigen Karrens sowie das Getrappel schwerer Hufe auf sich aufmerksam.

Göntje hatte alle auf Föhr befindlichen Familienmitglieder zu Tisch gebeten, als der Lärm von der Dorfstraße bis ins Pfarrhaus hineindrang. Ihr Sohn Arfst, ein wahrer Hüne mit seinen fast dreiundzwanzig Jahren, der bereits als Harpunier tätig war, lief an eines der Fenster des Pesels, das einen Blick auf die Quelle des Radaus bot.

»Herr im Himmel! Was kommt da denn an?«, rief der junge Mann, zu den Übrigen gewandt, mit vorgeblichem Erstaunen aus. Er wusste indes bereits Bescheid …

Catrina und Matz gesellten sich zu ihm und starrten gebannt auf einen von zwei großen Maultieren gezogenen Karren, der geradewegs auf das Pfarrhaus zuhielt. Auf seiner langen Ladefläche lagerte ein sorgfältig festgebundener, mit Tüchern umwickelter, länglicher, eine gute Ruthe messender Gegenstand.

Kerrin und sogar die eher träge Tatt folgten den Geschwistern und blickten neugierig aus dem Fenster.

»Was ist das denn, um Gottes willen?«, entfuhr es Catrina. »So etwas habe ich ja noch nie gesehen!«

Arfst lachte jetzt und überließ Kerrin seinen Platz am Fenster. Sein Verwandter und Vorgesetzter, Roluf Asmussen, hatte so etwas zwar angedeutet – aber Arfst hatte nicht geglaubt, dass der Commandeur es auch wahr machen würde.

Als nächster zog Matz sich grinsend vom Fenster zurück. Auch ihm war nun klar, um was es sich handelte. Die Föhringer würden Augen machen!

»Es sind zwei schrecklich lange gelbweiße Dinger, die da herangekarrt werden«, stellte Kerrin nüchtern fest. »Das kann man erkennen, weil der Wind die Schutzhülle teilweise fortgeweht hat. Holzstämme sind es keine, die Dinger sind nämlich

gebogen! Sieht mir beinahe nach den Stoßzähnen eines Rie-
senelefanten aus!«

»Woher sollten die wohl kommen, Kerrin?«, erkundigte sich
Göntje verwirrt.

Der Commandeur fand es an der Zeit, sich jetzt einzumi-
schen, um das Rätsel allmählich aufzulösen. »Meine Lieben,
ich war weder in Afrika noch in Indien, wie ihr wisst! Mit Ele-
fanten hat diese ganz besondere Fracht bestimmt nichts zu
tun.«

Er grinste wie ein Knabe nach einem gut gelungenen
Streich.

»Was ist es dann, Oheim Roluf?«, wollte Catrina wissen.
»Bitte, verraten Sie es uns doch!«

»Überlegt doch einmal, meine Lieben!«

Auch der Pastor hatte mittlerweile ein vergnügtes Lächeln
im Gesicht, während Göntjes Miene eher ängstlich blieb. Der
Himmel mochte wissen, was dem Commandeur eingefallen
war! Bei Seeleuten wusste man nie so genau: Manche von ihnen hatten es doch tatsächlich schon fertiggebracht, *Zauber-
puppen* aus der Karibik mitzubringen …

»Irgendein mir unbekanntes Teil eines großen Walfischs,
Papa?«, versuchte Kerrin es nach einer Weile des Überlegens
aufs Geratewohl.

»Erraten, mein liebes Kind! Um genau zu sein, handelt es
sich um die beiden Kieferknochen eines riesigen Grönland-
wals. Ich fand sie zu schade zum Wegwerfen. Ich will die beiden gekrümmten, eine Ruthe langen Knochen als Torbogen
vor meinem Hauseingang aufstellen lassen.«

»Au fein«, rief Matz vorwitzig, »dann weiß wenigstens jeder,
der vorbeigeht, dass hier ein sehr berühmter Walfänger lebt,
Commandeur!«

Seit er für den Oheim auf See tätig war, hatte er sich – wie

271

sein Bruder Arfst – angewöhnt, seinen Vorgesetzten auch privat mit »Commandeur« anzusprechen.

Die nächste Stunde verging unter staunender Bewunderung und vielen Fragen wie im Flug. Keiner der Daheimgebliebenen hatte sich jemals die Ausmaße eines Wals so gewaltig vorgestellt. Kerrins Respekt vor der immensen Leistung, diese Geschöpfe zu erlegen, stieg enorm – auch wenn es ihr in ihrem Inneren stets einen kleinen Stich versetzte, wenn sie sich die Tötung der majestätischen Tiere, die sie bislang nur aus den bebilderten Folianten des Pastors kannte, vorstellte. Allerdings sah sie ein, dass sie alle von irgendetwas leben mussten.

»Haben Sie keine Angst gehabt, Papa, als Sie dieses Riesentier jagten?«, fragte sie ein wenig naiv. Roluf Asmussen lachte.

»Als Commandeur muss ich das nicht mehr selbst tun – dafür habe ich meine hervorragenden Seeleute!«

War Kerrin vorher schon überzeugt gewesen, die richtige Berufswahl getroffen zu haben, gab es für sie jetzt überhaupt keinen Zweifel mehr: Mit all ihren Kräften wollte sie diesen tapferen Leuten als *Medica* dienen. Mit Stolz und Freude würde es sie erfüllen, für das leibliche Wohl dieser Helden der Seefahrt zu sorgen.

»Bitte, lieber Gott«, betete sie still während des gemeinschaftlich verzehrten Abendessens, »lass meinen Vater ein Einsehen haben und veranlasse ihn, mich bei seiner nächsten Grönlandfahrt mitzunehmen!«

Die nächsten Wochen gab es allein über Kerrins Vater und seine »Mitbringsel« eine Menge zu reden auf der Insel. Zuerst die beiden herrlichen Pferde für Sohn und Tochter und dann die mächtigen Kieferknochen eines der Tiere, deren Erlegung die meisten Insulaner ihren Lebensunterhalt verdankten.

Andere Commandeure und Kapitäne verkündeten umgehend, auch sie würden sich im nächsten Jahr diesen Schmuck vor ihren Häusern gönnen.

Nach bangem Warten kam für Kerrin dann bei einem gemeinsamen Mahl im Pfarrhof endlich die Erlösung: In Gegenwart der ganzen Familie ließ der Commandeur wie nebenbei die Bemerkung fallen, er hoffe, dass ihm seine Tochter auf der nächsten Grönlandfahrt keine Schande machen werde – indem sie beispielsweise andauernd seekrank wäre und somit außerstande, sich um verletzte und erkrankte Seeleute zu kümmern.

Göntje schaute erst überrascht, dann säuerlich drein; diese Ankündigung fand ganz und gar nicht ihr Wohlwollen. Sie empfand es im Gegenteil als höchst unpassend für ein junges Mädchen, sich nur unter Männern aufzuhalten und noch dazu auf so engem Raum …

Aber die Übrigen hatten diesen Punkt natürlich längst durchgesprochen und der Pastor stand auf Rolufs Seite. So ergriff er auch jetzt umgehend das Wort, ehe Göntje etwas einzuwenden vermochte:

»Ich bin überzeugt, dass deine Kerrin ihre Aufgabe hervorragend meistern wird, Vetter Roluf. Sie ist gesund und kräftig, besitzt ein erstaunlich umfangreiches Heilwissen, ist geschickt und verfügt überdies über gesunden Menschenverstand und Einfühlungsvermögen sowie über genau jene Prise Mitleid, die Kranke so dringend brauchen – ohne sie zu Hypochondern zu machen. So jung Kerrin auch ist, wird sie den richtigen humorvollen Ton mit den Seeleuten finden – ohne sie zu Unverschämtheiten herauszufordern«, erklärte er mit großer Bestimmtheit und fügte noch hinzu:

»Außerdem hat Kerrin den besten Aufpasser der Welt, den sie sich wünschen kann, ihren eigenen Vater nämlich!«

Kerrins Vettern Arfst und Matz waren – nach einem kurzen

Augenblick der Verblüffung – begeistert über die Aussicht, in Zukunft von ihrer Cousine Kerrin »behandelt« zu werden.

»Der Krankenstand wird sprunghaft ansteigen, Commandeur, sobald die Kerle merken, was für eine hübsche *Chirurgin* sie an Bord haben!«, lachte Arfst.

Kerrin wurde rot angesichts des ungewohnten Kompliments und blickte verlegen zu Boden.

Der junge Harpunier – inzwischen verlobt mit Margret Knudtsen, der einzigen Tochter von Kapitän Knudt Ockesen, der mit einem Hamburger Handelsschiff bis in die Karibik reiste – war im Allgemeinen recht wortkarg. Dass er nun ebenfalls sein Einverständnis signalisierte, sich im Ernstfall von einem jungen Mädchen verarzten zu lassen, freute Kerrin ganz besonders.

Im Stillen jubelte sie und beglückwünschte sich dazu, wie ein junger Mann zur See zu fahren. Wie es schien, hatte sie das Richtige getan. Sie dankte ihrem Vater von Herzen für sein Einverständnis.

Nachts in ihrem Wandbett malte sie sich den verblüfften Gesichtsausdruck ihres Bruders aus, wenn sie ihm die Neuigkeit erst berichtete …

DREISSIG

Der letzte Winter vor Kerrins großem Abenteuer

KURZ DARAUF KAM der Winter auf die Insel. Es waren noch drei Wochen bis zum Weihnachtsfest und der Frost überzog bereits Teichufer, Marschen und Niederungen mit einer undurchdringlichen Eisschicht. Jetzt begann eine wichtige Phase im Leben der Inselbewohner, die Erntezeit des Reets, womit jedes Haus und jede Hütte auf den Inseln, den Halligen und auf dem friesischen Festland eingedeckt wurde.

Obwohl niemand sie dazu anhielt, war Kerrin eine der Ersten, die dabei half, das Reet zu schneiden und zu bündeln. Diese Arbeit erforderte eine Menge Kraft und gute Gesundheit, um bei der einsetzenden Eiseskälte und dem schneidenden Wind nicht krank zu werden.

In Notfällen, wenn es galt, ein im Frühjahr durch die Stürme oder im Sommer durch ein Unwetter abgedecktes Dach zu reparieren, half Kerrin den Frauen sogar beim Eindecken. Aber in der Regel besorgten das die Männer, vor allem bei einem Hausneubau.

Ein Reetdach herzustellen, war eine wahre Kunst. Kerrin hatte schon so oft zugesehen, dass sie die einzelnen Arbeitsschritte, von denen jeder sehr kräfteraubend und schwierig war, im Schlaf hätte herzusagen vermocht.

Die Männer begannen immer an der rechten Giebelseite unten an der Traufe. Die Reetbündel legten sie nebeneinander und drückten diese dann fest auf den Dachlatten an.

Anschließend nähten sie das Reet an die unterste Latte.

Lag die erste Lage fest, wurden eine weitere und noch eine dritte darübergepackt, so dass sich eine dicke Reethaube von etwa einem bis eineinhalb Fuß Stärke bildete.

Zum Festnähen des Materials wurden immer zwei Leute gebraucht: der Näher und der Gegennäher.

Beide konnten einander nicht sehen; sie mussten sich demnach durch bestimmte Kommandos verständigen.

Besondere Kunstfertigkeit erforderten das Eindecken des Giebels und der Abschluss am First. Stand diese Arbeit an, war das Haus üblicherweise von sämtlichen Dorfbewohnern umringt, die sich dieses immer wieder aufs Neue faszinierende Schauspiel nicht entgehen ließen.

Selbst der Pastor pflegte dann aufzutauchen: Offiziell, um dem Werk Gottes Segen zu erteilen. Kerrin vermutete allerdings, dass ihr Oheim allzu heidnisches Brauchtum auf diese Weise zu verhindern gedachte …

»Am First werden die Halme der *Luv*-Seite, die dem Wind stärker ausgesetzt ist, auf die windabgewandte *Lee*-Seite übergeschlagen und mit übereinander geschichteten Grassoden abgedeckt«, versuchte Monsieur Lorenz seiner Tochter Tatt wieder einmal die Vorgänge auf dem Dach zu erklären, während sie gemeinsam mit Kerrin einem Hausbau zusahen, in Mütze, Schal und Handschuhen dem eisigen Wind notdürftig trotzend.

Die Angesprochene zeigte allerdings kein Interesse. Die Miene des Geistlichen wurde traurig, als er es bemerkte. Tatt reagierte zusehends weniger auf Dinge, die sich nicht unmittelbar auf ihre ureigensten Bedürfnisse bezogen.

»Ich habe mitgeholfen, Monsieur Lorenz, als die Leute an der Küste die Soden aus den Salzwiesen gestochen haben«, meldete sich Kerrin zu Wort, um den Oheim auf andere Gedanken zu bringen. »Das Reetgras wächst dort besonders dicht und ist von allerlei Kraut durchwachsen.«

»Wie man mir sagt, stellst du dich bei allem, was du unternimmst, recht geschickt an«, lobte Pastor Brarens seine Nichte vor den Umstehenden.

Kerrin errötete vor Freude. Zustimmendes Gemurmel ringsum bewies ihr, dass die Leute die Meinung ihres Seelenhirten teilten.

»Ihre Ziehtochter ist sich auch nicht zu schade, beim Reependrehen zu helfen, Herr Pastor, einer Arbeit, die die Haut der Hände verdirbt und jede Menge Kraft in den Handgelenken erfordert«, bekräftigte eine ältere Bäuerin aus Övenum und warf dem jungen Mädchen einen wohlwollenden Blick zu.

»Ich finde, Ihre Nichte sollte mehr auf ihre Hände achten«, meinte dagegen ein altes Mütterchen aus Nieblum. »Sie braucht sie doch, um sie uns alten Leuten aufzulegen, wenn wir uns kaum noch rühren können. Richtige Wunder bewirkt sie damit!«

Auch dies wurde in der Runde durch zustimmendes Nicken kommentiert. Kerrin war es beinahe peinlich, plötzlich so im Mittelpunkt des allgemeinen Interesses zu stehen. Aber insgeheim freute sie sich doch – wenn ihr auch die Erwähnung von »Wundern« nicht so unbedingt recht war.

Mittlerweile waren die Dachdecker fertig. Eine einzige Sache war nun noch zu erledigen: Zwei sich kreuzende Holzstäbe sollten auf die Abdeckung des Giebels gesteckt werden. Diese Aktion war es in Wahrheit, die den Pastor immer wieder zum Kommen bewegte: »Die gekreuzten Hölzer symbolisieren das Kreuz Christi und werden das Haus und dessen Bewohner unter den besonderen Schutz unseres Herrn, Jesus Christus, stellen«, behauptete er stets und bedachte das Haus mit seinem Segensspruch.

Kerrin hatte allerdings in einem alten Buch gelesen, dass der Brauch heidnischen Ursprungs war. Ferner wusste sie, dass die Insulaner ihn auch heute insgeheim noch so verstanden: nämlich als Abwehrzauber gegen Blitze und Hexen …

Nach Fertigstellung und Dankgebet wurde üblicherweise gefeiert, je nach wirtschaftlicher Lage des Eigentümers mit mehr oder weniger Fleisch und Alkohol. Nachbarn, die dem stolzen Besitzer etwas Gutes tun wollten, brachten selbst gebackenes Brot oder Kuchen herbei.

Vor allem die Pastorin tat sich bei diesen Gelegenheiten hervor, indem sie bereits Tage vorher in ihrer Küche mit Töchtern und Mägden einen regelrechten Backwettbewerb veranstaltete – ein Vergnügen, dem Kerrin stets mit gemischten Gefühlen gegenüberstand, stellte sie sich doch beim Backen nicht besonders geschickt an, lieber sorgte sie fürs nötige Brennholz. Göntjes Köstlichkeiten aus teurem Weißmehlteig unter Zugabe von kostbaren Hühnereiern und reichlich Butter, gefüllt mit in Rum getränktem Backobst und Pflaumenmus, gesüßt mit Honig und verziert mit steif geschlagenem Hühnereiweiß, galten als geradezu legendär auf der Insel. Bei einem Hausneubau ließ sie sich, trotz ihrer sonstigen Sparsamkeit, nicht lumpen.

Während der kleinen Festlichkeit anlässlich des soeben fertiggestellten Neubaus wurden immer wieder die Vorzüge eines Friesenhauses gegenüber anderen Häusern betont.

»Abgesehen davon, dass ein Reetdach im Sommer das Haus vor der Hitze schützt und im Winter vor der Kälte, hat es darüber hinaus eine beachtliche Lebensdauer«, erläuterte Göntje gerade einem dänischen Gangfersmann, der sich derzeit im Haus des mit ihm befreundeten Pastors aufhielt.

Ganz nebenbei wollte er sich auch nach den jütischen Arbeitern in Nieblum und Umgebung, die allesamt Untertanen des dänischen Königs waren, erkundigen.

»Auf der Wetter- und Sonnenseite schätzt man, dass so ein Dach fünfzig Jahre hält, auf der geschützteren Nordseite rechnet man mit beinahe hundert«, fuhr Göntje eifrig fort.

Der Mann nickte. Er hatte schon oft davon gehört und keinen Grund, daran zu zweifeln.

»*Nu skal vi tale dansk!*«, hörte Kerrin den dänischen Beamten später zu Simon und Jon sagen. So viel Dänisch verstand sie immerhin. Es bedeutete: »Nun werden wir Dänisch sprechen!«

Der Mann beabsichtigte, den Burschen eine ehrliche Aussprache ohne Hemmungen zu ermöglichen. Aber Simon

wehrte sofort laut ab: »Das ist ja sehr freundlich, Gangfersmann, aber nicht nötig. Wir sprechen genauso gut *Fering* oder
Plattdeutsch.«

Beide Knechte waren voll des Lobes über die Behandlung,
die ihnen im Haus des Pastors und bei Commandeur Asmussen zuteil wurde. Nein, Schwierigkeiten hatten sie nicht – nur
ein bisschen Heimweh, was ja nur allzu verständlich war.

Vor Weihnachten würden daher beide zu ihren Familien
nach Jütland fahren, aber bereits Ende Februar wollten sie
wieder nach Föhr zurückkehren.

»Nein, Gangfersmann, Beschwerden haben wir absolut
keine«, bekräftigte Jon noch einmal zum Abschluss. Kerrin
hörte, wie auch Simon dies bestätigte.

Auf der Insel gab es genügend Arbeit, sobald die einheimischen Männer auf See waren; und der Lohn konnte sich ebenfalls sehen lassen: Neben freier Kost und Logis bezahlte man
den jütländischen Hilfskräften etwa zehn bis zwölf holländische Gulden im Monat.

Die Burschen waren im Allgemeinen sehr sparsam und hielten ihr Geld beisammen. Die wenigsten von ihnen rauchten
oder kauten Tabak; und dass alle Trunkenbolde sein sollten,
war nur ein bösartiges Gerücht.

»Den Abgesandten des dänischen Hofs begegnet man auf
Föhr mittlerweile recht entspannt.«

Der Commandeur saß an diesem grauen Dezembermor-
gen mit seiner Tochter in seinem eigenen Heim beim Morgen-
mahl. »Das war in der Vergangenheit durchaus nicht immer so,
Kerrin. Die Friesen in ihrem Starrsinn beugten sich der dänischen Obrigkeit nur notgedrungen. Meist ignorierten sie die
dänischen Beamten. Da gibt es eine lustige Geschichte, die
uns überliefert ist.«

Kerrin hatte eigentlich vorgehabt, ihren Vater vorsichtig darauf anzusprechen, wie sie sich am besten auf ihren Aufenthalt auf seinem Walfänger vorbereiten sollte. Sie musste an so vieles denken, was noch zu besorgen war und was man auf der Insel nicht erwerben konnte, sondern vom Festland beziehen müsste.

Aber jetzt fand sie, es wäre besser, ihm den Zeitpunkt zu überlassen. Ihn zu drängen, war sicher falsch. Sie konnte davon ausgehen, dass ihr Vater nicht vergessen würde, ihr rechtzeitig Bescheid zu geben.

So erwiderte sie nur: »Lassen Sie hören, Papa! Sie wissen, dass ich mich für alles interessiere, was sich irgendwann bei uns ereignet hat.«

Der Commandeur ließ den Löffel, mit dem er seinen Haferbrei zu sich nahm, ruhen. Mit leuchtenden Augen wandte er sich seiner Tochter zu, deren seltene Gegenwart er sichtlich genoss. Er räusperte sich kurz und begann dann mit seinem Exkurs in die Historie: »Einst kam ein neuer dänischer Landvogt nach Föhr, der glaubte, es könne nicht schaden, die trotzigen Föhringer ein wenig einzuschüchtern. Am Schluss seiner einstimmenden Drohrede meinte er: ›Und merkt euch, Leute, dass ihr von nun an eine böse Regierung habt!‹

Diese Ansprache verfehlte ihre Wirkung jedoch völlig. Die Föhringer erteilten ihm umgehend eine Abfuhr: ›Und Ihr, Vogt, vergesst ja nicht, dass Ihr von jetzt an noch bösere Untertanen haben werdet!‹ Und in der Tat, solange dieser Vogt das Regiment führte, kam es ständig zu Reibereien. Die Dänen, die mit den aufmüpfigen Friesen nicht zu Rande kamen, sich auf der Insel jedoch auf Dauer kein größeres Heer leisten konnten, verfielen auf den Gedanken, Burgen zu ihrem Schutz zu erbauen. Solche Burgen errichteten sie auch auf Amrum und Sylt. Bei uns auf Föhr waren es die Utersumer und die Borgsumer Burg, deren Überreste noch aus uralter Zeit stammten und nun durch die Dänen erneuert und zu Befestigungen ausgebaut wurden. So ließ um 1344 der Dänenkönig Waldemar Atterdag durch einen seiner Ritter, Erich Riind, auf unsere Vorfahren Druck ausüben, um sie zu zwingen, Steuern zu zahlen und ihm Heeresfolge zu leisten. Riind war es auch, der die kleine Festung bei Utersum ausbaute.«

»Ich weiß, Vater«, entgegnete Kerrin. »Als Kinder spielten wir manchmal dort in den Ruinen. Etwa in der Mitte zwischen Utersum und dem Deich ist ein etwa 14 Fuß hoher Erdhügel. Harre behauptete immer, da habe sich einst eine Zwingburg erhoben. Wir Kinder fanden einen Haufen alter zerbrochener Ziegelsteine, Eisenteile und verkohlte Holzbalken, aber auch Knochenreste.«

»Das hat dein Bruder ganz richtig gesagt! Noch heute erkennt man den Ringwall, der erhalten blieb und einstmals um die gesamte Burganlage herumführte.«

»In unmittelbarer Nähe dieser Anlage gibt es auch ein tiefes Wasserloch«, erinnerte sich Kerrin. »Vermutlich war das einst der Burgbrunnen. Wissen Sie eigentlich, Papa, ob die Friesen diesem Erich Riind die Steuern tatsächlich bezahlt haben?«

Der Commandeur lachte.

»Wie ich unsere sturen Landsleute kenne, wohl kaum! Überliefert ist darüber jedoch nichts. Wenn man allerdings die große Menge an verbranntem Korn, das man vor einigen Jahren bei Erdarbeiten gefunden hat, als Überreste jener Zeit deutet, dann drängt sich stark die Vermutung auf, dass die Friesen ihm seinen eigenen Hof niederbrannten, den er gleich daneben neu aufbaute.«

»Was ist aus Erich Riind, dem Vasallen König Waldemars, eigentlich geworden, Papa?«

Wie üblich wollte Kerrin immer alles ganz genau wissen.

»Der Ritter hatte kein Glück, mein Kind. Nicht nur die Feindseligkeiten der Insulaner, mehr noch die Naturgewalten zwangen ihn, Föhr zu verlassen, und zwar im Jahre 1362.«

»Oh! Da ereignete sich doch jene schreckliche Sturmflut! Die fürchterlichste, welche die Küsten der Nordsee jemals heimgesucht hat«, rief das junge Mädchen aus. »Davon hat uns Oheim Lorenz berichtet. Man nannte sie die *groote Mansdrank*. Sie ereignete sich am 8. und 9. September 1362 und besaß solche Kraft, dass sie Föhr, Amrum und Sylt, die damals noch zusammenhingen, auseinanderriss.«

»Das hast du dir gut gemerkt, meine Liebe! Ja, das war ein furchtbares Unglück. Alles Land westlich von Föhr wurde weitflächig überschwemmt und die Gegend, in der sich Riinds Burg erhob, verwandelte sich in einen See. Sie wurde damals so schwer beschädigt, dass der Ritter keine Lust mehr hatte, sie wieder aufzubauen. Stillschweigend soll er von Föhr verschwunden sein.«

Jetzt war es an Kerrin, amüsiert zu lächeln.

»Die Leute hier sagen heute noch, der Gott *Ekke Nekkepenn*, der mit seiner Frau, der Meeresriesin *Ran*, über Sturm und Meer gebietet, habe seinerzeit für die Friesen gekämpft, um die Dänen loszuwerden – wenigstens zeitweise.«

Roluf Asmussen zog die Stirn in besorgte Falten. »Sei so gut, mein liebes Kind, und lass das nicht deinen Oheim hören!«

Kerrin erheiterte das wiederum sehr und auch der Commandeur musste schmunzeln.

EINUNDREISSIG
Erneut braut sich Unheil über Kerrin zusammen

KURZ DARAUF TRAF EINES eisigen Dezembermorgens im Pfarrhof die Botschaft ein, Kerrin möge doch die Freundlichkeit besitzen und sofort Thur Jepsen aufsuchen, der es gar nicht gut ginge. Kerrin sollte an diesem Tag eigentlich ihrer Muhme beim Brotbacken behilflich sein – endlich schien es Göntje an der Zeit, das junge Mädchen in eines der wichtigsten »Geheimnisse« hausfraulichen Wirkens einzuweihen.

»Geh nur, Kind«, sagte die Pastorin jedoch sogleich. »Brotbacken kannst du auch ein andermal lernen.«

Kerrin säuberte sich die Hände vom Mehl, schlang sich das große wärmende Schafwolltuch über Kopf und Schultern und machte sich mit ihrem Korb mit Heilkräutern, Salben und Tees auf den Weg. Diesen Korb schleppte sie mittlerweile überall mit hin, sobald sie ihr Zuhause verließ. Kaum sahen die Leute sie des Weges kommen, hielt man sie nämlich für gewöhnlich an und schilderte ihr diverse Leiden, denen sie Abhilfe verschaffte, soweit es möglich war.

Diesmal aber empfand sie einen merkwürdigen, ihr ganz fremden Widerwillen gegen den Krankenbesuch. Verständlicherweise konnte sie diese Frau nicht leiden. Zu ihrer großen Erleichterung hatte sie seit Harres Weggang von der Insel mit Thur nichts mehr zu tun gehabt. Kerrin sah sie nur noch selten, etwa beim Kirchgang oder wenn typische »Frauenarbeiten« anstanden, die gemeinsam bewältigt werden mussten. Es war ihr nur recht so. Wenn es nach ihr gegangen wäre, hätte sie mit Volckert Jepsens Frau nie mehr ein Wort gewechselt. Aber wenn Thur in Not war und nach ihr schickte, war es wohl ihre Pflicht, nachzusehen und ihr zu helfen, versuchte Kerrin sich schweren Herzens selbst zu überzeugen.

Im Nachhinein bereute sie ihre Gutmütigkeit. Hätte sie doch nur eine Ausrede erfunden! Der Aufenthalt in Thur Jepsens Haus erwies sich gar noch als weitaus schlimmer als erwartet.

Als Kerrin durch die Haustür trat, fiel ihr als Erstes auf, dass es mit Thurs Unwohlsein nicht weit her sein konnte! Die ehemalige Geliebte ihres Bruders saß mit zwei Nachbarinnen in der Köögen und unterhielt sich aufs Lebhafteste; bereits von draußen war das Gekreische der drei zu hören. Wie Kerrin sofort riechen konnte, hatten die Frauen schon am hellen Vormittag billiges Bier getrunken; der säuerliche Geruch lag schwer über dem kleinen, finsteren und ziemlich verräucherten, nur vom Herdfeuer erleuchteten Raum.

»Was ist los mit dir, Thur?«, fragte Kerrin geradeheraus. »Wozu hast du mich so dringend hergebeten? Wie ich sehe, geht es dir nicht gerade schlecht.«

Sie deutete mit dem Finger auf die Tonbecher, die vor den Weibern auf einem mit allerlei schmutzigem Geschirr und Essensresten überladenen Tisch standen.

»Man wird doch noch – auch wenn es einem nicht gut geht – Freundinnen zum Frühmahl empfangen dürfen! Oder ist das neuerdings verboten?«, keifte Thur in aufsässigem Ton. »Volckert, mein Mann, ist zu seinem Bruder nach Oland gefahren und da kamen die beiden gerade recht, um mir die Zeit zu vertreiben.«

Die beiden anderen Frauen – ungepflegte Vetteln – nickten und starrten Kerrin kritisch und neugierig zugleich an.

»Von mir aus!«, gab Kerrin gleichgültig zur Antwort. »Sag mir nur geschwind, was du willst, damit ich wieder gehen kann. Ich werde woanders nämlich dringender gebraucht.«

Jetzt musterte Thur das junge Mädchen geradezu unverschämt.

»Du wirst noch früh genug erfahren, wozu ich dich habe kommen lassen«, beschied sie Kerrin hochmütig.

Jetzt aber stieg der Groll in der Commandeurstochter erst recht hoch. Was dachte sich das Weibsstück eigentlich? So ließ sie nicht mit sich umspringen!

»Merk dir, Thur: Mich lässt man nicht kommen, mich *bittet* man! Ich bin kein Dienstbote, den irgendjemand dahin oder dorthin beordern kann. Ich biete meine Hilfe freiwillig an – wie jedermann auf Föhr weiß! Entweder, du sagst jetzt, was du brauchst, oder ich gehe!«, fuhr sie die ungehörige Patientin ungewohnt scharf an.

»Nur ruhig Blut, Mädchen«, gab Thur lässig zur Antwort und warf ihr einen tückischen Blick zu. »Ich bin nicht krank, ich muss nur ernsthaft mit dir reden – und zwar über eine Person, die auch du sehr gut kennst!«

Siedendheiß fiel Kerrin ihr Bruder Harre ein. Bestimmt ging es um ihn! Vermutlich kochte Thur vor Wut, dass ihr Liebhaber sich ohne sie zu fragen einfach davongemacht hatte. Und das ausgerechnet zu einer Zeit, in der Volckert, ihr lästiger Ehemann, nicht daheim gewesen war …

Kerrin ließ widerwillig ihren Korb, den sie bereits wieder hochgehoben hatte, auf den gestampften Lehmboden fallen und wartete, bis Thur Jepsen ihre Gäste nach draußen begleitet hatte. Um sie zu ärgern oder nervös zu machen – so schien es ihr jedenfalls –, zögerte die Frau den Abschied besonders lange hinaus. Endlich tauchte Thur wieder auf.

Gleich fiel sie auch schon über ihre Besucherin her: »Das hat sich dein feiner Herr Bruder ja schön ausgedacht! Ohne einen Ton zu sagen, verließ er im Sommer die Insel! Er wusste genau, dass ich ihn niemals hätte gehen lassen!«

»Harre ist doch ein freier Mensch und nicht dein Eigentum!«, entgegnete Kerrin wütend. »Man merkt, dass du ihn

285

überhaupt nicht liebst, sonst würdest du dich darüber freuen, dass er etwas für seine Weiterbildung tut. Alles, was er auf dem Festland und im Ausland lernt, hilft ihm dabei, ein besserer Maler zu werden, dessen Gemälde auch Käufer finden!«

»Papperlapapp! Was schert es mich, ob er irgendwann seine dummen Bilder verkauft oder nicht! Was hab' ich denn davon? Ich werde ewig mit Volckert verheiratet sein und Harre wird eine reiche Frau heiraten, die zu eurer vermögenden Familie passt. Es ist doch immer so: Fürs Vergnügen sind wir einfachen Weiber den jungen Herren recht – aber wenn's ans Heiraten geht, gesellt sich ganz von selbst ein Geldhaufen zum anderen!«

»Jetzt hör aber auf! Was jammerst du überhaupt?«, widersetzte sich Kerrin aufgebracht. »Das wusstest du bereits, ehe du dich mit ihm eingelassen hast, oder? Du hast doch nicht im Ernst daran gedacht, Harre könnte jemals dein Ehemann werden! Von allem anderen einmal abgesehen – worauf ich jetzt nicht näher eingehen will – bist du doch viel zu alt für ihn! Du hast Töchter, die älter sind als er. Und was das Vergnügen anlangt: Ich denke, daran hattest du sehr wohl deinen Anteil, auf den du jetzt allerdings aus Eigensucht nicht mehr verzichten möchtest! Ich sage dir, hör auf, dir selbst etwas vorzumachen! Du hast keinerlei Anrecht auf Harre: In Kürze kommt dein Mann wieder von der Hallig Oland zurück. Versuch endlich, Volckert eine gute Frau zu sein!«

»Na, besten Dank auch! Jetzt gibt mir, einer erfahrenen Ehefrau und Mutter, eine Göre, die noch nicht trocken hinter den Ohren ist, gute Ratschläge, wie ich meine Ehe zu führen habe!« Thur lachte bitter auf.

»So, und jetzt hörst *du* mir zu, Mädchen, was *ich* dir zu sagen habe!«, fuhr sie zornig fort. »Ich will mich nicht ständig wiederholen müssen! Aufgepasst! *Jede Woche mittwochs* wirst du in Zukunft ohne Aufforderung bei mir antanzen und mir dabei so einiges mitbringen. Was das im Einzelnen sein wird, zähle ich dir jetzt auf. Also, sperr deine Ohren gut auf! Zwei Laibe Brot, zehn Eier, einen kleinen Sack Weizenmehl, einen mittleren Sack Roggenmehl, zwei kleinere Säckchen Gersten-graupen, ein halbes Pfund Zucker und zwei Flaschen guten Weins. Und einmal im Monat einen Topf Schmalz extra!«

Kerrin, die puterrot geworden war, atmete tief ein. Aber ehe sie loslegen konnte, fuhr die Seemannsfrau seelenruhig fort: »Spar dir die Luft für später, Kleine! Brot gibt es im Pfarrhaus-halt genug, da fallen zwei Brote mehr oder weniger nicht auf! Hühner hat die reiche Pastorin auch genug – im Gegensatz zu mir, die ich mir keins dieser Federtiere leisten kann. Also wird der Verzicht auf zehn Eier nicht schwer ins Gewicht fal-len. Ähnlich ist es mit dem teuren Weizenmehl. Das wird sack-weise vom Festland mit dem Schmackschiff herübergeschafft und in den Pfarrhof gekarrt – warum sollte ich nicht auch et-was davon abhaben? Roggenmehl und Graupen hat der Pastor gewiss auch im Überfluss.

An Zucker ist in Göntje Brarens Küche erst recht kein Man-gel, wie man weiß, und im Haushalt deines Vaters auch nicht. Ich hingegen habe mir noch nie Zucker geleistet. Wenn nötig, nahm ich bisher Honig zum Süßen. Zum guten Schluss ist zu sagen: Jeder auf der Insel weiß, dass sowohl der Commandeur wie auch dein Oheim über einen gut sortierten Weinvorrat ver-fügen. Davon erwarte ich in Zukunft einen winzig kleinen Teil.

Was das Schmalz betrifft, ist es doch so, dass Monsieur Lo-renz als einer der wenigen auf Föhr so reich ist, dass er ein paar Schweine durchfüttern kann. Ich könnte mir sogar vorstellen, dass zu den großen Feiertagen jeweils ein Stück Schweinebra-ten für mich abfallen müsste. Aber darüber können wir später noch ausführlicher reden. Und um deiner Frage zuvorzukommen: Ich finde nicht, dass meine Forderungen übertrieben sind! Wenn du dir im Übrigen nicht alles merken konntest, Mädchen, wiederhole ich gern alles noch einmal!«

Kerrin schaute die Sprecherin fassungslos an. Die räumte indes in aller Seelenruhe die gebrauchten Bierbecher und die schmutzigen Teller fort.

»Besonders schlau warst du ja noch nie, Thur Jepsen. Aber jetzt, glaube ich, hast du dein bisschen Verstand völlig verloren!«, entfuhr es Kerrin. Warum um alles in der Welt versuchte Thur, sie zu erpressen? Wenn ihre Affäre mit Harre herauskam, handelte sie sich schließlich vor allem selbst eine Menge Ärger ein. Thur musste wirklich wahnsinnig geworden sein!

»Na, na! Ich muss doch sehr bitten, Kleine!« Thur stemmte beide Arme in die Seiten und warf Kerrin einen angriffslustigen Blick zu.

»Wie kommst du nur auf die Idee, ich könnte tun, was du verlangst, Thur?«, rief das Mädchen. »Da müsste ich genauso verrückt sein wie du!«

»Ich bin keineswegs verrückt! Im Gegenteil, ich bin sogar sehr schlau! Lange habe ich überlegt – genaugenommen den ganzen Sommer und Herbst über –, wie ich es anstellen kann, mein Wissen gewinnbringend einzusetzen. Glaub mir, Mädchen, ich bin noch äußerst bescheiden in meinen Ansprüchen! Ach, da kommt mir noch ein guter Gedanke: Vergiss nicht, deiner Lieferung einmal im Monat jeweils einen Sack Wolle hinzuzufügen. Sie muss nicht mal gewaschen sein – das übernehme ich gern selbst. Ich will ja nicht unverschämt sein, nicht wahr!«

»Dieses Gespräch ist mir zu blöd«, fuhr Kerrin die Frau an und machte Anstalten, das Haus zu verlassen.

»Fragst du gar nicht danach, welcher Art mein Wissen ist?«

Thurs Stimme klang so siegesgewiss, dass Kerrin, die ihr bereits den Rücken gekehrt hatte, sich zögernd umwandte. Fragend starrte sie das Weib an. Was kam denn jetzt noch?

»Was solltest *du* schon groß wissen, Thur Jepsen?«

Rolufs Tochter bemühte sich zwar um Überlegenheit, aber im Innersten dämmerte ihr Furchtbares.

Thur beugte sich dicht zu Kerrin und flüsterte geheimnisvoll: »Ich weiß, wer Ole Harksen umgebracht hat.« Dieses entsetzliche Flüstern klang in Kerrins Ohren lauter und schmerzlicher als der gellendste Schrei. Und dennoch! Kerrin war überzeugt davon, dass Harre es *nicht* gewesen sein konnte, der Ole den Schädel eingeschlagen hatte. Anders sah es mit Thur selbst aus: *Sie* kam als Täterin durchaus infrage! Man hatte sie nur nicht in Verdacht, weil niemand ein Motiv erkannte … Erschreckt trat Kerrin unwillkürlich einen Schritt zurück, ehe sie so kaltblütig wie möglich entgegnete:

»Wie schön für dich, Thur! Dann weißt du mehr als alle anderen!«

Kerrin beschloss, aufs Ganze zu gehen: Vielleicht gelang es ihr, das skrupellose Frauenzimmer zu überrumpeln. Ganz ohne Widerstand würde sie sich nicht erpressen lassen.

»Ich weiß allerdings auch etwas, meine Liebe! Und zwar, dass *du* es warst, die Ole das Lebenslicht ausgeblasen hat! Weil der Alte drohte, dein schmutziges Geheimnis auffliegen zu lassen! Wenn du dich vor dem Galgen retten willst, Thur Jepsen, dann sei hübsch still und bescheiden, sonst rede *ich* und gebe *mein* Wissen preis!«

Thur lachte auf und zuckte ungerührt mit den Schultern.

»Tu das ruhig, Kerrin! Dann kann dein Bruder nie mehr als freier Mann zurück ins Herzogtum Schleswig: Man würde ihn nämlich überall als Mitwisser, wenn nicht gar als Mörder suchen und notfalls mit Gewalt festnehmen, um ihm den Prozess zu machen. Und dann müsste *ich* natürlich vor Gericht leider die Wahrheit offenbaren – selbst wenn es mir nicht leichtfiele!«

Sie warf der fassungslosen Besucherin einen scheinheiligen Blick zu. Gleich darauf sah Kerrin, wie Thurs Miene hämisch wurde.

»Ich weiß, dass er angeblich Föhr bereits verlassen hatte, als es geschah; aber es wäre ja immerhin möglich, dass er heimlich noch einmal zurückgekehrt ist, um Ole zum Schweigen zu bringen, nicht wahr, Kleine? Das würden die Richter in einem Verfahren alles haarklein untersuchen, um die Wahrheit aufzudecken. Nebenbei bemerkt: Ich würde jederzeit unter Eid aussagen, dass Harre es war, der die Axt schwang, um Harksen den Schädel zu spalten! Einen Grund für die Untat könnte ich natürlich auch benennen, wie du dir sicher denken kannst! Ich würde dem Gericht sagen, dass Harre mich schon lange bedrängt hätte, seine Geliebte zu werden. Aber ich hätte ihm klargemacht, dass ich eine treue und tugendsame Ehefrau sei! Solange Volckert lebe, würde ich niemals Schande über ihn bringen. Ich würde dem Richter sagen, dass ich Harre Rolufsen mehrere Male abweisen musste, als er zudringlich werden wollte. Und Ole war einmal unfreiwillig Zeuge, als ich mich seiner kaum noch erwehren konnte! Da ist Ole Harksen trotz seines Alters mutig dazwischengegangen und hat mich gerettet. Das hat ihm Harres unversöhnlichen Hass beschert. Das, meine Liebe, würde ich vor Gericht aussagen.

Ich bin sicher, dass die Herren so klug sein und sich einen Reim auf Oles Tod machen würden! Du musst zugeben, dass alles wunderbar passt: Dein Bruder hat den Alten ausgeschaltet, um zu verhindern, dass dieser ausplaudert, welch schlimme Dinge Harre mit mir anstellen wollte.«

»Du bist das Widerlichste und Verlogenste, was mir je begegnet ist.« Kerrins Stimme versagte. Das Mädchen war leichenblass geworden.

»Dummes Zeug! Ich bin bloß nicht so blöde, wie du gedacht hast. Ich wäre fein heraus, mein Mann wäre überzeugt von meiner Treue – aber dein lieber Bruder würde am Galgen baumeln, so wahr ich hier sitze!«

Als Kerrin nichts darauf erwiderte, bohrte Thur nach: »Glaubst du immer noch, dass ich mir mein Schweigen zu teuer erkaufen lasse?«

»Ich werde sehen, was ich tun kann, Thur!«

Kerrin erhob sich mühsam. Vollkommen durcheinander und am Boden zerstört verließ sie beinahe fluchtartig das bescheidene Heim des Matrosen Volckert Jepsen.

»Du als Frau solltest mich eigentlich verstehen: Was gibt es Demütigenderes, als von einem Mann mir nichts dir nichts verlassen zu werden? So etwas schreit geradezu nach Rache! Genau in einer Woche, meine Liebe, erwarte ich das erste Zeichen deines guten Willens«, rief Thur ihr noch nach.

Kerrin schlug, ohne nachzudenken, den Weg zum Pfarrhof ein, wo Göntje immer noch dabei war, Brot zu backen. Das dauerte für gewöhnlich den ganzen Vormittag über an. Heute hätte sie doch zum ersten Mal dabei helfen sollen. Wenn sie sich beeilte …

Dann erst bemerkte sie, dass sie am ganzen Leibe zitterte. Gewiss sah sie entsetzlich aus und Göntjes unbestechlichem Blick entgingen solche Dinge nicht. Was sollte sie der Pastorin auf deren bohrende Fragen antworten?

»Ich kann unmöglich jetzt schon zurück«, überlegte sie. Sie würde stattdessen auf einem Umweg in ihr Vaterhaus schleichen und sich dort verbergen. Zum Glück war der Commandeur bereits am Morgen nach Wyk geritten, um mit den Ratsmännern von Osterlandföhr irgendeine wichtige politische

291

Angelegenheit zu besprechen, die er ihr zwar angekündigt, die sie jedoch im Augenblick vergessen hatte. Es hing, glaubte sie sich zu erinnern, mit einem Erlass des Herzogs von Schleswig-Holstein zusammen …

Den Hausmägden würde Kerrin einfach weismachen, schreckliche Kopfschmerzen zu haben, und sie bitten, man möge sie in Ruhe lassen. Der Appetit war ihr sowieso vergangen. In der Tat fühlte sie sich sterbenselend. Wahrscheinlich war es am besten, sie verzichtete in Zukunft vollkommen aufs Essen. Was lag daran, wenn sie verhungerte? Alle Probleme wäre sie dadurch los, ging es ihr nicht ohne eine gehörige Portion Selbstmitleid durch den Kopf.

Daheim allerdings siegte erneut ihr Überlebenswille. Sie verspürte auf einmal mächtigen Hunger und ließ sich von Eycke einen Teller Eintopf aufwärmen, den sie zusammen mit einem großen Stück Brot am Küchentisch verzehrte. Bereits während des Essens spürte sie, wie ihre Kraft zurückkehrte und ihre Fähigkeit erwachte, in Ruhe nachzudenken.

Als Erstes konnte sie fühlen, wie gewaltiger Zorn auf Harre in ihr emporstieg. Thurs Erpressung hatte er ihr eingebrockt und sie sollte nun die Suppe auslöffeln. Sie dachte nicht daran, für die Hure ihres Bruders zur Diebin zu werden! Wie sie sich aus dieser fatalen Schlinge ziehen konnte, wusste sie allerdings noch nicht. Die Mengen, von denen Thur Jepsen gesprochen hatten, waren an sich nicht so schrecklich groß, um für den Haushalt des Pastors oder den ihres Vaters erheblich ins Gewicht zu fallen – aber wie sollte sie die Sachen transportieren? In ihren Heilkräuterkorb passten sie jedenfalls nicht. Sollte sie vielleicht mit dem vollgepackten Eselskarren durchs Dorf ziehen? Und wer gab ihr außerdem die Sicherheit, dass Thur nicht in einem Monat ihre Forderung erhöhen würde und dann auch im darauffolgenden und immer so weiter?

Darüber musste sie genau nachdenken. Eine Woche war nicht lange – und was dann?

Bald darauf siegte jedoch ihr jugendlicher Optimismus: Irgendwie würde sie zu einer Lösung finden – davon war sie fest überzeugt. Im allergrößten Notfall müsste sie ihren Oheim ins Vertrauen ziehen. Er war Geistlicher und würde das Gehörte für sich behalten – hoffte sie zumindest. Aber diese Radikallösung wollte sie sich bis zum Schluss aufsparen.

Es war noch früh und Kerrin beschloss, doch ins Pastorat hinüberzugehen und Göntje beim Brotbacken zu helfen.

ZWEIUNDDREISSIG
Harre kehrt zurück

IN JENEM WINTER geschah es zum ersten Male, dass Kerrin für die jungen Männer der Insel quasi zum »Objekt der Begierde« wurde. Die »*Hualewjonkengonger*«, junge Burschen auf Brautschau, ließen es sich angelegen sein, auch die Tochter des Commandeurs Asmussen mit ihren nächtlichen Besuchen zu beehren.

Interessierte Freier erschienen in den wenigen Wochen vor dem Weihnachtsfest beinahe allnächtlich vor dem Fenster jener Komer, die sie mit Eycke teilte. Leises Rufen und Klopfen am Fenster sollten sie veranlassen, das Fenster zu öffnen, um den Bräutigam in spe hereinzulassen.

Kerrin dachte jedoch nicht im Traum daran, sich auf derlei Spielchen, »Nachtfreien« genannt, einzulassen. Nicht etwa, weil sie so sittenstreng gewesen wäre – selbst ihr Oheim ließ die Dorfjugend bekanntlich gewähren (allerdings in der Hoffnung auf künftige Hochzeiten) –, sie kannte nur keinen Jüngling, dem sie gerne irgendwelche Vertraulichkeiten gewährt hätte.

Jetzt, wo sie zur See fahren sollte, stand ihr außerdem doch die Welt offen – glaubte sie zumindest. Wer konnte sagen, wo und wie sie ihr zukünftiges Leben führen würde? Ganz gewiss war sie nicht willens, sich jetzt schon zu binden, um dann den Rest ihres Lebens auf der Insel zuzubringen. Sie überhörte die nächtlichen Besucher einfach, wobei sie hoffte, der ganze Spuk würde bald von selbst aufhören, wenn sie nicht darauf reagierte.

Kerrin plagten ganz andere Sorgen. Die Tage vor Weihnachten lag sie oft wach und ging im Kopf verschiedene Möglichkeiten durch, wie sie Thurs unverschämten Ansprüchen entgehen konnte, ohne sich selbst oder Harre in Schwierigkeiten zu bringen.

Unruhig wälzte sie sich von einer Seite auf die andere, so dass sich Eycke, mit der sie wiederum das Schrankbett teilte (Tatt schlief seit Neuestem mit Göntje in einem Bett), schließlich mitten in der Nacht bitter beklagte.

»Was ist los mit dir?«, erkundigte sich die alte Frau ungehalten. »Ich bin rechtschaffen müde und würde gern schlafen. In meinem Alter braucht man den Schlaf, um am nächsten Morgen überhaupt aufstehen und noch etwas schaffen zu können!«

»Entschuldige, Eycke. Ich werde ab jetzt versuchen, ruhig zu liegen und dich nicht mehr zu stören. Aber du musst wissen, mir geht so Einiges im Kopf herum«, entgegnete Kerrin zerknirscht.

»Ich kann mir schon denken, was es ist, das dir keine Ruhe lässt«, kicherte die Alte verständnisvoll. »Ich war auch einmal in deinem Alter! Da denkt man eben über die jungen Burschen nach. Und denen scheinst auch du im Kopf herumzuspuken, wenn ich das Klopfen am Fensterrahmen richtig deute.«

»Mein Gott, wenn's nur das wäre«, dachte Kerrin verzagt, ließ die Magd aber in ihrer irrigen Meinung.

Gleich darauf schnarchte Eycke wieder geräuschvoll und Kerrin steckte sich die Finger in die Ohren, um nicht abgelenkt zu werden von ihren Gedanken.

Gegen Morgen der dritten durchwachten Nacht hatte sie schließlich eine Lösung gefunden. Ja, so würde sie es halten! Es erschien ihr auf einmal sonnenklar, dass *gar nicht zu reagieren* bestimmt das Beste war. Ginge sie auf die Erpressung ein und man erwischte sie dabei, wie sie die Speisekammer plünderte und sich auch noch am Wollvorrat der Pastorin vergriff, dann wäre es nahezu unmöglich, eine vernünftige Erklärung dafür zu finden. Und jede Woche dasselbe Spielchen – nein, das hielte sie niemals durch! Zudem käme es einem Eingeständnis gleich, dass Harre den feigen Mord begangen hatte. Das durfte nicht geschehen!

Und wenn Harre nun aber doch … Nein! So etwas wollte sie sich nicht einmal vorstellen. Entschieden verdrängte Kerrin alle düsteren Gedanken und war nur noch wütender auf die Schlange Thur, die die böse Saat des Zweifels ausgestreut hatte.

»Genug davon!«, überzeugte sie sich selbst. »Soll Thur doch anstellen, was sie will. Von mir bekommt sie jedenfalls nichts!«

Insgeheim ging Kerrin davon aus, dass Thur auf alle Fälle schweigen würde, um sich nicht ohne Not in Verdacht zu bringen. Nachdem sie sich erst einmal zu dieser Entscheidung durchgerungen hatte, ging es ihr gleich um vieles besser, es war, als sei eine schwere Last von ihr genommen, und sie hatte endlich die Muße, sich den langsam beginnenden traditionellen Festtagsvorbereitungen zu widmen.

Am 21. Dezember 1695, dem Tag der Wintersonnwende, traf Harre auf der Insel ein. Kerrin verspürte große Erleichterung. Von Thur hatte sie nichts mehr gehört. Falls sie jetzt noch Forderungen erheben sollte, konnte Kerrin sie an ihren Bruder verweisen. Sollte der doch zusehen, wie er mit seiner ehemaligen enttäuschten Geliebten zurechtkam. Ihre Wut auf ihn wegen der Scherereien, die er ihr eingebrockt hatte, verrauchte allerdings rasch angesichts der Wiedersehensfreude. Obwohl er meistens seiner eigenen Wege ging, hatte sie ihn den Sommer und Herbst über schrecklich vermisst.

Auch der Commandeur war glücklich, seinen einzigen Sohn in die Arme schließen zu dürfen. Außerdem war er gespannt, wie er auf sein Geschenk, den wunderschönen Apfelschimmel, reagieren würde.

Kerrin war ein wenig in Sorge, Harre ließe sich seine Enttäuschung allzu sehr anmerken. Sie wusste doch, dass er mit Pferden wenig anzufangen wusste … Wie überrascht war sie jedoch, als offenbar wurde, wie sehr sich ihr Bruder über die großzügige Gabe des Vaters freute.

In seinem schwarzen Anzug, dem weißen Hemd mit Spitzenbesatz, den feinen Lederstiefeln und mit den mittlerweile schulterlangen, rotblonden Haaren wirkte er wie ein junger Adelsspross – oder zumindest so, wie Kerrin sich einen edlen jungen Herrn vorstellte …

»Das ist ein ganz wundervolles Pferd, Vater! Ich danke Ihnen aufrichtig und von ganzem Herzen dafür! Ich werde nach dem Mittagessen sofort auf ihm ausreiten. Wollen Sie mich nicht begleiten? Ein Ritt quer über die Insel ist genau das, wonach ich mich die ganze Zeit über gesehnt habe!«, erklärte Harre freudestrahlend.

Kerrin war über die Maßen erstaunt. Woher konnte ihr Bruder, der bereits Angst davor hatte, einem Pferd eine Mohrrübe zu reichen, auf einmal reiten? Der Aufenthalt auf dem Festland schien ihm gutzutun – in jeder Beziehung.

»Einen Namen musst du deinem Hengst noch geben, Harre«, erinnerte sie den jungen Mann, ehe sie im Stall zum Unterstand ihrer Stute hinüberging, um Salomes Mähne zu kraulen, mit ihr zu plaudern und um frisches Heu in die Futterraufe zu schütten.

»Natürlich, Schwesterchen! Vielleicht kannst du mir ja dabei behilflich sein, für meinen *Wallach* einen geeigneten Namen zu finden.«

Vater und Sohn grinsten und Kerrin lief rot an. Das war ihr doch tatsächlich entgangen …

»Eigentlich hätte ich mir denken können, dass Vater seinem Hengst Harold keinen Konkurrenten um die Gunst Salomes vor die Nase setzen wollte«, dachte sie. Eine Stute konnte bekanntlich bösartige Kämpfe zwischen Hengsten auslösen, die bis zur Vernichtung des Kontrahenten gehen konnten.

»Ich würde dir ›Apollo‹ vorschlagen«, überspielte Kerrin ihre Verlegenheit.

»In Ordnung! Mein lieber Apollo, sei mir gegrüßt! Mögest du mich allezeit durch dick und dünn auf deinem Rücken tragen. Außerdem kann ich dir versichern, mein Schöner«, und dabei tätschelte Harre seinem Pferd zärtlich den Hals, »dass du mein nächstes Modell sein wirst!«

Harres Ankunftstag war gleichzeitig der Tag, an dem nach überliefertem heidnischem Brauch das »*Thamsen*« stattfand. Nach altem Glauben hielt Wotan mit den übrigen germanischen Göttern einen Umzug ab. An diesem Datum durfte kein drehbares Gerät bewegt werden, weil sonst das Rad der Zeit zum Stillstand käme. Zur Vorsicht verräumten die Föhringer alle drehbaren Ackergeräte. Auch Fuhrwerke und Karren wurden in den Ställen und Scheunen untergestellt. Bei Harre hatte man eine Ausnahme gemacht, weil er samt Gepäck in Wyk vom Schiff abgeholt werden musste. Gleich nach seiner Ankunft hatte Simon jedoch die kleine Kutsche zu den anderen mit Rädern versehenen Geräten verbracht. Die Müller der Insel fixierten gar die Flügel ihrer Bockmühlen, damit diese sich im Wind nicht mehr drehen konnten; selbst das Benützen einer Handmühle, die jede Hausfrau in ihrer Köögen hatte, war nicht erlaubt. Niemand hätte an diesem Tag auch nur eine einzige Schraube festgedreht ...

Die drei Pastoren der Insel trugen regelmäßig Sorge dafür, dass keiner der Insulaner allzu viel Aufhebens von diesem Tag und seiner uralten Tradition machte. Monsieur Lorenz beispielsweise nahm am 21. Dezember gerne Taufen vor. Die jüngsten Erdenbürger der Insel wurden Mitglieder im Kreis der christlichen Gemeinde; etwas Wirkungsvolleres gab es wohl kaum, um die Erinnerung an die alten Heidengötter verblassen zu lassen.

Junge Leute machten sich nach Einbruch der Nacht einen Spaß daraus, durch die Dörfer zu ziehen und zu kontrollieren, ob alle Bauern ihre »Pflicht« erfüllt hatten. Draußen stehende Geräte oder Karren mit Rädern wurden verschleppt. Manch einer fand am nächsten Morgen seinen Wagen auf dem Dach seiner Scheune wieder oder weit draußen in der Marsch ...

An diesem Unfug beteiligten sich Harre, Arfst und Kerrin allerdings nicht.

Mit dem »Kenknin« verhielt es sich dagegen ganz anders. Das war ein Brauch, der am letzten Tag des alten Jahres gepflegt wurde. An ihm nahmen nicht nur Kinder und Jugendliche teil, auch junge Erwachsene hatten ihren Spaß daran.

Schon Tage vorher bereitete man sich auf das »Rummelpottlaufen« vor: Jeder Teilnehmer – auch Harre, Kerrin und die Sprösslinge des Pastors – bastelte sich aus Roggenstroh eine

Art bodenlanges Gewand und dazu aus Stoff eine möglichst hässliche Gesichtslarve. Kuhhörner sowie Haare und ein Bart aus Werg vervollständigten die Maskierung. Gleich nach dem Abendessen des Silvestertages begann das Verkleiden, verbunden mit viel Gekicher und allerlei harmlosem Allotria. Auf der Dorfstraße fand man sich anschließend zusammen und dann zogen die »schrecklichen Horden« die ganze Nacht lang quer über die Insel, stellten sich bei den Bauern vor und hofften darauf, in ihrer Verkleidung nicht erkannt zu werden. Jeder Teilnehmer verstellte seine Stimme und alle amüsierten sich, wenn ein Mann mit Bassstimme plötzlich piepste wie ein Vögelchen.

Kerrin, Catrina, Arfst und Harre hatten dieses Jahr sogar ein lustiges Singspiel mit komischer Tanzeinlage eingeübt, womit sie viel Beifall ernteten.

Gegen das *Kenknin* hatte seltsamerweise nicht einmal Göntje etwas einzuwenden. Sie fand es unterhaltsam und wie Kerrin von Vetter Arfst erfuhr, hatte das Pastorenpaar in früheren Jahren sogar selbst dabei mitgemacht.

Lorenz Brarens unterstützte diesen harmlosen Brauch ausdrücklich. »Die Dunkelheit macht die Menschen trübsinnig«, erklärte er, »und das ist gefährlich. Ein wenig Scherzen und Lachen hilft ihnen über die Düsternis in ihren Seelen hinweg.«

Kerrin wusste nur zu gut, dass der Onkel Recht hatte. Gerade in den Monaten, in denen sich die Sonne kaum und wenn, dann nur kurz sehen ließ, ereigneten sich deutlich mehr Selbsttötungen als in der hellen Jahreszeit. Selbst Leute, von denen man es nie erwartet hätte, bereiteten ihrem Leben auf mancherlei Weise ein Ende; einige erhängten sich, andere gingen einfach ins Wattenmeer hinaus, der Flut entgegen und wurden nie mehr gesehen. Gerade in letzteren Fällen sprach man dann gern von einem tragischen Unfall, doch der Pastor, der ein guter Menschenkenner war, ahnte meist die traurige Wahrheit.

Anfang Januar 1696 reiste Harre wieder von der Insel Föhr ab. Es war vereinbart worden, dass er erneut nach Amsterdam gehen würde, um in der Künstlerwerkstatt eines bedeutenden holländischen Malers die ganz spezielle Kunst der Porträtmalerei zu studieren. Roluf Asmussen hatte über seine Reederei Beziehungen spielen lassen; so war Harre Rolufsen einer der sehr begehrten Plätze gewährt worden.

Das fällige Schulgeld von vierzig Gulden bezahlte der Commandeur mit Freuden, während Harres bisherigen Aufenthalt in den Niederlanden bekanntlich der Pastor übernommen hatte. Vierzig Gulden waren nicht gerade wenig, aber Harre logierte dafür im Haus seines Lehrers, eines sehr bekannten Malers und Bildhauers, der vor allem Personen des europäischen Hochadels auf der Leinwand verewigte. Harre sollte mit dessen Familie auch die täglichen Mahlzeiten einnehmen und auch sonst in den Genuss des »Familienanschlusses« kommen.

Seine arbeitsfreie Zeit würde sich allerdings sehr in Grenzen halten, denn Meister, Gesellen und häufig auch die Frau Meisterin überhäuften die jungen Lehrlinge und Gehilfen mit den absurdesten Aufträgen, die oft nichts mit ihrer eigentlichen Ausbildung zu tun hatten.

»Bei meinem letzten Lehrherrn habe ich die meiste Zeit damit verbracht, mit seinen beiden Jagdhunden spazierenzugehen und auf das jüngste Kind seiner Ehefrau aufzupassen«, beschwerte Harre sich zum wiederholten Male. »Allerdings musste Oheim Lorenz nur fünfundzwanzig Gulden im Monat für mich bezahlen. Für die stattlichen vierzig bei meinem jetzigen Lehrherrn werde ich mehr verlangen an theoretischer Wissensvermittlung sowie an praktischer Erprobung meiner Fähigkeiten.«

Kerrin war überzeugt davon, dass ihr Bruder Manns genug wäre, um sich in dieser Sache durchzusetzen. Was die »Angelegenheit Thur Jepsen« anlangte, so war sie von der perfiden Erpresserin ebenfalls nicht mehr belästigt worden. Harre schien die Sache auf seine Art bereinigt zu haben und Kerrin fragte nicht nach.

Sie war mittlerweile voll und ganz mit der Vorbereitung ihrer Abreise nach Grönland beschäftigt. In ihrer üblichen praktischen Art bat sie den Pastor um Material über diese Insel und ihre vielfach noch als »wild« betrachteten Bewohner sowie über die verschiedenen Walarten, denen ihre potenziellen Patienten zu Leibe rücken würden.

Außerdem verbrachte sie ganze Nächte damit, sich über die am häufigsten vorkommenden Krankheiten und Verletzungen zu informieren, mit denen sie es aller Wahrscheinlichkeit nach zu tun bekäme.

»Deine Tochter verhält sich so verantwortungsvoll, wie man es sich von einem erfahrenen *Chirurgus* erwarten kann«, lobte Lorenz Brarens seine Großnichte, als er mit Roluf über das kommende Abenteuer sprach.

»Zusammen mit Bertil Martensen, deinem langjährig erprobten Schiffsarzt, wirst du eine Medizinermannschaft an Bord haben, um die dich jeder andere Commandeur beneiden wird. Ich finde es gut, dass du den alten Martensen auch mitnimmst, obwohl er aufgrund seiner Behinderung kaum noch zu schwierigeren Arbeiten taugt. Aber seine Erfahrungen und guten Ratschläge werden Kerrin sehr zugutekommen.«

Was sie an Kleidung mitzunehmen hatte, bereitete Kerrin wenig Kopfzerbrechen. Nur etwas hatte sie sich ausbedungen: Anstatt der auf Föhr üblichen, erstaunlich kurzen, knapp bis zu den Knöcheln reichenden Frauenröcke würde sie weite, lange Matrosenhosen tragen und darüber bis zu den Hüften reichende Hemden und Jacken. Das war um vieles praktischer und bei Kälte geeigneter. Die Hosen verwehrten zudem den Männern den Blick auf ihre hübschen Beine …

Der Commandeur begrüßte ihre Entscheidung, möglichst unspektakulär aufzutreten, um keinen der Kerle aufzureizen. Normalerweise war es verpönt, wenn ein Weib sich anmaßte, Männerkleidung zu tragen, aber in diesem Falle erschien es Asmussen sehr vernünftig.

»Eine Matrosenmütze werde ich auch aufsetzen«, verkündete Kerrin. Sie war sogar bereit, ein gutes Stück ihrer Haarlänge zu opfern.

»Es muss nicht jeder schon aus 100 Ruthen Entfernung bemerken, dass er es mit einem Frauenzimmer an Bord zu tun hat«, begründete sie ihren Entschluss. »Außerdem werde ich mich auch bei Unterhaltungen sehr zurücknehmen. In meiner Freizeit werde ich viel lesen und mich weiterbilden in Medizin, Geografie und Tierkunde.«

Kerrins Hauptgepäck würde demnach aus zahlreichen Büchern bestehen sowie einem riesigen Paket mit verschiedenen Kräutertees und Säften, die sie selbst zusammengebraut hatte.

Sie konnte es kaum noch erwarten, der Insel Lebewohl zu sagen – eine Tatsache, die Göntje ein wenig traurig stimmte.

»Bist du denn so ungern bei uns?«, fragte sie vorwurfsvoll das Mädchen eines Nachmittags Anfang Februar, als Kerrin ihr half, die frisch geplättete Bettwäsche zusammenzulegen. Sie hatte der Pastorin versprochen, ihr anschließend das schwierige Bügeln der feinen Halskrausen ihres Mannes abzunehmen. Niemand bekam das so perfekt hin wie Kerrin.

In Zukunft musste Göntje das selbst machen – wie im Übrigen auch die Betreuung Tatts ihr nun voll und ganz zufiel, eine Aufgabe, die sich immer schwieriger gestaltete. Die junge Frau war nur noch sehr schwer unter Kontrolle zu halten. Dazu war sie – ihren geistigen Defiziten zum Trotz – gerissen und entkam ihrer Bewacherin immer häufiger.

Kerrin war klar, dass Tatt ihre Jungfräulichkeit längst verloren haben musste, nur Göntje gab sich der Hoffnung hin, ihre geistig behinderte Tochter habe noch ihre Unschuld bewahrt.

Das Mädchen wusste nicht recht, was sie auf Göntjes Frage antworten sollte. Stattdessen schloss sie ihre Verwandte, die ihr so viele Jahre treu zur Seite gestanden und die Mutter zu ersetzen versucht hatte, in die Arme, wobei ihr auffiel, wie mager und ausgezehrt Göntje war. Kerrin war klar, dass die meiste Arbeit, die sie übernommen hatte, nun an Göntje hängen bleiben würde. Bei dem Gedanken daran überfiel sie regelmäßig das schlechte Gewissen.

DREIUNDREISSIG
Ein unliebsamer Zwischenfall

DER PASTOR HATTE SICH KÜRZLICH einen braunen Jagdhund zugelegt, den er »Odin« nannte. Er sollte den Maulwürfen zu Leibe rücken, die in großer Zahl auf Föhr lebten und durch das Graben von Löchern und unterirdischen Gängen nur Unheil anrichteten, indem sie für etliche Beinbrüche bei den wenigen Pferden und Kühen auf der Insel verantwortlich waren.

Es handelte sich bei Odin um einen mittelgroßen, kräftigen Rüden, vor dem viele Kinder und sogar manche Erwachsene Angst hatten. Kerrin hingegen liebte das Tier abgöttisch – eine Zuneigung, die Odin zu erwidern schien. Monsieur Lorenz war glücklich, dass sie mit dem Hund stundenlange Spaziergänge unternahm, zu denen er selbst leider keine Zeit fand.

Die langen Ritte auf ihrer Stute Salome, kreuz und quer

über die Geest und durch die Marschwiesen, begleitet von Odin, während der Wind von See her ihr dichtes rotgoldenes Haar zerzauste und ihr das Blut in die Wangen trieb, würde sie an Bord wohl sehr vermissen.

Am 14. Februar 1696, einen Tag vor ihrer Abreise, unternahm sie noch einen allerletzten Ausritt. Zahlreiche Dörfler begegneten ihr dabei, die, mit Prickern und Keschern bewaffnet, Fischen und Krebsen zu Leibe rückten, welche die Flut regelmäßig in die Priele spülte. Diese Wasserläufe durchzogen die Marschen in großer Zahl. Die meisten waren schmale Rinnsale, aber manche von ihnen erreichten eine Breite von fast vier Ellen.

Da man nicht so weit springen konnte und auch nicht so viele Brücken bauen wollte, behalfen sich die Insulaner mit langen Stöcken, die sie fest in den Ufergrund rammten, um sich dann mit Schwung über den Priel tragen zu lassen. Vor allem die Jungen hatten ihren Spaß daran, aber auch ältere Leute benützten diese Methode, um zu den Äckern und Wiesen zu gelangen und schnell von einem Feld zum anderen wechseln zu können. Kerrin erinnerte sich an manchen Spaß, den sie unter Gleichaltrigen bei Wettkämpfen mit dem Springstock schon erlebt hatte.

An diesem Tag mied sie auf ihrem Querfeldeinritt die Dörfer; die letzten Stunden sollten ganz allein ihr gehören. Sie wollte nicht mehr angehalten werden, um Heilkräuter zu verteilen oder jemandem die Hand aufzulegen. Ihren Arzneimittelkorb hatte sie ohnehin schon in einer der zwei riesigen Reisekisten ihres Vaters verstaut.

Da das Wetter kalt war und es zudem immer wieder nieselte, war Kerrin in einen »*Bollfanger*« gehüllt, einen Schlechtwetterumhang, der ihren Kopf mit einer Kapuze schützte und bis zu den Knöcheln reichte.

Ihr Ziel war heute die Lembecksburg bei Borgsum, von den

Insulanern auch »Borgsumer Burg« genannt. Die alten Leute auf der Insel behaupteten, es handele sich bei ihr, wie bei der kleineren Anlage bei Utersum, um ehemalige Wikingerbauten. Aber Oheim Lorenz Brarens war der Meinung, die Funde, die man dort ausgraben konnte, bewiesen, dass dem keineswegs so war.

»Es sind Fluchtburgen unserer heimischen Bevölkerung«, pflegte er zu erklären, »errichtet *gegen* die Raubzüge der Wikinger. Die Burganlagen waren damals von Wasser umschlossen und konnten gut verteidigt werden.«

Die Borgsumer Burg ragte ziemlich mächtig aus dem flachen Gelände empor. Der Innenraum der Ruine besaß einen Durchmesser von gut 20 Ruthen und war von einem hoch aufragenden Ringwall umgeben. Man konnte sogar noch Überreste von Häusern innerhalb der Anlage erkennen. Als Kinder hatten Harre, Kerrin, Catrina und andere dort »Schatzgräber« gespielt und neben Knochen von Wild und Vögeln vor allem Keramikscherben gefunden.

Wie der Pastor ihnen im Geschichtsunterricht erzählt hatte, wurde die Burg im 14. Jahrhundert von dänischen und holsteinischen Lehensmännern wie Erich Riind, Waldemar Zappy und Klaus Lembeck besetzt, die mit allen Mitteln versuchten, die Bevölkerung zu unterjochen. Das gelang jedoch nur zeitweise; letzten Endes scheiterten alle am Widerstand der freiheitsliebenden Friesen.

»Hätte die Burg nicht seinen Namen erhalten, wäre die Erinnerung an Klaus Lembeck vielleicht im Laufe der Jahrhunderte erloschen, wie so vieles andere auch«, überlegte Kerrin, als sie mit Salome den kleinen Hügel hinaufsprengte.

Sie liebte es, von dort oben den Blick in die Runde schweifen zu lassen. Bei normalem Wetter reichte er im Norden bis Sylt hinüber und schaute sie nach Süden, lag der alte, verfallene und zum großen Teil versunkene Wikingerhafen an der Godelmündung zum Greifen nahe. Ein Stück weiter, im Westen, erstreckte sich die Insel Amrum, während im Osten die Küste des Festlands auszumachen war.

Als Kerrin oben ankam und gerade absteigen wollte, um sich die Beine zu vertreten und um mit Odin »Stöckchenholen« zu spielen, erkannte sie, dass sie nicht allein war. Anfangs unangenehm berührt, wollte sie gleich wieder kehrtmachen, aber dann kam sie sich dumm dabei vor. Jeder hatte schließlich das Recht, hierherzukommen.

»Einen guten Tag wünsche ich dir, Kerrin Rolufsen.«

Wer sie da so artig begrüßte, war Boy Carstens, jener junge Mann, der sich vor fast einem Jahr beim Biikenbrennen um Sissel Andresen bemüht hatte.

»Aus der Sache ist anscheinend nichts geworden«, dachte Kerrin, »sonst wären die beiden schon verheiratet.«

War ein Paar sich einig, wurde in aller Regel nicht lange gezögert mit dem Gang zum Pastor.

»Ach, Boy Carstens, guten Tag auch! Was treibt dich hierher?«, erkundigte sich Kerrin mit gespielter Fröhlichkeit. »Möchtest du noch einmal die Insel erkunden, ehe du wieder an Bord gehst?«

»So ist es, Kerrin. Bei stürmischer See und harter Arbeit ist es manchmal ganz gut, wenn man etwas vor seinem inneren Auge hat, worauf man sich freuen kann, wenn man im Herbst zurückkehrt. Aber was suchst *du* hier?«

Beinahe hätte Kerrin sich verplappert. »Mir geht's wie dir. Ich nehme Abschied für eine ganze Weile«, lag ihr bereits auf der Zunge. Im letzten Augenblick fiel ihr ein, dass sie mit ihrem Vater und der übrigen Familie ausgemacht hatte, über ihre Reise vorerst Stillschweigen zu bewahren. Auf diese Weise wollte man lästiges Gerede der Insulaner vermeiden.

»Alle werden es noch früh genug erfahren«, meinte der Commandeur. »Ich habe keine Lust, mein Kind, mich vor allen Leuten für meinen Entschluss, dich auf See mitzunehmen, rechtfertigen zu müssen.«

Auch sämtliche Knechte und Mägde waren zum Schweigen verpflichtet – und bis jetzt hatten sich alle daran gehalten.

»Ich reite mit Salome gern und oft hierher«, gab sie ausweichend zur Antwort. »Und Odin«, sie deutete auf den freudig schwanzwedelnden Rüden, der darauf wartete, dass sie ihm endlich das Stöckchen warf, »braucht dringend seinen Auslauf. Sonst wird er zu fett.«

Boy grinste und tätschelte seinem Pferd, einem hellbraunen Wallach, den Hals. Sich ein Pferd zum Reiten zuzulegen, war auf Föhr in ganz kurzer Zeit bei allen in Mode gekommen, die es sich leisten konnten. Boy verdiente gut als Harpunier und er war unverheiratet, obwohl er nach Kerrins Meinung sehr gut aussah und auch sonst ein angenehmer junger Mann zu sein schien.

Um nicht Gefahr zu laufen, doch noch zu viel zu verraten, machte sie Anstalten sich zu verabschieden, um ihren Ritt über die Insel fortzusetzen.

»Er wird Augen machen, wenn er mich auf der *Fortuna* entdeckt«, schoss es ihr unwillkürlich durch den Kopf. Irgendwie freute sie sich darauf, Boy Carstens überraschtes Gesicht zu sehen.

Aber der junge Mann schien nicht gewillt, sie so schnell wieder gehen zu lassen.

»Man sieht dich viel zu selten, Kerrin«, begann er umständlich eine Unterhaltung, ohne auf ihr »Leb wohl!« einzugehen. »Und das finde ich sehr schade! Du gefällst mir ausnehmend gut, meine Liebe. Ein hübsches Kind warst du immer schon, aber im letzten Jahr bist du richtig erwachsen geworden und eine bildschöne junge Frau dazu. Bei den Zusammenkünften der jungen Leute machst du dich äußerst rar, will mir scheinen. Ich habe nachts einige Male ans Fenster deiner Komer geklopft, aber leider vergebens!«

Der Blick, den Boy ihr dabei zuwarf, ließ Kerrin erschauern. Sie war froh, dass jeder von ihnen auf seinem Pferd saß und sie so genügend Abstand voneinander hatten.

»Ich bin erst fünfzehn und noch an keinem Bräutigam interessiert«, stammelte sie verlegen und wandte ihren Blick von ihm ab, während sie spürte, wie sich ihre Wangen mit einer flammenden Röte überzogen.

»Wer spricht denn gleich vom Heiraten?«, fragte der junge Harpunier mit einem seltsamen Unterton. »Wir könnten uns doch auch so miteinander vergnügen, ohne gleich den Pastor zu bemühen, oder?«

Geschickt lenkte er seinen Wallach neben Salome, die mittlerweile unruhig hin und her tänzelte, und versuchte, seinen Arm um Kerrins Taille zu legen.

»Lass das!«, fauchte diese und schlug nach seiner Hand. »Mit solchen Vorschlägen beleidigst du jedes anständige junge Mädchen. Merk dir das!«

Boy Carstens lachte schallend auf.

»Jede andere Deern vielleicht – aber dich doch nicht! Stell dich nicht so an! Dass du mit einem Pastor verwandt bist, heißt noch lange nicht, dass du besonders tugendsam bist. Im Gegenteil! Jeder auf Föhr weiß doch, dass du eine Towersche bist. Und Hexen sind bekanntlich immer und überall zu einem Spaß bereit – vor allem mit echten Kerlen, die etwas davon verstehen! Ich wette, während eines Ritts auf einem Pferderücken hat es dir noch keiner besorgt, Kerrin!«

Erneut machte er Anstalten, sie vom Rücken ihrer Stute zu sich herüberzuziehen. Offenbar rechnete er nicht mit ihrer wilden Gegenwehr. Sie holte aus und schlug ihm so kräftig ins Gesicht, dass er sie sofort losließ und sich verblüfft die Wange hielt.

Odin, der anfangs geglaubt zu haben schien, seine Herrin mache Scherze mit dem anderen Reiter, knurrte jetzt bösartig, kläffte zu Boy hinauf und fletschte die Zähne. Es fehlte nicht viel und er hätte nach den Beinen des Mannes geschnappt; aber dieser unterließ zu seinem Glück jede weitere Tätlichkeit.

»Versuch das nie wieder, Boy Carstens! Das nächste Mal zieh ich dir die Reitgerte über die Nase! Du kannst froh sein, wenn ich meinem Vater nichts davon verrate! Dann könntest du dir nämlich einen anderen Commandeur suchen – was dir zu diesem Zeitpunkt schwerfallen dürfte. Außerdem nimmt keine Reederei einen Offizier, der den Ruf eines Frauenschänders hat!«, schleuderte Kerrin ihm entgegen, wobei sie versuchte, das Zittern, das sich irgendwie von ihrem Körper auf ihre Stimme übertrug, zu unterdrücken.

»Wer spricht von ›schänden‹?«, fragte der junge Seemann scheinheilig. »Ich dachte nur, dass wir beide uns ein bisschen Spaß gönnen sollten. Ganz freiwillig, ohne jeden Zwang natürlich! Aber wenn du nicht willst, ist es auch gut. Entschuldige bitte, Kerrin; es wird nicht wieder vorkommen. Es war nur ein Scherz!«

Boy Carstens schien es in Anbetracht dessen, dass er in Kerrin die ausnehmend wehrhafte Tochter seines Commandeurs vor sich hatte, offenbar für klüger zu halten, einen Rückzieher zu machen.

Umgehend gab er seinem Wallach die Sporen und preschte den Burghügel hinunter, ehe Kerrin noch die Gelegenheit hatte, irgendetwas zu erwidern. Diese schaute ihm eine Weile hinterher, als er den Weg durch die Marsch in Richtung Westen, nach Utersum, einschlug.

Sie war noch völlig aufgewühlt und entsetzt darüber, dass sie sich in Boy so getäuscht und ihn immer für einen netten Burschen gehalten hatte. Nie hätte sie gerade diesem Harpunier ihres Vaters eine solche Szene wie die eben erlebte zugetraut. Sie wusste, dass Roluf Assmussen ihn als sehr fähigen Offizier schätzte, der das Zeug dazu hatte, einst selbst das Kommando auf einem Walfänger oder einem Handelsschiff zu übernehmen.

Sie hoffte inständig, dass sich an Bord ein derartiger Vorfall nicht wiederholen würde. Der Gedanke an ihren Vater beruhigte sie allerdings ein wenig – wobei ihr erstmals schlagartig bewusst wurde, was es bedeutete, als einzige Frau mit einem Haufen Männer in See zu stechen. Dann aber siegte ihre jugendliche Zuversicht wieder einmal und sie vertraute darauf, dass Boy sich diese Abfuhr gewiss zu Herzen nähme und sie tatsächlich in Ruhe ließe. Zumindest von ihm würde in Zukunft wohl keine Gefahr mehr ausgehen.

An Bord würde sie endlich frei sein von aller üblen Nachrede durch missgünstige Dörfler, sicher vor den Intrigen einer Thur Jepsen und auch Tatt ginge sie nichts mehr an – dies allein war ausschlaggebend, hielt sie sich zum wohl hundertsten Male vor Augen. Diese Aussicht stimmte sie zusehends froher. Wenn es nur schon soweit wäre …

»Ich bin Kerrin, die Seefahrerin!«, schrie sie laut gegen den kräftigen Westwind an, der ihr die Haare aus der Stirn riss und einem Flammenkranz gleich um ihren Kopf wirbelte. Der nebenher hechelnde Odin schien ihr einen fragenden Blick zuzuwerfen. Sie lachte übermütig. Das Leben war einfach großartig!

VIERUNDDREISSIG
Kerrins großes Abenteuer beginnt

AM DARAUFFOLGENDEN TAG stand Kerrin bereits vor Morgengrauen auf, um sich für die Reise fertigzumachen. Simon und Jon hatten das umfangreiche Gepäck ihres Herrn, unter dem sich auch Kerrins Habseligkeiten befanden, schon am gestrigen Abend auf der Ladefläche des Leiterwagens verstaut.

Jetzt spannten die Burschen die beiden Maultiere vor und warteten darauf, dass der Commandeur und seine Tochter in die ebenfalls schon bereitstehende Kutsche mit den vorgespannten Pferden einsteigen würden. Asmussen würde es sich nicht nehmen lassen, selbst zu lenken.

Nach Wyk, von wo aus das kleine Schmackschiff sie nach Amsterdam befördern sollte, war es nur ein kurzes Stück Weges, aber allzu schnell liefen die Mulis nicht und auch die zwei älteren Kutschpferde liebten eher die gemächliche Gangart.

Zu den Fahrgästen bis zum Hafen sollten dieses Mal auch der Pastor, seine Frau Göntje und Catrina gehören. Die Erwachsenen wollten unbedingt ihre Ziehtochter verabschieden und Catrina behauptete seit Tagen, Kerrin schon jetzt sehr zu vermissen.

Darüber verwunderte sich die Commandeurstochter nicht wenig – war es ihr doch bisher gar nicht aufgefallen, dass Catrina besondere Zuneigung zu ihr hegte.

»Mir kommt es beinahe so vor, als wäre die Pastorin noch aufgeregter als ich es bin. Und bei mir ist es schon schlimm genug. Seit Tagen bringe ich nichts mehr hinunter«, erklärte Kerrin und setzte sich zu ihrem Vater an den Tisch in der Dörnsk, um die letzte Frühmahlzeit im eigenen Haus einzunehmen. »Gestern Abend gab Muhme Göntje mir noch allerhand gute

311

Ratschläge, wie ich mich an Bord unter all den Männern zu verhalten habe.«

Roluf Asmussen aß mit gutem Appetit seinen Teller Hafergrütze leer, seine Tochter hingegen brachte keinen Bissen hinunter; lediglich ein wenig angewärmte Schafsmilch gönnte sie sich. Ihre Kehle war wie zugeschnürt, das Reisefieber hatte sie mächtig gepackt. Dazu gesellte sich noch eine gewisse Angst, inwieweit sie ihrer schweren Verantwortung auch gewachsen sein würde.

»Wenn du einmal so oft zur See gefahren bist wie ich, mein Kind, legt sich die Nervosität ganz von selbst«, erklärte der Commandeur bestimmt, während er beherzt nach Rauchfleisch und dem frischem Brot griff, das Göntje am Vortag extra noch gebacken hatte.

An die Fahrt von Nieblum nach Wyk konnte Kerrin sich später gar nicht mehr recht erinnern, in ihrem Gedächtnis schienen die Bilder jenes Tages merkwürdig verschwommen.

Sogar ihre erste Seereise auf einem Schmackschiff, die sie in der Kabine ihres Vaters verbringen durfte, weil es dort eine Bettstatt gab – während er selbst sich zusammen mit anderen eine Kajüte mit Hängematten teilte –, brannte sich nicht sonderlich in ihre Erinnerung ein, obwohl die Überfahrt nach Holland sich tagelang hinzog und das Wetter alles andere als angenehm war. Zum Glück litt sie nicht unter Seekrankheit.

Erst, als sie endlich in Amsterdam anlegten, einer riesigen Stadt, deren Ausmaße sie sich in ihren kühnsten Träumen nicht hätte vorzustellen vermocht, legte sich ihre Aufregung ein wenig und die Eindrücke prägten sich ihr wieder dauerhaft ein.

Wie viele Menschen lebten da bloß auf einem Haufen zusammen? Gab es überhaupt normale Wege und Straßen? Alles schien sich auf Booten entlang der Kanäle fortzubewegen … Kerrin ließ ihre Blicke die oft fünf, sechs oder noch

mehr Stockwerke hohen, dabei ziemlich schmalen Häuser-
fronten hinaufgleiten, wo aus jedem obersten Giebelfens-
ter ein Balken herausragte. An ihm war ein dickes Seil befestigt, von dem ein riesiger eiserner Haken baumelte, mit
dessen Hilfe man Güter aller Art in die Höhe ziehen und im
Dachraum verstauen konnte. Eine entsprechende Szene war
in diesem Augenblick auf der anderen Kanalseite zu beobachten.

Das meiste war neu und völlig überwältigend für Kerrin, die
Föhr nie zuvor verlassen hatte, aber sie wagte nicht zu fragen.
Wen auch? Sie stand am Fenster der Wohnstube eines vornehmen Gebäudes, direkt an einer Gracht gelegen, und spähte auf
die andere Seite hinüber, wobei ihr die überwältigenden Eindrücke der letzten Tage noch immer im Kopf umherschwirr-
ten.

Ihr Vater hatte sie bei holländischen Bekannten abgesetzt,
die zwar recht freundlich waren und ihr sogar Tee und Gebäck
anboten, aber deren Sprache sie nicht verstand. Er selbst hatte
sich währenddessen zur Reederei aufgemacht, um Wichtiges
zu erledigen.

Wie er seiner Tochter erklärt hatte, musste jeder Seefahrer, der auf einem Schiff anheuern wollte, vor Beginn der
Reise beim zuständigen *Wasserschout*, einer seit 1641 beste-
henden Seefahrtsbehörde, die der Admiralität unterstand, ge-
meldet sein. Diese Behörde sorgte dafür, dass die Seefahrt in
geordneten Bahnen ablief. In der Vergangenheit zogen Werbe-
kolonnen durch die Dörfer und Städte, unterstützt von lauter
Musik mit Pauken und Trompeten und kostenlosem Bieraus-
schank, um Matrosen anzuwerben. Führungszeugnisse oder
Nachweise über ihre seemännischen Fertigkeiten interessierten keinen. Besonders bei der holländischen Ostindienfahrt,
die wegen der hohen Sterblichkeitsrate der Besatzung ständig

unter einem Mangel an Matrosen litt, war das gang und gäbe. Der Qualität der Unternehmung war dies alles andere als dienlich: Vielfach heuerten arbeitsscheues Gesindel oder Burschen ohne jede Disziplin an, die nur schnelles Geld machen wollten und keine Ahnung von der Schifffahrt hatten. Auf den Seglern waren Streitigkeiten wegen der Entlohnung, der Qualität des Essens und der langen Arbeitszeiten an der Tagesordnung. Oft genug wurden die Unstimmigkeiten durch das »Faustrecht« geregelt; es gab fürchterliche Prügeleien an Bord und es kam nicht selten zu Meutereien gegen die Kapitäne. Diese wilden Zeiten waren vorbei, seit jede Fahrt offiziell angemeldet und dokumentiert werden musste.

Der jeweilige Commandeur oder Kapitän hatte nun bereits Vorarbeit zu erledigen, indem er beim Amt die Namen und Daten seiner Leute hinterlegte. So konnte der *Schout* in Ruhe das notwendige Dokument für jeden Seemann ausstellen und die Auszahlung des Handgelds vornehmen.

»Gilt das auch für mich, Papa?«, hatte Kerrin sich aufgeregt erkundigt.

»Natürlich! Auch du gehörst zu meiner Schiffsmannschaft und musst in ein paar Tagen, sobald die Papiere ausgefertigt sind, zusammen mit allen anderen zum Wasserschout gehen und einen Vertrag, genannt *Kontrakt*, unterschreiben, dessen Bedingungen ich dir gerne aufzählen will: Beginn und Ende der Heuer sind darin näher bestimmt und die Art deiner Tätigkeit, ferner ist die Auflage enthalten, dass du nach der Anmusterung gleich an Bord gehst und auch dort bleibst, dass du vorsichtig bist im Umgang mit offenem Feuer, dass dein Benehmen ein friedfertiges und ordentliches sein soll und dass du vor allem nüchtern zu sein hast. Ferner musst du deinen Kapitän in jeder Weise unterstützen und ihm nicht auf Hoher See die Zusammenarbeit aufkündigen. Also, mein Kind, sieh dich vor! Bei Zuwiderhandlung drohen dir nämlich Geld- oder sogar Haftstrafen.«

Commandeur Asmussen lachte bei diesen Worten und zwinkerte der leicht verschüchtert wirkenden Kerrin fröhlich zu.

»Nach der Rückkehr wird auf Grundlage dieses Vertrages mit dir abgerechnet. Dass dabei alles korrekt abgelaufen ist, musst du dann erneut mit deiner eigenhändigen Unterschrift bestätigen, meine Liebe. Ich bin irgendwie stolz darauf, dass keiner meiner Leute hierbei statt seines Namens auf die drei Kreuze eines Analphabeten zurückgreifen muss: Alle Föhringer Seeleute können zumindest einigermaßen lesen und schreiben – zumindest ihren Namen und ihren Geburts- und Heimatort; einige wenige sind sogar sehr eifrige Leseratten und führen ein Tagebuch, was bei einfachen Leuten auf dem Festland sehr erstaunlich wäre, aber auf der Insel nicht verwunderlich ist, wenn du bedenkst, dass viele danach streben, das Steuermanns- oder Kapitänspatent zu erwerben. Da gehören Schreiben, Lesen und Rechnen nun einmal dazu!«

»Das Führen eines Tagebuchs habe ich mir ebenfalls vorgenommen, Papa«, kündigte Kerrin eifrig an. »Feinsäuberlich werde ich jeden Abend in eine Kladde eintragen, was sich auf ›meinem‹ Schiff ereignet hat.«

Im Rückblick konnte Kerrin zwar darüber lachen, aber der schwerste Augenblick vor Antritt ihrer Reise war die Begegnung mit Martensen gewesen. Asmussen hatte beschlossen, dass sein langjähriger Seefahrtsgefährte doch schon vorab über die Rolle seiner Tochter an Bord informiert werden sollte. Wie würde der erfahrene Schiffsarzt reagieren, wenn ihm sein Commandeur ein so blutjunges Ding vor die Nase setzte? Doch Kerrins Bedenken erwiesen sich als überflüssig: Bertil Martensen schien sich ehrlich zu freuen, dass sie mitfuhr.

315

»Ich habe viel Gutes von dir gehört, *min Deern*«, erklärte er anerkennend. »Ich werde dir, so gut ich kann, zur Hand gehen. Vor allem, denke ich, wirst du meiner Hilfe bei der Führung des Chirurgenprotokolls bedürfen, einer Akte, die peinlich genau zu führen ist und jederzeit von der Behörde kontrolliert werden kann. Darin muss jede Kleinigkeit exakt vermerkt sein!«

»Wenn Sie mir helfen, wird es schon gehen«, gab Kerrin etwas verzagt zur Antwort. Von einem Protokoll hatte ihr der Vater nie etwas gesagt …

»Ein kluges Mädchen wie du schafft das mit Leichtigkeit. Jeder, der lesen und schreiben kann, vermag diese Krankenakte anzulegen«, machte Martensen ihr gleich darauf Mut.

Nach ihrem Gespräch mit dem altgedienten und ausgesprochen wohlwollenden Schiffsarzt war es Kerrin gleich leichter ums Herz gewesen. Die Föhringer Seeleute, die man mehr oder weniger vor vollendete Tatsachen stellte, hatten erst sehr verwundert dreingesehen, als sie gewahr wurden, dass Kerrin nicht im Wyker Hafen erschienen war, um ihrem Vater Lebwohl zu sagen, sondern dass sie stattdessen mit ihnen zusammen die Reise in nördliche Gewässer antreten würde.

Aber gleich darauf fanden sie sich nicht nur damit ab, sondern begrüßten ausdrücklich Asmussens unkonventionelle Entscheidung. Vielen war nämlich nicht wohl bei dem Gedanken, nur den schwer angeschlagenen Bertil als Schiffsarzt oder »Meister«, wie sie ihn nannten, dabeizuhaben. Außerdem war Kerrin als Inselheilerin ja mittlerweile keine Unbekannte mehr.

Lediglich Boy Carstens enthielt sich jeglichen Kommentars …

316

Als Kerrin endlich den schwankenden Boden der *Fortuna* betrat, die scheins ebenso ungeduldig wie sie im Hafen lag und auf ihre Ausfahrt ins eisige Grönland wartete, konnte Kerrin es kaum fassen: Das Abenteuer würde beginnen!

Bei der *Fortuna* handelte es sich um eine prächtige Dreimastbark, die durchaus zu den großen Schiffen zu rechnen war. Der hintere Mast trug ein Schratsegel, wie der Schiffsjunge Boh Hinrichsen Kerrin stolz verkündete, während die übrigen zwei Masten über Rahsegel verfügten, weshalb man die *Fortuna* auch zu den Rahschiffen rechnete.

Der Junge, ein kleiner Vierzehnjähriger mit wachen Augen, erzählte noch eine ganze Weile mit großer Begeisterung von Hoch-, Gaffel- und Stagsegeln und wollte Kerrin über Fock- und Großsegel, sowie Unter- und Obermarssegel, über Unter- und Oberbramsegel und noch über vieles andere belehren.

Aber das war nun nicht unbedingt das, was die frischgebackene Schiffsmedica so brennend interessierte. Sie fand das beeindruckend aufgetakelte Segelschiff einfach nur überwältigend schön.

Die Mannschaft war jetzt vollständig; alle Matrosen waren am Tag nach dem Biikenbrennen von Föhr mit einem Schmackschiff abgereist und heute Morgen heil im Hafen von Amsterdam eingetroffen. Kerrin war noch immer ein wenig nervös, ob die rauen Seeleute ihre Anwesenheit an Bord akzeptieren würden.

»*Nomen est omen!* Möge der Name dieses wundervollen Schiffes uns tatsächlich Glück bringen, Papa!«

Kerrin war gerade dabei, ihre Utensilien den beiden aus Rohr geflochtenen und mit Lederbändern verstärkten Reisekörben zu entnehmen und in den Einbauschränken der Kajüte zu verstauen, die sie die ganze Fahrt über mit ihrem Vater teilen würde.

Um nicht unnötig Platz zu verschwenden – auch die Kabine eines bedeutenden Commandeurs auf einem großen Segler war nicht übermäßig geräumig – hatte der Schiffszimmermann noch schnell ein zweites Bett zusammengebaut und über dem bereits vorhandenen angebracht. Mittels einer kleinen Leiter würde Kerrin ins obere Bett klettern, während ihr Vater im unteren schlief. Sie hatte zwar zuerst für eine Hängematte plädiert, war aber dann doch mit der nicht ganz so »romantischen«, aber zweifelsohne bequemeren Bettstatt mehr als zufrieden.

Kerrin hoffte inständig, dass sie auch in den ungestümen Wogen des Nordmeers vor der Seekrankheit verschont bliebe.

»Es macht bestimmt keinen sehr guten Eindruck, wenn ich als Schiffsarzt selber krank über der Reling hänge und die Fische füttere.« Kerrin lachte übermütig, während sie, im Gespräch mit ihrem Vater und Martensen, die letzten Habseligkeiten verstaute.

Die beiden grinsten. Ihr Ausspruch machte unter den Männern schnell die Runde und bald hieß es: »Die *Lütte* hat Humor und Mumm!«

Als Nächstes studierte Kerrin die Route, die die *Fortuna* nehmen würde. Ihr Vater hatte eine Seekarte an der Innentür seiner Kajüte aufgehängt, anhand der man jeden Tag den Fahrtverlauf genau verfolgen konnte.

Im Jahr zuvor war die Reise ziemlich genau nach Norden gegangen, wobei man die Shetland- und die Orkneyinseln sowie die Färöer backbords liegen ließ. Weiter nördlich hatten sie die wiederum auf ihrer Backbordseite liegende Insel Jan Mayen passiert und noch viel später die steuerbords in der Barentsee befindliche Bäreninsel – die sie allerdings genauso wenig wie alle anderen Eilande sehen konnten –, ehe sie in Spitzbergen eintrafen, von wo aus sich das Walfanggebiet in Richtung Grönland erstreckte.

»Diesmal verfolgen wir eine etwas andere Route«, erläuterte der Commandeur und deutete mit dem Finger auf die Karte.

»Wir lassen Island auf unserer Steuerbordseite liegen, umrunden den südlichen Teil Grönlands und fahren dann, ziemlich nah an Grönlands Küste entlang, nach Norden in die *Straat Davis* ein in Richtung *Baffin Bay*. Dort soll es große Walvorkommen geben.«

Kerrin erschauerte innerlich, als sie die gewaltige Strecke sah, die ihr Vater zurücklegen wollte.

»Ich komme mir beinahe vor wie Christoph Columbus, der die Neue Welt entdeckt, Papa!«

Roluf Asmussen und sein Steuermann, Ipke Paulsen von der kleinen Hallig Oland, lachten.

»Neue Erdteile werden wir gewiss nicht entdecken, mein Kind, aber hoffentlich eine Menge großer Wale mit ordentlich Speck unter der Pelle!«

Kurz darauf, am 25. Februar 1696, zwei Tage nach Verlassen des Amsterdamer Heimathafens der *Fortuna*, erlebte Kerrin ihren ersten Einsatz als Chirurg.

»Melde gehorsamst, Meisterin«, schnarrte der Schiffsjunge, nachdem er die beiden Offiziere, seinen Commandeur und den Steuermann, ordnungsgemäß gegrüßt hatte, »im Laderaum ist ein Matrose, der stark blutet. Er hat sich den Fuß verletzt.«

»Schafft den Mann in den Behandlungsraum, falls er selbst nicht mehr zu gehen vermag«, ordnete Kerrin ruhig an. Ihr Ton klang freundlich, aber bestimmt. Asmussen war erstaunt, wie selbstbewusst seine Tochter sich bereits anhörte. Nun konnte sie zum ersten Mal zeigen, wie viel sie von der Heilkunst verstand.

FÜNFUNDDREISSIG

Die »Meisterin« *stellt ihr Können unter Beweis*

ES WÜRDE EINE WEILE in Anspruch nehmen, bis man den Verletzten zu der Kajüte geschafft hatte, die Kerrin und Bertil Martensen als Raum für Behandlungen und für die Verabreichung von Medizin dienen sollte. So musste Kerrin sich mit dem stark hinkenden Schiffsarzt auf dem Weg dorthin nicht sehr beeilen. Ihr war aufgefallen, dass für Meister Bertil das Gehen auf dem schwankenden Segler äußerst beschwerlich war; die erhöhten Schwellen im Innenraum des Schiffes machten ihm zusätzlich zu schaffen. Sie nahm sich vor, ihm so oft wie möglich Laufereien zu ersparen.

Zwei Matrosen schleppten ihren verletzten Kameraden herbei, indem sie ihn von beiden Seiten fest untergehakt hielten. Dann setzten sie ihn auf eine kleine Bank nieder und warteten, was weiter passieren würde.

Nachdem Kerrin erfahren hatte, dass der Matrose, dessen Gesichtsfarbe ein wenig fahl schien und dessen Stirn feucht vor Schweiß war, Hein Wögens hieß und dem Küper dabei zur Hand ging, die Speckfässer instandzuhalten und auszubessern, war sie ihm behilflich, vorsichtig Schuh und Wollstrumpf auszuziehen. Als sie einen Blick auf seinen rechten Fuß warf, erschrak sie unwillkürlich.

Die Wunde sah in der Tat böse aus: Offenbar hatte sich der Mann beim Befestigen eines losen Eisenreifens um ein Fass mit voller Wucht den Hammer auf den Vorderfuß gehauen und sich dabei die Zehen gequetscht. Sie waren schwarzblau verfärbt, die große Zehe und zwei weitere bluteten zudem heftig; ein Bluterguss zog sich über den Spann bis zum Knöchel hin und der ganze Fuß war bereits angeschwollen. Der Matrose, der selbst zum ersten Mal in Augenschein nahm, was er

320

sich durch seine Unvorsichtigkeit eingehandelt hatte, verzog schmerzlich das Gesicht.

Man sah ihm an, dass er ganz gerne gejammert hätte, aber vor einer »Meisterin« – einer so jungen zumal – genierte er sich ganz offensichtlich. Tapfer verkniff er sich jede wehleidige Äußerung.

»Du wirst eine ganze Weile noch Schmerzen haben, Hein Wögens«, sagte Kerrin schließlich und musterte den Matrosen besorgt, »und der Nagel vom großen Zeh wird nach etwa einer Woche abfallen, weil der Hammerschlag die Wurzel verletzt hat. Das bedeutet, dass du leider bis zum Nachwachsen eines neuen Zehennagels einen Verband am Fuß tragen musst. Ohne Nagel liegen die Nerven blank und du könntest nicht einmal einen Schuh tragen – davon, dass dir einer aus Versehen auf die Zehen tritt, wollen wir gar nicht sprechen. Ich werde dir jetzt helfen, so gut es geht.«

Flink aber sehr behutsam entfernte sie das Blut, wusch die Wunde mit Essigwasser aus und trug eine blutstillende, alaunhaltige Salbe auf. Danach breitete sie über die malträtierten Zehen ein Stück Stoff, ehe sie den verletzten Fuß mit einer Leinenbandage umwickelte. Dann half sie ihm, den Strumpf wieder überzuziehen. In seinen Schuh passte der Fuß jetzt allerdings nicht mehr.

»Leih dir von einem Kameraden, der größere Füße hat als du, einen Stiefel und komm in zwei Stunden wieder«, ordnete Kerrin an. »Dann hat sich hoffentlich die offene Wunde geschlossen und ich trage dir eine andere Salbe auf. Eine, die nicht nur den Bluterguss bekämpft, sondern auch die Schwellung.«

Kerrin bückte sich zu ihrem aus Weidenruten geflochtenen Arzneikorb hinunter und suchte nach einem Fläschchen mit wasserhellem Inhalt.

»Hier«, sagte sie, »habe ich etwas für dich, das dir den ärgsten Schmerz nimmt. Ich sehe nicht ein, warum du noch groß leiden sollst, nachdem du heute schon ein solches Pech hattest!«

Sie zählte zwanzig Tropfen des Weidenrindenextrakts auf einen Löffel.

»Mund auf, Matrose!«, befahl sie dann. »Schmecken tut das Zeug abscheulich, aber es hilft!«

Bertil und die beiden Kameraden, die ihn hergebracht hatten, schauten aufmerksam zu. Kerrin bemerkte erst jetzt, dass auch ihr Vater hinzugetreten war. Er schien neugierig, hatte er seine Tochter doch noch nie »in Aktion« erlebt.

»Wie alt bist du übrigens, Matrose Hein, und woher kommst du?«, fragte sie, nachdem der junge Bursche die Medizin geschluckt hatte – immer noch ohne eine Miene zu verziehen: Er wollte sich auf keinen Fall vor seinem Commandeur eine Blöße geben …

»Ich bin diesen Januar neunzehn geworden, Meisterin«, sagte der Mann, »und stamme von der Hallig Gröde.«

Dankbar schaute er dabei das junge Mädchen an. Seine Gesichtsfarbe wirkte schon erheblich frischer als wenige Minuten zuvor.

»Ich verspüre fast gar keinen Schmerz mehr, Meisterin. Nein, ich kann sogar sagen, er ist wie weggeblasen!«, legte er nach und verzog sein Gesicht zu einem breiten Grinsen.

»Das freut mich für dich! Pass das nächste Mal aber trotzdem besser auf, wohin du mit dem Küperhammer schlägst, Hein.«

Kerrin lächelte ihn an. »In zwei Stunden bist du wieder da zum Wechseln des Verbandes!«

Damit waren die drei Männer entlassen. Hein humpelte zwar, vermochte allerdings schon wieder ohne Hilfe seiner Kameraden zu gehen. Die ganze Aktion hatte keine zehn Minuten gedauert. Bertil und Kerrin blieben in ihrem »Behandlungszimmer«; der Chirurg wollte ihr jetzt zeigen, wie man ein Protokoll anlegte. Die nötigen Angaben dazu hatte Kerrin sich von dem Seemann ja bereits geben lassen.

Der Commandeur war auf die Brücke der *Fortuna* getreten – ziemlich beeindruckt davon, wie geschickt seine junge Tochter mit einem Patienten umging.

Im Stillen beglückwünschte er sich zu seiner Entscheidung, Kerrin mitzunehmen.

»Dieser Hein Wögens hat großes Glück, dass er weiterhin – wenn auch noch hinkend – seinen Dienst verrichten kann«, bemerkte Bertil und nahm ächzend auf einem Hocker Platz, während Kerrin die dicke Kladde aus der sogenannten *Lappdose* hervorzog. Das war die Arzneikiste, die an Bord zu haben jedes Schiff verpflichtet war und für deren Inhalt der Chirurg verantwortlich zeichnete.

Kerrin hatte von der Reederei vor der Abfahrt eine gewisse Summe erhalten, um Arzneien und Verbandszeug einzukaufen. Selbst Schiffe, die über keinen Schiffsarzt verfügten (wo demnach dem Commandeur selbst die medizinische Betreuung seiner Mannschaft oblag), mussten eine Lappdose mit sich führen.

»Was wäre denn so schlimm daran, wenn der Matrose ein paar Tage nicht arbeiten könnte?«, wollte Kerrin wissen.

»Die Fehlzeit würde ihm vom Lohn abgezogen werden«, gab Bertil zur Antwort. »Jeder Seemann, der auf der Fahrt erkrankt und nicht voll einsatzfähig ist, erleidet finanzielle Einbußen. Mancher, den es arg erwischt, hat das Pech, nicht mit Geld in der Tasche, sondern mit Schulden von Bord zu gehen. Lohn gibt es nur für erbrachte Leistungen; die Zeit, die einer untätig an Bord verbringt, zählt für die Reederei nicht. Das ist besonders böse, wenn einer Familie hat.«

Kerrin kam das sehr hart vor. Andererseits wusste jeder Seemann vorher, worauf er sich einließ …

»Arzneien haben wir, wie es den Anschein hat, genug«, stellte der alte Schiffsarzt mit Genugtuung fest. »Aber hast du auch das Zubehör überprüft, Kerrin?«

Das junge Mädchen lächelte.

»Mich daran zu erinnern, wäre jetzt allerdings ein wenig zu spät, nachdem wir bereits vor ein paar Tagen abgelegt haben, nicht wahr? Aber Sie können beruhigt sein, Meister Bertil: Wir verfügen über – Augenblick, ich habe eine Liste erstellt:

26 große Medizingläser

12 kleine Gläser

5 große Krüge

20 kleine Krüge

1 Mörser und 1 Stößel

1 Medizinalgewicht und 1 Waage

1 Röhre aus Zinn

1 Glaskolben

1 Eisenspatel mit Pulverlöffel

1 Mensurglas

1 Barbierschüssel aus Zinn

3 Scheren

2 Pinzetten

4 Lanzetten

etliche Nähnadeln und 3 Spulen mit weißem Seidenfaden

12 Schröpfgläser –

um nur das Wichtigste zu nennen.

Außerdem befindet sich noch allerlei in der Arzneikiste: neben verschiedenen Salben und Tees jede Menge an Verbandszeug, wie Pflaster, Mull und reine Leinenbinden in verschiedenen Breiten. Und ich selbst habe noch einen ganzen Korb voll Medizin von zu Hause mitgebracht.«

Kerrin legte die Kladde auf den Tisch, dann setzte sie sich und begann mit einem Messer, das sie am Gürtel befestigt hatte, eine nagelneue Gänsefeder anzuspitzen. Bertil Martensen zog derweil den Korken aus dem Hals des Tintenfässchens und schob es samt Streusanddose zu Kerrin hinüber.

»Die erste Seite musst du ganz besonders schön beschriften, Mädchen«, sagte er.

Kerrin, fertig mit der Vorbereitung ihres Schreibgeräts, sah ihn fragend an.

»Was soll ich denn schreiben, Bertil? Könnten Sie mir, bitte, helfen?«

Leicht geschmeichelt setzte Martensen sich in Positur und begann bedächtig zu dozieren:

»Oben auf die allererste Seite habe ich immer in Großbuchstaben *JOURNAL* geschrieben und in die zweite Zeile: ›des Schiffes‹ und dann den Namen, in unserem Fall also die *Fortuna*. Und alles schön mittig! Jawohl! Dann in die dritte Zeile: ›auf Walfang in *Straat Davis*, GRÖNLAND‹. Den Ort am besten wieder in großen Lettern, damit er sofort ins Auge fällt. In die vierte Zeile setzt du das Jahr, also: 1696 und schließlich schreibst du in die fünfte Zeile: ›geführt von‹ und in die sechste und letzte setzt du deinen Namen samt Titel und Heimatort, also: ›Chirurga Kerrin Rolufsen von Nieblum auf Föhr‹ – und Punktum.«

»Puh, die erste Seite habe ich geschafft!« Kerrin legte die Feder in einer Schale ab und griff nach der Streusandbüchse.

»Schaut ganz ordentlich aus, oder?«, fragte sie dann ängstlich. Es lag ihr viel daran, dass Bertil auch in dieser Angelegenheit mit ihr zufrieden war.

»Du hast das sehr gut gemacht, Mädchen! Deine Handschrift kann sich sehen lassen und dein Augenmaß ebenfalls. Der Text sitzt genau in der Seitenmitte, alles ist exakt waagerecht und steht haarscharf untereinander. Das hätte ich selber nicht besser gekonnt.«

Kerrin freute sich über das Lob des erfahrenen Arztes. Entschlossen schlug sie die nächste Seite auf.

»Jetzt werde ich – mit Ihrer gütigen Mithilfe – meinen ersten Patienteneintrag machen«, kündigte sie an.

Dazu musste sie die nächste leere Seite in vier senkrechte Spalten aufteilen. Damit es korrekt aussah, benützte sie dazu ein Lineal.

In die erste Spalte trug sie das Datum des Unfalls und den Namen sowie den Dienstrang des Patienten ein. In der zweiten Spalte gab sie den Grund an, weswegen er sich in Behandlung begeben hatte. In der dritten Spalte beschrieb sie kurz die Art ihrer Behandlung, einschließlich nachfolgender Maßnahmen.

»›Habe dem Patienten mehrmals am Tage lauwarme Fußbäder verordnet‹, füge ich gleich jetzt hinzu«, erklärte Kerrin eifrig. »Ferner werde ich ihm eine Myrrhentinktur auftragen, die zieht die Wunden an den beiden Zehen besser zusammen; der Weinessig diente der Reinigung.«

Auch das vermerkte sie penibel in der dritten Spalte der Kladde.

»Bin ja gespannt, wie Hein Wögens sich fühlt.«

Dann hielt sie inne und sah auf einmal sehr nachdenklich aus.

»Was überlegst du, Mädchen?«

Der alte Chirurg musterte sie scharf.

»Ich habe gerade versucht, mir die Situation vorzustellen, in der es überhaupt zu dieser Verletzung kommen konnte«, sagte Kerrin langsam. »Ich muss sagen, es kommt mir seltsam vor, wie es möglich sein soll, dass jemand, der einen Fassreifen befestigt, sich dabei selbst auf den *Fuß* schlägt! Auf die andere *Hand* – meinetwegen! Aber wie kann es sein, dass er mit dem Hammer die eigenen Zehen trifft?«

»Er wird das rechte Bein auf das Fass gestellt haben, damit es ihm nicht davonrollt«, vermutete Bertil.

Kerrin nickte zwar, blickte aber immer noch zweifelnd. Demnach musste Hein Wögens ein Linkshänder sein, sonst machte es wenig Sinn. Sie versuchte sich daran zu erinnern, mit welcher Hand er nach dem Löffel mit den Tropfen gegriffen hatte, aber es gelang ihr nicht.

In diesem Augenblick winkte sie der Schiffsarzt dicht zu sich heran. Er neigte sich zu ihrem Ohr und flüsterte ihr zu: »Ich gebe dir jetzt einen guten Rat, Kerrin! Ich habe es immer so gehalten, dass ich nie zu viele Fragen gestellt habe. Und es hat sich bewährt, kann ich dir sagen! Zwischen den Männern werden zur rechten Zeit Fehden ausgetragen, von denen der Commandeur nichts zu wissen braucht. Du wirst noch sehen, dass es auch und gerade durch Messerstiche oft zu recht merkwürdigen Verletzungen kommt – wo es besser ist, nicht allzu genau nachzuhaken, wie diese zustande kamen.«

Als Kerrin nicht sofort antwortete, schmunzelte Bertil.

»Ich sehe es dir an, Mädchen, dass du zweifelst, ob dies der richtige Weg ist! Ich bin aber stets gut damit gefahren.«

»Ich danke dir für diesen Rat, Meister Bertil«, erwiderte Kerrin höflich. Aber im Innersten empfand sie starke Vorbehalte. Was sollte gut daran sein, vor gewalttätigen Auseinandersetzungen unter den Seeleuten die Augen zu verschließen?

Sie fand im Gegenteil, ihr Vater habe nicht nur das Recht, zu wissen, was auf seinem Schiff vor sich ging, er besaß vor allem die Pflicht, strafbare Handlungen zu unterbinden und Unruhestifter bei der nächstbesten Gelegenheit aus der Mannschaft zu entfernen.

Ließ man die Kerle jedoch ungestraft wüten, wäre das gegenüber den anständigen Matrosen ein großes Unrecht.

Dieser Vorfall zeigte Kerrin sehr deutlich, dass das Leben auf See ein vollkommen anderes war als ihr bisher gewohntes. Es war rau – und manchmal gefährlich, wollte ihr scheinen. Und die Gefahr musste durchaus nicht immer vom Meer, der Witterung und der schweren Arbeit ausgehen.

Doch da die äußeren Umstände ja schon hart genug waren und so manches Leben kosten konnten, sollte man es da stillschweigend in Kauf nehmen, dass brutale Kerle andere schikanierten und deren Gesundheit gefährdeten? Wie jeden Arzt oder Heiler ärgerte es Kerrin zudem besonders und auf eine grundsätzliche Weise, wenn sie Leiden lindern musste, die nicht von der Natur oder der ohnehin schwachen Konstitution der Menschen herrührten, sondern die den Patienten mutwillig von einem anderen zugefügt wurden und somit vermeidbar gewesen wären.

Kerrin beschloss, Hein Wögens nochmals genau zu befragen, wie er zu seiner Verletzung gekommen war. Dann wollte sie entscheiden, ob es klug wäre, ihren Vater zu informieren.

SECHSUNDDREISSIG
»An Gottes Segen ist alles gelegen!«

HEIN WÖGENS, DER UNGLÜCKSRABE, erholte sich, dank Kerrins Behandlung, überraschend schnell. Nicht einmal der große Zehennagel löste sich ab. Fast wie ein Wunder empfand der Matrose allerdings die Tatsache, dass er keinerlei Schmerzen mehr empfand, »seit die Meisterin meinen Fuß berührt hat«, wie er jedem unaufgefordert erklärte, der den Fehler beging, ihn auf den Unfall anzusprechen.

Kerrin schrieb die erfreuliche Wirkung allerdings den Tropfen aus Weidenrindenextrakt zu. Sie hörte es nicht gerne, wenn man im Zusammenhang mit ihr das Wort »Wunder« in den Mund nahm. Wunder und Zauberei lagen gefährlich nahe beisammen und – wie sie bereits auf der Insel zu ihrem Leidwesen erfahren hatte – war man im Nu der Hexerei verdächtig …

Schon kurze Zeit später vermochte sie in ihrer Kladde in der vierten Spalte bei Hein Wögens zu vermerken: »Genesen am 4. März 1696«.

Ihn allerdings genauer zum Hergang des Geschehenen zu befragen, dazu fehlte ihr die Gelegenheit, denn sie war niemals mit ihm allein in dem kleinen Behandlungsraum; in Gegenwart von potenziellen Zuhörern war allerdings nicht zu erwarten, dass der Matrose die Wahrheit preisgab.

Inzwischen hatte sie bereits drei weitere Männer verarztet. Zwei benötigten bloß ein Pflaster für belanglose Schnittwunden an der Hand; aber der dritte, ein Harpunier, litt an Fieber und klagte über Kopf- und Gliederschmerzen, für Kerrin die üblichen Anzeichen einer eher harmlosen Erkältung.

Bertil Martensen erwartete, dass seine »Schülerin« – so nannte er Kerrin bei sich – die übliche Heilmethode aller Ärzte anwenden werde: Aderlass und ein Abführmittel. Wie erstaunte er, als sie jedoch keinerlei Anstalten dazu machte, sondern dem Mann lediglich ein Fläschchen mit Pillen in die Hand drückte. Der Meister wollte schon eingreifen, überlegte es sich dann jedoch anders und verschob seine Ermahnung auf später. Es war vielleicht nicht klug, die Tochter seines Commandeurs vor Zeugen zu blamieren.

»Damit Ihre Erkältung nicht schlimmer wird, Harpunier,

nehmen Sie dreimal am Tag eine Pille«, verordnete Kerrin dem Mann, dessen Augen glasig glänzten. »Das Mittel wird Ihnen die Schmerzen nehmen und zugleich das Fieber senken. In drei Tagen spätestens werden Sie wieder voll auf dem Damm sein – besonders, wenn Sie sich warm halten und vor dem Schlafengehen noch ein heißes Fußbad nehmen.«

Damit entließ Kerrin den Offizier.

Bertil hatte sich während der »Visite« sehr zusammennehmen müssen, um nicht lautstark zu protestieren: Das widersprach sämtlichen Erkenntnissen der Heilkunde, deren Grundlage – die Lehre von den Körpersäften nämlich – kein Geringerer als Hippokrates persönlich im 5. Jahrhundert vor Christus geschaffen hatte. Und der berühmte Arzt Galen hatte sie im 2. Jahrhundert nach Christus noch entsprechend erweitert. Bei *jeder* Art von Krankheit galt es, wie man schließlich wusste, die aus dem Gleichgewicht geratenen Körpersäfte in eben dieses Gleichgewicht zurückzuführen. Und da gab es nun einmal nichts anderes als Aderlass, Brech- und Abführmittel. Was Kerrin jedoch eben verordnet hatte, zeugte von sträflichem Leichtsinn, da es die gängige Lehrmeinung einfach missachtete.

Kaum verließ der letzte Kranke die Kajüte, holte Bertil bereits Luft, um Kerrin ins Gewissen zu reden; doch da kam der jüngste Schiffsjunge und beorderte Kerrin umgehend zu ihrem Vater. So sah Bertil an diesem Tag keine Möglichkeit mehr, seine Kritik anzubringen. Sie würde bis zum nächsten Tag, einem Sonntag, warten müssen.

Wie Kerrin zu ihrem nicht geringen Erstaunen registriert hatte, war an Bord bestens für den sonntäglichen Gottesdienst gesorgt. Zudem ließ ihr Vater dreimal in der Woche abends eine kurze Andacht abhalten, an der die Teilnahme freiwil-

lig war. Aber der eineinhalb bis zwei Stunden dauernde Sonntagsgottesdienst war etwas ganz anderes! Während die Andachten für gewöhnlich der Steuermann abhielt, behielt sich
den Gottesdienst der Commandeur persönlich vor. Die Teilnahme an der religiös-erbaulichen Feier war für jeden Mann
an Bord verpflichtend – außer er war gerade zum Wachdienst
eingeteilt, hatte sonst eine wichtige und unaufschiebbare Tätigkeit zu verrichten oder war so krank, dass er in der Koje liegen musste. Roluf Asmussen ließ sich jeden einzelnen Fall
vorlegen und entschied darüber, ob der Betreffende Dispens
erhielt oder nicht. Unerlaubtes Fernbleiben zog das Missfallen des Commandeurs nach sich, einen negativen Eintrag in
der Heuerkladde und überdies eine Geldstrafe, einzuzahlen in
eine Gemeinschaftskasse.

Keiner der Männer wollte dieses Risiko eingehen.

Offenbar aber gefiel allen Seeleuten die Art und Weise, wie
ihr Vater diesen Sonntagsgottesdienst gestaltete, sogar ausnehmend gut. Um Langeweile vorzubeugen, wurde dabei abge-
wechselt zwischen Gesang und Gebet, zwischen dem Vorlesen
von Bibelstellen und deren Erläuterung in plakativer, jedem
gut verständlicher Sprache, ferner einer erstaunlich fundierten
Predigt des Commandeurs, verschiedenen Bitt- und Dankge-
beten und einem gemeinsamen Lied als Abschluss.

Vor allem die Qualität der Gesangsdarbietungen beein-
druckte Kerrin zutiefst.

»Ihr Kirchenchor braucht sich vor dem von Sankt Johannis
nicht zu verstecken, Vater. Kein Wunder, dass die Männer so
gern an dem Gottesdienst teilnehmen! Da sind Stimmen darunter, um die man Sie nur beneiden kann. Vor allem diesem
Vorsänger zu lauschen, bedeutet großen Genuss! Aber auch
alle Übrigen können sich hören lassen.«

»Das, mein Kind, ist das große Verdienst von Jens Eschels,

meinem Steuermann. Er ist das musikalische Genie an Bord und versteht es, einen Chor zusammenzustellen und zu dirigieren. Ohne ihn wüsste ich nicht, wie ich die musikalische Umrahmung gestalten sollte. Ich selbst bin darin bestenfalls mittelmäßig.«

»Stellen Sie Ihr Licht nicht unter den Scheffel, Vater! So wichtig er sein mag – Chorgesang ist nicht alles. Wie einleuchtend Sie etwa die Bibelstellen erklären – davon könnte sich mancher Geistliche eine Scheibe abschneiden! Das behaupten zumindest Ihre Leute. Ich finde, dass Sie Monsieur Lorenz durchaus Konkurrenz machen könnten. Diese Predigt heute über das Gleichnis vom Verlorenen Sohn – einfach wunderbar. Einige der Seeleute waren zu Tränen gerührt! Manch einer erkannte sich womöglich selbst in diesem Sohn wieder, der nach langer Irrfahrt heimkehrt und von seinem Vater trotz allem in Liebe aufgenommen wird. Ich verstehe jetzt, weshalb die Männer, allesamt meist ziemlich raue Gesellen, so gern zum Gottesdienst kommen.«

Ihr Vater sagte nichts dazu, aber Kerrin wusste genau, dass ihn ihr Lob freute. Der Commandeur hielt einen der vorüberkommenden Seeleute auf.

»Na, sind Sie wieder auf dem Damm, Harpunier Peter Arfsten?«, erkundigte Asmussen sich leutselig. Der Offizier nahm vor seinem Vorgesetzten Haltung an.

»Jawohl, Commandeur! Dank der medizinischen Versorgung unserer Meisterin geht es mir wieder gut. Fieber, Gliederschmerzen und alles andere, was eine starke Erkältung so mit sich bringt: Alles ist wie weggeblasen! Und ganz ohne Aderlass und ohne Purgieren! Die junge Frau kann zaubern!«

»Na, das kann sie bestimmt nicht! Aber es freut mich, Sie wieder wohlauf zu sehen, Harpunier Arfsten!« Schmunzelnd ging der Commandeur weiter und hakte Kerrin unter, die

332

bei dem Wort »zaubern« unwillkürlich zusammenzuckte. Das hörte sie nun überhaupt nicht gern.

Was sie hingegen erleichterte, war die Tatsache, dass ihr Boy Carstens aus dem Weg ging – bei der räumlichen Enge des Walfängers direkt ein Kunststück! Sie hoffte inständig, dass sie die ganze Fahrt über nichts mit ihm zu schaffen bekäme. Obwohl … Irgendwie empfand sie doch ein ganz leises Bedauern darüber, dass es so gekommen war. Boy war ein äußerst attraktiver Bursche, der einen durchaus ins Träumen bringen konnte. Energisch schob sie den Gedanken beiseite. Das fehlte noch, dass ihr dieser unverschämte Kerl die Ruhe raubte!

Was Meister Bertil betraf, so beglückwünschte er sich im Stillen dazu, dass er keine Gelegenheit gehabt hatte, Kerrin zu belehren. Wie es schien, war ihre Methode ja durchaus erfolgreich gewesen. Er schätzte allerdings, dass es sich dabei um reinen Zufall handelte. Mal sehen, was sie in Zukunft mit Männern anstellte, die über die gleichen Symptome wie Peter Arfsten klagten.

Nach dem Gottesdienst war es Zeit zum Mittagessen. Dazu lud der Commandeur für gewöhnlich die Offiziere in seine Kabine ein. Auch der Schiffsarzt gehörte üblicherweise zu den Tischgenossen.

Die Zeit, die vor dem Essen noch blieb, wollte Kerrin dazu nutzen, ihre Patientenkladde auf den neuesten Stand zu bringen sowie ihre Medizinfläschchen zu ordnen und die gewaschenen und an der frischen Luft getrockneten Leinenbinden neu aufzuwickeln. Sie hoffte, dass kein neuer »Fall« mehr anstand, ehe sie zum Mittagessen ging.

Sie meinte schon wieder vor Hunger zu sterben. Die Seeluft regte ihren Appetit mächtig an und sie befürchtete bereits, während der Monate auf dem Meer gewaltig an Gewicht zuzunehmen, da sie für ihren Geschmack viel zu wenig Bewegung hatte, aber viel zu viel aß.

»Irgendetwas muss ich mir einfallen lassen, sonst ist aus mir bis zum Herbst eine Tonne geworden und mein Vater kann mich von Bord rollen lassen wie eines seiner Walspeckfässer«, dachte sie halb verzweifelt, halb belustigt – was ihren Appetit allerdings nicht minderte.

Das gemeinsame Mittagessen gestaltete sich sehr angenehm, wie Kerrin mit Genugtuung feststellte. Die Mahlzeit begann mit einem kurzen Tischgebet, das ihr Vater sprach und in dem er dem Herrgott für die guten Gaben dankte. Danach griffen alle herzhaft zu.

Der Schiffskoch, den man *Smutje* nannte, hatte sich, weil Feiertag war, anscheinend besonders angestrengt: Es gab als Vorspeise eine gebundene Muschelsuppe mit frisch gebackenem Weißbrot, als Hauptgang Wildkaninchenragout in einer Rotweinsoße mit Mehlklößchen und dazu Kohlgemüse und zum Nachtisch wurde eine Art weicher Pudding gereicht, der nach Vanille schmeckte, garniert mit Sauerkirschkompott.

Kerrins Vater und die meisten Offiziere tranken Weißwein zur Suppe und zum Kaninchen Rotwein, dazu jeweils ein großes Glas Wasser. Kerrin begnügte sich mit dem Wasser. Sie wusste schließlich nie, ob nicht noch Kranke oder Verletzte zur Behandlung kämen und musste einen klaren Kopf bewahren.

Nach dem Mittagsmahl gönnten sich die Männer ihr Rauchvergnügen. Eigentlich hätte das junge Mädchen jetzt die Kapitänskajüte verlassen können. Aber neben dem vorzüglichen Essen waren es vor allem die Tischgespräche der Herren, die Kerrin ungeheuer faszinierten. Bescheiden hatte Kerrin ein wenig abseits auf einem Schemel Platz genommen, wo sie sich im Stricken eines breiten Kapuzenschals aus grauweißer Wolle versuchte; in den nördlichen Gewässern war es bekanntlich auch in den Sommermonaten kalt. Dabei beobachtete sie die genüsslich qualmende Herrenrunde sehr genau und lauschte begierig auf jedes Wort, das am Tisch, den ein Helfer des *Smutjes* bereits abgeräumt hatte, gesprochen wurde.

»Am 8. Februar starb ganz plötzlich Zar Iwan, der Halbbruder und Mitregent Zar Peters«, hörte sie ihren Vater sagen. »Er wurde zwar nur neunundzwanzig Jahre alt, aber bei seiner schwächlichen Gesundheit und seiner – drücken wir es vorsichtig aus – geistigen Minderbegabung war es nicht unbedingt ein Unglück für Russland. Jetzt ist der vierundzwanzigjährige Zar Peter der absolute Alleinherrscher.«

»Was allerdings bedeutet, dass er jetzt auch zeigen muss, ob er es ernst meint damit, sein hinterwäldlerisches Land in die Gegenwart zu führen, damit es sich mit dem übrigen Europa messen kann. Das war es doch, was er bei seiner Krönung versprochen hat«, flocht der ehemalige Schiffsarzt Martensen ein.

»Na, dann wollen wir einmal abwarten, wie lange es dauert, bis Russland aus seinen altertümlichen Strukturen herausfindet.« Der Sprecher, Boy Carstens, lächelte etwas überheblich. »Es wird sich zeigen, ob Peters Regierungszeit dazu überhaupt ausreicht.«

»Unterschätzen wir die Russen nicht!«, warnte der Commandeur. »Das könnte uns womöglich teuer zu stehen kommen! Soweit mir bekannt ist, will der Zar eine Flotte nach europäischem Vorbild aufbauen. Falls es ihm gelingt, könnte er sich zu einem ernsthaften Konkurrenten auf See mausern. Bei seinem Drang nach Westen werden ihm die Barentssee und das Nördliche Eismeer auf Dauer wohl nicht genügen. Verlagert er seine Interessen aber in die Ostsee, kommt er den Schweden ins Gehege; und versucht er womöglich, in der Nordsee Fuß zu fassen, haben *wir* ihn am Hals – neben all den anderen Nationen, die uns das Leben ohnehin schwer genug machen.«

Die Männer nickten gedankenvoll. Selbst Kerrin wusste, worauf Asmussen sich bezog. Es ging nicht nur um die Konkurrenz der europäischen Kaufleute untereinander. Gefürchtet war auch die Kaperei der »Barbaresken« in Atlantik und Nordsee, die nicht allein Schiffe samt Fracht in ihre Gewalt brachten, sondern auch die Seeleute nach Algier in die Sklaverei verkauften. Zu allem Unglück trieben noch englische und französische Piraten seit Jahrhunderten ihr Unwesen.

Das Mädchen hörte, wie einer der Herren den Schiffsnamen »Oranje Boom« erwähnte und in diesem Zusammenhang die Zahl von einhundertundneun Sklaven nannte. Kerrin nahm sich vor, ihren Vater demnächst genauer darüber zu befragen.

SIEBENUNDDREISSIG
In gefährlichen Gewässern

AN EINEM KLAREN APRILMORGEN, im Osten zeigte sich gerade ein zarter, rosafarbener Schleier, hielt, nach einer ausgesprochen ruhigen Nacht, westlich der Färöer Inseln ein unbekannter großer Segler unter holländischer Flagge direkt auf sie zu. Durch einen Schuss mit losem Pulver in die Luft signalisierte er, ein Freund zu sein.

Roluf Asmussen und seine Offiziere mutmaßten zunächst, er sei in Not geraten. Kerrin, die ebenfalls die Kajüte, wo sie sich gerade für das Morgenmahl zurechtgemacht hatte, verlassen hatte und nach oben gekommen war, zweifelte keinen Augenblick daran, dass ihr Vater genau wüsste, was zu tun war. Mit Spannung verfolgte sie das anschließende Manöver.

Der Commandeur erteilte die nötigen Befehle an seinen nächsthöheren Offizier; der gab sie weiter an die niederen

Chargen und diese brassten das Vorsegel auf den Mast. Dann wartete man auf das holländische Schiff, um eventuell Hilfe zu leisten – und erlebte eine unangenehme Überraschung: Nicht nur Kerrin stockte der Atem! Als der fremde Segler nahe genug heran war, strich er die holländische Flagge und zog stattdessen die türkische auf. Ehe die *Fortuna* noch beidrehen konnte, feuerten die Türken bereits mit Musketen.

Obwohl Asmussen versuchte, doch noch zu entwischen, hatte er nicht wirklich eine Chance – das türkische Schiff verfügte immerhin über zweiunddreißig Kanonen – und schien willens, diese nötigenfalls auch gnadenlos einzusetzen.

Auf der *Fortuna* herrschte mit einem Schlag ein unbeschreibliches Durcheinander. Flüche, Schreie, Schüsse, Befehle des Commandeurs und seiner Offiziere gellten in Kerrins Ohren. Panisch überlegte sie, ob es besser war, sich in die Kajüte ihres Vaters zu retten – aber der Weg war ihr versperrt durch Mannschaft und Offiziere, die hektisch versuchten, die Übernahme ihres Walfängers zu verhindern.

Allein die Übermacht der Feinde war zu groß. In Windeseile schlugen die Seeräuber ihre Enterhaken in die *Fortuna* und stürmten, bis zu den Zähnen bewaffnet, das Schiff. Die Besatzung hatte zu diesem Zeitpunkt keine Chance mehr und ließ sich mehr oder weniger widerstandslos gefangennehmen – wobei die Piraten nicht gerade zimperlich vorgingen. Ehe sie sichs versah, befand sich die gesamte Mannschaft an Bord des anderen Seglers und wurde im Schiffsbauch, wo bereits hundert andere gefangene Passagiere schmachteten, in Ketten gelegt. Die Mitgefangenen waren zumeist Holländer und Engländer – auch schwangere Frauen und ganz kleine Kinder, die noch in den Windeln lagen, waren darunter.

Anfangs war Kerrin wie gelähmt und achtete nur darauf, ja nicht zu stürzen und sich nicht zu verletzen. Die gesamte

Tragweite des Überfalls kam ihr noch gar nicht so richtig zu Bewusstsein – was vielleicht nicht das Schlechteste war. Ihre Hauptsorge galt dem gehbehinderten Bertil Martensen. Sie hatte zufällig beobachtet, wie brutal man den alten Mann herumgezerrt hatte. Noch verschwendete sie auch keinen Gedanken daran, was es für sie als hübsche junge Frau bedeuten konnte, in die Hände muslimischer Piraten zu fallen.

Nachdem die Besatzung der *Fortuna* von zum Teil abenteuerlich ausstaffierten Kerlen rücksichtslos durch die Luke in den spärlich beleuchteten Schiffsbauch hinuntergestoßen worden war, erscholl plötzlich aus dem Mund des ältesten Harpuniers Frederick Harmsen der Ruf: »Kälber in die Mitte!«

Harmsen war beinahe fünfzig und hatte in seinen jüngeren Jahren einige Zeit in Nordamerika bei den Indianern gelebt. Er kannte sich, wie er gerne betonte, gut mit den riesigen Büffelherden aus, die in Scharen durch die Prärie zogen. Oft hatten ihn Asmussens Leute von der Angewohnheit dieser mächtigen Wildrinder erzählen hören, die bei Gefahr als Erstes einen Schutzwall um die schwächsten der Gruppe, nämlich die Kälber und die jungen Kühe, bildeten, indem sie sie in die Mitte nahmen, während die starken Bullen und die erfahrenen Kühe dem Feind von außen die Stirn boten.

Es war nur selbstverständlich, dass die Gekaperten in dieser schweren Stunde dem Gebot Folge leisteten, ohne lange zu überlegen, und sich um die Schiffsjungen und Kerrin herum zu einer Mauer formierten, soweit die Fesseln ihnen die Möglichkeit dazu ließen. Auch der gesundheitlich angeschlagene Schiffsarzt Martensen wurde zu Kerrins Beruhigung dieser klugen Vorsichtsmaßnahme teilhaftig.

Die nächsten Stunden überließ man die achtundvierzig Mann Besatzung der *Fortuna*, nebst den anderen Unglücksraben, im finsteren Schiffsbauch sich selbst und ihren trüben Gedanken, während die Kaperer von dem aufgebrachten Walfänger alles mitnahmen, was ihnen irgendwie von Wert erschien.

Anschließend nahmen die Piraten Kurs auf Reykjavik, wobei sie am 25. April 1696 ein weiteres holländisches Handelsschiff, das von einer weiten Reise aus Guinea kam, überfielen. Danach wollten sie Kurs nach Süden, nach Nordafrika, nehmen.

Im Schiffsbauch drängten sich mittlerweile über einhundertfünfzig Gefangene unter primitivsten Verhältnissen zusammen. Kerrin war ständig übel durch die miserable Luft. Sie vermochte kaum zu atmen, denn die Ausdünstung der vielen, auf engstem Raum zusammengepferchten Menschen war entsetzlich. Viele von ihnen wurden durch das kärgliche und oft halb verdorbene Essen, die schlechte Luft, die Kälte und die eindringende Feuchtigkeit krank. Zwei der Säuglinge und ein alter Mann starben. Die anfängliche Schockstarre war längst von Kerrin gewichen und hatte einer furchtbaren Angst Platz gemacht. Sie war überzeugt, dass niemand diese Behandlung durch die Piraten überleben würde. Zudem litt sie darunter, dass sie, ohne alle Medikamente und Heilkräuter, niemandem der um sie her Dahinsiechenden helfen konnte. Was erst geschehen würde, wenn sie alle wider Erwarten lebendig die Küste erreichen sollten, wollte sie sich lieber gar nicht ausmalen. Auch wenn sie sich noch eine gewisse kindliche Naivität bewahrt hatte, so war ihr doch klar, dass sie als junge Frau ein besonders schlimmes Schicksal erwartete, das die Schrecken der Sklaverei, die den Männern bevorstand, noch bei Weitem übertreffen würde.

Obwohl Roluf Asmussen als Sprecher der Gefangenen auf die elenden Zustände und den Tod der Bedauernswerten hinwies, indem er die Wärter eindringlich ersuchte, dies ihrem Kapitän zu melden, dauerte es noch etliche Stunden, ehe zwei der Kerle in das finstere stinkende Loch hinunterkletterten, um wenigstens die Leichen zu entfernen.

»Wir wollen für die Ärmsten wenigstens ein Gebet sprechen«, regte der Commandeur an. »Die Piraten werden ihnen wohl kaum ein ordentliches Seemannsbegräbnis zuteil werden lassen – obwohl ihr Anführer, wie ich glaube gehört zu haben, ein deutscher Kapitän ist und so vermutlich einst ein Christ war.«

Von solchen Männern, die man »Renegaten« nannte, hatte Kerrin schon gehört – in ihren Augen skrupellose Verbrecher, die ihr Land und ihre Religion verleugneten, allein um des schnöden Gewinnes willen.

»Sie werfen die Toten üblicherweise ohne viel Federlesens ins Meer, zum Fraß für die Haie. Der Teufel soll die Mistkerle holen!«

Der das mit bitterer Stimme in die Dunkelheit hinein sprach, musste, dem Akzent nach, eines der englischen Opfer der »barbaresken« Kaperer sein. Wie er den Neuankömmlingen bereits mitgeteilt hatte, wusste er, wovon er sprach. Er war schon einmal in die Hände von türkischen Seeräubern gefallen und nur durch die Zahlung eines beträchtlichen Lösegeldes der Versklavung entgangen.

Wie ihnen einer der Wärter inzwischen hohnlachend mitgeteilt hatte, sollten sie auf dem Sklavenmarkt in Algier zum Verkauf angeboten werden – eine Aussicht, die nicht nur Kerrin das Herz vor Furcht schier stehenbleiben ließ.

»Wer unserem Kapitän zu alt oder krank erscheint, als dass er noch viel für ihn bekommen könnte, den schmeißen wir vorher ins Meer!«, verkündete ungefragt der Pirat, der sich sämtliche Haare auf dem Kopf abrasiert hatte, aber dafür sein Gesicht von einem mächtigen Schnauzbart überwuchern ließ. Kerrin war sich in ihrer Verzweiflung nicht sicher, was besser war: als Sklavin verkauft oder von den Haien gefressen zu werden …

Kapitän des türkischen Seglers war ein Mann aus Lübeck, der in türkische Dienste getreten war und die gefangenen Commandeure und ihre Offiziere mehrmals am Tag mit Hohn und Spott überschüttete, wobei der die Luke zum »Kerker« öffnete und hinabrief:

»Seien Sie froh, meine Herren, dass ich die Güte habe und Sie nicht verhungern lasse! Wie Sie bemerken, habe ich für Ihren Komfort lediglich die Fesselung Ihrer Füße angeordnet, die Hände haben Sie frei. Benützen Sie sie ruhig zum Beten: Sie werden göttlichen Beistand dringend nötig haben!« Er lachte unbändig.

»Im Übrigen war ich so nett und verzichtete darauf, Ihre von mir ausgeplünderten Schiffe in Brand zu stecken. Vielleicht nimmt sie ein anderer Kapitän ins Schlepptau und lotst Ihre Segler in irgendeinen Hafen. Mir soll es Recht sein!«

Er lachte wiederum laut und überließ die Ärmsten in dem finsteren Loch, dessen Gestank schier unerträglich war, erneut ihrem Schicksal.

Kerrins Vater und ein anderer unglücklicher Commandeur, ein Seemann aus Hamburg, berieten in jeder Minute, in der sie wach waren, was zu tun sei – mit wenig Erfolg allerdings. Sie sahen keinerlei Möglichkeit, ihrem Entführer zu entkommen.

Für Asmussen bedeutete es immerhin eine kleine Beruhigung, dass die Kaperer offenbar bisher nicht bemerkt hatten, dass der Schiffsjunge mit den etwas längeren Haaren kein Bursche war, sondern ein junges Mädchen. Da man ihnen gleich bei der Gefangennahme sämtliche Messer und sonstige Schneidewerkzeuge abgenommen hatte, war es nicht möglich, Kerrins Haare weiter zu kürzen. So ließ sie anfangs ihre Mütze auf und versteckte ihre rotblonden Locken darunter. Aber wie lange würde sie die Täuschung aufrechterhalten können?

Da erwies sich der gleichaltrige Matz Petersen als Retter in der Not: Ihm gelang es nämlich, einem unaufmerksamen türkischen Bewacher seinen Dolch zu entwenden, als dieser mit zwei anderen Kameraden den Gefangenen den undefinierbaren Fraß austeilte, mit dem sie jeden Mittag vorliebnehmen mussten. Mit dem haarscharf geschliffenen Instrument säbelte der Chirurg Martensen Kerrin die Haare unbarmherzig kurz ab. Anschließend sah sie zwar aus wie ein gerupftes Huhn, aber es machte zumindest keinen der abscheulichen Kerle misstrauisch. Kerrin, ihr Vater und die übrigen Seeleute waren bereits Zeugen geworden, wie sich einige der Piraten an den wenigen weiblichen Gefangenen vergingen. Trotz ihrer verzweifelten Schreie war es niemandem möglich, den Betreffenden zu Hilfe zu eilen und die Übergriffe zu verhindern. Asmussen liebäugelte zwar manchmal, den erbeuteten Dolch einzusetzen, sah dann aber immer wieder schnell ein, dass es in ihrer momentanen Lage keinen Sinn hatte. Selbst wenn er einen der Wärter erstechen könnte, so wäre damit nichts gewonnen und ihrer aller Leben wäre nur noch mehr in Gefahr.

Täglich ereigneten sich mittlerweile solche Gräueltaten und die aneinandergeketteten Seeleute und die männlichen Passagiere – meist die Ehemänner oder Väter der Geschändeten – vermochten nur ohnmächtig im Dunkeln mitzuerleben, wie den gepeinigten Opfern von ihren Bewachern, denen die ihnen zugeteilte Aufgabe zunehmend Verdruss zu bereiten schien, mehrfach Gewalt angetan wurde.

Kerrin starb jedes Mal vor Angst, sooft sie etwas von den widerlichen Verbrechen mitbekam. Sie pflegte sich dann ganz dicht an ihren Vater zu schmiegen und im Inneren des Schutzwalls, den die Mannschaft in Anwesenheit der Wärter noch immer bildete, zusammenzukauern, schutzsuchend und dennoch in der schrecklichen Gewissheit, ihr Geheimnis nicht ewig bewahren zu können und eines Tages ebenso geschändet zu werden wie diese armen Frauen.

Nachts, wenn sie nicht schlafen konnte, dachte sie meist an ihre Mutter Terke und wünschte sich auch manches Mal, sie möge ihr wieder erscheinen, so wie in den sturmdurchpeitschten Nächten am heimischen Strand.

Trotz vieler Gebete und aufmunternder Reden der beiden gefangenen Commandeure und etlicher älterer Offiziere rechnete jeder mit dem Schlimmsten: Die Alten und die Kinder würden von den Piraten ermordet und die Jüngeren versklavt werden, wobei die hübscheren der Frauen davon ausgehen konnten, in irgendeinem Harem zu landen.

Und dann geschah doch noch das Wunder, mit dem niemand der geschwächten Gefangenen mehr gerechnet hatte: Am 27. Juni trafen die Türken auf ein französisches Kriegsschiff mit sechzig Kanonen. Anfangs zeigten sich die Piraten noch ziemlich sorglos, verließen sie sich doch darauf, dass ihr Land sich mit Frankreich im Frieden befände. Stolz wies ihr Kapitän sogar einen französischen Seepass vor, aber sein französischer Kollege erklärte ungerührt das Papier für »veraltet und ungültig«.

Da die Feuerkraft der Franzosen erheblich höher war als die eigene, mussten die Seeräuber sich ergeben. Was das bedeutete, wussten wiederum die Piraten nur zu genau: Auf jeden Einzelnen von ihnen wartete bereits der Galgen!

Sämtliche Verschleppte wurden binnen weniger Stunden befreit und auf das französische Schiff verbracht. Die Frauen, unter ihnen Kerrin, schluchzten vor Erleichterung und die Männer jubelten. Kaum an Deck des rettenden Seglers, fie-

343

len sie auf den Schiffsplanken auf die Knie und lobten Gott, den Herrn, der ihnen das schreckliche Los erspart hatte. Was seine Tochter anlangte, hielt Commandeur Asmussen es indes für das Beste, wenn sie bei ihrem Status als »Schiffsjunge« blieb.

»Wozu schlafende Hunde wecken – auch auf dem fremden französischen Segler befinden sich junge Kerle ...«, meinte er. Kerrin war es nur recht; mittlerweile hatte sie sich daran gewöhnt, für einen Burschen gehalten zu werden.

Am 16. August erreichte man Toulon. Dort durften alle gekaperten Passagiere und Seeleute, ungefähr einhundertvierzig an der Zahl, an Land gehen. Etwa ein Dutzend von ihnen hatte die rohe Behandlung an Bord des Piratenschiffes nicht überlebt. Die Geretteten erhielten von den dortigen Behörden einen provisorischen Pass und ein wenig Geld, um Toulon verlassen und nach Hause gelangen zu können.

Für die Besatzung der *Fortuna* gestaltete sich der Heimweg allerdings zu einer ziemlich langwierigen Angelegenheit. In Etappen – über Marseille, Toulouse und Bordeaux – verlief ihre Reise nach Amsterdam. An jedem Ort gab es unerwartete Aufenthalte und kleinere oder größere Schwierigkeiten. Die meisten der Seeleute waren geschwächt und manche erkrankten zwischendurch und hielten dadurch die anderen auf. Kerrin hatte Glück. Sie war jung und in guter körperlicher Verfassung – zu genießen vermochte sie die lange Reise dennoch nicht. Dafür waren die Umstände zu grausam gewesen und die Bilder des eben Erlebten standen ihr noch zu deutlich vor Augen.

Kerrins Vater hatte angeordnet, dass die Gruppe unter allen Umständen beisammenblieb. Niemand sollte nach dem grässlichen Erlebnis mutterseelenallein die weite Reise unternehmen müssen. Zum Glück hatten seine Leute keine Toten

344

zu beklagen. Asmussen und seine Mannschaft wandten sich schließlich in Bordeaux an einen holländischen Konsul. Der versorgte sie nicht nur mit dem nötigen Reisegeld, er war ihnen auch behilflich, eine schnelle Rückpassage nach Amsterdam zu erhalten.

Von Amsterdam aus, das sie Ende September erreichten, suchten sie sich eine Schmack nach Groningen, eine nach Wilhelmshaven und schließlich noch eine nach Husum. Von dort ging es auf die Insel Föhr und die einzelnen Halligen, woher ein Teil der Mannschaft der *Fortuna* stammte.

ACHTUNDDREISSIG
Rückkehr nach Föhr

Mitte Oktober setzten Asmussen, Kerrin und die Mannschaft der *Fortuna* ihren Fuß endlich wieder auf heimischen Boden. Als man die näheren Umstände ihres Abenteuers erfuhr, wurden die Heimkehrer wie Helden gefeiert.

»Wieder einmal hat sich die Allmacht des Herrn gezeigt, der es nicht duldet, dass brave Christen im Barbareskenland als Sklaven zugrundegehen«, rief Pastor Brarens in seiner Sonntagspredigt. Der überwiegende Teil der versammelten Gemeinde stimmte ihm bedingungslos zu.

Lediglich für einige unverbesserliche Skeptiker »war es von vorneherein klar gewesen, dass Weiber an Bord nur Unglück brachten«. Kerrin wunderte sich nicht besonders, dass Boy Carstens einer der eifrigsten darunter war. Augenscheinlich fehlte es dem jungen Mann – ungeachtet seiner Attraktivität – an Souveränität. Für Kerrin ein Grund mehr, froh zu sein, sich nicht näher mit Carstens eingelassen zu haben.

Für das Jahr 1696 war die Grönlandfahrt definitiv beendet, ohne einen einzigen Wal erlegt zu haben. Für Roluf Asmussen ein bitterer, aber immerhin noch erträglicher Verlust – für die meisten seiner Männer jedoch eine entsetzliche Katastrophe. Der kommende Winter würde für sie und ihre Familien der schlimmste seit Langem werden.

Die bedrückende Aussicht auf Elend und Not ließ alles andere in den Hintergrund treten, sogar jene Unglücksmeldung, die zwei Wochen vor der Ankunft der Piratenopfer die Insulaner aufschreckte: Thur Jepsen war spurlos verschwunden!

Zahlreiche Spekulationen machten die Runde: Die einen wollten Thur gesehen haben, wie sie mit einem jüngeren Mann zusammen Föhr in einem Fischerboot in Richtung Dagebüll verlassen hatte. Ein paar von ihnen wollten in ihrem Begleiter den Maler Harre Rolufsen erkannt haben, der seltsamerweise, nach einem kurzen Besuch, etwa zur gleichen Zeit der Insel Föhr Lebewohl gesagt hatte. Und das, obwohl er doch wusste, dass sein Vater und Kerrin in Kürze von Hoher See zurückerwartet wurden …

Andere hingegen schworen, Thur dabei beobachtet zu haben, wie sie bei Ebbe und vollkommen ruhigem Herbstwetter ins Watt hinauswanderte, hinüber nach Amrum. Was wiederum verwunderte – besäßen doch weder sie noch ihr Mann Volckert Verwandtschaft oder gute Bekannte auf dieser Nachbarinsel. Die Jepsens stammten ursprünglich aus Sylt und einige Vettern lebten mit ihren Familien immer noch dort.

Noch befremdlicher war die Tatsache, dass sie niemals auf Amrum angekommen war – zumindest hatte dort keiner eine Frau gesehen, auf die ihre Beschreibung passte.

Volckert war wie von Sinnen, als er erkannte, dass seine Frau ihn offenbar verlassen hatte. Die zweite Möglichkeit wäre freilich, dass sie freiwillig aus dem Leben geschieden war. Aber ihm fiel kein Grund ein, warum sie eine solche Todsünde hätte begehen sollen. Sie war doch nicht krank gewesen! Wie es schien, hatte Thur ihn eines anderen Mannes wegen im Stich gelassen.

Jepsen, ein an sich friedfertiger Mann, schwor, diesen Kerl – »wer immer es sein mag« – ausfindig zu machen, und »ihm eigenhändig den Hals umzudrehen«.

Ob Harre wohl dahintersteckte?, überlegte Kerrin und fragte sich, ob die leidige Geschichte mit Thur Jepsen eigentlich nie ein Ende fände. Allerdings kam es ihr mehr als unwahrscheinlich vor, dass ihr Bruder mit dieser Frau, mit der er doch eigentlich bereits gebrochen hatte, durchgebrannt sein sollte.

Schließlich verdrängte sie jeden Gedanken an diesen Vorfall, hatte sie doch im Augenblick ganz andere Sorgen. Die Bilder von jener auch im Nachhinein endlos scheinenden Zeit in der Finsternis des Piratenschiffes quälten sie noch immer, vor allem nachts, wenn sie schweißgebadet aus dem Schlaf fuhr. Kerrin fragte sich inzwischen, ob es klug war, als Frau zur See zu fahren.

Pastor Lorenz Brarens und sein Vetter Asmussen riefen gemeinsam eine Art Stiftung ins Leben, die wenigstens die ärgste Not der Insulaner zu lindern half. Sie selbst gingen mit gutem Beispiel voran und opferten jeder eine beträchtliche Summe, um andere vermögende Föhringer gleichfalls zum Spenden zu animieren. So sollte zumindest verhindert werden, dass Menschen während des Winters verhungerten.

Lebhaftes Stimmengewirr drang am Nachmittag des 25. Oktober 1696 aus dem »Friesendom« Sankt Johannis, wohin Monsieur Lorenz alle Gemeindemitglieder geladen hatte, um über die schrecklichen Ereignisse, die Commandeur Asmussens Leuten auf der *Fortuna* widerfahren waren, zu diskutieren und über weitere Hilfsprojekte für die Betroffenen zu beraten.

Neben Geldzuwendungen waren es vor allem Sachspenden wie Brennholz, warme Winterkleidung und haltbare Nahrungsmittel, die gefragt waren. Manch einer der Kirchgänger bekreuzigte sich und sprach bei sich inbrünstig die Hoffnung aus, so etwas niemals erdulden zu müssen: In die Hand von Ungläubigen zu fallen, galt als das schlimmste Schicksal überhaupt. Wobei die meisten keine Ahnung hatten, dass sogenannte »christliche« Seeräuber um kein Jota humaner verfuhren: Auch sie pflegten ihre Opfer als Sklaven auf den Märkten der Muslime an die meistbietenden Händler zu verhökern. Oder sie erpressten von den Angehörigen der Betroffenen Unsummen für deren Freilassung.

Das Vorgefallene führte allen Insulanern einmal mehr vor Augen, dass die Weltmeere ein rechtsfreier und gefährlicher Raum waren – der allerdings ihren Lebensunterhalt garantierte.

Die Stimmung in Sankt Johannis war am Schluss so aufgeheizt, dass viele die Regierung als untätig, ja unfähig beschimpften, weil sie den frechen muslimischen »Babaresken« keinen Widerstand entgegensetzte.

Kerrins Vater sah sich schließlich bemüßigt, die erregten Gemüter wieder ein wenig zu besänftigen.

»Liebe Brüder und Schwestern! Wir wollen die Angelegenheit – so schlimm sie für uns auch gewesen sein mag – nüchtern und besonnen betrachten. Das Risiko, durch ein türkisches oder algerisches Schiff gekapert zu werden, war und ist in der Nordsee immer sehr gering! Die Angst davor – genährt durch Berichte aus dem Mittelmeer und dem Atlantik – ist weitaus größer als die tatsächliche Bedrohung. In al-

348

ler Regel besteht diese Gefahr erst westlich des Ärmelkanals. Werden die nordafrikanischen Schiffe wie in unserem Falle allerdings von nordeuropäischen oder gar einem deutschen Renegaten kommandiert, können die Seeräuber bis in die Nordsee gelangen. Zum Glück sind das jedoch Einzelfälle. Nächstes Jahr werde ich erneut zum Walfang ausfahren und ich hoffe, dass meine Männer so viel Gottvertrauen besitzen, wieder mit mir zu kommen. Der Walfang ist schließlich unser Leben. Jetzt aber wollen wir uns in brüderlicher Liebe um unsere betroffenen Kameraden, die um ihren Lohn gebracht wurden, kümmern und Sorge dafür tragen, dass sie und ihre Familien diesen Winter heil überstehen!«

Es erfolgte eine Kollekte, die ein durchaus erfreuliches Ergebnis zeitigte. Zum Abschluss stimmte der Pastor das Lieblingslied der Nieblumer an: »Großer Gott, wir loben dich!«, zum Dank an den Herrn, dass die Gefangennahme doch noch ein gutes Ende gefunden hatte.

Der Commandeur schlang auf dem kurzen Nachhauseweg unwillkürlich seinen Arm um Kerrins Schultern. Eines glaubte er ganz genau zu wissen: Nie mehr würde er eine Frau dieser Gefahr aussetzen.

Kerrin indes schöpfte langsam wieder Mut: Hatte ihr Vater nicht soeben allen Gläubigen verkündet, dass der ganze Horror eigentlich einem unglücklichen *Zufall* geschuldet war? Außerdem war es doch mehr als unwahrscheinlich, dass dergleichen *zweimal* denselben Personen widerführe. Beflügelt von dem guten Ausgang des Überfalls und einer ordentlichen Portion jugendlicher Neugier und Abenteuerlust sowie einem noch immer kaum erschütterten Gottvertrauen war ihre Lust auf die Seefahrt und den Walfang noch keineswegs erloschen.

Nächstes Frühjahr wollte sie ihren Vater und seine Mannschaft unbedingt erneut als »Meisterin« begleiten, nahm sie sich bereits fest vor.

Asmussen, der nichts von den Absichten seiner ebenso mutigen wie risikofreudigen Tochter ahnte, überlegte in der nächsten Zeit, ob es vielleicht angebracht wäre, allmählich nach einem passenden Bräutigam für Kerrin Ausschau zu halten: Zweifelsohne war sein kleines Mädchen eine erwachsene Frau geworden. Er kannte genügend abschreckende Beispiele, wo Väter ihre flügge gewordenen Töchter allzu lange unter ihrer eigenen Obhut bewahren wollten – und damit kläglichen Schiffbruch erlitten hatten …

In Göntje fand er für sein – allerdings noch recht vages – Vorhaben, das er einige Tage nach seiner Rückkehr andeutete, rege Unterstützung, während der Pastor mit seinen Zweifeln nicht hinter dem Berg hielt:

»Warum eine intelligente, blutjunge Frau, die noch längst nicht alles gelernt hat, wozu sie befähigt ist, in eine vorzeitige Verbindung drängen, die sie früh zur Mutter machen würde und damit abrupt jede Erweiterung ihres geistigen Horizonts beschneiden könnte?«

»Wieso? Was meinst du damit, Lorenz?«, stellte Göntje sich ahnungslos, aber Roluf ging sofort darauf ein.

»Ich verstehe durchaus, was mein Vetter damit sagen will! Welcher Ehemann wird es dulden, dass seine Frau ihre Nase lieber in Büchern vergräbt und studiert, als ihn von vorne bis hinten zu bedienen? Welcher Mann besitzt die innere Größe, eine Ehegefährtin zu haben, die ihn an Erkenntnis und Wissen übertrifft? Bereits jetzt dürfte es nicht leicht sein, auf Föhr einen Mann für Kerrin zu finden, der ihr das Wasser reichen kann. Sie selbst wird in intellektueller Hinsicht auch eine höhere Messlatte an ihren Zukünftigen anlegen, als es noch vor zwei Jahren der Fall gewesen wäre – aber da war sie ja wohl noch zu jung, um unter die Haube zu kommen.«

»Und wem ist es zu verdanken, dass deine Tochter jetzt solche überzogenen Ansprüche stellt?«, fragte die Pastorin spitz. »Wer hat das Mädchen denn dazu ermuntert, sich wie ein Knabe zu bilden und – für eine Frau – unnützes Wissen anzuhäufen?«

Der Pastor und der Commandeur ließen die Debatte darüber lieber ruhen, um nicht in unnötigen Streit mit der normalerweise gutmütigen Göntje zu geraten.

»Vielleicht ist es am besten, es unserem Herrn zu überlassen, was er in seiner Allweisheit und Güte für meine Tochter beschließt«, beendete Roluf Asmussen diplomatisch das Gespräch. Dem hatte auch die Pastorin nichts entgegenzusetzen.

NEUNUNDDREISSIG
Im Osten erwacht ein Eroberer

ALLEN UNKENRUFEN ZUM TROTZ gelang es Zar Peter, innerhalb weniger Monate eine Kriegsflotte zusammenzustellen. Sogar an den Dogen von Venedig wandte er sich mit der Bitte, ihn mit Experten im Bau von Galeeren zu unterstützen. Ein aus Holland angefordertes Muster, das man in seine Einzelteile zerlegte und nach Moskau überführte, diente als Modell. Nach der Fertigstellung der Ein- und Zweimaster verlud man sie, wiederum in einzelnen Teilen, auf Schlitten, mit denen sie an ihren Zielort Woronesch transportiert und dort wieder zusammengesetzt wurden.

Neben dieser Herausforderung gab es zahlreiche andere Stolpersteine – nicht zuletzt das Problem der immer wieder vor den harten Bedingungen fliehenden russischen Arbeiter. Dazu gesellten sich die Wetterkapriolen, die abwechselnd beinharten Frost und dann wieder Tauperioden bescherten, die den Boden in zähen Schlamm verwandelten.

Wie alsbald in die westlichen Länder durchsickerte, arbeitete der Zar sogar selbst am Bau einer Galeere mit. Die Mühen und der gigantische Aufwand sollten indes nicht vergebens sein, Peter gelang tatsächlich, was niemand für möglich gehalten hatte:

Während Kerrin und die Föhringer Seeleute noch in der Gefangenschaft der Piraten schmachteten und um ihr Leben und ihre Freiheit fürchteten, gelang es dem Zaren, die Türken aus der von ihnen seit Jahrhunderten besetzten Stadt Asow zu vertreiben. Als wichtigstes Zeichen russischer Inbesitznahme ließ Peter die Moscheen in christliche Kirchen umwandeln.

Die Kunde seines Triumphes verbreitete sich in ganz Europa in Windeseile. An den westlichen Höfen rief sie bei Fürsten und Politikern bewunderndes Staunen hervor. Wer allerdings gedacht hatte, der Zar werde sich nun auf seinen Lorbeeren ausruhen, der irrte: Er hatte bereits neue Pläne. Durch die Eroberung von Asow hatte er zwar Zugang zum Asowschen Meer; aber um ins Schwarze Meer vorzudringen, bedurfte er einer »richtigen« seetüchtigen Flotte mit zahlreichen kampftauglichen Seeschiffen – und nicht nur einiger Galeeren. Um eine solche Flotte aus dem Boden zu stampfen, plante Zar Peter dieses Mal immerhin achtzehn Monate ein …

Bei der Konsequenz und Beharrlichkeit, die er bei all seinen Aktionen an den Tag legte, runzelten insgeheim nicht wenige westliche Staatsoberhäupter die Stirn. Niemand zweifelte mehr daran, dass ihm auch gelänge, was er sich vornahm.

352

König Karl XI. von Schweden diskutierte über Zar Peters Anstrengungen im Kreise seiner Minister und Vertrauten, zu denen auch Kronprinz Karl und dessen deutscher Freund Friedrich von Schleswig-Holstein-Gottorf gehörten.

Die Meinung der Herren war – wie überall im westlichen Europa – sehr gespalten. Die meisten verliehen ihrer Befürchtung Ausdruck, der Russe könne allzu übermütig werden, seine Fühler zu intensiv nach Westen ausstrecken und womöglich versuchen, sich in der Ostsee auszubreiten – um anschließend als lästiger Konkurrent obendrein die Nordsee unsicher zu machen. Wie man allerdings dieser Gefahr vorbeugen könnte, darüber war man sich keineswegs im Klaren.

Der schwedische Monarch und seine Gemahlin Ulrika Eleonora hatten sich von der vagen Idee, Peter eventuell als Schwiegersohn zu gewinnen, längst verabschiedet. Es war inzwischen deutlich geworden, dass der Zar nicht daran dachte, sich von seiner frömmlerischen Jewdokija zu trennen, um eine neue Ehe einzugehen. Weshalb sollte er auch? Seine Gattin hatte ihm einen Zarewitsch geboren, lebte zurückgezogen in ihrem *Terem* und ließ ihn in Ruhe. Und er selbst verfügte jederzeit über willige Gespielinnen.

Prinzessin Hedwig Sophie, die von klein auf große Sympathien für den liebsten Freund ihres Bruders erkennen ließ, hatte schließlich ihren Kopf durchgesetzt und war inzwischen mit Friedrich von Holstein-Gottorf verlobt. Angeblich konnte sie es gar nicht mehr erwarten, ihren um zehn Jahre älteren Bräutigam zu ehelichen.

»Jetzt hat Zar Peter bekanntgegeben, er wolle ungefähr fünfzig seiner Landsleute, Angehörige der vornehmsten russischen Familien, nach Westeuropa schicken, Majestät!«, verkündete der schwedische Finanzminister Södersen gerade unter dem erregten Gemurmel der übrigen Herren.

»Russland braucht nämlich dringend Marineoffiziere«, erläuterte der Finanzminister. »Die Abgesandten sollen sich mit dem Seewesen, der Navigation und überhaupt mit dem Schiffsbau vertraut machen.«

Der schwedische Monarch beruhigte die aufgeregte Runde. »Ich glaube kaum, meine Herren, dass Peter damit durchkommt«, behauptete er. »Diesen Plan in die Tat umzusetzen, würde den Zaren viel zu viel Geld kosten. Das Ganze wird im Sande verlaufen.«

»Verzeihung, Majestät, wenn ich dieser Einschätzung widerspreche«, ließ sich der grauhaarige Minister Södersen vernehmen. »Die Russen müssen auf eigene Kosten reisen und alles selbst bezahlen; und keiner hat die Möglichkeit, sich dem Willen des Zaren zu widersetzen – falls er nicht schwerste Konsequenzen riskieren will. Der Zar mag ja bereit sein, das Barbarentum in seinem Land zu bekämpfen – leider hat er es aber unterlassen, bei sich selbst als Erstem zu beginnen!«

Unter zustimmendem Geraune und Gemurmel steckten die Minister die Köpfe zusammen. Nachdem Karl XI. sich zurückgezogen hatte, blieben die Herren noch ein wenig sitzen und mit dem zunehmend dichter werdenden Tabaksqualm stieg noch so manches politische Gespinst in die Lüfte. Alle waren sich schließlich darin einig, dass man bewegten Zeiten entgegensah.

Das übrige Europa war zunächst schockiert, als Peters allerneueste Entscheidung durchsickerte, im Jahr 1697 mit einer »Großen Gesandtschaft« in den Westen auf Reisen zu gehen.

»Inkognito will der Zar persönlich sich in Europa aufhalten – und das bei sieben Fuß Körpergröße!«

Die meisten schüttelten den Kopf – vor allem als bekannt wurde, dass Peter sich dafür eineinhalb Jahre Zeit nehmen wollte. Wer würde in der Zwischenzeit sein Land regieren? Mehr aber noch trieb die westlichen Herrscher die Frage um, wozu der Zar diese Mühe auf sich nehmen wollte. Nie zuvor war ein russischer Monarch *in friedlicher Absicht* ins Ausland gereist! Sollte es dieses Mal wirklich anders sein?

Die wenigsten erahnten die durchaus vernünftigen Beweggründe seiner Reise in den Westen: Er wollte nicht nur Kenntnisse über Zentraleuropa sammeln, sondern das Bündnis gegen die Türken erneuern und möglichst noch enger gestalten. Die Große Gesandtschaft sollte demnach nach Warschau, Wien und Venedig reisen, nach Amsterdam und London. Frankreich, als Freund der Türken und Feind Österreichs, Hollands und Englands, würde der Zar allerdings nicht mit seinem Besuch beehren.

Sämtliche Seefahrernationen verhielten sich erst einmal abwartend. Aber jedermann beobachtete gespannt die Unternehmungen des energischen jungen Herrschers im Kreml – auch die Bewohner der kleinen Insel Föhr.

VIERZIG
Für Kerrin findet sich ein Bräutigam

DER PASTORIN LAG unendlich viel daran, Kerrin »gut versorgt« zu wissen – was für sie bedeutete, sie mit einem gut protestantischen Mann aus anständigem Hause zu verloben, der imstande war, ihr ein angenehmes Leben zu bieten und der überdies willens war, ihre »Eigenheiten« zu akzeptieren. Nach Göntjes Meinung waren dies nicht gerade wenige, nicht zuletzt ihre wahre Lesewut, die sich vorwiegend auf Bücher mit wissenschaftlichem Inhalt bezog, sei es Geografie, Menschen-,

355

Tier- und Pflanzenkunde, Astronomie und Medizin. Auch von Kerrins Fähigkeiten, Kranke nicht nur durch altbekannte Heilkräuter, sondern durch Handauflegen zu heilen, sowie innere Leiden durch einen Blick in die Augen zu erkennen, von ihren merkwürdigen nächtlichen Wanderungen, bei denen sie angeblich einigen Föhringern als »Weiße Frau« erschien, und von anderen Besonderheiten, die der Pastorin alle höchst seltsam vorkamen, wollte sie lieber schweigen.

Dass das junge Mädchen keineswegs alles widerspruchslos hinnahm, was der Pastor als Glaubensinhalte verkündete, hielt Göntje ebenfalls für keine förderliche Eigenschaft auf dem Heiratsmarkt. Dafür schwärmte sie umso mehr von Kerrins Bescheidenheit, ihrer liebenswürdigen Art, ihrer Hilfsbereitschaft und den zahlreichen hausfraulichen Fähigkeiten, die das Mädchen ohne jeden Zweifel besaß. Was ihr Aussehen betraf, befielen die Pastorin beinahe Skrupel, darüber zu sprechen: Allzu leicht geriet sie dabei nämlich ins Schwärmen.

In der Tat: Aus dem vorwitzigen kleinen Mädchen mit einigermaßen apartem Gesicht, zerzaustem, rotblondem Haarschopf, stets schmutzigen nackten Füßen und schwarzen Trauerrändern unter den Fingernägeln – alles in allem ein Geschöpf, das man mit gutem Willen als durchschnittlich hübsch hätte bezeichnen können – war mit den Jahren eine geradezu umwerfend schöne junge Frau geworden. Wer Kerrin ständig vor Augen hatte, war allmählich an diese Veränderung herangeführt worden. Aber wer ihr zum ersten Mal begegnete, fühlte sich unwillkürlich angezogen von ihrer hellen, reinen Haut und den riesigen Augen, die zwischen Meerblau und einem tiefen Grün changierten und jedem Gegenüber gleichsam bis auf den Grund seiner Seele zu blicken vermochten. Ihre Schönheit war so geartet, dass sie auf manche Männer gar einschüchternd wirkte.

Selbst wenn sie lachte – was oft geschah – und dabei ihre vollen roten Lippen öffnete, um gesunde, ebenmäßig weiße Zähne sehen zu lassen, getrauten viele sich nicht, das Wort an sie zu richten.

»Ihrem Äußeren ist alles Bäurisch-Derbe vollkommen fremd. Obwohl sie stark ist und zu arbeiten vermag wie ein junger Knecht, fehlt ihr das sehnig-hagere Aussehen unserer an harte Arbeit gewöhnten Inselfriesinnen. Kerrin könnte aufgrund ihrer Schönheit und ihres Auftretens durchaus aus einer Adelsfamilie stammen.«

Zu dieser schmeichelhaften Beschreibung hatte sich erst kürzlich die Pastorin ihrem Mann gegenüber verstiegen. Kaum ausgesprochen, kam ihr das jedoch übertrieben vor und sie beeilte sich, ein »Aber« hinterherzuschieben: »Wären da nur nicht ihr Eigensinn, ihr Ungehorsam und die Sturheit, die ein Auskommen mit ihr nicht gerade leicht machen.«

»Ja, ich finde auch, Frau«, verstand Monsieur Lorenz sie absichtlich falsch, »unsere Großnichte Kerrin vermag selbstständig zu denken und zu entscheiden und, wenn es darauf ankommt, auch zu handeln. Nicht leicht für all jene Männer, die selbst wenig Substanz zu bieten haben!«

Worauf Göntje das Thema »Kerrin« dem Pastor gegenüber lieber beendete. Er würde seine geliebte Ziehtochter ohnehin immer verteidigen.

Eine weitere Gabe Kerrins jedoch verdiente die uneingeschränkte Achtung der Pastorin: Im Laufe der Jahre, die Göntje nun quasi die Ersatzmutter für Kerrin war, hatte sie deren Geschicklichkeit im Umgang mit Kindern – und geistig behinderten zumal – sehr zu schätzen gelernt.

»Kerrin ist gutwillig, fleißig und sparsam und trotz ihrer Schönheit keineswegs eitel oder hoffärtig«, lobte sie ihre junge Verwandte regelmäßig bei allen Inselmatronen, die über Söhne verfügten, die ihr als Ehemänner für Kerrin tauglich erschienen. Sogar bis aufs Festland warf sie die Netze aus. Mit der inzwischen alt gewordenen, aber immer noch sehr resoluten und geschätzten Wehmutter Moicken Harmsen schloss die Pastorin sogar einen förmlichen Pakt: Falls es »Mutter Harmsen« gelinge, eine Verlobung zwischen Kerrin und einem geeigneten Freier zu arrangieren, »solle es ihr Schaden nicht sein …«

Dieser Schachzug war nicht ungeschickt, besaß doch gerade eine Hebamme den richtigen Über- und Einblick in familiäre Verhältnisse – auch was Gesundheit und ganz private Lebensumstände der Insulaner anlangte.

Ihren Ehemann, den Pastor, sowie Commandeur Asmussen ließ Göntje erst einmal bewusst außen vor: Die Männer verstanden ihrer Meinung nach nichts von so delikaten Angelegenheiten. Die Pastorin befürchtete sogar Widerstand gegen ihre redlichen Bemühungen. Dass sie auch Kerrin im Unklaren ließ, verstand sich von selbst. Wie sie das Mädchen einschätzte, war dem überhaupt nicht nach Heiraten zumute. Bei Kerrins intellektuellen – und höchst unweiblichen – Interessen und ihrer ungebrochenen Lust an der Seefahrt – trotz des schrecklichen Erlebnisses der Gefangennahme durch Piraten – sah es ihr ganz danach aus, als steuere die junge Frau geradewegs darauf zu, eine alte Jungfer zu werden. Etwas, das Göntje nun überhaupt nicht für gut befand.

Ihrer Meinung nach hatte ein Mädchen früh zu heiraten, ihrem Mann eine gute, sprich folgsame, Gefährtin zu sein und ihm eine zahlreiche Nachkommenschaft zu schenken, die sie im wahren christlichen Glauben aufzog. Göntje schien es allerdings, als ob es gerade in letzterer Hinsicht bei ihrem Mündel zur rechten Zeit ein wenig hapere.

»Das kommt alles von dem unnützen Bücherlesen«, dachte Göntje und seufzte im Stillen. »Das ganze gelehrte Geschwätz verwirrt nur die Gehirne – vor allem weibliche.« Was das betraf, konnte sie ihren Mann nicht verstehen. Weshalb förderte der Pastor Kerrins Lesesucht auch noch?

Beinahe jede Woche trafen dicke Briefe im Pfarrhaus ein, verfasst von bedeutenden Gelehrten und Philosophen aus Deutschland, Wien, Holland, Dänemark oder Frankreich und neuerdings sogar aus England. Mit allen Absendern korrespondierte der Geistliche lebhaft. Kam so ein Schreiben in Nieblum an, schloss ihr Mann sich stundenlang in seinem Studierzimmer ein und war für niemanden zu sprechen. Das Schlimmste jedoch, dünkte Göntje, war, dass der Pastor oftmals nicht davor zurückschreckte, Kerrin an der zweifelhaften Lektüre teilhaben zu lassen – was absonderliche Konsequenzen hatte: Neuerdings verbrachte sie beispielsweise Stunden damit, den riesigen, in einem Holzgestell verankerten Globus zu studieren, den ihr Vormund sich Ende vergangenen Jahres aus Amsterdam hatte schicken lassen. Beinahe täglich überraschte Göntje das Mädchen dabei, wie es im Pesel mit verklärtem Gesicht vor der bunten, drehbaren Erdkugel kniete und mit dem Finger ehrfürchtig die Grenzen der einzelnen Kontinente, der zahlreichen Inseln und vor allem der verschiedenen Meere sowie die Flussläufe der längsten Ströme der Erde nachzeichnete.

Höchste Zeit, dass Kerrin, die im Frühjahr 1697 schon sechzehn wurde, einen Ehemann bekam! Die Betreffende selbst ahnte freilich nichts von Göntjes Umtriebigkeit – was der Pastorin gerade recht war.

»Ich traue es Kerrin durchaus zu, dass sie unsere Bemühungen, sie unter die Haube zu bringen, zunichtemachen könnte, indem sie beispielsweise die interessierten Herren absichtlich durch hochgestochenes Gerede abschreckt«, vertraute die Pastorin Mutter Harmsen an.

Die erfahrene Wehmutter nickte bedächtig. Ja, leider war

es eine Tatsache, dass allzu kluge Frauen auf die Männerwelt abschreckend wirkten. Sie wusste leider nur allzu gut, wovon die Rede war. Moicken selbst war eine kluge und belesene Frau – und was hatte es ihr genützt? Fast dreißig Jahre war sie alt gewesen, ehe einer der Herren der Schöpfung sie um ihre Hand gebeten hatte. Bald jedoch hatte er sie und ihr »übergescheites« Wesen sattgehabt und war eines Tages spurlos von der Insel verschwunden, um nie mehr wiederzukehren. Erst Jahre später hatte sie von Trinidad aus ein Schreiben erreicht, das ihr seinen Tod verkündete. Sollte Kerrin etwa das gleiche Schicksal erleiden?

Sechs Wochen nach Thur Jepsens seltsamem Verschwinden tauchte am Strand bei Goting eine Frauenleiche auf; die Flut hatte sie wohl angespült. Als sich bei Ebbe das Wasser wieder zurückzog, verfing sich der Leichnam an einigen Felsbrocken im Watt und blieb schließlich auf dem Sand zurück. Strömung, Salzwasser und gefräßiges Seegetier hatten das Ihrige dazu beigetragen, dass mit Mühe und Not zwar noch das Geschlecht des toten Körpers zu erkennen war – zu einer näheren Identifikation taugten die traurigen Überreste allerdings nicht mehr. Dennoch war es für die meisten Föhringer eine ausgemachte Sache, dass es sich bei der Leiche um Volckert Jepsens Ehefrau handelte. Der unglückliche Witwer selbst rang sich schließlich dazu durch, an das zu glauben, woran er zuvor nicht zu denken gewagt hatte. Aber wie nur war sein armes Weib zu Tode gekommen? Hatte sich ein tragischer Unfall ereignet, als Thur im Watt Fische fangen oder Muscheln sammeln wollte? War sie weiter draußen mit einem Boot gekentert? Warum jedoch sollte sie allein losgezogen sein? Normalerweise fischten immer mehrere Frauen gemeinsam. Jede Tätigkeit im Wattenmeer war, auch bei schönem Wetter, nicht ganz ungefährlich.

Oder war sie gar einem Mord zum Opfer gefallen? Hatte sie womöglich einen heimlichen Liebhaber und war diesem lästig geworden? Die alten Gerüchte, die wissen wollten, dass sie irgendwie mit Harre Rolufsen in Verbindung stand, flammten erneut auf. Und wie war das doch damals mit dem alten Ole gewesen?

Die Vernünftigen auf der Insel geboten den gefährlichen Gerüchten Einhalt, indem sie die Annahme, ein hübscher junger Kerl aus gutem und vermögendem Hause würde eine ältliche, unattraktive, mehrfache Mutter und einfache Matrosenfrau zur Geliebten wählen und mit ihr fliehen, der Lächerlichkeit preisgaben.

Der Leichnam der schrecklich zugerichteten Toten wurde geborgen und am 17. November 1696 auf dem Friedhof von Sankt Johannis als der einer Unbekannten beigesetzt. Kerrins Oheim hielt eine ergreifende Rede an dem Armengrab und bei seinem Eintrag im Kirchenbuch verschwieg Monsieur Lorenz keineswegs die Annahme der meisten, dass es sich bei der Toten um Thur Jepsen gehandelt habe.

Nachdem die letzte Schaufel Erde das Grab bedeckt hatte, atmete Kerrin unwillkürlich auf, blieb doch zu hoffen, dass damit das Kapitel Thur Jepsen ein für alle Mal beendet war. Die Nacht vor der Beerdigung hatte Kerrin allerdings sehr schlecht geschlafen, hatte sie doch geträumt, sie sei zum Strand gegangen und habe in der Dunkelheit eine Frauengestalt gesehen, die weiter und immer weiter in die ansteigende Flut hineinlief. Als Kerrin ihr erschrocken zurief umzukehren, wandte die Frau sich halb um und Kerrin erkannte, dass es sich um Thur handelte, deren zu Lebzeiten stets so harte Gesichtszüge nun jedoch merkwürdig weich und fast wehmütig wirkten. Ein kleines Lächeln umspielte ihren Mund und ehe sie im Meer verschwand, hob sie die Hand wie zum Gruß.

Im Morgengrauen erwachte Kerrin und tastete sofort panisch zum Saum ihres Nachthemdes, in der Erwartung, er sei feucht und sandig wie früher. Als dies jedoch nicht der Fall war, entfuhr ihr ein Seufzer der Erleichterung. Dennoch glaubte sie nun zu wissen, wie Thur umgekommen war – und die Wut auf Harre entzündete sich kurzzeitig wieder in ihr, trug er doch indirekt Schuld an ihrem Tod, indem er sich einfach aus dem Staub gemacht hatte und die ältere Frau, die ihn anscheinend auf ihre Art wirklich geliebt hatte, einfach ihrer Verzweiflung überließ.

Genau am 1. Dezember 1696 erreichte Commandeur Asmussen das Schreiben eines achtundzwanzigjährigen Mannes vom Festland, genauer aus der herzoglichen Hauptstadt Gottorf, seines Zeichens frischgebackener Kapitän eines holländischen Überseeseglers, der sich als Anwärter auf die Hand der Commandeurstochter empfahl.

Geboren war der junge Seemann mit Namen Jens Ockens allerdings auf Amrum, lebte aber derzeit noch in Gottorf, um den finanziellen Nachlass eines verstorbenen Oheims zu regeln. Er habe durch Verwandte auf Föhr erfahren, dass man für Kerrin Rolufsen einen Gemahl suche und wolle sich auf diesem Wege dem sehr verehrten und berühmten Commandeur Asmussen als Eidam und dessen gleichfalls hochverehrtem Fräulein Tochter als passender Ehemann empfehlen, schrieb er in artig formulierten Sätzen.

Die Pastorin und Mutter Harmsen waren entzückt, Monsieur Lorenz und Roluf Asmussen fielen dagegen aus allen Wolken. »Wer redet denn davon, dass Kerrin schon unter die Haube kommen soll?«, fragte der Pastor ratlos, nachdem er den tadellos verfassten Brief in gestochen scharfer Handschrift gelesen hatte. Der Commandeur war ähnlich irritiert, vermutete allerdings sofort, Göntje habe dabei die Fäden gezogen.

»Ich kenne Jens Ockens ein wenig vom Hörensagen, viel besser allerdings seinen Vater und Großvater, die beide einst als angesehene und erfolgreiche Handelskapitäne unter dänischer Flagge zur See gefahren sind. Wie es aussieht, tritt der Sohn in ihre Fußstapfen – nicht schlecht! Mit achtundzwanzig Jahren Kapitän eines Seglers, der nach Ostindien fährt, alle Achtung! Aber das allein prädestiniert ihn noch lange nicht als Mann für meine Kerrin.«

Auch der Oheim empfand Göntjes Alleingang in Sachen Eheanbahnung als unpassend und hielt mit seiner Ablehnung jeglicher Heiratspläne »zum derzeitigen Zeitpunkt« nicht hinter dem Berg.

»Viel zu früh für das Mädchen!«, erklärte er entschieden. »Sie muss noch so viel lernen – und sie will es auch!«

»Was *sie* will, zählt leider in dieser Sache nicht viel«, verteidigte Göntje vehement ihren Standpunkt: »Jung gefreit hat noch nie gereut!«

Nach ihrer Ansicht verstanden unreife Geschöpfe ohne jede Lebenserfahrung nichts von der Wichtigkeit einer Heirat. »Das müssen erfahrene Frauen für die jungen Dinger einfädeln – und zwar beizeiten! Wer zu lange wartet, findet sich nicht selten als Großvater eines unehelichen Kindes wieder«, murmelte sie, an den Commandeur gewandt, unheilverkündend.

Das brachte Roluf allerdings nur zum Lachen: »Meine Kerrin interessiert sich überhaupt nicht für Männer, jedenfalls jetzt noch nicht! Wisst ihr, worum sie mich erst gestern gebeten hat?«

»Wahrscheinlich um neue Bücher! Oder vielleicht um einen eigenen Globus?«, vermutete Göntje mit säuerlicher Miene.

»Meine Tochter wünscht sich nichts sehnlicher, als im nächsten Frühjahr erneut mit mir auf Walfang zu gehen!«

»Wie bitte?«

Nicht nur Göntje war fassungslos, auch der Pastor schüttelte verständnislos den Kopf. »Hat sie denn keine Angst vor einem erneuten Seeräuberüberfall? Ich dachte wirklich, von dieser Art der Abenteuerlust wäre Kerrin ein für alle Male geheilt!«

»Mitnichten, Vetter, mitnichten! Regelrecht angefleht hat mich das Mädchen. Schlau hat sie sich meine damalige Argumentation zu eigen gemacht, dass kaum jemals ›der Blitz zweimal in denselben Baum einschlägt‹.«

»Wenn du ehrlich bist, Roluf, kannst du ihr da auch kaum widersprechen – selbst wenn es dir schwerfallen sollte! Auch ich finde es sehr unwahrscheinlich, dass dein Schiff ein weiteres Mal von Seeräubern überfallen werden könnte. Und vor allen anderen Schwierigkeiten, die mit einem monatelangen Leben auf See, allein unter rauen Männern, verbunden sind, empfindet sie offenbar ja keine Scheu.«

Der Pastor achtete nicht auf die abwehrende Miene seiner Frau, sondern fuhr ruhig fort: »Ich kann dir nur den einen Rat geben, Vetter: Nimm sie wieder mit, wenn sie denn partout nicht davon abzubringen ist. Ein guter Chirurg an Bord ist Gold wert – auch wenn der in deinem Fall ein junges Mädchen ist. Ich habe niemals von einem der Seeleute der *Fortuna* ein Wort der Kritik über Kerrin gehört. Im Gegenteil! Alle Männer waren voll des Lobes über ihre Heilkünste.«

Dagegen vermochte selbst Göntje keinen Einwand vorzubringen. An Kerrins Kompetenz zweifelte sie keineswegs. Aber ein unverheiratetes junges Ding allein unter Männern: Das gehörte sich einfach nicht.

»Was soll nun mit diesem Kapitän Jens Ockens geschehen?

Er bittet schließlich darum, nach Föhr kommen zu dürfen, um sich persönlich dem kritischen Vaterauge und seiner eventuellen Braut präsentieren zu können«, insistierte Göntje.

Der Commandeur zögerte. Sollte er dem Herrn absagen? Oder war es besser, ihn sich einmal genauer anzusehen? Asmussen gestand sich ein, dass der Brief des Kapitäns ihn durchaus beeindruckt hatte. Es schien sich um einen vernünftigen, gebildeten jungen Mann zu handeln, der bereits eine anständige berufliche Position erreicht hatte und überdies aus tadellosem Hause stammte.

»Wenn ich dir noch einen weiteren guten Rat geben darf, Roluf«, ließ sich nach einer Weile des Nachdenkens der Pastor vernehmen, »dann schlage ich vor, dass du dir diesen Ockens einmal gründlich vornimmst. Wer weiß, womöglich erobert er Kerrins Herz im Sturm und sie will gar nicht mehr auf See?«

Roluf versprach, sich den Vorschlag des Geistlichen, der so sehr von seinen eigenen Überlegungen nicht abwich, durch den Kopf gehen zu lassen. Das Ganze war immerhin unverbindlich und schaden könnte es auf keinen Fall. Allerdings wollte er zuerst mit Kerrin sprechen. Falls seine Tochter sich vehement dagegen aussprach, würde er diesem Kapitän eine Absage erteilen.

»Ich werde mein Kind zu nichts zwingen und sie soll sich auf keinen Fall übergangen fühlen.« Das klarzustellen, erschien ihm sehr wichtig. Dass seine Worte speziell an die Pastorin gerichtet waren – was Göntje auch sofort verstand –, war allen drei Erwachsenen bewusst. Jetzt, wo es sozusagen »ernst« wurde, fühlte sich Göntje gar nicht mehr so recht wohl in ihrer Haut. Irgendwie ahnte sie, dass sie doch ein wenig übers Ziel hinausgeschossen war mit ihrer reichlich eigenmächtigen Heiratsinitiative.

Kerrin selbst trieb im Augenblick vor allem die eine Frage um: Würde ihr Vater sie wieder mitnehmen auf Walfang? Bisher hatte er sich noch nicht dazu geäußert. Das Warten darauf, wie sein Bescheid ausfiele, machte sie ganz kribbelig. Sie wünschte sich doch so sehr, wiederum als Heilerin mitfahren zu dürfen! Dieses Mal erhoffte sie sehnlichst, etwas von der eigentlichen Aufgabe der Männer miterleben zu können: dem Fangen und Erlegen von Walen nämlich.

Die Insel Föhr lebte quasi vom Walfang – genau wie es die Inseln Sylt und Amrum taten und die Halligen. Ohne den begehrten Waltran wäre es bald vorbei mit dem bescheidenen Wohlstand, über den die meisten Familien der Grönlandfahrer mittlerweile verfügten. Die Commandeurssippen waren damit sogar richtig wohlhabend geworden.

»Ich will daran beteiligt sein – auf meine Art, lieber Gott!«, betete sie halblaut, obwohl dies sonst so gar nicht zu ihren Gewohnheiten gehörte. »Indem ich die Männer medizinisch betreue, tue ich ein gutes und Dir wohlgefälliges Werk und sorge mit meinen bescheidenen Kräften dafür, dass die Väter, Ehemänner und Söhne wieder heil zu ihren Kindern, Frauen und Eltern nach Hause gelangen. Herrgott, mach bitte, dass mein Vater ein Einsehen hat! Amen.«

EINUNDVIERZIG
Eine Braut will zur See fahren

DIE INSPEKTION KAPITÄN Jens Ockens' durch den Commandeur, den Pastor und seine Frau fiel äußerst günstig aus. Im Januar 1697, kurz nach Neujahr, war der junge Mann auf Roluf Asmussens Hof aufgetaucht – und sah sich gleich drei kritischen Augenpaaren ausgesetzt. Dass Kerrin keine Mutter mehr hatte, wusste er schon von Moicken Harmsen, aber dass ihn stattdessen die Zieheltern streng begutachteten, schien ihm nichts auszumachen.

Selbstbewusst stellte sich der große, schlanke Seefahrer mit den angenehmen Gesichtszügen und dem offenen Blick seiner blaugrauen Augen vor. Ein kleiner hellbrauner Kinn- und Oberlippenbart zierte seine weder zu vollen noch zu schmalen Lippen, seine Umgangsformen schienen tadellos. Selbst die kritische Göntje fand nichts an ihm auszusetzen, im Gegenteil!

Ockens hatte Papiere mitgebracht, von seinem Pastor beglaubigt, die bezeugten, dass er eifriger Protestant und ledig war, keine Kinder hatte, körperlich und geistig gesund war und aus guter Familie stammte. Zudem legte er dem Commandeur Beweise für seine hervorragenden monetären Verhältnisse vor. Der verstorbene Verwandte in Gottorf hatte ihn – der keine Geschwister besaß – zum Alleinerben bestimmt. So konnte Kapitän Jens Ockens nicht nur über eine anständige Summe an Bargeld verfügen, sondern war auch der Eigentümer eines großen vornehmen Stadthauses in der Nähe des herzoglichen Schlosses in Gottorf geworden.

Die Pastorin schlug vor, den geschätzten Gast während seines Aufenthaltes auf Föhr im Pfarrhof unterzubringen. In ihrem Haus sollte auch das erste Zusammentreffen der beiden jungen Menschen stattfinden, die man zu verkuppeln gedachte. Unter den Augen des Pastorenehepaares sowie ihres Vaters, die alle drei nichts an dem Bräutigam in spe auszusetzen fanden, sollte Kerrin den Kapitän erstmals zu Gesicht bekommen. Die Erwachsenen waren gespannt, wie diese erste Begegnung verlaufen würde; sie wollten das junge Mädchen auf gar keinen Fall beeinflussen oder gar drängen.

Hinterher waren sie beinahe enttäuscht, weil alles so voll-

367

kommen unspektakulär, so ganz »normal« verlief. Der junge Kapitän war sofort Feuer und Flamme, kaum dass er die schöne junge Frau, welche ihm Göntje als Tischdame zuwies, in Augenschein nahm und einige Sätze mit ihr wechselte. Kerrin fand auch durchaus Gefallen an ihm. Womöglich lag die Unbefangenheit, mit der sie ihm begegnete, daran, dass sie keine Ahnung hatte, dass man ihn ihr als Ehemann offerieren wollte: Hatte ihr Vater sich vorsichtshalber doch darauf beschränkt, lediglich den Besuch des Sohnes und Enkels »guter Freunde« anzukündigen …

Die Unterhaltung mit dem Kapitän verlief überaus angenehm; er verstand es nicht nur, zahlreiche spannende Geschichten aus der Seefahrt zum Besten zu geben, denen Kerrin mit Hingabe lauschte, sondern auch farbige Schilderungen ferner Länder und Völker.

Zum Dank erbot Kerrin sich, dem Gast, der tatsächlich das erste Mal auf Föhr weilte, am nächsten Tag die Insel zu zeigen. Der Commandeur erlaubte ihm, Harold, seinen eigenen Hengst, zu reiten – eine ganz besondere Ehre. Ockens wusste das zu schätzen und nahm freudig an. Er erklärte, er reite für sein Leben gern – ein weiterer Punkt, der ihn Kerrin sympathisch machte.

Ehe sich der Commandeur und seine Tochter spätabends im Pastorat verabschiedeten, wurde zwischen Kerrin, dem Kapitän sowie dem ältesten Sohn des Pastors, Arfst Lorenzen, und Sabbe Torstensen, die gleichsam als »Anstandsdamen« mitkämen, ein Zeitpunkt verabredet, an dem alle vier sich zum Streifzug über die Insel treffen wollten.

Als der Kapitän nach gut zwei Wochen Föhr wieder verließ, um alles für seine nächste Schiffsreise nach Ceylon vorzubereiten, war er mit Kerrin verlobt. Beide waren allerdings übereingekommen, nichts zu überstürzen. Die Zeit, bis beide sich wiedersähen – in etwa zwei Jahren – wollten sie nutzen, »um sich und ihre Gefühle zu prüfen«.

Kerrins Bräutigam, der ihr vor seiner Abreise versicherte, nichts dagegen zu haben, wenn sie ihren Vater auf seiner Walfangtour begleitete, rechnete damit, ungefähr im Sommer des Jahres 1699 wieder zu Hause zu sein. Kerrin war das nur recht. Es eilte ihr nicht mit der Heirat. Obwohl sie damit einverstanden war, dem gut aussehenden Seemann ihr Jawort zu geben, war sie nach seiner Abreise irgendwie doch überrascht, wie schnell sie sich für ihn entschieden hatte.

»Vielleicht lag es daran, dass er gleich wieder fort musste und mir nicht lange Zeit zum Überlegen blieb«, dachte sie und bedauerte seine baldige Abfahrt. Sie hätte ihren Zukünftigen gerne besser kennengelernt; die Hochzeit lag in jedem Fall noch in weiter Ferne – und wer wusste schon, was in der Zwischenzeit alles geschehen würde?

Ein paar Mal hatten sie sich geküsst, eine Erfahrung, die Kerrin durchaus nicht unangenehm gewesen war. Eine gewisse Hitze war in ihr emporgestiegen, als der Kapitän, dessen Augen plötzlich dunkler schienen, die Arme um sie gelegt, sie an sich gezogen und ihre Lippen gesucht hatte. Unwillkürlich hatte sich vor ihr geistiges Auge die Szene zwischen Thur und Harre im Dünengras beim Goting Kliff geschoben. Und *danach* verspürte sie zwar durchaus Verlangen, wusste aber andererseits ganz genau, dass es als »anständiges« Mädchen nicht infrage kam, einem Mann vor der Hochzeit allzu große Freiheiten zu gewähren. Da sie fühlte, wie schwer es ihr fiel, Jens Ockens auf geziemendem Abstand zu halten, hatte sie jedes Mal erleichtert aufgeatmet, wenn Arfst oder sein jüngerer Bruder Matz Lorenzen als »Störenfriede« auf der Bildfläche aufgetaucht waren.

369

Was ihren Verlobten anlangte, hatte Kerrin jedenfalls – obwohl es ihr diesbezüglich an Vergleichsmöglichkeiten mangelte – durchaus den Eindruck gehabt, dass er ein leidenschaftlicher Liebhaber sein würde. Insofern sollten sie eigentlich ganz gut zusammenpassen …

Mit wohligem Schaudern erinnerte sie sich immer wieder an die wenigen Küsse, die sie ungestört getauscht hatten und wie es gewesen war, als sie seine sehnigen Arme um ihren Leib spürte und seinen harten, gestählten Körper, gegen den er sie dabei gepresst hielt.

»Wenigstens ist er gut rasiert«, war ihr beim ersten Mal durch den Kopf geschossen. Als er ihr seine Zunge in den Mund schob, fand sie das anfangs absonderlich, aber gleich darauf sehr angenehm. Zum Glück schmeckte er nicht nach Tabak. Dass der junge Mann immer schneller atmete und sogar leise stöhnte, erschien ihr hingegen etwas gewöhnungsbedürftig. Wieder einmal bedauerte sie, keine Mutter zu haben, die sie fragen konnte, ob das vielleicht nur eine seltsame Eigenart des Kapitäns war oder ob dies bei Männern dazugehörte.

Sie ließ sich seine Liebkosungen sehr gerne gefallen und erwiderte sie auch, so gut sie es verstand; aber sobald sie befürchtete, das Ganze könne zu weit gehen, pflegte sie sich loszumachen – indem sie vorgab, ein Geräusch gehört zu haben. Sollte er ruhig glauben, dass sie schüchtern war und sich vor ihren Verwandten schämte, von ihnen beim Tête-à-Tête erwischt zu werden. Zum Glück war Jens Ockens nicht übermäßig aufdringlich. Er wusste, wie jung und unerfahren sie war, und achtete ihre Jungfräulichkeit.

Ehe Kerrin »Ja« zu ihrer Verlobung sagte, hatte sie zudem das Versprechen ihres Vaters eingeholt, sie auf seine nächste Grönlandfahrt mitzunehmen.

»Ich möchte doch genau wissen, was den Beruf ausmacht, den mein künftiger Ehemann, der im Übrigen mit meiner Seefahrt einverstanden ist, ausübt«, hatte sie den Commandeur gedrängt. »Vielleicht ist es einmal sein Wunsch, mich auf eine seiner großen Fahrten nach Ostindien mitzunehmen! Da muss ich doch wenigstens eine gewisse Ahnung von der Seefahrt haben.«

Roluf verstand allerdings nicht, was das Metier des Kapitäns eines riesigen Handelsseglers mit dem des Commandeurs einer Walfängermannschaft gemein haben sollte – aber von solchen Spitzfindigkeiten wollte Kerrin gar nichts hören: Seefahrt blieb Seefahrt.

Ihr fiel jedenfalls ein Stein vom Herzen, als ihr Vater endlich nachgab. Sie verspürte wenig Lust, einen weiteren Sommer auf der Insel zu verleben. Sicher, der Pastor und Göntje nahmen sie gegen alle Angriffe – die immer wieder sporadisch auftauchten – in Schutz. Doch sie war es leid, sich immer wieder gegen dieselben Anschuldigungen zur Wehr setzen zu müssen. Die üblichen Gerüchte über ihre »Zauberkräfte« würden wohl nie verstummen und die Tatsache, dass sie manchmal wie geistesabwesend wirkte, lasteten ihr manche ebenfalls an. »Sie hat Gesichte«, raunten die Klatschbasen dann und guckten sie schief von der Seite an.

Und dass einige sie nachts etliche Male am Meeresstrand gesehen haben wollten, wie sie im Mondlicht bei Ebbe auf dem Sand spazierenging, das machte sie doch in der Tat verdächtig! Sogar unterhalten sollte sie sich dabei haben mit einer durchsichtigen Elfengestalt, die wie eine zarte Libelle – umgeben von einem hellen Lichtschein – über dem Wattenmeer schwebte.

Dass Kerrin mit jedem Jahr, das sie älter wurde, ihrer verstorbenen Mutter beinahe aufs Haar glich, machte die Sache auch nicht unbedingt besser. Hatte man Rolufs schönem Weib Terke nicht auch hinter vorgehaltener Hand nachgesagt, sie sei eine *Towersche*?

Ganz Übelmeinende vermuteten gar eine verwandtschaftliche Beziehung zu einer »echten Hexe«, die man vor zweihundert Jahren auf der Insel wegen ihrer Schandtaten verbrannt hatte: Kaiken Mommsen, die noch kurz vor ihrem elenden Tod in den Flammen die Föhringer mit einem Fluch belegte.

Neuerdings richteten diese Insulaner ihr Augenmerk auf etliche Fälle, bei denen Föhringer gestorben waren, kaum dass Kerrin deren Haus verlassen hatte. Verstand das junge Mädchen etwa nicht nur eine Menge von *weißer*, sondern auch Einiges von der *schwarzen Magie*? Manche flüsterten sogar hinter vorgehaltener Hand, Kaiken sei womöglich in der Gestalt Kerrins wiedergeboren worden, um ihre angekündigte Rache an den Inselbewohnern zu nehmen …

Wie lange würde es dauern, bis sich derlei heimliches Getuschel zu öffentlichen Behauptungen manifestierte? Kerrins Verwandte und Freunde ihrer Familie taten alles, um die Verleumder mundtot zu machen, aber der wenigsten wurden sie habhaft. Die meisten von ihnen, in der Regel Frauen, gaben niemals »direkt und persönlich« etwas Schlechtes über Kerrin von sich. Sie waren lediglich *bekümmert* und *fragten* ja nur, zeigten eventuelle Möglichkeiten auf und reklamierten für sich im Übrigen den scheinheiligen Anstrich tiefster Besorgnis über den – vielleicht bedenklichen – Seelenzustand des jungen Mädchens.

Solchen Heuchlern war schlecht beizukommen. Obwohl Göntje und der Pastor versuchten, vor ihrer Ziehtochter geheimzuhalten, was über sie getuschelt wurde, blieb es natürlich nicht aus, dass Kerrin trotzdem Bescheid wusste.

»Ich bin Ihnen ja so dankbar, Muhme, dass Sie die Güte haben und mich vor meinen Feinden verteidigen. Ich weiß sehr wohl um Ihre diesbezüglichen Bemühungen!«, nutzte Kerrin deshalb die Gelegenheit, in einer ruhigen Stunde einmal allein mit ihrer Ziehmutter zu sprechen. »Das meiste, was hinter meinem Rücken gesagt wird, interessiert mich nicht sonderlich. Weh tun mir lediglich die Angriffe von Leuten, denen ich schon geholfen habe. Ja, ich gestehe, dass mich der hinterhältige Verrat solcher Menschen am meisten schmerzt, die bisher nur Wohltaten von mir erfuhren. Ich komme in viele Häuser und weiß eine Menge über die Zustände in den einzelnen Familien – aber noch nie kam ein Wort über meine Lippen, das jemanden verdächtig oder verächtlich gemacht hätte. Ich weiß ein Geheimnis sehr wohl zu wahren; dennoch scheint man mir den Umstand übelzunehmen, dass ich so manches mitbekomme, wovon man nicht möchte, dass Fremde davon erfahren. Auch das ist ein Grund, weshalb mir der Aufenthalt auf der Insel derzeit verleidet ist, Tante. Ich freue mich unsäglich auf die Reise mit meinem Vater!«

Die Pastorin nahm Kerrin daraufhin spontan in den Arm und drückte das junge Mädchen an sich.

»Ich bin zwar nicht einverstanden mit deinem Vorhaben, aber wenn dein Vater es duldet, habe ich keine andere Wahl, als es zu akzeptieren, mein Kind. Ich wünsche dir von ganzem Herzen, dass du es nicht bereust – und dieses Mal heil ans Ziel gelangst und gesund wieder zurückkehrst. Falls dir etwas Schlimmes zustieße und du auf der Reise zu Schaden kämst, wäre das auch schrecklich für deinen zukünftigen Ehemann.«

Als Kerrin nichts darauf erwiderte, rückte die Pastorin ein Stück von ihr ab und fasste sie scharf ins Auge.

»Manchmal habe ich fast den Eindruck, dass dir nicht allzu viel an deinem Bräutigam liegt. Denkst du überhaupt manchmal an ihn?«

»Oh ja!« Kerrin zögerte, ehe sie fast widerstrebend fortfuhr: »Vielleicht sogar allzu oft, Muhme. Es vergeht kein Tag,
an dem ich nicht Sehnsucht nach ihm hätte! Es ist alles so neu
und aufregend für mich. Der Gedanke, bald Ehefrau und Mutter zu sein, liegt mir zwar noch recht fern, aber ich gestehe,
dass ich schon ein bisschen traurig bin, dass es noch gut zwei
Jahre dauern wird, ehe ich Jens Ockens wieder in die Arme
schließen darf.«

Als sie merkte, wie ungläubig die Pastorin dieses Geständnis
aufnahm, glaubte sie sich rechtfertigen zu müssen: »Es ist doch
nur natürlich, dass ich Jens sehr gern habe, oder? Schließlich
will ich ihn heiraten! Was dachtet Ihr denn, Muhme? Er ist
ein guter und kluger Mensch, der mir gewiss ein treusorgender
und liebevoller Ehemann sein wird«, fügte sie hinzu – und war
ungeheuer erleichtert, als sie Göntjes leises Lachen vernahm.

»Ich bin sehr froh, dass du so fühlst, Kerrin!«, sagte die Pastorin. »Ich befürchtete schon, du wärest eine kalte Fischnatur,
die jedem Mann das Leben schwer macht.«

»Kalt? Von wegen!« Im Innersten amüsierte sich Kerrin.
»Obwohl«, dachte sie dann, »so eine leidenschaftliche Frau wie
beispielsweise Thur Jepsen eine gewesen ist, die Anstand und
Sitte aus blinder Liebe vergessen hat, so eine werde ich wohl
niemals sein.«

Die Vernunft und der Wille, immer die Kontrolle über ihr
Handeln zu bewahren, kamen für Kerrin einfach an erster
Stelle.

Göntje aber hoffte für ihre junge Verwandte, dass die Ehe
unter einem guten Stern stünde. Der Kapitän hatte ihr allerdings nicht den Eindruck gemacht, als sei er so unerfahren,
was Frauen anlangte. Er hatte seine Zukünftige bestimmt genau daraufhin geprüft, ob sie zu ihm passte – und nicht nur auf
ihre beträchtliche Mitgift spekuliert. Darum wollte sie beten.

»Vielleicht will er aber nur eine vermögende Ehefrau und gute Mutter für seinen Nachwuchs und holt sich Liebe und Leidenschaft bei einer Geliebten!«, ging es der Pastorin durch den Kopf.

Derartige Arrangements unter Eheleuten der gehobenen wie der höchsten Schichten waren beinahe die Regel – leider. Aber diese Ehen funktionierten im Allgemeinen sogar erstaunlich gut. Trotzdem empfand Göntje beinahe so etwas wie Mitleid mit allen Frauen, denen das Erlebnis echter Zuneigung und Leidenschaft versagt blieb, erfuhr die Pastorin in ihrer eigenen Ehe doch seit vielen Jahren Glück und Erfüllung. Das Gleiche wünschte sie auch ihrer schönen Ziehtochter.

Kerrin war durch dieses Gespräch mit Göntje aufgewühlter, als sie es sich selbst eingestehen wollte. In der kommenden Nacht, als im Haus ihres Vaters absolute Stille herrschte bis auf das Knacken im Dachstuhl und sie sich ruhelos von einer Seite zur anderen wälzte, kam ihr die Unterhaltung mit der Pastorin erneut in den Sinn.

»Mutter, wo immer du jetzt sein solltest, wenn du mich hörst, gib mir irgendein Zeichen, dass auch *du* mit meiner Wahl einverstanden bist! Habe ich womöglich einen Fehler gemacht, als ich Ockens mein Jawort gab? Habe ich mich von einem Gefühl blinder Verliebtheit verleiten lassen, mich mit ihm zu verloben? Stimmt es denn, dass die Liebe zwischen Mann und Frau sich erst im Laufe der Ehe entwickelt – wie ich viele ältere Frauen habe sagen hören? Bisher jedenfalls zittern mir die Knie, wenn ich an ihn denke, Mama. Und seine Küsse ließen mich keineswegs gleichgültig. Es war ein äußerst angenehmes Gefühl, wenn Jens Ockens mich in den Armen hielt. Ist das ungehörig für eine Braut?«

Kerrin hielt wieder einmal Zwiesprache mit ihrer verstorbenen Mutter, die sie immer schmerzlicher vermisste, je mehr Zeit seit ihrem Ableben verstrich. Es fühlte sich an wie eine nie verheilende Wunde – ungeachtet der Tatsache, dass es Kerrin zunehmend schwerfiel, sich an die Gesichtszüge der Verstorbenen zu erinnern. Das Äußere der Mutter verblasste mehr und mehr vor ihrem inneren Auge. Was ihr geblieben war, ja, was sich sogar im Laufe der Jahre noch verstärkte, war das Gefühl innigster Verbundenheit mit Terke.

»Andererseits hatte ich nicht den Eindruck, dass Jens sich daran gestört hat, dass ich mich so bereitwillig von ihm habe küssen lassen, Mama«, fuhr Kerrin fort. »Ich weiß allerdings nicht, ob er meine Ziererei richtig fand, wenn ich immer wieder behauptete, ich hätte Schritte oder Stimmen gehört von Personen, die uns überraschen könnten. Oh, liebste Mutter! Wärest du doch noch bei mir und könntest mir einen Rat geben. Ach, Mama, ich vermisse dich so sehr!«

Mit einem leisen Schluchzen warf Kerrin sich in ihrem Wandbett mit dem Gesicht aufs Kissen, das sie im Nu mit einer wahren Tränenflut durchnässte.

»Wenn ich an dich denke, bin ich nicht nur ratlos, sondern auch todunglücklich. Und das, obwohl ich als strahlende Braut eigentlich den ganzen Tag singen und tanzen sollte! Muhme Göntje hat bereits angefangen, meine Aussteuer zu nähen.«

Kerrin wischte sich mit dem Ärmel ihres Nachtgewands energisch über die nassen Augen. »Was jammere ich eigentlich herum? Mir geht es doch gut. Andere haben überhaupt keine Eltern mehr und auch keinen Verlobten! Ich bin doch eine rechte Heulsuse«, schimpfte sie mit sich selbst.

Doch erst der Gedanke, dass sie in kürzester Zeit wieder auf See wäre, war imstande, sie aufzumuntern. Kerrin setzte sich im Bett auf und starrte in die Finsternis der Komer, die sie im Augenblick allein bewohnte. Eycke, die mittlerweile uralte Magd Göntjes, hatte Kerrin dieses Mal nicht begleitet, sondern blieb den Winter über im Pfarrhof, wobei sie sich auf Anraten Kerrins bei den eisigen Temperaturen kaum noch aus dem Haus bewegte.

Im Pfarrhaus allerdings sah man sie den ganzen Tag eifrig von einer Stube in die andere schlurfen, hin und wieder etwas umstellen oder Dinge wegräumen, die nach ihrem Dafürhalten dort nicht hingehörten. Aber am liebsten hielt sie sich im kleinen Stall bei den Schafen und den mittlerweile drei Pferden des Pastorenhaushalts auf. Gern spielte Eycke auch wie ein Kind mit den Katzen in der Scheune. Nicht selten genoss sie dabei Kerrins Gesellschaft. Da krochen dann beide Frauen auf dem Boden herum, fingen die jungen Kätzchen ein, liebkosten sie und brachten sie anschließend zum Trinken zu der alten grauweißen Mutterkatze, die schon viele Generationen von Mäusefängern großgezogen hatte.

Kerrin liebte Katzen sehr – auch so etwas, was die meisten Insulaner mit leichtem Kopfschütteln quittierten: Galten Katzen doch als falsch und hinterhältig. Man hielt sie keineswegs zum Spaß, sondern höchstens, um die Nager vom Getreide fernzuhalten.

»Ob ich einmal mit Eycke über Männer und die Liebe reden könnte?«, überlegte Kerrin hin und wieder, wenn sie die alte Frau beobachtete.

Sie war inzwischen weit über siebzig, aber wenn man sich die unzähligen Falten, die dünnen grauen Haare, die braunen Flecken in ihrem Gesicht und auf den Händen sowie den von schwerer Arbeit gekrümmten Rücken wegdachte, erkannte man noch immer die einstige Schönheit der Magd. Auch Eycke war schließlich einmal jung gewesen und, soweit Kerrin wusste, sogar auch verheiratet.

Aber dann ließ Kerrin es doch lieber sein. Wahrscheinlich

schickte es sich nicht, als junges Mädchen die alte Frau darauf anzusprechen. Womöglich hatte sie auch längst vergessen, welcher Art ihre Gefühle einst gewesen waren, sobald ein junger Mann sie in den Arm genommen hatte …

»Grönland, ich komme!«, jubelte Kerrin Anfang Februar, als sie dieses Mal ihre eigene Seekiste packte. Mitte Februar 1697 sollte es losgehen. Sie wollte unbedingt, dass die Reise dieses Mal ein voller Erfolg würde. Sie wünschte sich inständig, dass gerade bei dieser Fahrt die Ausbeute an Waltran die größte, bisher von ihrem Vater erzielte wäre.

So oft sie daran dachte, fielen alle trüben Gedanken von ihr ab, ihr Herz öffnete sich weit und ungeheure Vorfreude erfüllte sie, aber auch Dankbarkeit gegenüber dem Commandeur, der ihr diese Sehnsucht erfüllen half.

Ein weiterer Umstand hob noch zusätzlich ihre gute Laune: Boy Carstens fuhr nicht mehr mit ihrem Vater mit; er hatte, wie sie gehört hatte, bei einem anderen Commandeur angeheuert. So bliebe ihr die Peinlichkeit erspart, ihn womöglich verarzten zu müssen.

Insgesamt hätten die Vorzeichen also nicht günstiger sein können und Kerrin war fast überzeugt, dass sich von nun an für sie alles nur noch zum Besseren wenden würde.

ZWEIUNDVIERZIG
Auf dem Seeweg von Föhr nach Amsterdam

DASS FÖHR KEINESWEGS DER Nabel der Welt war, wusste Kerrin natürlich. Aber sie fand es herrlich, dass ihr Vater während der zum Glück ruhigen Fahrt nach Amsterdam Zeit und

Muße fand, mit ihr wie mit einer ebenbürtigen Erwachsenen über die Zeitläufte zu diskutieren. Ansonsten vergnügte sie sich in ihrer Kabine mit dem wunderbaren Abschiedsgeschenk von Monsieur Lorenz, das er ihr am letzten Abend vor ihrer Abreise noch überreicht hatte. Es handelte sich dabei um ein überaus kostbares Buch, dessen Anblick sie beinahe sprachlos vor Entzücken werden ließ: »Neues Blumenbuch« nannte es sich schlicht, war im Jahre 1680 in Nürnberg erschienen und stammte von einer gewissen Maria Sibylla Merian. Bereits kurz nach seinem Erscheinen war es in aller Munde und begründete Merians Ruhm nicht nur als Naturforscherin, sondern auch als Künstlerin. Sechsunddreißig Farbtafeln waren darin enthalten, die weitverbreitete Blumen darstellten und sowohl durch Eleganz und Farbigkeit als auch durch verblüffende Detailgenauigkeit bezauberten.

»Meisterwerke sind das, was diese Frau hervorgebracht hat«, jubelte Kerrin stets aufs Neue, so oft sie in dem naturkundlichen Werk blätterte. Das Buch enthielt darüber hinaus ein überaus erhellendes Vorwort der Künstlerin sowie ein Register und ein Nachwort.

Für Kerrin bedeutete es ihren derzeit liebsten Besitz und sie hütete es wie ihren Augapfel. Eigentlich wäre es sicherer gewesen, es daheim im Schrank zu lassen – aber sie brachte es nicht übers Herz, sich längere Zeit von diesem Schatz zu trennen. In zahlreiche Tücher eingewickelt ruhte es in ihrer »Seemannskiste«, zusammen mit ihren Kleidern, wichtigen Arzneien, medizinischen Instrumenten und einigen anderen Büchern über Heilpflanzen.

»Merians prächtige Zeichnungen haben nichts mit Heilkunde zu tun, Papa«, erklärte sie dem Commandeur mehr als ein Mal mit leuchtenden Augen, »sie sind einfach nur schön. Ich liebe es, sie anzusehen; sie machen mich glücklich.«

Roluf Asmussen konnte das gut nachvollziehen – war er doch ebenfalls ein Ästhet.

Kerrins Kult um dieses Buch nahm gelegentlich schon groteske Züge an. Eifersüchtig wachte sie darüber, wer der Gunst teilhaftig werden durfte, die Darstellungen mit ihr zusammen zu betrachten. Ihr gleichaltriger Vetter Matz Lorenzen, der auf der Schmack mitfuhr, obwohl er dieses Jahr bei einem anderen Commandeur angeheuert hatte, gehörte beispielsweise zu den Glücklichen, der in seiner freien Zeit gemeinsam mit ihr die Nase in das Buch stecken durfte. Umblättern war ihm jedoch nicht gestattet, das unternahm stets Kerrin: »Weil ich über sauberere Hände mit größerem Feingefühl verfüge!«

Dieses Mal nahm der Commandeur sie in Amsterdam mit zu seiner Reederei und stellte sie den wichtigsten Herren vor – was das junge Mädchen mit großem Stolz erfüllte. Sie bemühte sich, bei den Reedern den besten Eindruck zu hinterlassen. Als Frau erschien ihr das besonders wichtig zu sein. Keiner sollte denken, dass es sich bei ihr um ein verwöhntes Püppchen handele, das lediglich aus weiblicher Neugier einer momentanen Laune nachgab.

»Ich liebe das Meer und die Seefahrt«, gab sie ein wenig hochtrabend zur Antwort, als einer der Herren in schwarzem Anzug und weißer Halskrause sich erkundigte, was sie dazu bewog, für Monate ihr schönes Zuhause gegen die ungemütliche Enge und die sonstigen Widrigkeiten einer Fahrt übers raue Meer einzutauschen.

Kerrin spürte, kaum dass sie es ausgesprochen hatte, dass ihre Worte irgendwie falsch klangen. Sie beeilte sich daher, ihre Gefühlslage zu präzisieren:

»Ich bin Friesin, *Mijnheer,* und als solche gibt es eigentlich nur das Meer für mich – wie für alle meine Landsleute. Wir

380

leben mit dem Meer und von ihm. Und es ist mein Wunsch, meinen Vater und seine Männer, die die Existenz ihrer Familien durch den Walfang sichern, bei ihrer verantwortungsvollen Aufgabe zu unterstützen, indem ich als ihr Schiffschirurg tätig bin.«

Den holländischen Reedern schien das sehr zu imponieren; sie beglückwünschten Commandeur Asmussen zu seiner mutigen Tochter.

In diesem Jahr würde er mit der *Fortuna II* nach Grönland fahren, dem Schwesterschiff des immer noch verschollenen Seglers *Fortuna*, der vermutlich an irgendeiner Küste zerschellt war, nachdem die Piraten ihn im Jahr zuvor vollkommen ausgeplündert sich selbst überlassen hatten.

Kerrin hatte reichlich Muße, bis das Walfangschiff und alle Seeleute bereit waren zum Auslaufen. An so vieles musste gedacht, manches noch besorgt, einiges sogar repariert oder neu angeschafft werden. Ihr oblag es eigentlich nur, sich um den Inhalt der Lappdose zu kümmern. Das bereitete ihr keine Schwierigkeiten mehr, war ihr Bertil Martensen doch ein vorzüglicher Lehrmeister gewesen.

Der gehbehinderte Schiffschirurg fuhr dieses Jahr nicht mehr mit; auf eigenen Wunsch war er auf Föhr geblieben. Das schreckliche Erlebnis des Überfalls steckte dem älteren Mann immer noch in den Knochen. Für seinen und seiner Frau Unterhalt sorgten jetzt seine beiden Söhne: Jan Bertilsen fuhr dieses Jahr auf der *Fortuna II* als Harpunier mit und sein jüngerer Bruder Bunde war als Werftarbeiter in Kiel beschäftigt.

Fast alle Seeleute, mit denen sie die nächste Zeit auf engstem Raum zusammenleben würde, kannte Kerrin schon von Kindheit an. Die Begrüßung bei der Abfahrt in Wyk war freundschaftlich gewesen und irgendwie ganz selbstverständlich. Keiner der Männer wunderte sich groß, dass Kerrin wiederum mitfuhr. »Von so ein bisschen Kaperei lässt sich eine echte Friesendeern doch nicht abschrecken«, schien die überwiegende Meinung zu sein.

Ein paar von ihnen nahmen »die Lütte« in Amsterdam auch mit zur »Anmusterung«, dem Unterschreiben des Seefahrtskontrakts beim entsprechenden Amt in Hafennähe. Es war kaum zu erkennen, dass sich ein Mädchen unter der Männergruppe befand, denn Kerrin hatte sich mit einer blauen Matrosenjacke, weiten Hosen und einer Mütze ausstaffiert, unter der sie ihre – wiederum rigoros gestutzte – rotblonde Haarpracht versteckte. Wer nicht allzu genau hinsah, konnte das quirlige Geschöpf für einen jungen Burschen halten. Genau das wollte Kerrin auch erreichen. Eifersüchteleien unter den Seeleuten oder das übliche »Gockelgehabe« der Männer waren das Letzte, was sie anzufachen wünschte. Außerdem war sie jetzt ja auch verlobt …

Sie fühlte sich äußerst wohl unter den gutmütigen Kerlen. Allerdings musste sie darauf achten, sich jeweils rechtzeitig zurückzuziehen, sobald sich einige von ihnen – quasi auf Vorrat – noch vor Beginn der Reise in gewissen Lokalitäten dem allzu reichlichen Alkoholgenuss hingaben – oder noch ganz anderen, sehr speziellen »männlichen« Vergnügungen … Asmussen verurteilte derlei Zerstreuungen aufs Schärfste, aber die Seeleute konnten stillschweigend davon ausgehen, dass Kerrin gegenüber dem Commandeur kein Wort darüber verlauten ließ.

Drei Tage vor dem Auslaufen der *Fortuna II* trat der Commandeur mit einer ungewöhnlichen Bitte an seine Tochter heran. Über seinem Arm hing ein cremefarbenes, elegantes, bodenlanges Kleid mit Spitzen um den tiefen Ausschnitt und an den eng anliegenden Ärmeln, in der anderen Hand hielt er ein Paar Seidenschuhe in passender Farbe mit hohen Absätzen. Mit dieser ungewöhnlichen Gabe betrat er Kerrins Schlafzimmer, das, durch eine Tür getrennt, neben dem seinen lag.

Vor Beginn der Seereise hatte er diese Suite in einer der besten Amsterdamer Herbergen angemietet. Ein bisschen Luxus gönnte er sich immer vor der monatelangen Beengtheit auf dem Schiff.

»Sei doch so lieb, mein Kind, und mach dich für heute Abend ganz besonders hübsch«, bat er die überraschte Kerrin. »Wir beide sind bei einer Dame der hiesigen Gesellschaft eingeladen, mit der ich dich bekanntzumachen wünsche. Madame Beatrix van Halen, eine ganz reizende Kaufmannswitwe, ist schon sehr gespannt auf dich.«

Mit allem hatte das junge Mädchen gerechnet, aber damit nicht! Bei seinen Worten war der Commandeur tatsächlich errötet und blitzartig wusste Kerrin Bescheid: Ihr Vater liebte diese Frau und wollte sie ihr als seine künftige Gemahlin vorstellen!

Eine Flut unterschiedlichster Empfindungen brach über sie herein. Zwar freute sie sich aufrichtig, dass ihr geliebter Papa endlich eine Gefährtin gefunden zu haben schien, die ihm etwas bedeutete und mit der er sein weiteres Leben zu verbringen wünschte. Andererseits aber durchströmte sie ein Gefühl tiefer Wut – Wut darüber, dass ihr Vater es so ohne Weiteres fertigbrachte, Terke zu ersetzen ...

Und im gleichen Augenblick schämte sie sich ihrer Gedanken. Zehn Jahre waren immerhin seit dem Tod ihrer Mutter vergangen und niemand konnte Roluf Asmussen den Vorwurf machen, sich leichtfertig und sofort in eine neue Beziehung gestürzt zu haben. Der Pastor, Göntje, Harre und sie selbst hatten ihm schließlich seit Langem dazu geraten, sich wieder eine Frau zu suchen, um im Alter nicht allein zu sein. Doch nun, wo der Commandeur dies tatsächlich wahrzumachen schien, sah die Sache mit einem Mal ganz anders aus.

Ihr Vater musste diese Dame doch schon seit einiger Zeit

kennen. Warum hatte er bisher nichts darüber verlauten lassen? Wollte er Kerrin einfach vor vollendete Tatsachen stellen? Das war zwar sein gutes Recht – aber gefallen musste es ihr deshalb noch lange nicht!

Als Kerrin das teure Gewand, die modischen Schuhe und den Schmuck, den Asmussen fast schuldbewusst und mit gesenktem Blick aus der Tasche gezogen hatte, mit zögerlichem Dank – aber heimlichem Entzücken – entgegennahm, nahm sie sich vor, diese Frau, die sich offenbar anschickte, ihre Stiefmutter zu werden, genauestens unter die Lupe zu nehmen. Auf alle Fälle würde sie Harre vor dem Auslaufen der *Fortuna II* noch einen Brief nach Spanien – sein neuester Studienort – schicken, in dem sie ihn von der neuen Lage unterrichtete.

Als Kerrin Stunden später an die Schulter ihres Vaters gelehnt in der Kutsche, auf dem Rückweg in die Herberge, saß, blickte sie nur schweigend nach draußen, in die dunklen, nur hin und wieder vom Schein einer Laterne erhellten Straßen. Zu vieles war auf das junge Mädchen eingestürmt – sie musste das Ganze erst noch verarbeiten. Es entsprach ihrem Wesen, über Neues erst einmal gründlich nachzudenken, ehe sie dazu ihre Meinung kundtat. Nach einer Weile rang sie sich dazu durch, den Commandeur, der während des Abendmahls Kerrin förmlich darüber unterrichtet hatte, die Hausherrin bald zur Frau zu nehmen, zu seiner Wahl zu beglückwünschen. *Mijnfrou* Beatrix, eine reizende, etwa vierzigjährige Dame, schien die Richtige für ihn zu sein. Ob sie selbst jemals Beatrix van Halen als »Mutter« akzeptieren konnte, daran zweifelte sie noch. Außer in ihren Träumen verblasste ihre Erinnerung an Terke als eine junge, schöne, elfenhafte Erscheinung mit silbernem Lachen und glockenheller Stimme im Laufe der letzten Jahre zwar. Dennoch war der Unterschied zu der zwar gut aussehenden, aber ein wenig matronenhaft wirkenden Witwe unübersehbar groß. Die Zeit würde zeigen, ob sich ihre Gefühle gegenüber der Stiefmutter intensivieren würden.

So vieles war noch ungeklärt, unter anderem, wo das Ehepaar Asmussen leben würde.

Müsste ihr Vater Föhr den Rücken kehren und künftig in Holland wohnen? Irgendwie vermochte Kerrin sich die lebhafte, weltläufige und gewiss sehr verwöhnte und vermögende Frau nicht als Insulanerin vorzustellen. Das bedeutete, dass sie tatsächlich allein wäre. Nur noch Monsieur Lorenz und die Pastorin wären auf Föhr ihre Familie. Wer konnte voraussehen, ob Beatrix in ihrem Alter nicht noch ein Kind von Roluf bekam? Wie aber würde sich das auf seine Liebe zu ihr, Kerrin, auswirken? Und wie auf seine Zuneigung zu Harre, den er sowieso kaum noch zu Gesicht bekam?

Diese Aussicht stimmte sie sehr traurig. Umso wichtiger waren ihr die wenigen Stunden, die sie noch mit ihrem Vater gemeinsam erleben durfte.

DREIUNDVIERZIG
Die Fortuna II läuft aus

Die letzten beiden Tage vor dem Aufbruch des Walfängers vertrieben sich die Seeleute, so sie ihre Angelegenheiten geregelt hatten, in den Hafenkneipen, um zu politisieren – mit Vorliebe bei einem Tee mit Rum. Kerrin und ihr Vater gesellten sich von Zeit zu Zeit dazu, wobei der Commandeur immer wieder aufs Schiff musste, um zu sehen, ob die letzten Instandsetzungsarbeiten und Vorbereitungen nach Plan verliefen.

Ganz Amsterdam sprach derzeit über die »Große Gesandtschaft« der Russen, die sich auf »Europareise« befand.

»Diese Gesandtschaft zählt insgesamt zweihundertfünfzig Mann«, wusste der Bootsmann Ricklef Andresen, als er mit seinen Dokumenten vom holländischen Hafenamt zurückkehrte und es sich mit einem Grog am Tisch zwischen seinen Kameraden gemütlich gemacht hatte. »Unter ihnen befindet sich ein junger Mann von annähernd sieben Fuß Körpergröße, mit schulterlangem, braunem Haar, dunklen Augen, einem kleinen Bärtchen und einer Warze auf der rechten Wange. Obwohl man ihn nur mit ›Peter Michailow‹ anspricht, weiß jeder, wer er in Wahrheit ist.«

Alle lachten und nickten zustimmend.

»Unter Androhung der Todesstrafe ist es ihnen verboten, Peter als Zaren anzusprechen oder sonstwie zu verraten, wer er ist. Dieses sture Festhalten an seinem Inkognito hat bereits zu dramatischen Verwicklungen geführt.«

Jetzt horchten auch andere Seeleute, selbst der Commandeur, auf, während Andresen sich verschwörerisch über den Tisch beugte und im Bühnenflüsterton fortfuhr:

»Die Große Gesandtschaft war in die von Schweden besetzte Provinz Livland gelangt. Bereits da begann der Ärger. Der schwedische Gouverneur von Riga war nicht darauf vorbereitet, eine so große Gruppe von Diplomaten zu empfangen und zu bewirten. Schuld daran war ein russischer Diplomat, der vergessen hatte, den Besuch rechtzeitig anzukündigen. Kost und Logis fielen dementsprechend karg aus und an der ehrenvollen Begrüßung haperte es ebenfalls. Hinzu kam, dass der Zar mit seiner Begleitung sieben Tage lang gezwungen war, in Riga auszuharren, da Tauwetter einsetzte, das Eis brach und die Schollen seine Weiterfahrt verhinderten. Um Peter einigermaßen bei Laune zu halten, organisierten seine schwedischen Gastgeber immerhin eine Militärparade.«

Die Seeleute der *Fortuna II* schienen höchst amüsiert. Auch Kerrin empfand es irgendwie als tröstlich, dass auch bei hohen und höchsten Herrschaften nicht alles so glattlief, wie diese es gerne gehabt hätten.

»In Wahrheit gestaltete sich der Aufenthalt des Zaren in Riga nicht nur unangenehm, sondern auch gefährlich«, fuhr Bootsmann Andresen indes fort, wobei das Gemurmel am Tisch schlagartig erstarb.

»Mein Bekannter vom Hafenamt wusste zu berichten, dass Peter die dortigen Militäranlagen besichtigen wollte; Riga ist immerhin eine wichtige Stütze des schwedischen Reichs an der Ostsee. Hier sind die Bastionen aus Stein errichtet und die Wege von Palisaden geschützt, alles erbaut nach dem Vorbild des bedeutenden französischen Festungsbauarchitekten Vauban. Die Schweden beäugten nun äußerst misstrauisch, wie ein riesenhafter Russe über die Wälle kletterte, sich dabei Bleistiftskizzen anfertigte und anschließend Tiefe und Breite der Gräben ausmaß. Zu guter Letzt kontrollierte der Mann noch die Feuerwinkel der hinter den Schießscharten bereitgestellten Kanonen. Natürlich erkannten sie dadurch – aller Geheimnistuerei zum Trotz –, wer der Ausländer war, und sie waren über seine Neugierde keineswegs erfreut. Erst vierzig Jahre sind schließlich vergangen, seit die Stadt Riga von der Armee des Zaren Alexei, Peters Vater, belagert wurde.«

Der Bootsmann, sich der Aufmerksamkeit aller bewusst, zog bedächtig an seiner Pfeife, ehe er weitersprach: »Ausgerechnet diese Festung, die Zar Peter jetzt so sorgfältig aufs Korn nahm, war als Bollwerk gegen die damaligen russischen Feinde erbaut worden! Am nächsten Tag kam es zum Eklat – wenigstens beinahe. Ein schwedischer Wachtposten, dem der junge,

387

auffallend große Spion auffiel, als er sich erneut von der Festung Skizzen machte, befahl ihm barsch, umgehend zu verschwinden. Der Zar, nicht gewohnt, Befehlen subalterner Subjekte Beachtung zu schenken, zeichnete seelenruhig weiter. Da legte der Soldat sein Gewehr auf ihn an und drohte laut, ihn zu erschießen. Peter geriet daraufhin vor Wut über die grobe Missachtung der Gastfreundschaft schier außer sich. Bis sich die Wogen wieder einigermaßen glätteten, dauerte es eine Weile. Trotzdem waren die Beziehungen zwischen den Russen und ihren schwedischen Gastgebern von da ab recht unterkühlt. Der schwedische Gouverneur wusste genau, dass die russische Gesandtschaft beim schwedischen Hof nicht offiziell angemeldet war. Dahlberg sorgte demnach für keinerlei Rahmenprogramm, es gab weder Empfänge noch sonstige Festivitäten, nicht einmal ein Feuerwerk. Da die Russen auch nicht beabsichtigten, Stockholm und dem schwedischen Monarchen einen Höflichkeitsbesuch abzustatten, nahm man sogar von der üblichen diplomatischen Gepflogenheit Abstand, die Kosten für den ausländischen Besuch zu übernehmen. Eiskalt ließen sie die Russen für Verpflegung, Unterkunft, Reitpferde und Futter selbst bezahlen. Und das noch zu ausgesprochenen Wucherpreisen – wie mein Gewährsmann behauptet. Beim Zaren muss der Eindruck entstanden sein, Riga sei das Symbol des Geizes und der fehlenden Gastfreundschaft. Vermutlich wird er niemals die Demütigung verwinden, die man ihm hier bereitet hat. Heilfroh wird er gewesen sein, als die Witterung seine Abreise erlaubte«, beschloss Andresen seinen Bericht.

Insgeheim wunderten sich die meisten am Tisch, dass der eher stille Bootsmann eine so lange Rede gehalten hatte.

Commandeur Asmussen und einige andere Offiziere mutmaßten, dass möglicherweise alles ganz anders verlaufen wäre, wenn sich die Gerüchte über eine vor Jahren vage ins Auge gefasste Verlobung des Zaren mit der Prinzessin Hedwig-Sophie von Schweden bewahrheitet hätten.

»Vielleicht hat die Schwedenprinzessin am Ende doch das bessere Los gezogen, auch wenn der Zar freilich eine gute Partie gewesen wäre«, dachte Kerrin. Vor allem, wenn man hörte, dass die Polen, die nächsten Gastgeber Peters und seiner Großen Gesandtschaft, über die Russen hinter vorgehaltener Hand flüstern, diese seien »in Wahrheit nur *getaufte Bären*«.

Am 29. März 1697 lichtete die *Fortuna II* die Anker bei strahlendem Frühlingssonnenschein, aber kräftigem, eiskaltem Wind aus Nordnordost. Das Wetter versprach, auch die nächsten Tage so zu bleiben; der Segler gewann rasch an Fahrt. Mit stolz geblähten Segeln bahnte der Walfänger sich seinen Weg in Richtung Spitzbergen und der Grönlandsee, wo man in diesem Jahr auf Walfang zu gehen beabsichtigte.

Von der weiteren Strecke, um Grönland herum und hinein in die *Straat Davis*, wollte die Reederei heuer absehen, hatten doch Kundschafter von einem riesigen Walvorkommen zwischen Spitzbergen und der Ostküste Grönlands berichtet.

Um der eigenen Sicherheit willen, was Piratenüberfälle anlangte, und um sich bei Seenot gegenseitig Hilfe leisten zu können, hatte man mit einem weiteren Walfänger, der *Cornelia*, ebenfalls einem Dreimast-Segler, sogenannte »Mackerschaft« geschlossen.

Diese beinhaltete neben der Verpflichtung, nahe beisammenzubleiben, sich gegebenenfalls zu helfen und gemeinsam zu jagen, auch die Abmachung, die Fangerträge redlich zu teilen.

Kerrin war erstaunt, als sie ganz nebenbei erfuhr, dass dieses Bündnis keineswegs nur des Einverständnisses beider Commandeure bedurft hatte: Auch die übrigen Offiziere und sogar die niederen Mannschaftsränge hatten zu diesem Arrangement ihre Zustimmung erteilt. Sollte es nämlich später wegen der Aufteilung der erlegten Wale Ärger geben, war es klug, wenn man bereits vorher zur Absicherung jeden Einzelnen gehört hatte.

Die Männer waren körperlich und seelisch in bester Verfassung und Kerrin hatte anfangs kaum etwas zu tun. Sie nützte die Zeit, um viel zu lesen oder den Instruktionen zu lauschen, die der Schiffsjunge und die einfachen Matrosen von den Offizieren, vor allem vom Steuermann, erhielten. Diese Funktion übernahm dieses Jahr Rörd Gonnesen, da Jens Eschels, der den Chor so wunderschön geleitet hatte, wegen einer längeren Erkrankung, die ihn ans heimische Bett fesselte, ausfiel.

Bald kannte Kerrin sich aus mit all den tausend Einzelteilen, aus denen so ein Walfänger bestand, und sie wusste inzwischen auch die richtigen seemännischen Bezeichnungen dafür.

Bei einem ihrer Spaziergänge über Deck, als sie, wie so oft in den letzten Tagen, Ausschau hielt nach der ganz in der Nähe segelnden *Cornelia*, fiel ihr nicht zum ersten Mal der kleine Schiffsjunge Michel Drefsen aus Alkersum auf. Kerrin wusste, dass er zwölf Jahre alt war, fast dreizehn sogar; dennoch wirkte er um keinen Tag älter als zehn. Irgendwie weckte der Kleine ihre Mutterinstinkte. Roluf Asmussen hatte anfangs ein wenig gezögert, ihn überhaupt anzuheuern; er hielt nichts davon, Kindern so schwere Arbeit, wie sie nun einmal an Bord üblich war, zuzumuten. Aber als Michels Mutter ihm beteuerte, wie alt ihr Junge schon war und dass sie das Geld dringend brauchte, hatte er eingewilligt, ihn mit auf große Fahrt zu nehmen. Er versprach, ein Auge auf den »Moses« zu haben. Der kleine Michel hockte gerade im Schneidersitz auf den Planken und war damit beschäftigt, das *»Back auszuschrapen«* – eine Tätigkeit, die Kerrin erst auf dieser Seereise kennenlernte.

Üblicherweise nahm sie ihre Mahlzeiten mit ihrem Vater und den Offizieren in der Messe ein, wo das Essen auf Tellern serviert wurde, während die übrige Mannschaft gemeinschaftlich aus einer großen Holzschüssel aß. Die Reste, die in der hölzernen *Back*, wie die Schüssel hieß, übrigblieben, musste traditionell der Jüngste, also der Schiffsjunge, aufessen – und dabei die Back vollkommen sauber auskratzen bzw. auslecken, eben *ausschrapen*. Diesen Brauch fand Kerrin ausgesprochen grausig. Wenn sie nur daran dachte, wurde ihr speiübel. Die Back pflegte nämlich hernach *nicht* mit Wasser gereinigt zu werden.

Michel musste wie ein Hündchen mit spitzer Zunge die riesige Schüssel säubern, die bei der nächsten Mahlzeit ungespült verwendet wurde …

Kerrin trat zu dem Jungen und fragte, warum er so ein trauriges Gesicht mache. Insgeheim erwartete sie natürlich, auch er empfände einen tiefen inneren Widerwillen gegen diese Art zu essen.

»Ich hasse gelbe Erbsen.«

Mehr brachte der Junge, der vor Scham rot anlief, nicht heraus.

Mitleidig streichelte Kerrin ihm kurz über den Kopf und beschloss spontan, darüber mit ihrem Vater zu reden. Sicher konnte sie ihn dazu bewegen, den höchst unappetitlichen Brauch abzuschaffen. Schließlich war es doch auch der Mannschaft nicht zuzumuten, dass sie ihr Essen nicht aus einer ausgewaschenen Schüssel erhielt, sondern aus einem Gefäß, das lediglich mit Spucke gereinigt war …

Der Commandeur zeigte sofort Einsicht, als Kerrin ihn darauf ansprach. Er schmunzelte und versprach, dem Bootsmann Bescheid zu geben, dass Michel Drefsen von dieser Plage, die ihn so unglücklich mache, künftig zu befreien sei. Als Kerrin an einem der nächsten Tage dem Schiffsjungen wieder über den

391

Weg lief, fragte sie ihn, ob er die Erbsen aus der Back immer noch »hassen« müsse. Der Kleine strahlte sie an.

»Nein, Meisterin«, verkündete er überglücklich. »Das Ausschrapen übernimmt jetzt der Schiffshund.«

Da fehlten Kerrin allerdings die Worte. Nach kurzem Nachdenken hielt sie es jedoch für klüger, darüber Stillschweigen zu bewahren. Seeleute hingen eben an alten Bräuchen; und wenn sie selbst nichts dabei fanden, wollte sie nicht die Besserwisserin spielen.

VIERUNDVIERZIG
Fortuna II *in Seenot*

AM MORGEN DES 8. April 1697 befand sich das Schiff ungefähr zwischen den Shetlandinseln und Jan Mayen auf der Höhe der norwegischen Stadt Trondheim, als sich die Witterung am nördlichen Polarkreis dramatisch zum Schlechteren veränderte.

Commandeur Asmussen beabsichtigte, die sogenannte »Dänemarkstraße« nördlich von Island zu überqueren, um an Grönlands zerklüfteter Ostküste einen der zahlreichen Sunde zu erreichen. In der von Tausenden von kleinen und kleinsten Eisbergen durchsetzten Grönlandsee tummelten sich erfahrungsgemäß unzählige Wale.

Binnen kurzer Zeit verfinsterten tiefhängende dunkle Wolken den Sonnenaufgang und ein eisiger Sturm, der schließlich Orkanstärke erreichte, sowie heftiger Schneefall ließen die Mannschaft, die eine raue See durchaus gewöhnt war, schier verzagen. Stunde um Stunde verging und immer noch war keine Besserung in Sicht, im Gegenteil: Obwohl es bereits gegen Mittag ging, konnte man die Hand nicht mehr vor Augen sehen, alles wurde rabenschwarz. Haushohe Wellen türmten sich auf und der Segler stampfte und rollte hilflos von steuerbord nach backbord, bar jeglicher Steuerung.

Die Mannschaft, die, soweit es menschenmöglich war, alles verrammelt, doppelt gesichert und vertäut hatte, verkroch sich unter Deck, wo der Schiffszimmermann in aller Eile die Luken vernageln ließ, um das Meerwasser am Eindringen zu hindern. Menschliches Können vermochte nun nichts mehr; allenfalls das Gebet konnte noch helfen.

Den mächtigen Naturgewalten und der Gnade des Herrn ausgeliefert, galt Roluf Asmussens Hauptsorge den drei Masten, die er vorsorglich hatte umlegen lassen, um nicht den Bruch der Mastbäume zu riskieren, sowie der Verlässlichkeit seiner Leute, die für die sorgfältige Verstauung und Halterung der mit Salzwasser gefüllten Speckfässer, des gesamten Proviants sowie der sechs außenbords vertäuten Schaluppen verantwortlich waren. Gewiss waren seine Männer erfahren und gut aufeinander eingespielt, doch einen derart extremen Wetterumschwung hatte er selbst nur selten erlebt. Sogar das am höchsten Mast locker befestigte Astrolab, welches die jeweilige Position des Schiffes auf dem Meer anzeigte, hatte der Commandeur zu Beginn des Unwetters abnehmen lassen und gesondert in seine eigene Verwahrung genommen.

Nun galt es abzuwarten, ob der himmlische Schöpfer ihnen noch einmal gnädig war oder ob sie hier alle miteinander ihr eisiges Seemannsgrab finden sollten. Es gab wohl keinen an Bord, der nicht Zwiesprache mit Gott hielt und ihn inständig anflehte, sie in ihrer höchsten Not zu erretten. Den Commandeur quälten neben der Sorge um Schiff und Mannschaft noch ganz andere Gedanken: Warum nur hatte er den unvernünftigen Bitten seiner Tochter nachgegeben und ihr erlaubt, diese

Reise mitzumachen? Sollte er jetzt dafür verantwortlich sein, wenn seine Tochter mit ihm unterging? Kerrin hatte ihr ganzes hoffnungsvolles Leben noch vor sich. War es etwa bereits – durch die Schuld ihres eigenen Vaters – zu Ende?

Das Einzige, was er tun konnte, war, dafür zu sorgen, dass Kerrin in der Kapitänskajüte blieb – und zwar festgeschnallt in ihrer Koje, um bei den unkontrolliert schlingernden Bewegungen des Walfängers nicht in eine Ecke geschleudert und ernstlich verletzt zu werden. Der Commandeur selbst nahm sich die Zeit und band seine Tochter, die tapfer versuchte, ihre Angst nicht zu zeigen, an den Bettpfosten fest. Danach gab er ihr einen Kuss auf die Wange – etwas, das er zuletzt getan hatte, als sie fünf Jahre alt gewesen war. Sie glaubte nur zu gut zu verstehen, was ihr Vater ihr damit sagen wollte: Es war sein Abschiedskuss, er rechnete wohl mit dem Schlimmsten.

Kerrin hatte nun viele, quälend lange Stunden Zeit, um über sich und ihr weiteres Schicksal nachzudenken. Sie war erstaunlich gefasst, worüber sie selbst einigermaßen verwundert war. Dann erinnerte sie sich, schon öfters auf der Insel Leute hatte sagen hören, ältere und alte Menschen litten im Allgemeinen viel mehr unter Todesangst als junge – so, als wüssten Betagtere den Wert des Lebens höher zu schätzen als die noch Unerfahrenen.

»Das ist auch der Grund, weshalb junge Männer freudiger in den Krieg ziehen als die alten«, hatte ihr Moicken Harmsen einst erklärt.

»Bei mir spielt sicher auch eine Rolle, dass ich hoffe, nach meinem Tod mit meiner lieben Mama vereint zu sein«, dachte Kerrin, während draußen die Elemente tobten. Die Aussicht, Terke in Kürze wiederzusehen, ließ ihr das mögliche Sterben weitaus weniger schrecklich erscheinen.

»Nur schnell möge es gehen, lieber Gott«, betete sie stumm.

394

Vor einem langsamen Ertrinken oder einem lang andauernden schmerzvollen Dahinsiechen aufgrund einer tödlichen Verletzung empfand sie nämlich eine grauenhafte Angst – nicht zuletzt eingedenk der Sterbenden, die sie über die Jahre als Heilerin schon begleitet hatte und die sich manchmal so zäh an dem ihren Körper langsam verlassenden Leben festklammerten.

Stundenlang versuchte sie, sich die Stimme der geliebten und so sehr vermissten Mutter ins Gedächtnis zurückzurufen. Wie hatte es sich nur angehört, wenn Terke nach ihr gerufen hatte? Aber es wollte Kerrin nicht gelingen, sich den ganz besonderen Klang ihrer gütigen Stimme zu vergegenwärtigen.

Im Laufe der Nacht, als das Unwetter nur immer noch stärker raste, das Schiff in allen Fugen krachte, so dass sein unmittelbar bevorstehendes Auseinanderbrechen zu befürchten stand und der Orkan heulte und brüllte, änderte sich der anfängliche Gleichmut des jungen Mädchens. Todesangst ergriff jetzt auch von ihr grausam Besitz und ihr Überlebenswille erwachte umso mächtiger. Unwillkürlich fiel ihr das Gebet ein, das sie als Sechsjährige mit solcher Inbrunst gesprochen hatte – damals, als sie geglaubt hatte, ihre Mutter damit ins Leben zurückrufen zu können.

»Wie naiv bin ich doch gewesen«, dachte sie. Doch jetzt erschien ihr jenes *Beed bi en Sturemflud* gerade passend. Verzweifelt versuchte sie, sich der Anfangsworte zu erinnern. Dann fielen sie ihr wieder ein: »*Hergood, almächtigh Halper …*«

Auch später konnte sie sich nicht entsinnen, jemals ein Gebet inniger gesprochen zu haben als zu jenem Zeitpunkt, als sie in höchster Lebensgefahr schwebte.

Zwei lange schreckliche Tage und zwei ebenso furchtbare

Nächte hindurch dauerte das Unwetter an. Der Orkan wütete ungeheuer und spülte die aufgewühlte See über das Deck, so dass sein ungestümes Heulen, das direkt aus der Hölle zu kommen schien, sowie das Brausen der eisigen Wassermassen, die aus einem pechschwarzen Himmel stürzten, bis in den letzten Winkel der *Fortuna II* zu hören waren.

Weit über ein Dutzend Mal bestand die Gefahr, dass der Segler umkippte und in den sturmgepeitschten Wellen versank, um für immer in die Tiefe des Meeres gerissen zu werden. Alle Seeleute hatten sich, so gut es ging, irgendwo angekettet oder festgebunden – allerdings ein sicheres Todesurteil, falls das Schiff sank. Aber ein Überleben im eisigen Wasser war über längere Zeit sowieso nicht möglich. Ein schneller Tod durch Ertrinken erschien da noch weitaus gnädiger. Das war der wahre Grund, weshalb Seeleute im Allgemeinen gar nicht schwimmen lernten. Sie fürchteten sich vor der trügerischen Hoffnung, die einen Schwimmer glauben machte, er vermöchte heil aus den eiskalten tödlichen Fluten gerettet werden.

Am Morgen des dritten Tages ließen Orkan und Eisregen endlich nach; die schwarze Wolkendecke wurde an manchen Stellen durchlässig für ein paar schüchterne Flecken strahlenden Azurblaus. Innerhalb einer Stunde verzog sich das Unwetter gänzlich und es schien eine überraschend kräftige Aprilsonne vom Himmel.

Der Commandeur und seine Offiziere sowie die Mannschaft, die während des tagelangen Teufelsspuks wie paralysiert im rabenschwarzen Schiffsbauch ausgeharrt hatten, tauchten bleich und geschwächt an Deck auf und begutachteten die Schäden, die der Orkan angerichtet hatte. Wie durch ein Wunder war das Ankertau nicht gerissen.

Die Masten, die aus mehreren ineinandergeschraubten Teilen bestanden und vorsorglich niedergelegt und sorgfältig vertäut worden waren, wurden schnellstens wieder aufgerichtet. Kleinere Mängel waren für den Zimmermann und seine Gehilfen nicht allzu schwierig zu beheben. Bald wehten erneut die holländische Flagge am Heck und die Föhringer Wimpel an den drei Toppen.

Einige Mitglieder der Mannschaft hatten sich gleich zu Beginn des Unwetters durch Stürze auf dem mit Blitzeis überzogenen Deck und durch herabstürzende Gegenstände Verletzungen zugezogen. Zum Glück waren sie nicht allzu schwer und Kerrin konnte die Männer rasch verarzten. In den meisten Fällen genügten ein Wundpflaster oder ein leichter Salbenverband. In einigen Fällen musste sie größere Wunden mit wenigen Stichen nähen.

Ein paar Matrosen waren durch die heftigen Turbulenzen, die den normalen Seegang weit übertrafen, seekrank geworden. Doch dieses Übel verging von allein, nachdem sich das Meer wieder beruhigt hatte.

Nicht wenige der Männer sanken auf den nassen Schiffsplanken auf die Knie, kaum dass sie an Deck getaumelt waren, um Gott, dem Herrn, für seine Güte, sie am Leben gelassen zu haben, zu danken. Asmussen setzte alsbald – sowie die entstandenen Schäden und die gröbste Unordnung auf dem Schiff in Ordnung gebracht waren – einen für jedermann verpflichtenden Dankesgottesdienst an.

Alles in allem war die *Fortuna II* sogar ausgesprochen glimpflich davongekommen: Lediglich eine einzige Schaluppe hatte der Sturm von der Bordwand aus ihrer Vertäuung gerissen und im Meer versinken lassen, der hintere Mast war beschädigt und eine große Werkzeugkiste war über Bord gegangen.

397

Diese Verluste waren zu verschmerzen. Das Wichtigste war schließlich, dass der Orkan keine Menschenleben gekostet hatte und die Verletzungen insgesamt gering waren.

Den Kameraden auf ihrem Mackerschiff war das Glück längst nicht so hold gewesen – eine Tatsache, mit der sie kurz nach dem Abflauen des Sturms konfrontiert wurden. Der Commandeur der *Cornelia* ließ sich mit einigen seiner Offiziere zur *Fortuna II* rudern. Bereits als die Männer mühsam an Bord kletterten, war zu erkennen, dass alle körperlich angeschlagen waren.

Aber die Verletzungen durch Stürze und herumfliegende splitternde Holzteile waren nicht das Schlimmste. Viel stärker fiel ins Gewicht, dass ein Großteil der Tranfässer der *Cornelia* zu Bruch gegangen war, zwei ihrer drei Masten nahezu vollkommen zerstört waren und ein Großteil der Segel, die sie zu spät zu reffen versucht hatten, in Fetzen herunterhingen. Außerdem war ihnen auch ein Teil der mitgeführten Lebensmittel durch die entfesselte See geraubt worden.

Commandeur Asmussens Miene wurde immer grimmiger, je länger er dem Lamento zuhörte. Für ihn und die *Fortuna II* bedeutete das nichts anderes, als dass sie nun ihrem Mackerschiff Hilfe leisten mussten – was an und für sich selbstverständlich war. Was Kerrins Vater an der Sache jedoch störte, war, dass es sich so anhörte, als hätten Commandeur und Seeleute der *Cornelia* nicht weitsichtig genug vorgesorgt. Wie konnte man etwa so leichtsinnig sein und die Masten nicht umgehend niederlegen, wenn ein Unwetter unmittelbar bevorstand? Der Orkan hatte sich schließlich angekündigt …

Und die Fässer hatte der Schiemann allem Anschein nach auch nicht ordnungsgemäß verstaut. Aber nachträglicher Tadel half nicht weiter. Asmussen ergriff die Initiative und beorderte einen Teil seiner Mannschaft auf das schwer in Mit-

398

leidenschaft gezogene Partnerschiff, um, so gut es ging, die gröbsten Mängel beseitigen zu lassen. Vier Matrosen wurden vom Bootsmann gesondert angewiesen, mehrere Kisten mit haltbaren Lebensmitteln, etwa geräuchertem Schweinespeck, getrockneten Erbsen und eingesäuertem Kraut, auf die *Cornelia* zu schaffen.

Später versuchte der Commandeur seiner Tochter die schlechte Laune, die er so ungewöhnlich deutlich gezeigt hatte, zu erklären: »Die Schäden unseres Mackerschiffs hätten bei vorausschauender Planung vermieden werden können. Das Ganze kostet uns unnötig viel Zeit! Zeit, die wir dringend bräuchten, um endlich zu den Walfanggründen zu gelangen. Stattdessen werden meine Männer nun ihren Sold riskieren, indem sie Reparaturarbeiten auf einem fremden Schiff verrichten.«

So übellaunig hatte Kerrin ihren Vater noch nie erlebt. Aber sie konnte ihn gut verstehen. Auch die gesamte Mannschaft der *Fortuna II* schlich mit finsteren Mienen umher: Immerhin ging es um ihren Verdienst, der nun womöglich durch den Leichtsinn anderer empfindlich geschmälert wurde.

Allmählich registrierte Kerrin noch eine weitere Verhaltensänderung der Männer – die sich in irgendeiner Weise auf sie zu beziehen schien: Ihre Patienten waren zwar wie immer froh über ihre hilfreichen Bemühungen, aber verhielten sich dennoch ihr gegenüber auf einmal anders, wenigstens ein großer Teil von ihnen. Die meisten wirkten mit einem Mal scheu und wortkarg, reagierten kurz angebunden auf ihre Fragen, vermieden es, ihr in die Augen zu schauen und beeilten sich auffällig, den winzigen Behandlungsraum wieder zu verlassen, indem sie wichtige Arbeiten vorschützten.

Anfangs glaubte Kerrin noch, dass diese Tätigkeiten wirklich keinen Aufschub duldeten und dass es eben ein wenig dauerte, bis wieder eine gewisse Normalität an Bord herrschte. Aber im Laufe der folgenden Tage erschienen ihr die Ausreden der Matrosen, die in der Regel gerne ein Schwätzchen mit ihr gehalten hatten, recht dünn und ihr Verhalten insgesamt merkwürdig. Sie beschloss, der Sache auf den Grund zu gehen.

Als Erstes nahm sie sich Michel Drefsen vor. Der Zwölfjährige erschien ihr noch am zugänglichsten. Zu ihrem Befremden machte auch er jedoch Anstalten, sich ihr zu entziehen; aber Kerrin hielt den »Moses« einfach am Ärmel fest.

»Halt, Michel! Nicht so schnell! Ich habe mit dir zu reden. So leicht kommst du mir nicht davon. Ich merke doch, dass seit dem Unwetter irgendetwas nicht stimmt – und dass es allem Anschein nach mit mir zusammenhängt! Also, was ist los?«

Nach einigem Zögern machte der Schiffsjunge auch tatsächlich den Mund auf. Feuerrot vor Verlegenheit und von mehrfachem Stottern unterbrochen, brachte er schließlich heraus: »Die Männer sagen, dass *du* schuld an dem Unglück bist!«

»Wie bitte? Ich höre wohl nicht recht! Was soll denn dieser Unsinn?«

Kerrin war weniger verblüfft als empört. Sie war schließlich an Bord, um den Seeleuten bei Krankheiten und Verletzungen zu helfen. Niemand konnte ernsthaft behaupten, sie wäre bisher ihrer Pflicht nicht gewissenhaft nachgekommen. Dass ihr Vater sie während des Orkans in ihrer Koje festgeschnallt hatte, mussten die Leute doch begreifen! Was sollte ihnen schließlich eine »Meisterin« nützen, die selbst verletzt war?

»Das verstehe ich nicht! Das musst du mir schon näher erklären, Michel!«, entgegnete Kerrin schließlich, um Beherrschung bemüht, um die heiß in ihr emporlodernde Wut nicht an dem Jungen auszulassen.

Sie erwischte ihn gerade noch an seinem blauen Kittel, als er wiederum versuchte, sich blitzschnell davonzumachen.

»Hiergeblieben, Moses! Was meinst du damit? Wieso sollte *ich* an dem schlimmen Wetter die Schuld tragen?«

Michel trat von einem Bein aufs andere, als müsse er sich erleichtern, wobei er verlegen zu Boden starrte.

»Jetzt red schon, Michel. Ich bitte dich ganz herzlich darum«, ermunterte Kerrin ihn schließlich, als sie merkte, wie unangenehm dem Schiffsjungen das Ganze war.

»Die Männer sagen, dass du eine *Towersche* bist, eine Hexe, die Unwetter herbeizaubern kann. Und dass der Commandeur Unrecht daran getan hat, dich mit aufs Schiff zu nehmen. *Alle Welt weiß doch, dass Weiber an Bord nur Unglück bringen!* Beim letzten Mal, auf der alten *Fortuna*, waren es die Seeräuber, die du mit deinen Zauberkünsten herbeigerufen hast – und dieses Mal war es der verheerende Wetterumschwung. Die Leute fragen sich mittlerweile, was es wohl beim nächsten Mal sein wird, womit du uns schaden wirst!«, brach es schließlich aus dem jüngsten der Matrosen heraus.

»Das behaupten die Männer allen Ernstes?«

Kerrin vermochte es nicht zu fassen. »Das ist ja unglaublich! Denkst du etwa genauso von mir, Michel?«, erkundigte sie sich mit leichenblassem Gesicht. Nur mit Mühe hielt sie die Tränen zurück.

Michel Drefsen zuckte unschlüssig mit den Schultern. Erst jetzt wagte er es, ihren Blick offen zu erwidern.

»Ich weiß nicht, Meisterin«, murmelte er verlegen. »Eigentlich kommst du mir nicht gerade wie eine Hexe vor. Aber was versteh' ich denn schon davon?« Damit wandte er sich um und machte sich geschwind davon.

Dieses Mal ließ Kerrin ihn unbehelligt ziehen. Sie war am Boden zerstört. Wie würde ihr Vater auf diese neue Situation reagieren? Und wieso hatte sie all das, was sie meinte auf Föhr hinter sich gelassen zu haben, nun wieder eingeholt?

401

FÜNFUNDVIERZIG
Wale in Sicht

DIE NÄCHSTEN TAGE VERLIEFEN hektisch; für Kerrin ergab sich keine Möglichkeit, sich länger und vor allem allein mit dem Commandeur zu unterhalten. Die Mannschaften der *Fortuna II* und der *Cornelia* unternahmen äußerste Anstrengungen, um die verlorene Zeit wenigstens zum Teil wieder aufzuholen. Keine Nacht kam Kerrins Vater vor Mitternacht in seine Koje.

Endlich, am 25. April, erreichte man die Grönlandsee, wo die Wale angeblich in Scharen auf beutehungrige Jäger warteten. Als Erstes machten Commandeur Asmussen und seine Männer jedoch die Entdeckung, dass sich bereits eine Menge anderer Walfänger in dem mit kleineren Eisbergen durchsetzten Gewässer herumtrieb.

»Sie werden uns schon noch genügend Fische übriggelassen haben«, meinte Rörd Gonnesen, der Steuermann, leichthin – bemüht, die finstere Miene seines Commandeurs ein wenig aufzuhellen.

Am nächsten Morgen war es endlich soweit, heute würde man Wale jagen. Die See war bemerkenswert ruhig und der blaue Himmel zeigte sich von seiner schönsten Seite. Es wurden die fünf Schaluppen, über die sie noch verfügten, vorbereitet. Ehe eine jede mit sechs Mann – je einem Harpunier und fünf erfahrenen Matrosen – besetzt wurde, hielt Roluf Asmussen noch eine kurze Andacht ab. Da man für eine holländische Reederei fuhr, erfolgte das Gebet, das am Ende gesprochen wurde, traditionell in holländischer Sprache.

Kerrin war erstaunt, dass sie es gleichwohl recht gut verstehen konnte. Übersetzt lautete es:

»Herr, führe mich auf deinen Wegen,
gib mir Deinen guten Geist,
der mir Hilf' und Beistand leist'.
Lass mich Deine Gnad' und Segen
stets empfinden, früh und spat,
segne Denken, Wort und Tat.«

Diesen schönen Worten fügte Kerrins Vater noch einen selbst verfassten Vers hinzu:

»Nimm, Gott, Dich meiner Lieben an,
die ich daheim musst' lassen.
Woll'st huldvoll ihnen nah'n,
sie stets mit Schutz umfassen.
Dir, meinem Herrn, empfehl' ich sie,
Dir, der Du sprichst: ich werd' sie nie verlassen. Amen.«

Kerrin musste an ihre Zieheltern auf Föhr denken, an ihre wenigen guten Freundinnen sowie an die Kranken, die sie so bereitwillig verlassen hatte. Ein Anflug von schlechtem Gewissen überkam sie, den sie aber rasch zurückdrängte. Sie hatte einfach den Drang verspürt, ihrer Insel für eine Weile den Rücken zu kehren. Wer weiß, was geschehen wäre, wenn sie geblieben wäre … Dass ihr die bösen Stimmen offenbar bis an Bord gefolgt waren, damit hatte sie allerdings nicht gerechnet.

Im Anschluss an die Andacht stachen die Männer in See. Zusammen mit dem Commandeur und den Offizieren, die an Bord blieben, harrte auch Kerrin an Deck aus. Gleich den Übrigen fieberte sie der Jagd entgegen – wobei allerdings die Männer vorgaben, die Ruhe selbst zu sein. Nichts und niemand hätte Kerrin von ihrem Platz an der Reling zu vertreiben vermocht, gar zu lange schon hatte sie auf diesen Moment gewartet.

Es war tatsächlich spektakulärer, als sie es sich jemals ausgemalt hätte. In relativ geringer Entfernung rings um die beiden Walfänger schien die See plötzlich zu brodeln. Eine Menge riesiger Wale musste sich hier aufhalten und es erschien Kerrin rätselhaft, weshalb sich die Tiere nicht davonmachten, indem sie einfach abtauchten; doch sie schienen neugierig zu sein – und vollkommen ahnungslos.

Ganz nahe unter der Oberfläche des Meeres schwammen die Kolosse, dabei spielerisch die Fluten peitschend mit ihren mächtigen *Fluken*, wie man die querstehenden Schwanzflossen nannte. Es musste sich um eine Herde von weit über einem Dutzend Tiere handeln, die immer wieder gezwungen waren, zum Atemholen an die Oberfläche des Wasserspiegels zu gelangen.

»Schau, Meisterin, sie blasen!«, rief der Küper, der sich neben Kerrin an die Reling gestellt hatte. Ganz deutlich konnte sie die großen Köpfe einiger dieser Meeresriesen sehen, aus denen durch eine Öffnung ein springbrunnenartiger Strahl, bestehend aus verbrauchter Atemluft, entwich. Die Tiere waren so nahe an die *Fortuna II* herangekommen, dass Kerrin ihnen direkt in ihre kleinen Augen blicken konnte, wenn sie auftauchten. Der Segler wirkte plötzlich winzig inmitten der massigen Leiber und schwankte mit jedem Flossenschlag der Kolosse bedrohlich hin und her.

Der Steuermann hatte den Neulingen an Bord erklärt, dass Wale nicht viel sehen konnten, aber über einen guten Gehör- und Geruchssinn verfügten und dass sie ferner ausgezeichnete Schwimmer und Taucher waren, die bis zu 200 Ruthen in die Tiefe gingen und es dort länger als eine Stunde aushielten, ohne Atem zu schöpfen.

Asmussen war mittlerweile ins »Krähennest« gestiegen, eine Art Korb im Großmast, von dem aus er rundum den besten Überblick besaß; sobald er einen »blasenden« Wal in greifbarer Nähe erspähte, ließ er das Kommando »Fall!« ertönen. Während des Atemholvorgangs waren die Tiere einerseits ziemlich hilflos: Sie konnten nicht untertauchen. Andererseits waren die Wale in dieser Situation aber auch sehr angespannt und gefährlich und viele Commandeure unterließen es daher, Luft schöpfende Wale zum Angriff freizugeben. Kerrins Vater jedoch besaß bedingungsloses Vertrauen in die Geschicklichkeit seiner Männer. Sobald der Befehl ertönte, stellte der Harpunier der nächstgelegenen Schaluppe sich in Position, während die Matrosen das Boot so dicht wie möglich an den Wal heran steuerten.

Kerrin beobachtete Frederick Harmsen, der bereits im vorigen Jahr als Harpunier für ihren Vater tätig gewesen war. Aus nächster Nähe schleuderte der Mann, der jahrelang bei den Indianern Nordamerikas gelebt hatte, die Harpune in den riesigen Körper des nichts ahnenden Tieres. Kerrin blieb beinahe das Herz stehen, als sie das Aufbäumen des getroffenen Wales sah. Sofort legten sich die Männer in die Riemen, um sich von dem angeschossenen Wal zu entfernen, »freikommen« nannten sie das. Wie Kerrin die Seeleute hatte sagen hören, gehörte diese Situation zu den gefährlichsten: Nicht selten zerschmetterte der verwundet flüchtende Wal das Boot samt Mannschaft mit einem einzigen Schlag seiner gewaltigen Fluke. Die Harpune war durch eine lange Leine mit der Schaluppe verbunden. Der Wal nahm demnach bei seiner Flucht das Boot ins Schlepptau. Falls es dem waidwunden Tier gelang, das Boot samt der Mannschaft unter eine große Eisscholle zu ziehen, waren sie ebenfalls verloren.

Ohne von der Stelle an Deck zu weichen, beobachtete Kerrin mit zunehmendem Entsetzen, wie die Bootsmannschaft das verletzte Tier so lange hetzte, bis es endlich ermattet an der Oberfläche auftauchte und schließlich mit einer langen Lanze vom Harpunier erlegt werden konnte. Der Überlebenskampf des unglücklichen Geschöpfs dauerte dabei fast zwei Stunden. Trotz der gnadenlosen Unerbittlichkeit, mit der die Matrosen mit dem majestätischen Tier kämpften, erschienen Kerrin diese Männer doch irgendwie als Helden. Wie klein und verloren sie wirkten im Vergleich zum mächtigen Leib des Wales – und dennoch besaß das Meeresungeheuer keine Chance gegen sie.

Am Ende war Kerrin vom bloßen Zuschauen erschöpft – und unendlich erleichtert darüber, dass keiner der Männer sein Leben verloren hatte.

Die Besatzung der Schaluppe ruderte den getöteten Wal – einen männlichen Buckelwal, der zu den Bartenwalen gehörte – zum Mutterschiff *Fortuna II*. Das Tier, immer noch an der starken Leine hängend, hatte inzwischen Ströme von Blut vergossen und dadurch Haie angelockt. Gierig und nervös umrundeten sie den Walfänger. Die Matrosen, die auf dem Schiff geblieben waren, hievten ihre Beute schnellstens mit Flaschenzügen bis zur Mitte der Bordwand hoch, um sie aus der Reichweite der gefräßigen Meeresräuber zu bringen.

Aber so schnell gaben diese intelligenten Tiere nicht auf. In Scharen umkreisten sie weiterhin hektisch die *Fortuna II*, rochen sie doch das noch immer aus dem Kadaver rinnende Blut – ein Saft, der die Haie regelrecht toll zu machen schien. Selbst wenn die begehrte Beute jetzt ellenhoch entfernt außerhalb ihrer Reichweite über ihnen hing, schienen die Haie zu wissen, dass ein Teil davon ihnen zufiele: Stücke der glatten Walhaut, die Fluke und die Flossen sowie Brocken des Fleisches.

406

Die an Bord verbliebenen Männer standen schon mit ihren Speckmessern bereit, um auf den Rücken des erlegten Wals zu klettern, der längsseits der Bordwand des Walfängers vertäut wurde. Ihr Ziel war es, die feste Haut abzuschälen, unter der sich eine dicke Speckschicht befand, die es »abzuflensen« galt.

»Diesen Walspeck schneidet man in Stücke, salzt sie und lagert sie in den mitgebrachten Speckfässern ein, um sie in Amsterdam zur Trankocherei zu bringen.«

Bootsmann Andresen glaubte Kerrin – die allerdings längst genau darüber informiert war – belehren zu müssen. Das junge Mädchen ließ ihn gewähren. Sie wollte den freundlichen Mann nicht vor den Kopf stoßen, indem sie sich als Neunmalkluge aufspielte – war sie doch froh, dass er und die meisten anderen Männer ihr seit dem vergangenen Tag nicht mehr so deutlich aus dem Weg gingen. Es schien beinahe, als hätte jedermann an Bord das schreckliche Erlebnis des Orkans vergessen – und damit auch die bitterbösen Vorwürfe, die man ihr gemacht hatte.

An diesem Glückstag erlegten die Männer der *Fortuna II* noch vier weitere Wale. Neben dem Speck entnahm man ihnen auch die Barten, mit denen die Tiere ihre Nahrung, Plankton und kleines Meeresgetier, aus dem Wasser siebten.

Neu war für die Meisterin, dass auch der im Schädel der Wale vorkommende *Walrat*, ein besonderes Fett, als Grundlage für Salben und zur Herstellung von Kerzen wertvoll und begehrt war.

Am Abend dieses glückverheißenden Beginns der diesjährigen Walfangsaison hatte Kerrin lediglich einige Schnittwunden zu versorgen, die die Männer sich bei der enorm flinken und trotz allem sehr geschickten Handhabung der rasiermesserscharfen Speckmesser zugezogen hatten, sowie ein paar harmlose Blutergüsse.

»Ein vielversprechender Anfang«, freute sich Roluf Asmussen und setzte abends in der Offiziersmesse einen Dankgottesdienst für alle an. Folgendes Schlussgebet rundete den erfolgreichen Jagdtag ab:

»Mit Gott in einer jeden Sach'
den Anfang und das Ende mach.
Mit Gott gerät der Anfang wohl,
fürs Ende man Gott danken soll. Amen.«

Kerrin beschlichen, trotz all ihrer Begeisterung für die archaischen Jagdszenen, leise Zweifel, ob es tatsächlich Gott wohlgefällig war, diese wunderbaren Geschöpfe zu töten – nur um ihren Tran in hellen Lampenschein zu verwandeln, ihr spezielles Fett zu Salbe zu verarbeiten oder gar aus ihren Barten Korsettstangen für die Kleider reicher Damen anzufertigen …

»Früher hat man sich mit dem Wachs der Bienen begnügt oder mit Pechfackeln und für Heilsalbe tut es schließlich auch Schweinefett – und wer um Himmels willen braucht schon unbedingt Korsettstangen? Warum all die Mühen und Gefahren erleiden, die nicht wenigen Männern den Tod bringen und auf lange Sicht zur Ausrottung dieser Tiere führen werden?«, überlegte sie, als sie endlich in ihrer Koje lag.

Nicht einmal ihrem Vater gegenüber wagte sie es jedoch, ihre plötzlichen Skrupel darzulegen. Wie sollte auch ausgerechnet der Commandeur eines Walfängers solche Überlegungen verstehen oder gar gutheißen?

SECHSUNDVIERZIG
Eine Hochzeit am Hofe steht bevor

WÄHREND ZAR PETER unter allerhand diplomatischen Verwicklungen Europa bereiste und Asmussens Mannschaft tiefer in die Grönlandsee vordrang, bereitete sich das Herzogtum Schleswig-Holstein-Gottorf auf ein Großereignis vor: Die Hochzeit des künftigen Herzogs Friedrich mit der um zehn Jahre jüngeren schwedischen Prinzessin Hedwig Sophie war inzwischen beschlossene Sache, nur ein genauer Termin stand noch nicht fest.

Hübsch und intelligent sollte sie sein, die kleine Prinzessin; so wollten es jedenfalls Gerüchte in wohlunterrichteten herzoglichen Hofkreisen wissen. Und dass sie Friedrich von Kindesbeinen an »wie ein Hündchen« nachgelaufen war, wenn dieser in Stockholm zu Besuch weilte und eigentlich die Gesellschaft des künftigen Königs der Schweden genießen wollte … Auch eine gewisse Sturheit sagte man der jungen Dame hinter vorgehaltener Hand nach – was durchaus zu Spannungen in der Ehe führen könnte. Der Bräutigam zeichnete sich nämlich nicht gerade durch besondere Nachgiebigkeit aus, sobald jemand versuchte, seinem Drang nach Freiheit Zügel anzulegen.

Manche der herzoglichen Familie Näherstehenden drückten es plastischer aus: Friedrich war ein verdorbener Lebemann und Schürzenjäger, der weniger an Regierungsgeschäften als an »Wein, Weib und Gesang« interessiert war. Eine Eigenschaft, die durchaus am schwedischen Hof schon mehrfach unangenehm aufgefallen war, wo er immer wieder versuchte, den um elf Jahre jüngeren Thronfolger Karl zu allerlei »Ausschweifungen« zu verführen, wobei auch der Kronprinz sich scheins anschickte, ein Lebemann zu werden.

409

Die Landeskinder Schleswig-Holsteins jedenfalls freuten sich auf eine junge hübsche Herzogin, die den Gerüchten zufolge keine absichtlich dumm gehaltene Königstochter war, sondern eine sehr sorgfältige Erziehung – erst durch ihre kluge Mutter Ulrika Eleonora und später durch einen eigens für sie engagierten Lehrer – genossen hatte, fremde Sprachen liebte (sie konnte natürlich auch Deutsch), sich in Geografie und Geschichte gut auskannte, mit ihrem Vater gern zum Jagen und Fischen ging – und obendrein noch attraktiv und charmant sein sollte.

Die wenigen, zu denen jemals das Gerücht gedrungen war, man ziehe eine Heirat Hedwig Sophies mit dem russischen Zaren in Erwägung, waren jedenfalls hoch zufrieden, dass diese Überlegungen im Sande verlaufen waren.

Die Prinzessin selbst, ungestüm wie in Kindheitstagen und eher den Aktivitäten in freier Natur zugetan als den langweiligen Salonabenden, die sie im Kreise der Hofdamen bei Handarbeit und Punsch zubringen musste, wusste freilich nicht, was da auf sie zukam. Der ältere, charmante Friedrich mit seinen blitzenden Augen und seiner ungebändigten, lockigen Haarpracht hatte es ihr einfach angetan und ein Leben an seiner Seite stellte sie sich in noch ungebrochener Naivität wie eine ewige Verlängerung der Sommer ihrer Kindheit vor: Gemeinsam mit ihrem Bruder könnten sie durch die Wälder jagen und der steifen Hofgesellschaft ein Schnippchen schlagen. Sie ahnte nichts von den Schatten, die bald nicht nur über sie, sondern über ganz Schweden fallen würden: Auf seiner Rückreise nach Russland war Zar Peter in Rawa mit dem König von Polen, August dem Starken, zusammengetroffen – eine verhängnisvolle Begegnung für ganz Europa.

Äußerlich sahen sich die beiden jungen Männer, die sich auf

410

Anhieb verstanden, sehr ähnlich. Auch August war sehr groß und kräftig gebaut. Man kolportierte, er vermöge mit bloßen Händen ein Hufeisen zu verbiegen. Vier Tage verbrachte Peter mit August in Rawa; man redete viel, trank eine Menge zusammen und widmete sich erotischen Vergnügungen. Zum Abschied schenkte August seinem neuen Freund, dem Zaren, eine Anzahl Waffen – und er verstand es geschickt, den mächtigen Herrscher in eines seiner ehrgeizigen Projekte einzubinden. Er begann, einen gemeinsamen Angriff auf Schweden zu planen!

Der schwedische König, Karl XI., war erst kürzlich gestorben und hatte seinem erst fünfzehn Jahre alten Sohn, dem jetzigen Karl XII., den Thron überlassen. Die Zeit schien günstig, die baltischen Provinzen zurückzuerobern. Sie bildeten immerhin jenen Riegel, mit dem die Schweden den Polen und Russen den Zugang zur Ostsee versperrten. August schlug vor, den Angriff insgeheim vorzubereiten und bar jeglicher Vorwarnung auszuführen.

Peter wiederum hatte seine ganz persönlichen Gründe, weshalb er sich auf diesen Pakt einließ: Hatte man ihm doch in Wien zu verstehen gegeben, dass kein Krieg gegen die Türken geplant war. Demnach bliebe Peter der Zugang zum Schwarzen Meer verwehrt.

Außerdem hatten die schwedischen Provinzen, um die es sich hier handelte, früher ohnehin unter russischer Herrschaft gestanden …

Genau dieses Szenario hatten der verstorbene Schwedenkönig und seine Frau Ulrika Eleonora seit Langem befürchtet. Nun drohte es Wirklichkeit zu werden und niemand war dafür gerüstet. Der junge Karl war noch unerfahren und hatte genug damit zu tun, sich in seine neue Rolle einzufinden. Ulrika Eleonora, die zudem um ihren Mann trauerte, war vor allem be-

411

müht, ihren Sohn vor Neidern und gefährlichen Ratgebern aller Art zu schützen. Für die Weltpolitik war sie vorübergehend blind – was sich bald rächen sollte.

SIEBENUNDVIERZIG
Fortuna II *erneut in Nöten*

AUCH IN DEN NÄCHSTEN TAGEN blieb das Jagdglück Commandeur Asmussen und seiner Mannschaft hold. Nach zwei Wochen intensiver Jagd in einem Gebiet, das – zog man im Geiste eine Verbindungslinie zwischen der Insel Jan Mayen, der Bäreninsel, Spitzbergen und der ostgrönländischen Küste – ziemlich genau ein Rechteck bildete, hatte man insgesamt zweiundzwanzig Tiere erlegt.

Das war ein Ergebnis, mit dem man sehr zufrieden sein konnte – wäre da nicht das Mackerschiff *Cornelia* gewesen, dem weit weniger Glück beschieden war. Nach einer Woche hatte deren Besatzung noch immer nichts gefangen und als am achten Tag endlich ein Harpunier einen Wal am Haken hatte, hatten sie das Pech, dass das verwundete Tier mit seiner Fluke das kleine Boot zertrümmerte. Jetzt verfügte die *Cornelia* gerade noch über vier Schaluppen.

Kerrins Vater beobachtete glücklicherweise diesen Unfall von seinem Ausguck im Mastkorb aus und dirigierte umgehend die eigenen Schaluppen zur Rettung der Seeleute, die hilflos im eisigen Wasser trieben. Leider überlebten nur vier der Männer; einer wurde zwar noch lebend geborgen, starb aber bald an den Folgen der Unterkühlung, während ein weiterer Kamerad trotz gründlicher Suche nicht gefunden werden konnte.

»Er wird wohl in der Grönlandsee untergegangen und ertrunken sein«, vermutete Roluf Asmussen und ließ seine Männer ein Gebet für die Seele des fremden Matrosen sprechen.

Kerrin hatte den tragischen Vorfall indes genau beobachtet. Sie rechnete es ihrem Vater hoch an, dass er nichts davon erwähnte, dass sich – angelockt vom Blut des angeschossenen Wals – noch vor Beginn der Rettungsaktion bereits Haie an der Unglücksstelle aufgehalten hatten … Demnach sprach einiges dafür, dass der Pechvogel nicht ertrunken, sondern in Wahrheit den Meeresräubern zum Fraß gedient hatte.

Ab Ende Mai schien allerdings die Glückssträhne für Asmussens Mannschaft zu Ende zu sein. Der Commandeur entdeckte von seinem Sitz in luftiger Höhe wiederum ein Tier in unmittelbarer Nähe; eine Schaluppe steuerte den Wal »in mörderischer Absicht« an. So nannte Kerrin inzwischen insgeheim das Tun der Seeleute. Das tägliche Gemetzel mit all dem Blut, dem Fett und den widerlichen Gerüchen war ihr mittlerweile nur noch schwer erträglich. Über eines war sie sich schon jetzt sicher: Dass sie ihren Vater nie mehr auf Walfang begleiten würde. Oft malte Kerrin sich aus, wie sie ihrem Bräutigam von ihren Erlebnissen berichten würde. Was würde er wohl dazu sagen? Ob er sie verstehen konnte? Wenigstens musste sie ihm gegenüber kein Blatt vor den Mund nehmen, schließlich war er Handelsreisender und kein Walfänger.

So grausig hatte sie sich die ganze Sache nicht vorgestellt! Mit jedem erlegten Tier war es für sie noch schlimmer geworden und ihre anfängliche Begeisterung war völlig verschwunden. Wenn sie jetzt erlebte, wie die Männer das Fleisch vom Skelett ihrer Beute schnitten und schabten, um die großen Knochen stolz als »Trophäen« mit nach Hause nehmen zu können, musste sie an sich halten, um sich nicht zu übergeben.

Obwohl Kerrin sich nun immer schleunigst ins Innere des

Schiffes zurückzog, sobald der Commandeur den Befehl gab anzugreifen, wurde sie an diesem Tag unfreiwillig Zeugin eines weiteren Unglücks: Der Harpunier Jan Bertilsen, Sohn des ehemaligen Schiffschirurgen Bertil Martensen, hatte mit seiner Harpune an dem Wal festgemacht und die Mannschaft der Schaluppe ließ es sich angelegen sein, von dem verletzten und höchst gereizten Tier sofort wegzurudern. Doch es war zu schnell und es gelang ihm, mit der Schwanzflosse das Boot nicht nur zum Kentern zu bringen, sondern mitten entzweizuschlagen.

Die restlichen vier Schaluppen der *Fortuna II* ruderten eilends herbei, um die Kameraden zu retten und gleichzeitig das begonnene Werk zu vollenden. Der Wal – ein wahrer Riese – sollte keine Gelegenheit haben, mit der in seinem Leib feststeckenden Harpune das Weite zu suchen. Mittlerweile waren auch die Schaluppen der *Cornelia* vor Ort, um ihren Verbündeten beizustehen.

Sämtliche ins Eiswasser Geschleuderten einzusammeln, gelang zu deren großem Glück – und zur nicht geringen Überraschung aller. Nachdem ihre Bergung so schnell erfolgt war, besaßen die Männer gute Chancen, das unfreiwillige kühle Bad zu überleben. Die Meisterin ordnete an, die Männer sofort nackt auszuziehen, sie mit wollenen Tüchern trockenzureiben und anschließend, in mehrere vorgewärmte Decken eingewickelt, in ihre Kojen zu verfrachten. Jedem verabreichte sie noch ein Glas stärkender Medizin – angereichert mit Mohnsaft, um sie einschlafen zu lassen, und mit Rum, um ihnen eine kleine Freude zu bereiten. Sie wünschte ihnen einen heilsamen Schlaf und baldige Besserung und ließ sie unter der Obhut ihrer Freunde zurück. Zuletzt bat sie, man möge sie ohne Säumen informieren, sobald die aus den eisigen Fluten Geretteten aus ihrem Heilschlaf erwachten.

414

»Zum Glück erlebten die armen Kerle keinen Angriff der allgegenwärtigen Haie«, dachte sie noch, ehe sie daranging, die Einträge in ihrer Krankenkladde auf den neuesten Stand zu bringen. Sooft sie das tat, dankte sie im Stillen ihrem Lehrmeister Bertil Martensen, der sie so umfassend in die Tätigkeit eines Schiffschirurgen eingewiesen hatte. Als Kerrin ihre Niederschrift beendet hatte, ging sie erneut an Deck, um frische Luft zu schöpfen.

Inzwischen hatten die Seeleute ihren unerbittlichen Kampf gegen den verletzten Wal weitergeführt. Kerrin wurde gerade noch Zeugin, wie sie mit eisernen, sieben Fuß langen *Lensen*, befestigt an einem hölzernen, fünf Fuß langen Stiel, dem Wal tief in die Eingeweide stachen, so dass das Tier schließlich einen armdicken Strahl Blut aus beiden Nasenlöchern blies. Laut röchelte es im Todeskampf und verendete schließlich, was die Matrosen daran erkannten, dass es sich auf den Rücken rollte. Die Männer klatschten ob ihres Erfolges, aber Kerrin war regelrecht schlecht. Am liebsten hätte sie geweint.

Normalerweise ging das Töten schneller: Wenn ein Harpunier Glück hatte und es schaffte, seine Lense in das weiche Gewebe, etwa einen Fuß hinter den Nasenlöchern, einzustechen, ging das Tier sogleich an diesem einen Stich zugrunde und auch das Blutvergießen hielt sich in Grenzen.

Dieses Mal jedoch war es eine einzige Quälerei gewesen. Leider glaubten einige Seeleute in ihrem Jägerstolz, ausgerechnet Kerrin ganz genau und in allen blutigen Einzelheiten darüber berichten zu müssen. Sie wurde dadurch nur in ihrem Entschluss bestärkt, nie mehr am Walfang teilzunehmen, und konnte bloß hoffen, wenigstens diese Seereise einigermaßen gut zu überstehen – zunehmend fiel es ihr schwerer, auf der *Fortuna II* auszuharren …

In den beiden folgenden Wochen erlegten beide Macker-schiffe keinen einzigen Wal. Mittlerweile schrieb man den 14. Juni – in aller Regel die beste Zeit zum Sommerwalfang.

»Das liegt am Wasser«, behauptete ein Harpunier und die neugierige Kerrin, obwohl ganz zufrieden damit, nicht an einer weiteren Schlächterei teilzuhaben, erkundigte sich genauer.

»Was ist an diesem Gewässer denn anders als in den vergangenen Tagen?«, fragte sie verblüfft. »Ist es etwa wärmer oder kälter geworden?«

Der Harpunier, ein etwas älterer Seemann von der Hallig Gröde, lachte.

»Weder noch! Das Wasser ist zu klar. Du musst wissen, Meisterin, in Grönland ist das Wasser an vielen Stellen so hell und klar, dass man oft zehn Faden tief unter die Oberfläche sehen kann. Umgekehrt bedeutet das aber, dass auch die Wale nach oben gucken können! Sobald die schlauen Tiere eine Schaluppe erkennen, nehmen sie Reißaus – und wir haben das Nachsehen. Alle Fische ziehen lieber dahin, wo das Wasser dunkel und für sie voller Nahrung ist – und wir Walfänger müssen ihnen folgen.«

Commandeur Asmussen war bestrebt, seinen Segler zügig in Richtung Spitzbergen zu navigieren. Er war überzeugt, dort würde man sicher noch so manchen Wal erlegen.

Es schien jedoch wie verhext! Obwohl sie etliche der großen Säuger ausmachten, gelang es ihnen nicht, auch nur einen einzigen zu erbeuten. Zwar gelang es Peter Arfsten, mit seiner Harpune ein riesiges Exemplar zu verletzen, doch das Meeresungetüm riss sich los und flüchtete unter einen der zahlreichen kleineren Eisberge, die Harpune samt der daran in der Schaluppe befestigten Leine mit sich ziehend – für die Besatzung ein Alptraum. Um von dem Wal nicht mit unters Eis gezogen zu werden, blieb den Männern nur, schleunigst die Leine zu

416

kappen. Mit der Harpune im Rücken entzog sich das Tier so seinen Jägern.

Die Witterung änderte sich kurz darauf abermals. Dichtes Schneegestöber behinderte über zwei Wochen lang die Sicht und wahre Eiseskälte brach Anfang Juli ein. Die umherschwimmenden Eisberge vergrößerten sich noch, indem sie beständig miteinander verschmolzen – so erschien es den Seeleuten jedenfalls.

Commandeur Roluf Asmussen versuchte verzweifelt, seinen Segler in eine günstigere südliche Strömung zu dirigieren, um das gefährliche Grönlandmeer zu verlassen, aber es war zu spät. Es gab kein Durchkommen mehr. Am 4. Juli schließlich war die *Fortuna II* völlig vom Eis eingeschlossen. Dabei war es auch kein Trost, dass sie dieses Schicksal mit ihrem Mackerschiff *Cornelia* und etlichen anderen Walfängern teilte. Keine Elle mehr gelangte das Schiff weiter, weder vor noch zurück.

Das Schneetreiben, verbunden mit eisigem Sturm, dauerte noch weitere drei Tage lang an. Als es langsam wieder aufklarte, saßen Asmussen und seine Mannschaft so tief im Eis fest, dass sie nicht einmal vom Ausguck am Großmast aus noch freies Wasser sehen konnten. Die barbarische Kälte dauerte an und niemand an Bord hegte Hoffnung, noch in diesem Jahr aus dem Eis freizukommen.

»Was das bedeutet, Leute, könnt ihr euch denken«, setzte der Commandeur die Mannschaft ins Bild, als er alle nach der Mahlzeit in die Offiziersmesse zu einer außerordentlichen Versammlung zusammengerufen hatte. »Wenn wir Pech haben, sitzen wir bis zum nächsten Frühjahr hier fest und müssen obendrein damit rechnen, dass die Eismassen unser Schiff zerdrücken.« Niemandem waren die furchterregenden Geräusche entgangen, die durch die sich beständig verschiebenden Eisplatten entstanden und vor allem nachts den Segler zu zermalmen schienen.

Ein Aufstöhnen ging durch die Reihen der Männer. Die älteren unter ihnen hatten so etwas schon erlebt: Ein Überwintern auf Grönland war eine harte und grausame Angelegenheit – aber immer noch besser, als im eisigen Meer zu ertrinken.

»Ich finde es am klügsten, auf das Schlimmste vorbereitet zu sein! Daher werden wir alles so einrichten, als müssten wir hier tatsächlich den Winter verbringen«, beschloss der Commandeur ruhig seine Rede zur aktuellen Lage. Nach der ersten Aufregung reagierten die Männer gefasst, man hatte schließlich damit gerechnet.

Als Erstes ließ Kerrins Vater die Fässer mit dem Walspeck und die Kisten mit dem Proviant aufs an der Küste ebenfalls verschneite und vereiste Festland bringen; danach sämtliche Kleidungsstücke, die Hängematten und die Decken sowie Kerrins Lappdose mit den Medikamenten und der Patientenkladde. Nicht zu vergessen waren die Segel, die Taue und die vorrätige Leinwand, die man an Land bräuchte, um daraus Zelte für die Männer zu errichten.

Ferner mussten der Anker, die Schaluppen und Harpunen und alle möglichen anderen Werkzeuge geborgen werden; um die Kochkessel und Pfannen sowie um Geschirr, Gläser und Besteck aus der Offiziersmesse sorgten sich der Smutje und sein Gehilfe.

Der Commandeur persönlich kümmerte sich um das Logbuch, die Mannschaftslisten und die Schifffahrtsinstrumente, vor allem um das wichtige Astrolab.

Es war nicht leicht, an Land geeignete Plätze zu finden, die einigermaßen geschützt und im Windschatten lagen. Trotz des eiskalten Windes, der ihnen um die Ohren pfiff, war den

Männern, die schwerbeladen zwischen dem Segler und dem Festland hin und her stapften, bald heiß und sie fingen an zu schwitzen.

Einige wollten sich bereits die Mützen vom Kopf reißen und ihre wollenen Jacken am Hals öffnen, aber Kerrin ermahnte die Seeleute, um ihrer Gesundheit willen davon abzulassen.

»Im Nu habt ihr euch eine Erkältung eingefangen. Aber ich muss die Arzneien, die ich habe, rationieren, wenn sie über den ganzen Winter reichen sollen«, gab sie zu bedenken. Fast alle hörten auf sie.

»Kluge Deern«, murmelte ein Matrose aus Nieblum, den sie schon einige Male durch Handauflegen mit Erfolg gegen sein Reißen behandelt hatte.

Die Männer ihres Mackerschiffs lagerten direkt neben ihnen; man half sich gegenseitig aus oder schleppte besonders schwere Gegenstände, wie etwa die gefüllten Speckfässer, gemeinsam an Land.

Im Laufe dieses und des nächsten Tages gesellten sich noch die Besatzungen von vier anderen Walfängern zu ihnen, denen es genauso ergangen war. Einen älteren Segler hatte das Eis gar schon zerquetscht.

Die Nacht nach der Übersiedlung ans Festland schliefen alle gut, denn jeder war mehr oder weniger erschöpft von den Arbeiten und vom dauernden Hin- und Zurücklaufen. Nur ganz unwichtigen Plunder ließ man schließlich an Bord zurück – wozu allerdings die hübschen handgefertigten Ziergegenstände aus Walknochen, welche die Matrosen in ihrer Freizeit schnitzten, nicht gehörten … Jeder der Männer hatte seine Lieblingsstücke – den Angehörigen daheim zugedacht –, die er unbedingt vor dem Untergang zu retten bestrebt war. Am beliebtesten waren geschnitzte Rosen oder Fische aus Walbein.

»Als Nächstes kümmern wir uns um den Nahrungsnachschub und um Brennholz«, ordnete Asmussen früh am nächsten Morgen an, als alle, noch müde vom letzten Tag, aus ihren provisorischen Zelten gekrochen kamen.

Seine Offiziere nickten sorgenvoll. Vor allem der Bestand an Brennbarem war kläglich. Er würde niemals für mehrere Monate reichen. Nachdem der Schneefall aufgehört hatte, begann unverzüglich die Jagd nach Essbarem sowie die Suche nach Holz. Nach dem Frühmahl und einer kurzen Andacht sollten die Männer in Gruppen losziehen, jeder mit einer Tasche, einem Beutel oder Sack ausgerüstet, mit Proviant für etliche Tage und einer zur Jagd geeigneten Waffe. Manche hatten auch Netze oder Fallen dabei.

Das Frühstück bestand aus leicht gesalzenem Gerstengraupenbrei und heißem Tee, wobei Kerrin mit gelindem Entsetzen bemerkte, wie sehr das bisschen Kochen ihren Vorrat an Brennholz schrumpfen ließ. Was, wenn sie tatsächlich bis Anfang März hier ausharren müssten? Falls es nicht gelang, für ausreichend Nachschub zu sorgen, würden sie vermutlich erfrieren – zudem gäbe es nur rohe Nahrungsmittel zu essen. Und ob das ihre Mägen über Monate hinweg vertrügen, wagte die Meisterin zu bezweifeln. Sie überlegte, ob in einem solchen Fall einer der Commandeure damit einverstanden war, seinen Segler zu opfern, um das Holz, aus dem er gebaut war, zu verfeuern …

Auch manch anderem war der Mut an ihrem ersten Morgen an Land beträchtlich gesunken; aber Commandeur Asmussen gelang es, sie wieder aufzumuntern: »Diejenigen unter uns, die bereits einen Winter auf Grönland überlebt haben, legen doch ein beredtes Zeugnis dafür ab, dass man es gut durchstehen kann! Auch wir werden es schaffen: Mit Gottes Hilfe und indem wir es gemeinsam anpacken!«

Kerrin empfand in diesem Augenblick großen Stolz auf ihren Vater – und ein tiefes Gefühl der Zuneigung. Ja, mit ihm zusammen fühlte sie sich sicher und trotz aller Unbilden zuversichtlich. Roluf würde nicht zulassen, dass ihr jemals etwas wirklich Schlimmes widerführe.

Wieder malte sie sich aus, welche Augen Jens Ockens machen würde, sobald sie anfinge, ihn an ihren Erlebnissen teilhaben zu lassen. Sie sehnte sich immer öfter nach ihrem Bräutigam. Es würde noch so unendlich lange dauern, bis er sie wieder in die Arme schließen und küssen könnte. Nächtelang erträumte sie sich ihr Wiedersehen mit ihm. Mit keinem einzigen Gedanken befasste sie sich mit der Möglichkeit, diesen Winter vielleicht nicht zu überleben …

ACHTUNDVIERZIG
Auf Grönland

AM SPÄTEN NACHMITTAG des 12. Juli trafen die Jäger wieder an ihrem Rastplatz ein. Zur Zufriedenheit aller hatte jede Gruppe etwas mitgebracht: Seien es mehrere Robben, die sie erschlagen, oder Wildvögel, die sie mit provisorisch hergestellten Netzen gefangen, oder zwei Rentiere, die man mit Flinten erlegt hatte.

Auch Essbares anderer Art befand sich unter der Ausbeute, nicht minder wichtig für die Ernährung aller auf dem Grönlandeis Gestrandeten: Verschiedene Vogeleier und eine kleine Menge des sogenanntem »Grönländischen Salats«. Für letzteren zeichnete die Meisterin verantwortlich. Kerrin brach unwillkürlich in Jubelschreie aus, als sie ihn an einer vor Schnee und Eis geschützten Stelle, in einer flachen mit etwas Erde gefüllten Felsmulde, geradezu im Überfluss entdeckte. Sie war in

Begleitung des Smutjes und des Schiffsjungen Michel Drefsen landeinwärts gestapft, um nach Gewächsen aller Art und nach Brennmaterial zu suchen.

»Es gibt nichts Besseres gegen die *Scharbockskrankheit*«, erklärte sie ihren Begleitern, zupfte die grünen Blätter ab und legte sie vorsichtig in ihren mitgebrachten Korb. »Warum das so ist, wissen wir nicht, aber der Grönländische Salat hilft immer, selbst wenn Senf, Essig oder Meerrettich nicht mehr wirken.«

Der Koch nickte zustimmend, auch er war sehr erleichtert. Der *Scharbock* war eine Erkrankung, die alle Seeleute zu Recht fürchteten und der nicht wenige sogar erlagen, nachdem sie sich wochenlang mit unerklärlichen Blutergüssen, anschwellenden Extremitäten, starken Gelenkschmerzen, großer Mattigkeit, Schwindelgefühlen, Ohnmacht, Koliken, rötlichbraunem Urin, ausfallenden Zähnen und Mundfäule herumgeschlagen hatten.

»Ähnlich wirksam, habe ich in einem medizinischen Buch gelesen, sind der Sauerampfer und das Löffelkraut«, fügte Kerrin hinzu. »Weiter landeinwärts scheint kein Schnee gefallen zu sein; es wäre schön, wenn wir auch dort demnächst Pflanzen pflücken könnten – vielleicht sogar ein Gewächs, das ganz sicher hilft und sogar den Namen ›Scharbockskraut‹ erhalten hat. Von letzterem gibt es zwei Sorten – nur finden muss man sie.«

»Ich werde jedenfalls aus diesem Grönlandzeug mit extra viel Essig einen Salat anrichten, der uns alle eine Weile vor der scheußlichen Krankheit bewahren wird«, kündigte der Smutje an.

Das Sammeln von Brennmaterial gestaltete sich hingegen etwas heikel. Bäume wuchsen an der grönländischen Ostküste nicht; zum Glück gab es allerlei Gesträuch und niedriges Gestrüpp, dazu Wacholder, Heidekraut und Besenginster. Der Koch und der Schiffsjunge hieben mit scharfen Speckmessern Äste und Zweige ab, pressten das dürre Reisig fest zusammen und schnürten es zu länglichen Bündeln, um es leichter auf dem Rücken zum Lagerplatz transportieren zu können.

Vor allem Ginster, Wacholder und Erika erinnerten Kerrin und ihre Begleiter unwillkürlich an Föhr. Es fehlte nicht viel und die Meisterin wäre in Tränen ausgebrochen. Auf einmal – und für sie selbst vollkommen überraschend – verspürte sie brennendes Heimweh. Rasch wandte sie ihren Begleitern den Rücken zu. Es ging schließlich keinen etwas an, wie ihr zumute war.

Insgesamt hatte die Mannschaft reichlich Beute gemacht und an den folgenden Tagen schlemmten die Männer der *Fortuna II* geradezu: Sie genossen das Fleisch der erlegten Rentiere. Eines der geschossenen Tiere, ein Bulle, war zwar schon etwas älter, aber die Suppe daraus, angereichert mit etwas Meersalz, Kräutern und Gerstengraupen, schmeckte köstlich. Das weibliche Tier steckte der Smutje auf den Spieß.

Von der erlegten Robbe briet er das Fleisch und die essbaren Innereien wie Leber und Herz, während man Teile des Specks sowie Magen und Gedärme an den Schiffshund Baldur verfütterte. Der, eine mittelgroße undefinierbare Mischung, mit fleckigem Fell und großen Schlappohren, scheu und immerzu auf der Hut vor Fußtritten, hatte im Laufe der Zeit große Zuneigung zu Kerrin gefasst. Sie war die Einzige, die ihm immer freundlich begegnete, mit ihm redete und ihn streichelte – etwas, das das vernachlässigte Tier nicht gewohnt war. Mittlerweile gierte Baldur förmlich nach den Zuwendungen, die das junge Mädchen ihm zuteil werden ließ. Er wich kaum jemals von Kerrins Seite. Längst hatten sich alle an den

Anblick der zierlichen Meisterin in derber Männerkleidung und ihres braunweiß gefleckten, brav bei Fuß gehenden Hundes gewöhnt.

Alles in allem ließ es sich noch einigermaßen gut aushalten in ihrem provisorischen »Dorf« – wie die Mannschaft die Ansammlung von Gebilden aus fester Leinwand nannte, die ihnen als Zelte dienten. Immerhin erfüllten sie ihren Zweck, die Männer und ihre Meisterin vor dem Erfrieren und vor hungrigen Wölfen oder Bären zu schützen.

Trotzdem ließ Asmussen jede Nacht Wachen aufstellen, die das Lager mit Dolchen und Lensen und den wenigen Gewehren, über die sie verfügten, umrundeten. Nur im äußersten Notfall sollten die Männer jedoch von den Schusswaffen Gebrauch machen, denn Munition war rar und durfte eigentlich nur zum Jagen von Wild verwendet werden.

Nach einigen Tagen erhielten die Seeleute Gesellschaft. Der Commandeur hatte längst mit diesem Besuch gerechnet und schon vorsorglich bestimmte Gegenstände zum Tausch bereitlegen lassen. Es waren »wilde« Einheimische, von denen man nur hoffen konnte, dass sie in friedlicher Absicht kämen und bereit wären, mit den Europäern Handel zu treiben. Vor allem Brennholz benötigte man dringend. Es handelte sich um drei Männer, ein älterer und zwei jüngere, alle mittelgroß und stämmig und in oberschenkellange Robbenfelljacken und Mützen aus demselben Material gekleidet. Auch ihre kniehohen Stiefel, in denen ihre Lederhosen aus Robbenhaut steckten, waren daraus gefertigt. Wild und verwegen erschienen sie Kerrin; sie fürchtete sich sogar ein bisschen vor ihnen. Allein in der Wildnis hätte sie ihnen nicht begegnen wollen – zumal zu Hause, auf Föhr, wilde Geschichten über die ungetauften »Barbaren« kursierten. »Puh, die Kerle stinken ja gräss-

424

lich«, äußerte einer der Offiziere halblaut und Kerrin, die es gehört hatte, schnupperte unwillkürlich. Es stimmte! Plötzlich war rings um die Eingeborenen die reine, klare Frostluft erfüllt vom Geruch ranzigen Fetts. Je näher sie kamen, desto penetranter wurde der fischige Gestank. Er entströmte nicht so sehr ihrer Kleidung als vielmehr ihren bartlosen Gesichtern und den Händen, die sie anscheinend reichlich mit Robbenfett eingerieben hatten.

»Dadurch vermeiden sie, dass die während des Polarsommers allgegenwärtige Sonne ihnen die Haut verbrennt – oder die beißende Kälte sie aufplatzen lässt«, murmelte Asmussen und Kerrin empfand die drei so unvermittelt aufgetauchten »Wilden« auf einmal gar nicht mehr als so barbarisch: Immerhin verstanden sie sich auf Hautpflege. Neugierig stellte Kerrin sich neben ihrem Vater auf, den die Grönländer instinktsicher als den Anführer der gesamten Gruppe erkannt hatten und auf den sie ruhigen, gemäßigten Schrittes zugingen.

»Womöglich wäre es ratsam, das Vertrauen der Eingeborenen zu gewinnen und sie über ihre Heilmittel und -methoden zu befragen«, schoss es Kerrin durch den Kopf, deren anfängliche Furcht einem wissbegierigen Interesse gewichen war. In Büchern ihres Oheims auf Föhr hatte sie gelesen, wie klug die sogenannten primitiven Völker in Wahrheit vorgingen, sobald es sich um die Behebung von Krankheiten handelte.

Der ältere Grönländer sprach zum Glück Dänisch und Roluf Asmussen, dessen Heimatinsel zur Hälfte von den Dänen und ihren *Gangfersmännern* verwaltet wurde, konnte sich gut mit dem Mann verständigen. Kerrins Vater bat die drei höflich in das geräumigste der Zelte, das er mit seiner Tochter sowie einigen Offizieren und dem »Moses« bezogen hatte.

Die Gäste nahmen ihre Fellmützen ab und zogen die dicken pelzgefütterten Jacken aus. Das hatte allerdings zur Folge, dass der ranzige Gestank sich schlagartig verbreitete. Kerrin kämpfte tapfer gegen den Würgereiz an, indem sie einige Augenblicke durch den halb geöffneten Mund atmete; keinesfalls durften sich die Fremden beleidigt fühlen.

Auf das Anerbieten, sich auf einen Hocker zu setzen, reagierten sie höflich ablehnend. Trotz ihrer zerfurchten, wettergegerbten braunen Gesichter mit den struppig abstehenden, fettigen schwarzen Haaren, die sie kinnlang trugen, war Kerrin von den Männern, die mittlerweile in bunt bestickten Lederhemden im Schneidersitz auf dem Boden saßen, sofort eingenommen, als sie bemerkte, wie liebevoll sie auf die schüchternen Annäherungsversuche Baldurs reagierten. Ohne ihre Gastgeber aus den Augen zu lassen, fütterten die »Wilden« den schweifwedelnden Hund mit Streifen getrockneten Robbenfleisches, das sie aus ihren Hosentaschen herausfischten. Der Jüngste der drei nahm das Tier sogar in den Arm und streichelte ihn während der gesamten Zusammenkunft.

»Wer Tiere liebt, unsere sprachlosen Brüder – auch sie Geschöpfe unseres Herrn –, kann kein ganz schlechter Mensch sein«, hatte Kerrin des Öfteren ihren Oheim, den Pastor, sagen hören. Das glaubte sie sofort. Aufmerksam verfolgte sie die Unterhaltung zwischen ihrem Vater, einigen Offizieren und den drei Grönländern.

Auch die jüngeren Männer beherrschten das Dänische recht gut – besser jedenfalls als Kerrin, wie sie neidvoll feststellte. Sie nahm sich vor, ihre Sprachkenntnisse demnächst unbedingt zu verbessern. »Auch das Holländische!«, fiel ihr dann ein. Immerhin sollte sie sich mit ihrer künftigen Stiefmutter gut verständigen können … Dass sie längere Zeit nicht mehr an die künftige Ehefrau ihres Vaters gedacht hatte, machte sie ein wenig betroffen. Irgendwie schien diese Neuigkeit noch immer nicht so ganz bei ihr angekommen zu sein.

Gleich darauf wischte sie jeden Gedanken an Beatrix van Halen beiseite und lauschte begierig auf das, was die Männer besprachen.

Begrüßen wollten sie die weißen Fremdlinge und mit ihnen Handel treiben, erklärte der Wortführer der Grönländer ein wenig umständlich. Das konnte den hier unfreiwillig Festgehaltenen nur recht sein. Die Einheimischen waren auch sofort bereit, den Gestrandeten – solange sie hier ausharren mussten – mit Brennmaterial und Nahrungsmitteln auszuhelfen: Elch- und Rentierfleisch, auch in getrockneter Form, konnten sie sofort liefern. Sie boten sich zudem an, mit den Seeleuten gemeinsam auf die Jagd zu gehen. Zum Robbenfang sei es allerdings noch zu früh, sagten sie. Dazu müsse die Eisschicht in den Fjorden an der Küste dicker und tragfähiger sein, denn normalerweise erlegte man diese Tiere auf dem Eis. Im Dezember wäre es voraussichtlich soweit. Aber Rentiere könne man immer erlegen und auch die Jagd auf Moschusochsen könne man versuchen.

Kerrin und die Seeleute erschraken. Robbenjagd im Dezember? So lange würde man doch hier um Himmels willen nicht bleiben müssen! Alle rechneten inzwischen damit – oder hofften zumindest –, dass der Kälteeinbruch mitten im Sommer bald endete und wieder einigermaßen »normale« Zustände im Grönlandmeer herrschten, die ein Durchkommen zwischen den Eisbergen und schließlich die Rückfahrt nach Holland erlauben würden.

Kerrin wusste, dass ihr Vater jeden Tag einige Matrosen auf die *Fortuna II* abkommandierte, um zu prüfen, ob der Segler noch immer unverändert im Eis eingeschlossen war – oder ob er womöglich in Gefahr schwebte, von den Eismassen zerdrückt zu werden. Dies war im Augenblick seine größte Sorge, denn einem der anderen im Eis feststeckenden Walfänger, der

Elisabetta Roeding, war das Unglück bereits widerfahren und Commandeur Asmussen fand sich sofort bereit, die betroffene Besatzung auf der *Fortuna II* bis Amsterdam mitzunehmen – falls dieser Ort das Schiff jemals wieder freigäbe.

Als Gegenleistung für Lebensmittel und Brennholz erwarteten sich die Grönländer »Geschenke« von den weißen Fremdlingen. Darunter verstanden sie: Taue, Seile, Leinen, Pech, einen Anteil vom Walspeck und vor allem verschiedenstes Werkzeug, hauptsächlich Nägel und Messer in allen Größen sowie Lensen und Harpunen – und Tabak. Kerrins Vater war mit allen ihren Forderungen einverstanden – waren die Burschen doch, was die Mengen des Gewünschten betraf, recht maßvoll.

»Bitten Sie ihn doch, mir und dem Schiffskoch Stellen zu verraten, an denen der Grönlandsalat wächst, Papa«, flüsterte die Meisterin dem Commandeur zu, als die Verhandlungen beinahe abgeschlossen waren und die Männer bereits Tee mit Rum zu sich nahmen. »Dann haben wir wenigstens die Gewissheit, dass alle vom Scharbock verschont bleiben.«

»Eine ausgezeichnete Idee, meine Liebe«, raunte Asmussen, der das Anliegen, das immerhin über Leben und Tod entscheiden konnte, nur allzu gern vortrug. Die Besucher gingen auch sofort darauf ein.

»Eine sehr vernünftige Bitte«, sagte der ältere Mann, indem er sich direkt an Kerrin wandte. Damit tat »der Wilde« unmissverständlich kund, dass er ihre auf Deutsch gesprochenen Worte sehr wohl verstanden hatte und sich selbst in dieser nicht allzu leichten Sprache auszudrücken vermochte – ein Umstand, der Kerrin bewies, dass man niemals vor Überraschungen gefeit war. Siedendheiß fiel ihr ein, dass ihre Besucher demnach die anfänglichen, wenig schmeichelhaften Äußerungen über den »tierischen Gestank«, den sie verbreiteten, auch verstanden haben mussten … Noch nachträglich stieg ihr dafür die Schamesröte ins Gesicht – wobei dies freilich nicht der einzige Grund für ihre plötzliche Verlegenheit war: Sie wurde sich bewusst, dass besonders einer der jüngeren Männer – sie schätzte ihn auf Anfang, Mitte zwanzig – sie sehr genau ins Visier nahm. Er war auch derjenige, der am wenigsten »wild« aussah. Immerhin hatte er als einziger saubere und gestutzte Fingernägel und schöne weiße Zähne. Er war es auch gewesen, der einen Kamm aus Walfischbein aus seiner Jacke gezogen und sich rasch gekämmt hatte, nachdem alle drei ihre Fellmützen abgenommen und er die verstrubbelten Haare seiner Gefährten gesehen hatte. Die Schiffsärztin gestand sich ein, dass der junge Mann durchaus nicht schlecht aussah, und sie hätte sich gerne mit ihm länger unterhalten über Grönland und das harte Leben in diesem Land, das zu großen Teilen auch im Sommer aus Eis bestand. Besonders faszinierte sie jedoch ein aus Bein geschnitzter Gegenstand, offenbar ein heidnischer Fetisch, den ihr Gegenüber an einer offenbar aus Menschenhaaren geflochtenen Kette um den Hals trug.

Kaum vermochte Kerrin ihren Blick davon abzuwenden. Ihr Vater hatte währenddessen – erleichtert und angenehm überrascht über die problemlosen Verhandlungen mit den Einheimischen – freiwillig noch ein Fässchen Rum im Gegenzug für die mögliche Beschaffung von frischen Kräutern und Salat der ausgemachten »Bezahlung« hinzugefügt.

Insgeheim beschloss er außerdem spontan, den Waren noch etliche Exemplare von Luther-Bibeln beizulegen. Monsieur Lorenz würde dies bestimmt gutheißen …

Bereits am folgenden Tag machten sich Kerrin und der Schiffsjunge – beide dick vermummt – auf die Suche nach frischem Grünzeug, jeder ausgestattet mit zwei Flechtkörben und begleitet von Baldur, der sich im Sonnenschein trotz der beißenden Kälte sichtlich wohlfühlte. Die Temperatur betrug tagsüber um die null Grad oder sogar etwas darüber. Das war in diesen Breiten noch durchaus akzeptabel – bis auf den unangenehm scharfen Wind. In den Nächten allerdings fiel sie auf fünfzehn Grad minus. Kerrin jedenfalls hatte in der Nacht – trotz zweier Decken – und ungeachtet dessen, dass sie voll bekleidet schlief, erbärmlich gefroren …

»Kein Gedanke daran, dass unsere im Eis eingeschlossenen Schiffe so bald wieder frei sein werden!« Commandeur Asmussen, sonst immer bemüht, keine Panik unter seinen Leuten zu verbreiten, hatte dies erst am Morgen missmutig geäußert, als er mit seiner Tochter eine karge Mahlzeit einnahm. Kerrin konnte spüren, wie sehr der Zustand des Gefangenseins auf Grönland an den Nerven ihres Vaters zerrte: Er war schon immer ein Mann der Tat gewesen, für den es furchtbar sein musste, durch Umstände, die er in keiner Weise beeinflussen konnte, zur Untätigkeit verdammt zu sein. Gleich darauf, wie um den wenig tröstlichen Eindruck zu verwischen, schenkte der Commandeur ihr ein herzliches Lächeln und wünschte ihr bei der Suche nach Kräutern und Salat viel Erfolg.

Kerrin und der Schiffsjunge wanderten ein Stück weit landeinwärts, während Baldur vorausrannte, um immer wieder übermütig bellend zu ihnen zurückzukehren. Der Untergrund war felsig und an den Stellen, die frei von Eis waren, von Flechten und Moosen überzogen. Weiter im Landesinneren wich die spärliche Flora allmählich einem kräftigen Bewuchs mit Heidekraut und Wacholder.

»Merk dir die Stelle, Moses«, forderte Kerrin ihren jungen Begleiter auf. »Hier werden wir uns demnächst um Feuerholz kümmern. Das dürre Zeug verpufft zwar schnell, aber es genügt zum Anfeuern – und wenn wir nichts Besseres finden, ist es auch zum Heizen gut, vorausgesetzt, wir haben genug davon.«

»Jawohl, Meisterin«, krächzte der Junge folgsam. Er befand sich seit Kurzem hörbar im Stimmbruch und hatte seine Stimme nicht unter Kontrolle. Mal klang sie tief wie ein Bass, dann kletterte sie wieder in unerträglich hohe Tonlagen. Gelegentlich piepste er wie ein Vögelchen. Die übrigen Matrosen hänselten ihn manchmal deswegen, aber es war nicht böse gemeint – kannten doch alle Erwachsenen das Problem aus eigener Erfahrung; dennoch ärgerte sich der Junge oft über die dummen Bemerkungen. Kerrin tröstete ihn dann: »Mach dir nichts draus, Moses! Das vergeht mit der Zeit – genau wie die Pickel im Gesicht. Ich verspreche dir: In einem Jahr spätestens ist deine Haut rein und du wirst dich rasieren wie alle anderen Männer oder vielleicht einen kleinen Bart tragen. Und deine Stimme wird ein wunderschöner Tenor oder Bariton sein und der Steuermann, der den Chor leitet, wird sich glücklich schätzen, wenn du mitsingst.«

Da lachte der Junge jedes Mal und freute sich auf die Zukunft. »Wenn's nur schon so weit wäre, Meisterin«, seufzte er dann sehnsüchtig.

Eine Weile wanderten sie schweigend weiter, immer wieder innehaltend und die herrliche Gegend bestaunend. Trotz des eisigen Windes, der ihnen von den schneebedeckten hohen Bergen ringsum um die Nase wehte, schien eine strahlende Sonne vom tiefblauen Himmel herab und ließ die karge Landschaft in ungeahnten Farben aufleuchten.

Auffallend war ein reicher Bestand an Gänsen. Überall war ihr Geschnatter zu vernehmen. Offensichtlich nisteten sie an den steilen, unzugänglichen Klippenhängen, wo sie weitgehend vor zwei- und vierbeinigen Räubern sicher waren.

Immer wieder stießen Kerrin und der Junge an geschützten Stellen auf intensiv rot-lilafarbenen Purpur-Steinbrech, der sich mit minimal vorhandener Erde begnügte, sowie auf Flecken mit gelb blühendem Hahnenfuß, Farbkleckse, die sich von dem grauen Untergrund umso intensiver abhoben.

Nach etwa einer Stunde Gehzeit erreichten die beiden eine Anhöhe über dem Sund, in den die Treibeismassen die *Fortuna II*, die *Cornelia* und – weiter entfernt – noch andere Walfänger gezwungen hatten. Von hier aus war gut zu beobachten, wie der Polarstrom riesige Mengen von Treibeis die Ostküste entlang nach Süden beförderte. Gleichzeitig konnten Kerrin und der Schiffsjunge bestaunen, wie das Treibeis, zu immer größeren Eisinseln zusammengepresst, sich zusätzlich mit den Eisbergen vereinigte, die von den ungeheuren, blau leuchtenden Gletschern an der Küste »gekalbt« wurden. Die unerbittlichen Nachtfröste kitteten dann die Masse zu einem undurchdringlichen, weißblau bis lila schimmernden Koloss zusammen.

»Sieh mal, Moses«, machte Kerrin ihren jungen Begleiter auf ein von oben deutlich sichtbares Phänomen aufmerksam. »Die Meeresdünung hat trotz der Eismassen eine solche Kraft, dass das Eis nie ganz ruhig ist! Es bewegt sich eindeutig, und zwar in einem ganz bestimmten Rhythmus, genau wie die Wellen des Meeres.«

»Ja, wirklich! Das ist erstaunlich«, wunderte der Junge sich und seine Stimme kippte vor Begeisterung. Er drehte sich im Kreis, um die umliegenden Berge zu betrachten, die mehr oder weniger steil zu den zahlreichen Fjorden abfielen, deren Hänge auch jetzt im Sommer teilweise schon wieder mit Schnee bedeckt waren.

»Aber so schön es auch ist, ich hätte doch lieber, unser Schiff könnte sich aus dem Eis befreien und nach Hause segeln, Meisterin.«

»Amen«, seufzte Kerrin, die diesem Wunsch nur aus tiefstem Herzen zustimmen konnte.

NEUNUNDVIERZIG
Eine folgenschwere Begegnung

NACH EINER STUNDE KRÄUTERSAMMELN wollten sich Kerrin und ihr Begleiter gerade wieder auf den Rückweg machen, als der Schiffsjunge vor Aufregung Kerrins Arm packte: »Schau, Meisterin! Den, der da vorne auf uns zukommt, den kennen wir doch!«

Kerrin kniff die Augen zusammen. Es handelte sich um den jungen Grönländer, der Kerrin am vergangenen Tag so interessiert angestarrt hatte. Unwillkürlich wurde sie rot. Hoffentlich zog der Bursche keine falschen Schlüsse daraus, dass auch sie ihre Blicke immer wieder auf ihm hatte ruhen lassen …

Leicht nervös beobachteten sie, wie er näher kam. Kerrin fiel sofort auf, dass der ranzige Geruch um vieles schwächer war als gestern. Dazu schien der junge Mann sich besonders »fein« gemacht zu haben. Er trug wadenhohe Stiefel und weiße Hosen aus Seehundsfell, während sein Hemd aus Leder genäht war, bestickt mit einem geometrischen Muster aus bunten Wollfäden. Seine Polarfuchsmütze trug er unter den Arm geklemmt, so dass sein tiefschwarzes, schulterlanges Haar im kalten Wind flatterte. Er lachte und seine weißen Zähne blitzten, wobei die schmal geschnittenen schwarzen Augen sich zu Schlitzen verengten.

»Wenn du erlaubst, schönes weißes Mädchen, will ich dir

und deinem Begleiter die Stellen zeigen, wo du genügend Grönlandsalat finden kannst«, eröffnete er ohne Umschweife das Gespräch, sobald er sie erreicht hatte. Als Geste der Begrüßung streckte er ihnen die Hand hin – eine Sitte, die die Eingeborenen mit Sicherheit von den Europäern übernommen hatten.

»Ich heiße Kerrin Rolufsen und bin die Tochter von Commandeur Asmussen, und das ist Michel Drefsen, der Schiffsjunge unseres Seglers, der *Fortuna II*«, stellte Kerrin sich und ihren Begleiter in etwas holprigem Dänisch vor. Ihren Namen zu erwähnen, hatte ihr Vater gestern unterlassen.

»Mein Name ist Kutikitok«, antwortete der junge *Eskimo* – eine etwas abwertende Bezeichnung, die, wie Kerrin von ihrem Vater gelernt hatte, »Rohfleischesser« bedeutete und von den Eingeborenen nicht gerne gehört wurde. Sie mochte zwar zutreffend sein, wurde von den Europäern jedoch häufig im Sinne einer Beleidigung benützt. Die Grönländer selbst bezeichneten sich als *Inuit*, was schlicht »Menschen« hieß. Dass die Eingeborenen manchmal das Fleisch und die Eingeweide, vor allem die Leber der erlegten Tiere, roh verzehrten, hatte durchaus einen tieferen und vor allem vernünftigen Sinn. Auf diese Weise versorgten sie sich mit bestimmten Stoffen, deren ihr Organismus, der pflanzlicher Nahrung nahezu entbehrte, dringend bedurfte, um gesund zu bleiben.

So hatte es Kerrin jedenfalls in einem Buch ihres Oheims gelesen, in dem sie zum ersten Mal überhaupt etwas über dieses unwirtliche Land und seine Ureinwohner erfahren hatte.

Ihr war bereits am Vortag aufgefallen, dass diese Eingeborenen den weißen Fremdlingen gegenüber zwar höflich, aber mit großem Selbstvertrauen und bemerkenswerter Würde auftraten. Das war etwas, was der jungen Frau gefiel. Sie mochte kein unterwürfiges Gebaren, das bekanntlich so oft mit einer gewissen Verschlagenheit einherging.

»Jeder Mensch auf Gottes Erdboden besitzt seine ganz eigene, ihm von unserem Schöpfer verliehene Würde«, versuchte Monsieur Lorenz seit Jahren seinen Schäflein auf der Insel Föhr beizubringen. Mit mehr oder weniger großem Erfolg …

»Lass uns gemeinsam den Grönlandsalat ernten, Kerrin«, bot der junge Mann an, während er sich zu Baldur hinabbeugte, der ihn sofort wiedererkannte und unbedingt von ihm gekrault werden wollte.

»Das ist sehr freundlich von dir, Kutikitok.«

Das junge Mädchen errötete wieder und ärgerte sich erneut darüber. Der Grönländer schien ihre Verlegenheit nicht zu bemerken; schweigend übernahm er die Führung über das kleine Felsplateau, das zum Glück schnee- und eisfrei war.

Bald gelangten sie an eine Stelle, die geradezu übersät war von dem tiefgrünen, unscheinbaren Kraut, das imstande war, die Seeleute vor der gefürchteten Krankheit zu bewahren. Erst als das Mädchen und der Schiffsjunge ihre Körbe gefüllt hatten, richtete Kerrin sich auf und sah dem jungen Eskimo offen ins Gesicht. Wie bereits gestern, war ihr auch heute sofort der seltsame Anhänger aufgefallen, den er um den Hals trug.

»Was ist das eigentlich für ein Ding, da an deiner Kette?«

Kerrin trat nahe an ihn heran und zeigte mit dem Finger darauf. Erschrocken wich Kutikitok zurück. Offenbar befürchtete er, sie könnte den Gegenstand berühren.

»Keine Sorge, ich würde niemals ein Amulett anfassen, das einem anderen gehört«, beruhigte sie ihn, worauf der junge Mann entschuldigend lächelte.

»Du scheinst eine sehr kluge und verständige junge Frau zu

sein«, lobte er sie. »Lass uns eine Weile hier auf dem Felsen im Windschatten niedersitzen; er ist von der Sonne erwärmt.«

Kutikitok nahm das seltsame Schmuckstück ab und hielt es ihr zum genaueren Betrachten hin. Michel rührte sich derweil nicht vom Fleck und beäugte das Ganze misstrauisch.

Der Gegenstand, gelblich weiß in der Sonne glänzend und bizarr anzusehen, maß etwa fünf Zoll in der Länge. Es war eine aufs Feinste ausgeführte Schnitzarbeit und stellte ein höchst merkwürdiges, ja unheimliches Wesen mit riesigem Maul und übergroßen Augen dar.

»Ich habe wohl bemerkt, dass du dich bereits gestern dafür interessiertest«, meinte der junge Grönländer. »Das ist ein *Tupilak*, ein böser Geist, der *nur* mir dient und mich vor meinen Feinden beschützt. Ich habe ihn von meinem Großvater Inukitsok geschenkt bekommen. Der alte Mann ist so etwas wie unser Medizinmann – so nennt ihr Weißen das doch? Er weiß, was zu tun ist, sobald jemand erkrankt ist oder sich verletzt hat. Er kann auch die Wale und die Seehunde herbeirufen, damit wir zu essen haben, oder die Bären und die Rentiere. Und er weiß, wie man Tupilaks aus Narwalzähnen herstellt.«

»Wie kann dich ein Gegenstand wirksam beschützen, den ein Mensch hergestellt hat?«, fragte Kerrin skeptisch.

So wie es sich anhörte, erinnerte sie das irgendwie daran, was sie ihren Oheim über die Heiligenmedaillen, Reliquien und andere Devotionalien der abergläubischen Katholiken hatte sagen hören … Aus dem Augenwinkel heraus beobachtete sie, wie der Schiffsjunge sich mit ängstlichem Gesichtsausdruck etliche Ellen zurückzog. Sie dagegen fand es albern, vor einem geschnitzten Ding Furcht zu empfinden.

»Inukitsok, mein Großvater, ist nicht einfach irgendein Mann«, widersprach der junge Grönländer. »Er ist ein Weiser, ein Mann, der in Trance mit den Geistern unserer Ahnen spricht. Er genießt großen Respekt bei meinem Volk. Dieses Amulett mit den beiden Köpfen stellt *Peritak Kuibse* dar. Dieser Geist ist mein persönlicher Schutzgeist, der sicherstellt, dass mir nichts Böses widerfährt und dass ich immer genug Fisch zu essen und niemals Ärger mit einem Eisbären haben werde.«

»Ah! Jetzt verstehe ich, warum den Hinterkopf deines Tupilaks ein großer Fischkopf ziert und er vorne am Bauch den Schädel eines Eisbären trägt.«

»Genauso ist es, Kerrin!«

»Aber erkläre mir doch eins: Wenn dein Tupilak so hilfreich ist, warum hast du dann gesagt, es handele sich bei ihm um einen *bösen* Geist?«

Kutikitok lächelte versonnen.

»Eigentlich ist das ein Geheimnis, aber dir will ich es verraten, weil du dich ehrlich dafür zu interessieren scheinst: Ehe ich etwas von meinem Tupilak fordern kann, muss ich zuvor bestimmte Rituale abhalten. Sie erst erwecken meinen Schutzgeist zum Leben – und nur dann wird er mir dienen! Würde ich das unterlassen, wäre er sehr böse auf mich und würde sich bitter rächen.«

»Ah! Ich verstehe, Kutikitok.«

»Tatsächlich?«

Der junge Eingeborene warf ihr einen ungläubigen Blick zu.

»Kannst du dir tatsächlich vorstellen, Kerrin, dass *mein* Tupilak gegen den *meines Feindes* kämpft?«

Die Beantwortung dieser Frage war heikel. Natürlich glaubte Kerrin nicht daran. Aber sie wollte den freundlichen Eingeborenen nicht vor den Kopf stoßen.

»Wenn *du* daran glaubst, bedeutet das, dass der Zauber *für dich* tatsächlich wirksam ist – und nur das zählt«, zog sie sich diplomatisch aus der Schlinge.

»So ist es, weißes Mädchen!«

Der Grönländer schien zufrieden. »Aber jedes Ding hat zwei Seiten – auch jeder Tupilak.«

»Und was bedeutet das?«, wollte Kerrin wissen.

Absichtlich wandte sie Michel jetzt den Rücken zu, um seine ängstlich abwehrenden Handbewegungen ignorieren zu können. Irgendwie verstand sie ja, dass der Junge Angst empfand bei all dem bizarren Gerede über heidnische Zauberfiguren, die ihr Besitzer zum Leben erwecken und damit anderen Menschen Schaden zufügen konnte … Aber ihre Neugierde war einfach zu groß.

»Nun, es kann ja sein, dass der Tupilak meines Gegners stärker ist als meiner«, gab der junge Mann zu bedenken. »Falls dann mein Tupilak im Kampf unterliegt, ist er sehr wütend, und zwar auf mich! Er kehrt dann zu mir zurück, um wegen seiner Niederlage *an mir Rache zu üben*. Man muss sich also schon sehr genau überlegen, ob es gute Gründe dafür gibt, seinen Schutzgeist wirklich auf einen anderen anzusetzen. Meistens ist es klüger, sich mit dem Gegner auf friedliche Weise zu einigen. Und weil jeder von uns Inuits so denkt, kommt es sehr selten zu wirklich bösartigen Auseinandersetzungen. Im Grunde sind wir Grönländer ein friedfertiges Volk.«

Das freute Kerrin zu hören. Sie hoffte inständig, auch Michel habe sich inzwischen wieder beruhigt. Als Kutikitok den Vorschlag machte, sie zu seiner Familie zu führen, war sie sofort Feuer und Flamme. Den Einwand des Schiffsjungen, es sei schon spät und der Rückweg noch weit, tat sie mit einem Schulterzucken ab.

»Aber der Commandeur wird sich Sorgen um dich machen«, fuhr der Junge ein stärkeres Geschütz auf. Kerrin lachte bloß.

»Aber nein! Finstere Nacht kann es nicht werden, weil die Sonne hier im Sommer nicht untergeht.«

»Ich werde euch anschließend zu eurem Lager zurückbringen«, erbot sich der junge Eskimo. »Wir werden auf zahmen Rentieren reiten.«

Vor Vergnügen klatschte Kerrin in die Hände. Endlich bestand Aussicht auf ein Erlebnis, das ganz nach ihrem Geschmack war.

»Im Augenblick sind nur wenige von meiner Sippe da«, erklärte Kutikitok seinen Gästen, als sie nach einem etwa halbstündigen Fußmarsch über ein heide- und moosbewachsenes Felsplateau – immer mit atemberaubendem Blick aufs vereiste Meer und die darin feststeckenden Segelschiffe – vor einer typischen Eskimobehausung standen.

Das Haus war aus Feldsteinen und getrockneten Grassoden-Ziegeln errichtet. Das Dach aber bestand aus einem halben Dutzend Treibholzstangen, die man aus dem Meer gefischt und mit Seehundsfellen bespannt hatte.

»Eigentlich sind diese Häuser unsere Winterquartiere«, erklärte Kutikitok. »Im Sommer, auf unseren ausgedehnten Jagdzügen, nehmen wir das Dach mit und benützen es als Zelt. Das hat den Vorteil, dass der Regen das Gebäude innen sauber spült und Wind und Sonne es anschließend wieder trocknen. Nur ganz alte Leute, wie etwa mein Großvater und meine Großmutter, bleiben manchmal im Haus zurück. Dann lässt meine Familie das Dach natürlich da.«

Kerrin kam aus dem Staunen nicht mehr heraus.

»Aber wieso bist *du* hier und nicht bei deiner Familie auf der Jagd?«

Der junge Eskimo lachte. »Ich war mit meinen Leuten im Norden unterwegs. Aber als offensichtlich wurde, dass weiße Seeleute aufgrund des Kälteeinbruchs auf unsere Insel kommen würden, hat Inukitsok, der Schamane unserer Sippe, mich zurückholen lassen.«

Ein Mann, offenbar der Großvater des jungen Mannes, tauchte bei diesen Worten in der Tür der Eskimohütte auf und betrachtete die Ankömmlinge mit großem Ernst. Auf Michel verweilte sein Blick nur kurz, danach ruhten seine undurchdringlichen schwarzen Augen lange Zeit auf der Meisterin. Es kam Kerrin beinahe so vor, als blicke der Alte bis tief auf den Grund ihrer Seele hinab. Sie konnte nicht erkennen, ob ihm zusagte, was er sah, bemühte sich jedoch, einen guten Eindruck zu machen. Weshalb ihr allerdings so sehr daran gelegen war, diesen »Wilden«, dem gleichfalls ein Tupilak um den Hals baumelte, günstig zu stimmen, diese Frage hätte sie nicht zu beantworten vermocht.

Schließlich knickste sie vor dem alten Mann, der mit seinen Gedanken ganz weit weg zu sein schien; sie wünschte ihm auf Dänisch einen guten Tag. Der Schamane schien daraufhin aus seiner Trance aufzuwachen. Er richtete ein paar Worte an seinen Enkel, die Kerrin nicht verstehen konnte. Dieser übersetzte sofort.

»Mein Großvater Inukitsok heißt dich und deinen Diener willkommen und bittet euch, einzutreten.«

Der Alte vollführte mit seinen Händen eine einladende Geste, verzog sein faltiges Gesicht zu einem Lächeln und zog sich von der schmalen Türöffnung zurück, dabei das Rentierfell, das als Türvorhang diente, zur Seite raffend.

»Wollen wir das wirklich?«, kam es ängstlich von Michel Drefsen.

»Aber natürlich! Diese Einladung auszuschlagen, wäre sehr unhöflich«, erklärte Kerrin leise, aber bestimmt. Rasch überschritt sie die Schwelle. Sie platzte bereits vor Neugierde.

Im Inneren der Hütte war es dämmrig und es dauerte eine Weile, ehe ihre Augen sich daran gewöhnt hatten. Viel zu sehen gab es ohnehin nicht, der Raum, dessen Wände vom

Rauch verkohlt waren, schien äußerst spärlich eingerichtet.

Der Alte hatte sich bereits auf dem Boden, der mit Fellen und bunten Decken ausgelegt war, niedergelassen; sein Enkel tat es ihm gleich und da es weder Stühle noch andere Sitzgelegenheiten gab, blieb auch den Besuchern nur, sich auf den Boden zu hocken.

Diese Haltung war ungewohnt und nicht sehr bequem; aber Kerrin ging davon aus, dass ihr Aufenthalt nicht allzu lange dauern würde. Der alte Mann sagte etwas zu einer Person, die halb verborgen von den Schatten im Hintergrund der Hütte hantierte – offenbar handelte es sich um seine Frau –, und gleich darauf erschien ein uraltes zahnloses Mütterchen, das ihr und Michel je einen Becher aus Walknochen überreichte, der mit einer dunklen, dampfenden Flüssigkeit gefüllt war. Kerrins empfindliche Nase vermutete eine Art bitteren Tee, gewürzt mit ranzigem Fischöl. Das Gebräu stammte aus einem eisernen Kessel, der auf einem Dreifuß am Boden stand, unter dem in einer Grube ein kleines Feuer glomm. Michel verzog angeekelt das Gesicht, aber Kerrin nahm,um nicht unhöflich zu scheinen, einen kleinen Schluck der undefinierbaren Brühe zu sich. Sie musste schwer an sich halten, um die bittere, ölig schmeckende Flüssigkeit nicht sofort wieder auszuspucken. Soweit sie es sehen konnte, verweigerte Michel den Trunk völlig. Er hielt den Becher zwar in der Hand, beäugte jedoch angewidert seinen Inhalt und machte keinerlei Anstalten, den Willkommenstrunk zu sich zu nehmen. Das widersprach allerdings jeder guten Sitte; Kerrin zwang sich daher, ihren Becher in den nächsten Minuten vollständig zu leeren – was sie eine enorme Überwindung kostete. Um den heiklen Moment zu überspielen und um keine Verlegenheit aufkommen zu lassen, ließ sie die Alten durch ihren Enkel fragen, ob es ihnen gutginge.

»Oh, den Eltern meines Vaters geht es sogar sehr gut«, erklärte der junge Eskimo. »Sie haben genug zu essen und ein Dach über dem Kopf. Sollten sie sich einmal nicht wohlfühlen, weiß Inukitsok als Heiler unserer Sippe, was er zu tun hat.«

Kerrin, deren Augen sich inzwischen an das Dämmerlicht im Innern des Hauses gewöhnt hatten, konnte sich schon denken, was bei diesen Heilungsritualen des Medizinmannes eine wichtige Rolle spielte: Hatte sie doch längs der Hüttenwand eine ganze Reihe von aus Fischbein geschnitzten Fetischen entdeckt!

Ohne nachzudenken sprang sie auf und lief zu den merkwürdigen Figuren hin, um sie näher in Augenschein zu nehmen. Doch ein scharfer Zwischenruf ließ sie erschrocken innehalten.

»Nicht zu nahe herantreten und auf keinen Fall anfassen!«, wies der junge Mann sie zurecht. Beschämt wich Kerrin zurück und setzte sich wieder hin.

»Ich möchte mich bei deinem Großvater entschuldigen«, murmelte sie. Der Alte winkte jedoch ab und redete erneut in seiner eigenen Sprache auf den Enkelsohn ein. Die alte Frau hatte sich währenddessen nach draußen, neben den Hütteneingang verzogen, wo sie im Gras niederkauerte und bei Tageslicht ein Gewand aus weißem Leder mit bunten Fäden und kleinen Kügelchen bestickte, offenbar eine Festtagstracht; der geringen Größe nach zu urteilen, war das Kleidungsstück für ein jüngeres Kind bestimmt.

Die Unterhaltung zwischen dem Medizinmann und Kutikitok zog sich eine Weile hin und Michel nützte die Gelegenheit, die Meisterin zum Aufbruch zu mahnen. Im Stillen gab Kerrin dem »Moses« Recht: Auf dem Boden zu kauern war unangenehm und von dem Gebräu war ihr ein wenig flau im Magen und auch im Kopf merkwürdig zumute. Außerdem wusste sie nicht, was sie den alten Mann noch hätte fragen sollen. Vor allem war ihr nicht klar, was bei diesem Volk als unhöflich galt und was nicht. Sicher gab es auch Dinge, die man von einem Besucher erwartete – aber welche waren das? Gastgeschenke hatten sie sowieso keine dabei.

Als hätte der junge Eingeborene ihre Bedenken geahnt, sagte er plötzlich: »Inukitsok ist siebzig Jahre alt, seine Frau Naduk ist ein Jahr älter. Das bedeutet bei unserem Volk ein sehr hohes Alter und ist gewiss der Weisheit und Heilkunst meines Großvaters zu verdanken. Er sagt, sie haben alles, was sie brauchen und erwarten von niemandem Geschenke.«

Kerrin fühlte den Blick des Alten auf sich gerichtet und wollte etwas darauf erwidern. Man erwartete jetzt gewiss, dass sie ihr eigenes Alter offenbarte. Als Kerrin zu einer Erwiderung ansetzen wollte, bemerkte sie zu ihrem Erschrecken, dass ihr nicht nur die Worte fehlten – nein, *sie wusste* auf einmal *gar nicht mehr, wann sie überhaupt geboren war!* Was war plötzlich los mit ihr? Ihre Umgebung schien mit einem Mal merkwürdig verschwommen. Farben und Formen flossen ineinander und dann saß sie mit einem Mal nicht mehr in der Eskimohütte, auch nicht in einem Zelt, sondern ganz offensichtlich in einem Boot, einem *Umiak*, wie es zum Transport von Lebensmitteln und Gerätschaften vor allem von Frauen benützt wurde. Das Boot schaukelte im Rhythmus der Wellen auf dem Wasser in der Nähe der Küste, bewegungslos hingen die Riemen in den Dollen. Kerrins Augen waren wie gebannt auf einen Gegenstand in ihrem Schoß geheftet. Als sie den Blick hob, sah sie den betagten Medizinmann vor sich knien, der mit einem krummen Greisenfinger genau auf dieses Ding deutete.

»Du bist eine von uns, weiße Frau! Ich habe das sofort erkannt, als ich dich sah. Du selbst weißt es noch nicht, aber auch du bist eine Schamanin. Nimm diesen Tupilak als mein Ge-

443

schenk an, weiße Frau! Es handelt sich um den Geist von *Kora Tukuta*. Er wird dich dein Leben lang vor allem Bösen, das in deiner Heimat auf dich lauert, bewahren. Aber achte immer darauf, dass du die Hilfe deines Tupilaks nur anrufst, wenn es tatsächlich *um Leben und Tod* geht. Denk daran, genau die Zeremonie anzuwenden, die ich dich in deinem Traum lehren werde! Solltest du seine Unterstützung in einer Lage einfordern, die nur zur Befriedigung deiner Eitelkeit, deiner Gier, deines Neids, deiner Rachsucht oder ähnlich niedriger Instinkte dient, dann wird die Wut *Kora Tukutas* dich selbst treffen. Und dann bist du verloren! Wäge also stets ab, ob du den Geist deines Fetischs ins Leben rufen willst – mit allen Konsequenzen – oder ob es nicht besser für dich ist, das Problem aus eigener Kraft zu lösen.«

Inukitsok beugte sich vor, nahm die aus einem Narwalzahn geschnitzte, bizarre Figur, die an einer aus schwarzem Menschenhaar geflochtenen Kette hing, von ihrem Schoß und hängte sie Kerrin um den Hals. Sie verneigte sich im Sitzen vor dem weisen Mann.

»Ich danke dir, Medizinmann! Ich werde mein Leben lang an dich denken, Inukitsok, und dir, deiner Frau Naduk, deinem Enkel Kutikitok sowie deinem ganzen Volk ein ehrendes Andenken bewahren – sollte ich jemals wieder nach Hause kommen.«

»Oh, das wirst du!«, hörte sie ihn sagen, wobei er merkwürdig entfernt klang. Seine Aussage beruhigte sie einerseits sehr, da sie keinen Augenblick an seinen Worten zweifelte; aber in seiner Stimme glaubte sie auch eine gewisse Nuance, ein »Aber«, wahrgenommen zu haben.

Als sie erneut den Blick auf den Schamanen richten wollte, löste dieser sich in Nebelschwaden auf. Auch das Boot war auf einmal verschwunden und sie befand sich auch nicht mehr auf dem Wasser, sondern saß auf einem Rentier, während Michel Drefsen, der sich neben ihr wacker auf seinem Vierbeiner hielt, ihr ängstlich sein sommersprossiges Gesicht zuwandte. Beide folgten Kutikitok, ihrem Anführer.

Der junge Grönländer wandte sich zu ihnen um.

»Sobald ihr um die nächste Felsecke biegt, seht ihr bereits euren Lagerplatz. Es sind nur noch etwa fünfzig Schritte bis dahin. Ich muss euch nun verlassen und bitte euch, von den Tieren abzusteigen. Ich denke, die Körbe mit dem Salat sind nicht so schwer, dass ihr sie nicht tragen könntet. Ich wünsche dir alles Gute, Kerrin!«

Wie der Blitz glitt Michel von seinem Reittier und Kerrin tat es ihm nach – wenn auch ein wenig langsamer und noch immer sehr benommen. Wieso hatte Kutikitok es plötzlich so eilig? Wie lange waren sie schon unterwegs? Sie konnte sich nicht mehr an den Aufbruch aus dem Haus des alten Mannes erinnern … Ob es mit dem grässlich schmeckenden Tee zusammenhing? Vermutlich war sie ein paar Minuten eingeschlafen, immerhin waren sie auch davor einige Zeit gelaufen und durch die Kälte war alles umso anstrengender. In der Wärme der Hütte hatte ihr Körper dann der Müdigkeit nachgegeben, so musste es gewesen sein.

Kerrin rief dem jungen Mann, der bereits sein eigenes Tier gewendet hatte und die beiden anderen Rentiere an einem Strick hinter sich herzog, ein Dankeschön für seine Begleitung und ein »Auf Wiedersehen!« zu. Aber Kutikitok schien sie gar nicht mehr zu hören. Er verschwand bereits um die Felsnadel.

Die Meisterin und der Schiffsjunge ergriffen ihre Körbe mit der üppigen Ausbeute an dem lebenswichtigen »Grünfutter«, wie Kerrin es nannte, und machten sich an die letzte kurze Strecke bis zum Zelt des Commandeurs.

»Was machst du denn für ein Gesicht, Moses?«, erkundigte

sich Kerrin. »Man könnte glatt denken, du seiest einem Gespenst oder einem bösen Geist begegnet! In Wahrheit hatten wir einen freundlichen Führer, dem wir unseren Grönlandsalat verdanken. Und der uns auf seinen Rentieren hat reiten lassen! Also, worüber beklagst du dich?«

»Ich denke, das waren keine gewöhnlichen Grönländer, Meisterin! Das waren gefährliche Zauberer – zumindest der Alte! Und du solltest das abscheuliche Ding, welches du da an deinem Hals baumeln hast, schnellstens wegwerfen! Am besten verbrennst du es, falls das möglich ist, oder wirf es ins Meer!«

»Welches Ding?«

Kerrin verstand nicht, wovon Michel redete. Unwillkürlich griff sie sich an den Hals und ihre Finger ertasteten den Gegenstand, der Michel so in Angst versetzte.

»Oh! Haben sie mir doch tatsächlich einen Tupilak mitgegeben! Das ist aber sehr nett von den Leuten! Das ...« Sie verstummte. War ihr Gespräch mit dem Schamanen, während sie im Boot auf den Wellen schaukelten, etwa doch kein Traum gewesen? Nur allzu gut entsann sie sich gar noch der Zauberworte, die er sie für den Fall, dass sie der Hilfe ihres Schutzgeistes bedürfte, gelehrt hatte.

Sie sah, dass Leute ihres Vaters sich anschickten, ihnen entgegenzukommen. Ohne nachzudenken entschied sie sich dafür, den etwa fünf Zoll langen Tupilak – eine bizarre Mischung aus Mensch und Bär mit einem übergroßen Fischkopf mit riesigem Maul und scharfen Zähnen – im Halsausschnitt ihres Hemdes verschwinden zu lassen.

»Sag bitte niemandem etwas darüber, Michel.«

Ihr bittender Tonfall mit dem entsprechenden Gesichtsausdruck bewog den Jungen zu nicken – wenn auch sehr zögerlich.

»Wie du meinst, Meisterin«, gab er zur Antwort. »Es ist deine Sache! Ich weiß von nichts und will nichts damit zu tun haben.«

»Endlich kommt ihr beiden! Allmählich hat der Commandeur sich schon Sorgen um euch gemacht«, begrüßte sie der Smutje und nahm Kerrin die Körbe ab. »Aber wie ich sehe, hat sich euer Ausflug wirklich gelohnt! Den größten Teil des Gemüses können wir einfrieren – Eis ist ja genügend vorhanden – und je nach Bedarf davon auftauen. Das dürfte eine Weile reichen. Hoffentlich wird die *Fortuna II* bald wieder manövrierfähig sein, damit es weitergehen kann! Habt ihr die Schiffe sehen können? Wie schlimm ist es um sie bestellt?«

Kerrin hörte jedoch gar nicht auf den Schiffskoch, in Gedanken war sie ganz weit weg. Michel sagte auch nichts, aber das fiel nicht weiter auf: Galt doch der Kleine unter den Seeleuten sowieso als ein wenig maulfaul.

Hätte Kerrin allerdings geahnt, was im Kopf des Jungen vor sich ging, wäre sie höchst alarmiert gewesen. Doch sie sann noch immer dem soeben Erlebten nach. Sie zweifelte eigentlich nicht daran, dass ihr Gespräch mit dem Schamanen, währenddessen er ihr den Talisman überreicht hatte, tatsächlich in der von ihr erinnerten Form stattgefunden haben musste. Bereits in ihrer Kindheit hatte Kerrin durch ihre nächtlichen Strandspaziergänge ja erfahren, dass das, was sich innerhalb der Grenzen von Raum und Zeit nachweisbar ereignet hatte, nicht immer mit dem übereinstimmen musste, was sich ihrem Gedächtnis als Erlebnis einbrannte. Mehr beunruhigte sie allerdings die Frage, ob der alte Schamane ihr zwischen den Zeilen ein Übel hatte andeuten wollen, das sie möglicherweise auf der Heimfahrt erwartete.

FÜNFZIG
Sommer 1697 auf Föhr

DIE PASTORIN WUSSTE gar nicht mehr, wo ihr der Kopf stand. Alles, was ihre übliche Routine unterbrach, empfand sie mittlerweile als störend. Ohnehin mit all den kleinen und größeren Anliegen, die täglich an sie herangetragen wurden, schon völlig überlastet, zeigte sich nun auch noch ein neues, viel größeres Ungemach am Horizont: Ihr Mann schickte sich an, die Insel zu verlassen, an sich noch keine Besonderheit, denn sein Beruf als Geistlicher und sein Renommé als anerkannter Gelehrter brachten es freilich des Öfteren mit sich, dass er für einige Zeit verreisen musste. Aber was sich jetzt abzeichnete, bedeutete nichts weniger als eine Trennung über Monate hinweg.

Wie ein aufgescheuchtes Huhn lief sie durch den Pfarrhof, hatte verweinte Augen, jammerte in einem fort, bekam von ihren hausfraulichen Pflichten kaum noch etwas auf die Reihe, versäumte zu allem Übel ihre Aufgaben als »Pastorin« – und konnte sich nicht einmal dazu aufraffen, ihrem Mann beim Packen seines alten, rindsledernen Reisekoffers mit den eisenverstärkten Ecken und den zwei Ledergurten zu helfen.

Eycke, die uralte Magd, war es schließlich, die sich erbarmte und die trotz ihrer Gebrechlichkeit versuchte, die Dinge in die Hand zu nehmen.

»Ich kann gar nicht mehr zuschauen, wie sehr die Frau Pastorin sich über die Reise ihres Mannes grämt«, verkündete sie den übrigen Frauen. »Das Herz könnte es einem brechen!«

»Gar nicht auszudenken, wie sie sich erst anstellen würde, sollte Monsieur ein Kapitän sein!«, spöttelte eine Nachbarin, deren Ehemann seit Jahren zur See fuhr. »Wie könnten denn wir anderen Weiber erst jammern, deren Männer jedes Jahr auf große Fahrt gehen?«

Diese Bemerkung blieb von der Mehrheit unkommentiert, auch wenn ihr die meisten der Anwesenden innerlich zustimmten und es für eine Pastorengattin als wenig angemessen befanden, ihre Schwäche derart öffentlich zu inszenieren.

Eycke stellte währenddessen in ihrer üblichen resoluten Art eine Liste sämtlicher Kleidungsstücke zusammen, die ihr Herr während seines Aufenthalts am Hofe des Herzogs benötigen würde, angefangen mit den schwarzseidenen Talaren, den blütenweißen, wagenradgroßen Halskrausen und den weißen Beffchen, bis hin zu den Schuhen, den sonstigen Anzügen, dem Mantel, den Schals, den Hüten, den Hemden bis zur Unterwäsche und dem Morgenmantel sowie einem ganzen Packen von Taschentüchern.

Das Ganze dauerte nur einen einzigen Tag, inklusive des sorgfältigen Verstauens der herbeigetragenen Kleidung in dem riesigen Koffer. Für all die anderen Dinge, vor allem für seine zahlreichen Bücher, für Briefpapier, Schreibzeug und Streusand, trug Pastor Lorenz persönlich Sorge. Göntje war sprachlos – und beschämt. Eine derartige Handlungsunfähigkeit war sie von sich selbst nicht gewohnt, doch die Tatsache, dass sie nun ihren aufreibenden Alltag ohne ihren Mann und engsten Vertrauten zu bewältigen hatte, überstieg im Augenblick einfach ihre Vorstellungskraft.

Der Herzog selbst hatte Lorenz Brarens »gebeten«, stellvertretend für den schwer erkrankten Geistlichen am Hof von Gottorf einzuspringen. So wie der hohe Herr selbstverständlich einen Leibarzt hatte, stand ihm auch ein persönlicher Seelenhirte zur Verfügung. Göntje wusste allerdings, wie schlecht es um die Gesundheit des bisherigen Geistlichen bestellt war. Niemand rechnete ernsthaft damit, dass er je wieder seinen Dienst antreten würde. Und da für seine Hoheit nur der Beste infrage kam, zweifelte die Pastorin nicht daran, dass man alles versuchen würde, ihren Mann dazu zu bewegen, sich für immer am herzoglichen Hof niederzulassen. Noch vor einigen Jahren wäre sie darüber in hellen Jubel ausgebrochen, war es doch seit jeher ihr Herzenswunsch, dass das Wissen, die Klugheit und die Frömmigkeit ihres Mannes einer breiteren – und vor allem »geeigneteren« – Öffentlichkeit kundgetan würden als nur den in ihren Augen eher schlichten Insulanern. Aber diesen Wunsch hatte Lorenz ihr niemals erfüllen wollen.

Jetzt war es für sie zu spät: Für eine radikale Änderung ihrer Lebensumstände fühlte sich Göntje bereits zu alt. Von ihr aus konnte das gewohnte Leben in seinen eingefahrenen Bahnen auf Föhr so weitergehen bis zu ihrem Tod. Was sie vor allem so in Angst und Schrecken versetzte, war der Verdacht, Lorenz könne auf einmal Geschmack am höfischen Leben finden: Schließlich würde er endlich die Gelegenheit haben, sich mit zahlreichen anderen gebildeten Männern auszutauschen. Das tat er zwar jetzt auch, aber nur brieflich. Und das war doch etwas ganz anderes als die persönliche, direkte, lebhafte Diskussion und Auseinandersetzung mit intelligenten Zeitgenossen. Und dann waren da noch die eleganten Damen am Hof! Mit diesen aufgeputzten und geschminkten Frauenzimmern in ihren schamlos weit ausgeschnittenen Roben vermochte sie als schlichte Pfarrersfrau keinesfalls mitzuhalten … Zwar wusste Göntje tief in ihrem Herzen, dass Lorenz stets ein »anständiger« Mann gewesen war, doch angesichts des fremden Glanzes bei Hofe würden ihm die Unzulänglichkeiten ihres einfachen Lebens auf der Insel nur umso deutlicher vor Augen treten – einschließlich ihrer Person, die sich freilich nicht mit einer Frau von Welt messen konnte.

Anfang Juli 1697 war es soweit: An einem ungewöhnlich trüben Morgen machte Lorenz Brarens sich auf, die Insel auf unbestimmte Zeit zu verlassen und seinen Landesherrn aufzusuchen, dessen Sohn und Erbe in Kürze die Prinzessin von Schweden zu heiraten gedachte.

»Leb wohl, meine allerliebste Frau«, verabschiedete der Pastor sich herzlich von Göntje am Anlegesteg in Wyk. Es war bewölkt und nieselte unaufhörlich. Göntje erschien es wie ein Fingerzeig Gottes: Sogar der Himmel weinte.

Sie umarmten sich und Lorenz flüsterte der bitterlich schluchzenden Frau ein »Gott, der Herr, beschütze dich allezeit, meine Liebe!« ins Ohr. Sein Gepäck war bereits auf dem Schmackschiff verladen und es war für den Pastor an der Zeit, an Bord zu gehen.

»Kümmere dich gut um Jonas Japsen, Göntje«, bat er sie noch, an der Reling stehend, ehe er sich anschickte, unter Deck zu gehen.

»Ja, ja! Das will ich gern tun, Lorenz«, rief ihm die Pastorin mit aufgesetzter Fröhlichkeit hinterher und wischte sich unauffällig die letzten Tränenspuren vom Gesicht, sollte ihr Mann sie doch als tapfer und tatkräftig in Erinnerung behalten.

Der Geistliche Japsen sollte als Brarens' Vertreter die Pastorenstelle in Nieblum antreten. Man erwartete den Siebenundzwanzigjährigen bereits am kommenden Tag. Göntje seufzte insgeheim. Wie würde »der Neue« sich anstellen? Käme er mit der Gemeinde zurecht? Und mit ihr, der »Pastorin«? Soweit sie wusste, war der junge Pfarrer unverheiratet – ein Umstand, der der Gemeinde – vor allem den Männern – mit Sicherheit missfiele, erzählte man sich doch glaubhaft, dass die Föhringer selbst »zu katholischen Zeiten« keine ehelosen Priester in ihrer Gemeinde geduldet hatten …

451

Vielleicht aber kam ja ihr Mann viel schneller als erwartet wieder zurück und die seefahrenden Männer würden gar nicht miterleben, wie ein junger, lediger Pastor auf der Insel schaltete und waltete – und womöglich den jungen Weibern die Köpfe verdrehte. Bis zum Herbst, wenn die Grönlandfahrer zurückerwartet wurden, war es schließlich noch lange hin.

Mit zusammengekniffenen Augen blickte Göntje noch eine Weile dem Schiff hinterher, dessen Silhouette immer kleiner wurde und schließlich mit dem Grau des Horizonts ununterscheidbar verschwamm. Dann atmete sie tief durch und wandte sich energisch um, um ihren neuen Lebensabschnitt in Angriff zu nehmen.

Am nächsten Sonntag war der »Friesendom« in Nieblum brechend voll. Ein gewisser Andrang war zu erwarten gewesen, aber mit dieser Invasion hatte niemand gerechnet. Die große alte Kirche mit ihren Plätzen für etwa eintausend Gläubige war einfach zu klein. Sie fasste die Menge an Neugierigen, die sich sogar aus den Gemeinden von Sankt Laurentii bei Süderende und Sankt Nicolai bei Boldixum einfanden, nicht, so dass viele von draußen bei geöffneter Kirchentür die sonntägliche Andacht mitfeiern mussten.

Der neue Pfarrer machte zweifellos Furore. Er sah nicht nur blendend aus – das tat der »alte« Pastor ebenfalls –, sondern Jonas Japsen war noch dazu jung und voll Energie. Bei ihm war die Begeisterung für sein hehres Amt noch deutlich greifbarer als beim abgeklärten und bereits um einiges illusionsloser gewordenen Monsieur Lorenz. Er predigte feurig und verstand es, vor allem die jüngeren Frauen, aber auch die wenigen Männer mitzureißen. Er schien außerdem liebenswürdig und hatte außerhalb der Kirche für jeden ein offenes Ohr.

Erst im Laufe der folgenden Wochen sollte auch die andere

Seite seines Charakters zum Vorschein kommen, gleichsam die dunkle Kehrseite seiner Begeisterungsfähigkeit: Pastor Jonas war ein Eiferer und neigte zum religiösen Fanatismus. So war es nicht weiter verwunderlich, dass er in Kürze im Pfarrhof ein ganz eigenes, nie dagewesenes »Regiment« führte. Eines, das Göntje und die Ihren nicht gewohnt waren. Von nun an regierten unnachgiebige Strenge und unerbittliche Härte gegen jede Art von Verfehlung und ein regelrechter Terror, was das Einhalten von Gebetsstunden anlangte. Morgens, mittags und abends hatten sich sämtliche Bewohner des Pastorats – bis hinunter zu den jütischen Pferdeknechten – in der großen Wohnstube zu versammeln, um an der unumgänglichen Betstunde mit Gesang und Lesung aus einem der vier Evangelien teilzunehmen.

»Meiner Treu«, nuschelte Eycke im Gespräch mit den Mägden verdrossen, dabei angewidert ihr faltiges Gesicht verziehend, »im Pfarrhaus regiert neuerdings nicht mehr die Pastorin, sondern der neue Pfarrer samt seiner Bibel.«

Erstaunlich war nur, dass Göntje sich das so widerstandslos gefallen ließ. Irgendwie war sie dem *Magister Jonas*, wie er genannt zu werden wünschte, haushoch unterlegen. Um zu verhindern, dass er alle Hausbewohner nach Belieben manipulierte, fehlten ihr zugegebenermaßen die theologischen Argumente. So ließ sie ihn gewähren – wenn auch widerwillig.

Seine Kompromisslosigkeit hinsichtlich »guter protestantischer Lebensführung« spaltete auch zunehmend die Gemeindemitglieder. Die einen begrüßten ausdrücklich den scharfen Wind, der plötzlich wehte, während andere die christliche Barmherzigkeit vermissten. So hatte er neulich öffentlich einen biederen Handwerker, der sich nur hin und wieder etwas zu innig an der Rumbuddel festhielt, während einer Andacht einen »haltlosen Säufer« gescholten.

Festzustellen war allerdings, dass jene, die dafür plädierten, gelegentlich ein Auge zuzudrücken, auf einmal in der Minderheit waren. Auffallend war auch, dass der fromme Geistliche ganz besonders gegen angeblich schamloses Verhalten junger Frauen wetterte.

»Ihr seid es, die ihr mit eurem koketten Benehmen und mit einladenden Blicken die Männer in Versuchung führen wollt! Schande über euch Sünderinnen! Der Herr wird euch strafen!«, konnten die verwunderten Gläubigen von der Kanzel herab hören. Von ihrem alten Pastor waren sie so harte Worte nicht gewohnt …

Es dauerte erwartungsgemäß auch nicht lange, bis Jonas Japsen sich der »Hexen« in Midlum, Alkersum und Övenum annahm. Diese Towerschen, »zauberische alte Vetteln« in seinen Augen, ließ er durch Knechte aus ihren armseligen Hütten zerren und zwangsweise – mit aneinandergeketteten Händen – zum Pfarrhof schaffen. Das Haus selbst durften die Weiber allerdings nicht betreten. Die Befragung der »Hexen« übernahm er öffentlichkeitswirksam im Freien, auf dem Dorfweg, für jeden Vorbeikommenden sicht- und hörbar.

Falls er allerdings geglaubt hatte, etwas gegen sie ausrichten zu können, sah er sich bitter enttäuscht. Die alten Weiber waren gewieft. Mit einem »Dahergelaufenen«, der sich einbildete, alles umstoßen zu dürfen, was der »richtige« Pastor eingeführt hatte – sie in Ruhe zu lassen nämlich –, wussten sie bestens fertigzuwerden. Auflaufen ließen sie ihn – und das ordentlich! Die Zuschauer, die sich zahlreich zu dem erhofften Spektakel einfanden, amüsierten sich jedenfalls köstlich, als sie Zeugen wurden, wie sich die Vetteln – eine verwitterter und von den Jahren gezeichneter als die andere – dumm stellten.

Sie wussten von rein gar nichts! Ja, sie verstanden offenbar gar nicht recht, wovon der geistliche Herr überhaupt sprach.

Von Zaubersprüchen – pfui, aber auch! – hatten sie noch nie gehört und an heidnischen Ritualen – da sei Gott, der Herr, vor! – hatten sie selbstredend noch niemals teilgenommen. Wer etwas anderes behaupte, der sage wissentlich die Unwahrheit. Alle wüssten schließlich, welch brave Bäuerinnen und fromme Christinnen sie seien. Monsieur Lorenz könne das bestätigen. Bloß arm seien sie ihr Leben lang gewesen. Aber das sei ja keine Schande, oder? Eher ein Zeichen dafür, dass sie keineswegs einen Bund mit dem Teufel geschlossen haben konnten – sonst ginge es ihnen vermutlich besser …

Bald brach »der Neue« das Verhör der Weiber ab. Er war nahe daran, sich völlig lächerlich zu machen. Mit bombastischem Wortschwulst ermahnte er sie, sich fürderhin nicht verdächtig zu machen – dann hätten sie auch nichts zu befürchten. Insgeheim schwor er sich jedoch, die Weibsbilder nicht aus den Augen zu lassen. Er hätte beinahe schwören können, den Geruch des Schwefels an ihnen wahrgenommen zu haben …

Als man die angeblichen Hexen wieder laufen ließ, stand die Nieblumer Dorfbevölkerung noch eine Weile beisammen und beredete das Ganze. Ehe Magister Jonas sich ins Pastorat zurückzog, hörte er noch eine Äußerung, die ihm im Gedächtnis haften bleiben und deren brisante Bedeutungsschwere ihm erst einige Zeit später aufgehen sollte:

»Der gute Pfarrer weiß noch gar nicht, dass er nach Hexen nicht in den Nachbarorten Ausschau zu halten braucht: Ist doch bald wieder eine von diesen Towerschen da – und noch dazu leibhaftig in seiner unmittelbaren Umgebung! Es wird reichlich spannend werden, wie er sich zur Nichte von Monsieur Lorenz stellt!«

Die Umstehenden lachten und nickten wissend.

Jonas Japsen wusste ja schon, dass eine gewisse Kerrin,

Ziehtochter des Nieblumer Pfarrers, mit ihrem Vater auf Walfang ausgezogen war. In seinen Augen eine Ungeheuerlichkeit, die zudem zutiefst unsittlich war. Ein junges Mädchen unter lauter Männern auf engstem Raum – und das über Monate hinweg! Dass sie sich als Ärztin für die Seeleute aufspielte, machte die Sache keineswegs besser. Klug und stolz sollte sie sein und *gebildet*. Wenn er das schon hörte! Weiber hatten fromm, demütig, geschickt in häuslichen Arbeiten und ihren Männern in allem untertan zu sein – aber mit Letzterem war es auf Föhr anscheinend sowieso nicht sehr weit her. Bald schon hatte er erkannt, dass es den hiesigen Frauenzimmern an der nötigen, ihrem Geschlecht angemessenen Unterwürfigkeit mangelte. Für seinen Geschmack war das Föhringer Weibervolk viel zu hoffärtig. Selbst ihm, ihrem Seelenhirten, traten sie recht selbstbewusst entgegen. Dass die Männer sich das gefallen ließen, konnte Magister Jonas nicht begreifen.

»Diese Kerrin jedenfalls werde ich mir sehr genau anschauen, sobald sie aus Grönland zurück ist«, nahm der junge Geistliche sich vor. Womöglich war das Ganze doch nicht nur ein Gerücht. Er war keineswegs gewillt, Hexen in einer christlichen Gemeinde, für die *er* die Verantwortung trug (wenn auch nur zeitweise), zu dulden – mochten sie seinetwegen sogar mit einem Bischof verwandt sein! Den Sprecher von vorhin hatte er sich genau gemerkt; beizeiten würde er den Mann zurate ziehen.

EINUNDFÜNFZIG
Eine unangenehme Überraschung für Kerrin

KURZ NACH IHRER BEGEGNUNG mit dem alten »Eskimozauberer«, wie Kerrin den Großvater Kutikitoks bei sich nannte, hegte sie den Verdacht, Michel würde, trotz seines Versprechens, alles ausplaudern. Was aber wusste der Schiffsjunge wirklich? Ihre Bootsfahrt mit Inukitsok war schließlich nur ein Traum gewesen – oder etwa nicht?

Am besten würde sie wohl Michel einfach noch einmal auf den Vorfall ansprechen, überlegte Kerrin. Schließlich hatte der Junge sehr verstört gewirkt. Er verstand es allerdings, ihr in der nächsten Zeit geschickt auszuweichen; und wenn er sich doch einmal in ihrer Nähe aufhielt, geschah es nur zusammen mit anderen Männern. Was seine Forderung anlangte, ihren bizarren Talismann wegzuwerfen, weigerte sich die Meisterin, auch nur einen einzigen Gedanken daran zu verschwenden.

»So eine exquisite Gabe darf man nicht missachten – das würde den Schutzgeist beleidigen und brächte mir Unglück«, redete sie sich ein, war jedoch darauf bedacht, die äußerst kunstvoll ausgeführte Walzahnschnitzerei vor fremden Augen zu verbergen. So sehr sie auch von der an sich äußerst befremdlichen Darstellung begeistert war: Nicht einmal ihrem Vater würde sie den Tupilak zeigen. Um keinen »Zufallsfund« zu riskieren, versteckte sie ihn nicht einfach unter ihren Sachen, sondern trug ihn Tag und Nacht unter ihrem Hemd, nahe an ihrem Herzen.

Bald wurde es ihr zur Gewohnheit, in kniffligen Situationen instinktiv nach dem Amulett zu greifen, indem sie die Hand auf ihre Brust legte, um die Konturen des seltsamen Wesens auf ihrer Haut zu spüren. Es schien ein intensives Gefühl von Wärme davon auszugehen, das sie beruhigte und ihr gleichzeitig frische Kraft verlieh. So empfand sie es jedenfalls – und darauf mochte sie schon bald nicht mehr verzichten.

Etliche Tage nach Kerrins und Michels Landausflug hatten sich einige Seeleute schlimm erkältet. Roluf Asmussen schickte die Männer täglich zurück auf die *Fortuna II*, um zu überprüfen, ob das Eis sich bereits zurückzog – oder ob gar ein Bersten der Schiffswand zu befürchten stand. Bei einer dieser kräftezehrenden Erkundungstouren mussten sie sich aufgrund des beißenden Windes verkühlt haben; jetzt lagen die Matrosen mit Fieber, Schüttelfrost, Kopf- und Gliederschmerzen in ihrem Zelt und froren gotterbärmlich, trotz der vielen Decken, mit denen ihre Kameraden sie vorsorglich zugedeckt hatten.

Sobald Kerrin davon Kenntnis erhielt, entnahm sie der Lappdose die entsprechenden Heilmittel, unter anderem das Besteck zum unvermeidlichen Aderlass – der ihr zwar überflüssig erschien, von den Patienten aber ganz selbstverständlich erwartet wurde –, ferner Weidenrinde in Pulverform und verschiedene Tees, verstaute alles in einem Korb und eilte zum entsprechenden Zelt.

Als sie eintrat, machte sie die bestürzende Entdeckung, dass einer der Kranken offenbar bereits im Delirium lag. Es handelte sich um einen der Speckschneider, der wirres Zeug redete und wild mit den Armen um sich schlug; der Mann versuchte, die Decken abzustreifen und aufzustehen, war allerdings zu geschwächt und fiel immer wieder zurück auf sein primitives Lager.

»Helft mir bitte, ihn festzuhalten«, wies Kerrin mehrere der Herumstehenden an, wobei sie den Korb abstellte und nach der passenden fiebersenkenden Arznei zu suchen begann. Aber niemand reagierte. Die Männer starrten sie entweder nur ausdruckslos an – oder schauten gelangweilt in eine andere Richtung.

»Was ist denn los mit euch?«

Kerrin war irritiert. Allein schaffte sie es niemals, den trotz des Fiebers kräftigen Burschen festzuhalten, um ihm Medizin einzuflößen. Sie spürte deutlich, dass sich etwas verändert hatte zwischen ihr und den Seeleuten. Ein Gefühl plötzlicher Kälte kroch ihr das Rückgrat hoch und ließ sie erschaudern.

»Du brauchst dich nicht mehr zu bemühen, Meisterin«, bequemte sich schließlich einer der Harpuniere zu einer Antwort, sah ihr dabei allerdings nicht in die Augen.

»So? Und wer sollte es deiner Meinung nach tun? Bist *du* jetzt auf einmal zum Medicus ernannt worden?«, fragte Kerrin, immer noch krampfhaft um Gelassenheit bemüht.

»Wenn *du* jetzt der Meister auf der *Fortuna II* sein willst, dann bleibt *mir* wohl nichts anderes übrig, als zukünftig *deine* Aufgabe zu übernehmen und die Harpune zu schleudern!«, fügte sie in dem schwachen Versuch, einen Scherz zu machen, hinzu. »Ich befürchte allerdings, dass dann unsere Chancen, jemals einen Wal zu erlegen, äußerst gering sein werden!«

Keiner ging darauf ein. In diesem Augenblick schlug jemand die Plane am Eingang zurück und ein älterer Mann mit einer großen schwarzen Ledertasche, wie Ärzte und Hebammen sie benützten, betrat das Zelt.

»Gott zum Gruße, Meister Jürgensen!«, riefen die Anwesenden im Chor. Es klang sehr erleichtert und Kerrin wurde blass. Der Neuankömmling war kein anderer als der Schiffsarzt ihres Mackerschiffs, der *Cornelia*. Demnach hatten die Kameraden der Erkrankten *ihn* benachrichtigt! *Sie* wollte man künftig ganz offensichtlich nicht mehr als Meisterin bemühen.

Was das bedeutete, war Kerrin sofort klar: Nachdem ihr kein Fehler in den bisherigen Behandlungen unterlaufen war, sie auch jedes Mal sofort zu den Kranken geeilt war und ihre Pflichten sorgfältig erfüllt hatte, musste diese plötzliche Ablehnung eine andere Ursache haben. Michel hatte wohl doch alles ausgeplaudert, was während ihres Aufenthalts bei den Eskimos vorgefallen war. Womöglich hatte er dabei sogar noch übertrieben und die abergläubischen Seeleute empfanden nun Furcht und Misstrauen ihr gegenüber. Kerrin spürte eine bittere Enttäuschung in sich emporsteigen.

Allerdings war sie nicht stark genug, um ihren Kampfgeist zu lähmen; so leicht würde sie das Feld nicht räumen!

»Meister Jürgensen! Schön, dass Sie auch gekommen sind! Aber es wäre nicht nötig gewesen«, wandte sie sich mit einem strahlenden Lächeln und nur leicht zittriger Stimme an ihren Konkurrenten. »Ich werde gut mit der nötigen Behandlung dieser Männer zurechtkommen. Aber nachdem Sie schon einmal hier sind, könnten Sie mir auch freundlicherweise gleich zur Hand gehen und mir helfen, diesen Mann auf seinem Lager festzuhalten, damit ich ihn zur Ader lassen kann.«

Peter Jürgensen warf ihr einen kurzen, abschätzigen Blick zu.

»Mein liebes Kind«, begann er dann und plusterte sich ein wenig auf. »Du scheinst nicht zu verstehen! Man hat *mich*, einen amtlich zugelassenen Chirurgus, mit der Behandlung dieser Männer beauftragt und ich werde dieser Bitte natürlich nachkommen. Deine bisher geleisteten Dienste will hier niemand bestreiten – du scheinst ja tatsächlich ein bisschen von Heilkunde zu verstehen. Aber davon bist du ab jetzt mit Dank entbunden! Wenn du so nett wärest und mir Platz machtest, damit ich mit meiner Tätigkeit beginnen kann, mein liebes Kind?«

Dass dieser Mensch sie vor Zeugen so gönnerhaft von oben herab behandelte, weckte Kerrins Zorn erst recht.

»Augenblick!«

Als der Schiffsarzt der *Cornelia* versuchte, sie einfach beiseitezuschieben, stieß sie ihn kräftig zurück. »*Wer* hat Ihnen den Auftrag gegeben, Meister? Ich habe mir nichts zuschulden kommen lassen! Falls jemand befugt wäre, mich abzusetzen, käme dazu nur der Commandeur der *Fortuna II* infrage – und davon ist mir nichts bekannt. Demnach muss ich *Sie* ersuchen, sich wie bisher auf die Behandlung der Seeleute der *Cornelia* zu beschränken. Im Übrigen sind Sie genauso wenig ein examinierter Arzt wie ich es bin. Wir sind beide vom Seefahrtsamt zugelassene Schiffschirurgen mit den gleichen Befugnissen. Guten Tag noch!«

Wütend standen sich die beiden Kontrahenten gegenüber und musterten sich feindselig. Im Hintergrund hörte Kerrin die Seeleute tuscheln.

»Was wird unser Commandeur dazu sagen?«, »Waren wir vielleicht doch zu voreilig?«, »Immerhin ist sie die Tochter von Asmussen!«, »Was wissen wir denn wirklich über sie?«, »Kann man dem Geschwätz des Moses überhaupt Glauben schenken?«

Kerrin frohlockte innerlich. Als sie hörte, dass einer den Vorschlag machte, sich an den Commandeur zu wenden und ihn entscheiden zu lassen, wusste sie, dass sie gewonnen hatte. Auf einmal erschienen die selbstherrlichen Kerle ihr um einiges geschrumpft zu sein.

Und was den hochnäsigen Kollegen betraf, so erkannte sie auf einen Blick, dass dessen Selbstvertrauen sich ebenfalls zu verflüchtigen begann. Das stimmte sie gleich ein wenig nachsichtiger.

»Bis die Herren den Urteilsspruch meines Vaters eingeholt haben, sollten wir beide uns das Wohl der Kranken angelegen sein lassen. Ich schlage vor, wir behandeln sie dieses eine Mal gemeinsam.«

»Ein weiser Vorschlag, Meisterin«, äußerte daraufhin Peter Jürgensen, der mindestens dreimal so alt war wie sie, diplomatisch.

Sie hatten ordentlich zu tun, um die Männer zu versorgen. Den, der halluzinierte und von Haien und Meeresungeheuern fantasierte, stellte Kerrin am Ende mit etwas Mohnsaft ruhig. Er schlief nun und auch die anderen drei Burschen dämmerten vor sich hin. Der harte Husten hatte endlich aufgehört und der pfeifende Atem, der auf eine angegriffene Lunge hindeutete, hatte sich normalisiert.

»Mögen die Männer bis morgen in der Frühe Ruhe haben und sich gesund schlafen!«

Diesen Wunsch äußerte Kerrin laut und bedankte sich artig bei ihrem Kollegen. Der – nachdem er miterlebt hatte, wie souverän die junge Frau mit den Patienten umging – zollte ihr längst größten fachlichen Respekt.

»Ich denke auch, dass das Gröbste ausgestanden ist. In einigen Tagen werden die Kerle, so sie Ihre Medizin nach Anweisung einnehmen, wieder ganz auf dem Damm sein.«

Kerrin hätte sich kein schöneres Lob vorzustellen vermocht. Und als Jürgensen noch wie nebenbei hinzufügte: »Ich konnte mich persönlich davon überzeugen, wie gut Sie Ihre Arbeit verrichten, Meisterin. Ich bin überzeugt, dass Sie meiner keineswegs bedürfen und werde mich in Zukunft nur auf die Erkrankten der *Cornelia* beschränken« – da hätte sie am liebsten laut gejubelt.

Diese Hürde schien genommen.

»Sollte irgendwer versuchen, mich bei meinem Vater wegen mangelnder fachlicher Kompetenz schlechtzumachen, hätte derjenige gewiss keinen Rückhalt mehr«, dachte sie halbwegs zufrieden und machte sich auf den Rückweg zum Zelt

462

des Commandeurs. In drei Stunden würde sie wieder nach den erkrankten Matrosen schauen.

Allerdings blieb noch die Frage, ob man gegen sie wegen der Erlebnisse mit dem Eskimozauberer vorgehen würde ... Dieser Punkt bereitete Kerrin nach wie vor Sorge.

Auf dem teilweise vereisten Weg zum Zelt traf sie die Freunde ihrer Patienten, die sich im Laufe der Behandlung davongeschlichen hatten.

»Nun, was habt ihr bei meinem Vater ausgerichtet?«, stellte sie die Männer fast gegen ihren Willen zur Rede. Eigentlich hatte sie einfach schweigend an ihnen vorübergehen wollen, doch dann siegte ihre Wut. Mit vor Aufregung und Kälte hochroten Wangen musterte sie die Seeleute durchdringend. Derjenige, der im Zelt der erkrankten Matrosen als einziger das Wort an sie gerichtet hatte, gebärdete sich beinahe übereifrig:

»Der Commandeur befand sich in Eile. Er war gerade dabei, mit einigen Eingeborenen zur Jagd auf Moschusochsen aufzubrechen. Einer, der den zungenbrecherischen Namen *Kutikitok* führt, hatte nämlich eine Herde gesichtet. So haben sich Herr Asmussen und drei Grönländer aufgemacht, um einige Tiere zu erlegen. Aber vorher hat dich der Commandeur noch in deinem Amt als Meisterin bestätigt.«

Beflissen fügte ein anderer hinzu: »Im Sommer ist das Jagen der Moschusochsen im Allgemeinen sehr schwierig, weil sich die mächtigen Biester mit ihrem langhaarigen schwarzen Fell kaum vom dunklen Boden abheben. Aber jetzt, wo es überraschend geschneit hat und der Schnee zum großen Teil immer noch liegen bleibt, rechnet der Commandeur sich einiges an Beute aus.«

Die anderen nickten mit gesenktem Kopf.

»Wie wankelmütig sie doch sind! Nun tun sie so, als sei

nichts geschehen!«, ging es Kerrin durch den Sinn. Es fühlte sich gar nicht gut an, von den Launen solcher Menschen, die ihre Meinung je nach der Windrichtung änderten, abhängig zu sein.

Unwillkürlich griff sie nach ihrem Amulett, das wie immer eine überraschende Wärme ausstrahlte. Mit Michel Drefsen würde sie trotz allem ein ernstes Wörtchen reden, nahm sie sich vor; doch für den Augenblick blieb ihr wohl nichts anderes übrig, als gute Miene zum bösen Spiel zu machen.

»Na, dann wollen wir doch hoffen, dass die Jagd erfolgreich verläuft und wir uns bald über Mochusochsenbraten am Spieß freuen dürfen!«, meinte sie betont fröhlich, ehe sie sich umwandte und den plötzlich wieder so auffallend freundlichen Seeleuten den Rücken zukehrte. Die unterwürfige Höflichkeit war ihr fast noch unheimlicher als die vorherige offene Feindseligkeit.

Sie betrat die primitive Unterkunft, von der sie inständig hoffte, sie möglichst bald für immer verlassen zu können, und verstaute die Arzneien und das medizinische Gerät in der Lappdose, ehe sie sich daranmachte, ihr Patientenprotokoll auf den neuesten Stand zu bringen. Mittlerweile besaß sie bereits Routine darin, die sorgfältig mit dem Lineal gezogenen Spalten auszufüllen.

»Dem Herrn sei Dank, dass er mich bisher davor bewahrt hat, das schreckliche Wort ›*Exitus*‹ einem der Einträge hinzufügen zu müssen«, dachte sie mit einem tiefen Seufzer der Erleichterung. Peter Jörgensen war leider nicht so vom Glück gesegnet: Die *Cornelia* hatte in dieser Walfangsaison bereits einige Seeleute verloren.

Sie betete inständig darum, dass es auf der *Fortuna II* so bleiben und der Herr weiterhin seine segnende Hand über sie alle halten möge. Obwohl nicht sehr fromm, schickte Kerrin dieses Mal ein aufrichtiges »Amen!« hinterher.

Noch war die Walfangperiode schließlich keineswegs zu Ende und der Nachhauseweg noch sehr, sehr weit – falls sie ihn überhaupt dieses Jahr noch antreten konnten. Ihr Vater ließ jeden Abend eine Andacht mit Gebeten und Gesang abhalten, um den Herrn zu bitten, es ihnen zu ersparen, den ganzen langen Winter über auf Grönland ausharren zu müssen. Ein so grausames Schicksal würde mit Sicherheit einige von ihnen das Leben kosten.

Der Tag neigte sich seinem Ende zu – das besagte die Uhr, obwohl man es am Sonnenstand kaum zu erkennen vermochte: Im Sommer blieb es auf Grönland auch nachts hell; der feurige Ball näherte sich zwar dem Horizont, versank jedoch nicht.

Längst war die Zeit des Abendbrots vorüber und die Stunde, zu der der Commandeur die allabendliche Andacht abhalten ließ, war auch verstrichen – und immer noch kein Lebenszeichen von den zurückkehrenden Jägern. Kerrin war deswegen ein wenig unruhig, aber noch nicht wirklich besorgt. Dazu bestand auch kein Anlass. Die Moschusochsen zogen in großen Herden auf Futtersuche durch die karge Landschaft und legten dabei in ziemlicher Geschwindigkeit gewaltige Strecken zurück.

»Wer weiß, wo die Jäger, die den Tieren ja folgen müssen, inzwischen sind?«, gab einer der Harpuniere, Drefs Brodersen von der Hallig Hooge – Muhme Ingkes Mann –, zu bedenken. »Ihr Rückweg kann äußerst lang sein. Hauptsache jedoch ist, unser Commandeur bringt ordentlich Beute mit.«

Die Männer lachten und äußerten lautstark ihre Zustimmung.

Ja, eine Abwechslung im eher eintönigen Speiseplan be-

465

grüßten sie alle. Normalerweise gab es grüne oder gelbe Erbsen und gepökeltes Rindfleisch, abwechselnd mit fadem Schiffszwieback und eingesalzenen Heringen – und das tagein, tagaus …

»Wie mag Moschusochse wohl schmecken?«, überlegten einige.

»Bestimmt nicht schlechter als irgendein anderes Rindvieh«, vermutete der Smutje und erntete damit wiederum Gelächter.

»Ja, und selbst wenn das Fleisch zäh wie Leder ist, kannst du es immer noch stundenlang im Kessel zusammen mit dem Grünzeug unserer Meisterin sieden lassen.«

Auch Steuermann Rörd Gonnesen, ein Verwandter von Wögen Gonnesen, dem einstigen Bootsmann der *Adriana*, war heute besserer Laune. Die Aussicht auf frischen Rinderbraten mochte dabei eine nicht unerhebliche Rolle spielen.

Kerrin, die – wiederum aus einem Buch ihres Oheims – wusste, dass die zottigen Ungetüme zwar »Ochsen« genannt wurden, aber mit Rindern nichts zu tun hatten, weil sie in Wahrheit zu den Schafen gehörten, behielt ihr Wissen lieber für sich. Längst hatte sie bemerkt, dass manche Männer zu viele Kenntnisse bei einer Frau überhaupt nicht schätzten. So hatte sie die Lehre daraus gezogen, dass es klüger war, beizeiten den Mund zu halten.

Ganz vorsichtig wagte der Steuermann sogar die Prognose, die überraschende Frostperiode mitten im Sommer könnte sich in den allernächsten Tagen verflüchtigen, das Eis um die *Fortuna II* und die *Cornelia* schmelzen und damit einen Durchbruch der Segler ermöglichen.

Im Zelt des Commandeurs war man an diesem Abend – obwohl der »Hausherr« nicht anwesend war – richtig guter Laune und auch Kerrin war einigermaßen zufrieden. Sie vermochte auch gleich einzuschlafen, nachdem endlich Ruhe eingekehrt war. An den Verbleib der Jäger dachte sie nur noch einmal kurz, ehe sie in den Schlaf hinüberglitt.

Doch schon nach einigen Stunden erwachte sie aus einem grässlichen Alptraum. Schweißgebadet schreckte sie hoch und fand sich erst überhaupt nicht zurecht. Dann erinnerte sie sich, dass die soeben gesehenen schrecklichen Dinge etwas mit ihrem Vater zu tun hatten – aber sie erinnerte sich nicht mehr, was genau es war, das ihm in ihrem Traum zustieß. Eine halbe Stunde danach zitterte sie jedoch noch immer und vermochte nicht, zur Ruhe zu kommen.

»Es muss mit der fremden Umgebung zu tun haben, dass ich so merkwürdiges Zeug träume«, mutmaßte sie und bemühte sich gleichzeitig, Vernunft walten zu lassen, wie Oheim Lorenz es sie von klein auf gelehrt hatte. Was sollte ihrem klugen, vorausschauenden und starken Vater denn schon Schlimmes zustoßen? Er war nicht nur ein ausgezeichneter Schiffscommandeur, sondern auch ein geübter Jäger. Außerdem wurde er von geschickten, ihm wohlgesinnten Eingeborenen begleitet. Kutikitok wäre der Letzte, der zuließe, dass ihrem Vater etwas Böses widerfuhr – da war sie ganz sicher.

Nach einer Weile beruhigte sie sich etwas und fiel schließlich wieder in einen nicht sehr tiefen Schlaf, der bis in die frühen Morgenstunden andauerte.

Auch am nächsten Tag und am übernächsten zeigte sich indes nicht die geringste Spur von Roluf Asmussen und seinen Jagdgefährten.

»Wer weiß, wohin sie inzwischen gelangt sind während der Verfolgung der Ochsenherde?«, versuchte Steuermann Rörd Gonnesen das junge Mädchen zu beruhigen. Von Kerrins anfänglicher Gelassenheit war inzwischen kaum noch etwas übrig.

Auch der Schiemann und der Küper versuchten erfolglos, ihre Unruhe zu dämpfen, indem sie wilde Geschichten von Jagdabenteuern aus ihrem Gedächtnis kramten.

Von plötzlichen Wetterumstürzen und schweren Schneestürmen war die Rede, die die Jäger vermutlich zwangen, in Höhlen Zuflucht zu suchen. Kerrin wollte die Seeleute darauf hinweisen, dass seit Tagen beständiges und tagsüber fast mildes Wetter herrschte, unterließ es dann aber.

»Es besteht gar kein Grund, die Nerven zu verlieren und gleich das Schlimmste zu vermuten«, behauptete der Schiemann fest und die anderen Seeleute pflichteten ihm lautstark bei. »Dein Vater ist erfahren und weiß sich und seine Begleiter zu schützen.«

Dieser Zuspruch von allen Seiten tat Kerrin gut, wenn auch auf andere Weise als von den Matrosen intendiert: Schien er ihr doch zumindest zu beweisen, dass die Männer mit ihr fühlten und hinter ihr standen. Die Sorge um den Vater vermochte er ihr jedoch nicht zu nehmen.

Am Morgen des vierten Tages seit dem Aufbruch ihres Commandeurs gab der Steuermann, der in Abwesenheit Roluf Asmussens das Kommando über Schiff und Mannschaft führte, schließlich die Losung aus: »Alle Mann auf Suche nach unserem Commandeur!«

Kerrin fühlte sich wie gelähmt. Ihr war klar, dass Rörd damit zwar seinen guten Willen, aber letztlich nur sinnlosen Aktionismus bezeugte: Er hatte doch nicht die geringste Ahnung, *wo* in Gottes Namen er die Jäger überhaupt suchen lassen sollte! In Richtung Landesinneres gab es nur schroffe, auf den Gipfeln eisbedeckte Gebirge mit tiefen Tälern und heidebewachsenen Hochflächen und vor ihnen, in der anderen Richtung, breitete sich die immer noch zugefrorene See aus, die allerdings begann, Risse in der Eisdecke zu zeigen.

468

»Vater, wo bist du denn nur?«, rief Kerrin zutiefst unglücklich aus. Sie hatte sich vom Lager entfernt und beobachtete die Seeleute, die in Gruppen zu fünft oder sechst loszogen, um die Vermissten aufzustöbern. Rörd hatte angeordnet, dass die Suchtrupps im Halbkreis, und zwar sternförmig von ihrem jetzigen Standplatz aus, ausschwärmen sollten. Auch die Mannschaft der *Cornelia* samt ihrem Commandeur beteiligte sich an der Suche. Sechs Stunden würden sie in Richtung Inselmitte laufen und dabei die Gegend sorgfältig durchkämmen. Nach einer kleinen Rast sollten sie wieder umkehren.

Alle Seeleute bekundeten beim Abmarsch laut ihre Zuversicht, die Verschollenen – vor allem Roluf Asmussen – aufzuspüren und heil zurückzubringen. Glaubten sie tatsächlich daran oder versuchten sie nur, sich selbst und ihr, der Tochter, etwas vorzumachen?

Kerrin teilte ihren Optimismus keineswegs: Wiederholt legte sie ihre Hand auf den Tupilak und spürte in ihrem Herzen jedes Mal eine grausame Leere.

Da wurde ihr mit einem Mal schlagartig klar: Ihr Vater würde *nie mehr* zu ihr zurückkehren. Darüber zu sprechen vermochte sie mit niemandem. Hätte Kerrin Zweifel geäußert oder gar die Vergeblichkeit der Bemühungen angedeutet, würde man ihr das sehr übel nehmen. Damit hätte sie die Vorurteile all jener bestätigt, die immer schon die Meinung vertreten hatten, Weiber wären nervenschwach und hätten an Orten, wo »harte« Männer gefragt waren, nichts verloren …

So verhielt sich Kerrin schweigsam und in sich gekehrt. Im Stillen betete sie viel für ihren Vater und seine Begleiter. So gelang es ihr – ihrer bösen Vorahnungen ungeachtet –, ein winziges Fünkchen Hoffnung auf eine glückliche Wendung am Glimmen zu erhalten.

Die nächsten fünf Tage liefen für Kerrin ab wie ein böser Traum. Jeden Morgen teilte Steuermann Gonnesen die Männer von Neuem in Suchtrupps auf und schärfte ihnen ein, auf jedes noch so geringe Detail zu achten, das vielleicht einen Hinweis darauf geben könnte, was sich während der Jagd ereignet hatte. Doch vergeblich. Nicht die allergeringste Spur der Verschollenen machten sie aus. Auch von der angeblich vorhandenen Herde der Moschusochsen war nichts zu sehen – nicht einmal Kothaufen. Nirgends entdeckte man Anzeichen, dass eines der Tiere erlegt worden wäre – aber auch keinerlei Zeugnis davon, dass der Commandeur und seine Begleiter irgendwo ein Lager aufgeschlagen hatten.

Am zehnten Tag seit Roluf Asmussen vermisst wurde, beschloss man, zwölf Stunden weit in eine Richtung zu marschieren, dann eine längere Pause während der Sommernacht einzulegen, um dann die Suche noch einmal so lange auszudehnen, ehe man den Rückweg zum Lager antrat.

ZWEIUNDFÜNFZIG
Kerrins Alptraum beginnt

WIE SCHON AN DEN TAGEN ZUVOR ließ man Kerrin im Zeltdorf zurück, ebenso den zwölfjährigen Michel. Er würde die Erwachsenen nur behindern, behauptete Rörd Gonnesen. Kerrin sah die Gelegenheit gekommen, Michel noch einmal unter vier Augen über jene verhängnisvolle Begegnung mit den Eskimos und was er darüber erzählt hatte zu befragen. Aber der Junge zeigte sich unzugänglich.

»Lass mich in Ruhe, Meisterin«, bockte er. »Ich weiß, was ich gesehen habe! Und dieses Teufelsamulett hast du immer noch – darauf würde ich wetten! Es passt ja auch zu dir! Es fällt mir schwer zu glauben, dass du nichts über das Schicksal unseres Commandeurs wissen solltest! Du und dieser alte Eskimozauberer – da haben sich die zwei Richtigen gefunden! Ich möchte gar nicht wissen, was ihr alles beredet habt!«, sagte er ihr frech ins Gesicht und machte Anstalten, Kerrin einfach stehenzulassen.

»Bist du verrückt geworden, Michel?« Die junge Frau war entsetzt über die plötzliche Feindseligkeit ihres Schützlings. »Was willst du denn um Himmels willen damit andeuten?«

Sie versuchte ihn am Ärmel seiner Wolljoppe festzuhalten. Aber der Moses riss sich los.

»Fass mich ja nie mehr an!«, fauchte er und funkelte sie dabei böse an. »Eines weiß ich jedenfalls: Ich werde nie mehr auf einem Segler anheuern, wo auch *du* zugegen bist, Meisterin!« Das letzte Wort kam ihm voll Hohn von den Lippen.

Damit kehrte der Junge ihr den Rücken zu und lief weg.

Diesen und den ganzen nächsten Tag ließ er sich nicht mehr in ihrer Nähe blicken. Kerrin nahm an, er habe im Lager der *Cornelia*-Mannschaft Zuflucht gefunden bei einigen älteren Matrosen, die sich dieses Mal nicht mehr an der strapaziösen Suche beteiligten.

Es war indes der letzte Versuch, ihren Vater zu retten, und er blieb so ergebnislos wie alle anderen vorher. Müde, abgekämpft und enttäuscht kehrten die Seeleute schließlich nach fast zwei Tagen zurück. Beängstigende Stille herrschte an diesem Abend bei der gemeinsamen Mahlzeit, dem üblichen Erbseneintopf mit zähem Gänsefleisch. Auf dem Rückweg hatte man ein paar dieser großen Vögel erlegt.

Kaum einer machte den Mund auf – außer zum Essen. Nach einem von Steuermann Gonnesen angeordneten gemeinsamen Gebet für die Seele ihres Commandeurs Asmussen ging

471

man wortlos auseinander. Zeitig lagen alle in den provisorischen Zelten, eingewickelt in ihre Decken, und versuchten, ein wenig Schlaf zu finden.

Kerrin saß in diesen Nachtstunden, in denen man immer noch die Sonne knapp über dem Horizont schweben sah, auf einer Holzkiste vor dem Zelt ihres Vaters – das dieser nie mehr betreten würde. Ihre Vorahnung hatte sich bewahrheitet und Kerrin war in einen Zustand der inneren Starre verfallen, der Schock bewahrte sie im Augenblick noch vor dem Schmerz über den Tod des Vaters. Sie war nun eine Waise und sann über ihr weiteres Schicksal nach.

»Rörd wird morgen von allen als neuer Commandeur der *Fortuna II* begrüßt werden«, überlegte sie. »Alles wird normal weitergehen. Wie es aussieht, bricht das Eis in Kürze auf und man wird das Schiff wieder beladen können. Spätestens nächste Woche geht die Reise erneut los, zuerst vermutlich nach Island, um noch einige Wale zu töten, dann nach Amsterdam und schließlich zurück nach Föhr. Alles wird sein, wie es immer war. Gonnesen wird seine Sache gut machen und alle werden zufrieden sein. Nur für mich ist alles anders: Ich habe nun keine Eltern mehr. Wie wird Harre zumute sein, wenn er davon erfährt? Wo hält mein Bruder sich derzeit überhaupt auf?«

Die Tränen, die so lange nicht hatten kommen wollen, strömten ihr jetzt bei dem Gedanken an Harre doch über die Wangen. Das Bitterste schien ihr, dass sie niemals wissen würde, was ihrem Vater eigentlich widerfahren war. War er mit seinen Begleitern verunglückt? Oder hatten ihm die Einheimischen möglicherweise eine tödliche Falle gestellt? Doch aus welchem Grund? Auf all die Fragen würde sie wohl nie eine Antwort finden.

Wie so oft in diesen Tagen wanderten Kerrins Gedanken zu

Kutikitok, dem jungen Eskimo, der ihr so wohlgesonnen erschienen war. Doch war er tatsächlich ein Freund – oder ein erbitterter Feind der Weißen, der sich nur eingeschlichen hatte in ihrem Lager – und auch ein bisschen in ihrem Herzen –, um die beste Möglichkeit zu erkunden, ihnen zu schaden? Gonnesen hatte die Männer auch nach dem Eskimohaus suchen lassen, in dem Kerrin den alten Inukitsok mit seiner Frau Naduk angetroffen hatte. Was die Seeleute allerdings berichteten, hatte Kerrin erschaudern lassen: An dem von ihr beschriebenen Platz hatten sie lediglich eine Ruine vorgefunden, die Außenmauer aus Erde und Steinen existierte zwar, aber die Hütte war halb verfallen und es sah keineswegs so aus, als habe erst kürzlich noch jemand darin gewohnt. Keine Menschenseele habe sich dort aufgehalten und es hätten sich auch in der näheren Umgebung keinerlei Spuren gefunden, die darauf schließen ließen, jemand habe in jüngster Zeit dort gehaust ...

Die seltsamen Geschehnisse jenes Nachmittags schienen Kerrin zu verfolgen – doch standen sie auch mit dem Verschwinden ihres Vaters in irgendeinem Zusammenhang? Das bezweifelte Kerrin, wusste sie doch tief in ihrem Herzen, dass die Eskimos ihr keinen Schaden hatten zufügen wollen, über welch geheime, zauberische Kräfte auch immer sie verfügen mochten.

Beinahe ohne es zu merken, hatte sie wieder zu weinen begonnen. Noch gedämpft doch schon deutlich stärker drang der Schmerz langsam in ihr Bewusstsein vor. Die Tränen flossen mit einem Mal in Strömen aus ihren meeresfarbenen Augen. In einem fort musste sie sie wegwischen, damit sie an ihren Wangen im eisigen Wind nicht festfroren.

»Ach, liebster Vater«, schluchzte sie endlich. »Warum hast du mich allein gelassen? Ich brauche dich doch so sehr!«

Erst nachdem ihre Tränen schon eine ganze Weile versiegt

waren, fiel ihr auf, dass sie noch gar nicht an ihren Bräutigam, Kapitän Jens Ockens, gedacht hatte. Hätte nicht der bloße Gedanke an ihn ihr schon Trost spenden sollen? Dass dem mitnichten so war, bewies wohl deutlich, dass sie Ockens doch kein Gefühl wahrer Zuneigung entgegenbrachte.

Erneut begann Kerrin zu weinen, dieses Mal über ihre Verlobung, die sie aus eigenem Antrieb eigentlich nie eingegangen wäre, wie sie sich schweren Herzens eingestehen musste. Als sie sich wieder ein wenig beruhigt hatte, atmete sie tief durch und fasste den Entschluss, ihre Verlobung zu lösen, sobald sie wieder zurück auf Föhr wäre.

Diese Entscheidung wiederum rief ihr die künftige Stiefmutter in Erinnerung: Beatrix van Halen musste sie natürlich von dem Unglück in Kenntnis setzen. Auch für die Holländerin war der Verlust gewiss schrecklich, war sie auch – im Gegensatz zu ihr – eine erwachsene Frau, eine Witwe zumal, die bereits erfahren hatte, was es hieß, sich allein und resolut durchs Leben zu kämpfen.

Schließlich, als die Temperaturen weiter fielen, schlüpfte Kerrin ins Innere des Zeltes und suchte ihren Schlafplatz auf, wo sie sich erschöpft von Trauer, Kälte und Herzensangst vor der Zukunft auf ihr Deckenlager fallen ließ und in einen unruhigen und von finsteren Träumen zerrissenen Schlaf fiel.

In den frühen Morgenstunden stiegen die Temperaturen plötzlich und das Eis um die eingeschlossenen Schiffe begann zu schmelzen. Durch vorsichtiges Manövrieren gelang es Rörd Gonnesen, die *Fortuna II* freizubekommen. Unverzüglich machte man sich ans Beladen und an die notwendigen Ausbesserungsarbeiten, die zum Glück leicht zu bewerkstelligen waren – wie eine ausgiebige Inspektion durch die Offiziere gezeigt hatte. Während die eine Hälfte der Seeleute die Zelt-

474

planen, die Tranfässer, die Waffen und die Lebensmittelvorräte an Bord schaffte, waren die anderen mit Brettern, flüssigem Pech zum Kalfatern und Farbeimern zugange. Binnen zweier Tage war alles verstaut und der Segler glänzte wie ehedem in Rot, Gelb und Weiß. Sogar die Galionsfigur am Bug, eine zwei Ellen hohe Frauengestalt, die reichlich Busen zeigte und eine heidnische Göttin darstellte, hatte einen frischen Farbanstrich erhalten. Am Morgen des dritten Tages – man schrieb inzwischen Mitte August 1697 – konnten sie die so lange unterbrochene Reise endlich fortsetzen.

Die nächsten Tage gestalteten sich für Kerrin zunehmend schrecklicher. Nicht nur, dass man sie in ihrer Trauer um den geliebten Vater alleinließ, man schnitt sie regelrecht. Dass sie ihr Quartier in der Commandeurskajüte räumen musste, verstand sich von selbst. Der ehemalige Steuermann und jetzige Befehlshaber Rörd Gonnesen nahm diese ohne Zögern in Besitz und Kerrin konnte sich mit einem fremden Mann schließlich nicht einen einzigen Schlafraum teilen.

Aber dass man sie in einen zugigen Verschlag abschob, der nicht einmal über eine abschließbare Tür verfügte, war ganz offensichtlich eine Schikane. Damit nicht genug! Als manche merkten, dass sich Kerrin innerlich immer mehr zurückzog und auswich, wo es möglich war, gingen sie dazu über, sie ganz offen mit hämischen Bemerkungen, anzüglichen Anspielungen und frechen Beleidigungen zu verfolgen. Anfangs wehrte sie sich noch halbherzig gegen die Angriffe; ein einziges Mal beschwerte sie sich sogar beim Nachfolger ihres Vaters, aber dieser tat so, als verstünde er nicht recht, weshalb sie überhaupt zu ihm gekommen sei.

»Willst du das gute Einvernehmen unserer Männer stören?«, fragte er sie tatsächlich, als sie ihm die Namen derjenigen aufzählte, die sie am übelsten behandelten. »Die Einzige, die hier nicht hergehört, scheinst du zu sein, meine Liebe«, kanzelte der neue Commandeur sie barsch ab.

Aber so einfach wollte Kerrin sich doch nicht abspeisen lassen.

»Mit Verlaub, Herr Commandeur, aber ich bin mir keiner Schuld bewusst! Wenn hier jemand Streit sucht, bin *nicht ich* diejenige! Weshalb soll ich es stillschweigend dulden, dass mir Unrecht widerfährt? Ich ersuche Sie noch einmal, für Abhilfe zu sorgen und die Kerle gegebenenfalls zu bestrafen – wie mein Vater es getan hätte. Als er noch da war, wagten sie so etwas überhaupt nicht. Falls nicht, dann …«

»Was dann, he?« Gonnesen kam drohend näher. »Was glaubst du eigentlich, wer du bist? Die Zeiten, in denen dir dein Vater den Rücken gestärkt hat, sind gottlob vorbei! Falls du es noch nicht bemerkt haben solltest: Die Seeleute der *Fortuna II* haben etwas gegen Hexen! Sie wollen auch nicht mehr von dir behandelt werden. Ich werde jetzt sofort die Lappdose und alles andere aus deinem Kabuff in meine Kajüte schaffen lassen! Wenn jemand erkrankt oder sich verletzt, werde *ich selbst* in Zukunft die Männer verarzten. Und jetzt geh und lass mich mit deinen Klagen in Ruhe. Ich habe Wichtigeres zu tun!«

Mit der Hand vollführte der neue Commandeur eine verächtliche Bewegung, als verscheuche er eine lästige Fliege.

Aber noch immer war Kerrin nicht bereit, klein beizugeben. Sie war gleichzeitig fassungslos und wütend, dass sich selbst die Männer, die ihrem Vater jahrelang treu ergeben gedient hatten, nun gegen sie wandten.

»Wieso behaupten Sie, ich sei eine Hexe? Das ist doch vollkommener Blödsinn! Anstatt mich vor solchem Schwachsinn in Schutz zu nehmen, stoßen Sie ins gleiche Horn. Worauf um Himmels willen stützen sich denn solche Vorwürfe? Nicht einmal verteidigen darf ich mich! Finden Sie das gerecht, Commandeur Gonnesen?« Kerrin konnte sich nicht verkneifen, das ›Commandeur‹ ironisch zu betonen – was ihrem Gegenüber jedoch nicht weiter aufzufallen schien.

»Ich bin dir keine Rechenschaft schuldig, Mädchen! Was ich für gerecht ansehe oder nicht, lass meine Sorge sein. Und jetzt geh endlich!«

Rörd Gonnesen wandte ihr den Rücken zu und ließ sie einfach stehen. Im Laufe des erhitzten Disputs hatte sich eine kleine Gruppe um sie und den jetzigen Befehlshaber der *Fortuna II* geschart. Einer der Burschen packte sie derb am Arm und herrschte sie an:

»Ab in dein Kabuff, Towersche! Ich hole den ganzen Medizinkram ab, den du bei dir gehortet hast. Ole, komm mit und hilf mir tragen!«, wandte er sich an einen Kameraden.

In ihrem finsteren schäbigen Verschlag angekommen, kam es zu einer weiteren Auseinandersetzung.

»Die Lappdose könnt ihr meinetwegen mitnehmen! Die braucht Gonnesen, wenn er euch jetzt behandelt. Und hier ist auch die Patientenkladde, die er genauestens auszufüllen hat. Aber die anderen Arzneien, die Kräuter, die Tees und Pflanzenextrakte, die Salben und diese ganzen Verbände, die bleiben hier bei mir«, erklärte Kerrin unerschrocken. »Das ist nämlich alles *mein Eigentum* und wurde von mir auf dieses Schiff mitgebracht.«

Der eine Matrose wollte nach dem Krankenstandsbuch greifen, aber Kerrin hielt es fest.

»Augenblick, ich muss es erst noch korrekt zum Abschluss bringen. Man muss schon erkennen, dass ab jetzt ein anderer dafür verantwortlich zeichnet!«

Sie schloss ihre Berichte ab, wie es sich gehörte, unterzeichnete mit ihrem Namen und setzte das Datum – 22. August

1697 – darunter, wie es ihr einst Bertil Martensen beigebracht hatte.

»So, bitte sehr!« Sie überreichte dem Matrosen Ole das Buch.

Der andere hatte sich offenbar nicht an das gehalten, worauf sie ihn hingewiesen hatte, sondern warf Kerrins Arzneien allesamt in ihren Korb, den er sich anschickte mitzunehmen.

»Halt! Hast du mich nicht verstanden? Das Zeug gehört mir! Stell sofort meinen Korb wieder hin!« Kerrin griff danach, wobei ihre Augen wütend funkelten.

»Woher sollen wir wissen, ob das stimmt?«, entgegnete dreist der Kerl und riss den Korb erneut an sich.

Jetzt wurde Kerrin wirklich wütend. Wollte man sie nicht nur demütigen und beleidigen, sondern auch noch bestehlen? Sie konnte nicht begreifen, wie ihr einstiges Vertrauensverhältnis zu den Männern so hatte entarten können.

»Komm, lass gut sein jetzt, Piet! Wir haben ja alles, was wir brauchen!«

Überraschend ergriff nun der andere Bursche für die abgesetzte Meisterin Partei. »Wenn sie sagt, die Arznei und die Bandagen gehören ihr, so wird das wohl seine Richtigkeit haben! Wir nehmen die Lappdose und das Krankenbuch und gehen.«

Er wandte sich dem zornbleichen Mädchen zu. »Nichts für ungut, Meisterin! Wir tun nur, was der Commandeur verlangt hat. Persönlich habe ich nichts gegen dich. Gott befohlen, Kerrin Rolufsen!«

Piet, der andere Matrose, schaute etwas dumm drein, widersprach jedoch nicht, sondern stellte Kerrins Arzneikorb wieder hin und verließ mit seinem Kameraden die winzige Unterkunft, die kaum für den Schiffshund Baldur angemessen gewesen wäre. Als ihr Vater noch das Kommando führte, waren hier die Fässer für Trinkwasser gelagert worden.

Unter der Wasserlinie des Walfängers liegend, war es im Innern des niedrigen Verschlags, in dem sie knapp aufrecht stehen konnte, ständig finster. Um überhaupt etwas zu erkennen, musste entweder die Tür offenstehen, um den Dämmerschein vom Niedergang des Schiffs hereinzulassen, oder es musste ständig eine Tranlampe brennen.

Als hätte Baldur, der während des wochenlangen Aufenthalts auf Grönland Kerrins treuester Begleiter geworden war, ihren Kummer gespürt, tauchte er auf einmal auf, um sich von ihr liebkosen zu lassen. Als er merkte, dass Kerrin ihn nicht vertreiben würde, blieb er ganz bei ihr und legte sich ohne weitere Umstände auf dem Boden des Verschlags nieder, der dadurch noch enger wurde. Doch Kerrin, die ahnte, dass ihr eine harte Zeit bevorstand, fühlte sich dadurch um einiges sicherer und wohler.

Von jetzt an sollte dieses Tier das einzige Lebewesen auf dem Schiff sein, das unerschütterlich treu zu ihr hielt und nicht mehr von ihrer Seite wich.

Mit günstiger Drift waren sie Ende August schließlich vollständig aus dem Eis freigekommen und nach Island gesegelt. Vor dessen Küsten fingen die Männer noch vier weitere Wale, allerdings kleinere Exemplare, da die großen Herden offenbar bereits weitergezogen waren; nur noch ein paar Nachzügler trieben sich vor Islands Küste herum.

Die Commandeure der *Cornelia* und der *Fortuna II* samt ihren jeweiligen Offizieren berieten sich und kamen überein, den endgültigen Nachhauseweg nach Amsterdam einzuschlagen. Zufrieden mit dem kläglichen Fangergebnis war niemand.

»Das Jahr 1697 war nun einmal ein Unglücksjahr«, sagten manche bekümmert, »hoffen wir, dass das nächste besser wird.«

»Darauf möchte ich wetten«, äußerte der Küper der *Fortuna II*. »Beim nächsten Mal haben wir auch kein Weibsbild mehr an Bord, das erwiesenermaßen bloß Unglück bringt.«

»Sag nur, wie es wirklich ist«, hetzte ein Offizier der *Cornelia*: »Keine *Hexe* wird mehr dabei sein, die uns schadet, wo sie nur kann.«

»Wir wissen das nicht mit Bestimmtheit«, wehrte jetzt Ricklef Andresen ab, der die unwilligen Blicke Jan Bertilsens, Sohn des ehemaligen langjährigen Schiffschirurgen, und Drefs Brodersens, einem der besten Harpuniere der Hallig Hooge und der Onkel Kerrins, bemerkt hatte.

»Wir wollen in unserem Urteil in der Tat nicht voreilig sein«, gab ihm scheinheilig der neue Commandeur Gonnesen Recht. »Es genügt, dass wir die junge Frau unter Kontrolle haben, bis wir auf Föhr zurück sind. Sollen sich dort Klügere, als wir es sind, um das Mädchen kümmern.«

Von diesem Gespräch bekam Kerrin, die ihren Verschlag kaum noch verließ, glücklicherweise nichts mit.

TEIL IV

DREIUNDFÜNFZIG
Zurück auf Föhr

SPÄTER HÄTTE KERRIN nicht mehr zu sagen gewusst, wie sie diesen schrecklichen Herbst 1697 überlebt hatte. Woher sie die Kraft genommen hatte, die Demütigungen, die Verleumdungen und zum Schluss gar noch den Betrug durch die Reederei zu ertragen. Denn die Herren in Amsterdam – von dem neuen Commandeur entsprechend instruiert – sahen keinen Grund, eine Unruhestifterin, die zudem wochenlang für die Seeleute keinen Finger mehr gerührt hatte, zu bezahlen. Davon, dass man ihr das Amt des Schiffschirurgen grundlos entzogen hatte, war natürlich nicht die Rede.

Als einige Matrosen und sogar einer der Offiziere sich wider Erwarten für Kerrin einsetzten, ließen sich die Inhaber der Reederei des Langen und Breiten darüber aus, wie sehr Kerrin Rolufsen doch seit Beginn der Unternehmung dem Schiff und seiner Besatzung geschadet habe. Das Wort »Hexe« wurde zwar nicht direkt ausgesprochen, aber jeder konnte verstehen, dass man sie für sämtliche Missgeschicke der *Fortuna II* verantwortlich machte – ohne ihr selbstverständlich das Recht zuzugestehen, sich zu verteidigen.

Kerrin, viel zu sehr mit ihrem Schmerz um den verlorenen Vater beschäftigt, wollte nicht streiten und beließ es dabei. Was lag ihr schon an der entgangenen Heuer?

Nur noch schwach konnte sie sich später entsinnen, die künftige Ehefrau des Commandeurs aufgesucht zu haben, um ihr die traurige Botschaft zu überbringen. Beatrix van Halen weinte bitterlich, aber Kerrin, selbst viel zu sehr in eigenem Leid verstrickt, vermochte nicht, die ältliche Frau zu trösten, deren Traum, ein spätes Glück gefunden zu haben, brutal zerplatzt war.

Sehr bald hatte Kerrin das elegante Stadthaus – an Amsterdams größter Gracht gelegen – verlassen, obwohl ihre einstige Stiefmutter in spe ihr anbot, eine Weile oder gar für immer bei ihr zu bleiben, ein so rührendes wie überraschendes Angebot. Doch Kerrin wollte nur so schnell wie möglich zurück nach Föhr – obwohl eine innere Stimme sie ausdrücklich davor zu warnen schien.

Kerrin tat dies ab als törichte Verwirrung ihrer verletzten Gefühle, hervorgerufen durch die Nervenanspannungen der letzten Wochen und Monate. Bei Göntje und ihrem Oheim Lorenz würde ihre zutiefst verwundete Seele am ehesten gesunden – daran wollte sie fest glauben.

Auch der Überfahrt nach Föhr auf dem Schmackschiff entsann sie sich später nur noch schemenhaft. Die Offiziere und die Angehörigen der Mannschaft vermieden jeden Kontakt zu ihr; aber das störte sie mittlerweile nicht mehr. Im Gegenteil, so war sie wenigstens sicher vor Anschuldigungen und Pöbeleien.

Viel wichtiger war ihr die Anhänglichkeit Baldurs, der nicht mehr von ihrer Seite wich und durch seine Wachsamkeit garantierte, dass sie vor körperlichen Übergriffen geschützt blieb. Nach dem Verschwinden ihres Vaters ließ so manch einer der Männer, mit denen Kerrin zuvor friedfertig zusammengelebt hatte, nämlich jede Hemmung fallen, anscheinend in der Meinung, bei einer »Hexe« könne man sich alles herausnehmen.

Einer der Harpuniere hatte sogar versucht, sie zu vergewaltigen. Eines Nachts war er in ihr schäbiges Kämmerchen eingedrungen, als sie auf ihrem dürftigen Deckenlager lag und eben eingeschlafen war. Seinen Unterleib hatte er bereits entblößt, als er sich auf sie warf und versuchte, ihre Knie auseinanderzudrücken.

»Stell dich nicht so an, Satanshure! Mit dem Teufel treibst du es doch auch!«

Roh hatte er dabei gelacht und ihre Arme festgehalten. Als er auf entschiedenen Widerstand traf, wurde er zornig und schloss eine seiner Hände um ihre Kehle, um so schneller ans Ziel zu gelangen.

Kerrin gab sich keiner Täuschung hin, wie dieser ungleiche Kampf letztlich enden würde, aber ohne heftigste Gegenwehr würde sie sich nicht ergeben. Es gelang ihr immerhin, ihm ihre Fingernägel über Nase und Wange zu ziehen. Mit Genugtuung vernahm sie sein erschrockenes Nach-Luft-Schnappen. Dann holte er aus, um ihr einen Faustschlag ins Gesicht zu versetzen. Kerrin schloss instinktiv die Augen und wartete auf den Schmerz, der sie im nächsten Augenblick durchzucken würde. Doch er kam nicht, denn Baldur erwies sich als Retter in der Not. Nachdem der Hund erkannt hatte, dass die beiden Menschen nicht aus Übermut herumbalgten, sondern dass da einer versuchte, seiner geliebten Herrin wehzutun, lief der Mischlingsrüde zu Hochform auf. Statt der Schmerzensschreie des gepeinigten Mädchens war plötzlich das Gebrüll des Mannes zu hören, dem Baldur unerschrocken seine Zähne ins nackte Gesäß schlug. Das Tier verbiss sich regelrecht in das Hinterteil des Möchtegern-Vergewaltigers und ließ nicht mehr los.

»Ruf das Vieh zurück, um Gottes willen! Ich tu dir doch nicht wirklich was! War doch nur Spaß, um dich ein bisschen zu erschrecken!«, jaulte der Schweinekerl.

»Schade, dass ich das Gesicht des Commandeurs nicht sehen kann, wenn er als neuer Schiffsarzt den Allerwertesten dieses Viehs behandeln muss«, schoss es Kerrin durch den Kopf, als sie sich von ihrem Schock ein wenig erholt hatte. Baldur hatte ein ordentliches Stück Fleisch herausgerissen …

Immerhin hatte sie von da ab Ruhe vor unsittlichen Angriffen. Sie sah die Mannschaft so gut wie gar nicht mehr. Das Essen brachte ihr Michel, der Schiffsjunge. Kerrin bemerkte zwar im Laufe der nächsten Wochen, dass es dem Moses ein wenig leidtat, zu ihrer würdelosen Behandlung beigetragen zu haben – aber sie reagierte auf keinen Versuch seinerseits, mit ihr darüber zu sprechen.

Der einzige Gedanke, der sie noch aufrechterhielt und ihr ein wenig Trost und Genugtuung spendete, war die feste Überzeugung, dass die Männer sich auf Föhr alle vor ihrem Oheim verantworten und für das ihr angetane Unrecht Abbitte leisten müssten.

Die erste große Enttäuschung erlebte sie jedoch, als Pastor Lorenz nicht zu Hause war. Die Nachricht von Roluf Asmussens rätselhaftem Verschwinden war indes – wie auf See üblich – durch früher heimkehrende Schiffe schon vor Wochen auf Föhr eingetroffen.

Göntje hatte auch gleich ihren Mann benachrichtigt – und dabei gehofft, dieses schreckliche Ereignis werde den Pastor veranlassen, den herzoglichen Hof in Gottorf zu verlassen und in seine Nieblumer Pfarrei zurückzukehren. Längst war sie der Tyrannei des Aushilfspastors überdrüssig und vermisste zudem ihren Mann in einem Maße, das sie nie für möglich gehalten hätte …

An Lorenz Brarens lag es nicht, dass daraus vorerst nichts wurde.

Überraschend war der alte Herzog verstorben und die Begräbnisfeierlichkeiten standen an. Danach musste sein Nachfolger, Friedrich IV., schnellstens mit seiner Braut Hedwig

Sophie vermählt werden, damit wieder ein herzogliches Paar über die Landeskinder Schleswig-Holsteins herrschte. Monsieur Lorenz war demnach bis auf Weiteres auf dem Festland unabkömmlich.

Aber einen langen Brief hatte der Oheim seiner Ziehtochter geschrieben. Als Kerrin ihn spätabends allein und ungestört in ihrem Wandbett liegend las, ging ihr erneut auf, welch ein großartiger Mensch und Geistlicher ihr Verwandter war.

Sicher, auch Göntje fühlte mit ihr und bemühte sich redlich, ihr den herben Verlust des einzigen Elternteils, den sie noch gehabt hatte, erträglicher zu machen – aber Oheim Lorenz war ihr Seelenverwandter und schien sie und ihre Herzensnot so zu verstehen, wie es sonst niemand auf der Insel vermochte. Ein wenig besser fühlte Kerrin sich nach der Lektüre der in gewohnt schwungvollen Lettern geschriebenen Zeilen. Doch bedeutend lieber wäre es ihr freilich gewesen, wenn der Oheim nicht in der Ferne, sondern bei ihr weilte – ahnte sie doch dunkel, dass sie die schwere Zeit noch nicht überstanden hatte.

In den ersten Tagen nach ihrer Rückkehr wurde der Pfarrhof regelrecht umlagert von Heilung Suchenden, die sich offensichtlich auch von den von den Seeleuten verbreiteten bösen Gerüchten über sie nicht abschrecken ließen – sehr zum Unwillen des Ersatzgeistlichen »Magister« Jonas Japsen. Äußerst missvergnügt beobachtete er den Auflauf der Kranken.

»Die Leute treiben ja einen regelrechten Kult mit dir, meine Tochter.« Vor Ärger lief sein Gesicht rot an. »Das muss sofort aufhören! Gute Heiler gibt es mehrere auf der Insel; ich selbst gehöre im Übrigen auch dazu. Für die Kur der alltäglichen Leiden sind die Menschen aus der Gemeinde Sankt Johannis bisher zu mir gekommen – und das hat vollkommen genügt.

Für ein junges unerfahrenes Frauenzimmer ziemt sich so ein Aufsehen nicht!«

»Ich bemühe mich nicht um die Patienten«, gab Kerrin ein wenig unwirsch zur Antwort. »Die Kranken finden von alleine ihren Weg zu mir. Sie scheinen wohl mit meiner Art der Behandlung zufrieden zu sein – soll ich sie etwa trotzdem fortschicken?«

»*Deine Art der Behandlung*, soweit ich darüber gehört habe, scheint mir mehr als zweifelhaft, meine Liebe! Die müsste erst genauer untersucht werden, ehe ich sie guten Christenmenschen überhaupt zumuten kann! Von Handauflegen habe ich gehört und manche haben mir gar berichtet, du würdest ihnen in die Augen sehen und dann über ihre Krankheiten Bescheid wissen! Das erscheint mir doch alles sehr heidnisch – und damit höchst verwerflich zu sein. Ich untersage dir jedenfalls ab sofort jegliche Art des Heilens!«

»Dass Ihnen das so merkwürdig vorkommt, Herr Pastor, wird wohl, mit Verlaub, daran liegen, dass Sie über solche Methoden einfach nicht Bescheid wissen – was jedoch nicht mein Versäumnis ist. Vielleicht sollten Sie sich erst darüber informieren, ehe Sie unüberlegte Verbote aussprechen, Herr Pfarrer!«, entgegnete Kerrin, bei der die Wut mal wieder über die Furcht vor möglichen Konsequenzen ihres Verhaltens siegte. Mit blitzenden Augen starrte sie ihren Kontrahenten herausfordernd an.

Der Magister, mittlerweile dunkelrot angelaufen, stand kurz davor, die Beherrschung zu verlieren und das unverschämte junge Ding zu ohrfeigen.

»Was erlaubst du dir eigentlich, Mädchen?«, brachte er mühsam hervor. »Wen glaubst du vor dir zu haben? Etwa eines der unbedarften Dorfweiber oder gar einen der schlichten Matrosen, die du bisher mit deinem Pseudowissen über Medizin beglückt hast? Für deine bodenlose Frechheit gehörtest du gezüchtigt! Aber ich will Gnade vor Recht ergehen lassen und es für dieses Mal bei einem Hausarrest bewenden lassen. Ab heute bewegst du dich für die nächsten zwei Wochen nicht mehr aus dem Haus – und Besuch von Kranken erhältst du ab jetzt keinen mehr.«

Kerrin glaubte, nicht richtig gehört zu haben. Dieser Mensch spielte sich auf, als wäre er ihr Vorgesetzter. So war sie noch niemals behandelt worden, weder von ihrem Vater noch von ihrem Vormund.

»Und ich werde dieses Verhalten auch nicht bei einem anderen Mann dulden – und sei er auch ein Geistlicher«, nahm sie sich vor. Gut, dass sie ihren Koffer noch nicht ausgepackt hatte. Jon und Simon, Roluf Asmussens jütische Pferdeknechte, würden ihr beim Umzug in das Haus ihres Vaters helfen. Sie dachte gar nicht daran, weiterhin im Pfarrhaus – unter dem gleichen Dach wie Jonas Japsen – zu leben.

Die letzten Sätze der Auseinandersetzung zwischen dem Magister und Kerrin bekam Göntje gerade noch mit. Die Pfarrersfrau war, erschreckt durch die lauten Stimmen im Pesel, herbeigeeilt, um nach dem Rechten zu sehen. Ehe sie allerdings für ihr Mündel Partei ergreifen konnte, hatte der erzürnte Geistliche den Raum bereits verlassen.

»Heute Abend noch ziehe ich ins Haus meines Vaters, Muhme Göntje«, verkündete Kerrin ihrer erschrockenen Pflegemutter entschlossen und erstaunlich gefasst. »Ich habe keine Lust, unter der Fuchtel dieses Eiferers zu wohnen! Ich bin sechzehneinhalb Jahre alt und damit reif genug, um meinen eigenen Haushalt zu führen. Andere Mädchen sind in meinem Alter schon längst verheiratet und manche bereits Mütter. Eycke wird sicher mit mir gehen – um der so überaus wichtigen Schicklichkeit Genüge zu tun.«

»Ich bedauere das alles sehr, mein liebes Kind.« Die Pastorin schien ehrlich bekümmert. »Dein Oheim wird sehr betroffen sein, sobald er von dieser Auseinandersetzung erfährt. Aber ich kann dich gut verstehen, Kerrin. Am liebsten ginge ich mit dir! Wir müssen nur abwarten, bis Herr Jonas das Haus verlässt. Er hat später eine wichtige Zusammenkunft mit den Ratsmännern. Es sind noch verschiedene Dinge von dir und Kleidung im Pfarrhof, aber ich helfe dir auf jeden Fall beim Einpacken und Umziehen.«

Unvermittelt umarmte die ältere Frau das junge Mädchen. Die spontane Liebesbezeugung der Tante, die ihr oft ziemlich gefühlsarm erschienen war, erschütterte Kerrin fast mehr als der vorangegangene Streit mit dem Pfarrer. Sie war schon wieder den Tränen nahe, was sonst gar nicht ihrer Art entsprach, und wünschte sich nichts sehnlicher als endlich ein klein wenig Ruhe und Frieden.

An diesem Abend, nachdem sie und Eycke sich in ihrem Elternhaus eingerichtet hatten, saß sie noch lange mit der Pastorin in der Dörnsk zusammen und plauderte mit ihr über Verschiedenes. Zaghaft sprach Kerrin auch die unerfreulichen Ereignisse auf der *Fortuna II* an: Dass man sie als »Hexe« verleumdet und ihr verboten hatte, ihren Dienst als Meisterin zu versehen. Göntje war regelrecht entsetzt.

Als Kerrin noch nebenbei erwähnte, wie schlecht man sie nach ihres Vaters Verschwinden auf dem Walfänger untergebracht und sogar riskiert hatte, dass ein Verbrecher versuchte, ihr Gewalt anzutun, kochte die Tante vor Empörung.

»Das werde ich haarklein Lorenz nach Gottorf schreiben«, kündigte sie an. »Er weiß genau, was da zu tun ist! Die Schmach, die man dir angetan hat – ohne Rücksicht auf den seelischen Kummer über den Verlust deines Vaters –, werden wir nicht ungestraft auf uns sitzen lassen. Nein! Der Pastor kennt die richtigen Leute! Du kannst sicher sein, dass dir Genugtuung widerfährt, mein armes Kind. Außerdem ist gar nicht einzusehen, weshalb die Reederei glaubt, dir die Heuer vorenthalten zu dürfen. Zudem steht dir auch der Anteil deines Vaters zu! Was denken sich diese Herren bloß?«

Als Kerrin leise Bedenken äußerte und vorschlug, ob man nicht wenigstens diesen Punkt einfach vergessen solle, widersprach Göntje auf das Lebhafteste.

»Oh nein, meine Liebe! Wenn du nicht laut dein Recht einforderst, bedeutet das, dass du die Vorwürfe gegen dich billigst. Und das tust du doch nicht!«

Das tat Kerrin keineswegs, sie war nur unendlich müde und wollte nicht mehr kämpfen müssen – und das alles nur, weil sie eine alleinstehende Frau und damit gleichsam rechtelos war. Manchmal fragte sie sich, ob wohl jemals eine Zeit anbrechen würde, in der die Frauen nicht mehr der Willkür der Männer ausgeliefert wären.

In jener Nacht schlief Kerrin trotz der aufwühlenden Ereignisse tief und fest. Als sie erwachte, war es bereits heller Morgen. Als Erstes fiel ihr Blick auf Baldur, der die Nacht vor ihrem Schrankbett liegend verbracht hatte und jetzt schwanzwedelnd um Aufmerksamkeit bettelte.

»Guter Hund«, lobte ihn Kerrin. »An dir kommt keiner vorbei, der Böses gegen mich im Schilde führt.«

Anfangs hatte sie Bedenken gehabt, wie wohl Odin, der Hund ihres Oheims, mit einem »Konkurrenten« zurechtkäme. Aber diese Sorge erwies sich als unbegründet: Die beiden Rüden verstanden sich auf Anhieb und waren gemeinsam durchs Pfarrhaus getollt, ehe der »Magister« wutentbrannt ihrem Treiben ein Ende machte.

»Der neue Pastor mag überhaupt keine Hunde«, vertraute Jon Kerrin an. »Die Pastorin hatte Mühe, ihn davon abzuhalten, Odin an fremde Leute wegzugeben.«

Seine Abneigung gegen Hunde im Allgemeinen und Odin im Speziellen machte Kerrin Jonas Japsen gleich noch unsympathischer – falls das nur irgend möglich war.

Natürlich blieb ihm am nächsten Tag nicht verborgen, dass Kerrin Rolufsen sich über seinen Hausarrest hinweggesetzt und sich damit gleichzeitig seinem Einfluss entzogen hatte. Wie es schien, mit der Unterstützung der Pastorin!

Er beschloss – um sich nicht lächerlich zu machen –, kein Wort darüber zu verlieren. Aber vergessen würde er diese Unbotmäßigkeit auf keinen Fall. Genauso wenig würde er es dulden, dass die ignorante junge Frau glaubte, im Nachbarhaus weiterhin kranke Leute behandeln zu können. Ganz genau wollte er das dreiste Geschöpf beobachten.

Als Nächstes nahm er sich vor, mit jenem Bauerntölpel Kontakt aufzunehmen, der damals die höchst bemerkenswerte Äußerung über die Hexenkünste der Commandeurstochter hatte fallen lassen. Soweit er sich erinnerte, hieß der Kerl Ketel Hayesen und betrieb mit seinen alten Eltern und einer ziemlich hässlichen Ehefrau eine dürftige Landwirtschaft mit ein paar Schafen.

Wo Rauch war, war bekanntlich auch Feuer. Er würde der widerborstigen Kerrin, die sich offenbar für etwas Besseres hielt, ihre Eigenwilligkeit schon austreiben.

Mit einer fast wütenden Bewegung wischte Jonas Japsen sich die Brotkrümel vom Frühmahl aus den Mundwinkeln. Den hier üblichen Gersten- oder Haferbrei hatte er von Anfang an abgelehnt. »Ich bin weder ein Kleinkind noch ein zahnloser Mummelgreis«, hatte er arrogant verkündet, als Göntje ihm das erste Mal die Breischale vorsetzte.

Er grinste tückisch; es sollte ihn doch sehr verwundern, könnte er nichts Verdächtiges im Verhalten des unverschämten Frauenzimmers entdecken. Gleich anschließend an die tägliche Morgenandacht würde er sich den hoffentlich redseligen Ketel gründlich vornehmen und ihn nach allen Regeln der Kunst ausquetschen.

Nach des Magisters Erfahrung waren bestimmte Männer oft die gefährlichsten »Klatschbasen«, schlimmer noch als ihre Weiber.

»Und was der Kerl nicht weiß, werde ich durch die Seeleute erfahren, die mit Kerrin zurückgekommen sind«, nahm der Pastor sich vor. In Vorfreude darauf rieb er sich vergnügt die Hände. Das Mädchen würde seine Respektlosigkeit noch bitter bereuen …

VIERUNDFÜNFZIG
Angriff auf Kerrins Freiheit

»In all der Aufregung gestern habe ich leider ganz vergessen, dir das Geschenk deines Oheims zu überreichen, Kerrin.«

Göntje war frühmorgens hinüber ins »Commandeurshaus« gelaufen. Diesen Namen würde es behalten, auch wenn sein Besitzer niemals wiederkommen würde.

Die Pastorin überreichte Kerrin lächelnd ein in gelbbraunes Öltuch eingewickeltes Paket.

»Ich weiß selbst nicht, was das Päckchen enthält. Mein Mann meinte lediglich, es würde dich freuen und dich vielleicht über die Enttäuschung hinwegtrösten, dass er selbst nicht da sein kann, um dir in deinem Schmerz um den verlorenen Vater Trost zu spenden. Öffne es doch bitte gleich!«

Das ließ das Mädchen sich nicht zweimal sagen. Der Form nach musste es ein Buch sein; aufgeregt wickelte sie es aus.

Tatsächlich war es ein Foliant. Und was für einer! Das Paket enthielt das berühmte dreibändige Werk *Thier-, Fisch- und Vogelbuch* des bedeutenden Züricher Arztes und Naturforschers Conrad Gessner, der von 1516 bis 1565 gelebt hatte.

Kerrin kamen vor Freude die Tränen, als sie ehrfürchtig den ersten Band aufschlug. Onkel Lorenz war noch so freundlich gewesen, die Seiten bereits für sie aufzuschneiden. Auch Göntje hielt den Atem an, als Kerrin behutsam darin zu blättern begann.

»Hier steht, dass Gessner Mitbegründer des Botanischen Gartens in Zürich war und einer der Väter der modernen Zoologie. Seine Beschreibungen unterstützt er mit einer unglaublichen Vielzahl an Holzschnitten, die er nach Vorlagen von anderen Naturforschern aus aller Welt sammelte. Und, was das Großartigste ist, Muhme Göntje, die Abbildungen zeigen nicht nur die bekannten Arten, sondern auch Darstellungen von Monstern und Fabeltieren, von Seeschlangen und Einhörnern.« Vor Begeisterung hatte Kerrin inzwischen hochrote Wangen und blickte ihre Tante mit leuchtenden Augen an.

»Ja, wahrhaftig ein wunderbares Meisterwerk, das dieser Arzt zustandegebracht hat!«

Die Pastorin schlug inzwischen den dritten Band am Ende auf.

»Das Werk umfasst insgesamt 1397 Seiten, Kind! Na, da hast du einiges zu lesen in der nächsten Zeit!«

»Ich werde Oheim Lorenz als Erstes einen langen Dankesbrief schreiben.«

Kerrin strahlte. Dann allerdings verdüsterte sich ihr Blick. »Danach muss ich aber Harre unbedingt ins Bild setzen von dem schrecklichen Geschehen auf Grönland. Ich gestehe,

Tante Göntje, bisher habe ich mich davor gescheut, weil es mir so unsagbar schwerfällt, die richtigen Worte zu finden.«

»Das musst du nicht, das hat dein Oheim bereits getan, mein liebes Kind! Sobald ich ihm die Trauerbotschaft mitgeteilt hatte, war dies das Erste, was Lorenz gemacht hat. Noch ist kein Antwortschreiben von deinem Bruder eingetroffen. Aber du weißt ja, Briefe brauchen lange, ehe sie ihren Empfänger erreichen.«

Kaum war Muhme Göntje gegangen, machte Kerrin sich über das grandiose Werk her. Kaum nahm sie sich die Zeit zum Essen, so sehr faszinierte sie der Foliant.

Dieser Tag, der Kerrin erstmals seit langer Zeit wieder ein gewisses Glücksgefühl bescherte, sollte der letzte einigermaßen »normale« sein, den sie in den nächsten Wochen erlebte.

Der »Magister« erfuhr mehr, als er je zu hoffen gewagt hatte. *So schlimm* hatte er sich das Mädchen gar nicht vorgestellt. Natürlich hatte er angenommen, sie wäre in ihrer Überheblichkeit so dumm, allerlei Hokuspokus zu praktizieren, den man mit »Teufelskram« bezeichnen konnte. Und der vor allem ausreichte, ihr das medizinische Handwerk zu legen und sicherzustellen, dass sie in Zukunft demütiger und folgsamer sein würde und ihm, dem Geistlichen und gelehrten Theologen, den gebührenden Respekt entgegenbrächte.

Aber was Ketel Hayesen ihm nur allzu bereitwillig beim »Gespräch unter Männern« in seinem Pesel und – um die Kehle zu befeuchten – bei einer Buddel Rum anvertraute, stellte alles in den Schatten, was der Pastor sich in seinen kühnsten Träumen ausgemalt hatte.

Das verdorbene junge Ding hatte angeblich ungewollt Schwangeren Salbeiöl gegeben, um Kontraktionen der Gebärmutter herbeizuführen – und damit den Abgang der Frucht.

Im Gegenzug habe sie »müde« Männer mit Anissamen versorgt, um ihnen wieder »aufs Pferd« zu helfen! Das wüsste er ganz sicher von einigen Inselbäuerinnen, behauptete Ketel. Schon allein, dass Kerrin über »diese Dinge« überhaupt Bescheid wusste, spräche im Übrigen ja wohl Bände!

Dass man bei ihr mit allem rechnen müsse, sähe man schon daran, dass sie oft geistesabwesend sei und durch ihre Gesprächspartner hindurchschaue, als wären diese aus Glas, beschwerte sich der Bauer. »Dann findet sie nur mit Mühe und Widerwillen in die Wirklichkeit zurück.«

Nachts habe man sie »schon sehr oft« am Strand entlanglaufen sehen, vor allem bei Vollmond. Und »ehrenwerte Personen« hatten beobachtet, dass sie dabei Gespräche mit Unsichtbaren führe. Und sie laufe nicht über den Sand wie normale Menschen, sondern sie *schwebe* wie eine Seeschwalbe über dem Meeressaum.

»Wenn einer sie dann anspricht, verschwindet sie plötzlich! Sie kann sich nämlich *unsichtbar* machen, Herr Magister!«

Eifrig machte der Geistliche sich Notizen.

»Außerdem kam es vor, dass Leute, die sie gerade aufgesucht hatte, gleich darauf gestorben sind. Da war mal was mit einem gewissen Ole Harksen, der wegen ihr in seinem Haus elend verbrannt ist!«

Dass er dabei einiges durcheinanderbrachte und vollkommen vergaß, dass man damals Kerrin mit keinem einzigen Wort beschuldigte, sondern ihren Bruder, störte den Mann nicht.

Na, wenn das keine Indizien waren, dass mit dem Weibsbild etwas nicht stimmte! Der Magister war geradezu entzückt.

»Junge Weiber haben sich beschwert, dass sie ihnen ihre künftigen Ehemänner abspenstig machte! Das habe ich mit eigenen Ohren gehört. Trotz Eheversprechens wollten die Kerle auf einmal nicht mehr heiraten, weil sie in Kerrin vernarrt wa-

496

ren. Die Mädchen waren überzeugt davon, dass die *towersche* Tochter des Commandeurs ihnen die Freier verhext habe!« Ketel, der es nicht gewohnt war, dass ihm jemand so interessiert zuhörte, gefiel sich inzwischen in seiner Rolle als Chronist des Dorfgeschehens ausgesprochen gut und verschluckte sich vor Aufregung fast an seinem Rum.

Der Pastor überflog unterdessen seine Notizen und erkannte mit Genugtuung, dass da einige schwere Anschuldigungen gegen die Commandeurstochter zusammenkämen.

Gewiss ließe sich die Liste noch erweitern, wenn der Magister erst die Seeleute ins Gebet nahm, mit denen sie auf Walfang gewesen war.

Jonas Japsen bedankte sich bei dem Bauern und verpflichtete ihn zu absolutem Stillschweigen.

»Ich werde schon zur rechten Zeit auf dich zurückkommen, Ketel Hayesen. Wäre doch gelacht, sollten wir diese Teufelsmetze nicht zur Strecke bringen!«

Gleich am nächsten Tag wollte er die Sache weiterverfolgen, indem er die Seeleute befragte. Es erschien ihm am klügsten, das Verhör mit dem jüngsten und unbedarftesten Matrosen zu beginnen, mit dem Schiffsjungen nämlich.

»Kindermund tut Wahrheit kund«, sagte sich der Magister und kehrte beschwingt in den Pfarrhof zurück.

Die Rechnung des Ersatzpastors ging auf. Michel Drefsen fühlte sich ungeheuer wichtig, als der Herr Pastor »wünschte, sich mit ihm alleine unter vier Augen zu unterhalten«. Er sah keinen Anlass, mit Dingen hinter dem Berg zu halten, die er auf der *Fortuna II* und auf Grönland meinte beobachtet zu haben.

»Dass sie heilt, indem sie den Leuten die Hände auflegt, das weiß ich bereits«, zügelte der Magister den Redefluss des Kna-

497

ben. »Es wäre gut, wenn du mir Sachen erzählen könntest, die neu für mich sind, Michel.«

Der Schiffsjunge versuchte es damit, dass er den einschüchternden Geistlichen davon in Kenntnis setzte, dass Kerrin oftmals gar nicht nach den Beschwerden der Männer fragte, sondern ihnen nur tief in die Augen sah, um Bescheid zu wissen und ihnen das richtige Gegenmittel zu verabreichen.

»In der Tat sehr aufschlussreich, mein Junge.« Der Magister verlor beinahe die Geduld. »Aber auch das ist mir schon bekannt!«

»Aber dass die Meisterin eine Teufelsfigur um den Hals hängen hat, die ihr ein heidnischer Grönländer geschenkt hat, das wissen Sie bestimmt noch nicht!«, platzte da der Schiffsjunge heraus.

Der Magister sprang vor Erregung aus seinem Sessel hoch, lief zu dem erschrockenen Michel hinüber und packte ihn bei den Schultern. »Das ist ja geradezu grandios, mein Lieber!«, jubelte Jonas Japsen und schüttelte den Knaben vor Begeisterung. »Damit habe ich die Kreatur im Sack!« Der Geistliche konnte sich kaum beruhigen, so sehr beglückte ihn das soeben Gehörte. Seine fanatisch funkelnden Augen machten Michel indes Angst und ein leiser Zweifel nagte an ihm, ob es wirklich richtig gewesen war, ihm Kerrins Geheimnis zu verraten. Schließlich hatte die »Meisterin« ihm nie ein Leid angetan und war zu Beginn der Reise immer für ihn dagewesen …

Das Unheil brach über Kerrin herein, als sie gerade dabei war, einer etwa vierzigjährigen Fischersfrau verschiedene Arzneien in einen Stoffbeutel zu packen.

Pastor Japsen und drei Schergen stürmten – ohne anzuklopfen – in ihre Dörnsk.

»Halt!«, brüllte der Geistliche empört und griff nach dem

Beutel. »Habe ich dir nicht klar und deutlich untersagt, weiter deine obskuren Mittelchen zu vertreiben? Was ist das für verbotenes Zeug, das du wieder unters unschuldige Volk bringen willst?«

Er riss Antje Dircksen, die aus dem dänisch verwalteten Borigsem Kerrins »Sprechstunde« wegen extra nach Nieblum gekommen war, den Beutel, den sie nicht hergeben wollte, grob aus der Hand und kippte seinen Inhalt auf den Tisch.

Verunsichert und nun doch etwas ängstlich schnappte die Fischersfrau nach Luft und brachte kein Wort heraus. Kerrin hingegen zeigte sich umso beredter.

»Was fällt Ihnen denn ein, Pastor Japsen? Wieso stürmen Sie in Begleitung von drei Männern in mein Haus? Das sind Mittel, deren Wirksamkeit seit Generationen erwiesen ist und die noch keinem geschadet haben. Hier zum Beispiel ist Weidenrindentee, der gegen Kopfschmerzen hilft! Und da«, Kerrin griff nach einer Flasche, »haben wir Melissenblüten, die, ins Badewasser gestreut, die innere Unruhe eines Menschen bekämpfen! Und diesen Mönchspfeffer habe ich Antje gegeben, um sie von ihren Wechseljahresbeschwerden zu befreien! Aber davon verstehen Sie gewiss nichts!«

»Ich verstehe dafür etwas anderes!« Die Stimme des Geistlichen kippte fast über vor Aufregung. »Nämlich, dass du gegen alle Gesetze der Erde und des Himmels verstößt!«

Er wandte sich zu den drei Kerlen um, die er zur Unterstützung mitgebracht hatte. »Nehmt das Weibsbild fest! Bindet ihr aber vorsorglich die Hände auf dem Rücken zusammen. Sie ist gerissen und entwischt euch sonst womöglich! Den Arzneikram nehme ich in *meine* Verwahrung. Alles wird genau daraufhin untersucht werden, ob es sich wirklich um die von ihr behaupteten Bestandteile handelt. Du aber«, er drehte sich zu der erschrockenen Fischersfrau um, »mach, dass du nach

Hause kommst! Sei froh, dass wir dich davor bewahrt haben, dieses Teufelszeug zu benutzen! Und komm nie wieder hierher!«

Zu Tode erschrocken blieb die Frau erst einmal stocksteif stehen.

Erneut widmete Magister Jonas sich seinen Begleitern, die dabei waren, das junge Mädchen zu bändigen. Kerrin wehrte sich nämlich nach Kräften gegen ihre Festnahme.

»Was soll das, Pastor? Haben Sie den Verstand verloren? Sagen Sie diesen Burschen augenblicklich, dass ich mir das nicht gefallen lasse!«

Die Schergen des Pfarrers versuchten, Kerrin die Arme grob auf den Rücken zu drehen und mit einem Hanfstrick zu fesseln.

»He, ihr schnürt mir ja das Blut ab!«, beschwerte sich Kerrin lautstark, der Übermacht körperlich eindeutig unterlegen. »Was soll das Ganze überhaupt? Habt ihr etwa Angst vor einer schwachen Frau – ihr, drei junge, kräftige Mannsbilder? Schämt ihr euch nicht?«

Die Schergen, Männer schlichteren Gemütes, die Befehle ohne zu hinterfragen befolgten und darum als »Ordnungskräfte« und Helfer des Henkers bestens geeignet, zögerten nun doch etwas.

»Lasst euch von ihr ja nicht irremachen!«, geiferte der Pastor. »Am besten, ihr hört gar nicht darauf, was sie sagt. Dann kann die HEXE euch auch nicht schaden!«

Nun war es zum ersten Mal offiziell ausgesprochen, das überaus schreckliche und gefährliche Wort! Es hallte noch eine ganze Weile nach und alle – mit Ausnahme des Geistlichen und Kerrins – verharrten einen Augenblick lang wie gelähmt an ihrem Platz.

Antje Dircksen fasste sich als erste. »Oh!«, keuchte sie nur, raffte ihren leeren Beutel an sich und machte sich blitzschnell aus dem Staub. Kerrin begann zu schreien: »Zu Hilfe!«, »Zu Hilfe!«, »Überfall!«, und wehrte sich weiterhin vehement gegen die Fesselung.

»Du bist ja eine richtige Wildkatze! Aber das wird dir nichts nützen!« Hämisch betrachtete Japsen das junge Mädchen, das sich wand wie eine Schlange, um den Strick abzustreifen.

Da stürzten Jon und Simon, die jütischen Knechte, ins Zimmer und gingen sofort auf die drei Widersacher los. Im Nu war eine handfeste Rauferei im Gange und es sah zunächst danach aus, als ob die Jüten, obwohl in der Minderheit, die Oberhand gewinnen könnten. Immer noch waren die Knechte nämlich wie paralysiert von dem Wort »Hexe«.

Ganz offenbar hatten sie Angst bekommen und schienen geneigt, die Aktion abzublasen. Hexen besaßen schließlich Zauberkräfte – und das konnte für sie selbst gefährlich werden! Der Magister verlor allmählich die Nerven.

»Macht endlich voran mit der zauberischen Satansbraut!«, brüllte er die Schergen an. »Ich will hier im Haus der Hexe keine Wurzeln schlagen. Man kann sie nicht in Freiheit lassen: Das Weibsstück gehört hinter Gitter!«

Die Jüten – allzeit bereit, für die Tochter ihres Brotherrn ihr Leben zu opfern – erstarrten jetzt auch. Was war das eben? Wer sollte hier eine Hexe sein? Erschrocken ließen sie ihre Gegner los.

»Na, jetzt seid ihr verwundert, was? Aber überlegt doch mal: Der Commandeur ist auf äußerst merkwürdige Weise verschwunden! Ausgerechnet auf einer Fahrt, an der auch seine Tochter teilgenommen hat! Ich habe mich umgehört auf der Insel. Und, glaubt mir, was ich über Kerrin Rolufsen zu hören bekam, hat mich zutiefst erschüttert. Ihr solltet nach Jütland zurückkehren, Männer! Euer Herr ist auf ungeklärte Weise verschollen und ihr wollt sicher nicht einem Frauenzimmer dienen, das man verdächtigt, ein *Troler* zu sein!«

Simon und Jon ließen die Fäuste sinken und schauten verschreckt zu Kerrin hinüber. Das Mädchen hatte sich mittlerweile die Fesseln abgestreift. Aber es nützte nichts, sich gegen die zahlenmäßige Übermacht zu wehren, wie sie nicht umhin kam sich einzugestehen. Zudem befand sie es für unrecht, die unbeteiligten Jütländer in ihre eigenen Angelegenheiten hineinzuziehen.

»Lasst nur gut sein, Jon und Simon! Meine Unschuld wird sich bald herausstellen. Die unglaublichen Unterstellungen dieses Herrn werden wie ein Kartenhaus in sich zusammenfallen. Mich derart zu beleidigen, wagt dieser Feigling nur, weil er weiß, dass mein Vater nicht mehr am Leben ist und mein Oheim auf dem Festland weilt.

Ich bin sicher, dass mein Aufenthalt im Kerker äußerst kurz sein wird. Ich weiß allerdings noch nicht, was Herr Japsen mit seiner Verleumdung überhaupt bezweckt. Lasst uns jetzt gehen!«

Hocherhobenen Hauptes strebte Kerrin der Türe zu und der verblüffte Geistliche ließ sie gewähren – ohne darauf zu dringen, erst ihre Hände zu fesseln. Ehe Kerrin durch die Haustür trat, traf sie mit Eycke, der treuen alten Magd, zusammen.

»Pass gut auf mein und Harres Haus auf, Eycke! Ich komme bald wieder, sei unbesorgt – auch wenn unser Aushilfspfarrer glaubt, er könnte mich als ›Hexe‹ diffamieren!«

Kerrin war während ihrer Rede ganz dicht an die alte Frau herangetreten und legte ihr begütigend die Hand auf die Schulter.

»Was? Erlaubt, Herr Japsen, seid Ihr verrückt geworden?«

Die alte Frau stellte sich entrüstet dem Magister in den Weg, beide Arme kampflustig in die Seiten gestemmt.

»Aus dem Weg, Alte!«, knurrte der Pastor, der die Sache nun endlich zu Ende bringen wollte, verärgert; seine Schergen, die sich wieder gefangen hatten, schubsten sie grob zur Seite.

»Packt sie und tragt sie zum Karren!«, befahl Japsen. »Hexen dürfen mit ihren Füßen nicht mehr den Boden berühren, sonst ist dieser für alle Zeiten verflucht.«

»Ha! Der geistliche Herr glaubt wohl an katholische Ammenmärchen!« Eycke dachte nicht daran, sich den Mund verbieten zu lassen.

Auf der Dorfstraße hatten sich mittlerweile die Nachbarn versammelt, denen der martialische Aufmarsch des Pfarrers samt den mit Dolchen, Prügeln und Stricken ausgerüsteten Amtsknechten nicht entgangen war.

»Dieser Mensch behauptet allen Ernstes, unsere Kerrin, das Mündel der Pastorin und unseres Monsieur Lorenz, wär' eine Hex'!«, kreischte Eycke lauthals, ohne sich um die grimmigen Blicke des Magisters zu scheren.

»Halt's Maul, Alte! Sonst nehmen wir dich auch gleich mit!«, brummte einer der Schergen. Während seine Kameraden Kerrin wie ein totes Schaf auf den Karren warfen, versetzte der Kerl Eycke einen derben Stoß, der die betagte Frau straucheln und zu Boden gehen ließ.

Der rüde Ton und die Misshandlung erweckten das Missfallen der Dörfler.

»He, he! Nicht so grob, ja?«, »Was unterstehst du dich, du Rüpel?«, »Die Eycke ist eine brave Frau, die in ihrem ganzen bisherigen Leben noch nichts Unrechtes getan hat!«, tönte es rings umher.

»Und was Kerrin angeht, so hat sie jedem von uns schon oft geholfen! Mir und meinen Kindern hat sie mehrmals Medizin gegeben und hat nicht einmal etwas dafür verlangt!«, schrie eine arme Witwe.

503

Der Magister fühlte sich dazu gedrängt, die Wogen zu glätten.

»Keine Sorge, ihr guten Leute! Der alten Magd geschieht nichts! Ihr müsst verstehen, die Knechte sind durch das uneinsichtige Verhalten dieses jungen Frauenzimmers genervt« – er deutete anklagend auf Kerrin –, »das nicht begreifen will, dass wir sie befragen müssen!«

»Befragen?«, »Wozu soll das gut sein?«, »Warum müsst ihr Kerrin deswegen mitnehmen?«, »Befragt sie doch in ihrem Haus!«, »Ja, oder in der Kirche!«, ertönte es aus der aufgebrachten Menge.

»Das geht nicht, ihr guten Leute! Von etlichen aus eurer Gemeinde ist ein bestimmter Verdacht geäußert worden, dem wir nachgehen müssen. Und dazu muss Kerrin Rolufsen erst einmal ins Gefängnis gebracht werden. Ist sie unschuldig, kehrt sie umgehend wieder in ihr eigenes Heim zurück. Das verspreche ich euch! So, und nun geht wieder an eure Arbeit! Gott befohlen!«

Der Karren, den ein müdes Maultier zog, setzte sich unter dem unwilligen Gemurmel der Nachbarn in Bewegung, während der Ersatzgeistliche von Sankt Johannis mit drei Amtsknechten hinterdrein marschierte. Kerrin, die auf der Ladefläche unsanft durchgeschüttelt wurde, überlegte unterdessen fieberhaft, wie sie dem offensichtlich wahnsinnig gewordenen Pastor entfliehen könnte.

»Dumm, dass Göntje offenbar nicht im Pfarrhof war. Sie hätte sonst den Auflauf auf der Dorfstraße mitbekommen und wäre mir zu Hilfe geeilt.«

Sie glaubte zwar nicht, dass Jonas Japsen sich von der Pastorin hätte aufhalten lassen – aber er hätte es doch um einiges schwerer gehabt, seinen perfiden Plan umzusetzen. Doch lange würde sie ohnehin nicht in Gewahrsam bleiben – davon war sie felsenfest überzeugt.

Als die schwere Eisentür ihres Kerkers mit donnerndem Krachen hinter Kerrin zugefallen war, herrschte, nachdem der Nachhall verklungen war, Totenstille in dem finsteren Loch, in dem man sie untergebracht hatte. Ähnlich wie in der elenden Kajüte auf der *Fortuna II* konnte sie auch hier nur mit Mühe und Not aufrecht stehen, so niedrig waren die Mauern im Untergeschoss des Amtsgebäudes.

Es war Mitte Oktober und durch eine winzige, vergitterte Maueröffnung dicht unter dem Deckengewölbe drang nur noch ganz wenig Licht in ihren Kerker – und noch weniger frische Luft. Dazu stank es gottserbärmlich nach verfaultem Essen, nach Erbrochenem und anderen menschlichen Ausscheidungen. In einer Ecke erkannte sie vage einen Haufen feuchtfauligen Strohs, der ihr vermutlich als Lager dienen sollte. Nicht einmal eine Decke hatte man ihr gegeben!

Kerrin war noch viel zu wütend, um Angst zu empfinden. Das Ganze kam ihr noch nicht wirklich bedrohlich vor – eher wie ein ganz gemeiner Streich, den der Vertreter ihres Oheims sich mit ihr erlaubte, vermutlich, um ihren Willen zu brechen. Lange konnte er ihrer Meinung nach das üble Spiel nicht treiben, dann müsste er sie wieder freilassen.

Der Geistliche konnte doch *nicht wirklich* der Meinung sein, sie sei eine *Hexe*!

Als Kerrin allmählich müde wurde – kalt war ihr auch in dem feuchten Kellerloch –, hämmerte sie mit aller Kraft gegen die Kerkertür und schrie nach einem Wächter. Sie war sicher, dass wenigstens einer der Männer auch nachts anwesend war: Immerhin gab es derzeit etwa ein halbes Dutzend Häftlinge – allesamt »kleine Fische«, wie etwa gewöhnliche Taschendiebe, Männer, die angetrunken auf den Herzog und seine Regierung geschimpft hatten oder einfach Faulenzer, die jeder ehrlichen Arbeit aus dem Weg gingen. Sie hausten in zwei Nachbarzellen.

So gesehen war sie etwas Besonderes. Immerhin hatte man ihr eine Einzelzelle zugewiesen.

Kerrins Hände schmerzten schließlich. Sie verzog das Gesicht und trat jetzt mit den Füßen gegen die Eisentür und brüllte weiter. Endlich hörte sie, wie sich der Schlüssel im Schloss drehte und sich die Tür quietschend in den rostigen Angeln bewegte.

»Was machst du denn für einen Lärm, Mädchen?«, erkundigte sich der Wärter, ein älterer Mann mit löchrigem Wams und speckiger Hose. »Was willst du denn?«

Kerrin konnte ihn schlecht verstehen, da seine Mundwerkzeuge offenbar mit einer ordentlichen Ladung Kautabak zugange waren. Ein Laster, dem mittlerweile viele ehemalige Seeleute frönten – obwohl der neue Pastor jeden Sonntag dagegen wetterte.

»Eine Decke brauche ich in dem eiskalten Loch – mindestens eine! Besser wären zwei. Auf dem verdreckten Stroh will ich nicht liegen und die andere brauche ich zum Zudecken. Und etwas zu essen wäre auch nicht schlecht, obwohl es hier drinnen dermaßen stinkt, dass einem übel werden könnte. Aber ich habe seit dem Frühstück nichts mehr gegessen.«

»Ja, nun! Ein Gefängnis ist kein Palast, Mädchen. Aber ich will mal sehen, was ich für dich tun kann.«

Damit schlug er die Kerkertür wieder zu und überließ Kerrin ihren mittlerweile zunehmend düsteren Gedanken.

FÜNFUNDFÜNFZIG
Am Herzogshof in Gottorf, 28. Oktober 1697

PRINZESSIN HEDWIG SOPHIE, die seit einiger Zeit im Schloss zu Gottorf weilte, um sich als künftige Landesmutter rechtzeitig »an Land und Leute« zu gewöhnen, war untröstlich. Nicht allein, dass sie ihren geliebten Vater, den schwedischen König Karl XI., mit dem sie so gerne zur Jagd geritten war, verloren hatte – nein, auch die von ihr vergötterte schöne Mama, Ulrika Eleonora, weilte nicht mehr unter den Lebenden. Überraschend war die aus Dänemark stammende Königin einer Seuche, vermutlich den Pocken, zum Opfer gefallen. In dieser für Hedwig Sophie so schwierigen Lebenslage stand ihre Hochzeit mit Friedrich IV. von Schleswig-Holstein-Gottorf unmittelbar bevor.

Was der jungen Frau mitunter schlaflose Nächte bereitete, war die Tatsache, dass sie sich mittlerweile überhaupt nicht mehr sicher war, die richtige Wahl getroffen zu haben.

»Monsieur Lorenz«, wandte sie sich wieder einmal an den Geistlichen, der auch vom Nachfolger des verstorbenen Landesherrn »gebeten« worden war, am Hof zu bleiben, obwohl er nichts lieber getan hätte, als sich schleunigst auf den Weg nach Föhr zu machen, um Kerrin zu trösten, »mir ist ausgesprochen bange vor der Zukunft.«

»Aber, mein Kind, Sie lieben doch ihren zukünftigen Gemahl über alles!«, versuchte der Pastor zu beschwichtigen. »Man hat mir berichtet, Sie liebten ihn bereits seit Ihrer Kindheit und konnten es angeblich gar nicht erwarten, Herzog Friedrich in sein Heimatland zu folgen. Waren das nur Gerüchte?«

»Nein, Herr Pastor! Das hat schon seine Richtigkeit. Aber ich bin mir nicht sicher, ob der Herzog *auch mich liebt!* Ich habe mir einst geschworen, niemals einer Eheschließung zuzustimmen, bei der nicht beide Partner sich von Herzen zugetan sind. Und diesbezüglich hege ich gewisse Zweifel!«

»Ich denke, Prinzessin, dass Sie nur von den üblichen Skrupeln gequält werden, die jede jungfräuliche Braut vor der Hochzeit erlebt. Ich bin sicher, Ihr Bräutigam liebt Sie aufrichtig.«

»Ich wage es nicht, ihn danach zu fragen, aber Sie könnten vielleicht …«

Hedwig Sophie verstummte und wurde rot.

»Sie meinen, *ich* solle den Herzog bezüglich seiner Gefühle für Sie aushorchen?«

»Ja, genauso habe ich es mir gedacht, Monsieur Lorenz.«

Beinahe gerührt zeigte sich der erfahrene Geistliche ob so viel kindlicher Naivität. Es war ohnehin klar, dass der um zehn Jahre ältere Bräutigam Stein und Bein schwören würde, das Mädchen zu lieben. Es ging bei dieser Heirat schließlich um hohe Politik …

Pastor Brarens machte sich keine Illusionen über den Charakter des jungen Mannes. Zweifellos handelte es sich um einen Lebemann und Weiberhelden, der versessen war auf Vergnügen und Genuss sowie auf jegliche Art oberflächlicher Zerstreuung. Wie er sich in der Zukunft, die gar nicht rosig aussah, bewähren würde, müsste sich erst noch erweisen.

Die Zeichen der Zeit standen auf Sturm – zumindest für all diejenigen, die imstande waren, die Vorboten richtig zu deuten. Es ging dabei nicht nur um die ewigen Scharmützel mit den Dänen. Was sich drohend am Horizont abzeichnete, waren weit heftigere Konflikte. Das Ende des Dreißigjährigen Krieges schien inzwischen schon sehr weit entfernt, das Grauen vor den entsetzlichen Vorfällen hatte nicht allzu lange angehalten.

Diesmal ging es schlicht und ergreifend um die Vorherrschaft in der Ostsee: *Der russische Bär war erwacht!* Mangels Mitstreitern gegen die feindlichen Osmanen im Kampf um das Schwarze Meer und das Mittelmeer würde er seine Tatzen nach der See im Norden ausstrecken. Ein äußerst harter Krieg Zar Peters gegen die Schweden zeichnete sich ab, ein Krieg, in den sich etliche andere, die sich gleichfalls ein Stück vom Kuchen abschneiden wollten, mit Freuden einmischen würden.

Wie leicht konnte es sein, dass das kleine Herzogtum Schleswig-Holstein – das selbstverständlich an der Seite Schwedens stehen würde – zwischen den Mühlsteinen der Großmächte zerrieben wurde …

Der Geistliche seufzte innerlich. Eigentlich hätte er der Schwedenprinzessin abraten müssen von dieser Heirat. Aber das war nicht mehr möglich, die entsprechenden Verträge waren bereits vor längerer Zeit – als Hedwig Sophie gerade einmal dreizehn Jahre zählte – unterschrieben worden. Die Abmachungen jetzt, so kurz vor der Trauung, die im Übrigen er vollziehen würde, zu brechen, war undenkbar.

»Ich verspreche Ihnen, mein Kind, ich werde dem Herzog auf den Zahn fühlen und Sie wissen lassen, was er geantwortet hat. Aber ich versichere Ihnen jetzt schon, dass Ihre Bedenken unbegründet sind. Eine so schöne und liebenswürdige Braut muss man doch einfach lieben. Ich bin überzeugt, er liebt Sie so, wie Sie ihn lieben«, versuchte er sein Gegenüber daher zu beruhigen, auch wenn ihm das Herz dabei schwer wurde.

»Ich danke Ihnen, Pastor Brarens. Aber ich hätte noch ein Anliegen, wenn es nicht allzu unverschämt ist!«

»Madame, was immer ich für Sie zu tun vermag, werde ich tun«, erwiderte der Pastor galant.

»Ich sehne mich nach einer echten Freundin, Pastor Brarens. Natürlich gibt es am Hof viele Damen, die mir nach dem

Munde reden – aber entweder traue ich ihnen nicht oder sie langweilen mich durch die Seichtheit ihrer Gedanken zu Tode. Wüssten Sie vielleicht Abhilfe?«

Erwartungsvoll blickte sie zu dem älteren Geistlichen auf.

Oh ja, da wusste er in der Tat ein junges Mädchen, das zu der jungen Herzogin passen würde! Nur allzu gern versprach er in diesem Punkt, sich darum zu kümmern.

Die Braut strahlte ihn mit großen, unschuldigen Augen an und ihm sank sogleich wieder der Mut; fürchtete er sich doch vor dem Moment, in dem Hedwig Sophie der wahre Charakter ihres vergnügungssüchtigen Gatten offenbar würde – und er hatte sie nicht vor ihm gewarnt …

Am Nachmittag des gleichen Tages erreichten den Pastor höchst beunruhigende Nachrichten. Ein Brief seiner Ehefrau war eingetroffen; er las das Schreiben mehrere Male gründlich durch, um ganz sicher zu sein, die beinahe unleserliche, in zittrigen Buchstaben verfasste Neuigkeit auch tatsächlich verstanden zu haben.

»Mein Gott! Wie ist nur so ein Irrsinn möglich!«, rief er aus, den Blick hebend und fassungslos über die sorgfältig gestutzten Büsche des Schlossparks schweifen lassend.

Dieser Ausblick aus seinen Gemächern, die er im Gottorfer Schloss bewohnte, versöhnte ihn normalerweise mit Vielem, was ihm hier nicht so sehr gefiel. Dazu gehörten vor allem die penetrant »guten Manieren«, deren man sich bei Hofe befleißigte und die im Grunde nur dazu angetan schienen, Intrigen und Lügen aller Art zu verschleiern. Lebenserfahrung und natürliche Klugheit verhalfen dem Pastor meist, den wahren Charakter einer Person bei Hofe zu durchschauen. Anfangs hatte er jedoch unter der Trennung von »seinen« Insulanern, die er als zwar einfache, aber überwiegend offene und ehrliche Menschen schätzte, sehr gelitten.

Die sonst so beruhigende Parkansicht verfehlte heute allerdings ihre Wirkung: Was Göntje in den knappen Zeilen berichtete, war kaum zu glauben! Was fiel denn bloß seinem Stellvertreter ein? Wie kam er denn um Himmels willen darauf, seine Ziehtochter als Towersche in Gewahrsam nehmen zu lassen?

»Ich muss sofort zurück nach Föhr!«

Abrupt wandte sich Lorenz Brarens vom Fenster ab. Er bückte sich und griff nach dem schrecklichen Brief Göntjes, den er wütend zerknüllt und auf den Boden geworfen hatte, hob ihn auf und versuchte, das Schreiben einigermaßen zu glätten.

Er brauchte es schließlich, um seinen Landesherrn von der Dringlichkeit seiner sofortigen Abreise zu überzeugen. Sich ohne Herzog Friedrichs Erlaubnis einfach davonzumachen, kam auf gar keinen Fall infrage. Monsieur Lorenz hegte auch keinerlei Zweifel, dass Friedrich IV. ihn in diesem dringenden Fall beurlauben werde.

Diese Annahme erwies sich allerdings als irrig: Die Herzoginmutter erkrankte über Nacht schwer und bedurfte geistlichen Beistands. Die Ärzte bangten gar um das Leben der Fünfzigjährigen und eine Abreise des Hofgeistlichen just zu diesem Zeitpunkt stand überhaupt nicht zur Debatte.

Lorenz Brarens rang innerlich mit sich und versuchte, einen klaren Kopf zu behalten: Immerhin war es möglich, dass seine gute Göntje enorm übertrieben hatte, um ihn zur Heimkehr zu bewegen. Eigentlich konnte er sich gar nicht vorstellen, dass man seinem Mündel tatsächlich den Prozess wegen eines so absurden Vorwurfs machen könnte. Sie hatte sich ja nichts zuschulden kommen lassen – zumindest schrieb seine Frau nichts über etwaige Fehler Kerrins bei der Behandlung der Kranken. Einen aufgeklärten Mann wie ihn mutete das Gerede über »Hexerei« auch derart absonderlich an, dass er ihm keine rechte Bedeutung beimessen mochte.

Dass das arme Kind, das schwer genug am Verlust seines Vaters zu tragen hatte, allerdings im Gefängnis saß, dünkte ihn ein starkes Stück. Umgehend würde er einen geharnischten Brief an die Ratsmänner der Insel verfassen. Außerdem hatte er vor, sämtliche Honoratioren auf Föhr – auch im dänischen Westteil – zu alarmieren. Er ging davon aus, dass die meisten Insulaner und die Gangfersmänner gar nichts wussten vom ungeheuerlichen Vorgehen gegen seine Nichte.

Und noch einen Brief würde er schreiben, an Jonas Japsen nämlich. Das würde ein Schreiben sein, das der junge Herr Amtskollege mit Sicherheit in seinem ganzen Leben nie mehr vergaß!

»Auch den Bischof will ich informieren über die unmöglichen Zustände auf der Insel Föhr! Wir sind doch keine Katholiken!«, nahm der Pastor sich vor.

Natürlich wusste er, dass freilich auch die Protestanten für lange Zeit – und gelegentlich noch immer – dem Hexenwahn verfallen waren. Martin Luther selbst hatte leider angeregt, mit aller Strenge gegen angebliche Hexen vorzugehen – wenn es auch seit Jahren viel ruhiger um die sogenannten »Zauberischen« geworden war.

Vor allem von der Folter wurde in den meisten Fällen abgesehen. Die Vernunft schien sich im protestantischen Raum Deutschlands weitgehend durchgesetzt zu haben. Sollte jetzt der grauenhafte und menschenverachtende Unfug erneut aufflammen? Ausgerechnet auf »seiner« Insel? Und das Opfer sollte dieses Mal sein eigen Fleisch und Blut sein?

Unwillkürlich kam Brarens in den Sinn, in der Chronik seiner Vorfahren von einem jungen Mädchen namens Kaiken

512

Mommsen gelesen zu haben, das man 1498 auf Föhr als Hexe verbrannt hatte. Der angesehene Kapitän Brar Michelsen, ebenfalls einer seiner Vorfahren, war damals schon als entschiedener Gegner von Hexenprozessen und -verbrennungen aufgetreten. Leider kam er zu spät von See zurück und die Untat war bereits geschehen.

Mit einem Mal hatte der Pastor genau die Seite der Chronik vor Augen, auf der von Kaikens letzten Augenblicken berichtet wurde: Wie die ehemalige Heilerin die unbarmherzigen Richter verfluchte und allen prophezeite, in etwa 200 Jahren werde es *gegen eine ihrer Verwandten* zu einem ähnlichen Prozess kommen – aber dieses Mal würden Vernunft und Menschlichkeit siegen!

Die zweihundert Jahre waren inzwischen verstrichen …

»Oh Herr! Es scheint, als habe Kaiken Mommsen damals genau diese Situation vorausgesehen! Lieber Gott, falls dem so ist, lass auch den zweiten Teil ihrer Prophezeiung wahr werden!«, entfuhr es dem Geistlichen, den nun doch, ganz entgegen seiner Natur, eine gewisse Aufregung gepackt hatte.

Allerdings konnte und wollte er an das Ganze noch immer nicht recht glauben. Es war einfach nicht möglich, Kerrin war schließlich auf der ganzen Insel bekannt und beliebt als Heilerin. Er selbst hatte das begabte Mädchen in *ars medicinae* unterwiesen und viele hatten ihr inzwischen eine Menge zu verdanken. So jemanden verurteilte man doch nicht als »Hexe«!

Seufzend machte der Geistliche sich auf zu den Gemächern der Herzoginmutter, die noch immer mit dem Tode rang. Wiederum würde er eine Nacht betend und vor ihrem Bett kniend verbringen, in der Hoffnung, den Herrn gnädig zu stimmen und für dieses Mal den Todesengel zu bannen. In den Familien des jungen Herzogs und seiner Braut gab es in letzter Zeit genug Tote zu beklagen.

»Herr, lass nicht zu, dass neues Leid über die herzogliche Familie hereinbricht! Desgleichen flehe ich dich an, oh allmächtiger Gott, dass du gegen mein Mündel gnädig sein mögest, indem du ihre Widersacher erleuchtest mit der Gnade der Wahrheit, der Vernunft und der Humanität!«, betete er leise, während er durch die langen Korridore hinter dem livrierten, einen Leuchter tragenden Lakai herlief.

Was dem Pastor in dieser dunklen Stunde zumindest eine gewisse Beruhigung verschaffte, war ein Schreiben Harres, das aus Spanien eingetroffen war und in dem sein Ziehsohn ankündigte, so schnell wie möglich auf die Insel zurückzukehren, um der unglücklichen Kerrin beizustehen.

Harres knappe und gleichzeitig sehr herzliche Zeilen hatten dem Pastor gut gefallen, schienen sie ihm doch zu beweisen, dass Harre allmählich zu einem verständigen Mann heranreifte.

Indes konnte er sich nicht darauf verlassen, dass Harre rechtzeitig auf Föhr einträfe, um das Schlimmste – einen möglichen Prozess gegen Kerrin – zu verhindern. Monsieur Lorenz würde auf alle Fälle sämtliche Hebel in Bewegung setzen und alle Drähte ziehen, um den unwürdigen Zuständen, denen seine Nichte ausgesetzt war, ein Ende zu bereiten.

Der Lakai öffnete unterdessen die Tür des Schlafgemachs der alten Herzogin und Lorenz Brarens näherte sich mit leisen Schritten dem Bett der Todkranken.

SECHSUNDFÜNFZIG
Föhr im Herbst 1697: Kerrins Leben steht auf dem Spiel

Dass man bereits den 4. November schrieb, erfuhr Kerrin nur dank der Freundlichkeit des Wärters. Inzwischen wusste sie, dass er Nickels Volmers hieß und einst viele Jahre lang mit ihrem Vater auf Walfang gewesen war.

»So lange, bis so ein verfluchter Teufel von Walfisch mir mit der Fluke die Hüfte zerschlagen hat«, brummte er, als sie ihn wegen seines Hinkens befragte. Kerrin bot ihm an, sich den Schaden genauer anzusehen, sobald sie sich wieder auf freiem Fuß befände – was der Mann begeistert annahm.

»Von mir aus, Jungfer Kerrin, könntest du sofort nach Hause gehen – aber das darf ich leider nicht zulassen!«

Er wirkte ehrlich bekümmert bei diesen Worten. Kerrin selbst konnte noch immer nicht recht glauben, dass ihr Leben tatsächlich in Gefahr sei. Die Vorwürfe, die man gegen sie vorbrachte, empfand sie als viel zu absurd, um ihnen große Beachtung zu schenken – ganz ähnlich wie ihr in der Ferne weilender Oheim, von dem sie ja auch gelernt hatte, über allem das Prinzip der *ratio* walten zu lassen.

»Jeder, der einigermaßen bei Verstand ist, wird darüber nur lachen«, glaubte sie.

Insgesamt wechselten sich vier Aufseher im Gefängnis ab. Volmers war der älteste und genoss Autorität bei zweien von ihnen. Somit war gewährleistet, dass Kerrin von ihnen nicht schikaniert wurde und dass sie keine körperlichen Übergriffe zu erdulden hatte.

Es war eigentlich streng verboten, mit den Gefangenen – auch wenn sie noch nicht verurteilt waren – zu sprechen; jede Verbindung nach draußen sollte unterbunden werden. Nickels Volmers und seine beiden Kollegen hielten sich nicht daran.

Anders verhielt es sich mit Frödde Johannsen, dem vierten Wärter. Auf ihn hatte der alte Volmers keinen Einfluss. Johannsen gefiel sich in der Rolle desjenigen, der Macht über die Inhaftierten hatte. In seinem Selbstverständnis waren ihm diese »verbrecherischen Kreaturen« hilflos ausgeliefert, nach Belieben konnte er sie drangsalieren. Seine Position nützte er schamlos aus und mit sadistischer Freude stürzte er sich von Anfang an auf Kerrin.

Endlich ein Weibsbild, an dem er seine Allmachtsfantasien ausleben konnte! Er begehrte Frauen sonst verzweifelt aus der Ferne – diese wollten zumeist nichts von ihm wissen, da sein Wesen ihnen nicht vertrauenerweckend erschien. Je öfter ihn ein Mädchen abblitzen ließ, desto größer wurde indes sein Hass gegen das ganze Geschlecht.

»*Alle* Weiber sind verdammte Hexen«, lautete sein Credo. »Allesamt gehören sie auf den Scheiterhaufen!«, verkündete er beinahe täglich. Die anderen Wärter konnten es schon gar nicht mehr hören.

»Ja, ja!«, knurrte Nickels jedes Mal angewidert. »Vor allem die jungen, hübschen! Aber erst, nachdem du Schwein deinen Spaß mit ihnen gehabt hast, nicht wahr?«

Frödde grinste dreckig, kratzte sich im Schritt und leckte sich genüsslich die Lippen.

»Ich warne dich, Johannsen!« Drohend näherte Nickels sich dem anderen. »Sollte ich nur das Geringste davon mitbekommen, dass du dich an Kerrin Rolufsen vergreifst, dann mach ich dich kalt!«

»Und wir beide helfen ihm dabei!«

Diese Drohung kam von einem der beiden anderen Aufseher, während der dritte lebhaft dazu nickte.

»Jawohl, Freundchen! Wie du dich gegenüber den Gefangenen aufführst, auch gegen die Männer, ist eine Schande! Dir macht es Spaß, anderen Schmerz zuzufügen und sie zu erniedrigen. Aber wir behalten dich im Auge, denk dran!«

Frödde tat zwar so, als scherten ihn die Warnungen der Kollegen nicht; in Wahrheit gaben sie ihm aber doch zu denken und er hielt sich bei Kerrin zurück – vorerst. Er begnügte sich damit, ihr das Brot wie einem Hund hinzuwerfen, und ihren Essnapf füllte er jeweils nur zur Hälfte. Aber das Mädchen verspürte in dieser trostlosen und widerwärtigen Umgebung sowieso keinen Hunger.

Schlimmer empfand sie allerdings seine ständigen Versuche, sie einzuschüchtern und ihre Angst vor einem Prozess wegen Hexerei zu schüren. Wenn sie auch vorgab, ihn nicht zu beachten, waren seine detaillierten Schilderungen von Folter und Tod auf dem Scheiterhaufen doch geeignet, ihr den Schlaf zu rauben. Es war schwer, es völlig zu ignorieren, wenn Frödde dazu überging, genüsslich die Qualen zu beschreiben, die eine »Hexe« zu erleiden hatte: Der sich entwickelnde Qualm, der das Atmen behinderte, die brennende Hitze, die der Delinquentin die Augäpfel platzen ließ, das langsame Hochkriechen der Flammen von den Füßen her, wobei die Zehen als Erstes verschmorten, über die Knie und dann die Schenkel hinauf bis zu ihrem sündigen Schoß, der sich einst dem eiskalten Glied des Teufels dargeboten habe und jetzt zur Strafe bereits auf Erden im Höllenfeuer verglühte …

»Du bist wahnsinnig«, flüsterte Kerrin dann jedes Mal und hielt sich die Ohren zu.

»Du wirst es erleben, wie unendlich lange es dauert, bis du die Besinnung verlierst und nichts mehr spürst.«

Sein boshaftes Lachen verfolgte das Mädchen bis in ihre Träume.

Beinahe jeden Tag kamen Herren in ihre Kerkerzelle, um Kerrin zu verhören. Die meisten waren Ratsmänner, die später ihre Richter sein würden. Mit Rücksicht auf die gute Familie, der sie entstammte, sah man davon ab, sie »peinlich« zu befragen – ein anderer Begriff für die übliche Tortur. Hin und wieder ließ sich auch Pastor Japsen blicken, um ihr endlich ein Geständnis zu entlocken.

»Gib doch endlich zu, dass du mit dem Teufel einen Bund geschlossen hast, um den Menschen zu schaden! Die Beweise gegen dich sind erdrückend; du hast gar keine Möglichkeit, dich herauszureden. Das hat bereits mit Ole Harksen angefangen, dem du das Haus über dem Kopf hast abbrennen lassen! Es gibt Zeugen gegen dich, Mädchen, die eindeutig beweisen können, dass du eine Towersche bist! Ich sage ja nicht, dass du persönlich die Fackel an sein Dach gehalten hast – allein durch deine bösen Gedanken hast du dem alten Mann Schaden an Leib und Leben zugefügt. Später wurde dir auch Thur Jepsen lästig. Vermutlich hat sie dich beim Hexen beobachtet! Da hast du sie ins Wattenmeer gelockt und einfach ersäuft. Anderen Menschen hast du Krankheiten angehext, um dich dann großartig als ›Heilerin‹ aufzuspielen. Ich habe dich und deine Schlechtigkeit durchschaut. Davon, dass du mit deinen Zauberkünsten die Männer anderer Mädchen und Frauen verführt hast, will ich gar nicht erst reden!«

Meist würdigte Kerrin den fanatischen Geistlichen, dessen Augen ihr von Mal zu Mal wahnsinniger zu funkeln schienen, gar keiner Antwort.

Dafür dankte sie allerdings tagtäglich dem Herrgott für ihre Geistesgegenwart, was den Tupilak betraf: In letzter Sekunde hatte sie bei ihrer Festnahme den verräterischen Talisman in Eyckes Rocktasche verschwinden lassen.

518

Auf die Magd war unbedingter Verlass – genau wie auf Göntje.

Ihre Ziehmutter besuchte sie, sooft es ihr von den Ratsmännern gestattet wurde – und sogar noch öfter: Der alte Nickels drückte meist ein Auge zu, sobald die Pastorin auftauchte. Es war auch nicht sein Schaden, Göntje revanchierte sich stets großzügig: Immerhin riskierte der Mann einiges …

Bei einem ihrer Besuche bat Kerrin die Tante, beim nächsten Mal Eycke mitzubringen. »Ich würde mich freuen, die gute alte Seele wieder einmal umarmen zu dürfen«, behauptete sie. »Immerhin hat sie versucht, mich vor Jonas Japsen und seinen Schergen zu beschützen. Bei dieser Gelegenheit wäre es zudem schön, wenn Eycke mir auch einen ihrer großartigen Kuchen backen und mitbringen könnte. Richten Sie ihr das doch bitte aus, Muhme.«

Göntje fand es verständlich, dass Kerrin ihre Magd sehen wollte, nur der letzte Wunsch dünkte sie ein wenig albern. Gerade Eycke war – bei allen Qualitäten, über die sie unstrittig verfügte – bekannt dafür, eine geradezu miserable Kuchenbäckerin zu sein. Aber so es denn Kerrins ausdrücklicher Wunsch war …

Alt mochte Eycke zwar sein, aber dumm war sie keineswegs. Sie verstand sofort, wonach Kerrin in Wahrheit verlangte. So versteckte sie die grausige Walzahnschnitzerei im Teig des Gebäcks, das sie zu einem Herz formte und so lange im Backofen ließ, bis es nahezu dunkelbraun gebrannt war. So konnte sie einigermaßen sicher sein, dass keiner der Kerkerwächter den steinharten Kuchen stahl, um ihn selbst aufzuessen. Sie hoffte von Herzen, dass ihre junge Herrin wusste, was sie tat – und dass das grässliche Ding nicht entdeckt wurde.

Diesem Schicksal sollte Kerrin tatsächlich nur um Haaresbreite entgehen, denn ausgerechnet einen Tag vor Eyckes geplantem Besuch im Kerker beschloss der immer nervöser werdende Japsen, die »Hexe« endlich ihrer Untaten zu überführen.

Schon in der Morgendämmerung erschien er in Kerrins Zelle und verkündete, dass irgendwann in der nächsten Woche der Prozess gegen sie eröffnet werde, und zwar wegen Gotteslästerung, schamlosen Verhaltens, mehrfachen Mordes und zauberischer Umtriebe.

»Ich weiß zudem, dass du irgendwo eine heidnische Zauberfigur versteckt hast, auf die du dich offenbar verlässt«, hielt der Geistliche ihr höhnisch lachend vor. »Wahrscheinlich verbirgst du sie irgendwo an deinem Körper. Aber wir werden das Zauberding, dem du deine Kraft verdankst, schon finden.«

»Ach, wirklich? Ich glaube, Sie täuschen sich! Ich werde mich jedenfalls nicht vor Ihnen ausziehen, Pastor – genauso wenig wie vor den Wärtern!« Kerrin war viel zu wütend, um in Furcht darüber zu geraten, was geschehen würde, wenn sie den Talisman tatsächlich bereits in ihrem Besitz hätte.

Aber der fanatische Geistliche ließ sich durch ihren Widerspruch nicht beeindrucken:

»Das brauchst du auch nicht, Satanshure! Ich habe jemanden mitgebracht, der das übernehmen wird.«

Kerrin traute ihren Augen nicht, als Japsen zur Tür hinausging und statt seiner – »Mutter Harmsen« in ihre Zelle trat.

»Tut mir leid, Kleine!« Die alte Hebamme schien verlegen. »Aber ich muss tun, was die Richter von mir verlangen.«

»Ja, ich weiß, du sollst nach einem heidnischen Amulett bei mir suchen. Tu das ruhig, Moicken; ich weiß ja, dass du nichts Derartiges finden wirst.«

Kerrin konnte sich diese Behauptung guten Gewissens erlauben – noch befand der Tupilak sich ja nicht in ihrem Besitz. Umso besser, wenn die Suche jetzt stattfand!

»Nicht nur das heißt man mich tun, mein liebes Kind: Ich muss mich auch davon überzeugen, dass du noch Jungfrau bist!«

»Nur zu!« Kerrin schluckte, blieb jedoch gelassen. »Ich bin noch *virgo intacta*, Mutter Harmsen. Das wird meine Ankläger zwar sehr wütend machen, weil sie zu wissen glauben, dass Hexen immer mit Satan, ihrem Herrn, geschlechtlich verkehren. Aber damit kann ich nicht dienen!«

Stillschweigend erduldete Kerrin die beschämende Untersuchung. Die Wehmutter gab sich zwar alle Mühe, das Ganze so wenig unangenehm wie möglich zu gestalten, aber im Stillen beschloss das junge Mädchen, alles haarklein ihrem Oheim zu berichten. Der würde diese Demütigung mit Gewissheit zu rächen wissen – wobei Kerrin natürlich nicht Moicken die Schuld gab, sondern dem Magister.

Als Jonas Japsen sich anschließend den Befund der erfahrenen Wehmutter anhörte, war er vor Wut völlig außer sich, bedeutete es doch, dass der Prozess wohl überhaupt nicht stattfinden konnte: Dass kein heidnisches Amulett bei Kerrin zu finden war, war schon bitter genug, aber eine Jungfrau konnte nie und nimmer als Hexe angeklagt werden! Er hätte seine Bibel darauf verwettet, dass das Mädchen seinerzeit von den Seeräubern geschändet worden war …

Und Kerrin in einem »normalen« Gerichtsverfahren allen Ernstes den Richtern als Mörderin des alten Ole und Thur Jepsens präsentieren zu können – daran glaubte selbst er nicht. Dass es ihm an glaubwürdigen Zeugen mangelte – von Beweisen ganz zu schweigen –, wusste er nur zu gut. Laufen lassen müssten sie das unbotmäßige und liederliche Weibsstück – und er wäre blamiert bis auf die Knochen. Nicht nur das! Schleunigst müsste er die Insel verlassen, wollte er nicht Gefahr laufen, von den wütenden Anhängern des verschollenen Commandeurs und vor allem des verehrten Monsieur Lorenz gnadenlos zur Rechenschaft gezogen und anschließend schändlich verjagt zu werden!

Aber noch gab er sich nicht geschlagen. Zornentbrannt ließ er den Gefängniswärter Frödde Johannsen kommen und verlangte von ihm, das gesamte Stroh in der Zelle mittels einer Heugabel umzuschichten.

»Ich bin sicher, die Metze hat das Teufelsding unter dem Stroh vergraben! Ich rate dir gut, Kerl, finde endlich etwas, das gegen sie spricht. Sonst spaziert sie ungeschoren aus dem Kerker! Und alles, weil du es nicht geschafft hast, sie ihrer Keuschheit zu berauben, du feiger Schwächling!«

Davon, dass die übrigen Wärter genau dies verhindert hatten, wollte der Magister nichts hören.

Lächelnd schaute Kerrin dem Treiben in ihrer Kerkerzelle zu. Frödde Johannsen fluchte gotteslästerlich, als der eklige Staub aufflog und die zuunterst liegenden Fäkalien zum Vorschein kamen, weil es keiner der Gefangenenwärter jemals für nötig erachtet hatte, die alte Streu gegen frische auszutauschen. Ständig hatte man einfach frisches Stroh auf das alte gehäuft.

»Lach nur, Hexenhure!«, beschimpfte er sie und drohte, sie mit der Mistgabel aufzuspießen.

»Das wirst du schön bleiben lassen! Sonst bekommst du es mit den Richtern zu tun. Die wollen schließlich eine Angeklagte haben, die sie verurteilen können. Und falls es nicht dazu kommt – wovon ich ausgehe –, wird sich mein Oheim, der persönliche Geistliche unseres Herzogs, näher mit dir befassen, Freundchen! Und zwar um einiges intensiver, als dir lieb sein wird. Also: Bleib lieber friedlich, Bursche!«

Kerrin empfand inzwischen fast gar keine Angst mehr vor dem Kerl; wusste sie doch längst, dass die drei anderen Wärter auf sie aufpassten. So gestatteten diese ihm auch nicht, sie in den Nachtstunden zu bewachen, obwohl das bedeutete, dass sie selbst noch öfter den ungeliebten Nachtdienst zu verrichten hatten.

Immerhin konnte Kerrin nach Abbruch der erfolglosen Suchaktion sicher sein, dass sich jetzt niemand mehr die Blamage antäte, erneut nach irgendwelchen Zaubermitteln oder Hexenamuletten bei ihr zu suchen.

Am nächsten Tag kamen wie versprochen Göntje und Eycke zu Besuch – und mit ihnen der ungenießbare Kuchen. Die drei Frauen hatten eine ganze Weile darüber gelacht; auch der Wärter hatte den Kopf geschüttelt über das absurde Mitbringsel, das er, wie alles, was den Gefangenen übergeben wurde, kontrolliert hatte.

In der Tat war das herzförmige Ding so hart, dass es Kerrin, nachdem ihr Besuch sie verlassen hatte, nur mit Mühe gelang, es mit Hilfe ihres Löffels und des scharfrandigen Blechnapfs auseinanderzubrechen, um an den wahren Kern zu gelangen.

Als sie die elfenbeinfarbige Schnitzerei in der Hand hielt, durchfuhr es sie wie ein Blitzschlag. Die plötzliche Hitze, die der Gegenstand ausstrahlte und die ihren gesamten Körper durchfloss, verlieh ihr die Zuversicht auf ein baldiges Ende ihrer Kerkerhaft – auf ein gutes Ende.

In der folgenden Nacht konnte sie vor Aufregung kaum ein Auge zutun. Jetzt, da sie durch Eycke im Besitze des Amuletts war, war ihre Lage eine völlig andere! Eingewickelt in drei von Göntjes warmen Schafwolldecken, hielt sie den Tupilak mit beiden Händen dicht vor ihre Augen. Im hellen Mondlicht, das in der eisigen Novembernacht von oben durch die winzige Fensterluke hereindrang, vermochte sie das einzigartige Schnitzwerk deutlich zu erkennen: Jede noch so winzige Kerbe war sichtbar, angefangen von den fein ausgearbeiteten Schuppen des übergroßen Fischkopfs, den furchterregend spitzen Raubtierzähnen, den Kiemen und der stachelbewehrten Rückenflosse, die über den Wirbeln des Mischwesens verlief, bis hin zu den kräftigen Menschenbeinen und dem dazwischen aufgerichteten männlichen Geschlecht, dem bepelzten Brustkorb und den muskulösen Armen eines Bären, dessen erhobene Pranken in dolchartigen Krallen endeten.

»Du bist mein Schutzgeist, *Kora Tukuta*«, flüsterte Kerrin. »Soll ich dich zum Leben erwecken? Wirst du mich dann für immer von meinem Feind, dem Magister, befreien?«

Nur zu genau erinnerte sich Kerrin der Zauberworte und der Manipulationen, die Inukitsok, der grönländische Schamane, sie gelehrt hatte, um das Amulett mit Leben zu erfüllen. Wie oft hatte sie sich in den langen Nächten ausgemalt, wie sie es genießen würde, den Magister durch ihren Schutzgeist vernichtet zu sehen … Doch nun, als sie ihrem Ziel so nah war, ließ sie irgendetwas davor zurückschrecken. Das Anrufen eines heidnischen Schutzgeistes widersprach auch allem, was sie ihr Vater und der Oheim jemals gelehrt hatten.

Die Warnung des weisen alten Mannes kam ihr zudem wieder in den Sinn, den Geist niemals aus niedrigen Beweggründen zu rufen, um im Falle der Niederlage nicht seine Rache gegen sie selbst heraufzubeschwören.

Gab es nicht noch eine andere Möglichkeit, sich aus der Schlinge, die der Magister geknüpft hatte, zu befreien? Diese Frage konnte Kerrin ganz klar bejahen. Göntje und andere – wozu auch die beiden Inselpastoren gehörten – setzten sich vehement für sie ein und, sollte es zu einem Gerichtsverfahren kommen, war ihr ein Freispruch so gut wie sicher.

Sie dachte auch daran, was ihr der Oheim wohl raten würde. Schweren Herzens fällte sie dann ihre Entscheidung – die ihr nicht leichtfiel, schien der Talisman doch eine magische

Kraft zu verströmen, der sie sich nur schwer zu entziehen vermochte.

»Du gefällst mir, Tupilak! Ich werde dich auch immer in Ehren halten – aber ich werde dich nicht zum Leben erwecken und dich auch nicht als Waffe benützen«, sagte sie laut gegen Morgen nach stundenlangem Ringen mit sich selbst. Sie versteckte den bizarren Gegenstand in einer tiefen Tasche ihres weiten, gefältelten Rocks. Ihre Bluse saß leider zu eng, um ihn unsichtbar darunter zu tragen.

Es war bereits Mitte November, als Harre Rolufsen der Brief seines Oheims erreichte und damit die schreckliche Nachricht über Kerrins Kerkerhaft und den drohenden Prozess. Eigentlich hatte er Madrid erst kurz vor Weihnachten verlassen wollen, wo er seit einem Dreivierteljahr als Mitglied einer berühmten Malerwerkstatt arbeitete.

Noch bestand seine Tätigkeit in der Hauptsache darin, dem Meister zuzuarbeiten, indem er etwa die Leinwände grundierte, die passenden Rahmen vergoldete oder die Ölfarben anrührte und mischte. Hin und wieder hatte der Künstler ihm bereits erlaubt, den Hintergrund eines Gemäldes mit Bäumen oder Gebäuden auszumalen. Einmal durfte er nach genauen Vorgaben das üppige Gewand einer adeligen Dame sowie ihr zu Füßen liegendes Hündchen auf die Leinwand bringen – Letzteres sogar ohne jede Anweisung des berühmten Künstlers.

Don Diego Hernandez y Rivera Morales zeigte großes Verständnis für die familiären Probleme Harres und beurlaubte ihn sofort.

»Ich wünsche dir und deiner Schwester viel Glück, *amigo!*«, sagte er. »Ich hoffe, du kehrst zurück, sobald sich alles zum Guten gewendet hat!«

Bereits fünf Tage später konnte Harre einen Segler besteigen, der den Hafen von Genua ansteuerte. Von dort aus würde er versuchen, mittels Postkutsche über die Berge zu gelangen, ehe der Winter eine Alpenüberquerung unmöglich machte. Zur Not traute er es sich auch zu, die ganze Strecke zu reiten. Angeblich gab es beinahe das ganze Jahr über Handelszüge nach Norden, viele Kaufleute bevorzugten den Landweg.

Der Seeweg durch die Straße von Gibraltar und der riesige Umweg an Portugal und Frankreich vorbei würden ihn zu viel Zeit kosten. Und die hatte der junge Mann nicht, wenn er Kerrin noch vor ihrem absurden Prozess behilflich sein wollte.

Es verstrichen weitere bange Tage, in denen man das Mädchen im Ungewissen ließ, ob und wann sie damit rechnen musste, vor ihre irdischen Richter zu treten. Sogar der Pastorin war es nicht mehr erlaubt, Kerrin aufzusuchen. An Schlaf und an Nahrungsaufnahme war in dieser angespannten Situation kaum noch zu denken. Kerrin war bleich, nervös und magerte zusehends ab. Von den Wärtern wusste sie, dass der Magister alles versuchte, um doch noch ein Hexereiverfahren gegen sie in die Wege zu leiten. Langsam wurde sie des Kämpfens müde und bekam es allmählich mit der Angst zu tun.

Jede Nacht, die sie weiter unter unwürdigen Zuständen zubringen musste – vor allem die Kälte in der ungeheizten Zelle wurde immer schlimmer –, trat erneut die Versuchung an sie heran. Sollte sie nicht doch die Hilfe des Schutzgeistes heraufbeschwören, um dem Ganzen ein für alle Male ein Ende zu bereiten? Hatte sie in den ersten Nächten noch tapfer »Niemals!« gesagt, entfuhr ihr in der vierten Nacht ein anderes Wort: »*Imaka!*«

Kerrin erschrak zutiefst. Wieso erinnerte sie sich plötzlich eines Begriffes, den sie nur ein einziges Mal gehört und selbst niemals verwendet hatte? Er war grönländisch und lautete übersetzt: »Vielleicht!«

Verstört ließ sie das Amulett in ihrem Gewand verschwinden und versuchte stattdessen zu beten.

SIEBENUNDFÜNFZIG
Kerrins Schicksalsstunde

ENDLICH, DER NOVEMBER WAR längst vergangen und Heiligabend nahte bereits, öffneten sich für Kerrin die Kerkertore. Die Heimfahrt vom Gemeindehaus in Boldixum ins väterliche Haus nach Nieblum gestaltete sich zu einem wahren Triumphzug. Die Freunde und Verwandten des Commandeurs und des Pastors sowie viele, denen Kerrin schon einmal geholfen hatte, versammelten sich vor dem Haus, aus dessen Untergeschoss sie unsicher und zögernd emporstieg – so, als könne sie an ihre Freilassung noch nicht recht glauben. In Wahrheit ertrugen ihre an die wochenlange Finsternis gewöhnten Augen kaum mehr das gleißende Tageslicht.

Auch die Geistlichen von Sankt Nicolai und Sankt Laurentii ließen es sich nicht nehmen, die Nichte ihres Amtsbruders in der Freiheit willkommen zu heißen. Von Pastor Jonas Japsen hingegen sah und hörte man nichts. Kerrin war nur froh darüber, gehörte der fanatische Eiferer doch zu denen, deren Gegenwart sie jetzt wohl kaum ertragen hätte, so geschwächt und benommen wie sie sich im Augenblick fühlte.

»Die nächsten Tage darfst du dich noch erholen, mein liebes Kind. Dann feiern wir Weihnachten – so Gott will, ist dann auch dein Bruder bei uns – und danach werden dich die Kranken geradezu überfallen!«

Göntje lachte glücklich und schloss Kerrin in ihre Arme, während Eycke sich verstohlen Freudentränen aus dem Gesicht wischte. Simon und Jon, die dieses Mal darauf verzichtet hatten, über die Feiertage nach Jütland heimzufahren, hielten sich verschämt im Hintergrund und versuchten ihre Rührung zu verbergen.

»Ihre Stute Salome freut sich schon mächtig auf den ersten Ausritt mit Ihnen, gnädiges Fräulein!«

Vor Verlegenheit drückte Jon sich reichlich geschwollen aus; Kerrin konnte sich ein Lächeln nicht verkneifen.

»Sag bitte nicht ›gnädiges Fräulein‹ und ›Sie‹ zu mir, Jon Gaudesson. Ich bin Kerrin für euch – und das bleibe ich auch.«

Sogar Baldur, der Schiffshund, schien überglücklich, seine Herrin wiederzusehen. Schweifwedelnd umkreiste sie der Mischlingsrüde und ließ sie nicht mehr aus den Augen – so, als könnte sie ihm erneut entrissen werden. Auf einmal fiel jegliche Müdigkeit und Schwäche von Kerrin ab: Ein tiefes Glücksgefühl und eine unendliche Erleichterung durchströmten sie.

Nach dem Mittagessen, das im Pfarrhof stattfand und einem wahren Festmahl glich, sattelte Kerrin Salome, um mit ihr und Baldur endlich wieder über die Geest dahinzujagen, so wie sie es immer gerne getan hatte, mit wehenden Haaren, leuchtenden, meergrünen Augen und zufriedenem Herzen. Die Begleitung der Knechte lehnte sie dankend, jedoch entschieden ab. Woher sollte ihr jetzt noch Gefahr drohen? Tief atmete sie die salzige Luft ein, den Duft der allzu lange entbehrten Freiheit.

Morgen kam Harre nach Hause – das fühlte sie.

Noch aber war die Gefahr für Kerrins Leib und Leben keineswegs gebannt. Pastor Jonas Japsen, der die offensichtliche Niederlage nicht ertragen konnte, hatte die Zeit bis zu Kerrins Freilassung nicht ungenützt verstreichen lassen. Wenn er schon nicht mit der Unterstützung der Obrigkeit rechnen konnte, wenn der Arm des Gesetzes sich als zu schwach erwies, wollte er wenigstens »die Macht des empörten Volkes« mobilisieren, um doch noch sein Ziel zu erreichen: Kerrin Rolufsen, die »Friesenhexe«, wie er sie bei sich nannte, musste schließlich unschädlich gemacht werden! Es war seine Pflicht als Geistlicher, die Föhringer von diesem Geschöpf des Satans zu befreien, das sich heimtückisch in der Maske einer Heilerin und Wohltäterin in die Herzen der Menschen schlich, um sie zu verderben. Derart hatte er sich in seinen Wahn hineingesteigert, dass er tatsächlich selbst eine gewisse Furcht vor der unbeugsamen jungen Frau empfand, die ihn im Kerker bei jedem seiner Besuche so herausfordernd gemustert hatte, als blicke sie ihm voll Verachtung bis auf den Grund seiner Seele … Je magerer und blasser sie geworden war, desto stechender und durchdringender war ihm der Blick ihrer unheimlichen grünen Augen erschienen.

Um sein Ziel zu verwirklichen, war Japsen jedes Mittel recht. Geschickt machte er heimliche Feinde der Commandeurstochter ausfindig. Die meisten waren junge Mädchen und Frauen, deren Motive allerdings sehr durchsichtig waren: Die pure Eifersucht auf Kerrins Schönheit war es, die so manche Insulanerin erboste. Hübsch waren andere zwar auch, aber Kerrins stolze Ausstrahlung, vereint mit Klugheit, Wissen, Anmut, Grazie und einer Schönheit, die jeden Tag noch heller erstrahlte, ließ die missgünstigen Weiber vor Neid erblassen. Das Schlimmste war, wenn die jungen Männer Kerrins Lob laut sangen, ihre Vorzüge offen beredeten, ihr Aussehen priesen und ihre Kenntnisse bewunderten – und dabei wenig charmant die wahren oder vermeintlichen Mängel ihrer eigenen Bräute und Frauen hervorhoben.

Eine gewisse Missstimmung hatte deswegen schon lange geherrscht. Auf der Insel gab es nicht wenige Frauen, die ungeniert dafür plädierten, ihr die wundervolle, rotblond glänzende Haarpracht einfach abzuschneiden. Dass Kerrin ihre Haare ohnehin wegen der Arbeit auf See radikal gestutzt hatte, schienen sie gar nicht bemerkt zu haben.

»Ich sage euch, in ihren roten Haaren steckt die ganze Macht über unsere Kerle«, behauptete Birte, einst eines der jungen Mädchen, die Göntje ausgeschickt hatte, um Terkes Todesnachricht im Dorf zu verkünden. »Mein Alter kriegt förmlich Stielaugen, wenn Kerrin irgendwo auftaucht«, fauchte sie. Andere pflichteten ihr bei.

»Ganz genau! Und sie genießt es, wenn die Männer hinter ihr her geifern wie hungrige Köter. Aber damit muss jetzt ein für alle Male Schluss sein! Die Hexe muss unschädlich gemacht werden!«

»Das finde ich auch! Mein Carsten hält sie mir andauernd als Beispiel vor. Ich habe ihm gesagt, dass ich Bäuerin bin und keine Tochter aus einer reichen Commandeurssippe, kein feines Fräulein, das sich die Hände niemals schmutzig machen muss. Ich arbeite von früh bis spät!«, fiel eine dritte ein, die trotz ihrer noch jungen Jahre bereits verhärmte Gesichtszüge, dünne Haare und harte, schwielige Hände hatte.

Auch etliche Heilkundige waren unter ihren Gegnerinnen, die zwar das Prädikat »kompetent« für sich beanspruchten, denen aber mittlerweile die Patienten abhanden gekommen waren.

Sogar Männer konnte der missgünstige Geistliche auf seine Seite ziehen, allesamt Kerle, denen die weibliche Anziehungskraft Kerrins unheimlich war. Nicht wenige träumten jede Nacht von ihr und begehrten sie verzweifelt – wohl wissend, wie vergeblich ihre Wünsche waren … Sie verbreiteten das Gerücht, ihr allein sei es anzulasten, dass im vorigen Jahr Piraten die *Fortuna* überfielen und in dieser Fangsaison schwerste Unwetter die Fahrt der *Fortuna II* letztlich hätten scheitern lassen. Nicht zuletzt habe ihr Fluch den eigenen Vater ums Leben gebracht …

Alle Gegner vereinte die Forderung des verblendeten Magisters: »Die Hexe muss weg, damit auf unserer Insel endlich wieder Ruhe einkehren kann!«

Die Späher des Pastors konnten ihr Glück kaum fassen, dass der Zufall ihnen so hervorragend in die Hände zu spielen schien: Kerrin war am Tag ihrer Freilassung *allein* unterwegs! Allem Anschein nach fühlte sich die Teufelshure unangreifbar.

»Es liegt an euch, dies zu ändern, liebe Gemeindemitglieder!«, hetzte der Magister die Leute auf. »Der Herrgott selbst überlässt sie euch, nutzt die günstige Gelegenheit und nehmt die Hexe gefangen!«

Das wollten sie; und danach würde »das Volk« ihr den Prozess machen, wozu den feigen Ratsmännern offenbar der Mut gefehlt hatte. Oder lag es einfach daran, dass die Reichen alle zusammenhielten? Stimmte es, dass eine Krähe der anderen kein Auge aushackte?

Die rachdedurstige, vom Magister aufgestachelte Meute hatte jedenfalls etwaige Skrupel völlig verdrängt. Einige Leute – im Normalfall bieder und gottesfürchtig, die jedoch, verblendet durch die Hasstiraden Jonas Japsens, ihren gesunden Menschenverstand ausgeschaltet hatten – sammelten bereits das nötige Brennmaterial …

Kerrin schlug den Weg zur sogenannten Lembecksburg ein. Lange schon vermisste sie die großartige Aussicht von dort oben nach allen vier Himmelsrichtungen. Eine gewisse Unruhe Baldurs fiel ihr zwar auf, als sie sich der Anhöhe näherte, aber sie maß ihr keine Bedeutung bei. Flüchtig tauchte in ihrer Erinnerung die unliebsame Begegnung mit Boy Carstens auf, als sie das letzte Mal hier gewesen war. Sofort schüttelte sie jeden Gedanken daran ab; nichts sollte ihre Hochstimmung heute trüben.

Als Kerrin heransprengte, tauchten hinter einer Bodenerhebung plötzlich allerhand mit Tüchern maskierte Leute auf und versperrten Ross und Reiterin den Weg nach oben. Baldur fletschte die Zähne, bellte wie rasend und schnappte nach den Angreifern, die nach Kerrins Zügeln griffen und sie aus dem Sattel rissen. Ein furchtbarer Spatenhieb ließ das Tier kurz aufjaulen, ehe es sich überschlug und leblos in einer Bodenfurche liegenblieb.

»Endlich haben wir dich, Towersche! Uns und unserer Gerichtsbarkeit entkommst du nicht! Bringt die Hexe zu unserem Thingplatz!«

Pastor Japsen hatte ihnen eine abgelegene Stelle gezeigt, wohin sie Kerrin bringen sollten, um dort das Urteil zu vollstrecken. Er selbst gedachte freilich nicht, als Henkersgehilfe in Erscheinung zu treten. Erst nach getaner Arbeit hatte er sein Kommen angekündigt, um den Platz »von den freigewordenen bösen Geistern« zu reinigen.

Kerrins Herz, die keine Möglichkeit sah, ihren Häschern zu entkommen, klopfte zum Zerspringen. Vor Angst vergingen ihr beinahe die Sinne. Sich zu wehren, war angesichts der Übermacht nutzlos und Schreien würde ihr ebenfalls nicht helfen. Weit und breit war keine Menschenseele – außer diesen Entfesselten, teilweise offenbar auch Betrunkenen, die wild entschlossen schienen, sie umzubringen.

Auf dem kurzen Weg zu ihrer Hinrichtungsstätte betete sie so inständig wie nie zuvor in ihrem Leben: »Herr, mein Gott, hab Erbarmen mit mir! Ich verdiene den Tod nicht – zumindest nicht den, den diese Verrückten mir bereiten wollen. Ich bin unschuldig und keine Hexe! Herrgott, du weißt das! Bitte, hilf mir!«

Da man ihr die Hände auf dem Rücken zusammengebunden hatte, war es ihr auch nicht möglich, nach dem Tupilak in ihrer Jackentasche zu greifen. Nach ihrer Entlassung heute Morgen hatte sie Eycke gebeten, das Amulett in ein wattiertes Stoffsäckchen einzunähen, das sie fortan um den Hals zu tragen gedachte – aber das war natürlich noch nicht geschehen.

Es blieb ihr nur zu hoffen, dass keiner der wie närrisch Johlenden sie nach verbotenen Zaubermitteln durchsuchte. Das wäre dann wirklich ihr Ende ... Auch wenn Kerrin ohnehin langsam die Hoffnung verlor, dass es ihr auch diesmal gelänge, den Kopf aus der Schlinge zu ziehen. Ihr fiel einfach nichts und niemand ein, der sie jetzt noch retten könnte – zumal der aufgebrachte Mob keiner vernünftigen Argumentation zugänglich war.

Doch Gott, der Herr, sollte noch einmal ein Einsehen mit ihr haben. Kurze Zeit nachdem Kerrin mit Salome losgeritten war, traf Harre im Pfarrhof ein. Die Reise war problemlos verlaufen, die Alpenüberquerung war zügig vonstattengegangen, da noch kaum Schnee lag, und durch die deutschen Lande war Harre bei beständig trockenem Wetter wie im Flug geritten. Er hatte einen spanischen Freund und einen Diener mitgebracht, den er sich seit einiger Zeit leistete. Oheim Lorenz' Unterstützung sowie die Apanage seines Vaters waren großzügig bemessen und er selbst hatte bereits einige kleinere Bilder verkauft, so dass er in einem bescheidenen Wohlstand zu leben vermochte.

Als Göntje gestand, dass Kerrin ausgeritten war, erlitt Harre beinahe einen Tobsuchtsanfall.

»Was für ein riesengroßer Leichtsinn! Welch eine Unvernunft, Muhme!«, rief er wenig respektvoll. »Sie hätten wahrlich mehr Verstand beweisen und Kerrin diese Eselei verbieten müssen! Es ist ein Irrsinn von Kerrin, allein, ohne jeden männlichen Schutz durch die Gegend zu reiten! Ich fasse es nicht! Ist Ihnen denn nicht klar, Muhme Göntje, dass es genug Feinde geben könnte, die mit Kerrins Freilassung nicht einverstanden sind und die jetzt versuchen werden, ihrer habhaft zu werden, um sie mit ihrer ganz eigenen Art der Justiz vertraut zu machen?«

Umgehend stellte Harre eine Mannschaft aus berittenen Männern zusammen, bestehend aus ihm selbst, seinem Freund und dem spanischen Diener, sowie allen Knechten, die er in Nieblum zu fassen bekam.

Die beiden Jütländer Simon und Jon waren die Ersten, die sich zur Verfügung stellten. Sie beteuerten, versucht zu haben, der jungen Herrin ihre Begleitung aufzudrängen, aber sie habe vehement abgelehnt. Harre, der seine halsstarrige Schwester kannte, glaubte ihnen. Allmählich hatte er sich ein wenig beruhigt und bat die Pastorin für seine harschen Worte um Verzeihung.

Erstaunlicherweise winkte Göntje nur ab.

»Reite los, min Jung!«, sagte sie. »Und bring die Deern heil zurück! Ich denke, sie wollte nach Borigsem reiten, zur alten Burg.«

In der Tat sollte es die Rettung in allerletzter Sekunde sein. Drei Vermummte, zwei junge Weiber und ein älterer Mann, hatten alle Hände voll zu tun, die sich verzweifelt wehrende Kerrin am Pfahl festzubinden, um den herum man Holzabfälle, Zweige und dürres Heidekraut zu einem Scheiterhaufen aufgeschichtet hatte.

»Fast so schön wie beim Biikenbrennen!«, grölte eine ehemalige Freundin Kerrins. Offenbar hatte sie sich reichlich Mut für diese Aktion angetrunken. Die Commandeurstochter erkannte sie trotz des Schals, den die junge Frau sich um Nase und Mund gebunden hatte. Es handelte sich um Junger Elen Frederiksen – die schmalen graubraunen Augen verrieten sie. Kerrin konnte es erst nicht glauben!

»Was habe ich dir denn getan?«, flüsterte sie fassungslos. Aber eine andere stieß Junger Elen beiseite. »Hier wird nicht mehr geschwatzt! Die Zeit des Redens ist vorbei. Du verdammte Hexe wirst jetzt brennen! Damit unsere Kerle endlich aufhören, dir hinterherzuhecheln, du, du …«

Bei der Suche nach einem garstigen Schimpfwort meinte Kerrin, Schaum im Mundwinkel der jungen Frau zu sehen, die sich wie ein tollwütiges Tier gebärdete und deren Tuch verrutscht war. Kerrin versuchte erst gar nicht, an ihre Vernunft oder gar an ihr Mitleid zu appellieren.

Die grausame Geschichte von Kaiken Mommsen aus der Familienchronik fiel ihr schlagartig wieder ein. Die Ärmste hatte man auch als Hexe verbrannt; vorher sollte sie ihre Peiniger noch verflucht haben.

Der vor Entsetzen gelähmten Kerrin selbst fiel kein Fluch ein; so blieb sie stumm, auch als ihre Peiniger mit brennenden Fackeln an den Scheiterhaufen herantraten.

Ergeben schloss sie die Augen und hoffte, so bald wie möglich die Besinnung zu verlieren – als Harre urplötzlich wie ein Rachegott mit seiner schlagkräftigen Truppe auftauchte. Es war nicht schwer gewesen, der Spur einer sich hysterisch gebärdenden Meute zu folgen. Als die ersten Stockhiebe auf sie niederprasselten, wirkte das auf die blutgierige Horde sehr ernüchternd. Die wenigsten dachten an Gegenwehr, sondern machten sich aus dem Staub, indem sie sich rasch in alle

535

vier Winde zerstreuten. In kürzester Zeit war der Spuk vorbei. Aber die meisten hatte man erkannt und Harre würde dafür sorgen, dass sie nicht ungeschoren davonkämen. Als die Wahnsinnigen in die Flucht geschlagen waren, erklomm Harre den Reisigberg und befreite seine zitternde Schwester von den Fesseln

Kraftlos sank das Mädchen ihm in die Arme.

»Oh, Bruderherz«, stöhnte Kerrin, »noch nie habe ich es so genossen, dich zu sehen.«

Dann fiel sie in Ohnmacht.

ACHTUNDFÜNFZIG
Sommer 1699, am Hof zu Gottorf

»ICH KANN DOCH AUF dich zählen, meine Liebe?«

Hedwig Sophie, die hübsche junge Herzogin des kleinen Herrschaftsgebietes Schleswig-Holstein, heftete ihre blaugrauen Augen auf Kerrin, die sich verzweifelt damit abmühte, einen dunkelblauen Gehrock mit goldenen und silbernen Litzen zu besticken: Aber aus unerfindlichen Gründen schien der Stoff immer zu dick und die Nadel zu dünn …

Das edle Kleidungsstück war bestimmt für Hedwig Sophies Gemahl. Da die junge Ehefrau sich nicht allzu gut auf Handarbeiten verstand, hatte sie den Auftrag an ihre Vertraute und Gesellschafterin Kerrin Rolufsen weitergereicht. Aber auch »das Mädchen von der Insel«, wie sie von den wohlwollenden unter den Hofleuten auch nach eineinhalb Jahren noch genannt wurde (ihre Neider bezeichneten sie gerne als »friesische Hexe«), war keine sehr begabte Stickerin. Unwillig murmelnd steckte sie den Zeigefinger in den Mund. »Es ist zum

Verzweifeln! Jetzt habe ich mich bereits zum fünften Mal in die Hand gestochen!«

Dann fiel ihr ein, dass die Herzogin das Wort an sie gerichtet hatte …

»Was meinten Madame la Duchesse eben?«

Kerrin, mittlerweile achtzehn Jahre alt, nahm verlegen den blutenden Finger aus dem Mund.

Hedwig Sophie reichte ihr ein seidenes Taschentuch. »Hier, nimm, Kerrin! Ich sehe schon, du bist genauso ungeschickt wie ich!« Die Herzogin kicherte. Dann wurde sie schlagartig ernst.

»Und unfolgsam bist du auch! Wie oft habe ich dir gesagt, dass du den Unsinn mit ›Madame‹ und ›Duchesse‹ lassen sollst, wenn wir beide allein sind? Ich habe einen sehr schönen Vornamen – sogar zwei – und die möchte ich auch gerne hören!«

»Verzeihung, Hedwig Sophie! Aber dass ich dich duze, darf keiner am Hof mitbekommen. Meine Tage bei dir wären mit Sicherheit gezählt!«

»Da hätte ich aber immerhin auch ein Wörtchen mitzureden, Kerrin! Glaub mir, Friedrich würde mich kaum meiner liebsten Gefährtin berauben – ist mein Gemahl doch froh, wenn ich angenehme Unterhaltung und Zerstreuung habe. Umso weniger bleibt mir Zeit, mich um seine Eskapaden zu kümmern! Wenn ich geahnt hätte, dass mein Ehemann nicht einmal daran denkt, mir wenigstens so lange treu zu sein, bis ich den ersehnten Erben zur Welt gebracht habe, hätte ich niemals in diese Heirat eingewilligt.« Das hübsche Gesicht der jungen Herzogin zeigte Verdrossenheit und eine gewisse ihrem Alter unangemessene Bitterkeit.

Kerrin lag auf der Zunge, darauf hinzuweisen, Hedwig Sophie selbst habe die Hochzeit mit dem Herzog von Schleswig-Holstein-Gottorf jahrelang auf das Heftigste forciert. In letzter

Sekunde verbiss sie sich die Bemerkung, mit der sie sich bestimmt nicht beliebt gemacht hätte.

Am 12. Mai 1698 hatte die feierliche Eheschließung stattgefunden. Fiele aus irgendeinem Grunde der schwedische Thronerbe aus, konnte nun das herzogliche Haus der Schleswig-Holsteiner den Thronfolger stellen.

Kerrin versuchte zwar immer wieder, die bitter enttäuschte Freundin, die ihr ehrlich ans Herz gewachsen war, aufzumuntern; ihr aber tatsächlich Trost zu spenden, vermochte sie nicht. Als tragisch erwies sich, dass die junge Prinzessin so schrecklich verliebt gewesen war in den gut aussehenden Friedrich – und er sie lediglich als gute Partie und passende Mutter für seinen Nachwuchs betrachtete, wie sich herausstellte. Kurz nach der Eheschließung betrog der um zehn Jahre ältere Herzog sie bereits mit wechselnden Gespielinnen. Dramatische Szenen hatten sich anfangs abgespielt zwischen dem eiskalten Ehebrecher und seiner temperamentvollen, rasend eifersüchtigen Frau. Der gesamte Hof wurde Zeuge …

Inzwischen hatte die kluge Herzogin resigniert. Das Verhältnis zwischen dem Ehepaar war allerdings reichlich abgekühlt und glich mehr und mehr einer politischen Zweckgemeinschaft – was es für Friedrich wohl von Beginn an gewesen war. Die junge Frau mochte ihren untreuen Gatten zwar insgeheim noch lieben, aber sie besaß ihren Stolz, ging ihm, nachdem sie ein Kind von ihm empfangen hatte, aus dem Weg und richtete sich ein Leben nach eigenem Gutdünken ein – was dem jungen Landesherrn nur recht war.

»Ich habe dich ja gebeten, liebste Freundin, mich nicht im Stich zu lassen, wenn ich meine Heimat Schweden besuche«, nahm Hedwig Sophie indes den zuvor abgerissenen Gesprächsfaden wieder auf. »Meine Eltern leben zwar nicht mehr, aber

538

mein Bruder ist dort König und dort lebt auch meine ganze übrige Familie, nach der ich mich sehne.«

»Natürlich gehe ich mit dir, Hedwig Sophie!«, beeilte Kerrin sich, der Freundin zu versichern. »Ich könnte eine werdende Mutter niemals sich selbst oder irgendwelchen obskuren Hofmedici überlassen. Ich bin ungeheuer stolz darauf, dass du mich zur Helferin der herzoglichen Hebamme ernannt hast. Bis es soweit ist, werde ich gut auf dich aufpassen, damit du keinen Unsinn machst – und etwa auf ein Pferd steigen willst!«

Die Herzogin, der man die Schwangerschaft noch nicht ansah, seufzte. Ja, das Reiten vermisste sie sehr. Aber das verbot sich die nächsten Monate von selbst. Über Land würde sie die lange Reise in einer speziell für sie angefertigten, bequemen Kutsche zurücklegen, ebenso die Rückreise, die sie bald nach ihrer Ankunft wieder antreten musste, um das Kind in Gottorf zur Welt zu bringen.

Kerrin fand, dass der ganze Aufwand sich wegen weniger Wochen eigentlich gar nicht lohnte – aber sie war froh, dem Herzogtum für eine Weile den Rücken kehren zu dürfen.

Ihre auffällige Schönheit war selbstverständlich auch einem notorischen Schürzenjäger wie dem Herzog nicht verborgen geblieben. Anfangs hatte Kerrin das sogar heimlich begrüßt – bewahrte sie das herzogliche Interesse doch vor den lästigen Nachstellungen anderer Herren.

Ihr Oheim, der nach ihrer Ankunft noch ein halbes Jahr am Hof geblieben war, ehe er wieder in seine heimische Pfarre auf Föhr zurückkehrte, hatte sie eindringlich gewarnt:

»Liebes Kind! Ich rate dir, halte dir die edlen Herren vom Leibe! In einem Mädchen aus dem Bürgerstande sehen sie nur Geschöpfe, mit denen man sich gut amüsieren kann! Heiraten aber wird keiner unter seinem Adelsstand. Du bist zwar sehr klug und es liegt mir fern, dich zu bevormunden, aber ich möchte dich vor Enttäuschungen und Herzenskummer bewahren.«

Von Schmerz und Enttäuschungen hatte Kerrin wahrlich genug; nachdem sie so knapp dem Zorn der aufgebrachten Föhringer entronnen war, sah sie für sich erst einmal keine Zukunft mehr auf der Insel. Schweren Herzens hatte sie noch in derselben Nacht ihre Heimat verlassen und war zu ihrem Oheim gereist, der bereits zuvor in seinen Briefen an Göntje angedeutet hatte, er wüsste eine Aufgabe für Kerrin am Hofe. So war sie hierhergekommen und hatte bereits nach kurzer Zeit zu ihrer Erleichterung bemerkt, dass die impulsive Hedwig Sophie so etwas wie ihre Seelenverwandte war, ein Umstand, der ihr das Heimweh und ihre Abneigung gegen das Hofzeremoniell zumindest ein wenig erleichterte.

Friedrich IV. unternahm tatsächlich alles Mögliche, um die Gesellschafterin seiner Gemahlin als Geliebte zu gewinnen. Für Kerrin war es nicht leicht, die hartnäckigen Avancen mit Klugheit und Charme zugleich zurückzuweisen, ohne sich den in sie vernarrten Herzog zum Feind zu machen.

So glücklich sie anfangs über die sich ihr am Hofe bietenden Chancen gewesen sein mochte, so lästig fielen ihr mittlerweile die ständigen Bemühungen, Friedrich und seinen beharrlichen Annäherungsversuchen auszuweichen. Eine Reise nach Schweden kam ihr daher wie gerufen.

Nur mit Angst – vermischt mit Wut und Ekel – erinnerte sich Kerrin der jüngsten Attacke ihres Landesherrn. Die Szene stand ihr noch so genau vor Augen, als habe sie sich eben erst ereignet …

»Genug des Geplänkels, mein verehrtes Fräulein!«

Mit diesem markigen Zuruf gedachte der Herzog, die Festung im Sturm zu erobern, die er offenbar mit friedlichen Mitteln nicht bezwingen konnte. Was nun folgte, war eine höchst unwürdige Rangelei auf einem Diwan im Vorzimmer der herzoglichen Gemächer.

Für Kerrin endete sie mit blauen Flecken, zerzauster Frisur und einer zerfetzten Spitze an ihrem zerrissenen Kleiderausschnitt und für den Schlossherrn mit einer kräftigen Ohrfeige, verrutschter Perücke und einem kräftigen Tritt ans seidenbestrumpfte Schienbein.

Nur purem Zufall war es zu verdanken, dass der Herzog nicht umgehend von seinem Recht als Hausherr Gebrauch machte und Kerrin hochkant hinauswarf: Seine Gemahlin tauchte nämlich just in dem Augenblick auf, in dem ihr sichtlich erregter Gatte seine Hand unter den Röcken ihrer sich heftig zur Wehr setzenden Gesellschafterin vergraben hatte und seine Lippen hartnäckig nach einer Brustwarze ihres entblößten Busens suchten.

Hedwig Sophie versetzte ihrem Gemahl einen Schlag mit ihrem Fächer auf den Rücken und Friedrich fuhr – wütend über die unverschämte Störung – hoch. Als er allerdings sah, *wer* ihn so dreist attackierte, erhob er sich schweigend, rückte seine Perücke gerade und versuchte verschämt, seine unübersehbare Erektion in den engen Seidenpantalons unterzubringen.

Dann schlich er wortlos mit hochrotem Kopf von dannen – wobei Kerrin mit einer gewissen Genugtuung registrierte, dass Seine Durchlaucht hinkte.

Ihre größte Sorge galt der Überlegung, ihre Herrin – und mittlerweile Freundin – könne argwöhnen, sie selbst habe die Attacke des Herzogs durch Koketterie provoziert. Umgehend zerstreute Hedwig Sophie jedoch diese Bedenken: »Hättest du ihm doch zwischen die Beine getreten! Dann wäre wenigstens für eine Weile Schluss mit seinen Eskapaden! Wie satt ich das Ganze mittlerweile habe!«

Am Tag darauf trat Herzog Friedrich IV. eine überraschende

Reise nach Brandenburg an – ohne Nachricht zu hinterlassen, wann er zurückzukehren geruhe.

Eine gewisse Auszeit in Schweden war unter diesen Umständen sehr zu begrüßen, fand Kerrin.

Von der bevorstehenden Reise schweiften ihre Gedanken ab zur allabendlichen Vorlesestunde in den Schlafgemächern der Herzogin, eine von Kerrin sehr geschätzte Gepflogenheit, die allen am Hof bekannt war. Meist wurden dabei keineswegs seichte Liebesromane ausgewählt, sondern Werke des ehemaligen Hofgelehrten Adam Olearius, der leider schon 1671 verstorben war, aber dessen Schriften immer noch durch ihre Brillanz großen Einfluss ausübten.

Olearius hatte lange Jahre in Persien verbracht und nach seiner Rückkehr wurde ihm das Glück zuteil, vom Großvater des jetzigen Herzogs eine Stellung angeboten zu bekommen, wie sie für Gelehrte außerhalb einer Universität nur selten zu finden war. Sein Gehalt war ungewöhnlich großzügig bemessen und erlaubte es ihm, mit international anerkannten Gelehrten auf Augenhöhe zu verkehren. Kerrin war bekannt, dass sich ihr Oheim, Pastor Brarens, sein Leben lang zu dem außerordentlichen Glücksfall gratulierte, bereits als junger Mann mit dieser Koryphäe des deutschen Geisteslebens und der Wissenschaften korrespondiert zu haben.

Für Olearius, der sich leidenschaftlich für Astronomie interessierte, hatte man am Hof zu Gottorf eigens das Amt eines Hofmathematicus geschaffen, eine Funktion, der der umtriebige Mann nur zu gern nachkam und in der er unter anderem die Berechnungen für den international bekannten »Gottorfer Globus« durchführte.

Zudem überwachte er die von einem Büchsenmacher ausgeführte Anfertigung der *Sphaera Copernicana*, ein Modell des kopernikanischen Weltbildes.

Monsieur Lorenz hatte seinem Mündel Kerrin schon vor Jahren von diesen beiden Sehenswürdigkeiten vorgeschwärmt, um die man den Hof zu Gottorf in ganz Europa beneidete. Niemals hätte sich Kerrin damals im Studierzimmer ihres Oheims träumen lassen, diese Wunderwerke einmal mit eigenen Augen betrachten zu dürfen! Der herzogliche Hof war geradezu eine Schatzkammer an spektakulären Zeugnissen moderner Naturwissenschaft und Technik. So wurde im Schloss auch eine höchst beachtenswerte Uhrensammlung verwahrt, ferner gab es ein eigenes optisches Kabinett mit allerlei astronomischen Instrumenten, für die Olearius die Linsen zum großen Teil selbst geschliffen hatte.

Später erhielt er noch das Amt des Hofbibliothekars und des Verwalters sämtlicher Sammlungen der Herzöge, mit Ausnahme der Rüstkammer.

Kerrin, von ihrer herzoglichen Freundin das erste Mal in dieses Reich der Gelehrsamkeit eingeführt, wähnte sich beinahe im Himmel; fast noch mehr als von den Büchern und astronomischen Messgeräten war sie jedoch von der Naturaliensammlung fasziniert. Stundenlang konnten sich die jungen Frauen in diesen Räumen aufhalten. Was gab es da nicht alles an Wunderbarem zu bestaunen: Riesenmuscheln, die in ihrem gewundenen Inneren das Rauschen des Meeres bewahrt zu haben schienen, ausgedehnte, farbenfrohe Korallenwälder, ausgestopfte seltene einheimische wie exotische Tiere, Skelette längst ausgestorbener Arten, fremdartige Früchte, ein »echtes Einhorn« sowie völkerkundliche Objekte: eine fragile Schattenspielfigur aus Java etwa, ein indianischer Tomahawk aus Nordamerika und etwas ganz Besonderes, ein grönländischer Kajak! Aus naheliegenden Gründen fesselte er die Friesländerin ganz besonders …

Kerrin schreckte aus ihren Gedanken hoch, als gerade wieder die Nadel ihren Fingern zu entgleiten drohte.

»Leg endlich die Jacke weg, Kerrin! Du stichst dich ja doch bloß wieder. Außerdem war es eine dumme Idee von mir, ausgerechnet *dich* mit einem Geschenk für den Herzog zu betrauen! Ich werde das sperrige Ding lieber seiner ehemaligen Amme, Frau Amelia Weinberg, geben. Sie vergöttert Friedrich geradezu und versteht es meisterhaft zu sticken.«

Temperamentvoll sprang Hedwig Sophie von dem Diwan auf, auf dem jeweils eine Nachmittagsstunde zu ruhen ihr die Hofärzte auferlegt hatten. Sie lief zu Kerrin und umarmte sie spontan.

»Ich bin Gott jeden Tag dankbar, dass er uns deinen verehrten Oheim an den Hof geschickt hat; und dass dieser kluge Mann den famosen Einfall hatte, dich als meine Gesellschaftsdame kommen zu lassen! Ich weiß nicht, was ich in meinem Unglück sonst getan hätte! Vielleicht wäre ich aus einem der Schlossfenster gesprungen, als ich das erste Mal entdeckte, dass mein Gemahl mich betrügt. Ich war völlig außer mir! Dann aber kamst du und hast mir geholfen, wieder zu einem leidlich zufriedenen Menschen zu werden.

Wir sind beide gleich alt, Kerrin – was ich oft kaum glauben kann, so gescheit und gebildet wie du bist. Ich bin zwar auch nicht gerade dumm, aber von dir kann ich jeden Tag etwas lernen.« In den letzten Satz hatte die Herzogin durchaus eine gewisse Koketterie einfließen lassen.

»Übertreibe nicht, Hedwig Sophie!«, wehrte Kerrin bescheiden ab. »Auch ich profitiere vom täglichen Umgang mit dir! Als ich, die unbedarfte Friesendeern, in Gottorf ankam, hätte ich niemals geglaubt, dass eine leibhaftige Herzogin mir jemals ihre Freundschaft antragen würde. Allein dank deiner geduldigen Anleitung weiß ich mich unter Adeligen und anderen vornehmen Personen zu bewegen, ohne ständig unangenehm aufzufallen. Schon meiner bäurischen Tischmanieren wegen hätte man mich spätestens nach der ersten Mahlzeit in die Bedienstetenküche verbannt! Ich gestehe, dass auch ich dem Herrgott auf Knien danke, dass er mich von der Insel, deren Bewohner mich so schwer enttäuscht haben, weggeholt hat.« Bei diesen Worten fiel ein Schatten über Kerrins Gesicht, der der aufmerksamen Hedwig Sophie nicht entging.

»Du übertreibst, meine liebe Kerrin! Ein kleiner Teil der Bevölkerung war es nur, der dich glühend beneidet und ge- hasst hat, liebste Freundin! Du hattest allerdings Glück, dass dein Bruder noch rechtzeitig eingreifen konnte, ehe Schlim- meres geschehen ist. Aber lass uns von etwas Angenehmerem sprechen, Kerrin: von unserer baldigen Reise nach Schweden. Ich kann es kaum noch erwarten!«

Kerrin unterdrückte gewisse medizinische Bedenken, die sie plagten. Hedwig Sophie war schließlich jung und gesund und hatte trotz dreimonatiger Schwangerschaft keinerlei Beschwer- den; und was sich die Herzogin einmal in den Kopf gesetzt hatte, davon vermochte sowieso kein Mensch sie abzubringen – eine Charaktereigenschaft, die Kerrin durchaus vertraut war.

NEUNUNDFÜNFZIG
Aufenthalt in Schweden –
der Große Nordische Krieg beginnt

KERRIN WAR UNGEHEUER GESPANNT auf das Land im Nor- den, in dem ihre beste Freundin aufgewachsen war. Sie freute sich auf Elche, auf Braunbären und Wölfe, von denen Hedwig Sophie ihr stundenlang berichtete – und nicht zuletzt auf die

545

Trolle, von denen es im hohen Norden angeblich nur so wimmelte …

Je näher die jungen Frauen Schweden kamen, desto aufgeregter und ausgelassener wurden sie. Die unglücklich verheiratete Herzogin schien mit jedem Wegstück, das sie zurücklegten, ihre gedrückte Stimmung mehr zu vergessen und wurde am Ende wieder zu der unbeschwerten Frohnatur, die sie von jeher gewesen war.

Wie verwandelt zeigte sich auch Kerrin. Sie fand es herrlich, so unbeschwert zu reisen. Am wohlsten fühlte sie sich, als sie mit ihrem Tross von Zofen, Bediensteten, Soldaten, einem Arzt und einem jungen Geistlichen das Schiff bestiegen, das sie über die Ostsee in Schwedens Hauptstadt bringen sollte.

Ein kurzer Landgang war geplant auf Bornholm und ein weiterer Aufenthalt auf Gotland; hier würde Hedwig Sophie einen Teil ihrer Verwandtschaft aufsuchen.

Vom unüberhörbaren Donnergrollen, das den gesamten Norden des europäischen Kontinents überzog, waren die jungen Frauen weitgehend abgeschirmt. Dass etwas »nicht in Ordnung war«, ahnte man zwar schon lange, doch die ständigen Querelen, die diplomatischen Verwicklungen, politischen Missstimmungen und kleineren Scharmützel gehörten sozusagen zum Alltag und regten die meisten nicht ernsthaft auf. Der Mehrheit lag der Gedanke an einen wirklichen Krieg, verbunden mit Gräueln und Blutvergießen, fern – immerhin wirkte »der Dreißigjährige« im kollektiven Gedächtnis der Völker noch nach.

Hedwig Sophie und ihre Vertraute Kerrin genossen den Aufenthalt in Stockholm ungemein. Der Bruder der Herzogin, König Karl XII., noch keine achtzehn Jahre, freute sich darüber, die Gesellschaft seiner »großen« Schwester zu genießen, und ließ es sich angelegen sein, sie aufs Angenehmste zu unterhalten. Auf manche Vergnügungen wirkte ihre Schwangerschaft zwar bremsend, aber Hofbälle waren – bei gewisser Umsicht und nicht zu langer Dauer – nach Ansicht der Ärzte noch vertretbar und Ausflüge in die umliegenden Wälder und zu den zahlreichen Seen boten sich in den Sommermonaten förmlich an.

Ältere weibliche Verwandte und Hofdamen waren allerdings entsetzt, als Hedwig Sophie den Wunsch äußerte, »wenigstens als unbeteiligter Zaungast« an einer Elchjagd teilnehmen zu dürfen.

»Es weckt in mir wunderschöne Erinnerungen an die Jagdausflüge mit meinem geliebten Vater«, gestand sie, als auch Kerrin die Stirn runzelte. Man einigte sich darauf, dass die jungen Damen von einer gut bewachten Stelle im Wald aus die Hatz miterleben sollten.

Kerrin, die neben Walen auch Enten, Schollen und Heringe als fühlende und leidende Wesen ansah, vermochte erst recht der Tötung eines prächtigen Elchbullen nichts abzugewinnen. Aber um ihre Freundin nicht zu brüskieren, schwieg sie dazu und kleidete ihre diesbezüglichen Bedenken lieber in die durchaus angebrachte Sorge um die Sicherheit der schwangeren Freundin.

Ihre Duldung ging allerdings nicht so weit, Begeisterung zu heucheln, wo sie persönlich Abscheu empfand; in ihren Augen wäre es einem Verrat an ihrer Überzeugung gleichgekommen, dass auch Tiere eine Seele besaßen.

Hedwig Sophie, eine sehr feinfühlige junge Frau, spürte Kerrins Widerwillen. »Ich bitte dich um Vergebung, liebste Freundin«, begann sie, nachdem die königlichen Jäger nach uraltem Brauch der erlegten Beute durch ein bestimmtes Hornsignal ihre Ehrerbietung erwiesen hatten. »Ich werde

dich nie mehr darum ersuchen, mich zu einer Jagd zu begleiten. Ich habe nicht daran gedacht, wie sehr du Tiere liebst. Es
tut mir aufrichtig leid, Kerrin!«

Kerrin durchrieselte unwillkürlich ein warmes Gefühl der
Dankbarkeit. Noch niemals zuvor hatte sie eine Freundin wie
diese besessen. Auf Föhr hatte man sich über ihre Tierliebe,
die man als maßlos übertrieben empfand, stets nur lustig gemacht. Selbst bei ihren Kindheitsfreundinnen traf sie in diesem Punkt nur auf wenig Verständnis.

Trotz aller Vergnügungen, die das tägliche Leben bei Hofe auf-
lockerten, ja sogar bestimmten, ließen sich die politischen All-
tagsgeschäfte nicht ausklammern. Hedwig Sophie hatte ihren
Bruder ausdrücklich darum ersucht, über Neuigkeiten – auch
unangenehmer Art – genauestens unterrichtet zu werden.

Die Tatsache, dass nicht nur aus dem Osten, aus Polen
und Russland, beunruhigende Nachrichten überbracht wurden, sondern auch der neue dänische Herrscher Friedrich IV.
sich für eine mögliche Konfrontation zu rüsten schien, veranlasste die Frauen, die Heimreise vorzubereiten: Ende des Jahres würde die Herzogin schließlich niederkommen und man
wollte auf jeden Fall unbehelligt nach Hause kommen.

Reisedatum und -route waren festgelegt, da erkrankte Hedwig Sophie und an eine Abfahrt war nicht mehr zu denken. Zuerst argwöhnten die Hofärzte, es handle sich um die Pocken,
und das Entsetzen ob eines möglichen Ausbruchs der Seuche,
gegen die man kein wirksames Mittel kannte, war dementsprechend groß.

Kerrin widersprach dieser Diagnose von Anfang an auf das
Lebhafteste; nach ihrem Dafürhalten sprach nichts für eine
derartige Erkrankung. Aber natürlich hörte keiner der stolzen Hofmedici auf eine junge Frau, die keinerlei medizini-

sches Studium vorzuweisen hatte. Man isolierte die Kranke im Schloss, so gut es ging. Nur noch wenige wagten sich in ihre Gemächer. Insgeheim waren alle froh, dass Kerrin offenbar keine Angst vor einer Ansteckung zu haben schien. In der Hauptsache blieb es demnach ihr überlassen, die Prinzessin zu pflegen und zu versorgen.

Erst nach einigen bangen Wochen mit starken Kopfschmerzen, häufigem Erbrechen, wiederholten Fieberschüben und großer Mattigkeit, die das Schlimmste für Mutter und Kind befürchten ließen, wurde durch die Leibärzte des Königs Entwarnung gegeben.

Die Pocken waren es jedenfalls nicht gewesen – auch wenn niemand zu sagen wusste, *was* letzten Endes die Herzogin für fast zwei Monate aufs Krankenlager verbannt hatte. Es hatten sich auch keine der vor allem von Frauen so gefürchteten Pusteln mit anschließender entstellender Narbenbildung gezeigt.

»Ich weiß auch nicht, woran du gelitten hast, Hedwig Sophie. Es war jedenfalls nicht ungefährlich. Aber ich bin davon überzeugt, dass du alles gut überstanden hast – und dass auch deinem Kind nichts geschehen ist«, versicherte Kerrin nicht ohne Erleichterung der noch sehr geschwächten Patientin.

Dass sie ihre Gewissheit einem »Gesicht«, verdankte, das sie gleich zu Beginn der Erkrankung der Herzogin hatte, verschwieg sie. Trotz aller Vertrautheit mit Hedwig Sophie schämte sich Kerrin zuweilen immer noch über ihr »Anderssein« … Zudem gab sie nicht gerne Auskunft über ihre Visionen, die kamen und gingen, ohne dass sie ihnen in irgendeiner Form gebieten konnte und die sie nicht selten selbst in Angst versetzten.

»Jedenfalls bist du noch viel zu schwach, um eine Reise anzutreten, liebste Freundin. Außerdem sind die Wege inzwischen nicht mehr sicher. Überall sollen inzwischen Soldaten sein! Am besten ist es, du bleibst einstweilen in Stockholm und wartest hier die Geburt ab – und danach sehen wir weiter!«

Diesen Standpunkt vertrat auch der um seine hochschwangere Schwester besorgte Karl XII. Es war demnach beschlossene Sache, dass der holsteinische Erbe statt in Gottorf in Schweden das Licht der Welt erblicken sollte.

Bei dieser Geburt, die eigentlich alle für problemlos gehalten hatten – auch Kerrin war von einer ziemlich leichten Entbindung ausgegangen – zeigte sich, wie unberechenbar die Natur sein konnte. Nach einem ganz normalen Wehenbeginn und etlichen Stunden, in denen die Wehen bereits in kurzen und regelmäßigen Abständen kamen, zeigten sich urplötzlich Komplikationen: Der Geburtsvorgang geriet ins Stocken. Noch waren die Herztöne des Kindes kräftig und erfolgten in angemessenem Rhythmus, aber wie lange mochte das so bleiben? Frau Solveig, die königliche Hebamme, die bereits dem König und seiner Schwester Hedwig Sophie ans Licht der Welt verholfen hatte, geriet allmählich in Panik, als sich ihre gesamte Hebammenkunst als nutzlos erwies. Kerrin litt mit der Freundin mit, als sie Zeugin wurde, wie diese sich vergeblich bemühte, den Geburtsvorgang durch verstärktes Pressen erneut voranzutreiben. In ihrem rechten Augapfel waren bereits die Äderchen geplatzt und die Anstrengung war ihr anzusehen, hatte doch die lange Krankheit ihre Kraftreserven verbraucht. Die Geburtshelferinnen zogen sich unmerklich in die hinterste Ecke des Zimmers zurück und begannen zu tuscheln. Kerrin, die über ein ausgezeichnetes Gehör verfügte, hörte, wie eine der Frauen etwas von »bösem Zauber« und »Behexung« der Herzogin murmelte …

Kerrin war derlei dummes Weibergeschwätz von Föhr gewöhnt – einfache Frauen wussten es eben nicht besser. Alles, was man nicht erklären konnte, musste mit Zauberei zu tun haben. Allerdings gab es ihr zu denken, dass man selbst an einem Königshof von primitivstem Aberglauben nicht frei war.

Sie bedauerte es jetzt zutiefst, nicht noch mehr von Moicken Harmsen gelernt zu haben. Alles, woran sie sich erinnerte, hatte Frau Solveig bereits zur Anwendung gebracht. Sogar Salbeiöl in stärkster Konzentration rieb man der Herzogin in die Haut des Unterleibs und ihrer Schamteile ein. Das Öl förderte erwiesenermaßen die Kontraktionen der Gebärmutter, doch auch dieser Versuch schien vergeblich. Die ältliche Wehmutter wandte sich schließlich in ihrer Verzweiflung an Kerrin.

»Mein liebes Kind, kennen *Sie* vielleicht noch irgendeine Maßnahme, die wir noch versuchen könnten?«

Sie klang dabei sehr hoffnungslos und demütig.

Kerrin zermarterte sich das Gehirn. Inzwischen war Hedwig Sophie vollkommen erschöpft und die Herztöne des Kindes wurden bereits schwächer.

Um Zeit zu gewinnen, schlug Kerrin Folgendes vor: Man möge der Herzogin doch eine kleine Erholungspause gönnen. Ihre Durchlaucht müsse Kräfte sammeln, um anschließend bei der Geburt wieder »beherzt mitarbeiten« zu können.

Dankbar griff die königliche Hebamme dies auf. Sie selbst bedurfte ebenso dringend einer Unterbrechung – schließlich war sie nicht mehr die Jüngste. Ehe Kerrin sichs versah, hatten die Wehmutter und ihre Helferinnen das Schlafzimmer der Gebärenden beinahe fluchtartig verlassen, wenn auch mit dem Versprechen, »bald wiederzukommen, um nach dem Rechten zu sehen«.

Kerrin saß jetzt allein am Bettrand und blickte voll Mitleid auf ihre Freundin, die sich entsetzlich quälte. Kurzentschlossen flößte sie der Ärmsten etwas Mohnsaft ein, der sich unter

551

den Arzneien fand, die Frau Solveig auf einer Kommode hatte stehen lassen.

»Trink das, meine Liebe«, bat sie Hedwig Sophie, die, mittlerweile bleich und abgezehrt und mit vor Schmerz zerbissenen Lippen, in den schweißnassen Kissen lag. »Der Trank wird dir die ärgsten Schmerzen nehmen. Vielleicht kannst du ein wenig schlafen.«

In der Tat dauerte es nur wenige Minuten und die Herzogin sank in einen unruhigen Schlummer. Kerrin nutzte dies, um den Tupilak, den sie nach ihrer Gewohnheit in einem kleinen Stoffbeutel um den Hals trug, hervorzuholen, ihn in beide Hände zu nehmen und nachdenklich auf das Amulett zu starren.

Diesmal geschah es wohl nicht aus schnödem Eigennutz, wenn sie die Hilfe ihres Talismans in Anspruch nahm. Der Schutzgeist sollte vielmehr dazu beitragen, Gutes zu tun, indem er es einer jungen Frau ermöglichte, Mutter zu werden. Kerrin schloss die Augen und flehte den heidnischen Gott inständig an, die Barriere zu beseitigen, die dem neuen Leben den Eintritt in die Welt verwehrte. Während sie Zwiesprache hielt mit dem leblosen Gegenstand, spürte sie auf einmal die gewaltige Hitze, die er verströmte. Kaum vermochte sie noch, das sich glühendheiß anfühlende Amulett in den Händen zu halten: für Kerrin ein untrügliches Zeichen, dass ihre Bitte erhört werden würde.

Der kleine Carl Friedrich wurde kurz darauf gesund, ohne weitere Komplikationen und nur mit der Hilfe Kerrins geboren: Es mangelte an der Zeit, um Frau Solveig noch rechtzeitig herbeizurufen. Der Hof war höchst erfreut über diese Wendung des Schicksals, aber auch sehr verwundert; man munkelte so allerlei über die junge bürgerliche Gesellschafterin der Prinzessin, die nahezu Unmögliches zustandegebracht hatte.

Anfang des Jahres 1700 gelangte eine Depesche nach Schleswig-Holstein, des Inhalts, dem Land sei ein männlicher Erbe geschenkt und Mutter und Kind befänden sich wohlauf. Allerdings dauerte es eine gute Weile länger als erwartet, bis diese Nachricht den Vater des Knaben erreichte. Der herzogliche Hof weilte nämlich längst nicht mehr in Gottorf, sondern hatte sich in die Festung Tönning zurückgezogen.

Dieser Ortswechsel hatte sich leider als nötig erwiesen, da der dänische König Friedrich IV. versuchte, den Dauerkonflikt mit Gottorf auf gewalttätige Weise zu lösen. Dabei machte er sich die Tatsache zunutze, dass Zar Peter von Russland und Sachsen-Polen und nicht zuletzt er selbst im Jahre 1700 einen Krieg gegen Schweden begannen, der bald schon mit der Bezeichnung »Großer Nordischer Krieg« in die Geschichte eingehen sollte.

Dänische Truppen drangen in Schleswig-Holstein ein und Herzog Friedrich und sein Hof wurden in Tönning belagert – allerdings erfolglos.

Dänemark stellte sich ohne zu zögern an die Seite Russlands und Sachsen-Polens, Ländern, denen es bekanntlich darum ging, die schwedische Vormachtstellung an der Ostseeküste von Vorpommern bis Finnland zu beenden.

Die Festung Tönning ergab sich zwar nicht, aber König Friedrich ließ trotzdem große Teile Schleswig-Holsteins besetzen. Er war sicher, dies ungestraft zu tun, denn die Lage erschien so günstig wie noch nie. Waren doch derzeit der deutsche Kaiser und die Franzosen im Süden beschäftigt: Just im gleichen Jahr 1700 verstarb der spanische König kinderlos; damit war diese Linie der Habsburger erloschen. Eigentlich war jetzt Österreich-Habsburg an der Reihe, den spanischen Thron zu besteigen – aber auch das französische Königshaus Anjou meldete Herrschaftsansprüche an.

»König Friedrich von Dänemark glaubt, die Großmächte hätten anderes zu tun, als ihm auf die Finger zu sehen, wenn er sich ganz Schleswig-Holstein widerrechtlich einverleibt.«

Herzog Friedrich IV. stimmte den Worten seines Hofgeistlichen nickend zu. In der düsteren Halle der teilweise zerstörten Festung Tönning hatte er seine Berater um sich geschart, zu denen er auch Pastor Brarens zählte – was nicht unbedingt auf die Gegenliebe einiger Adelsherren stieß.

Aber Friedrich schätzte den friesischen Geistlichen sehr und zog dessen pragmatische Sichtweise nicht selten den Ratschlägen seiner unflexiblen Minister vor; daher hatte er Kerrins Onkel in der Stunde der Not erneut an seinen Hof berufen.

Monsieur Lorenz vertrat auch die Meinung, man dürfe ihren Verbündeten, Karl XII. von Schweden, trotz seiner jungen Jahre nicht unterschätzen. Er glaubte, Schweden und das verbündete Kurhannover würden in Dänemark und Schleswig-Holstein einrücken und die dänischen Besatzer vertreiben.

»Wenn ich noch eine weitere Prognose wagen dürfte, Durchlaucht, würde ich sagen, dass sogar England und die Niederlande Schiffe entsenden werden, um gleichzeitig Kopenhagen von See her anzugreifen.«

»Pures, durch nichts gerechtfertigtes Wunschdenken, Durchlaucht!«, erteilte einer der adligen Herren dem bürgerlichen Geistlichen eine Abfuhr. Was verstand ein Pfaffe schon vom Krieg? Der Herzog aber teilte im Stillen Monsieur Lorenz' Meinung.

Angespannt verfolgten Hedwig Sophie, die sich – unter anderem mit Kerrins Hilfe – von den Strapazen der Geburt erholte, sowie ihre treue Freundin die politischen Ereignisse, die sich geradezu überschlugen. Der kleine Carl Friedrich gedieh indes prächtig und es war längst überfällig, ihn seinem stol-

zen Vater zu präsentieren. Alles, was Kerrins Oheim prophe-
zeit hatte, traf schließlich tatsächlich ein! Am 18. August 1700
musste der Dänenkönig kapitulieren und einem Friedens-
schluss zustimmen.

»Das Herzogtum erhält alle seine Rechte vom Jahr 1689 erneut bestätigt, Hedwig Sophie«, jubelte Kerrin in Stockholm.
»Wir können packen und nach Gottorf zurückkehren.«

Wer nun geglaubt hatte, der Krieg sei bereits vorbei, der irrte
allerdings. Er verlagerte sich lediglich ins Baltikum. Im gleichen Jahr noch besiegten die Truppen Karls XII. die Armee
Zar Peters. Die Schweden zogen anschließend weiter gegen
Polen und Sachsen.

Dem unbedeutenden Herzogtum Schleswig-Holstein hätte
die große Weltpolitik eigentlich gleichgültig sein können. Mit
Leichtigkeit wäre es dem Herzog jetzt möglich gewesen, sich
und sein kleines Land unbeschadet aus diesem Krieg zu retten.
Dem stand jedoch sein brennender Ehrgeiz entgegen.

Der Gottorfer Friedrich IV. zog an der Seite seines Freundes und Schwagers, des schwedischen Königs Karl, in den
Großen Nordischen Krieg. Wie berauscht von der Aussicht auf
Ehre und Ruhm übernahm er sich dabei auch finanziell. Um
weiter an dem schwedischen Feldzug teilnehmen zu können,
erwog er sogar – zum Entsetzen seiner eher auf Sparsamkeit
bedachten Gemahlin Hedwig Sophie – das Herzogtum zu ver-
pachten.

Kerrin, die inzwischen eine der Gouvernanten des kleinen
Thronfolgers geworden war, versuchte, der Freundin, die bereits den Ruin ihres Herzogtums befürchtete, Trost zu spenden, eine Rolle, die ihr inzwischen nur allzu vertraut war – und
gleichzeitig ein schwieriges Unterfangen: So konnte Kerrin
doch nichts von dem ausplaudern, was ein Traum, in dem sie

Herzog Friedrichs Schicksal voraussah, ihr verraten hatte. In letzter Zeit traten diese »Blicke in die Zukunft« wieder häufiger auf; und meist handelte es sich um düstere Prognosen.

So fand sie sich eines Nachts in einem überraschend realistischen Schlachtengetümmel wieder, in dem sie zunächst nichts Genaues zu erkennen vermochte; dann jedoch verharrten ihre entsetzten Blicke auf einer imposanten Reitergestalt in blaurotem Umhang und silbernem Brustharnisch. Er gab seinem Schlachtross die Sporen, um es anzutreiben, und zwar mitten hinein in ein Knäuel wie rasend kämpfender Gegner und sich ineinander verkeilender Pferde. Zu ihrem Entsetzen erkannte sie in ihm Hedwig Sophies Gemahl …

Die berittenen Feinde hieben mit Säbeln aufeinander ein, während im Hintergrund Fußsoldaten ihre Feuerwaffen sprechen ließen und in etwas weiterer Entfernung Kanoniere ihre in Stellung gebrachten Geschütze luden.

Der Gottorfer Herzog hielt sich wacker; auf einmal taumelte er jedoch im Sattel, der Säbel entglitt seiner Faust, er rutschte seitlich von seinem Pferd und kam rücklings auf der von Hufen zertrampelten Erde zu liegen. Sein Blut spritzte in hohem Bogen aus einer faustgroßen Wunde an der Leiste und sein Mund war geöffnet wie zu einem Schrei. Aber in dem herrschenden Schlachtenlärm konnte Kerrin ihn nicht hören.

Mit erstaunlicher Klarheit ging ihr durch den Kopf, dass Hedwig Sophies Gemahl den Blutverlust nicht überleben konnte.

Kerrins »Gesicht« bewahrheitete sich am 20. Juli 1702. Friedrich IV. fiel in Polen in der Schlacht von Klissow durch den Treffer einer feindlichen Kanonenkugel. Er hinterließ eine Witwe, die erst einundzwanzig Jahre zählte, und einen Sohn von zwei Jahren.

SECHZIG
Kerrin zieht es nach Föhr zurück

»EIGENTLICH BIN ICH DOCH ein schlechtes Weib – oder etwa nicht?«

Kerrin, die mit dem kleinen Carl Friedrich auf dem Boden kauerte, hob erstaunt den Blick und fasste die Herzogin scharf ins Auge.

»Was meinen Sie damit, Madame?«

Da es Kerrin schien, ihre Freundin wünsche eine längere Aussprache, erhob sie sich vom spiegelglatten Parkettboden im Boudoir der Herzogin. Sie hatte mit dem kleinen Jungen sein Lieblingsspiel »Reiterattacke« gespielt, mit seinen geliebten bunten Spielzeugsoldaten auf hölzernen Pferdchen.

Der Sohn der Herzogin hängte sich an Kerrins seidene Röcke, blickte sie verschmitzt an und streckte dann auffordernd seine Ärmchen nach oben. »Aufheben!«, verlangte der kleine Schelm mit dem goldblonden Lockenkopf. Kerrin, die dem bildhübschen Knaben, der so früh seinen Vater verloren hatte, nichts abschlagen konnte, tat, was der künftige Herzog von ihr forderte.

»Oh je! Sind Eure Durchlaucht aber schwer geworden! Ich schaffe es kaum noch, Durchlaucht auf den Arm zu nehmen!«

Kerrin tat so, als breche sie unter der Last zusammen.

Der dreijährige Carl Friedrich jubelte entzückt, aber seine Mutter hatte in diesem Augenblick anderes im Sinn, als sich von ihrem Söhnchen ablenken zu lassen.

»Mein Sohn, du hast eigene Beine! Ich bitte dich, benütze sie! Lauf zu Frau von Fallingbostel. Ich habe etwas mit Frau Rolufsen zu besprechen.«

Die Freifrau von Fallingbostel war die Erste Kinderfrau des Erben von Schleswig-Holstein-Gottorf und Carl Friedrich, den Kerrin inzwischen wieder auf den Boden gestellt hatte, wackelte gehorsam auf seinen stämmigen Beinchen zu der Genannten hinüber, die damit beschäftigt war, ein riesiges Blumengesteck in einer chinesischen Vase gefällig zu arrangieren.

»Wie ich das gemeint habe? Fragst du das im Ernst, Kerrin?«

Die Herzoginwitwe sprach mit gedämpfter Stimme; sie schien keineswegs zu Scherzen aufgelegt. »Ich denke, du weißt sehr genau, was ich damit ausdrücken möchte! Oder hast du jemals eine Ehefrau getroffen, die so wenig um ihren Gatten trauert, wie ich es tue? Es ist noch kein Jahr vergangen und ich denke kaum noch an Friedrich.«

»Aber Hedwig Sophie! Ich bitte dich! Wie sollte es denn auch anders sein? Bedenke das distanzierte Verhältnis zwischen euch beiden! Außerdem warst du zu Anfang sehr betroffen, als die Todesnachricht eintraf! Dass Friedrich als Kriegsheld gestorben ist, mag dich zwar ein wenig getröstet haben, dennoch hast du doch unter dem Verlust deines Gemahls gelitten – und sei es nur deswegen, dass dein Sohn nun Halbwaise ist und ohne seinen Vater, nur mit einem Vormund, aufwachsen wird. Dass du selbst nicht sehr lange um deinen Gemahl getrauert hast, werden alle, die ihn gekannt haben, verstehen. Friedrich war nicht gerade das, was eine Ehefrau sich unter einem liebenden Gatten vorstellt – wenn mir diese Bemerkung gestattet ist. Du und Friedrich habt doch nur mehr oder weniger nebeneinanderher gelebt. Ich finde, wenn es zu Lebzeiten keine Liebe gegeben hat, soll man auch nicht nach dem Tod eines Ehepartners heuchlerisch vortäuschen, es habe eine tiefe Zuneigung bestanden. Du bist noch so jung, Hedwig Sophie! Außerdem schön und klug – und eine nicht ganz unvermögende Witwe. Sobald das Trauerjahr vorüber ist, werden die edlen Herren sich darin überbieten, dir ihr Herz zu Füßen legen zu dürfen!«

»Auf Letzteres lege ich keinen Wert, liebste Freundin! Der Ehestand erscheint mir nicht mehr erstrebenswert. Da geht es mir ähnlich wie dir, meine liebe Kerrin. Was ist eigentlich aus deiner Liebesgeschichte mit dem Freiherrn Claus von Pechstein-Manndorf geworden? Ich hörte bereits die Hochzeitsglocken läuten und befürchtete schon, dich als meine Vertraute und über alles geliebte Kinderfrau Carl Friedrichs zu verlieren!«

Kerrins Miene verdüsterte sich bei den letzten Worten der Herzogin. Seit Wochen bemühte sie sich, diesen Herrn aus ihren Gedanken zu verbannen. Allzu sehr hatte Claus von Pechstein sie enttäuscht und verletzt. Der charismatische Edelmann, der in seiner Funktion als politischer Berater am herzoglichen Hof ein und aus ging, hatte es ihr vom ersten Augenblick an angetan. Ja, er war überhaupt der erste Mann in Kerrins Leben, der auch bei ihr all jene Symptome hervorrief, die sie zuvor immer als typisch weiblich und in hohem Maße lächerlich abgetan hatte: Herzklopfen, weiche Knie, plötzliches, heftiges Erröten und so manche schlaflose Nacht … Bald schon hatte sich zwischen ihnen eine leidenschaftliche Affäre entsponnen, die sich zwischen verstohlenen nächtlichen Besuchen und ausgedehnten Spaziergängen im Park abspielte.

Als Claus von Pechstein bemerkte, dass die aus ganzem Herzen verliebte Kerrin sich nichts sehnlicher wünschte, als das Band der Zuneigung zwischen ihnen enger zu knüpfen, hatte er ihr allerdings vorsichtig, aber dennoch sehr deutlich zu verstehen gegeben, dass sie »als friesisches Inselmädchen« niemals als Braut für ihn infrage käme.

Da er selbst darüber zutiefst unglücklich war und unsicher,

wie er es am besten ausdrücken sollte, waren seine Worte brüsker ausgefallen als beabsichtigt.

Kerrin fiel aus allen Wolken: »Mein bürgerlicher Stand hat dich doch bisher nicht gestört! Weshalb auf einmal dieser Sinneswandel, Claus?«

Wie naiv sie doch gewesen war!

Der noble Herr ließ sie wissen, er werde sich in Kürze mit einer Baronesse zu Schönfeld-Winterberg verloben. »Meine Ehefrau muss einen Titel haben – schon wegen der Kinder. So sind nun einmal die strengen Regeln bei uns! Das musst du doch verstehen, Liebste.« Der Blick, mit dem er sie dabei bedachte, schien einem kleinen Jungen zu gehören, der etwas angestellt hatte und nun darauf wartete, dass ihm vergeben würde …

Gleich darauf wagte er es, sie zu bitten, weiterhin seine Geliebte zu bleiben. Ja, er erwartete ganz offensichtlich, dass sich an ihrem Verhältnis auch in Zukunft nichts änderte – ein Ansinnen, das sie empört von sich wies. Was er wiederum nicht verstehen konnte. So handhaben es doch schließlich viele Paare!

»Ich liebe diese langweilige Baronesse doch überhaupt nicht! Und an Schönheit übertriffst du sie bei Weitem; aber du weißt doch: Adel verpflichtet. Meine Familie würde mich verstoßen, ließe ich es mir einfallen, eine Bürgerliche zu ehelichen.«

Kerrin fühlte sich, als habe ihr Geliebter ihr einen Kübel Eiswasser über den Kopf gegossen. Fast schon empfand sie Mitleid mit der zukünftigen Ehefrau, für die das Bündnis fürs Leben mit einer solchen Demütigung beginnen würde. Maßlos enttäuscht von ihrem Liebhaber ersparte sie sich den Hinweis, dass er wenigstens *vorher* mit ihr hätte darüber sprechen müssen. Er aber hatte es feige vorgezogen, sie vor vollendete Tatsachen zu stellen.

Pikanterweise hatte ihr Claus von Pechstein die Neuigkeit ausgerechnet mitgeteilt, als beide zusammen in Kerrins Bett lagen, in dem sie sich gerade geliebt hatten. Tatsächlich hielten sie sich noch in den Armen, ihre Glieder waren immer noch ineinander verschlungen und Kerrin wusste nicht recht, wie ihr geschah. Nachdem sie ihren Geliebten eine Weile ratlos angesehen hatte, packte sie plötzlich unsagbare Wut.

In ihrer Verbitterung unterließ sie es, ihn vom Angebot der Herzogin zu unterrichten, ihr wegen ihrer besonderen Verdienste während der Geburt des künftigen Landesherrn einen Adelstitel zu verleihen. Es hatte Kerrin, die seinerzeit keinerlei Wert darauf legte, viel diplomatisches Geschick gekostet, die Freundin davon abzubringen, ohne diese vor den Kopf zu stoßen. Jetzt hätte es sie nur ein einziges Wort gekostet und Hedwig Sophie würde ihr Angebot wahrmachen. Aber unter diesen Umständen verbot Kerrins Stolz die Annahme der herzoglichen Wohltat.

Mit kaltem Blick – obwohl es ihr das Herz zerriss – und frostiger Stimme hatte sie sich von ihm losgerissen und den Ungetreuen aufgefordert, sich umgehend zu erheben, sich anzukleiden und nicht nur aus ihrem Boudoir, sondern auch für immer aus ihrem Leben zu verschwinden. Beleidigt und ohne ein weiteres Wort war der Geliebte abgezogen.

Kerrin sorgte allerdings dafür, dass Claus von Pechstein nach seiner Vermählung auf verschlungenem Wege von Hedwig Sophies Angebot, sie in den Adelsstand zu erheben, Kenntnis erhielt. Dieser winzigen Rache konnte sie sich nicht enthalten.

Die Nachricht, Claus bereue seinen Entschluss bitter, sie fallengelassen zu haben, erfüllte sie zwar mit einer gewissen Genugtuung, aber der Schmerz über die Enttäuschung und Demütigung saß noch immer sehr tief. Sie kam nicht umhin sich einzugestehen, dass der gutaussehende und gebildete Freiherr der erste Mann in ihrem Leben gewesen war, den sie vorbehaltlos geliebt hatte. Umso grausamer der Schlag, den er ihr versetzt hatte. Nie mehr würde sie sich davon erholen – und sie wollte es auch gar nicht, dachte sie voll Trotz.

»Der Freiherr und ich haben uns vor seiner Heirat einvernehmlich getrennt«, erwiderte Kerrin jetzt kurz angebunden; Hedwig Sophie drang nicht weiter in sie, der finstere Gesichtsausdruck ihrer Vertrauten sprach Bände.

»Aber, was deine Befürchtung angeht, liebste Freundin, ich könnte Gottorf verlassen, das wird in Kürze tatsächlich wahr werden«, platzte Kerrin heraus. Was nützte es, die Herzogin weiter im Ungewissen zu halten? Es erschien ihr nicht richtig, ihren Entschluss noch länger vor Hedwig Sophie zu verheimlichen.

Diese erschien ehrlich erschüttert. »Aber weshalb nur, Liebste? Gefällt es dir bei mir nicht mehr? Bist du mit irgendetwas unzufrieden? Kann ich dir irgendeinen besonderen Wunsch erfüllen? Ich werde alles tun, um dich zum Bleiben zu überreden!«

Die Herzogin rang hilflos die Hände. Die Ankündigung Kerrins, dem Hof Lebewohl zu sagen, erschien ihr wie ein Paukenschlag, auch wenn sie sich in ihrem tiefsten Inneren eingestehen musste, dass sie immer geahnt hatte, dass es die Freundin, die so ganz ein Kind des Meeres und der Natur war, eines Tages nach Föhr zurückziehen würde.

»Ich bin mit dir zusammen sehr glücklich gewesen, Hedwig Sophie. Eigentlich war es die schönste und glücklichste Zeit meines Lebens. Ich habe auch keinen Wunsch, den du mir erfüllen könntest. Bis auf den einen: Bitte erlaube mir, nach Föhr zurückzukehren!« Eindringlich sah Kerrin die Herzogin an, ihre meergrünen Augen erschienen noch größer und bewegter als sonst.

»Ja, natürlich sollst du Urlaub erhalten, liebste Freundin! Lass dir Zeit, so viel du willst – aber sag mir nicht für immer Lebewohl! Das ertrüge ich nicht! Umgeben von einer ganzen Schar charmanter Damen, besitze ich doch nur eine einzige wahre Freundin – und das bist du, Kerrin!« Hedwig Sophie, die mindestens ebenso beharrlich wie Kerrin sein konnte, wollte so schnell noch nicht aufgeben.

»Und daran – das schwöre ich dir – wird sich auch in Zukunft nichts ändern!«, beeilte sich Kerrin der Herzogin zu versichern. »Aber ich ertrage das Heimweh nach meiner Insel nicht länger! Ich bin traurig und sehne mich nach ihr – und auch nach ihren Bewohnern.

Ich vermisse die unendliche Weite des Himmels, den Geruch des Wattenmeers, den Sturm und die Brandung, das Geschrei der Möwen und die glitzernden Wellen der See. Und ich sehne mich nach Ebbe und Flut – und nach den Gebräuchen und Gewohnheiten der Föhringer. Ja, trotz allem, was mir widerfahren ist, vermisse ich diese Menschen!

Die Rauheit der Insulaner, ihre Schroffheit, die scheinbare Kargheit ihrer Gefühle, aber auch ihre Sanftmut, ihre Stärke und Geduld, ihre aufrichtige Liebe zur Heimat: Alles, was meine Insel Föhr und ihre Bewohner ausmacht, *das bin auch ich!* Als mein Bruder Harre das erste Mal die Insel verlassen hat, sagte mein Oheim Lorenz etwas, das ich damals nicht begriffen habe: ›Nur wer fortgegangen ist, kann wirklich nach Hause kommen!‹

Harre ist inzwischen nach Föhr zurückgekehrt; er lebt im Haus unseres Vaters, er malt und Pastor Brarens ist ihm dabei behilflich, potente Käufer für seine wirklich ausgezeichneten Bilder zu finden. Geschäftliche Dinge liegen Harre nicht so sehr. Ich bitte dich, lass auch mich ziehen, liebste Freundin, und nach all den Jahren zu meiner Familie zurückkehren!«

Hedwig Sophie, todtaurig über diesen Entschluss, begriff in diesem Augenblick, dass sie Kerrin nicht aufhalten durfte – wollte sie deren Freundschaft nicht auf immer verlieren.

Als kluge Frau hatte die Herzogin sogar einen ausgezeichneten Vorschlag, den Kerrin dankbar aufgriff.

Zu Kerrins Herzenswunsch, nach Hause zu gehen, mochte gewiss auch die Tatsache beitragen, dass sie nach ihrer Rückkehr aus Schweden ihren Oheim nicht mehr angetroffen hatte. Nachdem der Herzog in den Krieg gezogen war und seiner nicht mehr als Berater bedurfte, war er ins Nieblumer Pastorat heimgekehrt, wo man ihm einen beinahe triumphalen Empfang bereitet hatte.

Die meisten Gemeindemitglieder der Pfarrei von Sankt Johannis waren froh, ihn wiederzuhaben – dieses Mal für immer, wie sie hofften. Von seinem ehemaligen Stellvertreter, dem Magister Jonas Japsen, der nach Kerrins Rettung vor dem Flammentod spurlos verschwunden war, hatte indes kein Mensch mehr etwas gehört. Bis zu Monsieur Brarens' Heimkehr war die Pfarre verwaist und wurde abwechselnd von den beiden anderen Inselpastoren betreut.

Göntje weinte vor Freude, als sie ihren Mann nach langer Zeit endlich wieder in die Arme schließen konnte. Auch seine Kinder, inzwischen längst verheiratet – selbst Matz, das Nesthäkchen, hatte schon eine Braut – freuten sich sehr; nur Tatt, deren geistige Umnachtung immer schlimmer wurde, erinnerte sich nicht mehr an den Vater. Für sie war er ein Fremder geworden …

»Es werden meine inzwischen vollkommen ergrauten Haare sein, die unsere arme Tochter so verwirren.«

Damit hatte der Pastor versucht, seine Frau ein wenig über die Behinderung der jungen Frau hinwegzutrösten. Wie meistens, gelang es ihm auch dieses Mal, die richtigen Worte zu finden. Ihm selbst allerdings fügte es einen tiefen Schmerz zu, dass er für seine eigene Tochter ein Fremder war, den sie zu fürchten schien.

Sehr vermisste er auch seine Gespräche mit Kerrin. Er hoffte, sein Brief an sie, den sie nach ihrer Rückkehr aus Schweden in Gottorf vorgefunden haben musste, vermochte sie über die traurige Nachricht hinwegzutrösten, dass Kapitän Jens Ockens nicht mehr unter den Lebenden weilte. Kerrins einstiger Verlobter war einer blutigen Meuterei auf seinem Handelssegler zum Opfer gefallen, wie aus Südostasien heimkehrende Kapitäne berichtet hatten.

Kerrin, die sich schämte, nur noch selten an den jungen Mann gedacht zu haben, seitdem sie zu Gottorf am Hof weilte, hatte bittere Tränen über sein elendes Schicksal vergossen. Irgendwie hatte sie den aufrechten Seemann doch sehr gern gehabt – wenn er auch nicht die Anforderungen erfüllte, die sie an einen Ehemann stellte. Wie schwer mochte dem armen Mann auch das Herz gewesen sein, als sie so sang- und klanglos die Verlobung gelöst hatte. Später erschien ihr die böse Abfuhr, die sie durch Claus von Pechstein erlebte, irgendwie die gerechte Strafe für ihre eigene Herzlosigkeit zu sein.

Kerrin, deren Reisevorbereitungen sich doch noch über etliche Monate erstreckten, war von Hedwig Sophies Idee und deren Großmut hellauf begeistert: Bereits im Jahre 1701 hatte Johannes Feddersen, Sohn eines Wyker Schiffers, den Plan gefasst, in Wyk eine geeignete Unterkunft für Reisende zu erbauen. Den Antrag hatte er ordnungsgemäß in Gottorf eingereicht und Herzog Friedrich hatte diesen gegen eine einmalig zu entrichtende Gebühr bewilligt. Feddersen erhielt ein Grundstück zugewiesen und errichtete darauf das erste Hotel der Insel.

Des Weiteren beantragte er, den verschlickten und verfallenen Wyker Hafen wieder instandzusetzen. Als Köder stellte er eine Hafengebühr für das herzogliche Schatzamt in Aussicht. Im Augenblick löschten die Schiffe ihre Ladungen vor dem Sandwall, ein gutes Stück vom alten Hafen entfernt; dies war mit dem Nachteil verbunden, an dieser Stelle keinen Schutz vor Stürmen und Unwettern zu genießen und daher in fremden Häfen überwintern zu müssen.

Freilich gab es auf Föhr und am herzoglichen Hof Widerstand gegen Feddersens Antrag. Manche fürchteten eine Verteuerung ihrer Waren durch die Hafengebühren und dadurch die Abschreckung potenzieller Käufer; andere waren einfach neidisch auf den erfolgreichen Unternehmer.

Die Herzogin, die sich eigentlich nur um die Erziehung des Erben kümmern sollte, während die Regierungsgeschäfte in den Händen der Geheimen Räte Magnus Wedderkop und Heinrich von Schlitz, genannt Görtz, ruhten, nahm sich die alten Akten vor, die sich mit dem Wyker Hafen befassten, und studierte sie gründlich.

Dann entsandte sie einen Gottorfer Amtsmann auf die Insel Föhr zur Überprüfung der Pläne. Dieser gelangte zu dem Urteil, dass sich der vom Antragsteller vorgesehene Platz für den Bau einer neuen Hafenanlage hervorragend eigne. Er betonte ausdrücklich den großen Nutzen, den die Wiedereröffnung des Hafens für den kleinen Ort Wyk haben werde.

»Liebste Freundin!«, jubelte die Herzogin im Sommer 1704, als sich Kerrins Reisepläne endlich konkretisierten. »Bei dieser Sachlage ist es mir möglich, schon im Herbst mit dir zusammen die Reise nach Föhr anzutreten! Deine Landsleute werden staunen. Ich habe bereits den 31. Oktober als Datum festgelegt, an dem ich dem Ort Wyk die Hafengerechtigkeit verleihen werde! Ich denke, dann werden die meisten Seeleute wieder zu Hause sein und mitfeiern können. Nun, was sagst du dazu, meine Liebe?«

Kerrin, die keineswegs zu Gefühlsüberschwang neigte, konnte dieses Mal nicht anders, als der Freundin spontan um den Hals zu fallen und sie herzhaft zu drücken.

»Ich danke dir tausendmal, liebste Hedwig Sophie! Für dein Verständnis für mich, für deine mir stets bewiesene Freundschaft, für deine Güte als Herzogin und Regentin und nicht zuletzt für deine Sorge um meine Heimatinsel, der du mit dieser Verleihung einen großen Gefallen erweist, der letztlich allen Insulanern zugutekommen wird.«

EINUNDSECHZIG
Die »Friesenhexe« kehrt endgültig heim

DER ABSCHIED VON ihrem Söhnchen fiel der Herzogin nicht leicht. Aber die Hofärzte plädierten dafür, den kleinen Jungen, der zu Erkältungen neigte, zu dieser Jahreszeit nicht mit einer längeren Reise zu belasten.

Auch Kerrin hatte Mühe, ihre Tränen vor dem kleinen Herzog zu verbergen. Ein letztes Mal spielte sie mit ihm auf dem Fußboden mit seinen hölzernen Soldaten und ihren Pferdchen. Sie wusste, dass dies ein Abschied für immer war; sie würde nie wieder nach Gottorf zurückkommen und war darüber sehr traurig. In der vergangenen Nacht hatte Kerrin ein »Gesicht« gehabt, das dem Sohn Hedwig Sophies eine überraschende Zukunft vorhersagte, genauer gesagt seinem Sohn, also dem Enkel der Herzogin, den sie in einer ungewissen Zukunft auf dem Thron des russischen Zaren gesehen hatte! Das fühlte sich selbst für Kerrin so unwahrscheinlich an, dass sie ihrer Herzensfreundin diese Vision verschwieg. Nicht zuletzt, weil das Ende dieses Herrschers, Peters III., das sie in ihrem Traum gesehen hatte, ein sehr schlimmes zu sein schien …

Anfang September 1704 kehrte Kerrin Rolufsen als Mitglied des herzoglichen Hofes nach Föhr zurück. Die Insulaner empfanden eine beinahe ehrfürchtige Scheu vor ihr – wusste inzwischen doch der Einfältigste, dass die Landesmutter Hedwig Sophie sie als »liebste und treueste Freundin« bezeichnete und ihr in Gottorf die Erziehung des künftigen Herzogs anvertraut hatte. Wer wollte es da noch wagen, Kerrin zu kritisieren – oder ihr gar »heidnische Praktiken« zu unterstellen? Wer mit dem Hochadel buchstäblich »auf du und du« verkehrte, von dem war es absurd anzunehmen, er stünde mit satanischen Mächten im Bunde …

Alle, die der Commandeurstochter mit dem erstaunlichen medizinischen Wissen, den heilenden Händen und der Begabung, kraft Augendiagnostik Leiden festzustellen, irgendwann die Anwendung von Zauberpraktiken vorgeworfen hatten, gehörten nun zu denen, die *niemals* an ihr gezweifelt hatten. Sie waren es, die Kerrin am lautesten zujubelten, als sie in Wyk trotz der kurzen Überfahrt mit merkwürdig zittrigen Knien an Land ging.

»Vermutlich ist das einfach der Menschen Art, Hedwig Sophie«, erwiderte Kerrin auf die Versuche der Herzogin, sie doch noch zu bewegen, mit ihr nach Gottorf zurückzukehren. »Ich weiß, was ich zu erwarten habe – am allerwenigsten Dankbarkeit – und es macht mir nichts aus. Der Hexenglaube und die Angst vor Spuk und Zauberern gedeihen schließlich nur auf dem Boden der Unwissenheit. Die Klügeren müssen dafür Sorge tragen, dass der Bildungsstand der Leute angehoben wird – dann verschwindet der Aberglaube von selbst. Ich bin längst niemandem mehr böse – dazu bin ich viel zu glücklich! Hier gehöre ich her – obwohl ich mich von den meisten Föhringern in manchem unterscheide. Meine Wurzeln sind jedoch auf dieser Insel verankert und ohne Wurzeln ist jeder Baum zum Absterben verurteilt. Sei unbesorgt, ich werde genug zu tun haben und gar keine Zeit, irgendwelchen düsteren Gedanken nachzuhängen: Zahlreiche Patienten warten auf mich; außerdem will ich eine Bäuerin werden, den Hof meines Vaters mit Hilfe von jütischen Knechten bewirtschaften und meinem Bruder Harre den Haushalt führen. Und dann ist da noch etwas, was ich in meinen Mußestunden genießen werde!«

Kerrin schmunzelte, als die Herzogin sie fragend ansah.

»Mich Schritt für Schritt durch die Bibliothek meines Oheims zu arbeiten! Vor allem die naturwissenschaftlich-medizinischen Werke werde ich studieren und mit Monsieur Lorenz über alles diskutieren, was ich nicht verstehe. Als Nächstes will ich mir die Arbeiten Isaac Newtons vornehmen. Was er über Ebbe und Flut herausgefunden hat, interessiert mich nämlich brennend. Du siehst, ich werde mich auf Föhr keineswegs langweilen, liebste Hedwig Sophie.«

Jetzt lachte Kerrin verschmitzt und ihre meergrünen Augen strahlten im milchigen Licht der Föhringer Herbstsonne in einer Intensität, die Hedwig Sophie fast blendete.

»Und sollte mich doch noch einer hinter vorgehaltener Hand ›Friesenhexe‹ nennen – was soll's? Damit kann ich leben. Vielleicht bin ich ja wirklich eine …«

Darüber konnte auch die Herzogin nur lächeln.

Hedwig Sophie nahm die dankbaren Huldigungen ihrer friesischen Untertanen am letzten Tag des Monats Oktober 1704 mit Freude und Genugtuung entgegen. Es gab keinen, der die

Verleihung der Hafengerechtigkeit für den Ort Wyk nicht ausdrücklich in den höchsten Tönen lobte.

Was Kerrin sich allerdings als Überraschung für die Föhringer ausgedacht hatte, ging gründlich daneben, schien ihr Vorstoß doch vor allem einer persönlichen Empfindsamkeit geschuldet, die keiner so recht nachvollziehen konnte: Niemals hatte die junge Frau das grässliche Schauspiel vergessen, das »Entenwringeln« im Wattenmeer, das ihr einst zu wochenlangen Alpträumen verholfen hatte. Auch als sie älter wurde, weigerte sie sich strikt, an diesem – wie sie es nannte – »Vogelmord« teilzunehmen. Selbst der ältesten Föhrer Jagdmethode mit dem großen Schlagnetz, wobei man die Vögel in eine wassergefüllte Senke in der Marsch lockte und auf einen Schlag bis zu achtzig Tiere fangen konnte, brachte sie Skepsis entgegen. Dass die Menschen sich über diesen Segen freuten, der buchstäblich vom Himmel kam wie einst das Manna in der Wüste für die Israeliten, verstand sie gleichwohl. Fleisch war eine rare Speise auf den Tellern der meisten Föhringer und Kerrin war die Letzte, die den Leuten diesen Genuss missgönnte. Nur die grausame Art und Weise, wie sie dazu gelangten, erregte ihren Widerwillen.

Das Schlimmste war in ihren Augen, dass sogar kleinste Jungen und Mädchen dazu angehalten wurden, sich an dem jährlich zweimal stattfindenden Gemeuchel zu beteiligen. Der Entenfang bedurfte folglich einer anderen Vorgehensweise, die mit möglichst wenig Grausamkeit für die Tiere verbunden und damit in ihren Augen »humaner« war. Sie glaubte fest daran, dass ein Erlebnis wie das Entenwringeln im Kindesalter zu einer Verrohung der Gemüter führe. Jahrelang hatte sie diesbezüglich Pläne in ihrem Kopf gewälzt und vor etwa einem Jahr war ihr die Erleuchtung gekommen.

Noch während der Hafenfeierlichkeiten wandte sich Kerrin an die Ratsmänner, an die Commandeure, die Kapitäne, an die Pastoren der Insel und an andere »wichtige« Personen, von denen sie glaubte, Verständnis für ihr Anliegen zu finden – und für die Lösung, die sie mittels detailliert ausgearbeiteter Zeichnungen anbot.

Das Echo war jedoch mehr als enttäuschend.

Die Herren, die das Sagen hatten auf der Insel, starrten zwar höflich, aber nichtsdestoweniger gelangweilt auf die umfangreichen Skizzen, die Kerrin vor ihnen im Gemeindehaus in Wyk ausgebreitet hatte.

»Nun, meine Herren, was sagen Sie zu meiner Vogelkoje?«, drängte Kerrin, die natürlich das förmlich mit Händen zu greifende Desinteresse der Anwesenden spürte.

Um der Person, die so offensichtlich das Wohlwollen Ihrer Durchlaucht, der Herzogin, besaß, einen Gefallen zu tun, beugten sich die etwa zehn wichtigsten Inselhonoratioren ein weiteres Mal geduldig über den Papierbogen.

Rund um einen künstlich angelegten Süßwasserteich mit den Maßen 300 mal 300 Ellen sollten Bäume und Büsche als Wind- und Sichtschutz angepflanzt werden. Mittels einiger gezähmter Lockenten, die man beständig fütterte, würde man die im Frühjahr und Herbst anlandenden Vogelschwärme zu dieser »Koje« lotsen.

Von dem Teich in der Mitte gingen vier mit Netzen überdachte Fanggräben ab – Kerrin nannte sie »Pfeifen« –, die mit Gerstenkörnern und Unkrautsamen bestückt werden sollten und in Fangreusen endeten. Damit die Vögel die Reusen am Ende der Pfeifen nicht sehen konnten und frühzeitig misstrauisch wurden, sollten die Fanggräben einen kurvigen Verlauf haben.

Entlang der Pfeifen sollten nach Kerrins Plan Wände aus geflochtenem Reet aufgestellt werden, hinter denen sich der Kojenwärter verbergen konnte. Es war demnach für den gesamten Vogelfang nur noch eine einzige Person vonnöten. Sobald einige Wildvögel die Pfeifen erreichten, sollte der Wärter sich zeigen und die Tiere dadurch zur Flucht in die Reusen bewegen. Dort würde er sie rasch einzeln greifen und ihnen das Genick brechen – ein schneller und gnädiger Tod.

»Für den Erfolg des Unternehmens bedarf es nur absoluter Ruhe rings um die Vogelkoje. Ich schlage vor, jeden Lärm im Umkreis von 500 Ellen zu unterbinden.

Worauf es mir ankommt«, wiederholte Kerrin eindringlich, »ist, dass endlich Schluss damit wäre, dass Scharen von Dorfbewohnern samt ihren kleinen Kindern bei Nacht mit Blendlaternen die armen Tiere vor Schreck lähmen und ihnen die Schädel zertrümmern – wobei die meisten sich so ungeschickt anstellen, dass es etlicher Anläufe bedarf, bis so ein armer Vogel endlich tot ist.«

»Ja, ja, Kerrin Rolufsen, wir wissen, wie tierlieb du bist. Dein Plan ist sicher ausgezeichnet. Wirklich gut durchdacht!«, rang sich schließlich einer der Ratsmänner zu einem Kommentar durch.

»In der Tat, sehr beeindruckend!«, beeilte sich ein anderer, ihm beizupflichten. Der Pastor von Sankt Laurentii lobte Kerrins Arbeit gar in den höchsten Tönen. Nur leider, leider: Der Gegenargumente fanden die Herren viele: Woher sollte das Geld für das dafür benötigte Grundstück stammen? Wer sollte die gesamte Anlage samt Büschen und Bäumen instandhalten? Der Kojenwärter wäre zu entlohnen für seine Mühen und wohnen müsste er während der Fangsaison – wobei die zweite von Ende August bis in den eiskalten November hineinreichte – ebenfalls vor Ort, und zwar in einem kleinen Häuschen. Wer übernahm dafür die Kosten?

Kerrin hatte neben einem festen Jahresgehalt auch eine kleine Fangprämie pro Vogel vorgesehen sowie jedes zweite Jahr ein neues Paar Stiefel und vier Enten täglich zum Eigenverbrauch. Die könnte der Wärter verschenken oder verkaufen. Zudem hatte sie noch einen Vorschlag hinzugefügt: Alle am Michaelistag, dem 29. September, gefangenen Enten sollte man an die Armen in den Inseldörfern kostenlos verteilen.

Das Einzige, was Kerrin erntete, waren ratlose Gesichter. Die Herren überlegten offenbar, auf welche Weise man ihren Plan zunichte machen konnte, ohne »die beste Freundin« der Herzogin allzu sehr vor den Kopf zu stoßen.

Um sich weitere scheinheilige Lobhudeleien trotz nachfolgender Absage zu ersparen, faltete Kerrin tief enttäuscht ihren mit so viel Liebe und Eifer gezeichneten Plan zusammen und verließ wortlos den Gemeindesaal.

Die Herzogin spürte sofort, dass Kerrin großen Kummer hatte. Sie konnte sich auch denken, was es war, worüber sie sich grämte.

»Ich weiß, dass du unglücklich bist. Also versuch gar nicht erst, mir etwas vorzumachen, meine Liebe! Eigentlich hättest du dir denken können, dass die Herren kein Verständnis für dein Vorhaben zeigen würden. Wenn du ihnen zugesichert hättest, *allein* die Kosten dafür zu übernehmen, hätten sie sich bestimmt sofort dafür erwärmt!«

»Da magst du Recht haben, liebste Hedwig Sophie! Aber ich finde, für Belange, welche die Allgemeinheit betreffen, sollten auch *alle* ihren Beitrag leisten. Falls die Herren wenigstens ein bisschen Interesse gezeigt hätten, wäre ich sogar dazu bereit gewesen, persönlich für den Erwerb eines passenden Grundstücks zu sorgen – und für die Ausgaben des Kojenwärters. Aber so?«

573

Resigniert blickte Kerrin die Herzogin an, die ihr vertraulich den Arm um die Schultern legte.

»Du weißt, dass ich in einigen Tagen die Insel verlasse, liebste Freundin. Ich möchte daher noch ein letztes Mal den Versuch unternehmen, dich dazu zu bewegen, dich mir anzuschließen. Gottorf und mein kleiner Sohn Carl Friedrich warten auf dich, Kerrin. Mir würdest du den allergrößten Gefallen tun, wenn du weiterhin bei mir bliebest. Ohne dich wird es öde und langweilig sein. Ich mag gar nicht daran denken!«

Unvermittelt schossen der jungen Herzoginwitwe Tränen in die Augen, als sie Kerrins gequälte Miene sah.

»Sag nichts, Liebste!«, bat sie die Commandeurstochter. »Ich sehe dir an, wie traurig dich mein Drängen macht. Nein! Bitte, fühl dich zu nichts verpflichtet. Ich kann ja verstehen, dass du auf deinem geliebten Föhr bleiben willst – trotz der Enttäuschungen, die dir auch in Zukunft nicht erspart bleiben werden. Verzeih meine unbedachte Rede! Wir wollen uns den Abschied, der in Kürze kommen wird, nicht unnötig schwer machen. Immerhin hege ich die berechtigte Hoffnung, häufig Briefe von dir zu erhalten – und vielleicht ergibt sich ja auch irgendwann die Gelegenheit, dass du mich wenigstens für eine Weile in Gottorf besuchen kommst.«

Kerrin wurde das Herz schwer. Sie dankte der Gefährtin der letzten ereignisreichen Jahre von ganzem Herzen, dass diese nicht auf ihrem Wunsch beharrte, sie aufs Festland zurückzubegleiten. Irgendwann wolle sie sich erneut nach Schloss Gottorf aufmachen, um Hedwig Sophie und ihren kleinen Schützling, den künftigen Landesherrn, aufzusuchen, stellte sie vage in Aussicht – entgegen ihrer Ahnungen, dass sie nicht nur den herzoglichen Hof, sondern auch ihre liebste Freundin in diesem Leben nicht mehr wiedersehen würde.

In der gleichen Nacht noch wurde Kerrin wiederum von einem ihrer Träume heimgesucht. Seit langer Zeit schien es wieder einmal ihre verstorbene Mutter Terke zu sein, die als *Witte Fru* in nahezu transparent-körperloser Gestalt neben ihr am Meeresufer entlangschwebte und Worte zu ihr sprach, an die Kerrin sich beim Aufwachen zwar nicht mehr erinnern konnte, wohl aber blieb ihr die Botschaft im Gedächtnis, die ihr das Herz vor Weh fast zerspringen ließ. Ihr Kissen war durchnässt von ihren Tränen. Wusste sie jetzt doch ganz sicher, dass der Abschied von Hedwig Sophie tatsächlich für immer sein würde. Der kleine Herzog würde in Bälde auch seine Mutter verlieren …

EPILOG

NACH DER ABREISE der Herzogin samt ihrem Gefolge kehrte auf der Insel erneut der Alltag ein. Die Gespräche und die Interessen wandten sich wieder anderen, alltäglicheren Themen zu.

Der Walfang fiel zwar wieder besser aus, aber dennoch sorgte eklatanter Geldmangel dafür, dass der Ausbau des Wyker Hafens erst sieben Jahre später in Angriff genommen wurde. Leider wurde er bereits im Jahre 1717 von einer großen Sturmflut zerstört.

Hedwig Sophie, Kerrins einzige und wahre Freundin und große Gönnerin, erlebte dies allerdings nicht mehr. Bereits 1708 erkrankte auch sie an der damaligen Geißel der Menschheit, die keinen Unterschied zwischen Arm und Reich machte, an den Pocken nämlich. Bereits nach wenigen Tagen verstarb die Regentin im Alter von nur siebenundzwanzig Jahren und ließ ihren erst siebenjährigen Sohn als Vollwaise sowie ihren über den Verlust untröstlichen Bruder, Karl XII. von Schweden, zurück.

Kerrin empfand trotz ihrer Vision, die sie vorgewarnt hatte, einen schier unsäglichen Schmerz, der niemals enden sollte. Zeitlebens kam es ihr vor, als habe sie eine geliebte Schwester verloren. Im Laufe der Jahre wurde es immer einsamer um sie – obwohl sie niemals aufhörte, ihren Landsleuten als Heilerin zu dienen.

Der »Große Nordische Krieg« aber dauerte an bis zum Jahre 1720, wobei das Kriegsglück häufig wechselte. Weil die Gottorfer den Schweden einst die Tore der Festung Tönning öffneten, sah der Dänenkönig darin eine Verletzung der Neutralität des Herzogtums. König Friedrich IV. ließ deshalb im Frühjahr 1714 sämtliche Gottorfer Gebiete besetzen. Den sagenhaften *Gottorfer Globus* aber schenkte er Peter I., dem russischen Zaren, der ihn umgehend nach Sankt Petersburg, seiner neugegründeten Hauptstadt, transportieren ließ.

Im Mai ergaben sich die Schweden den russischen und sächsischen Truppen. Die dänischen Truppen belagerten nun Tönning so lange, bis der Festung die Vorräte ausgingen und sie kapitulierte.

Inzwischen endete der Spanische Erbfolgekrieg, was Dänemarks Position gegen Schweden weiter stärkte. Die Schweden mussten 1720 geloben, sich nie wieder auf Seiten Gottorfs zu engagieren. Dänemark erhielt sämtliche herzoglichen Anteile an Schleswig und Holstein garantiert.

Dagegen intervenierte der deutsche Kaiser. Er war immerhin Lehnsherr über Holstein; als solcher setzte er durch, dass die Gottorfer wenigstens ihre holsteinischen Anteile behalten durften: Von Schleswig-Holstein-Gottorf blieb lediglich Holstein-Gottorf übrig.

Außer den Dänen gab es noch andere Gewinner: Brandenburg-Preußens Einfluss wurde nicht nur für die Ostseeregion bedeutend; sein Prestige innerhalb des Reiches stieg gewaltig an.

Für Russland jedoch begann in der Tat mit dem »Großen Nordischen Krieg« der Aufstieg zur Großmacht. Zar Peter I. hatte erreicht, was er sich als junger Mann vorgenommen hatte: Das Tor zum Westen war aufgestoßen und sein Land machte enorme Fortschritte darin, das Mittelalter hinter sich zu lassen.

Viele waren von den Ergebnissen dieses Krieges überrascht; aber es gab auch nicht wenige, die sie vorausgesehen hatten, wie etwa der Nieblumer Pastor.

Dass das Schicksal manchmal äußerst seltsame Wege einschlagen konnte, erwies sich an dem nun winzig kleinen, vollkommen bedeutungslosen und zerstückelten Staat der Gottorfer, der überdies hoffnungslos überschuldet war. Hedwig Sophies Sohn Carl Friedrich heiratete 1725 ausgerechnet Anna Petrowna, die ältere der beiden Töchter Zar Peters. Die Verbindung Hedwig Sophies mit Peter war seinerzeit nicht zustande gekommen – nun schien es, als sollten ihre Nachkommen dieses Versäumnis korrigieren. Carl Friedrich und Anna bekamen ihrerseits einen Sohn, Carl Peter Ulrich. Und ihn hatten die Götter offenbar für eine ganz spezielle Mission ausersehen.

Annas unverheiratete Schwester Elisabeth bestieg im Jahre 1741 den Zarenthron und machte bald darauf ihren Neffen, besagten Carl Peter Ulrich, zu ihrem Thronfolger. Der Spross aus dem Hause Gottorf war nun russischer Großfürst und nannte sich fortan nach seinem Großvater, dem man inzwischen den Beinamen *der Große* verliehen hatte, nur noch Peter. Er bestieg nach Zarin Elisabeths Tod 1762 den Thron als Zar Peter III. von Russland.

Da er die Schmach, die seinem deutschen Ursprungsland Schleswig-Holstein-Gottorf durch die Dänen zugefügt worden war, nicht ungerächt lassen wollte, bot er als Zar sogleich Truppen auf, um gegen Dänemark zu marschieren.

Allein seinem Sturz durch die Anhänger seiner Ehefrau Katharina II. (später »die Große« genannt), die andere Ziele verfolgte, sowie seiner Ermordung war es zuzuschreiben, dass ein erneuter Kriegsausbruch verhindert wurde.

Für den Gottorfer Kleinstaat sollte es noch bis zum Jahr 1773 dauern, ehe seine Existenz endgültig Geschichte war. Der König von Dänemark war jetzt wieder – 240 Jahre nach der Landesteilung von 1544 – Herzog von ganz Schleswig und gesamt Holstein. Der dänische Staat verfügte nun mit Ausnahme der kleinen Enklave des Bistums Lübeck über ein geschlossenes Territorium, das von der Elbe bis hinauf ans Nordkap reichte.

Der davon betroffenen, zweiten Bevölkerungshälfte der Insel Föhr (die andere Hälfte gehörte ohnehin seit jeher zu Dänemark) und den paar Insulanern im Norden von Sylt war es ziemlich gleichgültig, wen sie künftig als ihren Landesherrn ins tägliche Gebet einschließen mussten. Die Probleme mit der »dänischen Besatzung« sollten erst viel später akut werden.

Was letztlich aus Kerrin geworden ist, weiß niemand. Mit Männern und der Liebe schien sie in der Tat kein Glück zu haben; sie heiratete niemals und hinterließ auch keine Nachkommen. Die meisten Föhringer behaupten sogar, es habe sie nie gegeben – im Gegensatz zu Kaiken Mommsen, die als angebliche Hexe nachweislich auf dem Scheiterhaufen ihr Leben verlor.

Von Kerrin fehlen offenbar die greifbaren Spuren, die jemand hinterlassen muss, der sich ins Langzeitgedächtnis der Menschheit einprägen will …

Was allerdings ihren Plan der »Vogelkojen« betrifft, so wurde dieser tatsächlich verwirklicht – wenn auch nicht von ihr: Die erste von insgesamt sechs derartigen Kojen auf Föhr wurde im Jahr 1730 in der Marsch bei Övenum nach niederländischem Vorbild angelegt. Von Kerrins Plan war dabei niemals die Rede. Offenbar galt auch damals der Prophet im eigenen Lande nicht besonders viel …

Kerrins Bruder Harre kehrte nach kurzer Zeit mit Freund und Diener wiederum nach Spanien zurück, um seine Malstudien weiterzubetreiben. Dort verlor sich indes seine Spur. Er galt seit 1710 als verschollen, was Kerrin zutiefst betrübte.

Ob es auf Föhr heute noch »Hexen« gibt – darüber scheiden sich die Geister. Wie stellte kürzlich ein alter Föhringer trocken fest:

»Definitiv hat noch keiner bewiesen, dass sie wirklich ausgestorben sind!«

Was könnte man dem entgegenhalten?

Noch eine allerletzte Anmerkung: Der bewusste Tupilak schlummert in einem Kästchen, wohlverwahrt ganz hinten in einer Schublade in einem Schrank auf dem düsteren Dachboden – bei mir zu Hause. Ob er immer noch darauf wartet, aufgeweckt zu werden, um gegen das Böse zu kämpfen? Ich möchte es nicht herausfinden.

ENDE

GLOSSAR

ANBRAAS: Entenbraten

BACK: große Holzschüssel, aus der die Matrosen gemeinsam aßen

BARTEN: Die Zähne sind bei den Bartenwalen durch Hornplatten ersetzt, die vom Oberkiefer in die Mundhöhle herabhängen. Diese Wale seien damit ihre Nahrung, Plankton und kleine Meerestiere, aus dem Wasser.

BEED BI EN STUREMFLUD: Gebet, das bei Sturmflut helfen soll

BIIKENFEUER: kommt von *biiken* = Feuer anzünden

BOLLFANGER: weiter Schlechtwetterumhang mit Kapuze, der bis zu den Knöcheln reicht

CHIRURG(US): damals Titel für den Schiffsarzt, der in der Regel kein studierter Mediziner ist, sondern ein Wundarzt oder Bader

DITTEN: getrockneter, in Plattenform gestochener Viehdung, der auf den baumlosen Halligen als Brennmaterial dient

DÖRNSK: im Friesenhaus die einfache Wohnstube für den Alltag

ELLE: alte deutsche Längeneinheit, die etwa 50–80 Zentimeter misst

ENTENWRINGELN: das »Halsumdrehen« bei Vögeln, in diesem Fall hauptsächlich Wildenten, die im Frühjahr und Herbst auf Föhr Halt machen (»wringeln« bedeutet »würgen«)

FADEN: alte deutsche Längeneinheit, die ca. 1,8–2,0 Meter misst

FLENSEN: Abschälen der dicken Speckschicht unter der Haut der Wale mit speziellen, langen Messern

FLUKE: mächtige querstehende Schwanzflosse des Wals

FÖHRINGER: ein auf Föhr Geborener (während ein Zugezogener höchstens ein »Föhrer« werden kann)

FRIESENWALL: kniehohes Mäuerchen oder Wall aus Feldsteinen und Erde, der das Hausgrundstück einzäunt

GANGFERSMANN: Beamter der dänischen Krone, der in den von Dänemark beherrschten Gebieten für Recht und Ordnung sorgt und dänischem Recht Geltung verschafft

GEEST: sandiges, trockenes, wenig fruchtbares Gebiet, das höher als das vorgelagerte fruchtbare Marschland liegt

GRASTERBRETT: ein langes, schmales Brett, das der Hausfrau dazu dient, die selbst gebackenen Brotlaibe in bzw. aus dem Backofen zu befördern

HARPUNIER: ein Matrose, der von der Walfangschaluppe aus mit der Harpune auf die Wale zielt

HUALEWJONKEN: Halbdunkel, Dämmerung

HUALEWJONKENGONGER: »Halbdunkelgänger«, Bezeichnung für junge Männer auf Brautschau

KENKNIN: auf Föhr üblicher Brauch, bei dem sich am Silvesterabend Kinder und junge Leute verkleiden und singend und musizierend von Haus zu Haus ziehen. Als Gegenleistung erwarten sie kleine Geschenke oder ein wenig Geld. Dieser Brauch wird auch »Rummelpottlaufen« genannt.

KLEI: wasserundurchlässiger Ton im Marschboden

KOMER: Kammer, Zimmer

KÖÖGEN: Küche im Friesenhaus

KÜPER: verantwortlich für die Speck-, Tran- und Wasserfässer auf Walfängerschiffen

KRÄHENNEST: Ausguckkorb im Großmast

LAPPDOSE: Arzneikiste, für die der Schiffsarzt (»Meister«) verantwortlich ist und die immer an Bord sein muss

LEE: Seite, die dem Wind abgewandt ist

LENSE: eine Art Messer, ca. sieben Fuß lang, befestigt an einem hölzernen fünf bis sieben Fuß langen Stiel, mit dem dem Wal tief in den Leib gestochen wird

LUV: Seite, die dem Wind zugekehrt ist

MACKERSCHAFT: Verpflichtung zwischen mehreren Schiffsbesatzungen, nah beisammenzubleiben, sich gegenseitig Hilfe zu leisten, gemeinsam zu jagen und den Ertrag gerecht zu teilen

MARSCH: an Flachmeerküsten verbreitete, aus Schlick aufgebaute, fruchtbare Niederung, etwa in Höhe des Meeresspiegels zwischen Watt und Geest gelegen

MESSE: Gemeinschaftsraum, Speisesaal der Offiziere auf Schiffen

MOSES: der jüngste Seemann auf einem Schiff

MUUNBÄLKCHEN: Spukgestalten, die des Nachts allerhand Schabernack treiben

ODDERBANTJE, ODDERBAANKI: Unterirdischer, Kobold, Gnom, der gerne Leute ärgert, aber andererseits auch Haus und Bewohner beschützt (vgl. das englische Wort *odd* für seltsam, merkwürdig)

OONBRAAS: Teig aus Mehl, Milch, Eiern und Hefe gebacken, mit Speckscheiben belegt

PESEL: die »Gute Stube«, die nur benutzt wird, wenn besondere Gäste zu bewirten sind oder zur Leichenaufbahrung

PRIEL: Wasserlauf, der bei Flut die Insel durchzieht und auch bei Ebbe nie ganz austrocknet

PUKEN: Zwerge, »kleines Volk«

QUERNE: Handmühle, in der Roggen und Gerste gemahlen werden

ROGGFLADDERS: kleine Männchen, die im Roggenfeld hausen

RUTHE: alte deutsche Längeneinheit, die etwa 5 Meter misst

SCHALUPPE: Fangboot, größeres Ruderboot

SCHARBOCK: Skorbut, Vitamin-C-Mangel-Erkrankung, die zu den gefürchtetsten Krankheiten auf Hoher See gehört

SCHIEMANN: verantwortlich für die gesamte Ladung an Bord

SCHMACKSCHIFF: kleinerer Transportsegler, der Güter und Seeleute an ihre Bestimmungsorte (in Küstennähe) verschifft und für größere Fahrten nicht tauglich ist

SCHOLLENPRICKEN: Aufspießen der Schollen im flachen Wasser mit Hilfe eines hölzernen Stabes mit eiserner Spitze; eine Arbeit, die traditionell von den Frauen erledigt wird, die dabei in voller Kleidung oft bis zum Bauch im Wasser stehen

SMUTJE: Schiffskoch

SPÖKENKIEKEREI: »Geisterseherei«, wörtlich: das Sehen von Spukgestalten

SUREGBEENK: »Sorgenbank«, besondere Kirchenbank für trauernde Familienmitglieder

TEREM: abgetrennter und abgeschlossener Wohnbereich der Zarin und aller übrigen weiblichen Mitglieder einer damaligen Zarenfamilie im Kreml, vergleichbar mit einem Harem

THAMSEN: auf Föhr üblicher Brauch, bei dem am 21. Dezember (zur Wintersonnwende) junge Leute durch die Dörfer ziehen, Gerätschaften verschleppen und diese an den unmöglichsten Orten verstecken. So kann ein unaufmerksamer Landwirt seinen Leiterwagen gelegentlich auf dem Scheunendach wiederfinden …

TOWERSCHE: »Zauberische«, Unholdin, Hexe

TROLER: böser Geist, Kobold, Hexe, Troll

UTHLANDE: »Außenlande«, Inseln und Halligen (im Gegensatz zum friesischen Festland)

WAND(SCHRANK)BETTEN: Bettstellen, verschließbar mit Türen oder Vorhängen, die so kurz sind, dass man darin meist nur in halb sitzender Stellung schlafen kann

WARFT: künstlich aufgeschütteter Erdhügel auf einer Hallig oder Insel, worauf die Häuser gebaut sind, um bei Sturmflut eine Überschwemmung zu vermeiden

WASSERSCHOUT: holländische Seefahrtsbehörde, bestehend seit 1641

Anmerkung zur *Namensgebung* am Beispiel *Roluf Asmussens*:
Der patronymischen Namensgebung entsprechend wurde dem Vornamen des Täuflings, hier *Roluf*, der Vorname des Vaters, in obigem Fall *Asmus*, sowie *-sen* für Sohn hinzugefügt, also lautete der volle Name *Roluf Asmussen = Roluf, Sohn des Asmus*. Die meisten Föhringer Familien hielten sich noch bis nach 1800 an diese Sitte. Der bestimmende Name war dabei immer der Vorname.

Stacey McGlynn

Wer sagt, es gäbe keine zweite Chance im Leben, kennt Daisy Phillips nicht

»Ein herrlich charmanter Debütroman ...
Ein kleines Juwel von einem Roman.« *Kirkus Reviews*

978-3-453-26638-4

Leseprobe unter: **www.heyne.de**

HEYNE‹

Stephanie Fey

»Stephanie Fey modelliert das Gesicht ihres Thrillers mit den richtigen Zutaten: dunkle Faszination und packende Spannung.«
Wulf Dorn

978-3-453-43586-5

www.heyne.de

HEYNE

Jana Voosen

»Jana Voosen schreibt zum Wegschmeißen komisch.« *Prisma*

»Mit viel Humor und amüsanten Seitenhieben auf die Herren der Schöpfung.« *Westdeutsche Zeitung*

978-3-453-40658-2

Allein auf Wolke Sieben
978-3-453-40658-2

Er liebt mich ...
978-3-453-40122-8

Mit freundlichen Küssen
978-3-453-40571-4

978-3-453-40841-8

Prinzessin oder Erbse?
978-3-453-40841-8

Zauberküsse
978-3-453-58037-4

Leseproben unter: **www.heyne.de**

HEYNE ‹